KB260119

헤라 린트의 마녀

국립중앙도서관 출판시도서목록(CIP)

(헤라 린트의)마녀 / 헤라 린트 지음 ; 임미숙 옮김. -- 서울 : 한울, 2003   p. ;   cm 원서명: Die Zauberfrau 원저자명: Lind, Hera ISBN   89-460-3071-2 03850 853-KDC4 833.92-DDC21   CIP2003000110

헤라 린트의 마녀

헤라 린트 지음 — 임미숙 옮김

한울

옮긴이 서문

도대체 어떤 소설이기에 그토록 많은 사람들의 입에 오르내리는 걸까?

그 이유가 궁금해서 『헤라 린트의 마녀』를 집어들었다. 한번 손에 잡으면 단숨에 읽어버리고 나서 어떤 내용이었는지조차 기억나지 않는 여느 베스트셀러와는 달리 이 작품은 일상 속에 녹아든 '나의 삶'을 찾아보고 싶게 만들었다. 그것은 여성으로서의 나, 생활인으로서의 나를 찬찬히 되돌아볼 기회를 제공해주었다. 여성으로서의 자의식을 새삼 일깨워주었다고나 할까. 사실 나는 이 책을 읽는 동안 꼬리에 꼬리를 무는 물음에 스스로 답해야만 했다. 나는 도대체 누구일까? 무엇을 위해 살고 있는가? 발빠르게 움직이는 일상 속에 나란 존재는 실종되고 만 것이 아닐까? 나는 과연 내 삶의 진정한 주인인가?

이 시대를 살아가는 여성들에게 이보다 더 절실한 문제가 또 있을까? 이 책을 통해 일상 속 여성의 정체성에 관해 곰삭도록 생각해볼 기회가 되길 기대해본다.

　최근 독일 문학계에는 새로운 움직임이 나타나고 있다. 신예작가들을 중심으로 공허한 이념적 논의보다는 현실에 뿌리를 둔 구체적인 글쓰기를 지향하고 있다. 이들은 비평가들의 따가운 시선에도 아랑곳하지 않고 일상을 발견하는 재미에 몰두해 있다.

　새로운 글쓰기가 등장한 데는 물론 나름의 시대적인 배경이 작용하고 있음을 간과할 수 없다. 1960년대 학생운동의 영향을 받아 1970～1980년대 문학을 지배해온 이데올로기는 구 동구권의 몰락과 독일 통일로 말미암아 점차 퇴조하였고, 이로 인해 자연스럽게 일상에의 관심이 고조되면서 대중문학이 발전할 수 있는 정서적 토양이 마련되었기 때문이다.

　이런 배경에서 주목할 것은 1990년대 대중문학의 중심에 여성문학이 자리잡고 있다는 사실이다. 이 책의 저자인 헤라 린트를 비롯, 에바 헬러, 가비 하우프트만 등이 주도한 이 시기 여성문학은 이전과는 다른 특징을 보여준다. 과거엔 여성해방이라는 화두를 투쟁적인 시각에서 접근했다고 한다면, 이들은 찬찬한 시선으로 일상을 '뒤집어보며' 잔잔한 어조로 여성의 자의식을 말하고 있다. 말하자면 '일상 속의 성 혁명'을 시도하고 있는 것이다. 헤라 린트의 모든 작품에는 이러한 여성의 자의식이 짙게 배어난다.

　이런 경향을 작가는 '페미니즘 라이트'라는 재치 있는 표현으로 규정하고 있다. 그녀는 평론가들의 비판에도 불구하고 자신의 글이 '코카 콜라 라이트'처럼 부담 없이 즐길 수 있는 대상이 되기를 바란다. 이런 생각은 그녀의 글쓰기 노력이 무거운 이념적 사고를 자극할 욕심보다는 일상사를 편하게 얘기하고픈 소망에서 비롯된 것이다. 삶에 대한 진지한 태도가 무거운 논쟁을 통해서만 얻어지는 것이 아니고 보면, 그녀의 이같은 시도는 이데올로기의 짐을 덜고 싶은 시대에 걸맞은 글쓰기로 보아도 무방할 것이다.

　'페미니즘 라이트'. 『헤라 린트의 마녀』도 '코카콜라 라이트' 같은 소설이다. 부담 없이 즐길 수 있지만 여성의 가슴에 하나 가득 청량감을 안겨주는 소설이다. 그녀는 일상의 답답함을 한번에 날려버릴 '오만한 유머'로 여성들의 전사적 심리에 불을 지피고 있다. 하지만 음양의 조화를 부정하지는 않는다. 그야말로 남성과 여성이 함께 꾸려가는 인간공동체를 실현하기 위해 여성들을 자극하고 있을 뿐이다.

내용을 간략하게 소개하면 다음과 같다.

32세의 유부녀 샬로테 페퍼의 삶은 이중적이다. 그녀는 일일연속극 <우리들의 작은 병원>에서 의사 아니타 바흐로 열연하는 인기 탤런트로서 화려한 삶을 사는 한편, 쌍둥이 아들을 키우면서 일상의 행복을 추구하는 평범한 주부의 삶에 익숙해 있다. 7년이라는 세월을 살았지만 그녀는 남편 에른스트베르트와의 결혼생활에 불만이다. 이성으로 선택해서 결혼한 남편의 직업은 공인세무사. 그는 아내를 저급한 연속극에 출연하는 한낱 삼류 배우로 취급할 뿐이다. 자신의 영혼과 육체를 굶주리게 만드는 남편에 대한 반항으로 샬로테는 남자들을 유혹하는 한편, 보아란듯이 출세하기 위해 노력을 경주한다. 그는 아이들을 뒷바라지하면서 틈틈이 시간을 내 모노드라마 <페퍼의 이중 모럴>을 완성시킨다. 바늘땀 뜨는 정성으로 빚어낸 삶에 관한 이야기다. 기획자의 도움을 받아 <페퍼의 이중 모럴>은 전국 순회공연을 하게 되며, 그의 혼신 연기를 보기 위해 관객들이 극장으로 몰려든다. 연일 매진, 박수갈채, TV 인터뷰…… 그녀는 마침내 최고의 배우로 인정받게 된다. 그리고 이 날로 샬로테는 지금까지와는 다른 새로운 인생으로 거듭났음을 실감한다. 한편 에른스트베르트는 무대에서 토해내는 아내의 이야기를 통해 자신의 무심함을 깨닫고 가정적인 남편이 되려고 노력한다. 아내를 위해 다이어트도 하고, 일도 줄이고, 아이들도 돌보면서. 하지만 이미 마음이 굳게 닫힌 샬로테는 남편의 변화된 태도마저도 풀지 못할 의심의 눈초리로 바라볼 뿐이다. 이 때 우연찮게 옛 애인 하네스가 독일을 방문한다……

　독일 대중소설계에 혜성같이 나타난 헤라 린트의 인생역정은 다채롭다. 작가로 데뷔하기 전 그녀의 직업은 가수였다. 본래 교사 지망생이었던 그녀는 대학에서 음악과 신학을 전공하던 중 자신의 음악적 재능을 발견하고, 다시 쾰른 음대에 들어가 성악을 전공했다. 이후 유럽 전역은 물론 이스라엘, 일본, 남아메리카, 미국 등 원거리 공연도 마다하지 않는 열성적인 가수생활을 했으며, 1982년부터는 서부 지역방송인 WDR의 합창단원으로 활동했다. 하지만 대중적 인기를 누리면서부터 그녀는 가수일을 접고 글쓰는 일에 전념하고 있으며, 1995년 10월부터는 ZDF에서 <헤라 린트와 사람들>이라는 토크쇼를 진행하면서 방송인으로서도 맹활약중이다.

　헤라 린트는 특이하게 아이를 임신할 때마다 베스트셀러를 만들어냈다. 아이 셋에 베스트셀러 넷. 그녀는 첫아이를 임신한 1987년에 『별걸 다 아는 남자(*Ein Mann für jede Tonart*)』를 써서 소설가로 데뷔했다. 이 소설은 출간되자마자 순식간에 90만 부가 팔려나가 베스트셀러에 올랐으며 후에 영화로도 만들어졌다. 둘째아이 때는 『아내 되기는 쉬운 일(*Frau zu sein bedarf es wenig*)』을 썼으며, 이 역시 판매부수 65만을 기록하며 국영방송 ZDF에서 드라마로 제작되었다. 세번째 소설 『슈퍼우먼(*Das Superweib*)』은 헤라 린트를 명실상부한 대중작가의 반열에 올려놓았다. 이 작품은 총 판매부수 200만을 돌파하면서 1년 내내 베스트셀러 1위 자리를 지키는 기염을 토했으며, 1995년 여름 영화화되어 수많은 관객을 모으기도 했다. 뒤이어 셋째아이를 임신했을 때 쓴 네번째 소설 『헤라 린트의 마녀(*Die Zauberfrau*)』는 종전 기록을 깨고 출간 2주 만에 75만 부, 한 달도 채 안 돼 100만 부 이상이 팔려나가며 헤라 린트의 메가톤급 인기를 확인시켜줌과 동시에 그녀를 자타가 공인하는 베스트셀러 작가로 발돋움하게 했다. 헤라 린트는 앞서 언급한 것 외에도 『내가 아빠가 되던 날(*Der Tag, an dem ich Papa war*)』, 『여자의 보금자리(*Das Weibernest*)』, 『빌린 남자(*Der gemietete*

Mann)』 등 여러 작품을 썼다.

2003년 1월
임미숙

차례

여름

그리고 또 가을

등장인물

샬로테 페퍼 주인공. 에른스트베르트의 아내이자 에르니와 베르트의 엄
    마. 일일연속극 <우리들의 작은 병원>에서 의사 아니타 바흐
    역을 맡은 삼십대 중반의 탤런트 자신이 쓴 여성 모노드라마
    <페퍼의 이중 모럴>로 전국 순회공연을 한다.

에른스트베르트 샷츠 샬로테 페퍼의 남편. 세무사.

에르니, 베르트 샬로테 페퍼의 쌍둥이 아이들.

하네스 슈툴바인 샬로테의 옛 애인. 할리우드 스타. 미국식 이름은 체어렉.

그레테 샬로테 페퍼의 엄마. 미혼모로 홀로 딸을 키웠음,

보도 베를레부르크 그레테의 애인. 비뇨기과 의사.

구스타프 그라소 <우리들의 작은 병원>의 감독. 샬로테의 전국 순회공
    연을 돕는다.

프리츠 니트리히 프랑크푸르트 프로덕션의 사장. <페퍼의 이중 모럴>
    전국 순회공연을 주선한다.

벤야민 교육대학 졸업반 남학생. 샬로테 아이들의 보모

슈미츠 니텐빌름 에르니와 베르트의 담임 선생님. 샬로테에게 연정을 품
    고 있다.

겔트마허 아워드 치과 의사. 샬로테를 사모한다.

브리기테 겔트마허의 아내.

바바라 베커 휴양지에서 만난 말기 암환자. 샬로테에게 커다란 영향을 줌.
아키메드 화니의 남편.

■ 그 밖에 일일연속극 〈우리들의 작은 병원〉에 출연하는 사람들
유스투스 마리아 스트라이트아커 원장 프랑크 본하이머 역을 맡고 있으
  며, 샬로테와 애증관계. 남티롤에서 호텔을 경영한다.
로레 레셜리히 수간호사 역을 맡은 중견 탤런트 수다스럽고 배타적이다.
베티나 분장 담당.
그레텔 주프 원장 비서 역을 맡고 있으며 뜨개질이 취미다.
울리케 실습간호사.
화니 라도 마리온 크라우제 역을 맡고 있으며 샬로테와 절친한 친구 사
  이가 된다.
베르트힐트 야간근무 간호사.
엘비라 메르케니히 미스마허 간호사. 다른 사람에 대한 관심이 지나치며
  수다스럽다.
게르노트 미스마허 엘비라의 남편. 보조의사.
에벌린 <작은 병원> 팀 내 통신사 사무원. 사생활이 문란하다.
메히트힐트 고흐 마취 전문의.

남편은 일단 목욕탕에 들어갔다 나와서 다시 침실에 들어간다.

그런 다음 아침을 먹어야 하고 신문을 읽어야 한다.

그리고 다시 목욕탕에 들어가 변기에 앉아 볼일을 보면서 시사잡지를 읽는다.

그 다음에 옷을 갈아입고 운동화를 찾고

또 레인코트를 찾은 다음 자전거에 바람을 넣는다.

바람을 넣기 위해 새로 산 자전거 펌프를 찾고 그런 다음에 지도를 찾아야 한다.

……그래서 우리는 가능하면 남편이 깨기 전에 조용히 사라져야 한다.

일요일이면 늘 반복되는 일이다. 나는 일요일이 싫다.

나에게 일요일은 대단한 스트레스다.

새로운 시작

옆 화장실 바닥에 뭔가 떨어지는 소리가 들렸다.

"그레테? 무슨 일이에요?" 거울 앞에 서서 폭이 좁은 스커트에 배를 밀어넣으려고 애쓰던 나는 포기하고 스커트를 침대에 던져버렸다.

"별일 아냐! 네 아들 가방이 엎어졌을 뿐이야. 도대체 왜 화장실까지 가방을 들고 들어왔다니? 바지 지퍼를 올리려면 양손을 다 써야 한다고 분명히 얘기해줬는데 말이다!"

귀여운 내 아들 베르트는 변기에 앉아서 화장실 바닥에 나둥그러져 있는 곰 모양 젤리를 안타깝게 내려다보고 있었다. 아무렇게나 흩어져 있는 알록달록한 젤리는 꼭 초등학교 입학생들 같았다. "모두 자리에 앉으세요!" 땀흘리며 가르치려고 애쓰는 선생님 모습이 빠져 있을 뿐.

"엄마가 주워줄게." 나는 끈적거리는 설탕 덩어리들을 주워 환경을 위해 아이가 직접 만든 예쁜 헝겊가방에 넣어주었다.

"베르트, 기분이 어떠니? 좋지?" 나는 변기에 앉아 있는 아들에게 다정하게 물었다.

"아뇨" 베르트가 대답했다. "왜 좋아야 되는데요?"

"오늘은 네가 입학하는 날이잖아." 나는 교육적이려고 노력했다.

"그래서요?" 베르트가 반항적으로 대꾸하면서 통통한 팔을 가방 속에 집어넣어 뒤적이다 젤리를 한 주먹 꺼내 입에 우겨넣었다.

"단 걸 너무 많이 먹으면 안돼." 그레테가 쌀쌀맞게 말했다.

"샬로테, 애들 혼 좀 내거라. 우리 땐 등교하기 전에 책가방을 뒤지지 않았었다."

"저도 그랬어요." 나는 그레테의 눈치를 살폈다.

"그런 잔소리를 한다고 해서 네 얼굴이 깎이진 않아!" 그레테가 가시 돋친 소리를 했다.

졸지에 사이에 끼이게 된 나는 분위기를 수습하려고 노력했다.

"베르트, 할머니 말씀이 옳아. 넌 벌써 이를 깨끗하게 닦았잖아. 그리고 화장실에선 뭐든 먹는 게 아니란다. 젤리도 마찬가지야."

"그치만 아빠는요? 아빤 매일 화장실에서 담배를 피우시잖아요! 그건 누가 허락한 거예요? 아빠는 해도 되고 우리는 그러면 안되고. 그게 뭐예요!"

그레테가 가방을 들고 목욕탕에서 나가버렸다.

"에르니! 어딨니?"

"에르니는 목하 연설중이시다!" 그레테가 비아냥거렸다.

차고 앞 커다란 돌덩이 위에 올라서서 소리치고 있는 에르니의 모습이 목욕탕 창문을 통해 보였다. 상상력이 풍부한 저 앤 아마도 상상 속의 청중들을 향해 연설하는 것이리라.

"여러분, 전 오늘 입학해요. 알고 계셨어요? 모르고 계셨죠? 어제 말씀드리긴 했지만 잊으셨을 거예요. 신사 숙녀 여러분! 베르트도 오늘 학교에 같이 가요. 베르트가 누구냐구요? 베르트는 그러니까 제 형이에요. 우리는요, 여러분도 아시다시피 쌍둥이예요. 다 아시잖아요? 어른들이 그러시는데 우리는 이란성 쌍둥이래요."

에르니는 무대 위에서 연기하듯 책가방을 흔들었다. 그러면서 새알 초콜릿을 아주 여유 있는 표정과 몸짓으로 상상 속의 청중들에게 던져주었다. 스피츠를 데리고 가던 여인이 호기심에 찬 표정으로 바라보며 미소짓고 있었다.

"댁한테도 드리지요." 에르니는 상냥하게 말하면서 초콜릿 몇 개를 개에게 던져주었다. 그러자 개가 겁을 먹고 짖어대기 시작했다.

"야, 이 사람아, 입말고 손으로!" 에르니가 개한테 호통을 치자 여인이 개를 데리고 가버렸다.

"에르니, 너 옷 버리지 않았니?" 그레테가 물었다.

"왜 그렇게 생각해? 그냥 돌 위에 서 있기만 했는데. 이제 정말 학교에 가는 거야? 더 있으면 심심해질 것 같단 말야!"

"학교 다니기 시작하면 심심하지는 않을 게다." 그레테가 말했다.

"너희들의 진정한 삶은 지금부터 시작되는 거야. 우리도 이젠 출발해야겠다. 소변보고 손 씻은 다음 아노락 재킷*을 입도록 해라."

"엄마." 내가 재킷 단추를 채워주는데 베르트가 속삭였다. 베르트는 단추를 혼자 잠그지 못했다. 그게 그 아이가 스스로 해결하지 못하는 유일한 일이었다.

"왜? 귀여운 아들아!"

"엄마한테 하고 싶은 말이 있어요. 그런데 엄마 귀에 대고 말할래요."

나는 아이 곁에 쪼그려 앉았다. 귓속말을 속삭이는 아이에게서 달콤한 젤리 냄새와 따스한 숨결이 느껴졌다. 아이는 귀여운 두 팔로 내 목을 꼭 껴안았다.

"굉장히 떨리는데 그 이유를 모르겠어요."

교회 앞은 사람들로 붐볐다. 정장을 한 많은 엄마 아빠들, 할머니 할아버지들, 그리고 친척들, 그들은 서로 악수를 나누면서 잔잔한 즐거움도 함께 나누고 있었다.

"굉장한 날이구나. 뭐라고 그랬니, 산탈아?"

"케빈, 지금부터 진정한 너의 삶이 시작되는 거란다."

"입학하는 게 즐겁지, 사라 리자야?"

사라 리자라는 아이는 창백한 표정으로 고개를 끄덕이면서 분홍색 헝겊가방 위에 시선을 모았다.

가방을 둘러메고 배우러 모여든 활기찬 아이들은 주변을 열심히 살펴보고 있었다. 유모차에 앉아 있는 어린아이는 어른들의 혼잡을 이해하지 못하겠다는 표정이었다.

* 에스키모 식의 모자가 달린 방한복.

　　남자들은 캠코더나 사진기로 무장했다. 그들은 교회, 할머니, 아침햇살 그리고 앞니가 나란히 빠진 아이의 창백한 웃음, 이 모두를 좋은 구도로 멋지게 담아내려고 춤추듯 바삐 움직였다. 나는 제발 아빠들이 무거운 가방을 짊어진 애들을 밟지 않기만을 바랐다.

　　"사위는 도대체 어딜 간 게야?" 그레테는 아는 사람들이 자기를 쳐다보고 있다고 느끼자 비난조로 말했다.

　　"사진은 지금 찍어야 하는데, 애들이 깨끗하잖아. 안녕하세요? 목사님!"

　　"응? 저 여자분이 목사님이세요? 교인들이 반대하지 않았어요?"

　　"여기는 개신교잖니!" 그레테가 이 사이로 말을 뱉어내면서 여자 목사님을 향해 매력적인 미소를 지어내느라 입가 근육이 완전히 비틀렸다.

　　"나이보다 젊어 보이는데도 품위가 있어, 매력도 있고"

　　"비난의 뜻예요?"

　　"잘 알잖아! 내 말이 어떤 의미인지." 그레테는 낮은 소리로 속삭이면서 반문하는 내가 바보스럽다는 듯 쳐다보았다. 그러면서 모든 것을 설명해줄 준비가 되어 있다는 신호를 보냈다.

　　"자신의 생을 아주 훌륭히 가꾼 여성이야!"

　　"안녕하세요?" 나는 목사에게 인사했다. 땅바닥까지 내려오는 검은 숄에 하얀 머플러로 한껏 멋을 낸 목사는 내 또래지만 삶에 대한 자신감과 품위가 있었다.

　　우리는 서로 손을 잡았다. 가까이서 보니 그녀는 더욱 매력적이었다.

　　"에르니와 베르트의 엄마 되시죠?" 그녀는 아주 정답게 물었다.

　　"전 지금까지 서로 그렇게 다른 쌍둥이를 본 적이 없어요!"

　　갑자기 그녀에게 에르니와 베르트는 아버지가 서로 다른 이란성 쌍둥이라고 말해주고 싶은 충동을 느꼈지만 그녀의 지금 상황이 어떤지 모르고, 또 옆에 있는 그레테가 신경이 쓰여 그만두었다. 그레테가 분명 잔소리를 할 것이기 때문이었다.

돈 되는 일도 아니고 꿀밤 맞을 얘기지.

나는 이란성 쌍둥이라서 누구나 쉽게 구별할 수 있다고 간단히 대꾸했다.

"새로 오신 목사님이시죠? 어머닌 목사님 칭찬에 침이 마르시죠."

"당신 칭찬도 대단하셨어요. 얼마나 열렬한지 당신은 아마 믿지 못하실 거예요." 목사가 말했다.

"제게 하신 말씀인가요?"

"그럼요." 목사가 다정하게 웃었다.

"당연하죠! 당신이 아니면 누구겠어요? 어머니께서 당신은 배우로서 성공했다고 말씀하셨어요. 유감스럽게도 전 당신이 출연하는 병원 드라마를 보지는 못한답니다. 그래도 매일 오후 네시에 방송된다는 것은 알고 있죠 사실 전 그 시간에 병원에서 일하거든요."

"그러니까 샬로테는." 그레테가 끼어들었다. "만인을 위해 일하는 거지요 정말 가치 있는 일예요!"

나를 민주적으로 교육시켜주신 엄마, 그레테를 난 존경하고 사랑한다. 난 나이 서른셋에 두 아이의 엄마지만 아직도 바깥 세상 일에 대해서는 그레테의 조언과 훈계가 필요했다.

목사는 상황 파악이 아주 빨랐다.

"따님께서는 정말 의미 있는 일을 하시는 거예요. 입원한 노인 환자들은 그 병원 드라마를 매일 보지요. 잠깐이지만 그 시간만큼은 모든 고통과 어려움을 잊는 것 같았어요."

그때, 나는 업무에 찌들어 온몸이 땀에 전 남편의 퉁퉁한 얼굴을 발견했다. 이런 세상에! 내 느낌에 남편은 우리를 보지 못하고 그냥 지나칠 것 같았다. 그레테가 남편에게 손짓했다.

"여길세, 사위. 자네에게 목사님을 소개해주고 싶다네."

남편의 나이와 체중 그리고 현재의 상황을 감안해보았을 때, 남편한테 다른 아빠들이 하는 것처럼 우리에게 서비스해줄 것을 요구하는 것은 무리일 것 같았다. 그래서 나는 더 이상 강요하지 않기로 했다.

스트레스에 찌들고 땀에 젖은 셔츠 차림의 내 귀한 남편이 목사와 악수를 나누었다. 남편과는 대조적으로 목사는 머플러를 바람에 나부끼면서 환한 얼굴에 교양 있는 미소를 지었다.

"미안해." 에른스트베르트가 내 뺨에 가볍게 입을 맞추며 말했다.

"회의를 대충 끝낼 수가 없어서. 게다가 컴퓨터 시스템이 엉망이 되는 바람에 말야. 그런데 애들은?"

"시간은 아직 충분해요. 아빠 몫을 할 기회는 얼마든지 있어요."

목사님은 그 틈을 이용해서 눈에 띄지 않게 슬쩍 자리를 떴다.

에르니는 일학년 입학생 무리 속에 앉아서 경건하게 얘기를 듣고 있었다.

베르트는 미아처럼 자전거를 세워놓는 틈바구니에 끼여서 가방을 열심히 뒤지고 있었다. 단물이 입 밖으로 흘러나와서 아이의 턱 위에 끈끈한 줄을 만들었다. 나는 기계적으로 핸드백에서 손수건을 꺼내서 아이의 턱을 닦아주었다.

지금은 침을 흘려서도 안되고 떠들어서도 안되고 방귀를 뀌어서도 안되는 거야.

우리는 교회 안으로 들어섰다. 주최측은 부득이하게 제단 옆에 스크린을 걸어놓았다. 꼬마들은 넓은 중앙통로에서 뛰어다녔다. 기저귀를 찬 어린아이가 제 유모차를 비틀거리며 밀고 다녔다. 유모차가 의자에 부딪치자, 따스한 눈빛으로 아이를 지켜보던 사람들이 다가가서 바른길로 끌어주었다.

아까 그 여자 목사님은 스크린이 걸린 벽 앞쪽에 앉아서 무릎 위에 눈길을 모으고 있다가, 딴청부리고 있는 성물 관리인에게 필름을 돌리라는 신호를 보냈다. 잠시 후 하얀 벽이 순식간에 초록색으로 변했다.

초원.

수천 수만, 아니 셀 수 없을 만큼 많은 풀들이 들쭉날쭉 자라 있는 평범한 풀밭이었다.

뜻 깊은 의미의 상징. 감 잡을 수 있음.

'입학식. 생의 시작— 어제, 오늘, 그리고 내일'이라는 주제에 대한 사고의 단초였다. 참석한 어른들도 초원과 인생에 대해서 생각해보게 했다.

"여러분, 이게 뭐죠?" 마이크에서 흘러나오는 목사의 목소리가 분위기를 바꾸었다.

상기된 아이들은 누구 하나 빠짐없이 새된 소리로 대답했다.

"초원이요!"

할머니 할아버지도 신중하게 고개를 끄덕이며 현명한 목소리로 대답했다.

"초원."

부모들은 자기 아이들 모습이 대견스러운 듯 바라보며 웃었다. 난 감동해서 눈물이 핑 돌았다.

이제, 아이들 영혼이 깨어나는 거야! 이렇게 시작해서 훗날 뭔가를 이루어내는 거야!

베르트는 감정 없는 목소리로 중얼거렸다.

"칫, 이런 시시한 풀밭 따위가 뭐라고!"

"베르트!" 나는 손등으로 눈물을 찍어내며 말했다. "하찮은 생물들이 세상에 존재하는 데는 그 나름대로 다 이유와 목적이 있는 거란다."

안타깝게도 에르니는 제자리에 없었다.

어느 새 에르니는 사람들 시선이 집중된 스크린 앞에 서서 소리치고 있었다.

"여러분, 여러분은 우리 집 잔디 깎는 기계가 어떤 건 줄 아시나요? 전자동이에요! 리모컨도 있어요! 근데 우리 아빠 잔디를 한번도 깎은 적이 없어요, 절대로! 그 일은 슬라고브스키 아저씨가 해요!"

"아이를 제자리에 앉혀!" 그레테 목소리는 다분히 명령조였다.

한 대 쥐어박아도 좋구요!

나는 스크린 앞에서 눈을 부릅떠 아이를 위협하면서, 입가에 억지 미소를 지으며 에르니를 달랬다. 품위를 잃지 않으면서 아이를 데려다 앉히기 위한 제스처였다. 사람들에게는 우리 모자가 연출해내는 돌발상황이 스크린을 보는 것보다 더 재미있을 것이다. 남편이 그 광경을 캠코더에 담고 있었다.

두번째 사진은 조그만 데이지꽃들이 피어 있는 초원이었다.

"데-이-지-꽃-이요." 초롱초롱한 아이들이 일제히 소리를 질렀다. 에르니가 제일 큰 소리로 대답했다. 베르트는 뒤에 물러나 앉아 잔뜩 골난 것처럼 쳇- 쳇- 거리며 가방 속에 손을 집어넣어 뒤적이고 있었다.

목사는 만족해했다.

세번째 필름은 데이지꽃 말고도 나무숲이,

네번째는 거기에 어린 자작나무 몇 그루가 더,

다섯번째는 팬지꽃이 더 들어 있는 사진이었다. 그런 식으로 계속 첨가되어 나중에는 아주 훌륭한 정원이 되었다. 분수와 풍성한 나무들, 그리고 활짝 핀 꽃들이 꽉차 있는 정원. 화면만 봐도 가슴이 뭉클했다. 아이들은 순수해서 더 감동했을 것이다.

"여러분, 보세요." 목사가 말했다.

"여러분은 이 정원과 꼭 같아요. 지금까지 여러분은 아름다운 초원이었답니다. 여러분이 많이 배우면 배울수록 예쁜 식물들로 꽉찬 멋진 정원처럼 되는 거예요."

멋졌다. 정말 아름다운 비유였다! 눈물이 뺨 위로 흘러내려서 난 더듬더듬 핸드백을 열고 손수건을 꺼냈다. 베르트의 얼굴에 묻은 단물을 닦아낸 손수건이었다. 난 손수건을 펼쳐들고 깨끗한 곳을 찾았다.

갑자기 에른스트베르트가 캠코더를 내게 들이댔다. 난 제발 찍지 말라는 제스처를 했다. 남편은 다시 스크린에 초점을 맞췄다.

성물 관리인이 환등기를 끄자 남편도 캠코더를 껐다. 파이프 오르간 연주자가 <교외의 전주곡>을 연주하기 시작했다. 썩 훌륭한 연주였다. 음울한 장식악절이 들어 있는 장조곡이 제5음에서 제1음으로 끝을 맺으려고 할 때, 우리는 펼쳐진 악보를 보며 가슴 깊은 곳에서 우러나는 목소리로 노래를 부르기 시작했다.

"모든 어린이들이 이─ 일─ 끼를 배우죠 인도 어린이나 주─ 우─ 웅─ 국 아이들도요!" 내 눈에선 실개천 흐르듯 쉼없이 눈물이 흘러내렸다.

아이들에게 오늘은 얼마나 특별한 날일까!

나를 바라보는 그레테의 눈가도 촉촉하게 젖었다. 우리가 이렇게 눈물짓는 이유는 오직 하나, 가족이기 때문이다. 나는 아이들 등뒤로 그레테 손을 꼭 잡았다.

아! 그레테, 나의 엄마!

이십칠 년 전 그레테는 분명 책가방을 들고 입학식에 참석해서 어린 나와 함께 노래를 불렀을 것이다. 그때 그레테는 너무나 감동해서 울면서 내 입가에 묻은 단물을 닦아주었을 것이다. 하지만 그 옛날에도 그레테 곁에는 감동하는 아내의 모습을 지켜보며 그 모습을 카메라에 담으려고 애쓰는 남편이란 존재가 없었다. 지금까지 그레테는 단 한번도 남자를 곁에 둔 일이 없었다. 사진을 찍어주는 남자든 어떤 남자든. 항상 나 하나였다.

가엾은 그레테.

"안녕하세요? 프리츠!"

"안녕하세요? 페퍼 부인. 분장실에서 기다리고들 있어요"

"우리 아이들이 오늘 입학했어요 그런 사정에 대해서는 벌써 얘기했는데요"

"알겠어요, 페퍼 부인. 홍분하지 마세요"

그가 창문 안쪽에서 친근한 웃음을 선사했다. 칠 년 동안 우리는 매일 아침 이렇게 만나왔다. 내가 자전거를 타고 스튜디오에 도착하면 그가 내게 친근한 인사말을 건넸다.

"이젠 됐어요 지금 이렇게 오셨으니까요!" 그는 내가 온 것을 알리려고 인터폰을 집어들었다.

나는 자전거를 수위실 현관 안까지 끌고 들어가 쓰다 버린 무대 세트에 기대어놓았다. 거기에는 '폐기처분'이라는 팻말이 붙어 있다. '폐기처분'이라는 팻말이 내 자전거를 지켜줄 것이다. 그 외에 다른 할 일이 없을 테니까. 나는 치마를 똑바로 고쳐입고 조용히 서 있는 병원 건물 뒷문으로 들어섰다. 드라마를 찍기 위해서 우리는 이 건물 양쪽 날개를 빌렸다.

"안녕하세요?" 한 음향기계 기술자가 계단을 뛰어 내려오면서 기분 좋게 나를 바라보았다.

"사랑의 죄악을 범할 수 있나요?" 기술자는 손에 전선과 코드 몇 개를 들고 노래를 흥얼거리고 있었다.

"아뇨 절대로 그렇게 못해요." 나는 말했다.

그는 히죽 웃으며 방음 처리된 문 뒤로 사라졌다. 통신 사무실 쪽에서 애벌린이 전화 통화하는 소리가 들렸다.

"안돼요 지금은 바흐 선생님과 얘기하실 수 없어요 녹화중이 거든요."

'거짓말.' 나는 생각했다. 바흐 선생인 나는 아직 옷도 갈아입지 않은 상탠데.

분장실은 삼층에 있다. 평소 엘리베이터를 이용하지만 오늘은 시간을 벌고 싶었다. 나는 단단한 비상구 철문을 열고 잰걸음으로 계단을 뛰어올랐다. 그런데 하필 이층 계단에서 유타와 마주쳤다. 그녀는 넉넉잡아서 사십 명 정도 되는 극히 평범한 구경꾼들을 통솔하고 있었다.

"여기가 수술실입니다. 오른쪽 커다란 방은 원장 선생님이신 닥터 튄게스가 사용하는 곳입니다. 일반수술은 대개 과장님들이 집도하시고, 유리문 뒤에는 분만실이 있습니다. 보시는 바와 같이 지금은 아무도 없답니다. 침대에 눕혀져 있는 갓난아기들은 당연히 진짜가 아닙니다. 원하시는 분들은 가서 확인해보실 수 있어요!"

　구경꾼들은 가짜 아기들을 보려고 유리문 뒤로 갔다. 나는 그들 사이를 비집고 지나가야만 했다.
　"미안합니다. 잠시 지나가겠습니다. 고맙습니다."
　"재미삼아 수술받아보실 분은 아래층 접수창구에 가셔서 친절한 빌마에게 접수하세요." 유타는 큰 소리로 말했다.
　"아프지 않나요?" 나이든 할머니가 걱정스럽게 물었다.
　"그럼요, 당연히 아프게 하지 않아요." 유타는 즐거운 듯이 대답했다. "운이 좋으면 수술하는 장면을 볼 수 있을 거예요. 오늘 네시에 녹화가 있거든요. 그땐 조용히 하셔야 해요. 특히 모든 촬영장에서는 금연이라는 걸 명심하시기 바랍니다."
　"어머! 이게 누구야?" 몇몇 사람이 수군거리는 소리가 들렸다.
　"닥터 바흐 아냐?"
　"평범하고 친근해 보이는데!"
　"뒤로 처지지 마세요!"
　"우리 말이 맞지? 유타…… 양, 말해봐요! 저 사람이 바흐 선생님 아니었수?"
　"예. 저분이 바로 여러분들이 알고 계신 닥터 바흐예요." 유타가 내 뒤에서 명랑하게 웃었다. "실제 이름은 샬로테 페퍼랍니다. 저분 사인이 든 사진은 아래층 통신 사무실에 준비되어 있습니다."
　유타가 내게 윙크했다. 나도 윙크로 답해주고 서둘러서 분장실 쪽으로 뛰었다.
　그래요. 당신들은 운이 없으시군요. 이 문 뒤는 여러분 출입이 금지되었거든요. 베티나만 들어올 수 있어요. 직원들이야 당연히 들어올 수 있지요. 순진하고 귀한 사람들.
　나는 심호흡을 하고 분장실로 들어섰다. 분홍빛 붓, 브러시, 가제수건, 원통형 플라스틱 세팅기구, 물감통, 분첩, 매니큐어, 립스틱, 스폰지, 화분. 모든 것들이 있던 자리에 그대로 놓여 있었다. 늘 그렇듯이.
　베티나가 내 자리에 앉아서 신문을 읽고 있었다.

“모두들 안녕하세요?”

“안녕?” 대본을 보고 있던 동료 서넛이 잠시 나를 쳐다보며 짧게 미소지었다.

나는 제작자들에게 내 자리를 옷장 뒤 맨 끝 쪽에 마련해달라고 요구했었다.

베티나가 일어섰다. “좀 늦으셨네요. 어디 계셨어요?”

“오늘 우리 애들이 입학했어요.”

“그랬군요! 어머, 우셨더랬어요?”

뚱뚱보 로레가 거울 앞에 앉아서 무례하기 이를 데 없는 눈초리로 나를 쳐다봤다.

“가소로워서.” 그게 그녀의 첫마디였다.

“내 아들 데트레프는 벌써 오래 전에 학교를 졸업했지.” 그녀의 커피잔에는 혐오감을 불러일으킬 만큼 기름지고 축축한 연보라색 립스틱이 묻어 있었다. 그뿐, 그녀는 다시 자기 대본에 눈을 돌렸다. “섬― 뜩― 해”라는 말이 밑도 끝도 없이 그녀의 입에서 튀어나왔다. 나는 제발 그녀가 나를 화제삼아 이야기하는 것을 달가워하지 않기만을 간절히 바랐다.

“그 꼬맹이가 배우가 되겠다고? 지 선생도 냉랭한 게 반응이 별로드만!”

로레는 고상하지 못한 언어와 천박한 말투로 사물을 묘사하면서 거칠게 행동했다. 이러한 언행이 그녀의 준수한 외모를 깎아내려서 그녀에게는 수간호사 역할이 맡겨졌다. 적갈색으로 물들인 머리를 높이 틀어올린 그녀의 눈빛은 동트기 직전 이천 미터 상공의 대기같이 살을 도려낼 것처럼 차갑고 찌르는 듯하고 해질녘 산등성이에 걸쳐져 있는 비를 잔뜩 머금은 구름이 넘실대는 것처럼 젖가슴이 출렁거렸다. 그리고 그녀 입술에는 언제나 알프스 산정의 저녁노을 빛깔인 야한 연보라색 립스틱이 엷게 덧칠해져 있었다. 대체적으로 그녀는 아침에 머리를 매만지고 나오는 것을 잊어버리는 것 같았지만, 깔끔하게 손질된 간호사 캡을 쓰기 때문에 아무 문제가 되지 않았다. 그녀는 드라마 첫회부터 출연해왔다는 것에 대한 자부심이 대단했다. 그녀 말대로라면 그녀는 이십이 년 경력을 지닌 베테랑 배우였다! 게다가 재능까지 겸비했고! 그녀가 사랑해 마지않는 신이 그녀에게 재능과 더불어 아들 데트레프를 부여해주었다!

"그 꼬맹이는 뭐 하나 이헬 못하게 생겨먹었드만! 재능이라고는 손톱에 반만큼도 없어 보이던데!"

지금 나를 두고 하는 말일까? 그녀는 지난 칠 년 동안 나란 존재를 개밥에 낀 도토리만큼도 인정해주지 않았는데? 그녀는 나를 연출목록에 있는 대로 작은 티끌 하나 없이 새하얀 가운을 입고 금실로 짠 머리 리본을 한, 고지식해서 남한테 해 되는 얘기는 할 줄 모르고, 뭔가 구린 데가 있어서 침묵하고 있는 여의사쯤으로 취급한다는 투였다.

나는 겁먹은 눈초리로 뒤쪽 전신거울을 바라보았다.

"그 꼬맹이가 마약중독자로 응모했다지 아마?" 로레는 불만을 연신 드러냈다. "그 꼬맹이가 졸도하는 연기를 잘 해낼 수 있겠어? 그건 두번째 학기에나 배우는 건데!"

그녀의 젖가슴은 다시 입으로 가져가는 커피잔이 닿지 않을까 걱정될 정도로 위험스럽게 출렁거렸다. 그 커피잔은 벌써 그녀의 립스틱으로 덕지덕지 얼룩져 있었다.

"그런데 더 나쁜 것은, 구스타프가 그 꼬맹이를 뽑았다는 거 아니겠어! 요즘 젊은애들에게 그런 거, 그러니까 우리 수준까지 미치길 바랄 수는 없겠지? 아, 옛날에 우리는 말야, 철저하게 연기했어. 우리는 찬밥에 물 말아 먹어가면서 연습했다니까. 근데 구스타프는 언제나 뭐가 됐든 상관없다는 식이라니까. 그 사람에게 젤 중요한 것은 그저 끝내는 거니까."

다행스럽게도 그녀가 씹고 있는 대상은 내가 아니었다. 오늘 아침 새로운 배역에 응모한 신인 연기자에 대해서 말하는 모양이었다. 아이들 입학식 때문에 나는 그 자리에 없었다. 다행스럽게도

"도대체 구스타프는 맨날 오후 한나절을 뭘 하면서 지내는지 몰라? 난 정말 이해가 안 간다니까! 부인이 살았을 적엔 딴 사람들처럼 오후에는 집에 들어갔었는데 말야. 그런데 지금은 항시 캠핑카에 쪼그려 앉아서 지낸다잖아. 그것도 커튼을 모두 닫아걸고! 도대체 그 사람은 그 속에서 뭘 하는 건지 모르겠다니까?"

"그 사람 도박꾼이야!" 그레텔 주프가 읽고 있던 여성잡지 너머로 말참견을 했다.

"재산을 몽땅 도박으로 날려버렸잖아. 그래서 집이 없는 거야."

"확실한 방랑자야." 로레가 경멸적으로 말했다.

"그 사람, 자기 인생을 어떻게 달리 시작해볼 도리가 없다는 걸 본인도 잘 알고 있을 거야. 내가 지금 반대하고는 있지만 그 사람이 우리 데트레프와……."

베티나가 나를 쳐다보고 웃었다. 드디어 데트레프가 등장했기 때문에.

우리는 데트레프의 어제와 오늘, 그리고 내일까지도 모두 다 알고 있었다. 데트레프는 지금 이 시간 아이펠에 있는 어느 단골 맥주집에 앉아 있을 것이다. 베티나가 입을 비죽이며 웃었다.

"그렇담? 우리 시작해볼까요?"

나는 옷을 벗어서 캐비닛에 걸었다.

뚱뚱보 로레가 내가 분명히 느낄 만한 곁눈질로 나를 관찰하고 있었다.

로레의 브래지어는 XL나 XXL일 거야. 어쩌면 사이즈가 없을지도 모르지. 시골 할망구 같으니라고

당신은 그저 자신을 연기해낼 뿐이야. 어쩌면 감독이 당신 외모에 혹했을지도 모르지. 하지만 당신에게 유혹당할 사람은 아무도 없을걸. 당신도 얼마 남지 않았어. 앞으로 이 년 후면 정년이잖아. 그렇게 되면 나는 당신의 교만한 성격을 더 이상 참지 않아도 될

거야. 그때가 되면 당신의 아들 데트레프가 당신에게 선물을 바치겠지. 나는 지금 그 순간만을 고대하고 있어. 그렇게 되면 당신 고향, 크납자크 사람들의 신경이 좀 날카로워질 거야.

베티나가 깔끔하게 손질된 가운을 내게 건네주었다. 청진기와 가운에 걸 몇 가지 소품, 그리고 책상 위에 놓아두어야 할 소도구들도 챙겨주었다. 가운을 입은 나는 윗단추 두 개를 풀고 머리를 손질하기 위해 의자에 다리를 포개고 앉았다.

"전처럼 할까요?" 베티나가 물었다.

"그래요." 나는 짧게 대답한 후 대본을 집어들었다.

413회. 창백한 여의사와 그녀의 중년 동료들은 오늘 단역배우가 길게 누워 있는 침대 주변에 죽 늘어서서 어떤 사건을 전개해나갈 것인가?

내 대사에 줄이 그어져 있었다.

샬로테, 신경쓸 필요 없어.

로레 레셜리히가 젊은 시절 허기를 채우기 위해 찬밥에 물 말아 먹어가며 신들린 연기를 했든 어쨌든.

에른스트베르트 샷츠

에른스트베르트 에른스트베르트 샷츠 건실한 세무사이며 공인회계사. 목석 같은 사람.

그때 내가 어떻게 그 사람의 아이를 갖게 되었는지, 그건 정말 이상한 일이었다. 그러니까 그가 나를 처음으로 방문했던 게 벌써 칠 년 전의 일이었다.

그때 나는 그를 바라보기만 했을 뿐, 그 이상은 아무 일도 없었다. 맹세코 정말 그냥 바라보기만 했다!

하지만 이제는 어떻게 그런 일이 일어날 수 있었는지 알게 되었다. 마력에 의한 속임수였다. 그때는 내게 그런 신통력이 있다는 사실을 나 자신도 모르고 있었다. 그래서 실수로 임신이라는 엄청난 사건이 발생한 것이었다!

완전 무지로 인한 실수! 덧붙여 얘기하자면 그 당시 난 사실 무척 권태로웠다. 그러니까 나의 임신은 권태와 무지의 소산이었다.

나중에 에르니와 베르트에게 말해줄 것이다. 매일 비가 내리는 구질구질한 날씨에 함께 놀 친구가 없어서 난 늘 따분했고 권태로웠다고. 게다가 먹을 것이라곤 비린내 나는 청어밖에 없었다고.

물론 그때 에르니와 베르트도 없었다. 가진 것이라고는 왕성한 상상력뿐. 하지만 돈벌이와 관계없는 상상력이란 병적인 광기일 뿐, 시간과 정력을 소모시키는 해로운 것이었다. 환상이 돈벌이가 되지 않을 때는 바보 같은 짓이라도 시작해야만 한다. 그 당시 내 생활은 그렇게 풍족하지 못했다. 나는 막 이십대 중반에 들어선 나이였다. 나는 배우가 되고 싶었다. 그것도 세계적인 배우가 될 꿈을 꾸며 살았다. 눈물이나 짜내게 하는 삼류 연속극의 여자 의사 아니타 바흐 역할이나 하려던 것은 아니었다. 그런데 내가 그렇게 순식간에 임산부가 될 줄은 몰랐다. 게다가 쌍둥이라니!

그런 일은 결코 일어나서는 안되는 일이었다. 절대로 안되는 일이었다. 순수 생물학적으로도 있을 수 없는 일인데. 남자를 바라보면서 그 일을 상상했다고 해서 여자가 임신할 수 있는 것일까! 분명한 것은 인간 역사에서 그 일은 단 한 번 일어났다는 것이다.

에른스트베르트는 그레테가 선택한 나의 세무사였다.

어느 날 저녁 그는 평범한 세무사로 우리 집 현관 벨을 눌렀다.

나는 남자친구의 헐렁하고 긴 스웨터를 걸치고 실내화를 질질 끌면서 반가운 마음으로 현관문을 열었다. 그때 에른스트베르트가 현관 앞에 서서 그렇게 말했다.

"안녕하세요? 샤츠*"

"예? 뭐라고요?" 나는 당황해서 반문했다.

* 사랑하는 사람을 부를 때의 애칭.

이 남자가 지금 무슨 뚱딴지 같은 소리를 하는 거야.

"샷츠, 제 이름은 샷츠고, 직업은 세무삽니다."

"페퍼코른." 나는 대답하고 그를 안으로 안내했다. 그 당시에 나는 그레테의 성을 따서 페퍼코른이라고 불렸다.

현관 안으로 들어선 그가 친근하지만 호기심 어린 시선으로 나를 바라보다가 갑자기 코를 킁킁거리기 시작했다.

"고양이 냄새가 나는데요!"

나는 부엌문을 열고 순간 온수기 위를 가리켰다. "엘제 페퍼코른예요. 내가 입양한 고양이죠"

엘제는 새끼를 밴 불편한 몸을 이끌고 어느새 자기 보금자리에 누워 있었다. 엘제는 당장이라도 새끼를 낳을 것처럼 보였다. 엘제는 축축한 눈으로 샷츠 씨를 한번 쏘아보더니 귀찮고 번거롭다는 듯이 눈길을 돌렸다.

"몇 개월 전에 저 고양이를 쓰레기통 근처에서 발견했어요" 난 그렇게 해서라도 딱딱한 분위기를 좀 풀어보고 싶었다. 그래도 그는 여전히 부자연스럽고 뻣뻣했다.

에른스트베르트는 정중히 고개를 끄덕인 다음 적당한 거리를 두고 새끼를 밴 고양이를 관찰했다.

"해산할 때가 다 된 것 같습니다." 그가 아는 척했다.

"엘제는 지금 뱃속까지 쇠약해져 있어요 눈도 다 곪았죠 우리 속에 갇힌 채 아무렇게나 사육되는 가축처럼 엘제가 이상한 고린내를 풍겼다는 걸 당신은 상상도 못하실 거예요" 나는 그와 무슨 말이든 나누고 싶었다.

에른스트베르트가 외투를 벗어서 옷걸이에 걸었다.

"그럴 겁니다. 쓰레기통 주변에서 살았다면……."

"고양이를 수의사에게 데려가서 건강을 체크해주었어요 그런데 전 촬영하러 프랑스로 가야만 했어요 루이스에 관한 영화였어요" 나는 말했다.

"그러셨군요." 에른스트베르트는 정중하게 말하면서 서류가방을 바닥에 내려놓았다.

"그래서 엘제를 다시 거리로 내보내야 했지요. 데려가고 싶었지만 그렇게 못했어요." 나는 해명했다.

"그럼요. 그렇게 할 수 없으셨을 겁니다." 세무사는 말하면서 울룩불룩 튀어나온 붉고 큰 엘제의 젖꼭지를 불안한 눈으로 쳐다보았다.

"석 달 후, 다시 집에 돌아왔을 때 변한 것이 있었어요. 뭐였는지 아세요? 한번 알아맞혀보세요"

"고양이." 에른스트베르트가 허물없이 대답했다.

"맞았어요" 나는 소리쳤다. 호감이 가는 세무사였다.

그와 함께 애기하는 것이 기뻤다. "만삭이었어요! 상상할 수 있으세요?" 나는 극적으로 묘사하려고 애썼다.

"예." 에른스트베르트는 짧게 대답하고는 닫혀 있는 거실문을 쳐다보았다.

그는 고양이의 사연 따위엔 전혀 관심이 없고 세무에 관한 이야기를 빨리 해주고 싶어하는 눈치였다. 그는 철두철미하게 사무적인 사람이었다. 이런 유형의 남자를 지금까지 한번도 만나본 적이 없었다.

그 사람 생각과는 달리 나는 아무렇게나 접히고 그나마도 완전하지 못한 옹색한 내 세금자료들을 그 사람 앞에 펼쳐 보이고 싶은 생각이 조금도 없었다. 그러느니 차라리 고양이 애기를 더 나누고 싶었다.

"엘제는 아파트의 일층 현관 앞에 있었던 게 아니라 여기까지 올라왔던 거예요! 사층까지! 우리 집 현관 발판에 앉아 있더라구요 계단으로 올라온 거죠! 석 달이나 지났는데 말예요! 그 만삭의 몸으로! 그건 어떻게 생각하세요?" 나는 어떻게든 애기를 재미있게 만들어보려고 애썼다.

"맞습니다. 고양이에겐 그런 영특함이 있어요" 에른스트베르트는 내 기분을 맞춰주려고 궤변을 늘어놓았다.

"처음엔 일층 현관 앞에서 날 오랫동안 기다렸을 거예요. 틀림 없이. 그러다가 내 추측이긴 하지만 여기 사층까지 걸어왔을 거예요. 고양이가 엘리베이터를 타고 올라왔을 리는 없어요 그런 다음 현관 앞에서 내내 나를 기다렸을 거예요. 제가 프랑스에서 돌아올 때까지! 어쩌면 일주일 넘게 기다렸을지도 몰라요!" 나는 차츰 흥분해서 감정이 좀 격해졌다.

"그런데 지금은 이 집 순간 온수기 위에 앉아 있군요. 새끼는 언제 낳습니까?" 에른스트베르트가 사무적으로 물었다.

"저 고양이는 산모수첩이 없어요. 충고는 받았지만 규칙적으로 병원을 다닌 것도 아니고…… 그리고 또 고양이가 CTG 촬영을 하려고 하지도 않구요. 자기 책임이죠, 뭐." 나는 말했다.

"이제 잠시 세금에 관해서 얘기를 나눌 수 있을까요?"

"그럼요. ……산통이 있으면 엘제가 나한테 올 거예요."

에른스트베르트는 자리를 거실로 옮겨 세금계산 작업을 할 수 있는지 정중하게 물었다.

"물론예요. 할 수 있고 말고요." 나는 말했다.

나는 잔 두 개와 포도주 한 병을 꺼내들었다.

"엘제야, 용기를 가지렴. 내가 언제나 네 곁을 지켜줄게." 난 만삭이 된 고양이에게 말했다.

에른스트베르트는 고양이가 긁어놓은 소파에 앉아서 세금에 관한 서류들을 벌써 펼쳐놓고 있었다. 깨알같은 글씨로 본인이 직접 꼼꼼히 작성한 서류들이었다. 그도 곧바로 본론으로 들어갈 수 있을 거라고 기대하지는 않았을 것이다. 세금서류들이 그의 성격을 그대로 나타내주었다. 누구든 금방 알아차릴 수 있는 일이었다.

진지한(에른스트) 베르트의 보석(샷츠).

모범적인 세무사.

사무적이고 전문적이고 능력 있는 사람.

상상력 결핍, 박력 결핍, 유머 감각이 결핍된 사람.

체중 과다에 옆가리마를 하고 잿빛 안경을 쓴 사람.

그리고 신뢰감을 주는 전형적인 사람.

"지난해엔 직업과 관련된 여행을 몇 번 하셨습니까?"

"굉장히 자주 했지요." 나는 자랑스럽게 말했다. 나는 그렇게 문제 있는 여자였다. 어느 프로덕션이든 반반하게 생긴 몇몇 단역 배우들은 항상 필요했다. 힘찬 목소리로, 사투리 억양 없이 '백작님, 차가 준비되어 있습니다'라고 말할 수 있다면 어디서든 단역배우가 될 수 있었다. 내 생활에 대해 농담을 섞어가며 얘기해주려고 했는데, 그는 내 말에 적극적인 반응을 보이지 않았다.

"제게 주유 영수증을 보여주실 수 있으십니까?"

"아뇨 그럴 수 없어요. 그런 것도 모으시나요?"

틀림없이 그는 이런저런 영수증들을 꼼꼼하게 비닐로 된 서류봉투에 넣어서 자동차 글로브박스에 보관해 두었다가 저녁에 집에 돌아가면 거실 바닥에 쫙 펼쳐놓고 배 깔고 엎드린 자세로 구겨진 것들을 하나하나 펴가며 자세히 살피고 골라서 서류철에 정리할 것이다. 그리고 어느 날엔가 담당세무사에게 그것들을 전해주고, 꼼꼼하게 정리해서 대가를 받을 것이다. 에른스트베르트 같은 남성들은 서류 정리를 잘하는 사람들이다. 그런 사람들은 어떤 서류든 필요하면 단 몇 초 안에 찾아낼 수 있을 것이다. 손만 뻗쳐서 끄집어내면 될 테니까!

컴퓨터 시대는 모든 것들을 컴퓨터에 저장해놓았다가 필요할 때면 언제든지 손가락 하나로 마우스를 클릭해서 필요한 것들을 불러낼 것이다! 에른스트베르트처럼 능력 있는 남성들은 컴퓨터를 다루는 것쯤은 누워서 떡 먹기 일이고, 나는 그런 능력을 지닌 사람들에게 약간의 경외심과 아울러 무한한 존경심을 갖는다.

하지만 나는 어떤 서류를 찾으려면 온 집안을 몽땅 뒤집어엎어야만 한다. 아주 끔찍스러운 일이다. 그러면서 나는 오랫동안 잃어버린 줄도 모르고 지내던 물건들을 하나 둘 찾아낸다. 수영장 회원증, 처음으로 십자수를 놓아 짠 덮개, 헌혈 증명서, 고등학교 졸업장, 앵무새가 쪼아먹어서 끝이 너덜너덜한 운전면허증, 이미 고인이 된 젊은 시절의 연인이 끼워주었던 반지, 예전에 직접 짜서 그레테에게 선물했던 보온 계란용기 싸개, 오랜 세월 잊고 지낸 일기장 열쇠 등등. 하지만 주유 영수증은 그 어느 곳에서도 찾아낼 수 없다.

"앞으로는 꼭 모아놓으셔야 합니다. 조그만 상자를 마련해서 보관해보세요." 에른스트베르트가 말했다.

아하, 그렇군요! 영수증 같은 것을 작은 상자에 모아놓는다. 그것 참 기발한 생각이네요!

"알았어요. 그렇게 하도록 하죠." 나는 그가 화제를 바꾸기만을 간절히 바랐다.

"여행할 때 식사는 어떻게 하십니까? 스스로 해결하십니까?" 그는 안경 너머로 살피듯 나를 바라보았다.

"그럼요. 당연히 스스로 해결하죠. 아침에 빵에 버터를 발라서 가방에 넣고 다녀요. 그것이면 제게 충분한 하루 양식이 된답니다. 우리 같은 무명배우들은 몸매에 신경을 써야 하거든요. 당신도 잘 아시겠지만요."

"그렇다면 식비로 지출되는 돈은 거의 없겠네요? 레스토랑 같은 데는 안 가십니까? 누구를 접대해본 적은 없으셨습니까?"

"이보세요. 전 접대부가 아니라 그저 평범한 배우예요. 그건 왜 물으세요?" 나는 당황해서 물었다.

"타지에 가서 얼마 동안이나 머무르셨습니까? 하룻밤, 이틀 밤? 아니면 그 이상이었습니까?"

"그 문제라면 상황에 따라 항상 달라요……."

"의상이나 미용과 관련된 지출은 있으십니까?"

당연한 일이지 이 사람아. 아니면 내가 헌옷 수집함에서 사람들이 입다 버린 옷을 꺼내 입는다고 생각하는 거야? 뭐야? 나는 디자인이 독특한 의상에 특별히 더 많은 가치를 부여한다구.

"지금 그 영수증을 보여주실 수 있습니까?"

"아뇨"

에른스트베르트, 그런 일에 그렇게까지 진지할 필요는 없어.

맹세컨대 그는 약간 사시눈이었다. 남자가 약간 사시인 것만큼 성적인 매력을 느끼게 하는 것은 없다. 물론 시선을 마주치기 민망할 정도로 심한 사시가 아니라 긴가민가할 정도로 약한 사시인 경우를 말한다. 나는 포도주 한 모금을 서둘러 마시고 잿빛 안경테에 가려진 그의 눈을 바라보았다.

이 사람 사신가? 아닌가?

내 심리변화에는 전혀 개의치 않고 그 사람은 세무에 관한 얘기를 지겹게 늘어놓았다.

세금을 내야 하는 수입의 계산에 대해서, 내가 개인적으로 벌어들인 수입에 관해서, 집에서 직장까지의 거리, 필요경비나 특별한 지출, 교회, 월급 그리고 부대비용에 대한 세금, 세금이 공제되지 않은 부수입의 세금면제에 관해서……. 나는 비어져나오는 하품을 억지로 삼켜버렸다.

그래서 나는 내 상상의 세계로 돌아섰다. 더 이상 그에게 매력을 느낄 수 없었기 때문에. 일상이 따분해질 때, 상상의 세계 속으로 빠져들면 좀더 긴장할 수 있다. 상상 속의 남자로는 마이클 더글러스나 로버트 레드포드, 아니면 그 누가 될 수도 있으니까.

내가 포도주를 내놓은 것도 우선은 그를 위해서였지만, 나 자신을 위해서이기도 했다. 잔에 포도주를 따르고 병을 탁자 위에 내려놓는 순간, 우린 서로 눈길이 마주쳤다. 짧은 순간이었지만 너무 강렬해서, 우리 둘은 당황했다.

나는 공연히 탁자를 문질러 닦기 시작했다. 급작스런 내 행동으로 탁자 위에 있던 금색 볼펜이 바닥으로 굴러떨어졌다.

"어머, 미안해요"

난 탁자 밑으로 기어들어가 볼펜을 찾아서 그에게 건네주었다. 값이 꽤 나갈 것 같은 고급 볼펜이었다.

볼펜을 주고받는 사이 우리 시선은 또 한 차례 뒤엉켰다.

그가 당황해서 웃었다. 잠시 후 우리는 잔을 들었다. 그가 황홀

한 표정을 지으며 잔 건너 나를 한참동안 바라보다 말했다.

"건배!"

나는 히죽 웃었다. 조용조용한 소리로 계속 얘기하는 남자. 제발 방해하지 말고 날 가만 내버려두길 바라면서 어떻게 하면 그 사람에게 좀더 다가갈 수 있을까 속으로 궁리했다.

당신의 거친 눈썹이 아주 가까이 다가섰어. 콧등까지 흘러내린 뻣뻣한 머리털 한 가닥은 한 그루 나무처럼 보이지만 살짝 잡아빼기만 해도 뽑힐 것 같아. 하지만 참겠어. 그 머리털 한 가닥에 내 관심이 쏠리니까. 그대로 두는 편이 낫겠어.

나는 그윽한 눈초리로 그를 바라보았다. 그의 눈은 마치 은밀한 숲 속에 파인 작은 웅덩이 같았다. 갈색, 초록색, 잿빛이 서로 어우러진 눈빛은 무척 신비로웠다. 게다가 에로틱한 잿빛 안경 뒤에 숨어 있어서 신비감이 더했다. 나는 거칠게 잔을 들어서 포도주를 마셨다.

"당신은 언제나 필요경비를 만들어내야 합니다." 에른스트베르트는 당황스러움을 떨쳐내고 말문을 열었다. "어디에서 식사를 하시든 상관없습니다. 당신은 자유직업인으로서 세금면제 혜택을 받을 수 있습니다. 이해하시겠습니까?"

아뇨. 지금 대체 무슨 말씀을 하고 계신 거죠?

"자동차 수리를 하신 게 최근 언제였습니까?"

그가 얘기하는 동안 나는 그의 까칠까칠한 수염을 응시하고 있었다. 좀 뾰족해 보이긴 해도 부드러워 보였다.

"자동차 고친 지 오래 됐어요" 나는 말했다.

오, 맙소사! 이럴 수가! 그는 정말 사시였다. 잿빛과 초록빛 그리고 갈색빛이 어우러진 그의 두 눈은 백 퍼센트 똑바로 바라보지 못했다. 적어도 한쪽 눈만큼은 그랬다. 오른쪽 눈이었다. 오, 세상에, 어쩜 저렇게 섹시할까!

이런 순간에도 그는 왜 이야기를 늘어놓아야만 하는 것일까? 딱한 사람 같으니. 정서가 너무 메말랐어. 오직 주유 영수증에만 키스해댈 사람 같아. 또 자기노력으로 획득한 메달에도. 그가 애정을 나누는 대상이 있다면 컴퓨터 마우스가 유일하지 않을까? 틀림없이 그럴 거야. 그의 감성지수는 완전 제로야.

그가 당황하며 나를 쳐다보았다. "이야기 계속해도 되겠습니까?"

"그럼요." 나는 즉각 대답했다. "개의치 말고 계속하세요! 긴장되네요. 잠시라도 멈추지 마세요!"

"대중교통도 이용하십니까?" 그는 급히 말을 이었다. "보통 일등석을 이용하실 텐데, 사용한 표를 보관해놓으시면 그걸로도 소득공제 혜택을 받으실 수 있습니다!"

"알았어요. 그렇게 하도록 하죠." 나는 말했다.

나는 여행할 때 꼭 일등석만을 이용한다. 상상의 세계에서만.

그것은 나 자신에게 늘 베풀어오던 사치였다. 돈 드는 일이 아니니까. 상상의 세계가 없는 사람들만이 걸어다닌다.

에른스트베르트에게서 풍기는 인간 냄새가 내게 다소 낯설게 느껴졌다. 세무사의 향기. 포도주와 담배, 그리고 빈틈없는 항목들과 주석들, 거기에 덧붙여야만 하는 충고들. 그와 관계된 모든 것들이 내게는 무척 새로웠다. 상상력이 이렇게까지 결여된 사람을 난 한번도 만나본 적이 없었다.

"당신 직업이라면 모든 의상비는 세금에서 공제됩니다. 어떤 종류의 영수증이냐에 따라서 다르긴 합니다만." 그가 말했다.

나는 약간 흥미를 느꼈다. 지금까지 그런 것에 대해서 생각해본 적이 없었는데.

그는 분명 나일론 남방을 입고 있었다. 다림질이 필요 없는. 내 추측이지만 그는 남방을 다릴 시간도 관심도 없을 것이다. 영수증을 보관하는 것에만 신경을 쓸 뿐.

"그러면, 틀림없이 필요경비를 만들 수 있을 겁니다. 생명보험은 들어놓으셨습니까?"

"생명보험이라뇨?"

이거 너무 파고드는 거 아냐! 난 맨손으로 삶을 헤쳐나가는 사람이야. 적어도 난 그렇게 생각해. 안전띠도 없고 안전망도 없는 상태에서의 공중곡예는 위험하잖아! 훨씬 더 긴장되긴 하겠지만! 가만, 세무사 양반, 내 보험증서까지 보여줘야 하는 거야?

이보게, 세무사 양반. 당신의 인생살이는 도대체 어떤 과에 속하지? 나와는 다르겠지! 당신은 날 지금 어떤 시각에서 볼까?

나는 그 사람 목에 걸린 단정한 무늬의 넥타이와 성적 매력을 떨어뜨리는 남방 그리고 늑골 무늬 러닝셔츠를 벗겨버리고 싶었다.

"다음에는 그런 것들을 다 벗어버리고 나를 찾아왔으면 좋겠어."

나는 조그만 소리로 투덜거렸다. 누가 아직도 그런 걸 입고 다니나! 세상에! 바지 좀 봐! 바지에 잡힌 주름을! 도대체 어떤 옷감일까? 저런 옷을 사입을 사람은 아무도 없을 거야!

내가 자기를 바라보며 어떤 생각을 하는지 도대체 관심이 없고, 그에겐 방해받지 않고 계속 얘기할 수 있는 것만이 중요했다.

나는 그가 포기할 때까지 기다려보기로 했다. 건축을 위한 저축 계약 그리고 이자에 유리한 상품에 대한 이야기는 곧 끝날 것이다.

그런데 난 서서히 달아오르기 시작했다.

잿빛 안경을 쓴 당신은 자기발전을 위해 부단히 노력하는 사람일 거야. 그리고 그러한 노력을 통해서 당신은 깨우치겠지. 인생살이가 아주 다양하다는 것을!

내 여성 호르몬은 몸 속 여기저기를 거칠게 뛰어다녔다.

세무사, 내 눈엔 당신 영혼이 무척 커 보이는데, 당신은 영혼에 관심이나 있을까? 그런 영혼의 소유자라면 세무일 말고 다른 일도 썩 잘 어울릴 텐데. 서류나 영수증 그리고 컴퓨터 데이터와 씨름하는 일 말고도 내 판단이지만.

세무사는 나를 이해하지 못했다.

"필요한 서류를 모두 작성해서 사인을 받으러 오겠습니다. 내일 아침에." 그가 말했다.

"예. 그러시지요. 고맙습니다." 나는 말했다.

분명히 그는 방바닥에 엎드려서 내 서류들에 키스를 퍼부을 거야. 그런 다음 조심스럽게 정리해서 내 사인이 필요한 곳에 표시하겠지. 그러한 작업들을 하면서 그는 굉장히 행복해할 거야.

"그러셨습니까? 저도 즐거웠습니다." 그가 웃었다.

"정말이세요? 주유 영수증을 잘 모아두었다가 빠른 시일 내에 당신께 드리도록 하겠어요."

"걱정하지 마십시오. 그게 제 직업이니까요." 그가 말했다.

그는 남은 포도주를 마신 다음 서류를 챙기고, 금색 볼펜을 돌려 끈 다음 내게 손을 내밀며 말했다.

"포도주 고마웠습니다."

"별 말씀을. 저도 즐거웠어요." 나는 그의 손을 잡고 흔들었다.

"고양이에게 행운이 있기를 빌겠습니다."

"고마워요. 엘제에게 전해줄게요."

그리고 그는 집으로 돌아갔다.

나는 번거로운 서류들을 치워버리고 부엌으로 갔다.

휴— 우, 무려 두 시간 반이야. 하지만 나는 비교적 슬기롭게 대처한 거야. 잘 견뎌낸 거지. 우리 둘 다 만족했으니까. 세무사도 그렇고 나도 그렇고.

"넌 어떻게 생각하니?" 나는 순간 온수기 위에 앉아 있는 엘제에게 물었다.

엘제가 신경질적으로 눈을 감아버렸다.

"그래. 그는 농담이나 기지가 부족한 사람이야. 나도 알아. 너한테 아무런 의미가 없는 사람이란 것쯤은."

나는 엘제에게 깨끗한 물을 떠다주었다.

"하지만 정말 순수한 남자야! 그런 남자를 난 한번도 본 적이 없어. 내가 알고 있는 사람들은 배우나 사업가 아니면 잘난 체하는 사람이거나 건달들뿐이잖아. 너는 내가 이렇게 건실한 사람과 자주 교제해야 한다고 생각하지 않니? 그레테는 틀림없이 대환영일 거야! 그리고 내가 그런 사람과 결혼하기를 바랄 거야! 생각해봐, 그레테가 얼마나 많은 세월 동안 나에게 시달림을 받으며 살아왔는지! 이십오 년! 그레테도 자기의 길을 가고 싶었을 거야!"

엘제가 관대하게 눈을 깜박거렸다. 털이 부드럽게 흔들렸다. 나는 고양이의 배를 쳐다보았다. 젖꼭지가 뱃속의 새끼들에게 소리치는 것 같았다.

"엘제! 새끼들이 움직이고 있어! 내가 방금 전에 보았는걸! 두세 마리 정도 되나 봐! 분명 한 마리는 아니야!"

엘제가 귀를 쫑긋 세웠다.

그때 현관문 닫히는 소리가 들렸다.

"슈툴바인? 자기 왔어? 벌써 인터뷰가 끝난 거야?"

드디어. 하네스야. 하네스 슈툴바인이 온 거야. 짙은 갈색 눈에 근육질의 남자. 이 얼마나 대조적인 프로그램이람! 달콤하고 사랑스럽고 섹시한 갈색 피부의 여름 사나이. 내 남자. 이제 겨우 연극영화과 이학년인 두 살 연하의 남자. 남프랑스의 뜨거운 여름날씨만큼 내게 뜨거운 사랑을 만들어준 남자.

"안녕, 찰리. 뭐 먹을 것 있어?" 그는 나를 찰리라고 부르고, 나는 그를 슈툴바인이라고 불렀다. 이 지구상에서 슈툴바인이라는 이름을 가진 사람은 아마도 그 사람밖에 없을 것이다.

하네스는 열쇠를 바닥에 내던지고 곧장 부엌으로 달려와서 나를 끌어안고 키스를 퍼부었다.

"자기가 보고 싶어서 죽을 뻔했어."

"난 자기 생각할 시간이 없었어. 세금문제에 열중하느라고 서너 시간이나! 무슨 일이었는지 얘기해줄게." 나는 생각 없이 즉흥적으로 내뱉었다.

"엘제, 이 노처녀야! 어때?" 하네스는 윤기 흐르는 엘제의 털을 쓰다듬어주었다.

"새끼들이 움직이고 있어! 이걸 좀 봐! 여기!" 나는 말했다.

하네스가 고양이 배에 조심스럽게 손을 대고 뱃속 소리에 귀를 기울였다.

"정말이네! 소리가 들려!" 그가 소리쳤다.

"나 아직 저녁 준비 못했어. 세무사가 왔었거든." 내가 말했다.

"세무사? 그런 사람이 왜 필요하지?"

"그레테가 보낸 거야. 그 사람은 특별히 자유직업인들이나 예술가들을 위해서 일하는 세무사래."

"어쨌든 상관없어. 나가서 피자 사올게." 하네스는 재빠르게 몸을 돌려서 방금 전에 벗어놓은 진 재킷을 집어들고 벽에 걸린 자전거 열쇠를 낚아챘다.

"어떤 피자를 먹을래? 라지? 레귤러? 치즈 크러스트? 음…… 페퍼로니……? 자기 알고 있지? 저녁에 난 극…… 장에…… 꼭 가야…… 한다는…… 근데 왜 그런 눈으로 날 바라보는 거야?"

"아이! 슈툴바인." 나는 콧소리를 섞어가며 교태를 부렸다. "나는 몇 시간 동안이나 자료 정리하는 방법에 대해 들어야 했단 말이야. 얼마나 따분했는지 자긴 모를 거야! 난 지금 너무나 배가 고파. 그치만 그보다도 더 나를 허기지게 만든 건 자기에 대한 열망이었어! 더 이상 못 참겠단 말이야!"

그의 눈이 커졌다. 육감, 젊음 그리고 싱싱함. 늘씬함, 유연함 그리고 신선함.

"정 그러시다면. 피자를 기다리게 할 수 있지." 하네스가 의욕에 찬 미소를 지으며 말했다.

하얀 이가 햇빛에 그을린 얼굴 위에서 아름답게 빛났다. 너무나 아름답게. 난 환희로 가슴이 두근거렸다.

"그래, 자기 생각대로야. 그러니까, 빨리, 이리 와. 재킷 벗고"

그의 갈색 눈이 부드럽게 빛났다. 하네스의 진짜 매력은 그 눈에 있었다. 그는 약간 사시였다. 분명히! 그를 처음 본 순간 난 섹

시한 그 눈에 홀딱 반했다. 잠시 넋을 잃고 그를 바라보는 동안,
내 욕정이 끓어올랐다.

그의 아랫도리 진행은 짧은 시간이어도 충분했다. 하네스의 육
체는 사고만큼이나 유연했다. 그는 더 이상 피자를 고집하지 않았
다.

그는 재킷을 바닥에 아무렇게나 집어던졌다. 우리 둘은 재킷에
신경쓸 여유가 없었다.

쫙 달라붙은 하얀색 티셔츠가 그의 몸을 더 육감적으로 보이게
했다. 햇빛에 태워 갈색으로 빛나는 팔뚝은 단단한 근육질이었다.
슈툴바인은 운동으로 자기 몸을 매일 단련시켰다. 비곗살 없는 몸
에서 뿜어나오는 젊음의 에너지! 재능에 모험심까지 겸비한 하네
스 역시 주유 영수증을 모으지 않는다.

나와 마찬가지로 그도 그런 일은 하지 않는다.

"난 사실 피자에 흥미 없어. 맛이 없거든." 하네스가 중얼거렸
다.

"게다가 살찌게 하잖아." 나는 말했다.

에르니와 베르트

"엄마? 노트북 써도 되나요?"

"이제 일학년짜리가 컴퓨터는 뭐 하려고?"

"선생님이 'O'자를 써오랬어요."

베르트가 재생종이 한 장을 내밀었다. 슈미츠 니텐빌름 선생님
이 견본으로 O자를 몇 자 적어준 종이였다. 숙제는 당연히 아이의
창조력을 계발시키기 위한 것이어서 타자로 쳐 가면 안될 것이다.
선생님은 아이들에게 어른들의 필체를 흉내내게 하지 말고 천부적
인 창조력을 계발시켜줘야 한다고 강조했다.

"베르트, 엄마 생각엔 글씨 연습을 하라고 선생님께서 내주신

숙제 같은데.”

“나는 구석기 시대 원시인 프레드가 아녜요! 쓸데없는 일 하고 싶지 않아요!”

“하지만 베르트, 넌 배우려고 학교에 다니는 거야. 그리고 손을 써서 배운 걸 익혀야 하고.”

“엄마! 이건 시간 낭비예요! ‘O’자를 어떻게 쓰는지 잘 알고 있거든요. 컴퓨터로 ‘O’자를 쓰면 훨씬 더 빨리 끝낼 수 있어요.”

나는 베르트 생각에 동의했다. 선생님은 또 엄마들은 항상 자식들 요구에 따르게 된다고 말했다. 그리고 절대로 아이들 의지를 꺾으면서 엄마 생각을 강요해서는 안된다고 했으니, 이번 ‘O’자를 쓰는 문제도 내 생각을 강요할 수는 없었다. 베르트는 상당히 실용적인 아이였다. 어쨌거나 나는 아이가 연필을 잡고 ‘O’자를 쓸 때 나타날 다채로움을 기대할 수는 없을 것 같았다.

에르니는 또 정반대이다. 그 아이는 거울에는 치약으로, 모래밭에서는 막대기로, 테라스 유리문에는 스카치 테이프로, 양탄자는 가위로 오려서 ‘O’자를 그려보는 아이였다. 그 정도로 에르니는 창조적이고 상상력이 풍부했다.

난 베르트에게 책상을 내주었다. 베르트는 컴퓨터를 켜서 화면에 자기가 원하는 프로그램이 나올 때까지 기다렸다가, 짧고 통통한 집게손가락으로 화면에 글씨가 꽉찰 때까지 ‘O’자를 눌렀다.

“흠.” 아이는 만족해서 말했다. “엄마가 인쇄해주세요.”

“너는 숙제를 똑 고르게 했구나.” 나는 칭찬을 해주었다.

“종이 넣으셨어요?” 베르트는 프린터를 가리키면서 물었다.

“글쎄, 있을 것 같은데…… 아빠가 지난번에 쓰시고 용지를 넣어놓으셨는지 모르겠구나.”

베르트는 컴퓨터에 대해서 뭔가 아는 것처럼 프린터를 들여다보았다. 하얀 종이가 차곡차곡 포개어져 중요한 자료들로 인쇄될 자신들의 운명을 순종적으로 기다리고 있었다. 맨 위에 있는 종이가 생각할 능력만 있다면 베르트를 위해서 기꺼게 ‘O’자를 인쇄해줄 것이다! 베르트는 컴퓨터에 대해서 잘 알고 있다는 듯 단추를 누르고 인쇄할 준비를 하였다.

"몇 장이 필요하니?" 내가 물었다.

"한 장이면 충분해요." 베르트가 말했다.

젤리가 묻어서 끈적끈적한 베르트의 집게손가락이 작업한 것을 인쇄하도록 명령했다. 프린터는 437개의 'O'자를 인쇄하고, 컴퓨터는 충실한 종처럼 화면 아래쪽에 겸손히 보고까지 했다. 나는 베르트에게 자리를 비켜주었다.

"이렇게 많은 글자를 쓴 애는 아무도 없을 거야."

베르트는 아주 만족스러워했다.

'문서를 저장하시겠습니까?' 아이 옆에 서 있던 난 자리를 떴다.

"맹꽁이 같으니라구. 이걸로 충분한데 뭐 하려고 저장해!" 베르트가 말했다. 아이는 종이를 집어들고 내 입술에 뽀뽀했다. 아이 입에서 풍기는 껌 냄새가 상큼했다. 베르트한테는 항상 초콜릿이라든가 젤리, 페퍼민트 껌 같은 달콤하고 향긋한 냄새가 났다.

재생공책에 숙제한 것을 묶으려면 종이에 구멍을 뚫어야 했다. 베르트가 아빠 책상에서 무겁고 큰 펀치를 꺼냈다. 내가 구멍을 뚫는 동안 아이는 통통한 두 팔로 종이를 열정적으로 붙들고 있었다.

"에르니도 숙제했니?" 시계를 보면서 아이에게 물었다. 나는 늦어도 삼십 분 후에는 아이들을 데리고 테니스장에 가야 했다.

"아니. 에르니는 지금 방에서 놀고 있어요." 베르트가 말했다.

아이는 내 책상 서랍에서 목캔디를 하나 꺼내 재빨리 입에 집어넣고는 슬며시 사라졌다.

나는 에르니를 찾으러 아이들 방으로 올라갔다.

에르니는 방바닥에 엎드려 장난감 기사를 양손에 들고 싸움놀이를 하고 있었다. 아이의 책가방은 기사의 성이 되고, 숙제를 내준 종이는 위태롭게 한쪽 편으로 밀려나 있다. 에르니는 내가 방에 들어온 줄도 몰랐다.

"너 바보 멍청아, 지옥에나 떨어져라." 에르니는 증오에 찬 소리를 내질렀다.

"난 기필코 널 무서운 절벽 밑으로 떨어뜨리고 말겠다." 격분해서 소리쳤다.

아이의 오른손에 들린 기사가 왼손에 들린 기사의 투구를 힘껏 내리쳤다. 그리고 다시 두 기사에게 칼을 쥐어주고 서로 싸웠다. 그 와중에 숙제 종이가 구겨졌다. 얼마나 격렬히 소리를 치는지 침이 튀어 종이 위에 조그만 물웅덩이 흔적을 남겼다.

"넌 결코 그 처녀를 얻지 못한다." 투구 없는 기사가 말했다.

"나는 그녀를 내 생명보다 더 사랑한다." 다른 기사가 대답했다.

"얘, 에르니." 나는 조심스럽게 물었다. "너 숙제는 한 거니?"

"안녕, 엄마." 에르니는 자랑스럽게 말하면서 일어서더니 나를 힘차게 끌어안았다.

"오! 엄마, 나는 당신을 내 생명보다 더 사랑합니다." 에르니는 한번도 초콜릿이나 젤리 냄새를 풍긴 적이 없다. 늘 아이의 향기, 에르니만의 향기를 풍길 뿐이다.

"나도 그렇단다." 나는 감동적으로 말했다. 아, 정말 사랑스러운 아이!

"아냐! 그렇게 말하면 안돼! 이렇게 말하는 거야. '나는 당신에게 영원히 충성할 겁니다, 융퍼 마리안!'"

"나는 당신에게 영원히 충성할 겁니다, 융퍼 마리안! 그런데 너 숙제는 다 했니?"

"엄마, 나는 로빈후드야. 로빈후드는 숙제 같은 거 안해도 돼. 로빈후드는 정의만을 위해서 싸우거든."

"정의가 무엇보다도 중요하다는 것은 분명하지."

선생님이 뭐라고 했더라? 아이들에게 무엇을 하라고 결코 강요해서는 안된다고 했지.

"테니스 레슨 받으러 가야지? 베르트는 벌써 차에 앉아서 초콜릿을 먹고 있단다."

"알았어, 엄마. 테니스도 정의로운 일이니까."

"네 생각이 그렇다니 기쁘구나."

"하지만 나는 보리스 베커가 될 수 없을 바에는 더 이상 테니스를 치지 않을 거야."

"그래라, 에르니."

테니스 선생 사샤는 스물다섯 살 정도 된 매력적인 청년으로 아주 숭고한 목적을 지향하는 대학 삼학년생이었다.

그 청년을 볼 때마다 나는 하네스를 생각했다. 곱슬머리는 아니었지만 그도 팔뚝 근육이 잘 발달된 젊은이였다! 섹시한 사시는 아니었어도 의욕에 찬 두 눈은 반짝반짝 빛나고 젊고, 신선하고, 육감적이면서 악한 구석 하나 없는 멋진 남성이었다.

나는 내 소중한 두 아들을 의자에 앉혔다.

"잘하도록 해. 그리고 사샤 선생님이 시키는 대로 잘 따라서 하고, 한 시간 후에 너희들을 데리러 올게!"

사샤는 아이들이 레슨을 받는 동안 엄마가 의자에 앉아서 지켜보는 것은 교육적이지 못하다고 했다. 엄마가 없을 때, 아이들은 훨씬 더 자유롭고 강요받지 않는 느낌을 갖는다고 했다. 테니스 학원에서 학부모 회의를 할 때, 그는 아이들은 자연스러운 환경에서 재능을 더 잘 펼쳐나갈 수 있다고 말했다. 나는 그의 말을 숙연하게 받아들였다. 특히 아이가 공을 헛칠 때, 부모가 보고 있는 것을 의식하게 해서는 안된다. 또한 부모는 자식에게 부모가 원하는 어떤 행동을 강요해서도 안된다. 아이들에게는 타고난 자아의식이 요구하는 만큼의 자유롭고 드넓은 공간이 필요하다 등등.

그래 맞아. 아이는 자기가 속해 있는 특별한 집단이나 또래 집단에서 자기주장을 하면서 삶을 스스로 터득해나가는 거야. 그렇게 한 발짝씩 자기세계를 펴나가다보면 언젠가 완전히 세상을 알게 되겠지.

난 내게 남겨진 시간을 클럽 주변을 산책하면서 보내기로 했다.

여기에 모인 사람들은 모두 <우리들의 작은 병원> 드라마를 보지 않는다는 것을 나의 교감신경은 즉각적으로 감지해냈다. "저게 누구야!" "그 여자 맞지?" 그런 수군거림이 없는 것으로 봐서.

그렇다! 아침을 활기차게 시작한 사람들은 밝은 낮시간에 텔레비전 앞에 앉아 있지 않고, 그 시간을 이용해서 자신들의 체력을 단련시킬 것이다! 그들은 자신의 인생을 결코 헐하게 다루지 않고 숙연히 받아들일 준비를 할 것이다! 활기차게 아침을 연 젊은 엄마들은 절대 텔레비전 앞에서 다림질하지 않는다. 아침시간뿐 아니라 대체적으로. 그들이 <우리들의 작은 병원> 연속극을 볼 때는 분명 그녀들에게 무슨 문제가 있을 때일 것이다.

페트릭과 벤야민 그리고 케빈의 엄마들은 아이들을 기다리는 이 시간이면 늘 클럽 카페에서 차를 마신다. 좀더 진보적인 엄마들은 작은 병의 샴페인을 마시기도 하고. 그녀들 목에 걸린 보석들이 신선한 공기중에 반짝인다. 에르니와 베르트를 기다리는 동안 앞으로 나도 저 엄마들처럼 그렇게 지내게 될지는 모르겠다. 확실히 내 나이는 클럽에 혼자 앉아 있기에는 너무 젊다. 최소한 앞으로 이 년 동안은 땡감을 씹은 것처럼 떫디떫게 지내게 될 것 같다. 월요일에는 운동구장에, 화요일에는 스포츠 호텔 플라자 수영장에, 수요일에는 여가선용을 위한 조형관에, 목요일은 테니스장에, 금요일에는 음악학원에 아이들을 데려다줘야 하니까. 겨우 이 년인데 뭐, 아니면 삼 년. 그후에는 아이들 스스로 계획을 세워야 한다. 어쩌면 시간에 구애받지 않고 공이나 차고 놀려고 몽땅 때려칠지도 모른다. 하지만 분명한 것은 아이들 의사에 따라서 일이 결정된다는 것이다. 그 전에 난 아이들의 발전을 위해서, 아이들 스스로 선택할 수 있는 선택의 폭을 최대한 넓혀줘야 한다.

그래서 난 양심과 끊임없이 언쟁을 벌인다.

"넌 아이들이 집에 있는 시간에, 아이들에게 유익한 놀이를, 아이들을 위해서 최소한 하루에 한 가지씩이라도 해주고 있니? 응? 솔직해봐, 샬로테. 자식을 등한히 하는 엄마는 지옥에 간다구."

"그래. 하루 한 가지씩은 해주지." 나는 닥터 아니타 바흐의 순수한 양심으로 대답한다.

"그걸로 충분할까, 샬로테? 혹시 너 차 운전하는 데 게으름 부리고 있는 건 아냐? 그렇지? 응? 솔직해봐! 아이들에게 검도나 양궁, 유도나 태권도 아니면 승마를 가르칠 수도 있는 거잖아? 음? 그리고 너는 왜 아이들에게 야채만으로 식사를 조절할 기회를 주지 않는 거지? 나중에 시작할 엄두도 못 내게 말이야? 왜 다른 아이들처럼 하프를 가르치지 않는 거니? 천에 그림을 그리게 하거나 도자기를 만들게 할 수도 있는 것 아닐까? 왜 애들 씻겨주는 게 귀찮니? 그 친절한 치과 의사의 딸들은 수중발레를 하고 있다더라! 너는 왜 네 아이들에게 그런 기회를 안 주는 거지? 음? 재즈댄스도 있잖아? 어떻게 생각해? 그래? 너는 그 이유를 설명할 수 있겠어?"

"나는 아이들이 읽고 쓸 줄 알게 되면 천에 그림을 그리게 하고 하프도 가르칠 거야. 맹세할 수 있어! 정말이야! 나는 겨우 초등학교 일학년인 아이들에게 너무 많은 것을 요구하고 싶지 않아! 나를 믿어줘! 단지 차를 운전하는 것이 귀찮은 게 아니라구!"

"그렇다면 좋아." 닥터 아니타 바흐의 양심이 부드럽게 웃으며 말했다.

"그렇다면 엄마로서 의무를 다했다고 봐줄 수 있지."

그리고 나는 내 아이들 미래를 위해 여러 가지 가능성을 열어주었다는 확신에 차서 안도했다. 고비가 생길 때 그 고비를 조금이라도 수월하게 극복할 수 있도록 최선을 다하고 있다. 아이들이 후에 대단한 성공을 하든, 나태한 인간이 되든, 아니면 증권투기나 하는 사람으로 자라든, 높은 자리에 앉아서 다른 사람들을 부리는 사람이 되든 상관없다. 나름대로 자기색깔은 지니고 살 테니까. 난 다만 열려 있는 미래에 아이들의 미래도 함께 열어주고 싶을 뿐이다. 어쨌거나 나는 아이들이 작은 일에도 최선을 다하는 평범하면서도 개성 있고 편안한 남성으로 자라주길 바란다. 내 아이들은 나름대로 독특한 인간으로 자랄 것이다. 이 다음에 아이들이 하고 싫어하면, 그때가 언제가 될지 모르지만, 아이들은 하프를 켤 수도 승마를 하러 갈 수도 있다. 엄마로서의 나의 양심은 맑고 깨끗하다.

지금 내게 주어진 자유로운 이 시간을 어떻게 보내야 할까?

전혀 흥미 없는 장소에서 한두 시간 빈 시간이 생기는 날에는 시간이 가기만을 무작정 기다리면서 의미 없이 배회해야 할까? 아이들을 집에 데리고 갈 수 있을 때까지?

나는 다른 엄마들처럼 테니스장 옆에 서서 잡담이나 하거나 "잘했어, 페트릭" 하고 소리를 치거나 할 마음은 조금도 없었다. 그리고 클럽에서 가슴과 목걸이를 바에 밀착시키고 바텐더가 눈길을 보내주기를 은근히 고대하며 서 있기도 싫었다. 전에는 그래도 클럽 바텐더에게 약간 흥미를 느낀 적도 있었다. 녹색과 분홍 줄무늬가 있는 조깅복, 악어가 수놓아진 남방, 털이 복슬복슬한 야성적인 가슴팍의 금목걸이, 유명 메이커의 운동화, 손가락에 굵은 반지 두 개, 팔목에 방수용 롤렉스 시계, 바텐더 차림새는 그랬다. 하지만 내 상상 속의 남자로는 적합하지 못했다.

그리고 매일 다섯에서 여덟 명의 말 많은 엄마들은 그 바에 가슴을 밀착시키고 그의 눈길을 끌어보려고 애썼다. 경쟁의식! 아마 내게 기회가 주어지진 않을 거야!

이런저런 생각에 의기소침해진 난 아이들 있는 곳으로 다시 돌아왔다.

베르트는 T라인에 얌전히 서 있다. 베르트는 볼을 코트 밖 숲 속까지 쳐낼 만큼 열심이었다. 세상에나!

"잘하는구나, 베르트" 나는 소리쳤다. 가슴이 뭉클해서 눈물이 나올 지경이었다. 에르니는 테니스 치는 것을 이미 오래 전에 포기한 듯했다. 그 아이는 바구니를 들고 바닥에 떨어져 있는 볼들을 힘없이 줍고 있었다.

"야, 너! 너는 내 손아귀에서 벗어나지 못해! 너를 꼭 붙잡고야 말 거야!"

"에르니! 한번 쳐봐! 선생님이 어떻게 베르트 앞으로 공을 쳐주는지 잘 봐!" 나는 아이를 격려해주고 싶었다.

"엄마, 공 칠 시간이 없어! 공을 주워야지! 저기! 나는 너를 잡고 말 테다, 이 쥐새끼야! 움직여, 짖어! 공을 굴려줄 테니까!"

두 바퀴째 클럽 주변를 돌면서 나는 생각했다. 내 아이들은 장차 무엇이 될까?

아이들은 내 기질을 물려받지도, 또 에른스트베르트를 닮지도 않았다. 분명히 그랬다.

하네스와의 사랑

그 영화는 루이스 콰도르즈에 관한 역사물이었다. 뒤셀도르프의 프로덕션에서 시녀와 내관, 몸종과 귀족 그리고 유명배우들 뒤에 서 있기만 하면 되는 역할을 할 사십여 명의 단역배우들을 모집했다. 그 시절 나도 그 자리에 뽑히길 원하는 많은 무명배우들 중 하나였다. 나는 단지 돈들이지 않고 남프랑스에서 잠시 여름을 즐길 작정으로 응모했다가 운좋게 뽑혔다. 일단 내가 받은 역할은 아주 간단했다. '백작님, 여기 차가 준비되었습니다' 하고 한마디만 하면 되는 단역이었다. 일반적으로 깨끗한 용모와 약간의 재능만 있으면 누구나 다 단역배우가 될 수 있다. 그런데 이번에 뽑힌 단역배우들 용모는 모두 준수했다. 나는 그 사람들을 알게 된 것이 무척 기뻤다. 즐겁게 여름을 지낼 수 있을 것 같은 느낌이었다. 남프랑스의 옛 성에서 사극을 촬영하게 되다니! 나는 억세게 운이 좋았다.

그날 저녁 사십 명의 단역배우들을 태운 버스가 뒤셀도르프 기차역에서 출발할 때, 유감스럽게도 나는 버스에 함께 타지 못했다. 내 여권의 유효기간이 지났기 때문이었다. 나는 짐을 버스의 짐칸에 밀어넣고 난 다음에야 비로소 그 사실을 알게 되었다. 이럴 수가! 나는 윗입술까지 땀이 흐르고 있는 프로덕션 대표에게 이 어려운 상황을 어떻게 타결해야 할지 물었다. 그가 표현한 유감스러움은 상당히 값진 것이었다. 내가 어쩔 줄 몰라하면서 애교 띤 미소를 짓자, 나중에 팀에 합류하면 차비를 계산해주겠다고 했다. 어쨌든 난 시청에 가서 빨리 일 처리를 해야만 했다.

유효한 여권을 가졌기 때문에 버스에 앉아 있는, 운좋은 서른아홉 명의 단역배우들에게 난 눈인사를 했다. 그 중 한 남자가 내게 윙크를 보냈다. 그는 젊고 잘생긴 데다 아주 섹시한 사시였다. 유감스럽다는 듯 쳐다보는 갈색 눈엔 장난기, 입가엔 비웃는 듯한 야릇한 미소를 흘리면서 어깨를 한번 출썩였다.

지하철을 타고 가면서 나는 그 사람이 무척 귀엽다고 생각했다. 나보다 좀 어려 보이는 그 남자는 내게 뜨거운 여름날 같은 인상을 남겼다.

어쩜 그렇게 멋진 눈을 가졌을까!

이틀 후 침대차를 타고 새벽 다섯시에 아비뇽에 도착했을 때, 나는 이미 그란 존재를 까맣게 잊고 있었다.

기차역은 온통 오렌지빛이었다. 기차 냄새와 갓 구워낸 크루아상 냄새, 그리고 여름밤의 달콤한 향기가 어우러진 공기는 부드럽고 따스했다. 나는 모든 걱정과 속박에서 벗어난 홀가분한 기분이었다. 유효한 여권을 지닌 난 당당했으니까.

사흘 전에 나는 내 생활을 속박하던 유일한 걸림돌, 엘제를 처리했다. 엘제. 그 검은 고양이는 다시 도시 전체를 무대로 자유로운 인생을 살아가게 되었다. 믿어지지 않을 만큼 못생겼지만 푸근하고 강한 성격을 지닌 쓰레기장 출신의 고양이였다. 엘제는 벌써 제 갈 길을 찾아갔을 것이다. 분명히.

우선 난 독일 돈을 받고 촬영장까지 태워다줄 프랑스 택시기사를 찾는 것이 급선무였다. 환전소는 당연히 아직 문을 열지 않았다. 바람에 묻어나는 갓 구워낸 맛있는 크루아상 냄새! 나는 허기를 느끼며 몇 번 심호흡을 했다. 나는 동화처럼 아름다운 아비뇽

역을 빠져나가려고 출구 쪽으로 몸을 돌렸다. 그때 난 가슴이 울렁일 만큼 부드러운 남자 목소리를 들었다. 목소리의 주인공은 까만 머리에 갈색 눈을 가진 남자였다.

이틀 전 버스 뒤에 앉아서 내게 도발적인 시선을 던졌던 남자 같은데? 아닌가? 아니면 그 사람을 닮은 사람인가?

새벽 다섯시에 꼭 끼는 청바지에 하얀 티셔츠를 입은 남자는 오렌지색 빵 봉지를 들고 역 입구에 기대서서 희고 고른 이가 드러날 만큼 싱글거리며 나를 쳐다보고 있었다. 그가 들고 있는 봉지에서 맛있는 빵 냄새가 물씬 풍겼다.

나는 그 사람 앞에서 걸음을 멈추었다.

"우리 서로 아는 사이던가요?"

"아뇨 지금까지는 그렇지 않은데요"

"하지만 당신은 독일 말을 하고 있어요"

"나는 국경지방 출신이에요 거긴 독일어를 사용해요"

"혹시 절 기다리셨나요?"

"아뇨 소피아 로렌을 기다리고 있었어요"

"아, 그렇군요" 나는 실망했다.

"그분이 출연한다는 것은 몰랐어요 그분을 찾으면 저도 같이 갈 수 있을까요?"

오렌지색 봉지에서 식욕을 자극하는 빵 냄새가 풍겼다. 나는 봉투를 빼앗아 달아나고 싶은 충동을 느꼈다.

"한번 보자구요 그 할망구가 짐을 얼마큼 가지고 왔느냐에 따라서……" 하네스가 대답했다.

나는 그의 눈을 들여다보았다.

"내가 부담스러운 존재가 될 수도 있겠네요, 그렇죠?"

"맞아요 난 다 봤어요 팀 전체가 버스에 승차했을 때 당신은 유효기간이 지난 여권을 갖고 있었지요" 그가 히죽 웃는 바람에 가지런한 이가 전부 드러났다.

나는 적당히 대꾸할 말이 떠오르지 않았다.

매력적이긴 했지만 큰 도움이 되지 못한 단역배우의 웃음은 점점 시들어갔다.

"안색이 창백하시군요. 시장하시죠? 환전도 못하셨을 걸로 아는데, 맞죠?"

그는 좋은 냄새를 풍기는 빵 봉지에서 크루아상 한 개를 꺼내서 내 코앞에 들이밀었다.

크루아상은 따뜻했다.

그레테는 수년간 내 머리 속에 주입시켰다. 낯선 남자에게 이 세상 그 어떤 것도 받아서는 안되고, 음침한 역 주변은 항상 순수한 사람들을 꾀는 위험이 도사리고 있다고. 세상 물정도 모르는데다 게걸스럽기까지 한 난 누구에게나 쉽게 넘어갈 수 있다고 그레테는 그 애기를 하고 또 했다.

낯선 남자들에게 대꾸하지 마라, 응? 너 듣고 있니?! 돈 되는 일이 아니잖니!

그런데 난 대체 무슨 짓을 하고 있는 거야? 낯선 남자한테 크루아상을 받아들고 탐욕스럽게 입에 뜯어넣고 있잖아.

위장을 채우는 빵맛을 음미하느라 잠시 눈을 감는 동안 그 사이에 그가 사라져버렸다. 그는 예의를 모르는 손님 같았다. 소피아 로렌을 발견했을 거라고 생각하면서 주춤주춤 그의 뒤를 따라갔다. 하지만 오산이었다. 소피아 로렌은 없었다. 그는 서둘러서 기차역 광장을 가로질러가더니 막 떠나려는 버스에 올라탔다.

나도 따라 뛰었다. 내 오장육부는 '빨리 그 사람 곁으로 가!'라고 소리치고, 머리 속에서 그레테는 '그 녀석 뒤를 쫓아가면 안된다. 샬로테 페퍼! 낯선 남자를 따라가서는 안된다는 말을 얼마나 더 해야 알아듣겠니?'라고 소리쳤다.

하지만 나는 그레테 말을 더 이상 듣지 않았다.

흔들리는 시내버스에 앉아서 나는 따스한 빵 봉지에서 크루아상 한 개를 집어들고 긴장을 풀면서 의자 등받이에 등을 기대었다.

당장 이 남자를 갖고 싶어. 옆자리에 앉아서 무심히 차창을 바라보고 있는 이 사람을.

그가 버스 창문을 통해 내게 웃음을 보냈다.

"로렌이 어디 있어요?" 나는 한입 가득 빵을 문 채 의아해하며 물었다.

"로렌은 오지 않아요." 그는 즐겁게 말했다. 나는 빵을 삼켰다.

"그렇다면, 당신은 나를 마중 나온 거였어요?"

"고귀하신 숙녀께 혹시 누가 되었다면……."

"아니, 그 반대였어요. 전 분에 넘치는 극진한 대우를 받았다고 생각하는데요. 그런데 성함이 어떻게 되세요?" 나는 말했다.

"하네스예요." 그는 말하면서 손을 내밀었다. "하네스 슈툴바인."

"샬로테, 샬로테 페퍼코른이에요." 그 당시에 내 성은 페퍼코른이었다. 나중에 에른스트베르트와 결혼하면서 이름에서 코른을 뺐다. 샬로테 페퍼코른은 자칫 피피거*처럼 들릴 수 있기 때문에 음향적 차원에서 샬로테 페퍼 샷츠가 훨씬 듣기 좋았다.

하네스와 나, 우리는 손을 흔들었다. 아니 차가 흔들렸기 때문에 손이 흔들렸다.

"그리고요?" 나는 다시 세 개째 크루아상을 낚았다.

"영화촬영에 관한 새로운 소식은 없어요?"

"당신은 1막에서 집시 역할을, 2막에서는 수녀 역할을 해야 해요." 하네스가 나를 비껴 보면서 말했다.

"알았어요. 그 정도는 유연하게 대처할 수 있어요."

"그렇다면 방을 선택하는 데도 좀 유연하길 기대하겠어요."

"왜죠?"

"그러니까, 사람들이 카를로 파이퍼라는 이름이 붙은 짐을 제 방에 갖다놓으면서 그 짐 주인이 늦게 도착할 거라고 얘기했어요."

"그런데요? 카를로 파이퍼가 누구죠?"

---

* '총명한', '영리한'이라는 뜻.

"저도 그 사람이 누군가 물어보았죠. 그랬더니 그 사람들이 말하기를 여권을 잃어버려서 같이 못 오고 나중에 오게 된 사람이라고 하더라구요."

"그건 나예요!" 나는 당황해서 소리쳤다.

"맞아요. 나도 알고 있어요." 하네스가 히죽 웃었다.

"하지만 나는 여자예요!"

"그것도 알고 있어요."

"그럼, 우리가 방을 함께 쓰는 거예요?"

"고귀한 숙녀께서 그걸 불편히 여기신다면……."

"물론이지요! 그것도 심히! 마음에 들지 않아요! 어떻게 수녀 역할을 맡은 사람이 남자가 될 수가 있지요?"

"성별 문제는 정말 사소하게 취급되서는 안될 문제지만, 우리는 단역배우거든요." 그가 나를 위로했다.

나는 침묵했다.

"이것도 드세요." 그가 빵 봉지를 내밀면서 말했다. 나는 식욕이 떨어져 고개를 가로저었다.

"하지만 다른 방을 선택할 기회는 아직 남아 있어요. 세 명의 부인들이 각기 따로 방을 쓰고 있어요. 아무도 그 부인들과 같이 지내길 원치 않아서 혼자들 쓰고 있죠. 그들 중에서 한 사람을 선택하면 될 거예요."

"누구예요?"

"뚱뚱한 로레 아세요?"

"사투리 쓰는 사람요? 크납자크 출신이죠? 그리고 항상 '가소로워서'라고 말하잖아요?"

"맞아요. 그녀와 같이 방을 사용할 수 있어요."

"아뇨. 사양할래요." 혐오스런 시골 할머니와 한 방을 쓰면서 수다를 들어줘야 한다는 생각을 하자 갑자기 온몸에 소름이 돋았다.

"누가 또 있어요?"

"루터 시에 있는 극장에서 연극을 하던 신앙심이 깊은 처녀 있었죠? 오십년대 머리 스타일을 하고 다니는 사람 말예요 그녀도 작센 사투리를 쓰면서 얘기하는데요"

"아니, 싫어요 같이 지낼 수 없을 것 같아요."

"이제 선택의 폭은 줄어서 하나 남았어요 목덜미에 난 잔털까지 완전히 밀고 짧은 머리를 한 무뚝뚝한 여자예요 그녀는 항상 남의 어깨를 치면서 큰 소리로 웃어요 그리고 남자 양복을 입고 다니고 식사는 보통 삼인분을 먹어요 그녀도 방을 혼자 쓰고 있지요."

하네스는 즐거운 표정이었다. 게임은 이미 끝났다. 그의 압도적인 승리였다.

나는 긴말하지 않았다.

하지만 그것은 유쾌한 전망처럼 느껴졌다.

나는 그 여름이 즐거울 것 같은 예감이 들었다.

"꼭 옷을 갈아입어야 하는 거예요?"

나는 몸을 가리기 위해서 부엌문 뒤에 섰다.

남편은 그레테와 함께 부엌에 서서 커다란 케익을 통째로 들고 먹고 있다. 그의 뱃살은 혁대 위로 처진 채 늘어졌고, 와이셔츠는 단추의 구멍과 구멍 사이가 터질 것처럼 벌어졌다.

"난 당신이 좀 점잖게 꾸몄으면 좋겠어." 남편은 손가락에 묻은 크림을 빨아먹으며 대답했다.

"학부모 회의를 위해서요? 꼭 그래야 하나요?"

난 내가 충분히 점잖다고 생각한다. 청바지에 스웨터. 닥터 아니타 바흐가 아닐 때의 나는 항상 그 차림이다. 샬로테는 편한 옷을 좋아하니까.

"그러니까 당신이라면 학부모 회의석상에 청바지 차림으로 갈 수 있을 거야. 당신한테 청바지가 잘 어울린다는 것쯤은 나도 알아. 하지만 내가 주장하고 싶은 것은, 그러니까 나라면 청바지 차림으로 고객들을 만나러 가지 않는다는 거야." 남편이 말했다.

"잰 언제까지라도 소녀로 남고 싶은 게야. 이리 오게. 크림 케익 하나 더 들게! 아마 자네 입맛에 꼭 맞을 거야!" 그레테가 만족스럽게 웃었다.

남편은 두번째 크림 케익 조각을 집어들었다.

"준비 다 된 거야? 늦어도 여덟시엔 차를 타고 있어야 한다구!"

당연히 남편은 청바지 차림이 아니었다. 청바지를 입을 수도 없지만, 어울리지도 않았다. 남편 체중은 백이십 킬로그램에 육박했다. 그래서 남편은 항상 헐렁한 옷을 입었다. 나와 결혼한 이후로 남편은 늑골 무늬 러닝과 싸구려 색깔 바지를 입지 않았다. 그래도 나이보다 이십 년은 더 늙어 보였다. 세무사인 남편은 뭇 사람들에게 추앙 받는 관청에서, 그것도 직급이 높은 사람들이 몰려 있는 층에서 일하면서 거의 운동을 하지 않고 지냈다. 무엇보다도 그 점이 남편을 그렇게 만들었다.

"우리, 학교까지 걸어가면 어때요? 아름다운 저녁이잖아요. 날씨도 좋고." 내가 제안했다.

"난 그 시간에 차에서 뉴스를 들어야 해. 당신이 세계정치에 관심 없어한다는 것은 알지만, 난 당장 내일 아침에 만날 고객들을 위해서 최근 정세를 잘 알고 있어야만 하거든. 내 고객들은 결코 <우리들의 작은 병원> 같은 시시껄렁한 드라마나 보는 사람들이 아니라 교양을 갖춘 사람들이야. 난 그 사람들과 최근의 정치, 경제 전반에 걸쳐 서로 의견을 나눠야 해."

"알았니? 샬로테? 네 남편 에른스트베르트는 교양인이야. 케익 한 조각 더 들게나! 아니면 버터빵에 뭘 좀 발라줄까?! 자네가 좋아하는 치킨 샐러드를 내가 직접 만들었어! 시장에서 싱싱한 놈을 사다 만든 거야!"

나는 급히 위층으로 올라갔다. 에르니와 베르트는 침대에 걸터앉아서 <세서미 스트리트>를 보고 있었다.

"엄마, 그레테가 우리보고 당장 침대에 들어가서 자랬어요!"

"그레테가 그렇게 말했으면 그대로 따라야지. 엄마도 옛날에는 그랬단다." 그렇지 않으면 한 대 쥐어박혔지.

나는 청바지를 벗고 옷장 속에 처박아두었던 비둘기색 정장을 골랐다.

"엄마, 그런데 그레테는 도대체 누구야?"

"엄마의 엄마지. 너희들도 다 알고 있잖아!"

"왜 엄마는 어렸을 때, 할머니보고 엄마라고 못 불렀어요?"

"왜냐하면, 그러니까 왜 그러냐 하면 말이지. 그레테가 그렇게 부르는 것을 싫어하셨기 때문이야. 특히 너희들 그레테한테 할머니라고 부르면 안돼!"

"왜 안되는데요?"

"왜냐하면 너희들이 그렇게 부르면 할머니는 정말 할머니처럼 늙었다고 생각하게 되거든."

"하하하." 에르니는 큰 소리로 웃는 시늉을 하더니 베르트에게 말했다.

"만약에 그레테가 우리보고 가서 자라고 하면 할머니라고 불러주자. 그럼 금방 할머니처럼 늙어 보일 거야!"

"그레테가 속상하겠다! 우린 우리 곁에 그레테 할머니가 계시다는 것에 감사해야 한단다! 그레테가 없었다면 아빠는 사무실에서 일을 할 수 없었을 거고, 엄마도 <우리들의 작은 병원>에 출연할 수 없었을 거야. 그 점을 너희들 꼭 명심해. 그레테가 또 우리를 모두 얼마나 사랑하는지 잘 알잖아."

나는 아이들 볼에 가볍게 입을 맞추고 내려와 차를 탔다. 정각 여덟시였다. 나는 뉴스를 듣기 위해서 라디오를 켰다.

늦어도 여덟시엔 차를 타야 한다던 남편은 아직도 오지 않았다.

그는 아마도 부엌에 서서 닭고기 샐러드를 열심히 먹고 있을 것이다.

학부모 회의는 대성공이었다.

서른 명의 학부모들은 낮에 앙증맞은 엉덩이들이 차지하던 작은 의자에 쪼그려 앉아서 흥미와 비판이 뒤섞인 시선으로 서로를 주시했다. 난 그레테가 곁에 없는 것이 너무 아쉬웠다. 그레테와 함께라면 모인 사람들을 놓고 이러쿵저러쿵 속닥거리며 시간을 즐길 수 있을 텐데. 그레테는 상대를 파악하는 능력이 뛰어나서 상대의 특징을 잘 꼬집어냈다. 우리 둘이 누군가의 행동을 관찰할 기회가 생겼을 경우, 그레테는 내가 웃느라고 숨이 가빠질 때까지 그 사람 꼬투리를 잡아냈다. 숙연해야 할 강연회나 바이올린 연주회 아니면 그런 비슷한 자리에 참석할 때도 그 버릇은 여전해서 기절하기 일보 직전까지 우린 속닥거리며 웃었다.

하지만 남편과는 단 한번도 속닥거린 적이 없었다. 돈 되는 일이 아니니까. 가슴 밑바닥을 뒤져도 유머 감각이라곤 티끌만치도 없는 남자였다. 저— 언— 혀, 그레테가 항상 입버릇처럼 얘기했듯이. '샬로테, 이런 타입의 남성들은 유머 감각이 저— 언— 혀 발달되지 못했어. 그 대신 순수하지. 그래서 우리는 결혼 상대자로 그를 선택한 거야. 잡담을 주고받을 상대는 어디서나 찾을 수 있잖아.'

약간 유행에 뒤진 코듀로이 바지에 연한 핑크색 콤비를 입은 선생님은 구레나룻 없는 말끔한 얼굴로 교탁에 앉아서 학부모들에게 카드에 이름을 쓸 때는 분명히 알아볼 수 있게 글씨를 또박또박 써 달라고 부탁했다. 선생님이 먼저 카드에 아름다운 필체로 '슈미츠니텐빌름'이라고 써넣었다. 통상 모음 '이'가 세 개나 들어간 이름은 별로 듣기 좋지 않은데, 선생님은 자기 이름을 정말 좋아할지 좀 의아스러웠다. 그레테라면 기발한 생각을 떠올렸을 텐데. 남편에게 남의 이름 따윈 전혀 관심 없는 테마였다. 돈 되는 일이 아니니까.

우린 우리에게 할애된 공동의 칸에 '샤츠'와 '페퍼'라고 각각 썼다. 서로 연결시켜주는 덧줄 없이. 그런 다음 난 비둘기색 치마 속으로 애써 감추고 있던 다리를 낮은 책상 밖으로 조심스럽게 뻗었다. 이 낮은 책상에서 에르니와 베르트는 'O'자를 열심히 그렸을 텐데. 나는 새삼스럽게 교실을 빙 둘러보았다.

교실 뒤쪽 벽에 등교 첫날 아이들이 만든 헝겊가방이 죽 걸려 있었다. 나는 남편 쪽으로 몸을 기울였다.

"우리 아이들 가방은 어떤 걸까요?"

"잘 모르겠는데." 그는 건성으로 대답하면서 다이어리에 뭔가를 적어넣었다.

"내 생각에는 새가 그려진 알록달록한 가방은 에르니 거고, 달팽이가 그려진 회색 가방은 베르트 걸 거예요." 나는 낮은 목소리로 속삭이듯 말했다.

"그럴 수 있겠지." 남편이 대답했다.

다른 엄마와 아빠들은 서로를 바라다보고 있었다. 오늘 참석한 부모들은 금세 두 부류로 나뉘었다. 한 부류는 아이들을 처음으로 입학시킨 새내기 부모들로, 아주 근사하게 차려입었다. 아빠들은 검정색 고급 양복에 실크 넥타이를 매고, 엄마들은 화려한 옷에 고급 액세서리를 했다. 학부모 회의에 오기 전에 엄마들은 미장원에 들러 머리를 손질했을 것이고, 아빠들은 면도를 하고 애프터셰이브 로션을 발라서 향기를 냈을 터였다. 새내기 부모들은 아직 학부모 회의에 참석한 경험이 없었다. 이 자리에 오기 위해 저녁 시간 이후 그녀들은 전신 거울 앞에서 얼마나 많은 옷들을 입어보며 허둥댔을까? 그리고 얼마나 오랜 시간 거울 앞에서 서성이며 고민했을까? 어떤 옷이 더 점잖고 멋져 보일지 가늠해보며 그 옷들은 학부모 회의가 있기 며칠 전부터 머리 속으로 자신에게 입혀보고 벗기기를 반복하면서 겨우 골라낸 것들일 것이다. 오후 여섯 시가 가까워질수록 엄마들은 더 초조해져서 아이들 저녁을 대충 챙겨주고 방해받지 않으려고 <세서미 스트리트>가 끝난 다음에도 아이들을 텔레비전 앞에 앉혔을 것이다. 그런 다음 볼연지와 파우더로 화장을 마무리하고 학부모 회의에 데뷔하기 위해서 총총걸음으로 서둘러 차를 탔을 것이다. 학교에 가는 동안에도 내내 그들 부부는 말이 없이 빌어먹을 시계만 자꾸 들여다보았을 것이다.

다른 한 부류는 이번에 입학한 아이가 둘째이거나 아니면 그 이상인 부모들이다. 그들의 옷차림은 수수했다. 그들에게는 이미 학교에 다니는 큰아이가 있고, 아이들 학년이 높은 부모일수록 옷차림에 신경을 덜 썼다. 아이들이 삼학년이 되면 엄마들은 학부모 회의에 참석할 때 더 이상 목에 액세서리를 두르지 않고 나타나며, 아빠들도 참석은 하되 부인들 옆에 쪼그려 앉아서 침묵을 지키고 있을 뿐 더 이상 회의에 관여하지 않는다. 자녀를 셋이나 학교에 보낸 아빠들은 학부모 회의에 참석하는 대신 가장 편안한 자세로 소파에 앉아서 맥주를 들이켜며 집에서 텔레비전이나 볼 것이다. 경험이 많은 엄마들은(그녀들의 남편은 자기 아이들이 몇 학년인지 이미 오래 전에 잊어버렸지만) 무릎이 툭 불거져나온 청바지에 블라우스와 점퍼 차림이다. '나는 변신하기를 좋아한다'라는 이름의 동네 미장원에서 거칠게 손질한 짧은 머리 스타일에, 큰 소리로 인사를 주고받으며, 회의가 진행중인 조용한 시간에는 뜨개질을 하거나 플라스틱통에 넣어온 빵조각을 씹었다.

어색한 시간을 무마하려는 의도로 둥근 뿔테 안경을 낀 젊고 사근사근한 선생님이 회의를 기록할 서기를 뽑자고 건의했다.

나는 시선을 어디에 둬야 할지 몰라 바닥에 깔린 모노륨을 내려다보았다.

남편은 다이어리에 자신을 숨기고 있었다.

"이건 전혀 어려운 일이 아닙니다. 나중에 제가 학부모님과 함께 하나하나 확인하면서 정리할 거니까요!" 선생님이 환하게 웃었다. 그의 목젖이 의욕적으로 움직였다.

나는 슈미츠 선생과 함께 그런 일을 하고 싶지 않았다. 돈 되는 일도 아닌데.

나는 에르니의 책상 속을 둘러보았다. 소지품을 제대로 정리하고 있는지 확인해보기 위해서.

"페퍼 부인, 이 일은 자모님께서 잘하실 것 같은데요? 예술적 재능이 있으신 분이니까요." 선생님이 말했다.

"아뇨. 전 글을 쓸 줄 몰라요." 나는 그런 일에 겁먹은 사람처럼 말했다.

학부모들이 와— 웃었다. 그래서 나는 서기가 되었다.

항상 유니폼을 입고 다녀서 모든 사람들이 익히 알고 있는 어머니 회장이 큰 소리로 웃으며 잠시 뜨개질을 멈추고 내게 종이 한 장을 건네주었다. 남편이 고개를 내둘렀다. 남편은 또 그런 식으로 나를 방치했다!

펜대를 잡은 나는 간식비를 납부하는 방법에 대해서 적었다. 아이들이 간식비를 수시로 내면 선생이 너무 성가시기 때문에 봉투에 이름을 적어서 내자는 제안이 있었다. 그래서 아이들에게 환경교육을 시킬 겸해서 재생봉투에 이름을 적어서 매월 첫 등교일에 내는 것으로 그 안은 결정되었다.

삼 년을 역임하는 어머니 회장은 모든 어머니들이 지금 즉시 자모회에 가입할 것을 간곡히 촉구했다. 그리고 다음해 이월에 있을 축제행렬에 학부모들도 모두 참석해야 한다고 했다. 가장 저렴한 가격으로 화려한 축제복을 만드는 일에 독창성을 발휘할 수 있는 사람은 누굴까? 그게 문제였다.

검은 옷에 화려한 금목걸이와 귀고리를 한 검은 머리의 새내기 자모가 손을 들었다. 그 바람에 백금 팔찌가 찰랑거렸다.

"예?" 슈미츠 선생이 기대에 찬 시선으로 어머니를 바라보았다. 묘수가 떠오른 걸까? 오늘 저녁 회의의 클라이맥스야!

나는 모든 음절, 움직임 하나 빠뜨리지 않고 꼼꼼하게 적었다.

"저는 케빈의 엄마, 사빈이라고 합니다. 질문이 하나 있는데요." 그녀의 이마에 주름이 모아졌다. 우리들은 모두 긴장했다. 슈미츠 선생도 마찬가지로 그의 목젖은 셔츠 깃 위에 고개를 내밀고 얌전히 있었다.

"예, 말씀하세요."

혹시 케빈 엄마는 원색을 선호하는 디자이너와의 은밀한 사랑을 포기하고 우리 반 전체에게 자기 이름을 붙인 저렴하면서도 화려한 축제복을 제공하겠다는 말을 하려는 것은 아닐까, 하고 우린 은밀히 기대했다.

"우리 케빈은 뭐든지 다 잘해요. 그 아이는 읽을 줄도 셈할 줄도 쓸 줄도 알아요. 그런데 지금 이대로 그냥 놔두어야 할까요?" 그녀는 당황하면서 말했다.

실망한 부모들은 각자의 구두코를 내려다보았다. 케빈이 뭐든지 다 할 줄 안다니!

"좋은 일입니다. 당분간 특별한 변화는 없을 겁니다. 케빈이 스스로 느낄 때까지는 그냥 두세요. 케빈 스스로 자기능력을 계발해야 하니까요." 선생님이 상냥하게 대답했다.

나는 케빈이 무엇을 할 수 있고, 알버트 아인슈타인만큼이나 훌륭한 사람으로 키우기 위해서 그 아이를 어떻게 교육시켜야 할지를 빠짐없이 적었다.

드디어 교실엔 무거운 침묵이 흘렀다. 조금 전까지만 해도 화기애애한 분위기였는데! 난 볼펜 꼭지를 잘근잘근 씹으면서 주위를 둘러보았다. 남편은 가장 편안한 자세를 취하기 위해서 작은 의자가 허락하는 한도 내에서 최대한 몸을 뒤로 젖히고 있다. 다른 사람들 눈에는 다이어리를 쳐다보고 있는 것처럼 보이겠지만 사실 그는 아주 독특한 자기만의 자세로 졸고 있었다.

건강 샌달을 신은 안경 쓴 어머니가 말문을 열어야 할 때라고 생각한 것 같았다.

"제 딸 안나는 글씨를 삐뚤게 써요. 그런데 그걸 제가 고쳐줘야 하나요? 사실 전 그렇게 생각하지 않거든요. 아이들은 실수를 거듭하면서 제대로 배우는 거 아니겠어요! 전 항상 그렇게 말한답니다. 어떤 문제든 결론이 날 때까지 선생님과 토론을 벌여라. 그런 다음 직접 결론을 내도록 해라. 나는 상관하지 않겠다고요"

나는 적었다. '안나의 어머니는 아이의 글쓰기에 대해 말하고자 한다'라고

"당연히 그러셔야지요. 교육에 대해서 상의할 게 있으시면 언제

든 찾아오십시오. 항상 문은 열려 있습니다.” 선생님이 말하는 동
안 목젖이 오르내렸다.
　세상에, 정말 친절한 사람이야!
　커다란 꽃무늬 옷을 입은 뚱뚱한 엄마가 저녁 내내 가슴에 묻어
두고 할까 말까 망설이던 말을 용기를 내서 전했다.
　“미셀이 가방에 사인펜을 넣어가지고 다니는데 그래도 되나요?”
　그것은 좋은 논쟁거리였다. 반은 찬성했고, 나머지 반은 반대했
다. 나는 그 주제에 관해 주고받은 의견들에 대해서는 더 이상 쓰
지 않기로 했다.
　“체육시간엔 뭘 신겨야 하죠?” 허스키한 목소리로 누군가가 소
리쳤다. “운동화입니까? 아니면 실내화입니까?”
　“여자아이들은 실내화지요.” 누군가가 설명했다. “하지만 남자
아이라면 운동화를 신겨야 해요.”
　나는 체육시간에 어떤 신발을 신기느냐에 대한 일학년 부모들
의 열띤 논쟁에 대해서 적었다.
　“체육시간과 관련된 복장은 자주 빨아주세요.” 선생님이 웃으면
서 말했다. 정말 중요한 발언이었다!
　사람들이 모두 웃으며 환호했다. 정말 격의 없는 선생님이었다!
　어머니 회장은 축제행렬에 대해서 논의해야 한다고 소리쳤다.
그리고 성 마틴 축제에 대해서! 그녀는 플라스틱통에 담긴 마지막
빵을 집어들었다. 빵에서 향긋한 냄새가 났다. 건강식품점에서 산
빵 냄새가.
　토론은 성 마틴 축제로 집중되었다. 선생님은 성 마틴 축제행렬
에 부모가 같이 참여하든 안하든 간에 아이들은 단체행동을 해야
한다고 설명했다.
　성 마틴 축제 때 교육적인 차원에서 각자 창의성을 발휘해서 전
등을 만들고 참석자 전원은 축제복을 입어야 한다고 적었다.
　회장은 보온병에서 카밀렌 차를 따르면서 산타 할아버지를 한
사람 뽑자고 제안했다. 아버지 중에 누구 한 사람을 뽑아서 산타

할아버지로 분장하자는 것이었다. 그녀는 자발적으로 신청해달라고 당부하는데 아무도 신청하는 사람이 없었다.

나는 메모장에 고개를 떨구고 있는 에른스트베르트를 손가락으로 가리켰다.

회장은 아주 자연스럽게 말했다. "당신은 정말 보배예요 샤츠 씨(보배 씨)!"

졸고 있던 남편만 빼고 모든 사람들이 웃었다. 그는 잠시 실내의 소란스러움에 고개를 들고 쳐다보더니 다시 잠에 빠져들었다.

나는 '우리는 본인의 의사에 따라 에른스트베르트 씨를 산타할아버지로 결정했다'고 적었다.

빌어먹을, 이건 틀림없이 남편한테 비난받게 될 거야.

사랑, 이별 그리고 결혼

하네스가 나를 자기 방에 밀어넣었다. 막 동이 틀 무렵이었다. 방에서 곰팡내가 났다. 나는 숨을 크게 들이마셨다. 방 한가운데에 내 가방이 있었다. 방에는 일인용 침대 두 개가 따로 떨어져 있었다. 그 중 하나는 내 것일 텐데 침대 위에 누군가가 누워 있다. 그 사람은 심하게 코를 골고 있었다. 또 방안에서 뭔가가 썩고 있는 것 같은 고약한 냄새가 풍겼다. 긴 방황을 끝내고 오랫동안 잊고 지내던 고향을 찾아 헤맨 발에서 나는 냄새. 고린내였다.

"누구죠?" 나는 침대를 가리키며 물었다.

"빌어먹을, 어제 저녁까지는 아무도 없었는데." 하네스가 말했다.

우리는 우리들의 공간에서 코를 골며 자고 있는 순진한 침입자를 못마땅한 눈초리로 쳐다보았다.

그에게서 정말 지독한 악취가 풍겼다.

"이런, 맙소사! 이 사람은 러시아인예요" 하네스가 말했다.

“러시아 사람이라뇨?” 난 내 침대에서 러시아 사람이 잠자는 것을 원치 않았는데. 게다가 코를 골고 악취까지 풍기는 사람이라니!

“여기 관리인이죠. 그 사람은 머리를 감지 않아서 머리칼이 항상 기름으로 떡이 되어 있어요. 늘 혼자 중얼거리고”

“맡은 역할이 그런가요? 아니면 실제 생활에서……?”

“뭐라구요?”

“……때에 전 머리카락과 혼자 중얼거리는 사람이라구요?”

“예. 실제 생활에서요.”

“연기가 아니구요?”

우리는 둘 다 말이 없었다.

“독일어로요? 아니면 러시아어로요?” 나는 이야기의 실마리를 풀어나가려고 노력했다.

“모르겠어요. 그의 말을 신경써서 들어본 적이 한번도 없거든요.” 하네스는 러시아 사람이 베고 있는 베개를 조심스럽게 빼냈다.

나는 침을 삼켰다. 내 베개를!

“난 여기에서 잠을 잘 수 없어요. 내가 여기에서 삼 주 내내 서서 지내야 한다 해도요.” 나는 단호하게 말했다.

“진정하세요. 잠깐만요. 나한테 좋은 생각이 떠올랐어요.” 하네스가 말했다.

“좋은 생각이라뇨?” 나는 빨리 알고 싶었다.

“이 사람을 양탄자에 둘둘 말아서 창문 밖으로 던져버리는 거예요.” 하네스의 목소리가 커졌다. 묘안을 짜낸 자기가 스스로 너무 대견스런 모양이었다.

“화내지 않겠어요? 그 전에 깨워서 물어보는 게 어때요? 왜 여기에서 자고 있느냐고 물어보면 되잖아요.” 나는 신중하게 말했다.

“그 사람이 무슨 생각을 하겠어요? 아주 상식 없는 사람일 텐데.” 하네스가 말했다.

나는 잠든 사람의 팔을 조심스럽게 흔들어보았다.

“이봐요! 지금 여기서 뭘 하고 계신 거예요?”

러시아 사람이 입맛을 쩝쩝 다셨다.

“입맛을 다셨어요.” 하네스가 말했다.

“그러네요.”

하네스는 온 힘을 다해 러시아 사람의 팔을 흔들었다.

러시아 사람은 눈을 뜨고 한번 쳐다보더니 뭐라고 중얼거렸다.
“쉬진?”

“그 뜻은 아마도 ‘여기가 어디지?’일 거예요.” 나는 호감을 갖
고 말했다.

“어떻게 알았어요?”

“사람들은 낯선 곳에서 자다가 눈뜨면, 대개 숨을 내쉬면서 ‘여
기가 어디지?’ 하고 중얼거려요. 나중에 사전 한번 찾아보세요.”

“그는 숨을 내쉬며 중얼거린 게 아녜요. 단지 입맛을 다신 것이
지요.” 하네스가 뾰로통해서 말했다.

어이가 없었다. 어찌할 바도 모르겠고 그 러시아 사람은 어떻
게 해도 깨어날 것 같지 않았다. 아마 그는 남의 침대에 누워서 코
골고 입맛 다셔가면서 러시아 모국어로 끝없는 꿈을 꾸고 있겠지.

“이제 우린 뭘 하죠?”

“바람이나 쐬죠.”

창문을 열었다. 아침햇살이 먼저, 다음엔 상큼한 남프랑스의 여
름바람이 그 뒤를 따라 방안으로 들어왔다. 호텔 뒤꼍에 조그만
풀장이 있었다. 파란 풀장의 잔잔한 물이 햇살을 받아 반짝였다.
비치 벤치 뒤쪽으로는 꽃으로 둘러싸인 방갈로가 있었다. 방갈로
창문에는 모두 초록색 블라인드가 쳐져 있었다.

“여기에는 집주인이나 관리인이 없는가 보죠? 빈방이 있는가
물어보면 좋을 텐데.” 나는 물었다.

“일곱시가 되어야 가능하지요. 비난받고 싶다면 사람들을 깨우
세요. 하지만 한 가지, 어제 새벽 두시까지 촬영했다는 사실만 고
려해주세요.” 하네스가 말했다.

“새벽 두시까지 촬영을 했다구요? 그런데 당신은 다섯시에 아비뇽에 있었군요?”

“예. 그랬어요. 갓 구운 크루아상을 들고요” 하네스가 말했다.

“그렇다면 어젯밤에 한숨도 못 잤겠네요?”

“그렇지요”

“그렇담 아주 쪼끔 피곤하시겠어요?”

“예. 아주 쪼끔.”

“가서 주무세요”

“그 러시아 사람 옆에서요?”

“아뇨 다른 침대에서요”

“그럼 당신은?”

“난 침대에 앉아서 당신을 바라보구요”

“그건 사양하겠어요”

“아! 난 수영을 하겠어요! 그래요 수영하는 게 좋겠어요 말리지 마세요!”

아주 좋은 생각이었다! 아침햇살이 반짝이는 깨끗하고 시원한 물에 생각이 미치자 난 갑자기 마음이 급해졌다.

서둘러 방바닥에 있는 가방을 뒤져서 수영복과 수건을 찾아냈다.

“잘 자요!”

하네스가 무슨 말을 꺼내기도 전에 나는 계단을 조용히 내딛었다. 밖으로 나온 나는 바람같이 옷을 갈아입었다. 주변 방갈로의 모든 창문들이 닫혀 있는 것을 확인하고 난 내 자신에게 말했다. ‘여기선 아무 거리낌없이 돌아다녀도 돼. 에덴의 동산처럼.’

스프링쿨러가 촉촉함과 상큼함을 제공했다. 밤새 기차와 남프랑스 시내버스를 타고 헤맨 것에 대한 보답이었다! 풀장 안의 물은 시원하고 맑았다. 차게 느껴지지 않았다.

나는 단숨에 풀장 끝까지 헤엄쳐갔다.

숨을 쉬려고 물 위로 고개를 내밀었을 때, 하네스 얼굴과 곧바로 맞닥뜨렸다. 그가 나를 계속 따라왔음을 금방 알 수 있었다. 그는 옷을 입은 채였다. 남자들은 정말 지겨우리만치 느려터졌다.

"어때요? 물이 차죠?"

"전혀요. 너무 좋아요." 내가 살짝 뿌린 물방울들이 그의 청바지에 짙은색 무늬를 만들어냈다.

"수영복을 찾아봐도 없네요." 하네스가 손으로 풀장 물을 휘저으며 말했다.

"어째서요?" 나는 추위가 느껴질까 봐 수영하며 물었다.

"왜냐하면…… 수영복을 안 가져왔거든요!" 하네스가 풀장 가에 앉아서 소리쳤다.

"그럼, 있지도 않은 수영복을 찾았어요?"

"그 러시아 사람이 가져왔을 것 같았거든요." 하네스가 소리쳤다.

"피, 당신이 진짜 그걸 입을 수 있었겠어요?" 내가 되받아주었다.

"진짜 거라구요? 그 사람 이름 진짜 아녜요!" 하네스가 소리쳤다.

"그런데 그 사람 이름이 뭘까요?" 나는 호기심이 발동했다. 난 고향 잃은 그 딱한 젊은이 이름이 뭔지 정말 궁금해졌다.

"특별히 이름은 모르겠어요. 하지만 당신이 지어주면 되잖아요."

"치!" 나는 수영하면서 하네스 쪽으로 다가갔다. "그 사람은 지금 자고 있어요. 그런데 왜 내가 그 딱한 총각한테 이름을 지어줘야 하죠?"

그건 단역배우들의 쥐꼬리만한 자존심이었다. 딱한 이방인에게 이름조차 묻지 않는 건. 그는 그저 '러시아 사람'이라 불렸다.

"뭐라구요? 딱한 총각이라구요?!"

"그 딱한 사람은 낯선 침대에서 잠을 자야만 했어요. 아무도 그 사람을 제대로 대접해주지 않았어요. 그리고 그 사람에게 관심을 기울이는 사람조차 없었어요. 말을 건네든 그렇지 않든 간에. 그래서 그 사람은 생기 없이 씻지도 않은 채 지금 저렇게 누워 있는 거예요." 나는 약간 비난조로 말했다.

"하지만 당신이 있잖아요" 하네스가 웃으며 말했다.

"당신은 내가 그 사람에게 마음 쓰는 게 못마땅한가 보군요." 난 좀 불쾌했다.

엄만 그러실 거야. '아가, 그 사람을 돌봐줘라. 모든 인간이 행복한 건 아니란다. 너처럼. 그는 평생 너에게 감사할 거야.'

"좋아요. 나도 그걸 바라요" 하네스가 말했다.

"당신이 그 사람을 쫓아낼 거라고 믿진 않아요. 그 사람에겐 관심과 사랑이 필요해요! 푸대접을 받다보니 저렇게 된 거예요" 나는 말했다.

"난 반대하지 않아요. 아니, 오히려 그 반대죠. 당신이 그 사람을 보호해주기를 바라요" 하네스가 말했다.

"우리 두 사람이 그를 도와줄 수 있을 거예요. 일단, 그 사람 이름을 지어주기로 하죠" 내가 제안했다.

"그 사람 얼굴 잘 봤어요?"

"와 닿는 느낌이 있었어요" 내가 대답했다.

"혐오스런 느낌뿐이었을 텐데."

"물론 처음에는 그랬어요."

"그런데도 이름을 지어주겠다고요?"

"예. 우리의 관심이 필요한 사람이니까요. 펜바케라고 부르면 어떨까요?"

"누구를요?"

"내 침대에 누워 있는 사람요!"

"그 러시아 사람?"

"당연하죠. 여태껏 우린 그 사람에 대해서 말했잖아요?"

"아마도 그 사람 물건은 이 세상에서 가장 길 거예요. 내 거만큼이나!" 하네스가 말했다.

나는 물 속에 서서 멍하니 그를 쳐다보았다. "당신 혹시 과대망

상증 있는 거 아녜요?”

“아뇨 내 말이 옳다는 걸 인정하게 될 거예요” 그가 말했다.

그가 물 속으로 뛰어들었다. 그 바람에 그의 옷이 흠뻑 젖었다.

“좋은 일이란 시간이 걸리는 법이죠 우리에겐 몇 주라는 시간 여유가 있어요” 나는 감정을 섞지 않고 말했다.

“아! 찰리, 당신이 맘에 들어요” 슈툴바인이 말했다.

“오! 슈툴바인, 내 느낌도 그래요”

우린 진한 포옹을 했다.

그게 우리들 사랑의 시작이었다.

끈적끈적하고 축축하고 거무스름한 게 볼에 닿는 바람에 잠에서 깼다.

“엘제!” 나는 구역질이 났다. “너 언제부터 내 베개에다 볼일 봤어! 네 깔개가 부족하든? 네 상자에 그게…… 엘제! 너 나한테 갖다놓은 게 뭐니……? 휴우, 엘제야, 이거 빨리 갖다가 처리해! 이건 네가 할 일이야!”

그때 베개 위의 고양이 분비물이 꿈틀거리며 실낱같은 소리로 꾸룩거렸다.

“아니! 엘제! 네 새끼들이구나! 넌 참 대단한 출산능력을 지녔어! 네가 낳은 새 생명을 내게 가지고 온 거였어! 이건 분명 나에 대한 애정의 표실 거야. 미안해. 난 그런 줄도 모르고! 어쩜 이렇게 작고 끈적거릴까! 정말! 근사한 선물이야!”

나는 감동해서 소리내어 엉엉 울었다.

엘제는 느린 걸음으로 방에서 나갔다 다시 돌아왔다. 아직 눈도 뜨지 못한 엄지손가락만한 크기의 시커먼 새끼 고양이 세 마리가 베개 위에 놓여 있었다. 엘제가 새끼를 입에 물고 침실에 나타난 게 이번이 벌써 네번째였다. 대단히 신중하고 교만하지만 꾸밈없는 태도로 축축한 것을 물고 와서 아주 조심스럽게 내 베개 위에 내려놓았다.

"엘제!" 나는 소리쳤다. "내가 축하해줄 기회를 줘! 너 혼자 해낸 거니? 내가 자는 동안?"

엘제는 칭찬할 기회를 주려는 듯 아주 잠깐 서 있다가 다시 침실을 빠져나갔다.

"몇 마리나 더 남았니?"

눈을 뜨지 못한 새끼들이 침대 밖으로 굴러떨어질까봐 난 일어나지도 못했다.

엘제가 다섯번째 새끼를 데려왔다. 그런 다음 베개로 올라와서 나와 새끼들 사이를 비집고 끼어들었다.

"다섯! 다섯 마리야! 이 많은 새끼들을 그동안 뱃속에 넣고 다녔단 말이지!"

나는 흥분을 가라앉히지 못하고 윤기 흐르는 산부의 털을 열심히 쓰다듬어주었다.

엘제는 내 팔 쪽으로 누워서 가쁜 숨을 내쉬었다.

엘제는 어미로서 자부심을 맘껏 드러냈고, 새끼를 낳는 데 도움이 되지는 못했지만, 난 적어도 이 순간만큼은 그런 고양이의 속내를 알아줄 유일한 사람이었다. 빨간 장미꽃 다발을 들고 나타나서 다섯 개의 보석이 박힌 다이아몬드 반지를 앞발에 끼워줄 자부심 강한 아빠 고양이를 기대할 수는 없더라도, 수유방법이라든가 산후 부부생활에 대한 실용적인 조언을 해줄 조산원은 필요했다.

아빠 고양이를 위한 실용적인 핸드북 『꼬마 고양이가 아빠 되다』는 못 읽었어도 삽화가 풍부한 별책 부록 『귀여운 엄마 고양이』 정도는 읽어두었어야 했는데. 그래도 나는 엘제에게 칭찬과 격려가 필요하다는 것을 금방 알아차렸다.

"나를 깨울 수도 있었잖아, 이 미혼모야! 그랬다면 출산의 고통을 함께 나눌 수 있었고!"

엘제는 눈을 내리감은 채 인내심을 십분 발휘하고 있었다.

"내가 탯줄 정도는 잘라줄 수 있었잖아!" 내가 소리쳤다.

고양이가 나를 못 미더워한다는 것쯤 나도 잘 알고 있다. 엘제

는 아주 작고 끈적끈적한 새끼들을 한 놈씩 차례대로 혀로 핥아주
었다. 그러면서 무방비 상태의 새끼들을 조금도 주저하지 않고 발
톱으로 박박 긁었다.

"엘제! 왜 그렇게 긁는 거야! 하지 마!"

고양이가 날 질책하듯 잠시 쳐다보았다. '바보 같은 소리나 하
면서 내 교육방식에 끼어들지 말고 우리들 아침밥이나 갖다줘!'
꼭 그렇게 말하고 싶어하는 눈초리였다.

"미안, 엘제." 나는 말하면서 벌떡 일어났다.

"오늘 아침 특별히 먹고 싶은 건 없니? 샴페인 한잔 할까?"

나는 여전히 벌거벗은 채 잰걸음으로 뛰다시피 부엌으로 가서
커피 물을 얹었다. 그리고 찬장 아랫서랍에서 '세바'* 하나를 꺼내
어 따서, 구수한 냄새를 풍기는 내용물을 테니스 대회에서 받은
은으로 만든 컵에 정성껏 담았다. 페퍼민트 잎이 부족해서 파슬리
로 장식했다.

한 손에는 커피 주전자를, 다른 한 손에는 고양이 아침밥을 들
고 침실 쪽으로 막 돌아서는데, 현관 벨이 울렸다.

"내가 왜 자기한테 예비 키를 만들게 했는지 자긴 생각해봐야
해." 나는 반갑게 소리쳤다. 팔꿈치로 현관 문고리를 돌려주고 막
바로 돌아서면서 흥분한 목소리로 난 계속 떠들었다.

"자기야, 얼른 침실로 와봐. 축복 어린 자연의 산물을 볼 수 있
을 거야!" 난 의기양양하게 먼저 침실로 들어섰다. 현관문 쪽에 움
직이는 기척이 없어서 나는 덧붙여 말했다.

"용기 내서 들어와, 자기야! 조용히! 뭔가를 보게 될 거야! 어때,
베개 위에 정말 멋진 것들이 있지?"

반응 없음.

나는 침실 밖으로 다시 나갔다. 도대체 무슨 일이지?

"자긴 여태껏 한번도 본 적 없을 거야. 이렇게 예쁘고 귀엽고

* 고양이용 통조림.

또 부드럽고……."

내 시선이 딱 멈췄다.

"물론 지금 난, 막……." 에른스트베르트가 나를 죽 훑어보며 말했다.

"이런, 당신이었군요! 이런 모습으로 당신을 만날 거라고는 상상도 못했는데……." 나는 당황했다.

"나도 당신과 이렇게는……." 회색 안경테 뒤로 두 눈이 황망스레 깜박였다. "이건 유쾌한 놀라움이야." 그가 말했다.

나는 고양이 아침을 담은 은 쟁반과 커피 주전자를 그의 손에 들려주었다.

"안으로 들어가 계세요. 금방 옷 입고 올게요."

말하면서 난 난감해졌다. 내가 이미 에른스트베르트에게 침실 쪽으로 가라고 했기 때문이다. 옷을 꺼내려면 벌거벗은 몸으로 그 사람 앞을 다시 지나 옷장 문을 열고, 놀란 눈앞에서 깨끗한 팬티를 선반에서 꺼내야만 했다.

벌거벗은 모습을 보이지 마, 샬로테! 아무 일도 없었던 것처럼 행동해! 그 사람은 아주 도량이 넓은 사람이야. 그 사람 역시 아무 일도 없었던 것처럼 행동할 거야. 신사란 원래 즐기기는 하지만 그것에 대해서 절대 침묵하는 법이거든.

나는 방향을 바꾸어 목욕탕으로 들어가서 혹시나 하는 마음으로 세탁물 바구니를 들여다보았다. 하지만 세탁물 바구니에 든 것은 달랑 수건 두 장뿐이었다.

어떻게 해야 할까?

난 세탁물 바구니에서 수건 두 장을 낚아서, 한 장을 아랫도리에 감고 다른 한 장으로 위를 감은 다음 여주인으로서 반가운 표정을 짓고 침실에 들어섰다.

"이렇게 다시 찾아주시다니 정말 친절하시군요, 샤츠 씨. 저와 커피 한잔 하시겠습니까? 아니면 제가 당신의 귀한 시간을 빼앗을까요?"

여전히 구김이 가지 않는 나일론 바지를 입은 에른스트베르트는 침대 옆에 쪼그려 앉아서, 넋 나간 사람처럼 새끼 고양이들을 바라보고 있었다. 커피와 고양이 밥은 협탁에 놓아둔 다니엘라 팔레티의 소설책 위에 놓여 있었다. 오른손 가운뎃손가락으로 그는 축축한 새끼 고양이의 등을 쓰다듬고 있었다. 그는 정말 감동을 받은 것처럼 보였다.

엘제는 은빛 쟁반 앞에 쪼그려 앉아 최상급 음식을 탐욕스럽게 먹고 있었다. 그러면서도 눈을 가늘게 뜨고 세무사를 경계했다.

그래, 그렇구나. 이제 막 몸을 푼 너에게 벌써 남자 방문객이 찾아온 거야. 그런데다 그 사람은 아주 학식 있는 사람이잖아. 박사 학위를 소지한 그도 진심으로 기뻐하고 있어!

그는 아슬아슬한 복장을 하고 침실 문 앞에 선 나를 잠시 쳐다보았다. 약한 사시인 그의 눈이 당황해서 커졌지만 표정에는 변화가 없었다.

다채로운 서체의 '본하이머 촌가' 마크는 내 가슴 위에서, '공원 호텔' 마크는 내 아랫도리에서 빛나고 있었다.

이제 막 관계를 트고 있는 시점에서 호텔 수건을 훔치는 내 행위가 드러났다는 것은 분명 곤혹스러운 일이었다.

하지만 그 사람도 처세에 능했다. 그는 훔친 수건은 소득공제 혜택을 받을 수 없다는 말을 하지 않았다. 오히려 그 일에 대해서 고의적으로 무시했다.

나는 그 사람 옆으로 가서 바닥에 쪼그려 앉아서 커피를 따랐다.

"이렇게 이른 시간에 당신을 내게 오게 만든 일이 도대체 뭐죠?" 그에게 커피를 건네주면서 나는 기분 좋게 물었다.

"당신은 대단한 여인이야." 그의 목소리엔 예상치 못한 열정이 담겨 있었다.

이런! 세무사님! 도대체 어찌된 일예요?

"지금까지 난, 난 당신처럼 이렇게 사랑스런 여인을 만나본 적이 없어."

그의 폭탄선언에 나는 그를 응시했다. 갑자기 왜 말을 낮추지? 그런데다가 사용하는 어휘들마저 정도가 지나쳐. 이 세무사 머리가 어떻게 된 거 아냐? 친밀한 척하는 것도 정상이 아냐! 빨리 막아야겠어. 이 사람은 도대체 무슨 생각을 하고, 자기 앞에 누가 있다고 생각하는 걸까? 정말 나를 두고 하는 말일까?

"샷츠 씨, 그건 곤란한데요." 나는 놀리지 말라는 투로 말했다.

기다려, 이 애송이 세무사야. 지금은 아니야. 예고 없이 들이닥친 사람이 누구야? 당신이야, 나야? 이렇게 이른 아침시간에 원하는 게 도대체 뭐야? 당신 집이 없어? 여기는 내 집이야. 내 맘대로 발가벗고 다닐 수 있는 거라구. 알았어, 이 남자야?

환상세계의 베라 베아테 본드라트쉐크라면 이럴 때 어떤 반응을 보일까? 그녀도 이런 상황이나 아니면 이와 비슷한 상황에 처할 때가 있을 거야. 이 지구상의 여성들이라면 지금 이 순간 세련된 언어로 그에게 자제할 것을 요구하겠지.

베라 베아테는 화려한 비단 실내복 위로 봉긋이 솟아오른 젖가슴이 출렁이도록 웃으면서 곰곰이 생각할 것이다.

"기대하지 않았는데 이렇게 불쑥 찾아오셨군요. 사랑스러운 사람. 내가 아니고 당신이 직접! 미리 연락을 주셨더라면 전 당연히 예쁘게 몸단장을 했을 텐데요! 나를 거칠게 만든 사람은 당신이니 오해하지 마세요! 나를 단정치 못하고 의심스런 중년 여성으로 취급하지 마세요. 아침 여덟시 반에 몸단장을 하고 우체부를 기다리는 여자쯤으로……."

"세무사." 에른스트베르트가 말했다.

"당신이 어떤 사람이든." 나는 자애롭게 말했다. "난 당신을 기다리지 않았어요. 옷을 입고서든 벗고서든."

"난 당신을 잊을 수가 없었어." 에른스트베르트는 열정을 억누르고 있었다.

"그럴 리가 없어요." 베라 베아테 본드라트쉐크가 온화하고 아첨하는 듯 웃으면서 쭈뼛 곤두선 그의 목덜미 털을 쓰다듬으며 말했다. "제 세금문제에 대해서 그렇게 신경을 써주시니 무엇보다도 전 기쁘답니다."

"샬로테!" 에른스트베르트가 충족되지 않는 열정으로 땀을 흘리며 헐떡였다. "제발 아무 일도 없었던 것처럼 행동하지 마!"

나는 심장이 멎는 것 같았다. 대체 이게 무슨 일이야? 연속극? 아니면 현실? 베라 베아테가 침실 구석에서 비단 실내복을 바람에 펄럭이며 갑자기 공중으로 사라졌다.

나는 세무사를 똑바로 응시했다.

"무슨 일이…… 있었다는 거예요?"

"우리는…… 어제…… 저쪽…… 거실에서, 그러니까 내 말은, 당신이 먼저…… 우리는 그래서……."

"저쪽 거실에서 우리가 뭘 어쨌는데요?" 두려움으로 내 목소리가 떨렸다.

"당신이 시작했어!" 에른스트베르트는 어린 소년처럼 말했다.

"뭘요?" 나는 불안해하며 물었다.

우리는 정말 아무 일도 없었는데? 나는 그저 상상했을 뿐이야! 정말 아름다웠지. 그렇지 않았다면 그 따분한 시간들을 나는 결코 견뎌내지 못했을 거야. 그가 차분하고 지루한 독백을 끝없이 풀어낼 때도 그랬어! 우린 그 일을 내 상상의 세계에서 했을 뿐이야! 현실에서가 아니었어, 절대 현실이 아니었다구!

지금 이 상황이 혹시 착각은 아닐까? 이러다 또 권태로움을 느낄 텐데.

앞에 에른스트베르트를 앉혀두고 또 상상의 세계에 빠져들 것이다. 비가 내리는 구질구질한 날씨에 친구 하나 없어 따분하고 먹을 것이라곤 비린내 나는 청어밖에 없었다. 어릴 적에도 난 늘 격렬한 환상의 세계에서 쫓겨다니며 놀았다. 그 시절엔 텔레비전도 없었고 비디오도 없었고 게임기도 없었으니까.

내 외설적인 환상은 현실이 아닌데 세무사는 지금 침대 모서리에 걸터앉아 고양이를 쓰다듬으며 흥분해서 말을 더듬고 있다.

"샬로테, 당신은 왜 그걸 인정하지 않지? 왜 아무 일도 없었던 것처럼 행동하는 거야?"

"아무 일도 없었으니까요." 그렇게 말하는 내 목소리는 영락없는 그레테였다. 우리는 잠자리를 함께하지 않았다. 돈 되는 일도 아닌데! 이런 얘기를 나는 듣고 싶지 않다.

"샷츠 씨!" 나는 오리지널 그레테의 목소리로 말했다. 호의적이긴 하지만 딱 부러지고 심적으로 다가서지 않고 거리를 둔 정중한 목소리로 "뭔가 잘못 알고 계신 것 같군요. 당신은 세금에 관해서 설명하셨어요. 그리고 우리는 함께 포도주를 마셨어요. 그런 다음 당신은 집으로 돌아가셨구요. 아셨어요?"

샷츠 씨가 당황해서 흔들리는 눈빛으로 나를 쳐다보았다.

"알겠어." 그가 말했다.

"당신 설명은 분명했고 또 충분했어요."

"손 좀 닦을 수 있을까? 고양이 새끼를 만져서……." 그가 머뭇거리며 말했다.

그래, 이 사람아. 이제야 알아차리셨군. 착각에서 벗어나려면 시간이 좀 필요할 거야.

"그럼요. 목욕탕은 나가서 오른쪽 뒤편에 있어요." 나는 말했다.

그가 일어섰다. 그의 몸집으로 보아 그 일도 그렇게 쉽지 않을 것 같았다. 그가 커피잔을 쨍그랑 소리가 나게 내려놓았다. 엘제가 놀라서 침대 밑으로 도망쳤다.

이 우연함에서 난 내 몫을 놓치고 싶지 않았다.

베라 베아테 본드라트쉐크가 돌연 모습을 드러냈다.

"샷츠 씨." 당황한 세무사가 문 앞에 섰을 때, 베라 베아테가 다정스럽게 말했다. "깨끗한 수건이 없어요!"

그가 망설이며 돌아섰다.

"여기, 이걸 쓰세요." 베라 베아테는 상냥하게 웃으며 말했다.

그가 어쩔 줄 몰라하면서 '본하이머 촌가' 수건을 받아들었다.

"고맙군. 대단한 친절이야." 그는 당황해서 더듬더듬 말하더니 황망히 돌아섰다.

베라 베아테 본드라트쉐크는 침대 위에 선정적으로 누워서 명상에 잠긴 채 고양이를 쓰다듬었다. 현관문 닫히는 소리가 들렸다. 그러자 그녀 입술에 승리의 미소가 감돌았다.

그렇게 성급하고 우매한 젊은이였던 에른스트베르트 샤츠와 난 결혼했다.

"페퍼 부인? 샬로테 페퍼 씨? 본인이신가요? <우리들의 작은 병원> 드라마에 나오는 여의사 아니타 바흐 씬가요?"

"예, 그렇습니다만." 나는 신경질적으로 대답하면서 아이들에게 거실 쪽으로 호스를 대면 안된다고 손짓했다.

"그런데 무슨 일이시죠?"

"안녕하세요? 저는 <여성들>이라는 텔레비전 프로그램을 담당하는 도라 되링이라는 사람입니다. 혹시 우리 프로를 아시나요?"

"무슨 프로그램이라구요?"

"<여성들>이요! 요헨 뮈케 씨가 사회를 보는데요!"

"유감스럽게도……."

"상관없어요. 신경쓰지 마세요. 우리가 당신을 알고 있으니까요!"

"예…… 그런데요? 에르니! 거실 쪽으로 물을 뿌리면 안돼!"

"우리는 의식이 강한 여성들에 관한 방송을 제작하고 있어요 비범한 여성들, 진보적인 일을 하는 여성들에 대해서……."

"전 진보적인 일을 하고 있지 못한데요" 나는 말했다. "유감이네요. 에르니, 지금 당장 물장난 그만두지 않으면 엉덩이 맞을 줄 알아!"

"보세요" 그녀가 웃었다. "두 다리로 생을 지탱하면서 성공한 여성들을 전 개인적으로 아주 좋아한답니다. 그런 여성들을 우리 프로그램에 기꺼이 초대하지요!" 그녀가 웃었다.

난 내가 몇 개의 다리로 생을 지탱하는지에 대해서 그녀와 토론하고 싶지 않았다. 그리고 또 내 이력에 대해서도 세상에 드러내고 싶지 않았다. 내가 얼마나 성공했고, 또 그게 내가 바라던 일이었는지, 그런 것들이 도라라는 여자와 무슨 상관이 있는가! <우리들의 작은 병원>의 여의사 아니타 바흐가 되기 위해서 평생 노력한 것도 아니었다.

그런데도 불구하고 나를 초대하려 하다니! 그것은 진부한 일상사에 신선함을 불어넣어주었다.

"<여성들> 스튜디오는 어디에 있습니까?"

"뮌헨에요."

"뮌헨은 제가 아주 좋아하는 도시예요. 쾰른과 비교해볼 때, 맥주잔 크기 하나만 봐도 그렇고……."

"오실 건가요?"

"언제냐가 문제지요! 스케줄이 터질 듯이 꽉찼어요!"

"시간이 허락되신다면, 다음주 수요일인데요. 우리 프로그램은 항상 수요일에 나가거든요. 이번에는 '모녀간의 갈등'에 관해서 토론할 거예요."

"유감스럽지만 안되겠어요. 나는 어머니와 아무 갈등 없이 살고 있고, 또 매주 수요일에 아이들은 에벌라인 선생님께 성악 레슨을 받아야 합니다. 성악 교육은 자라는 아이들의 음악적인 재능을 계발시키는 데 아주 중요한 역할을 하기 때문에……."

"아이들을 데려오셔도 됩니다! 당연히 데려오셔야지요. 우리 프로그램은 소외계층의 사람들도 초대한답니다. 그런 요소들이 프로그램에 재미를 더해주지요!" 도라가 서둘러서 덧붙였다.

"그렇겠군요. 그러면 아이들 성악 선생님께 편지를 한 통 써주실 수 있으세요?"

"물론 써드릴 수 있지요. 당신도 아시다시피 그런 건 아주 사소한 일예요. 우리가 매주 얼마나 많은 편지를 쓰는지 아마 상상도 못하실 거예요. 우리 프로그램에 출연하는 사람들을 위해 우리가 매주 몇 통의 편지를 쓴다고 생각하시나요? 우린 그런 일을 처리할 전담 사무실 하나를 별도로 차려놓고 있답니다!" 그녀가 나를 안심시켰다.

"그렇군요. 그렇다면 가지요." 나는 초대를 받아들이기로 했다.

아이들 운전기사 노릇이나 하는 평소보다는 훨씬 다채롭게 지낼 수 있을 것이다. 아이들을 음악학원에 데려다주고 한 시간을 기다렸다가 아이들을 다시 데려오는 것보다는, 아이들과 함께 비행기를 타고 뮌헨으로 날아가는 편이 훨씬 나았다. 교육적인 차원에서 아이들과 같이 노래를 부른다거나, 아이들 노래를 들어주는 것은 금지사항이었다. 그래서 아이들이 성악 레슨을 받는 동안 나는 언제나 혼자 따분하게 보냈다. 가끔 건장한 에벌라인 선생님이 혼이 깃들인 목소리로 아이들과 합창할 경우는 예외였지만.

<우리 강아지, 핍스야>라는 노래를 배우기 위해서 유치부 아이들은 몇 주 동안이나 똑같은 것을 계속 반복해야 했고, 게다가 불편한 의자에 쪼그려 앉기 때문에 항상 입을 크게 벌리고 하품을 해대기 일쑤였다. 에르니는 벌써 여러 번 졸다가 의자에서 굴러떨어질 뻔했다. 베르트는 드러내지 않고 혼자 괴로워하면서 컴퓨터 게임을 열망했다. 하지만 나는 민요를 가르치기에 더할 나위 없이 좋은 시기를 놓치지 말고 잘 이용해야 한다는 주의였다. 우리가 어렸을 때도 그랬으니까. 하지만 그때는 우리에게 하모늄*을 쳐준 사람이 없었다. 물론 돈 되는 일이 아니었으니까.

보통 수요일, 그 따분한 시간을 견디기 힘들 때는 집안에 쌓인 폐지들을 콘테이너에 쑤셔넣거나, 재활용이 되지 않는 빈 병들을 모아서 술 취한 말벌들이 우글거리는 벙커처럼 생긴 콘테이너 구멍 속으로 밀어넣는다. 쨍그랑 소리가 날 때까지. 주부와 엄마라는 두 가지 역할을 동시에 해내는 것이다! 조금만 지혜를 짜낸다면 그런 시간을 얼마든지 슬기롭게 지낼 수 있을 텐데! 살림살이를 조직

* 오르간의 일종.

적으로 해내는 여성들의 능력이란 어차피 길들여지는 것인데! 그 럼에도 불구하고 나는 왜 수요일을 색다르게 지내지 못하는 걸까?

나는 순간 뮌헨에 가기로 결정했다.

"어머니를 모시고 오실 수 있으시죠? 말씀드린 것처럼, 우리는 모녀간의 갈등이라는 진부한 문제에 대해서……." 도라가 물었다.

"어머니는 아마 참석 못하실 거예요. 매주 수요일 아마추어 연 극 모임이 있거든요."

"그렇군요. 그렇더라도 당신께서 어머님께 저희 프로그램에 대 해 설명해주시길 부탁드려요. 어머님께도 유익한 시간이 될 거예 요."

"하지만 이미 말씀드린 대로 우리 모녀는 지금 아무 갈등도 없 어요! 지금까지 그런 감정을 느껴본 적이 없었지요! 그 자리에 참 석한다 해도 구석자리에 앉아서 벙어리 노릇이나 해야 할 거예요. 별 도움이 못 될 것 같군요!"

그러니까 또 생각이 나는군. 누군가 연설을 하거나 연주할 때 우린 언제나 그 사람의 결점을 금세 찾아내서 흉보면서 깔깔거렸 어. 그 버릇이 발동되면 프로그램은 엉망이 되겠지.

"우리 토크쇼에 출연하고 싶어하는 사람들은 정말 많답니다. 그 사람들은 주제가 뭐든 전혀 개의치 않아요. 중요한 것은 텔레비전 에 나오는 거랍니다."

"그래요, 하지만 난 오래 전부터 텔레비전에 출연했어요. 매일 오후 네시에!"

"하지만 어머님께서는요? 어머님께서도 매일 오후 텔레비전에 출연하시나요?"

"그렇진 않죠." 나는 그녀 말을 순순히 받아들였다.

"그러니까 자신을 떠나서 어머님을 생각해보세요. 어머께 뮌 헨에서 유쾌한 시간을 보낼 수 있도록 해주세요. 결코 후회하지 않으실 거예요."

"그래도 우리 모녀는 갈등이란 걸 전혀 못 느끼며 살고 있어요.

그런 우리가 어떤 역할을 할 수 있을는지 모르겠네요!" 나는 다시 한번 더 강조했다.

"사소한 갈등은 있지 않겠어요?" 도라는 무리하게 요구해왔다. "사소한 문제라도 상관없어요. 아주 사사로운 일로 갈등을 겪은 적은 없었는지 어머님과 기억을 더듬어보세요. 의미 없다고 생각하는 일이라도 말예요. 십 년 전 일이어도 좋고요."

"하필이면 왜 우리 모녀의 갈등을 알고 싶어하시는데요? 즐거웠던 일에 대해서 얘기하면 좋을 거 같은데." 내가 질문했다.

"우리는 다음주 수요일에 특별 방송으로 '모녀간의 갈등'을 다루기로 했어요." 도라가 인내심 있게 대답했다. "우리는 엄마나 혹은 딸을 가진 여성들을 초대했어요. 명사로 초대된 당신은 유감스럽게도 아들만 있기 때문에, 어머니와의 갈등에 대해서 이야기해야 되구요. 중요한 것은 우리가 당신을 명사로 초대했다는 거예요. 매일 방송이 나가는 <우리들의 작은 병원>을 보는 사람들이 우리 방송을 시청해준다면 시청률이 엄청나게 늘어날 거예요. 그 점을 헤아려주시길 바랍니다."

"좋아요. 그 이유 때문이었군요." 나는 말했다.

아이들 성악 선생님께 손수 편지를 써 보내는 수고까지 하면서 나를 방송에 초대를 해주는 대가로 나는 내 작은 소망들을 말하고, 내 일상생활을 만인에게 공개해야 하는 거야. 환대의 이면이라니! 그녀는 나와 아이들 그리고 어머니에게 뮌헨 행 비행기표까지 제공하려는 거야!

에르니는 그 사이 호스를 창문에 세워놓았다. 세차게 쏟아져 나오는 물줄기는 창문에 부딪히며 여러 가지 흔적을 남겼다. 내가 무슨 말을 하는지 모를 만큼 물소리가 요란했지만 나는 아이들을 그냥 내버려두었다. 어른들은 창조적인 아이들에게 때로 깨끗한 창문에 물을 뿌려서 무늬를 만들어보게 할 필요가 있다. 그건 다 사물을 경험하고 이해해나가는 자연스러운 과정이니까. 부모들은 아이들 행동을 간섭해서는 안되며 여섯 살 때 창문에 물을 마음대로 뿌리던 아이들은 후에 자유롭고 자각 있는 성인이 될 것이다.

에르니와 베르트가 <멋진 남자>라는 토크쇼에 초대되었는데, 그 주제가 '모자간의 갈등'이라서 떠오르는 게 하나도 없을 만큼 갈등을 모르고 자란 순진한 청년 티를 낸다면, 그래서 그들의 토크쇼를 아무도 보고 싶어하지 않는다면 어떨까!

하지만 나는 우리 아이들과 다르다! 속박, 억압 결정권이 없던 나는 한번도 호스를 거실 유리창 쪽에 갖다대본 적이 없었으니까!

"기억을 한번 더듬어보지요" 나는 전화기에 대고 소리쳤다.

"당신을 믿었던 우리 판단이 맞았군요" 도라는 무사히 전화용무를 마친 것을 기뻐했다. "당신을 만날 다음주 수요일을 기다리겠습니다! 비행기표는 우편으로 보내드리겠습니다. 그날, 아마 우리 제작자가 공항으로 마중을 나갈 겁니다!"

"그레테, 나 임신했어요."

"임신이라니. 그런 당치도 않은 소리 듣기 싫다."

그레테는 자기형편에 맞지 않는 세상일들은 모두 완전히 무시했다. 그레테라면 아마도 분만에 임박해서까지 의사에게 말할 것이다.

'전 임신한 게 아녜요. 그런 당치도 않은 소리는 하지도 마세요.' 진통을 겪으면서도 여전히 그럴 것이다.

그레테는 배우가 되려고 했었다. 하지만 내가 그레테의 길을 가로막았다. 내가 의도했던 바도 아니고 그레테가 잘못되기를 바라서 내가 세상에 태어난 게 아니라고, 나는 감히 주장하지 못했다. 사실을 말하자면, 난 내 의지와 상관없이 이 세상에 태어난 것이었다. 아무 생각 없이 이 세상에 태어난 것이고, 그로 인해서 아름답고 재능이 뛰어난 내 어머니의 앞길을 망쳤다.

그레테는 결국 배우가 될 수 없었는데 그 책임은 어쨌든 내게 있었다. 나 하나로 인해서, 내가 이 세상에 태어나는 바람에 그레테가 쌓아올린 이전의 경력들은 모두 허사가 되고 말았다. 누가 그렇게 만든 게 아니다. 누가 일부러 훼방 놓은 것도 아니다.

유감스럽게도 그 당시 우리 모녀는 우리에게 꼭 어울릴 가장을 거리낌없이 찾을 수 없었다. 그레테가 남편을 가질 가능성은 아직도 희박하지만 그레테는 젊은 시절에도 예술대학 대자보에 구인광고 딱지를 붙이지 않았다.

'남자를 찾음. 나와 내 아이와 함께 살아줄 남자가 필요함.' 그리고 아랫부분에 전화번호를 스무 개 정도 적어서 떼어가기 좋게 칼로 잘라놓는다. 1960년대만 하더라도 그런 구인광고를 내거는 건 오늘날처럼 그렇게 단순한 일이 아니었다. 드러내놓고 '남자를 구하기'란 그렇게 쉽지 않았다.

그레테 말을 빌리자면, 그 당시의 여자들은 남자들이 자기를 부양해주기를 원했단다! 그리고 그 대가로 여자들은 남편이라 불리는 남자들의 온갖 시중을 공손히 들어주어야 했단다!

이런 식의 노동계약에 그레테는 취미 없어했다. 나는 이런 점에서 그레테가 무척 진보한 여성이라고 생각한다. 그레테에겐 두 남자가 있었다. 얼마나 오랫동안 또 서로 얼마만큼이나 터놓고 지냈는지 내게 말한 적은 없지만, 그레테는 그 당시 두 남자 문제에 골몰했다. 그레테가 혹시 그렇게 진보한 여성이 아니었다면 어땠을까 모르겠지만!

나는 그레테의 비밀이 경탄스러웠지만 그레테는 그 일에 대해서 절대 말하지 않았다. 그런 면에 그레테는 진보적이지 못했다! 그 두 남자는 결혼할 사람들이 아니었다. 만남, 헤어짐, 더 이상 할 말이 없음. 돈 되는 일이 아니고 잘못하면 한 대 쥐어박힐 일이니까.

그레테는 그 당시 전혀 비굴하지도 또 특별히 감사해하지도 않으면서, 한 말단 공무원의 초라한 품속에 자신을 던진 적이 있었다. 그 사람을 위해서 조야한 잿빛 양복을 손질해두었고, 완두콩과 홍당무를 섞어서 만든 뜨거운 음식을 양철 그릇에 담아서 매일 그 사람 사무실에 갖다바쳤다. 나는 그레테가 상당히 개화되었다고 생각했다. 그 면에 있어서 난 지금도 그레테에게 경의를 표한다. 그 당시는 분명히 지금과 시대가 달랐으니까!

그레테는 자립하려고 노력했다. 그레테는 성당에서 신부님의 비서로 일하게 되었다. 성당 사람들이 그레테를 돌보아주었고 그레테는 열심히 일했다. 나는 그레테의 어린 것으로, 미혼모에게서 태어난 귀여운 아이로 보살핌을 받았다. 나는 연로한 신부님의 사무실에 앉아서 양탄자 테두리에 달린 술을 온 신경을 집중해서 빗질해댔다. 나는 신부님이 피우는 긴 갈색 시거의 냄새와 대담한 노처녀 가정부의 목소리를 들으며 자랐다. 난 그 가정부와 세탁실에 있는 대형 물통 옆에 서서 <신이여, 우리는 죄인입니다>라는 노래를 부르곤 했다. <신이여, 우리는 죄인입니다>는 한동안 내가 즐겨 부르는 노래가 되었다. 나는 성가 이외의 노래는 아는 게 없었다. 목사관에서는 아름다운 성가들을 항상 생음악으로 들을 수 있었다. 그 가정부의 이름은 펠트뷸르메였으며 내게는 친할머니 같은 존재였다. 그녀는 나를 잘 데리고 다녔으며, 나도 먼지로 살짝 뒤덮인 신부의 집에서 뭔가 다른 신선한 게 필요했다.

만 세 살이 되면서 나는 성당 부설 유치원에 들어갔다. 그곳에서 나는 된장 속에 파묻힌 구더기처럼 살았다. 사람들에게 나란 존재는 그저 성당 아이로, 성당의 부속물쯤으로 인식되었다. 하지만 부족함이 없었다. 놀이 친구들도 있었으니까. 그레테는 나를 놀이방이나 유치원, 또 음악학원이나 무용학원 같은 곳에 데려다줄 필요가 없었다. 모두가 이미 말한 그 집, 그 '목사관'에서 다 해결되었다. 후에 나는 그레테가 일하는 사무실에서 잡다한 일을 도왔다. 신부님의 편지를 부치고 잔심부름을 했다. 나는 상냥하고 붙임성 있는 아이였다. 그레테는 물론 과거에 누리던 생의 기쁨과는 거리가 멀어졌다. 그레테는 그렇게 되고 싶어하던 배우가 아니라 한낱 신부의 비서일 뿐이었다. 나는 그레테를 엄마라 부를 수 없었다. 엄마가 그걸 허락하지 않았다. 그렇게 하지 않았으면 끈 달린 모자를 쓰고 우리 '목사관'에 드나드는 신앙심이 있거나 그런 척하는 여신도들의 불유쾌한 질문공세에 시달렸을 것이다.

신부님과 펠트불르메 그리고 그레테와 나, 우리 네 사람은 서로 의지하면서 사는 가족과 같은 존재였다.

그러나 그레테는 그 생활에 만족하지 못했다. 한데 배우가 되었더라면 흡족해했을까?

분명한 것은, 그러니까 지금, 그로부터 사반세기가 지난 지금 자신에게 늘 걸림돌이었던 딸이 설거지를 하면서 아무렇지도 않게 뱉어낸 말에 그레테는 충격을 받은 듯했다. 그레테뿐 아니라 세상 어느 부모도 그건 즐겁게 받아들일 수 있는 일이 못 됐다.

"아무래도 임신한 것 같아요."

넌 임신해서는 안돼. 그건 돈 되는 일이 아니야.

"도대체 어떻게 넌, 네가 임신했다는 걸 알았다는 게냐?" 그레테가 결국 또 물었다.

우리 두 사람은 온 부엌을 신발을 질질 끌며 서성였다. 다섯 마리의 어린 고양이들은 바다표범처럼 부엌 바닥을 기고 있었다. 우리 모녀는 새끼 고양이들을 밟지 않으려고 애썼다.

"병원에 갔었어요." 나는 비탄에 젖은 목소리로 말했다.

"그따위 바보 같은 소리, 난 듣고 싶지 않아. 의사한테 갔었을 리가 없어." 그레테가 개수대가 반짝반짝 윤이 날 만큼 박박 문질러 닦다가 갑자기 악을 썼다.

"하지만 사실예요. 전 아이를 가졌어요. 증명서까지 있단 말예요!"

"증명서라고!" 그레테가 의자에 쓰러지듯 걸터앉으며 말했다.

"엄마, 미안해요. 난 벌써 산모수첩까지 받았어요."

"산모수첩 따윈 없어. 그런 소리는 듣기도 싫다. 애초부터 우리에게 산모수첩 따위는 없는 거야! 넌 단지 날 시험해보는 거야!"

그레테가 분연히 일어섰다. 결코 그런 일은 있을 수 없었다. 아직 결혼도 하지 않은, 그것도 이제 막 연극영화과를 졸업해서 취업할 전망은 눈곱만큼도 없는 것이, 산모수첩 따위나 들고 집에 들어온 것은 분명 미래가 보이지 않는 행위였다. 그건 있을 수 없는 일이었다.

그러나 이미 모든 일들이 일어났음에도 그레테는 딸을 데리고 성당에 가서 무릎을 꿇고 기도할 사람이 결코 아니었다. 그런 행위로는 실제적인 대안이 마련되지 않으니까.

너무나 답답한 노릇이어서 그레테는 내 따귀라도 한 대 올려붙이고 싶었을 것이다.

그레테는 의자에 다시 가라앉듯 털썩 주저앉았다.

나는 새끼 고양이 한 마리를 안고 쓰다듬으며 식탁으로 가서 앉았다. 새끼 고양이 한 마리가 식탁 위에서 접시와 잔 사이를 미숙한 걸음으로 비척거리며 걷다가 그레테 무릎 위로 쿵 떨어졌다.

그레테는 얼빠진 사람처럼 멍청하게 앉아서 무릎 위에 떨어진 새끼 고양이를 무의식적으로 쓰다듬었다.

아주 작고 부드러운 금빛 새끼 고양이였다. 날마다 집안 여기저기에 쉬지 않고 오줌을 싸대는 다섯 마리 중 하나였다. 오줌 싸는 거야 생리현상이니 어쩔 수 없는 거라 치더라도 커튼을 찢어놓고, 고양이 깔개를 흩어놓고, 헝겊 소파를 긁어놓고, 옷장을 할퀴어 상처를 내는가 하면, 거실 양탄자 위에 똥을 싸놓고 심지어는 세탁물 바구니에서 팬티를 꺼내서 긁어놓았다. 그리고 규칙적으로 순간온수기 위의 오리나무를 타고 다니고, 제일 좋은 어미 젖꼭지를 차지하기 위해서 서로 맞붙어 싸운다. 끊임없이 서로 밀쳐대고 낑낑거리면서 불쌍한 어미의 젖이 다 빌 때까지 젖꼭지를 빨아댔다.

그러한 일이 내게도 곧 닥칠 것이다.

지금 내 생애 최고의 전성기에.

"누구 자식이니?"

그레테가 입을 굳게 다물었다.

나는 그레테에게 공격적이기로 했다.

"역시 대답하지 않는구나. 그렇다면 나도 더 이상 묻지 않겠다."

침묵이 흘렀다. 그레테는 새끼 고양이를 어루만졌다. 그레테 눈에 눈물이 가득 고였다.

그레테가 나를 쳐다보았다. "그래, 누구 자식이니?"

"하네스" 나는 말했다. "엄마는 모르는 사람예요."

"그 애송이 말이냐? 프랑스에서 같이 지냈다는 청년?"

"맞아요."

"그앤 널 부양할 수 없어."

"그래요. 그런데 엄만 어떻게 그 사람이 나를 먹여살려야 된다고 생각하는 거예요?"

"그럼 누가 너를 먹여살려? 이게 도대체 일어날 수나 있는 일이니? 네가 나한테 이럴 수 있어?"

"부양이라……." 나는 그 말을 되뇌어보았다. "직업을 찾겠어요. 그럼 엄마가 저를 부담으로 느끼지 않으셔도 되겠죠? 따지고 보면 엄마를 부양해준 사람은 아무도 없었어요. 그리고 엄마는 엄마의 자립에 자부심이 대단하셨어요!"

"너는 타이프를 칠 줄도 모르잖니! 그리고 신부님과 펠트불르메 아주머니도 이미 오래 전에 돌아가셨단 말이다!" 그레테가 흥분해서 소리쳤다.

"나는 내가 원하는 직업을 가질 거예요. 나는 결코 성당 일이나 돕는 타이피스트는 되지 않을 거예요!" 나는 거의 악을 썼다.

"임신한 여자를 누가 배우로 뽑아준다든! 여전히 꿈은 못 버린 모양이구나!"

"그럼요. 임신했어도 얼마든지 배우는 될 수 있어요!"

"그럼 애는 누가 키우고? 설마 내가 애를 키워줄 거라고 생각하고 있는 건 아니겠지? 기대하지도 마! 돈 되는 일도 아니면서!"

"그래도 난 내 아이를 남한테 입양시키는 짓 따위는 하지 않아요." 나는 으르렁거렸다.

특별한 상황을 고려해서인지 엄마는 더 이상 나를 괴롭히지 않았다. 엄마는 고양이를 한참 바라보더니 고양이를 안았다. 목에 초록색 선물 끈이 매여 있는 것으로 보아 애빈이었다.

“그애도 알고 있니?”

“누구요? 하네스요? 아뇨”

“그렇다면, 어쩔 작정인 게냐?”

“하네스에게 말하지 않을 생각예요. 그 사람은 너무 젊고 또 그 사람 잘못은 없으니까요…….”

“너 지금 그 애송이 잘못이 없다고 말했니? 그 애송이가 너를 임신시켰는데? 잘못이 없다고?”

“난 그 사람한테 피임약을 먹었다고 말했어요!”

“그런데? 그럼, 왜 피임약을 먹지 않았니?”

“분명히 약을 먹었어요!”

“분명히 안 먹었을 게야!”

“그렇지 않아요. 거의 매일 먹었어요”

“넌 잊어버렸을 거야. 그냥 깜빡했을 거야. 스물다섯이란 나이에.” 그레테는 딸의 임신을 사실로 받아들이기 어려운 모양이었다. “어쩔 거니? 너, 누구 결혼하기로 마음먹은 사람이라도 있니?”

“결혼이라구요! 엄마는 어떻게 그런 부당한 일을 내게 요구하시는 거예요!” 나는 못 들을 소리를 들은 듯 난리를 쳤다.

“나는 단지 네가 나보다 나은 인생을 살길 바랄 뿐이다.” 그레테는 말을 마치고 입을 굳게 다물었다.

“단지 애를 낳아야 한다는 이유로, 그런 이유 하나로 결혼할 수는 없어요…….” 나는 엄마에게 반항했다.

“우리는 머리를 맞대고 해결책을 찾아야 해. 어쩌면 네 직업 찾는 일을 좀 도울 수 있을 것도 같구나.” 그레테가 갑자기 기대에 찬 소리로 말했다.

“그게 정말예요? 타이피스트로요?”

“배우로.”

“그레테! 정말 그럴 수 있어요?”

“아는 사람이 있어. 예전에 내게 신세를 좀 졌던 사람이.” 그레테는 뭔가를 숨기듯 얘기했다.

"말해주세요! 엄마, 긴장하게 하지 말구요!"

"하지만 조건이 있다!"

"어떤……?"

"너는 그 친절한 에른스트베르트를 만나거라."

이런, 그 사람은 이제 소용없는데, 왜 하필 그 사람이람.

"좋아요. 그런데 어떤 일예요?" 나는 결심이라도 한 듯 말했다.

"일일연속극이다. 내년부터 방송될 거란다. <작은 병원>이란 제목으로 미국에서 거의 이십오 년 동안 방송됐던 아주 성공적인 연속극이었지. 내가 아주 잘 알아……. 옛날…… 옛날 얘기는 그만두자. 그런데 지금 '마이너스 4'라는 프로덕션에서 그것을 산 모양이더라."

"그레테, 알고 계신 분이 누군데요? '마이너스 4'에서 일하는 사람인가요? 말해보세요! 신세졌다고 생각할 사람이 누구예요?"

"그건 말할 수 없다. 나를 믿어라. 넌 모르는 게 나을 것 같다." 그레테가 말했다.

"'마이너스 4' 프로덕션의 일일연속극……?"

"너한테 기회가 주어진 거야. 나한테는 그런 기회가 없었다. 내가 면접을 주선해볼 테니 한번 가봐라!"

"하지만 전 임신했는데요! 사람들도 금방 알아차릴 거예요"

"지금은 아무도 알아보지 못할 거야. 가능한 한 빨리 찾아가봐. 네가 역할을 받게 되면 사람들이 너를 쉽게 해고시키지는 못할 거야. 그 시리즈는 내년 초부터 시작될 거다. 그들은 지금 얼굴이 알려지지 않은 신인 여배우를 찾고 있어. 이번이 네게 좋은 기회가 될 거야."

"알았어요 엄마 생각이 현명해요" 나는 말했다.

"너와 나, 우리 둘이 결정한 거다. 그 연속극이 마음에 들 거야. 한번 보렴. 질 낮은 예술품보다는 인정받을 만한 직업이 나은 법이야." 그레테가 결론을 짓듯 말하고 일어섰다.

아멘. 엄마 말이 옳아요

엄마가 갈 채비를 서둘렀다.

"잘해봐라. 샬로테."

"조심하세요!" 나는 소리쳤다.

양탄자 밑에서 뭔가 조그만 것이 움직였다. 방향을 제대로 못 잡아 이쪽저쪽 왔다갔다하던 조그만 물체는 드디어 이상한 소리를 내기 시작했다. 우리는 잠시 들여다보다가 쪼그려 앉아서 양탄자를 들춰보았다. 새끼 고양이였다. 아마 길을 잃은 모양이었다.

"안녕, 야옹아!" 나는 실뭉치처럼 부드러운 새끼 고양이를 안아 들었다.

"곧 아이를 갖게 된다는 걸 넌 실감할 수 있니?"

"아뇨 근데 엄마는?" 나는 말했다.

"난 말이다. 벌써 지금부터 아이가 어서 빨리 태어나기를 기다리고 있단다."

우리는 포옹을 했다.

뮌헨에 도착했을 때, 다행스럽게도 우리를 마중 나온 사람을 우린 금방 알아볼 수 있었다. 그 사람은 '속박된 딸들의 주장!'이라고 쓴 플래카드를 들고 있었다.

"저기에 합류하지 않는 게 좋겠다! 저 사람들과 함께라면 아무것도 할 수 없겠어." 그레테가 말했다.

내가 보기에도 표현이 지나치다는 생각이 들었다. 좀더 정중할 수도 있을 텐데, 프로덕션의 젊은 사장은 그렇지 못했다.

"에르니와 베르트를 놀게 그냥 놔두자. 우리가 사람들을 알아볼 수 있으니까 플래카드를 내리고 대기시켜놓은 차로 이동할 때, 그 뒤를 따라가는 게 좋겠다." 그레테가 말했다.

겉으로 보기에도 모여 있는 사람들과 우리는 공통점이 없어 보였다. 우리와는 달리 이번 주의 <여자들> 방송 프로그램에 초대된 사람들은 '모녀간의 갈등'에 대해서 하고 싶은 말들이 많은 모양이었다.

여러 고장에서 온 여자들과 아이들이 그 남자와 어울려 한패를 이루고 있었다. 개중에는 굉장한 모험을 하고 있는 듯한 인상을 풍기는 사람도 있었다. 앞니가 두 개 빠진 어떤 여자는 무슨 훈장처럼 머리 뒤꼭지에 부스럼 흉터를 지닌 아이들을 데리고 서 있었다. 부스럼 흉터는 하류계층 사람들의 표시라고 엄마가 늘 말씀하셨다. 조심하라는 의미에서. 그들은 프롤레……?

……타리아. 나는 순간 불쾌했다.

성악학원에 가는 편이 더 현명하지 않았을까? 컨테이너에 헌 종이를 쑤셔넣을 때보다, 그러다가 손톱을 부러뜨렸을 때보다 지금 이 순간이 훨씬 더 나빴다.

우리는 멀뚱히 서서 점점 불어나는 여자들과 아이들 무리를 불쾌히 바라보고 있었다. 드디어 우리 둘만 빼고 모두 모인 듯했다.

우리는 눈에 띄지 않게 지하철 안내표지판에 붙은 단추를 눌러보았다.

"지금이라도 달아날 수는 있겠는데." 그레테가 속삭였다.

에르니와 베르트는 카트를 밀며 정신없이 뛰어다녔다.

"어머니를 모시고 나오기로 한 딸, 그 팀 하나가 빠졌어요." 프로덕션 사장의 말소리가 들렸다. "유명 인산데!"

"제발 이쯤에서 그만두자." 그레테가 말했다. "돈 되는 일이 아니야." 그레테는 지하도로 빠져나가려고 했다.

더 많은 사람들이 모여들었다. 속박된 딸들이 양심 없는 엄마에 대해서 규탄하기 위해서. 참석자 중 한 팀은 방송시간까지 못 기다리겠다는 듯이 벌써부터 심한 언쟁을 벌이고 있었다.

"엄만 나를 요양소에 처박아두었어요!"

"말도 안돼! 난 그 못된 인간, 네 애비한테 시달리고 있었다. 허구한 날 술이나 퍼마시고 오입질이나 하는 인간! 나는 그 인간이 네게서 손을 떼게 하고 싶었던 거야!"

"죄송하지만 그런 얘기는 방송국에 가셔서 하세요!" 프로덕션 사장이 말했다.

“언제 가는 거죠?” 한 여성이 증오에 차서 소리쳤다. “이런 기회에 엄마의 비리에 대해서 낱낱이 털어놓을 거예요!”

“아무도 안 말려! 하지만 조심해!” 그 엄마가 쉰 목소리로 욕을 퍼붓기 시작했다. 하지만 우리는 더 이상 들을 수 없었다. 지나친 흡연으로 목이 쉰 프로덕션 사장의 목소리가 그 소리를 눌러버렸기 때문이었다.

“여의사 아니타 바흐 씨를 기다리고 있습니다. 바흐 씨는 어머니를 모시고 방송에 출연하기로 되어 있습니다.” 그는 껌을 질겅질겅 씹으며 말했다.

“아, 그 배우 말인가요?” 머리에 수건을 쓴 할머니가 소리쳤다.

“그 사람들 지하철 안내판 앞에 서 있는데요!”

“그 여자도 엄마에게 고통 당하며 사는 딸인가요?”

“확실치는 않지만 저 배우는 못된 엄마 같아요! 저것 좀 봐. 애들이 컨베이어 벨트 위에서 놀고 있잖아! 아까는 애들이 카트를 밀고 다니는데 신경도 쓰지 않더라구, 글쎄! 애들을 돌보는 기색이 전혀 없어! 저 표정하구, 얼마나 냉랭해!”

“에르니! 베르트!” 나는 소리를 질렀다. 호기심 어린 사람들의 눈초리를 의식하면서도 나는 계속 소리질렀다. “빨리, 이리 내려와! 우리를 마중 나온 사람들이 왔단다!”

“그 사람들은 아까부터 있었어요.” 베르트가 심드렁하게 말했다. “왜 우리를 진작 데려가지 않았어요?”

가장 늦게 모인 사람은 에르니였다. 그 아이는 다분히 의도적이었다. 장난감 칼을 들고 컨베이어 벨트에 실려 나오는 짐꾸러미들을 하나하나 찔러대고 있었다. “이 불쌍한 공룡들아! 항복해! 나는 너희들보다 훨씬 힘이 세다!”

“에르니!” 나는 신경질적으로 소리쳤다. “짐들을 찌르면 어떡하니? 그건 우리 게 아냐!”

프로덕션 사장은 귀엽다는 듯 웃었다.

“아, 여기 계셨군요. 왜 말씀 안하셨죠? 저를 따라오세요.”

"그 플래카드를 좀 내려놓을 수 없나요?" 나는 조심스럽게 말했다. 나는 뒤돌아보며 그레테에게 말했다. "그레테! 이리 오세요! 우리는 그저 조용히 자리나 지키고 있자구요!"

"그건 돈 되는 일이 아니지." 베르트가 카트를 밀면서 말했다.

나는 부엌 바닥에 온통 흩어져 있는 고양이 짚을 겨우 모아놓았다. 품삯을 아끼려고 내 손으로 직접 깐 싸구려 장판 위를 난 거의 기어다니다시피 했다. 새끼 고양이들이 팔뚝과 무릎 위로 함부로 기어올랐다. 게다가 숨을 들이쉴 때마다 느껴지는 고양이 오줌 냄새. 그 지린내에 구역질이 났다. 나는 분명 임산부였으니까! 그때 사랑스런 내 애인 슈툴바인이 현관문으로 들어서는 소리가 들렸다.

"찰리, 자기에게 들려줄 빅 뉴스가 있어."

"뭐라고?" 나는 식탁 밑에서 기어나오며 물었다. 천천히 일어섰는데도 좀 어지러웠다. 임산부 빈혈.

하네스는 문 앞에 신을 벗어놓고 뻐기는 걸음걸이로 부엌에 들어섰다. 그의 손에 샴페인이 들려 있었다.

"뭔데?" 나는 손을 바지에 쓱 문질러 닦으면서 물었다.

"드디어 화려한 출발신호가 떨어졌어." 하네스는 한껏 뽐냈다.

"자기 곧 아빠가 될 거야." 나는 말했다.

"굉장한데!" 그는 여전히 뽐내면서 말했다. "나 오늘 ZDF*에서 인터뷰를 했어."

"근데?"

"방송국에서 나를 고용하겠대."

"잘됐다. 그런데 뭘로?"

"탤런트로. 찰리, 내가 주연을 따냈어!" 그는 내 엉덩이를 받쳐 번쩍 안아들고 부엌을 한 바퀴 빙 돌았다.

* 독일 국영 텔레비전 방송국.

"조심해! 자기 미쳤어! 새끼 고양이들이 있잖아!"
"그렇지, 미안."
"어떤 작품인데?"
"<관행>이라는 작품인데, 매주 네 번, 육십 분간 방송이 나간
대. 그 유명한 힐데 크라이젤과 디히터 스트레크도 같이 출연해."
"슈툴바인! 근사하다! 그 정도 작품이면 자긴 그걸로 국제무대에
까지 알려지게 될 거야!"
"다니엘라 딩스키르헨의 베스트셀러 작품을 영화화한 거야."
당연하지. ZDF는 항상 베스트셀러만을 극화하는데! 그 방송국
은 몇 년 전에 미국에서 일일연속극으로 내보냈던, 그러니까 남이
써먹었던 작품들을 헐값에 사서 방송하지는 않는다. ZDF니까.
하네스는 스타가 될 것이다. 미루어 짐작할 수 있다.
다니엘라 팔레티 딩스키르헨은 나도 잘 아는 작가다. 그녀는 주
로 통속소설을 썼다. 그녀가 쓴 책들은 출간되기가 무섭게 모두
베스트셀러가 되었다. 나이와 관계없이 많은 여성들은 그녀의 소
설들을 침대 속에서 아주 비밀스럽게 읽었다. 나도 마찬가지였다.
『서 푼이면 내게 충분해』라는 소설은 백만장자와 그의 아이를
돌봐주는 처녀와의 사랑 이야기를 다룬 다니엘라 팔레티의 최근
작품이었다. 희생적인 성격의 여주인공 게르다와 백만장자는 어쩌
다 사랑하는 사이가 되었고, 둘은 몹시 행복해했다. 어느 날 그들
은 서로 몸을 기댄 채 벽난로 앞에 앉아서 꿈꾸는 듯 행복한 표정
으로 탁탁 튀며 타들어가는 장작의 빠알간 불꽃을 바라보고 있었
다. 그런데 그때 두 사람의 평화를 훔쳐보고 있는 사람이 있었다.
그들 뒤편 한귀퉁이에 서서 한동안 그들을 지켜보면서 입가에 묘
한 미소를 짓는 사람이. 그는 매부리코를 한 백만장자의 사촌이었
다. 그 사촌은 수백만이나 되는 백만장자의 재산과 아이들을 몽땅
가로채기 위해서 동분서주하는 인물이었다. 그는 후에 백만장자가
게르다에게 보낸 편지를 몰래 뜯어서 아무도 모르게 편지내용을
고친다. 그 부분이 너무 슬퍼서 나는 끝내 베개에 얼굴을 처박고

엉엉 울었다. 그 책을 읽는 동안 나는 사탕 한 통을 다 먹어치웠
다. 다행히 그 매부리코 사촌은 천둥 번개와 함께 비바람이 몰아
치는 날 최후를 맞게 되고, 백만장자는 자기를 희생하는 게르다에
게 경의를 표한다.

그녀의 작품『관행』은 전 서점에서 베스트셀러 1위를 차지하고
있다. 그런데 하네스가 그 작품의 주인공으로 뽑힌 것이다!

"어떤 내용이야?" 내가 물었다.

"최고의 내용이지 뭐. 미국에 가서 촬영하게 될 거야! 샌디에이
고에 있는 해안에서 오토바이를 타고, 또 경주용 보트도 타고, 그
넓은 태평양 한가운데서 윈드서핑을 하게 된다고! 자기 믿어져? 그
사람들이 그런 것들을 다 소화해낼 수 있는 배우를 필요로 했다는
거!" 하네스가 말했다.

"빌어먹을……." 나는 고개를 흔들며 중얼거렸다.

전형적인 다니엘라 팔레티의 소재들이군. 풍부한 아이디어에서
나오는 언어의 곡예.

하네스가 격렬하게 나를 안았다. "자기도 기쁘지?"

"미칠 지경이야. 그런데 자긴 정말 이 의사와 결혼할 생각은 있
는 거야?"

"그럼. 난 자기 거잖아."

하네스는 운이 좋았다. 그는 그렇게 가버렸다.

나는 병원에 예약을 했다. 친절하고 젊은 여의사였다. 진찰실에
서 만난 그녀는 의사의 상징인 흰 가운도 입지 않고 알록달록한
무늬를 넣어 그린 평범하고 조그만 보조의자에 앉아 있었다. 보조
의자에는 바퀴가 달려 있었는데 의사는 그 보조의자를 발로 밀면
서 진찰실 구석구석을 돌아다녔다. 언제나 밝은 표정으로 진찰도
구를 지니고 다녔다. 초음파 검사를 할 때, 의사는 화면에 비친 그
림자를 보면서 중대한 사실을 전했다.

"쌍둥이예요." 의사는 아주 즐거워하면서 임신 당사자인 나와

기쁨을 나누고 싶어했다. "쌍둥이를 임신하셨어요. 정말 축하해요!"

그녀는 우아한 태도로 나를 옆방으로 안내했다. 그 방은 태아의 심장 소리를 들을 수 있게 시설해놓은 방이었다.

병원에서 나온 나는 나와는 상관없이 활기가 넘치는 상가 골목을 꼭 실성한 사람처럼 걸었다. 아무 목적 없이 이리저리 사람들에게 쓸려다니면서. 세상에 태어나서 처음으로 나는 아이들을 데리고 다니는 엄마들을 유심히 살펴보았다. 그녀들은 대형 슈퍼마켓 앞에 설치되어 있는 금속 말 옆에서 아이가 말타기를 끝낼 때까지 인내심 있게 서 있었다. 아이는 말고삐를 늘였다 당겼다 하면서 말타기에 몰입했다. 그리고 또 많은 어머니들은 빵집 앞에서 아이들과 실랑이를 했다. 아이들은 엄마 손을 잡아끌며 빵을 사달라고 떼를 썼다. 거북이 걸음으로 유모차를 밀며 걷고 있는 엄마들도 있다. 그녀들의 유모차 손잡이에는 시장에서 산 물건 봉지들이 주렁주렁 걸려 있다. 유모차에서 아이가 내리면, 엄마는 유모차의 균형을 잡기 위해서 그 중 가장 커다란 봉지를 아이가 앉았던 빈자리에 놓는다. 피곤해서 투정부리는 꼬마는 엄마의 치맛자락을 붙잡고 늘어진다……. 이렇게, 이런 식으로 하루빨리 세월이 지나면 아이들은 클 것이고 그러면 엄마들은 아이들에게서 해방되리라는 희망으로 하루하루를 버틴다. 나는 거리 한복판에서 비틀, 현기증을 느꼈다. 그러면서 나는 뱃속에 있는 아이들이 크면서 늘어날 몸무게를 생각하고 나중에 어떻게 원상 복귀할 수 있을까 골똘히 생각해보았다. 십칠 킬로그램 정도는 늘 텐데…….

미혼모 게다가 쌍둥이란다. 어쩌면 좋을까?

나는 열심히 새끼를 돌보는 엘제를 보았다. 엘제는 남편 없이 모든 일을 해냈다. 그것도 다섯 쌍둥이를!

샴페인이 효과를 냈다.

머리 속에서 맴돌던 우울한 생각들이 끝내 날 울렸다.

난 자신을 동정하면서 엘제의 부드럽고 따스한 털에 얼굴을 파묻었다.

"엘제! 너도 네 새끼들의 엄마니 얘기해보렴." 나는 흐느꼈다. "엄마가 근본적인 문제로 좌절을 느꼈을 때, 그 엄마는 문제를 어떻게 해결해야만 한다니? 넌 그런 적 없었니? 그럴 때 어떻게 그걸 극복했니? 엘제, 우리 오늘 곤드레만드레 의식이 가물거릴 때까지 마시고 취해볼까?"

엘제는 아주 만족스럽다는 듯 그르렁거렸다. 지금까지 나는 새끼 고양이들만 쓰다듬어주면서 이뻐했는데 이제는 엘제에게 더 애정이 쏠렸고 또 격려해주고 싶었다. 그녀는 의연히 견뎌냈다.

수저가 든 서랍에 떨어진 고양이 두 마리가 다시 올라오려고 애쓰고 있고, 또 다른 고양이 두 마리는 식탁 밑에 떨어진 씹다 버린 껌을 놓고 서로 싸우고 있다. 나머지 한 마리는 순간온수기 위에서 잠을 자고 있다.

나는 작고 귀여운 새끼 고양이들과 그 새끼들을 이따금씩 바라보고 만족해서 그르렁거리는 어미 고양이, 그 고양이 가족이 만들어내는 아름답고 평화로운 집안의 정경을 즐거운 마음으로 바라보았다. 여전히 눈물이 그렁그렁한 채로 하지만 분명히 엘제와 나는 처지가 달랐다. 엘제는 남편도 필요 없고 직업도 필요 없을 테니까! 그녀에게 필요한 것은 단지 사랑과 보호, 집, 보금자리 그리고 (흐느낌!) 자기가 의지할 수 있는 인간, 그뿐이었다.

나는 나머지 샴페인을 흔들어서 입 안에 마저 털어넣었다.

눈물 방울이 팔 위로 굴러떨어졌다. 죄 없는 고양이들. 내 무릎 위에 누워 있던 엘제가 놀라서 뛰어내리더니 불쾌하다는 듯이 음료수 박스 뒤로 느릿느릿 걸어갔다. 그리고 털 위에 떨어진 내 눈물을 혀로 핥아냈다. 털이 축축해지는 게 싫은 모양이다.

"아무도 나를 사랑하지 않아, 아무도!" 다니엘라 팔레티가 쓴 어떤 소설도 내 운명보다는 기막히지 못할 거야! 그렇지만 이런 날이 지나가면 또 다른 날이 오겠지!

그때 현관 벨이 울렸다.

슈툴바인? 그가 돌아온 걸까? 할리우드로 갔는데?

나는 뛰어가서 현관문을 열었다.

물론 슈툴바인이 아니었다.

문 앞에 에른스트베르트가 서 있었다. 싸구려 옷을 입은 세무사. 에른스트베르트 샤츠 박사.

"안녕하세요?" 나는 거의 울음 섞인 목소리로 인사했다. "어쩌죠. 당신을 맞을 준비가 전혀 되어 있지 못한데요"

"나도 아무런 준비가 되어 있지 않아." 그가 말했다.

그는 나를 따라서 부엌까지 들어오더니 황망히 내 주위를 둘러보았다.

"개구쟁이들은 어때?" 그는 기분 좋게 물었다.

"아빠가 필요해요" 나는 냅킨에 코를 풀었다.

"오호, 그래?" 에른스트베르트는 흥겨워했다. "그건 정말 울 이유가 못 되는데!"

그는 팔짱을 끼었다. 나는 그를 의문스럽게 쳐다보았다.

"울 이유가 되지 못한다고요?"

"적당한 사람을 구해주면 되지!"

나는 식탁 의자에 앉았다.

"누가 애가 많이 딸린 엄마를 데려가려 하겠어요? <우리들의 작은 병원>에서도 나를 더 이상 출연시키지 않을 거라고 그레테가 말했어요" 나는 울음을 터뜨렸다.

"어머니 판단을 무조건 받아들일 필요가 있을까? 그 드라마에서도 문제삼지 않을 거야. 아버지를 찾는 문제도 그래. 성격만 괜찮다면 아이가 많이 딸린 엄마에게도 기회는 얼마든지 있지." 에른스트베르트가 엘제의 부드럽고 윤기 흐르는 털을 쓰다듬으며 계속 말을 이었다. "특히 애가 많은 엄마들은 성격이 좋거든. 정말 멋진 부인들인 경우가 많아. 그녀들은 고생을 묵묵히 감내하며 따를 줄 알거든. 그렇지, 엘제야?"

엘제가 그르렁거렸다.

"전 그렇게 생각하지 못했어요." 나는 방을 정리했다.

우리 둘은 엘제를 쓰다듬었다. 그러다 우리 두 사람 손이 서로 엉켰다.

에른스트베르트가 그윽한 눈초리로 나를 바라보았다.

"당신을 좀더 자주 만났으면 해." 그가 말했다.

"저도 그래요."

나는 쉼없이 흐르는 눈물을 닦아냈다.

토크쇼 '모녀간의 갈등'

"저를 따라오세요."

호출기를 손에 든 씩씩한 여자가 환하게 불이 켜진 스튜디오로 우리를 안내했다.

"어머님들은 무대 이쪽에 서세요. 여기요. 바리케이트 뒤쪽입니다! 따님들은 그쪽 자리에 앉으세요!"

"우리 모녀는 갈등을 모르고 살아요." 그레테가 말했다. "돈도 되지 않는 일이면서."

그레테는 아주 불만스러워하며 자리에 가서 앉았다.

"지난주엔 주제가 뭐였어요? 아마도 우리에게는 지난주의 주제가 더 맞았을 것 같은데요." 나는 옆사람에게 물었다.

"'나의 아버지는 동성애자'였어요." 어림잡아 예순 살 정도 된 할머니 한 분이 말했다. "원래 우리도 지난주에 참석하려고 했어요. 하지만 한스 유르겐이 휴가를 갔지요. 그런 데다가 우리 아버지는 오래 전에 돌아가셨지요."

"그런데 당신 아버님께서는 동성애자셨나요?" 그레테가 이마에 주름을 잡으며 물었다.

나는 마른침을 삼켰다.

"아녜요. 하지만 그게 무슨 상관예요. 중요한 건 텔레비전에 나온다는 거죠!”

그레테의 입가 근육에 경련이 일었다.

“그 전 주의 방송은요?”

“‘나는 지금까지 한번도 오르가슴을 경험해보지 못했다.’” 꽃무늬 옷을 입은 아줌마가 낮은 소리로 말했다. “그때는 사람들이 아주 많이 모였었어요.”

“그랬겠어요.” 나는 빠르게 말했다.

그레테는 헛기침을 했다. 나는 아랫입술을 깨물었다. 할 수만 있다면 지금이라도 당장 집으로 돌아가고 싶었다. 우리는 어떤 사람이 연설을 할 때나 바이올린 연주를 할 때 그들을 헐뜯으며 아주 즐거워할 수 있었는데, 오르가슴에 대해서는 할 말이 없었다. 그레테나 나, 우리 둘 모두.

“초대손님은 누구였어요?” 그레테가 물었다.

“가톨릭 신부님이었는데 이름은 잊어버렸구만요.”

“누구든 때마다 오르가슴을 느낄 수는 없는 거예요.” 그레테가 신앙심이 깊은 사람처럼 말했다. “돈 되는 일도 아닌데요, 뭐.”

“정말 그래요. 나는 그런 걸 모르고도 아이를 넷이나 낳았어요.”

무선호출기를 든 여자가 방송이 시작되기 전부터 참석자들이 열띠게 토론하는 것을 보고 즐거워했다. 그녀는 지금 막 스튜디오 안으로 아이들을 데리고 들어왔다. 아이들은 모두 방송국 마크가 새겨진 티셔츠를 입고 있었다.

“이 프로그램 진행자 뮈케 씨는 여자들이 뭘 원하는지 잘 알고 있어요. 세 세대간의 갈등을 다루어도 좋을 법한데요.”

그녀는 아이들 쪽으로 돌아서서 말했다. “여러분들은 얌전히 앉아 있어야 해요. 이렇게. 뮈케 아저씨가 질문을 하면 그때 여러분은 텔레비전에 나가는 거예요.”

아이들은 부끄러워하며 고개를 끄덕였다.

특히 베르트는 다른 아이들보다 더 부끄러워하는 기색이었다. 베르트에게 카메라를 들이대는 건 아주 위험스러운 짓이다. 하지

만 에르니는 그런 것에 전혀 개의치 않을 것이다. 방송에 나가든
말든.

이번에는 방청객들이 인도되어 왔다. 대부분 나이가 많고 특별
히 할 일이 없어 보이는 사람들이었다. 시장바구니를 들고 들어오
는 주부들도 드물게 눈에 띄었다.

긴 머리에 가죽옷을 입은 방송 보조요원이 사람들에게 주의를
주었다. 손에 든 핸드백이나 우산 따위를 바닥에 내려놓게 했다.
그러면서 전철에 앉아 있는 것처럼 보일 수 있기 때문이라는 설명
을 덧붙였다. 사람들은 그 말에 동의한다는 듯 고개를 끄덕이면서
손에 들고 있던 물건들을 하나둘 바닥에 내려놓았다.

방청객들도 토론에 참석할 수는 있지만 방송시간이 제한되어
있기 때문에 자기소개는 되도록 짧게, 그리고 하고 싶은 말도 일
목요연하고 분명한 어조로 또박또박 말해야 한다고 설명했다.

"아셨죠?" 방청객들이 고개를 끄덕였다.

"오르가슴에 대해서 질문이 하나 있는디유." 나이가 지긋한 할
아버지 한 분이 물었다.

"죄송하지만 오늘 방송내용은 그게 아닙니다. 오늘의 주제는
'모녀간의 갈등'이랍니다." 가죽옷 남자가 말했다.

"에이, 재미없는 내용이야. 그냥 가야 쓰겠네." 할아버지가 고개
를 흔들었다.

할아버지는 가지고 온 방석과 신문을 집어들고 자리를 떴다.

내 오른쪽 옆자리에 앉은 작고 뚱뚱한 삼십대 중반의 여자는 요
란스런 바지 차림에 낡은 신발을 신고 있었다. 화장기 없는 얼굴
에 덤불같이 푸석푸석한 머리카락. 그래도 쫑긋 세워진 두 귀는
모든 것을 이해하고 있는 것처럼 느끼게 했다. 그녀는 아주 만족
스런 표정을 짓고 있었다. 키가 내 어깨에 닿을 정도로 작았다.

"당신도 어머니와 갈등을 느끼나요?" 난 아주 상냥하게 물었다.

아마도 당신 어머니는 나만큼 당신에게 상냥하게 대해준 적이
없을걸?

"아뇨." 그녀는 불쾌하다는 표정으로 대답했다. "나는 이 프로그램에 초청된 심리학자예요."

"그렇군요. 흥미롭네요. 전공이 어떤 분야신데요?" 내가 물었다.

"사회심리예요." 그녀는 말했다. "당신은요? 당신은 어머님과 어떤 갈등이 있는 거죠?"

"없어요. 전혀. 나는 배우예요."

"모녀지간의 갈등이란 직업과는 상관없어요. 당신은 당신 어머니의 어떤 점에 저항하고 있는 거죠?" 그녀가 물었다.

"내가 뭘, 누구에게 저항한다는 거예요?"

"당신 그룹 치료를 한번 받아보시는 게 어떻겠어요? 그걸 원하지 않는다면 적어도 그 문제에 대해서 분석 정도는 해봐야 하지 않겠어요?"

"아뇨." 나는 놀라서 말했다. "저한테 그런 게 꼭 필요한가요?"

"당연하죠." 그녀는 단호한 어조로 말했다. "당신이 나중에 배우가 되면, 이러한 문제점들이 당신의 연기활동에 아주 중요한 역할을 하게 될 거예요. 근친상간을 경험한 어린이랄지 아니면 그 비슷한 문제들을 예로 들 수 있겠죠."

"아, 예." 나는 말했다. "전 정말…… 아주 흥미 있네요. 당신의 사고, 그 출발점이요."

그때 방송 진행자가 들어왔다.

뮈케 씨가 스튜디오로 뛰어나오면서 카메라를 향해서 말했다.

"안녕하십니까? 뮈켑니다. 전 오늘 삶의 구체적인 문제들에 대해서 이야기를 하려고 합니다. 좀 과장해서 얘기해보도록 하겠습니다. 자리를 뜨지 마세요!"

방청객들이 박수를 쳤다. 몇몇 사람들은 빵을 씹다 말고 남은 빵조각을 재빨리 가방에 집어넣었다.

"이제 삼 분 남았습니다." 방송 보조요원이 소리쳤다.

텔레비전 모니터에 요술쟁이가 나타났다.

주부가 대걸레를 들고 빠른 스텝으로 흥겹게 춤을 추었다. 화면은 곧 생일 파티복을 입은 꼬마손님들 한 무리가 한꺼번에 몰려나오는 것으로 바뀌었다. 그 아이들은 잼을 서로에게 마구 집어던졌다. 어머니들은 아이들 모습을 지켜보면서 즐겁게 웃었다.

아무런 걱정거리가 없는 듯한 어머니들. 그들은 모두 갈등이란 걸 모르고 사는 사람들처럼 보였다.

요술쟁이가 자기 모습을 지우개로 지워나가기 시작하고 나중에는 화면이 비었다.

그것이 방송 시작을 알리는 신호였다.

"우리는 오늘 어머님들과 그 어머님들의 따님들을 스튜디오에 초대했습니다." 그는 카메라 쪽으로 다가서면서 말했다. "여기 모인 분들은 좀더 특별한 문제점들을 안고 계신 분들입니다. 문제없이 사는 사람들이 세상에 어디 있겠습니까? 여러분 자신에게 한 번 물어보세요." 나이가 지긋한 방청객들이 고개를 끄덕였다. "그러나 여기 오신 이 여성분들은 따님이나 어머님과의 사이에 특별한 문제점들을 갖고 계신 분들입니다. 우리는 지금부터 육십 분 동안 이분들의 특별함과 문제점들에 대해서 서로 이야기를 나누어볼까 합니다. 그럼 여기에 오신 손님들을 소개해드리겠습니다.

뮌헨에서 오신 마가레트 엔츠 씨……. 이분은 어머니 이름가르트 엔츠 씨와 함께 오셨습니다! 이 두 분은 한 남성을 동시에 사랑하고 있고, 각자 그 남성의 아이를 갖고 있습니다!"

우레와 같은 박수갈채. 엄마와 딸 엔츠는 상체를 깊이 숙여 공손히 인사했다. 그녀들은 가슴에 꽃무늬 장식이 붙은 연분홍색 전통의상 디린들*을 입고 있었고 둘 다 뚱뚱했다. 두 사람이 너무 비슷해서 그녀들의 남성이 두 사람 중 하나를 선택해야 할 경우 고민될 것 같았다. 그녀들의 아이들은 대략 열한 살 정도 되어 보였다. 이 사내아이 둘의 족보를 따져보자면, 형제가 되는 동시에 삼촌이 되고 또 조카가 된다. 그 아이들은 텔레비전 출연을 위해

---

* 바이에른과 오스트리아 지방의 여자들이 입는 전통의상.

엄마, 또 때에 따라서는 누나나 할머니 되는 분이 입혀준 몸에 꼭 끼는 청 재킷에 카우보이 부츠를 신고 맨 앞줄에 앉아 있었다. 둘 다 몹시 상기된 표정이었다. 아이들은 팔짱을 끼고 앉아 있다가 카메라에 자기 얼굴이 비치자 불안하게 눈동자를 굴렸다.

그렇다면 관계가 어떻게 되는 거지? 두 아이의 아버지는 같고, 엄마는 서로 모녀지간이니까, 그에 따라서 딸에게서 난 아이는 엄마의 엄마에게 할머니라 부르고 엄마에게서 난 아이는 엄마의 딸에게 누나라고 불러야 하는 건가? 관계가 그렇게 되는 건가! 그럼에도 두 아이의 관계는 여전히 형제지간이고?

"그리고 다음 손님으로 파더본에서 오신 헬가 뮐러린 양과 그녀의 반려자 게르다 그레핀 양을 소개하겠습니다. 게르다 그레핀 양도 파더본 출신입니다. 이분들은 슬하에 네 딸을 두고 있습니다……."

그 두 여자들도 박수갈채를 받았다. 나는 어떻게 여자 둘이 살면서 아이들을 생산해낼 수 있었는지 납득할 수 없었다. 수만 년 동안 이어져 내려온 인간의 역사 중에 이런 일은 없었고 또 실제로 일어날 수도 없는 일이다. 그런데 지금 파더본에서 이러한 일이 일어난 것이다! 그녀들은 화면을 아주 잘 받는 타입이었다. 지나치게 화려하지 않고 아주 자연스러워 보였다. 그리고 방송하는 동안 내내 몸가짐이 흐트러지지 않고 꼿꼿했다. 세상 어느 곳에도 없는 유일한 옷, 그녀들이 손수 짠 스웨터에 빛바랜 스카프, 닳아서 낡고 무릎이 툭 불거져 나온 코듀로이 바지, 그리고 다 떨어진 장화. 회색 머리칼은 아주 짧게 손질되었다. 그녀들은 항상 주변에서 바라보는 남성들의 눈길을 의식했어야 했을 것이고, 불쾌한 성희롱으로부터 스스로를 지켜나가야 했을 것이다.

뮈케 씨는 방청석으로 가서 두 여자가 생산해낸 아이들 사이에 앉았다.

"빌마, 여덟 살이지?"

빌마가 고개를 끄덕였다.

“두 분 중에서 어느 분이 엄마시니?”

“두 분 다예요” 빌마는 똘똘하게 대답했다. 그리고 두 엄마는 승리에 찬 웃음을 터트렸다.

“그럼 너는 성이 뮐러린이니 아니면 그레핀이니?”

“둘 다예요” 빌마는 다시 말했다. “우린 성이 둘이에요”

“네 이름이 뭐지?”

“빌마 뮐러린 그레핀이요”

방청석에 앉아 있는 사람들은 모두 못 믿겠다는 듯 고개를 흔들었다.

“한나?” 뮈케 씨는 빌마의 여동생에게 몸을 돌렸다.

“너는 어떤 엄마를 더 좋아하지? 뮐러린 엄마니, 아니면 그레핀 엄마니?”

“두 분 다요.” 한나가 부끄러운지 조그만 소리로 말했다. 두 엄마는 은근히 즐거워하는 눈치였다. 동등한 두 여성의 권리.

“피아?” 뮈케 씨가 이번에는 나이가 가장 많은 딸에게 물었다.

“만약에 두 엄마 중 한 엄마가 아빠를 갖게 된다면 넌 어떻게 하겠니?”

아이는 어깨를 한번 으쓱 올렸다. “우린 아빠가 필요 없어요 남자 아빠는요”

“왜 필요 없지?” 뮈케 씨는 고개를 갸우뚱해 보이며 말했다. “나도 아빠란다. 남자 아빠! 우리 아이들은 나를 아주 좋아하고 또 만족하는데?”

“남자들은 다 나빠요” 피아가 말했다. 뮐러린과 그레핀은 파안대소했다.

“너 혹시 알고 있는 남자, 그러니까 아저씨나 오빠나 그런 사람들 있니?” 뮈케 씨는 호기심 어린 질문을 했다.

“아뇨 그럴 일은 없을 거예요”

“왜지?”

“왜냐하면 남자들은 다 바보거든요”

"정말 그러니?" 뮈케 씨는 남자를 혐오하는 가정에서 자란 가장 나이 어린 아이 쪽으로 몸을 돌렸다. 그 아이는 한 세 살 정도 되어 보였다.

"남짜뜨른 따 빠보예요." 총명해 보이는 아이가 말했다. 스튜디오 안의 방청객들은 환호했다. 단지 몇몇 노인들만이 씁쓸한 표정을 지었다.

뮈케 씨가 아름다운 베버 부인을 소개했다. 베버 부인은 스무 살 난 딸을 보자 그녀에게 엄습했던 역겨운 감정을 오열하는 것으로 표출했다. 그러나 그녀의 아름다운 딸은 자연스럽게 웃고 있는 모습으로 카메라에 잡혔다. 이번에도 역시 방청석에 앉아 있는 노인들이 고개를 내둘렀다.

뮈케 씨의 목소리는 사뭇 격앙되었다. "여러분, 정말 재미있는 시간이 될 것을 약속드립니다. 끝으로 아주 귀한 손님이신 샬로테 페퍼 양을 소개하겠습니다. 아마 여러분들께서는 <우리들의 작은 병원>의 여의사 아니타 바흐 씨라고 하면 더 잘 아실 겁니다."

사람들이 박수를 치며 환호했다.

"샬로테 페퍼 씨는 어머니 그레테 페퍼코른을 모시고 오늘 이 자리에 나오셨습니다. 이 두 분은 여기 오신 분들 중에선 유일하게 서로 갈등을 모르고 사시는 모녀 사입니다."

나는 모니터를 바라보았다. 이미 화면에 우리들 모습이 나가고 있었다!

화면에 베르트가 보였다. 베르트는 입학식 날 그랬던 것처럼 화가 난 듯 입을 꼭 다물고 똑바로 쳐다보고 있었다. 카메라가 왼쪽으로 돌려졌다. 하지만 에르니의 자리는 비어 있었다.

"꼬마손님이 둘이었는데 하나가 보이지 않는군요." 뮈케 씨는 당황하며 말했다. "네 동생은 어디에 있니?"

"저기요." 베르트는 방청객이 있는 곳을 가리키며 말했다.

카메라가 그 손가락을 따라갔다. 에르니는 낯선 할머니의 무릎 위에 배를 깔고 엎어져 있다.

"야가 지보고 등을 긁어달래누만유." 방송 보조요원이 마이크를 들이대자 할머니는 아주 미안해하며 변명을 했다. 그 할머니 옆에 앉아 있던 할아버지가 건조한 목소리로 덧붙였다. "그렀심다." 할아버지는 되도록 마이크 가까이 입을 대기 위해서 몸을 구부렸다. "이 아이가 말했심다. 여기는 너무 심심혀서 깝깝허다구. 아무도 지랑 놀아주지도 않쿠. 우리 마누래가 지 등짝을 긁어주지 않으믄 뒤에서 소릴 질르맨서 놀것다고 혀서 이러크롬 허고 있는 겁니다."

방청객이 모두 와 웃었다.

"구여운 아임니다. 여기 이르케 조용히 있응께 그냥 놔뚜쇼"

뮈케 씨는 즉시 몸을 돌렸다. 방송 보조요원이 재빨리 마이크를 접었다.

"페퍼코른 부인." 뮈케 씨는 긴장한 얼굴로 그레테를 보았다. "당신은 아주 유명한 딸을 두셨습니다."

"내가 바라는 만큼 그렇게 유명하지는 않답니다. 이 아이는 평범한 연속극에 출연하고 있을 뿐 그 이상은 아니지요" 그레테가 엄한 어조로 말했다.

뮈케 씨가 당황했다. "하지만 매일 그 연속극을 보는 시청자가 수만이 넘는 것으로 알고 있습니다만."

"아마 그럴 거예요." 그레테가 말했다. "하지만 그 드라마는 우리가 기대하는 수준에 미치지 못해요 우리는 프롤레타리아 계급이 아니거든요"

카메라는 다시 아이들이 앉아 있는 자리로 옮겨졌다.

이번에는 베르트의 자리도 비어 있었다.

건강한 남자아이들이 조용히 앉아 있기에는 너무 긴 시간이었다.

"여기에 있던 아이는 또 어디 갔죠?" 뮈케 씨가 물었다.

"의자 밑으로 들어갔어요" 옆에 앉아 있는 사람이 말했다. "꼬맹이가 그러는데 더 이상 이런 얘기가 듣기 싫답니다."

나는 자기 몸을 스스로 지워나가는 요술쟁이를 떠올렸다.

　아이들과 요술쟁이는 우리들이 감히 상상할 수도 없는 여러 가지 가능성을 지니고 있다는 생각이 들었다.
　그래서 우리 어른들은 아이들에게 많은 것을 배우게 되는가 보다.

유스투스 스트라이트아커

　"안녕하세요, 페퍼 부인?"
　"안녕, 프리츠 내가 너무 늦었나요?"
　"평소보다 늦진 않으셨어요. 저 텔레비전에서 당신을 봤어요. 재밌던데요!"
　"그랬군요. 어떻게 생각하든…… 뭐 그러네요."
　"그리고…… 빅 뉴스가 있어요."
　"무슨 뉴스?"
　"새 원장님요. 벌써 잊으셨어요?"
　"아—, 유피가 하던 역할을 할 사람 말인가요?"
　"예. 어느 누구라도 그 사람 유피보다는 백 배 나을 거예요."
　"유피 그 사람, 훌륭한 예술가는 못 되었어요."
　유피는 멋지다거나 매너 있다거나 하는 긍정적인 이미지와는 거리가 먼 사람이었다. 늙고 살찌고 게다가 말할 때는 언제나 침이 탁탁 튀었다. 그 사람과 마주 보며 이야기를 할 때마다 나는 항상 구역질이 났다.
　"새로 온 사람은 틀림없이 맘에 드실 거예요."
　"그렇게 말하니 기대가 되네요." 나는 엘리베이터 쪽으로 방향을 돌렸다.
　그래, 맞아. 오늘이 첫날이야. 새로 온 원장 의사와 첫대면을 하는 날이야. 원장 의사 프랑크 본하이머.
　지금까지 유피가 원장 의사 역할을 했다. 하지만 그는 몸이 자꾸 뚱뚱해지고 밥맛 떨어지는 가래 소리 때문에 극이 진행되는 도중에 그만두어야 했다. 돼지같이 살찌고 숨쉬는 것조차 어려워 보이는 의사 선생님을, 그것도 원장 의사를 원할 사람은 아무도 없었으니까. 그 사람은 꼭 책상 뒤에 긴 넙치처럼 생겨서 녹화중에도 아무데나 가래침을 뱉었다. 카메라는 이미 50회 이상 그를 클로즈업하지 않았고, 대사도 주로 독백 위주였다. 그러다 20회 전부터 완전히 뒷전으로 밀려났다. 최근 일주일 동안은 그에게 심장병이 발병한 내용을 다루었으며 결국 유피는 극중에서 죽어나갔다.

지금 우리들의 관심은 온통 새 원장 의사에게 쏠려 있었다.

"그 사람 머리를 손질한 것 같아요." 베티나가 열광적으로 말했다. "아주 굵고 튼튼한 모발에다 자연스러운 곱슬머리던데요"

"목소리 한번 끝내주더군. 파악 내리깔고 말하는 게, 원체 목소리가 저음인가 봐." 로레가 거들었다.

"정말 남자다운 목소리야. 유피의 가래 섞인 목소리에 비할 바가 아니지."

"그 사람 궁정배우 출신이래." 그레텔 주프가 말했다. "빈과 잘츠부르크에서 활동했다지, 아마. 그 사람 말본새를 봐서는 아무래도 오스트리아 사람 같아."

그레텔은 다른 이유에서 새 원장 선생님을 좋아했다. 그녀는 원장의 비서 역할을 맡고 있었다. 하지만 유피 역할이 점점 퇴색되어가면서 그녀 역시 30회 정도는 불리한 입장에 처했었다.

동료들은 새 원장에게 상당히 우호적이었다. 나 역시도 그랬고 우리 팀 동료들이 일치단결한 예는 좀처럼 드물었다.

이렇듯 새 원장 의사는 <우리들의 작은 병원>에 활기를 주었다.

나는 무척 긴장했다. 멋진 남성이어야 할 텐데! 그리고 재능도 겸비해야 하는데! 하네스 슈툴바인과 헤어지고 난 다음부터 지금까지 난 그런 남성을 만나보지 못했다.

나는 그 사람을 통신사에서 만났다.

그는 빨간 매니큐어를 칠한 손톱으로 타이프를 치면서 신경질적으로 줄담배를 피워대는 에벌린에게 주소를 남기고 있었다.

그의 억양이 아주 낯설었다.

"촬영하는 동안 쭉 하얏트 호텔에 머물 겁니다." 내가 노크하고 사무실로 들어서는데 그가 말했다.

분명 여기 사람이 아니야. 스위스나 오스트리아 출신 같아.

"안녕하세요?" 나는 말했다.

"전 샬로테 페퍼예요"

그가 나를 돌아봤다. 정말 멋졌다. 키가 크고 늘씬했으며 몸에 탄력이 있었다. 그의 검은 머리칼은 길지도 짧지도 않고 아주 적당했다. 여기에 오기 전에 이발소에서 머리를 손질한 듯했다. 검은 눈동자는 직선적으로 보였지만 무척 매력적이었다. 난 첫눈에 그 사람이 마음에 들었다. 언뜻 그에게서 모사꾼 같은 사악함과 악마 기질이 엿보이긴 했지만. 어쨌든 <우리들의 작은 병원>에 범상치 않은 인물이 등장한 것은 분명했다.

내가 그를 쳐다보자 그가 내 눈길을 맞받았다. 겁도 없이.

오, 주여! 이웃집 여인. 우리들의 못난이여!

우리 집 남자 에른스트베르트도 이 사람처럼 사십대 중반이지만 둘은 아주 달랐다. 비교해보자면 여기 이 남자는 운동으로 다져진 탄탄한 몸매에 멋진 옷을 차려입었고 복고풍 헤어스타일이 잘 어울리는 넉넉한 인상이었다. 그 반면 남편은 고리타분하고 형편없는 몸매에 쫀쫀하게 따져서 사람들을 따분하게 만드는 직업에 종사하고 있다.

"신의 은총을!" 그는 부드럽고 낭랑한 음성으로 말했다.

"저는 유스투스 마리아 스트라이트아커라고 합니다." 그는 심오하게 웃었다.

그의 목소리는 나를 전율케 하는 저음이었다. 그 목소리를 한번 더 듣고 싶어서 나는 질문거리를 찾았다.

"이 '작은 병원'이 마음에 드시나요?" 나는 순간 그보다 더 멋진 질문을 떠올리지 못했다.

"뭐, 아직 특별한 걸 찾아내진 못했습니다." 신참내기가 말했다. 그 말은 그가 방금 전에 했던 말보다 더 깊은 뉘앙스를 풍겼다.

나는 소름이 돋았다.

이런 세상에! 이 남자는 딱총 같아.

사악하고 음흉한 검은 눈동자, 남성미 넘치는 목소리!

그런데 중요한 것은 그와 함께 연기하게 된다는 거야! 같이 호흡을 맞추면서 말이야!

"닥터 아니타 바흐 씨죠?" 그는 물었다.

한번 더 물어봐주세요. 나는 마음속으로 말했다. 가능하다면 5음계 정도 낮추어서.

나는 말없이 고개만 끄덕였다.

"우리는 앞으로 정말 많은 시간을 함께 지내게 될 것 같습니다. 만약 제가 대본을……." 내가 벽 쪽으로 주춤주춤 뒷걸음질칠 정도로 그가 낮게 웃었다. "그리고 뵙게 되어 영광입니다! 하하하!"

검은 그림자가 드리워진 눈동자, 음미하는 듯한 눈초리, 지속적으로 울려퍼지는 심오한 웃음소리.

"저도 그래요." 나는 당황해서 더듬거렸다. 나는 그의 남성적인 매력에 완전히 매료되었다. "같이 일하게 되어서 정말 기쁘네요. 스트라이트아커…… 씨."

"유스투스." 그는 다정하게 말했다. "그냥 유스투스라고 불러주세요."

그런 다음 그는 열 손가락에 빨간 매니큐어를 칠한 상냥한 에벌린에게 자기 주소를 정확히 일러두기 위해서 몸을 다시 돌렸다.

"촬영하는 동안에 이미 말씀드린 것처럼 하얏트 호텔에 묵을 겁니다." 저음이 실내를 진동시켰다. "그리고 그 이외 시간에는 남 티롤*에 있는 크리스털 호텔에 있을 겁니다."

* 오스트리아 서부에 있는 주. 인스부르크와 리엔츠, 촐바트 할 등의 도시가 있다.

"어디라구요?" 에벌린이 손을 뻗쳐 담배 한 개비를 뽑아내면서 물었다.

"불을 붙여드려도 되겠습니까? 아닙니다. 전 담배를 피우지 않습니다. 원장 의사로서 좋은 본보기가 되야죠."

유스투스 스트라이트아커가 웃었다. 그 소리가 얼마나 크던지 통신사의 좁은 공간이 그의 웃음소리로 꽉차는 듯했다.

"전 아주 순수한 남티롤 사람이랍니다." 유스투스 마리아 스트라이트아커는 상냥하게 말했다. "유명한 아놀드 슈왈제네거와 함께 학교를 다녔답니다."

아놀드 슈왈제네거! 그는 세계적으로 유명한 배우다.

그 사람의 검은 눈동자가 나를 꿰뚫어보는 듯했다. 나는 풀밭에서 소몰이 하는 그와 청진기를 목에 건 하얀 가운 차림의 그를 마음속으로 상상하면서 비교해보았다.

정말 훌륭한 원장 의사가 될 것이다. 시골 사람의 순수함과 학식을 겸비한 이지적 인상이 서로 잘 어우러져서.

추하게 늙고 뚱뚱한 데다 숨쉴 때마다 그르렁거리는 유피와는 전혀 딴판이었다.

"두 분 밖으로 나가셔서 말씀 나누실 수 없어요?" 에벌린이 담배 연기를 코로 뿜어내면서 말했다.

"그럼요, 당연히." 나는 말했다.

"여기, 당신한테 온 팬들의 편지를 잊지 말고 가져가세요!" 에벌린은 겉봉에 '바흐'라고 씌어진 편지들을 건네주었다.

우리는 복도로 나왔다.

"팬들 편지가 많군요." 복도로 나서며 새 동료 스트라이트아커가 물었다. "저도 그런 거 이해할 수 있습니다……." 그는 다시 웃었다. 그의 음성이 복도 벽에 부딪혔다가 다시 튕겨져 나왔다.

"아주 많은 편지를 받아요. 하지만 엄밀하게 말하면 나한테 오는 게 아니에요. 단지 내가 <우리들의 작은 병원>에서 맡고 있는 여의사 아니타 바흐에게 오는 것이죠. 사람들은 이 세상에 아니타 바흐라는 사람이 존재하지 않는다는 것을 몰라요 그래서 팬들은 내게 충고를 적어보내기도 해요 환자를 어떻게 다루는 것이 효과적인지 가르쳐주는 거예요 대부분의 사람들은 자기가 앓고 있는 병을 자세하게 적어 보내지요” 나는 말했다.

유스투스 스트라이트아커는 웃었다. 아주 따뜻한 웃음이었다. 심오함 없는 아주 자연스러운 웃음. 그는 자기가 주변사람들에게 주목받고 있지 않다고 느끼는 순간에는 아주 수수하고 자연스럽게 웃는 모양이었다.

“그렇담, 어디 다른 데로 갈까요?” 그는 자기가 너무 방관해서 웃었다는 것을 알아차리고 수습해보려고 화제를 돌렸다.

남티롤 출신의 원장 의사가 출입구 앞에서 서성이고 있었다.

“당신이 가고 싶은 곳에. 이번주에 우리 팀 촬영이 있어요 그런데 촬영에 들어가기 전에 벌써 우린 서로 아는 사이가 되었네요.” 나는 빠르게 말했다.

“정말 기대 되는데요” 유스투스 스트라이트아커가 말했다. “당신은 제가 여기에 와서 여섯번째로 알게 된 사람입니다.” 그리고 큰 소리로 웃었다. 웃음소리가 너무 커서 벽이 무너져내릴 것 같아 가슴이 조마조마했다.

“기계가 고장났습니다!”

“점심시간이 두 시간으로 연장되었습니다!”

“우스꽝스러워서.” 로레가 말했다. “그 긴 시간 동안 뭘 하면서 지내야 될지 모르겠네. 그렇다고 두어 시간 내내 먹을 거나 찾아 다닐 수도 없는 일이고 지랄 같구먼!”

“여러분! 제가 사진을 가져왔습니다.” 엘비라가 우리 사이에 파고들었다. “아직 안 보신 분!”

나는 엘비라가 가지고 있는 사진을 아직 보지 못했다. 하지만 그런 내색을 하지 않았다. 엘비라 메르케니히 미스마허는 프로덕션에 소속되어 있으면서 우리 드라마에 출연하고 있었다.

드라마를 벗어나서, 그러니까 '마이너스 4' 프로덕션과 관계없이 방송에 나간 것은 어제가 처음이었다. 그리고 무엇보다 다행스러운 것은 첫외출이 다분히 성공적이었다는 것이다. 그런데 미스마허가 가슴속에 품고 있던 불만을 겉으로 드러냈다.

"어제는 정말 보기 민망했어." 그녀가 옆에서 옷을 갈아입으면서 특별히 누구에게 말을 건네는 것이 아닌 것처럼 말을 흘렸다. "모녀간의 갈등이라는 게 도대체 뭐야?"

황송하게도 그녀는 잠시 동안 아무 말이 없었다. 그녀가 그런 행동을 보이는 것은 대단히 드문 일이었다. 그녀 또한 항상 대답을 기대하는 것은 아니었고, 그럴 때 우리는 그냥 적당히 미소만 짓고 있으면 되었다. 미스마허의 공허한 질문에 대답해주는 수고를 나는 오래 전부터 포기했다.

그렇다면 메르케니히 미스마허는 오후 네시에 아이헨도르프에 있는 연립주택에 들어앉아서 하는 일 없이 토크쇼나 보고 있었단 말야? 그렇지 않다면 내가 토크쇼에 출연했다는 것을 어떻게 알았겠어? 밝은 대낮에 텔레비전 앞에 죽치고 앉아 있는 것은 바보짓이야. 엄만 항상 그렇게 말씀하셨지.

그녀는 틀림없이 돋보기를 쓰고 텔레비전 프로그램 책자를 넘겨봤을 거야. 사랑받는 아내들의 전형적인 행동이니까.

미스마허, 당신도 방송에 초대받고 싶겠지? 하지만 그 사람들은 당신을 절대 초대하지 않아요.

엘비라는 브래지어를 살짝 잡아빼서 그 살색 속옷을 의자 등받이에 조심스럽게 펼쳐놓았다. 그녀는 남 보는 앞에서 공공연히 브래지어를 벗어서 브래지어 캡을 위로 향하게 펼쳐놓는 것을 좋아했다. 이백 장의 아드리안 사진을 펼쳐놓는 것도 좋아하고

그때 탈의실 문이 열렸다.

"구내식당이 어디 있습니까?"

유스투스 스트라이트아커가 문틈 사이로 모습을 드러냈다. 미스마허가 재빠르게 몸을 돌렸다. 그녀의 브래지어는 여전히 하늘을

향해 놓여 있었다.

"여기는 여자 탈의실예요!" 그레텔 주프가 격앙된 목소리로 소리쳤다.

야간근무 간호사 베르트힐트와 함께 있던 그녀는 조그만 캐비닛 뒤로 부끄러운 듯 숨었다.

"지하에 있어요" 로레가 웃으면서 대답했다. "내가 댁에게 식권을 팔 수도 있는데!" 로레의 전형적인 모습이었다. 도량이 넓은 것처럼, 낯선 사람들에게는 간이라도 빼줄 것처럼 친절했다. 그녀는 항상 낯선 사람들에겐 상냥했다!

가운 차림의 엘비라 미스마허는 경멸 섞인 눈초리로 그 광경을 지켜보았다.

물론 유스투스는 자기를 안내해줄 사람으로 나를 찍었다.

"이 지방의 독특한 음식은 뭔가요? 제게 그 음식을 소개해줄 수 있으신가요?"

"아뇨 구내식당에는 그런 음식 없어요" 나는 말했다.

"오늘 점심은 식초에 팍 절궜다가 구운 소괴긴데!" 로레는 그녀의 처진 입술에 침을 발라가면서 말했다. "그 음식 이 지방 고유의 음식이고 게다가 우리 주방장의 주특기 요리죠"

우리 지방 초절임 쇠고기 요리라니.

라인 강 지방 사람들은 즐겨 먹는 음식에 꼭 건포도를 섞어 넣었다. 음식에 섞인 건포도를 볼 때면 나는 항상 물에 빠져 죽은 파리를 연상했다. 맛도 역시 그랬고 그 느낌은 지금도 여전하다.

"혹시 저와 함께 초에 절인 쇠고기를 죽이 될 때까지 삶아보실 의향 없으신가요?" 유스투스가 낭랑한 저음으로 내게 물었다.

"고맙지만 사양하겠어요" 나는 정중하게 말했다. "전 구내식당에서 점심을 먹지 않거든요"

"그럼 어디로 가시는데요?" 유스투스가 관심 있게 물었다.

"푸—." 로레가 대신 대답했다. "그러니까 저 사람은 맨날 라인 강 주변을 돌면서 조깅한다더군요"

산책하는 게 무슨 죄가 되리요.

성당 앞 광장에 부는 바람은 언제나 신선하지만 좀 세다. 관광객들은 바람에 대항해서 버텨내려고 애를 썼다. 한 손으로는 모자를 단단히 붙들고 다른 한 손으로는 카메라를 꼭 쥐고 걸어가는 사람도 있었다.

유스투스와 로레가 점심을 먹기 위해 차례를 기다리며 무슨 얘기를 주고받을까? 초에 절인 쇠고기와 그것에 곁들여 먹을 감자와 야채 그리고 잘게 썬 고기가 들어간 샐러드를 가지러 가면서.

로레가 건포도가 든 바닐라 푸딩을 동행자의 플라스틱 쟁반에 억지로 올려놓고, 후식으로 커피까지 마신 다음 그 동행자에게 건포도가 뿌려진 치즈 케익을 계속 강요하는 우스꽝스러운 장면을 상상하면서 나는 속으로 고소해했다. 추위에 떨면서 리무진 앞을 왔다갔다하는 제복 차림의 호텔 보이들. 그들을 말없이 다스리고 있는 호텔 건물이 성당 맞은편에서 나를 거만하게 내려다보며 웃고 있었다. 나는 똑같이 생긴 수많은 호텔 창문을 올려다보았다. 내 상상 속에서 그 창문들은 차례차례 열리고 창문 뒤에 서 있던 늘씬한 미녀들이 모두 필사적으로 외치고 있다.

"난 없는데, 그녀가 갖고 있는 게 뭐지?"

"그리움이 무엇인가를 아는 사람만이 내가 고통스러워하는 이유를 알 것이다."

하늘하늘한 옷을 바람에 날리며 늘씬한 미녀들이 합창이라도 하듯 똑같은 목소리로 소리쳤다. "바보! 바보! 바보!" 그녀들이 창문을 열었다 닫았다 하는 속도가 점점 빨라졌다. 마침내 단단한 철제 격자가 설치된 고상한 발코니에 잘 단련된 근육질의 남성이 나타났다. 그는 자신의 탄탄한 근육에 '바보' 향수를 뿌렸다. 그의 몸짓은 창문 뒤에 서 있는 여자들을 광기로 몰아넣었다. 그런데 기이하게 그 남자가 이번엔 유스투스 스트라이트아커의 얼굴을 하고 있었다.

나는 재빨리 몸을 돌렸다. 빌어먹을, 나는 의식적으로 계속 걸었다. 몇몇 아이들이 스케이트보드를 타고 지나갔다. 일본 관광객들은 땅바닥에 눕다시피 하면서까지 성당 전체를 사진기 안에 집어넣으려고 애를 썼다. 팔짱을 낀 연인 한 쌍이 천천히 성당 옆을 지나가고, 젊은 부랑자들은 계단에 침낭을 깔고 쪼그려 앉아 맥주를 마시고 있었다.

로마 게르만 박물관과 쾰른 성당 사이에 작달막한 사내가 때에 찌든 너덜너덜한 야회복을 입고 서서 조그만 카세트에서 흘러나오는 조야한 소리에 맞춰 클라리넷을 힘겹게 불어댔다. 흔히 듣는 모차르트 곡이었다. 그러다가 카세트에서 단조로운 기계 소음을 토해냈다. 낡아빠진 악기 케이스 안에 동전 몇 닢이 덩그러니 놓여 있었다. 나는 잠시 걸음을 멈추고 케이스에 이 마르크짜리 동전 한 개를 던졌다. 거리의 악사는 연주를 멈추고 손으로 입을 쓱 문질러 닦더니, "고맙습니다, 아가씨. 좋은 하루 되시길 빕니다" 하고 말했다. 클라리넷 소리는 계속 울려퍼지는데 남자는 악기를 박물관 기둥에 세워놓고 돈을 모았다. 롤러스케이트를 탄 남자가 격렬한 마찰음을 내며 맹렬한 속도로 내 옆을 지나쳤다. 박물관 안에는 한 학급은 족히 될 만한 초등학생들이 그림엽서 판매대 주위에 옹기종기 몰려 있었다.

루트비히 박물관 뒤쪽에는 부랑자들이 늘 진을 치고 있었다. 그네들의 침낭, 에어 매트리스, 취사도구, 빈 맥주병 그리고 통조림 깡통 위를 한낮의 태양이 내리쬐고 있었다. 바싹 마른 잡종개 서너 마리가 코를 킁킁거리며 내 주위를 맴돌았다.

나는 서둘러 호엔촐라른 가교 쪽으로 갔다. 철마를 탄 철갑기사가 방어자세로 정면을 바라보고 있다. 초라한 말을 타고 있는 그 기사는 최후까지 싸울 기세였다.

그때 나는 내 뒤를 바짝 쫓아오는 남자 발자국 소리를 들었다. 누군가가 내 뒤를 쫓는 것이었다!

안돼. 누구 좀 도와주세요. 난 요조숙녀란 말예요!

그러나 그 남자를 떨쳐버릴 수 없었다.

남자의 거친 숨소리가 내 귓가에 느껴졌다.

어떻게 이 불쾌한 호색한을 쫓아버릴까 궁리했다. 모자로? 막대기로? 아니면 우산으로?

"샬로테, 잠깐만 기다려요!"

맙소사. 스트라이트아커였다.

그는 내 옆으로 다가와 나와 보조를 맞췄다.

"대단해요. 당신은 행군하는 사람 같아요"

아, 나는 만족스러웠다. 초에 절여 구운 쇠고기가 그 사람을 유혹하지 못했다. 하지만 난 걸음을 조금도 늦추지 않고 부드러운 목소리로 물었다.

"그래, 고기 맛이 좋던가요?"

"구내식당이 맘에 들지 않았어요" 유스투스가 옆에서 큰 소리로 말했다. 그때 바로 옆 다리 위로 기차가 달려가는 바람에 그의 큰 소리가 기차의 굉음 속에 파묻혀버렸다.

"그 동료도 별로 맘에 들지 않았죠?!" 나는 넘겨짚었다.

"그걸 어떻게 알았소?" 유스투스 스트라이트아커가 웃었다. 잠시 후 우리 둘은 다리가 진동할 만큼 큰 소리로 웃었다.

"잘 모르겠지만 그녀는 당신 타입이 아니라는 느낌이었어요!" 나는 굉음을 내며 지나가는 기차를 향해 열광적으로 소리쳤다.

짐을 너무 많이 실어서 침몰할 것처럼 위태로운 증기선이 다리 밑을 유유히 지나가고 있었다. 증기선의 갑판원은 정오의 햇빛에 반짝이는 두꺼운 나무판을 힘차게 문질러 닦고 있었다.

난 갑자기 기분이 산뜻해졌다!

"난 이미 내 타입의 여성을 찾아냈어요!" 유스투스의 큰 목소리가 내 귀를 때렸다. 그가 팔을 둘러 내 어깨를 감싸안았다. 그 팔을 떨쳐내려는 내 몸짓에 그는 웃음으로 답했다.

아, 안돼요, 내 사랑. 그렇게 서두르지 말아요. 난 결혼한 여자란 말예요. 게다가 난 당신이 내게 다가서는 걸 좀 지연시켜볼 생각예요. 그건 참 행복한 일이지요. 그런 일이 내게 칠 년 동안 한번도 일어난 적이 없어요. 당신은 혹시 날 그런 걸 즐기는 여자로, 아니 어쩌면 그런 것에 아예 관심 없는 여자로 생각하는 건 아니겠죠?

동료들 중에서 가장 멋지고 재능 있고 게다가 품위까지 겸비한 사내를 옆에 끼고 난 양손을 주머니에 찔러넣은 채 흔들리는 다리 위를 부유했다. 흥분한 갈매기떼가 끼룩거리면서 우리 주위를 맴돌았다.

신이시여, 삶은 진정 아름답습니다!

"저기 하얏트 호텔이 보이는군요." 우리가 강 반대쪽에 다다랐을 때 유스투스가 소리쳤다. 전면이 완전히 유리로 지어진 현대식 호텔은 바라보는 사람들의 눈을 부시게 했다.

"그렇군요." 나는 말했다.

그 밖에 무슨 말을 할 수 있겠는가?

"저기가 내 거처요."

제발 지금 내게 당신 호텔 방을 보여주겠다는 말은 하지 말아요. 돈 되는 일이 아니잖아요. 이제 당신은 들어가서 낮잠을 즐기고, 난 혼자 뭘하이며 가교 쪽으로 해서 스튜디오로 돌아가는 거예요.

"성당은 조명을 받는 저녁 때 특히 더 멋져 보인답니다." 유스투스 스트라이트아커가 말했다.

"그런 멋도 아시는군요." 나는 빙긋이 웃었다.

언제쯤 매혹적인 제안을 하실 건데? 동료 양반?

"한번 보고 싶지 않소?"

그래, 내 그럴 줄 알았어.

"뭘요? 제가 뭘 보고 싶어해야 하는데요?"

"물론 성당이죠."

쾰른 성당? 아니면 남티롤 성당? 쾰른 성당이야 잘 알고 있고, 남티롤 성당은 먼 훗날을 위해 아직 개봉하지 않고 남겨두었죠

"고맙지만 사양하겠어요. 조깅하는 편이 낫겠어요"

난 엉덩이를 흔들면서 의기양양해하는 수탉의 뒤꽁무니나 뒤뚱 뒤뚱 쫓아다니는 암탉 무리들하고는 근본적으로 달라. 단 한번만 이라도 수탉의 소파에 깃털이 흩날리도록 던져지길 바라는 그런 암탉이 아니란 말야?! 하긴 그래도 궁금하긴 해. 혹시 그가 묵는 호텔 스위트룸의 천장은 거울로 되어 있지 않을까? 그리고 혹시 차가운 샴페인이 준비되어 있지 않을까? 호두나 럼주가 든 초콜릿 으로 예쁘게 장식한 은 쟁반엔 싱싱한 과일이 가득 담겨 있지 않 을까?

하지만 거기까지 관계를 진행시킨다는 게 내 처지에 온당한 걸 까? 그것도 대낮에? 버젓이? 돈 되는 일도 아닌데. 나는 결혼한 여 자야…….

"그렇군요. 조깅하는 편이 낫겠소"

유스투스 스트라이트아커가 팔을 둘러 나를 안았다.

우리는 계단을 껑충거리며 뛰어내렸다. 그 바람에 내 어깨를 감 싸안고 있던 그의 팔이 또다시 아래로 미끄러져 내렸다.

그래. 이럴 때 신사라면 조깅하는 편이 나아.

분명 그는 여성에게 보조를 잘 맞춰줄 거야.

신선한 강바람에 '바보' 향수 냄새가 섞여 그에게서 아주 좋은 냄새가 났다.

우리는 강변 공원을 가로질러서 걸었다.

하, 정말 가슴 뿌듯해. 평상시라면 아르놀트 케슬러가 이 사람 옆에서 뛰고 있을 거야. 무스로 떡칠한 머리, 김이 서린 것처럼 뿌 옇고 투박한 안경에 아이스크림 찌꺼기 같은 게 수염에 늘 묻어 있는 아르놀트가. 하지만 지금은 내가 그 사람 옆에서 달리고 있 는 거야!

내가 어떻게 그런 자격을 얻었을까!

태양은 빛나고 아이들은 웃고 있다. 작고 알록달록한 기차 한 대가 경쾌한 경적을 울리며 우리 곁을 지나갔다.

유스투스 스트라이트아커가 철봉대에 매달려 턱걸이를 하면서 내게 시위했다. 애들처럼. 그의 노란 레인코트가 늦가을 햇살을 받아 반짝였다. 굵은 꽈배기 무늬를 넣어서 짠 스웨터가 바지에서 빠져나와 위로 올라갔다. 그 바람에 옷으로 가려져 있던 섹시한 배꼽이 드러났다. 뱃살 근육은 잘 발달되기도 했지만 햇볕에 적당히 그을린 구릿빛이어서 더 탄탄해 보였다. 갑자기 내 아랫도리가 근질거렸다. 남편의 배꼽이라니! 배꼽 주위에 무성히 난 잔털. 그의 배꼽 주위엔 언제나 잔털이 나 있었다! 털이 어쩜 그렇게 많이 나는지 정말 알 수 없을 정도였다. 남편은 매일 저녁 배꼽 주위에 난 털들을 뽑아냈다. 완벽하게. 칠 년 전부터 매일같이. 하지만 그런 행동이 귀엽기는커녕 오히려 성적 매력만 더 떨어지게 만들었다! 유스투스의 배꼽 주위엔 잔털이 하나도 없었다! 나는 갑자기 그의 배꼽을 애무해주고 싶은 충동이 일었다. 그가 철봉대에 매달려 있는 동안 내내 그 충동을 억제하느라 난 무척 애를 먹었다.

샬로테! 이리 와봐. 난 당신이 서 있는 데까지 뛰어내릴 수도 있다구!

갑자기 나는 몸을 돌려 달렸다. 단숨에 질주해 내려가는 스릴을 만끽하기 위해서 아이들이 애써서 자전거를 끌고 올라가는 언덕까지 한달음에 달려갔다. 쉬지 않고 뛰었더니 숨이 차고 가슴이 콩딱거려서 난 가슴을 누르고 잠시 서 있어야 했다.

그래. 난 적어도 유스투스의 수행원처럼은 보이지 않을 거야.

라인 강물은 나이든 아버지가 침대에서 뒤척이는 것처럼 넓은 강에서 안락하게 몸을 뒤척이고 있다. 그렇게 뒤척이고 있는 강 위에 떠 있는 잿빛 거룻배들은 짐이 힘에 겨운 듯 조금씩 앞으로 나아가고 있었다.

성당에도 은빛 가을햇살이 반짝였다. 강 위에 걸쳐진 다리 위로 용같이 생긴 철괴물들이 쉼없이 지나갔다. 이런 것들이 모두 내가 사랑하는 대도시의 약동하는 삶의 모습이었다.

맞은편에 있는 음대 건물에서 흘러나오는 노랫소리, 바이올린 소리가 라인 공원의 고요를 깨고 있었지만 사람들은 오히려 그 소리에 귀를 기울이는 것처럼 보였다. 그리고 음대 앞쪽에 그늘진 건물이 바로 '우리들의 작은 병원'이었다. 고요와 연노랑. 이 둘은 어쩐지 아주 잘 어울리는 한 쌍처럼 느껴졌다. 그 옆으로는 돌로 둥글게 쌓아 만든 오래된 벽 쿠니베르트가 있고, 오른쪽에는 동물원으로 가는 다리가 있다. 어떤 다리나 다 그렇지만 이 다리도 낭만적으로 꾸며보려고 노력한 흔적이 구석구석 엿보였다. 망치질하는 소리, 톱날과 나무가 서로 부딪히는 소리가 알 수 없는 방향으로부터 고요한 공원 안까지 밀려들어왔다. 저항하는 기색이 없는 곤돌라들만 공원의 평화를 깨뜨리지 않고 소리 없이 둥실 떠왔다가 둥실 떠나갔다.

화요일. 그러니까 늦가을 평일 한낮에 곤돌라에 앉아 물놀이를 하는 사람들은 어떤 사람들일까? 취학 전의 어린 손자들 손을 잡고 걷는 노인들, 카메라를 멘 외국 관광객들, 전람회를 방문한 단체 손님들, 늘씬한 다리의 비서들을 거느린 매니저들은 점심시간을 좀더 근사하게 보내고자 강변을 배회하고 있을 것이다.

그들도 대낮에 호텔로 들어갈 만한 용기는 아직까지 없는 듯⋯⋯.

"우리도 곤돌라를 탈까요?" 유스투스가 갑자기 내 옆으로 바싹 다가서면서 말했다. 내 생각을 알아차리기라도 한 것처럼. 그의 노란 레인코트가 햇살을 받아 반짝였다.

"그러죠. 안될 이유가 뭐 있겠어요?" 나는 말했다.

그래서 우리는 곤돌라에 마주 앉았다.

곤돌라가 비좁은데다 그의 다리나 내 다리가 길어서, 다리 네 개는 어쩔 수 없이 얽혔다.

그는 내 무릎 위에 팔을 얹으며 말했다.

"여기 새 일자리가 이렇게까지 마음에 들 줄은 정말 몰랐어요"

나는 그의 팔을 옆으로 내려놓으며 오른쪽 다리를 왼쪽 다리 위에 포갰다. 좁은 곤돌라에서 그러는 편이 나을 것 같았다.

"당신은 다른 종류의 곤돌라에 익숙하신 모양예요" 나는 말했다.

"제 말은, 이보다 더 근사한 곤돌라를 의미하는 거예요."

우리가 탄 곤돌라가 6차선 고속도로 밑을 막 지나고 있었다. 그 고속도로 위에 수많은 감시 카메라가 설치되어 있다. 오른편에는 대규모 공사가 진행중이고

"바깥 경치는 내 고향만 못하지만." 유스투스가 말했다. "이 안 쪽은 비슷비슷해요." 그는 낮지만 큰 웃음소리를 흘리는 것으로 말끝을 얼버무렸다. 그 웃음소리는 곤돌라 안에서 귀가 멍멍할 만큼 크게 메아리치다가 좁은 창문 틈 사이로 빠져나가 따뜻한 바깥 공기 속에서 분해되어 강물 속으로 빠져들었다.

이럴 때 난 어떤 반응을 보여야 할까?

바보처럼 요란하게 낄낄거려야 하나?

그러나 나는 반응을 보이지 않기로 했다. 그저 명상에 잠긴 척 눈부신 창 밖 햇살을 바라보았다.

막 정오를 지난 시간임에도 불구하고 도로는 무척 혼잡했다. 라인 강 위로 길게 늘어선 반대방향의 차량행렬은 두 마리 커다란 벌레처럼 보였다.

우리는 시간에 구애받지도 않고 교통체증으로 인한 스트레스도 없이 곤돌라에 몸을 맡기고 물 위에 둥실둥실 떠 있었다.

하지만 난 내 가족에 대해서 묻지 않는 게 혹시 날 너무 쉽게 생각해서 그런 건 아닌가 싶어서 어떤 식으로 그 빌어먹을 반목의 이유를 설명해야 할지 고심하고 있었다.

"전 아들이 둘 있어요." 나는 불쑥 내뱉듯 말했다. "쌍둥이. 그 아이들은 이제 막 초등학교에 입학했어요."

그런데 그는 너무나도 자연스럽게 아무런 망설임 없이 자기 사생활에 대해서 서둘러 뱉어냈다.

"난 아이가 여섯이오." 유스투스는 거리낌없이 말했다. "막내가 쌍둥이죠 프리즐과 프란즐인데 벌써 학교에 다니고 있다오."

"육남매요? 어떻게 아이를 여섯이나 낳을 수 있어요?" 너무 놀라서 침까지 튀었다.

"그런 일쯤이야 남자들에게 뭐 그리 어려운 일이겠소!" 유스투스는 천둥처럼 큰 소리로 웃었다.

맞아. 이 사람은 동상 걸린 발톱에까지도 생식능력이 있는 남자야. 내가 잠시 잊고 있었군. 그런데 왜 갑자기 내 얼굴이 달아오르는 걸까?

늘씬한 미녀들이 돔 호텔 창문에 서서 악을 쓴다. "바보, 바보, 바보!" 그러더니 화를 내며 창문을 쾅 닫아버렸다.

"하지만 당신 부인은요!"

"아이를 생산하는 것이야 우리 인간들에게 아주 정상적인 일이오" 유스투스가 낮은 목소리로 말했다. "아이들은 금방 자랍니다. 아이들이 크면 집안일을 돕지요"

"상당히 실용적으로 생각하시네요" 나는 당황해서 더듬거리며 말했다.

"그래요. 크리스티네는 도움의 손길이 필요해요. 위로 딸 셋은 벌써부터 집안일을 많이 돕고 있어요"

"크리스티네라면…… 부인…… 되시나 봐요?" 나는 마른침을 삼켰다.

"예. 크리스티네와 나는 어릴 적부터 친구였어요. 서로 이웃이었어요. 우리 둘의 결혼은 정해진 것이나 마찬가지였죠. 장인 장모께서는 멋진 농가를 소유하고 계셨어요. 후에 그 농가를 여행객들을 위한 여관으로 개관하셨는데 크리스티네와 내가 가족들이 머물 수 있는 호텔로 개조했어요. 당신도 언제 한번 들러요!"

"물론, 기꺼이…… 가죠" 나는 머뭇거리며 말했다.

왜 이 남자는 여섯 아이들과 크리스티네라는 이름을 가진 여자와 살면서, <우리들의 작은 병원>에서 하얀 가운을 입은 닥터 프랑크 본하이머로서 행패를 부리는 걸까? 왜 자기 마누라와 아이들 곁에 붙어 있지 못하는 걸까? 왜 땀흘리며 건초더미와 씨름하면서 살지 못하는 걸까? 이른 아침 트랙터를 끌고 들에 나갔다가 저녁에 돌아와 가족들을 식당에 불러모아 빙 둘러 앉히고 저녁식사를 하면서 하루하루의 삶을 살아가는 사람으로 왜 머물지 못하는 걸까? 그런데 여섯 아이들을 남티롤의 성실한 농부로 키울 생각인가? 일요일에는 성당 광장에서 그들 관습대로 민족의상을 입은 악단들 틈에 끼여서 호른을 연주하기도 하면서?

아직도 한 시간이나 남았어.

그 정도면 충분한 대화를 나눌 수 있는 시간이야.

"애들 이름은 에르니와 베르트예요." 나는 생기 없는 목소리로 말했다. 어떻게 이 사람을 감동시키나?

"사내녀석들이란 탁 트인 공간을 좋아하지요. 우리 집 녀석들은 넓은 정원에서 마음껏 뛰어놀아요. 그래서 내가 직접 나무를 손질해서 오두막집을 지어주었어요. 통나무 오두막집 만드는 거, 나 아주 잘해요! 하하하……. 집에 말도 있고 양도 있지요 또 헤르만이라는 덩치가 아주 큰 개도 한 마리 있답니다!"

"헤르만……. 개한테 잘 어울리는 이름이군요" 나는 입에 발린 칭찬을 했다.

우리가 탄 곤돌라가 앞서가던 곤돌라와 슬쩍슬쩍 부딪혀 덜거덕거리며 선착장으로 천천히 들어섰다.

술에 취한 조수가 곤돌라 문을 열었다.

"신사 숙녀 여러분, 종점입니다."

우리는 뒤엉켜 있는 다리를 풀고 내렸다.

조수가 내 팔을 잡았다. 그의 입에서 풍기는 시큼한 술 냄새 때문에 나는 심호흡을 해야 했다. 얼굴이 퉁퉁 부은 데다 땀구멍이 커서 피부에 구멍이 뚫린 것처럼 보였다. 빨갛게 부어오른 코는 술에 찌든 얼굴과 잘 어울렸다. <우리들의 작은 병원>에 꼭 필요한 단역배우감이었다. 베티나가 특별히 분장시킬 필요도 없을 것 같았다.

"고맙습니다. 이제 됐습니다." 그러면서 사랑스런 유스투스가 내 허리를 잡아주었다.

"남은 시간 동안 뭘 하죠?"

"한 시간이나 남았군요"

"조깅을 좀더 해도 되겠어요."

"어떤 쪽으로 갈까요?"

"뮐하이머 가교 쪽으로 가요. 그러면 뮐하이머에서 떠나는 배편을 이용해서 돌아올 수 있을 거예요." 내가 제안했다.

"그럼 뛰죠." 유스투스는 또다시 팔을 뻗어 내 몸에 둘렀다. 다분히 의도적으로.

그렇게 된 거군. 나는 이미 이 남자의 여자가 된 거야. 그러니까 난 이 남자의 현지처인 셈이야. 크리스티네는 저 편에 난 이 편에.

나는 그의 팔이 곧 미끄러져 아래로 떨어질 거라 생각했다.

유스투스와 나는 보폭을 정확히 맞추며 걸었다.

생각과 달리 그의 팔은 뮐하이머 가교에 도착할 때까지 내 어깨에 놓여 있었다.

이 사람은 아르놀트 케슬러하고도 항상 이랬을까?

일요일, 그 대단한 스트레스

"쉿, 조용! 아빠 아직 주무셔!"

아이들과 나는 발뒤꿈치를 들고 조용조용 집안을 돌아다녔다. 방금 전 텔레비전에서 <톰과 제리>가 끝났다. <보물섬>은 이미 그 전에 끝났고 우리는 그 사이 아침식사도 했고 책도 읽고 서로 귓속말로 소곤거리다가 간지럼 장난도 쳤다. 해는 중천에 떠 있다. 이미 열한시가 지난 시각이니까.

"우리 모래밭에서 놀아도 돼요?"

"안돼. 바로 위가 아빠 침실인 거 너희들도 잘 알잖아!"

"아빤 도대체 언제까지 주무시는 거야?"

"깰 때까지."

"너무 심심하단 말야! 난 왜 맨날 이렇게 심심하게 있어야 해? 아무도 나하고 안 놀아주잖아! 다른 사람이 우리 엄마 아빠였으면 좋겠다!”

“쉬 – 잇!”

“밖에서 놀고 싶단 말야!”

“에르니! 너 조용하지 않으면 엉덩이 맞을 줄 알아!”

“이젠 엄마랑 친구 안할 거야!” 에르니가 말했다.

“왜 아빤 잠을 밤에 안 자요?” 베르트가 물었다.

“밤에 일을 하시거든.” 내가 대답했다.

“컴퓨터 앞에 앉아서요?”

“그래. 컴퓨터 앞에 앉아서.”

“다른 아빠들도 다 밤에 컴퓨터 앞에 앉아서 일을 하나요?”

“그건 모르겠다. 어쨌든 아빠는 그래.”

“일요일이면 케빈 아빠는 자전거를 태워준대.” 에르니가 볼멘소
리를 했다. “그것도 아주 멀리! 최소한 미국까지는 태워준대! 지난
번에는 퓨마한테 습격을 받았대. 퓨마가 케빈 아빠의 목을 물었대.
그리고 사람들이 퓨마를 차 트렁크 위에 얹고서 칠십오 킬로미터
나 달렸대! 그런 다음 케빈이 퓨마를 쏘았대. 걔 아빠는 병원에 갔
대! 음음! 나도 주말에 그렇게 신나고 재밌게 놀고 싶단 말이야!”

“정말 굉장하구나!” 나는 말했다.

“에르니가 한 말 거짓말예요. 하지만 케빈이 주말마다 자전거를
타는 것은 사실예요.” 베르트가 설명했다.

“우리도 자전거 탈까?” 내가 물었다.

딱한 내 새끼들! 무심한 아빠를 둔 덕분에 일요일에도 항상 따
분하게 지내는 거야. 하지만 더 나쁜 건 남편이 일어나 우리와 동
행하려고 할 때다.

“좋아요”

“쉿! 조용히 해! 너희들 정말 그렇게 떠들래! 아빠가 깨시잖아!”

나는 남편이 저녁 일곱시까지 충분히 잠을 잘 수 있기를 바랐고
아울러 그의 컴퓨터도 충분한 휴식을 취할 수 있기를 바랐다. 난
남편을 너무 잘 알고 있다. 아마도 그는 우리가 막 출발하려고 할

때, 일어나서는 벌거벗고 계단까지 나와서 우리와 함께 가겠다고 우길 것이다. 그러면서도 절대 서두르지 않을 것이다.

남편은 일단 목욕탕에 들어갔다 나와서 다시 침실에 들어간다. 그런 다음 아침을 먹어야 하고 신문을 읽어야 한다. 그리고 다시 목욕탕에 들어가 변기에 앉아 볼일을 보면서 시사잡지를 읽는다. 그 다음에 옷을 갈아입고 운동화를 찾고 또 레인코트를 찾은 다음 자전거에 바람을 넣는다. 바람을 넣기 위해 새로 산 자전거 펌프를 찾고 그런 다음에 지도를 찾아야 한다. 그리고 문을 잠근다. 그 과정을 거치는 동안 우리 셋은 다시 배가 고파지기 시작하므로 난 다시 집으로 들어가야 한다. 감자껍질을 벗기는 것을 시작으로 평소처럼 점심을 준비한다. 식사 후 오수를 즐기고 커피도 한 잔 마신다. 그러면 밖엔 어둠이 깔리기 시작하고 남편은 뉴스를 보려 할 것이다.

그래서 우리는 가능하면 남편이 깨기 전에 조용히 사라져야 한다. 일요일이면 늘 반복되는 일이다. 나는 일요일이 싫다. 나에게 일요일은 대단한 스트레스다.

나는 아이들을 아래층 화장실 변기에 억지로 앉히면서 물 내릴 때 가능한 한 소리 내지 말라고 단단히 일렀다.

에르니가 반발했다. "오늘은 일요일이잖아. 그리고 내 잠지도 지금은 쉬고 싶어한단 말야!"

"쟤는 정말 잠지도 몇 개 더 필요할 거예요. 네 개면 충분할 거야." 베르트가 비꼬았다. 아마도 아이는 주유소의 휘발유 종류를 생각하고 네 개라고 말하는 모양이다.* 베르트는 언제나 실용적인 것에 생각이 먼저 미치는 아이니까.

나는 아이들 레인코트를 챙기고 배낭에 과일과 과자를 쑤셔넣었다. 그리고 아이들에게 차고에 갈 때까지 제발 조용히 하라고

---

* 독일 주유소에는 고급 무연 휘발유, 고급 유연 휘발유, 보통 무연 휘발유, 보통 유연 휘발유 네 종류가 있다.

애원했다.

나는 소리나지 않게 현관문을 닫는 데 성공했다. 우리는 꼭 도둑 고양이처럼 정원까지 살금살금 걸었다. 그럼에도 불구하고 위층 베란다 문이 열리는 소리가 들렸다. 그 소리를 듣는 순간 나는 화가 치밀었다.

타월직의 회색 목욕 가운을 중심으로 아래쪽에는 털이 부숭부숭한 하얀 다리가, 위쪽에는 자면서 눌린 머리카락에 꺼칠한 얼굴이 그대로 드러났다.

"잘 잤어?" 남편은 여전히 꿈꾸는 듯한 목소리로 중얼거렸다. "나를 빼놓고 일요일을 보내고 싶은 거야?"

"아뇨. 좋은 계획이라도 있어요?" 나는 건조한 목소리로 말했다. 시계바늘은 이미 열두시를 가리키고 있었다.

"기다려. 나도 같이 가게. 제발 스트레스 좀 주지 마!"

내가? 당신에게? 스트레스를? 결코 그런 적이 한번도 없었을 텐데? 항상 빠져나가려고만 했으면서!

"이젠 모래밭에 가도 된다." 나는 에르니와 베르트에게 말했다.

"엄마, 작은 소리로 말해야 해요?" 베르트가 속삭였다.

"아니다. 아빤 벌써 일어나셨어."

아이들이 소리를 지르며 모래밭으로 달려갔다. "엄마! 호스 갖고 놀아도 돼요?"

"안돼! 일요일에는 얌전히 놀아야 하는 거야. 벌써 옷도 갈아입었잖아!" 남편이 말했다.

"아빠 말씀이 옳아! 얌전히 놀아라. 물장난하면 옷을 또 갈아입어야 되잖니." 나는 남편을 거들었다.

나는 너무 화가 나서 계단에 쪼그려 앉았다.

오늘도 남편을 깨우고야 말았어! 그렇게 조심했는데! 여섯시 반부터 지금까지 소리내지 않으려고 말소리를 죽여가며 얼마나 조심했는데! 오로지 일만 하는 불쌍한 아빠. 남편을 하루종일 잠잘 수 있도록 해주는 게 어쩜 이렇게 어려울까! 아! 난 실패자야! 이게 바로 나 샬로테의 문제점이야. 이런 사소한 일 하나도 쉽게 해내지 못한다니까. 그레테나 전범자들은 이런 일쯤은 쉽게 해낼 텐데. 그 사람들은 유머 감각이라고는 전혀 없고 엄격하고 게다가 애들이라면 질색을 하는 신부님 집에 세들어 살 수도 있을 거라구. 그뿐이야? 그 사람들은 그런 신부님 집에서 아이들이 양탄자 술을 빗질하고 작은 소리로라도 노래를 부를 수 있게 분위기를 유도해낼 거야!

"엄마, 우리랑 같이 놀자. 엄마는 형사 빌트 해. 나는 도박꾼 하겐 할게!"

"흥미 없어." 나는 김빠진 목소리로 말했다. 나는 발끝에서 머리끝까지 불만으로 가득 찼다. 짐을 대충 꾸릴걸! 그랬더라면 잠이 덜 깬 남편 눈에서 벗어날 수 있었는데. 그 어디로든. 나침반이나 지도 그리고 도시 안내서 또 전차 시간표, 휴대폰, 그런 것 없이라도 무조건 이 집에서 벗어났어야 했는데.

아이들은 호스를 끌고 가 순식간에 모래밭을 엉망으로 만들었다.

그런 다음 모래밭에 쳐놓은 담 위로 위험스럽게 기어오르면서 괴성을 내질렀다.

나는 뭔가를 끓일 만한 그릇을 찾으면서 있는 힘을 다해 찬장 서랍을 확확 잡아당겼다.

"이리 와봐." 남편이 위층 창문에 서서 말했다. "애들이 신나게 노는구먼."

"그게 뭐 대수라구." 나는 혼자 중얼거렸다.

그러면서 큰 소리로 말했다. "애들아, 너희들 엄마 아빠를 위해서 좀 조용히 해줄 수 없니? 너희들만 조용히 해준다면 금방 멋진 하이킹을 할 수 있을 텐데?"

"난 그렇게 생각하지 않아요." 베르트가 말했다. "아빠는 지금 엄마랑 조용한 시간을 갖고 싶어하실 걸요? 엄마가 알고 계신 것처럼요."

“그래그래.” 나는 중얼거렸다. “그 다음에 말이다.”

나는 외투를 벗고 위층으로 올라갔다. 계단을 밟으며 남편의 배꼽을 생각했다. 그러면서 나는 아이가 말하는 조용한 시간에 대해서 흥미를 잃었다.

난 꼿꼿하게 일어나 성공해 보일 거야, 유스투스 스트라이트아커.

난 당신을 오른쪽으로 추월해서 앞지르고 말 거야.

당신이 할 수 없는 그 무엇으로.

난 여성 문제를 다룬 모노드라마를 하나 쓸 계획이야.

그리고 내가 연기하는 거야. 모든 것을 숨김없이

있는 그대로 자연스럽게 보여줄 거야.

훌륭한 작품이 될 것임이 틀림없어. 나 당신에게 맹세하지.

불 같은 여성의 불꽃 같은 대사들.

세상 남자들에 대한 내 대답이야.

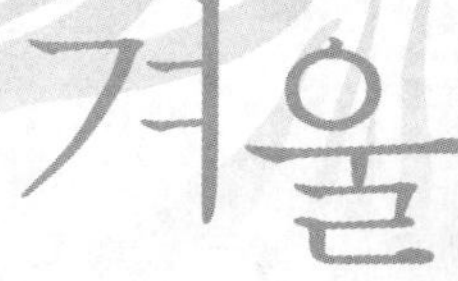

두 얼굴의 남자

"오늘 점심시간에 또 조깅하실 거예요?"

노란 레인코트 차림의 남자가 로비에서 내게 눈 사인을 보냈다.

"안녕, 프리츠?" 일단 나는 오랜 나의 친구에게 가식 없이 인사했다.

"안녕하세요, 페퍼 부인? 늦지 않으셨네요"

프리츠는 의미심장한 눈길로 유스투스를 살폈다. 유스투스는 관람객을 위해 설치된 유리 부스 뒤에서 내 대답을 기다리고 있었다.

나는 스트라이트아커의 레인코트와 자극적인 향수 냄새에 이미 익숙했다. 깊고 힘있는 남성적 음성에도 특히 낮게 울리는 소리로 웃을 때의 그는 아주 오래 전부터 알고 지내온 사람처럼 친숙함마저 느끼게 했다. 평일 낮시간에는 항상 라인 강변에서 빈둥거리는 나였다. 걷다 지치면 벤치에 앉아 강을 바라보면서 시간을 보냈다. 오늘처럼 비가 퍼붓는 날에도

"어떠세요?" 그는 느리게 말했다. 휴게실 구석 어딘가에서 질투 어린 눈길로 우리를 관찰하고 있을, 엘비라, 베티나, 피아, 로레 레셜리히를 의식하면서 난 대단한 자부심을 느꼈다.

여성들이여. 그 사람은 나를 선택한 거야. 이것으로 내가 제일 아름답고 주목받는 여성이란 게 증명된 거야. 그 사람 안목이 높은 거지. 그 사람은 본능적으로 탁월한 내 재능을 한눈에 알아차린 거야. 뭐, 이런 게 유유상종이라니까.

갑자기 나는 <우리들의 작은 병원> 드라마에 강한 애착을 느꼈다. 지금까지 칠 년 동안 오늘처럼 애정을 느껴본 적이 단 한번도 없었다.

오전시간이 쏜살같이 지나갔다. 녹화하면서도 나는 집중할 수 없었다. 유스투스는 택시를 타고 우리들의 작은 병원에 도착한다. 검은 구름으로 뒤덮인 하늘은 금방이라도 비를 쏟아부을 것 같다. 유스투스는 불길한 예감으로 우리들의 작은 병원을 바라본다. 그

때 여의사 아니타 바흐는 제3병동에 입원한 슈미트 슈미테바흐라
는 여자 담석 환자와 잡담을 나누고 있다.
　무언가에 이끌리듯 아니타 바흐는 창가로 다가서고, 그때 우연
히 택시에서 내리는 준수한 용모의 유스투스를 창 너머로 보게 된
다. 물론 그 두 사람은 앞으로 전개될 자신들의 운명을 전혀 예측
하지 못하고 있다. 하지만 그는 첫눈에 백마 탄 왕자로 그녀 마음
속에 자리잡는다. 그는 택시를 보내고 가방을 집어든 다음 전형적
인 스토리처럼 비를 피하려고 경망스럽게 행동하지 않고 유유자적
한 발걸음으로 병원 현관에 접어든다. 우수에 잠긴 듯한 눈빛으로
삼층을 올려다보는 그의 얼굴 위로 빗방울이 떨어진다. 단정히 손
질한 머리가 흠뻑 젖었지만 오히려 더 자연스럽게 보였다. 그에게
어떤 느낌이 와 닿았는지 금발의 여의사 아니타를 뚫어져라 쳐다
본다. 그녀는 슈미트 슈미테바흐 부인의 말을 흘려듣는다. 담석에
해로운 기름진 감자튀김을 앞으로 더 이상 먹지 않겠다는 소리를
말이다.
　녹화는 그렇게 끝을 맺었다. 슈미트 슈미테바흐 부인은 이제 사
무실에서 출연료를 받아서 집에 돌아갈 수 있게 되었다.
　"점심시간은 두 시간입니다."
　나는 탈의실로 가서 티 하나 없이 깨끗한 의사 가운과 금실로
짠 리본을 풀고 재킷을 걸쳤다.
　"어딜 가는데 그렇게 서두르세요? 화장 안 지울 거예요?" 베티
나가 은근히 비꼬았다.
　"아니. 빗물이 지워줄 거야." 대꾸하면서 나는 기분 좋게 뛰어
나왔다.
　"또 산책 가는가뵈?" 계단에서 만난 로레가 비아냥거리는 투로
물었다.
　"산책은 건강에 좋지요" 나는 건방지게 대답했다.
　"이딴 날씨에? 우세스러워서. 애써 손질한 머리 망칠라고?"
　"베티나가 다시 손질해줄 거예요" 나는 흥겹게 말했다. 산책하

는 게 이렇게까지 즐겁게 느껴지기는 또 처음이었다. 가을비가 내게 행운을 가져다줄 것 같은 느낌이 강했다.

당신은 당신이 소속된 곳에 가서 초에 절인 쇠고기나 드시죠.

유스투스는 벌써 성당 앞 광장에 앉아서 나를 기다리고 있었다. 회색빛 성당 건물 사이로 노란 레인코트가 환하게 빛을 발하고 있었다. 그가 미리 준비해둔 치즈빵을 내게 건네주었다. 짧은 순간 나는 하네스와의 추억을 생각했다.

그 옛날, 내가 인생을 막 시작할 무렵 새벽 다섯시에 남프랑스의 기차역에서 하네스를 만났던 때를.

굶주린 짐승처럼 먹을 수 있는 것이면 뭐든지 닥치는 대로 먹어치울 것 같던 그때 갓 구운 빵 맛이라니! 그후로 난 그렇게 맛있는 빵을 먹어본 적이 없었다. 그때의 크루아상은 정말 꿀맛이었다.

유스투스가 낡은 우산을 받쳐들었다. 이 사람도 비 오는 날엔 우산 없이 산책할 수 없는 모양이었다. 남자들은 다 똑같다. 그는 내게 우산을 받쳐주면서 따라 걸었다. 나는 우산을 옆으로 밀쳐냈다. 산책을 즐기는 남자라면 비가 오더라도 우산 없이 자기에게 익숙한 거리를 묵묵히 걷겠지만 대개의 경우 팔십 퍼센트는 산책을 포기할 것이다.

"산책하면서 빵을 먹을 수 있을까?"

그는 언제부턴가 반쯤 말을 낮추고 있었다.

하기야 우리 사이에 그 정도의 형식적인 장애물쯤이야 없애도 되겠지.

"그럼요." 나는 숨을 헐떡이면서 대답했다.

과거의 그날도 나는 하네스를 따라가느라 숨을 몰아쉬어야 했어. 빵을 한입 가득 물고 같은 날 밤에 우리는 한 침실에서 밤을 지냈었지. 아, 나의 하네스! 그 사람은 내게 뭘 남기고 떠났는지 알고 있을까? 자기 피가 흐르는 아들이 내 몸에서 태어난 걸 알고 있을까? 자기를 쏙 빼닮은 아이가 얼마나 매혹적인지 알고 있을까? 그 사람이 남긴 상처의 아픔을 감내하면서 난 살아가는데, 그는 아주 가끔이라도 나를 생각할까?

나는 하네스에 대한 생각들을 떨쳐버렸다.

지금 내 옆에는 그와는 아주 다른 유형의 남자가 나와 보조를 맞춰 걷고 있다.

유능하고 영리한 수준급 배우, 여섯 아이들의 아빠, 나처럼 두 다리로 생을 지탱하고 있는 남자, 황금 같은 휴식시간을 낡은 우산을 받쳐들고 빗속의 나를 지켜주면서 보내는 남자, 호텔 소유자, 나를 위해서 치즈빵을 사들고 기다리는 남자.

우리는 팔짱을 끼고 힘차게 걸었다.

잿빛 기차들이 굉음을 내며 우리 곁을 지나갔다. 비에 젖은 기차들은 빗방울을 튕겨내면서 힘에 겨운 듯 가끔 차갑게 느껴지는 뿌얀 연기를 뿜어냈다. 퀼른 역에서 기차를 탄 사람들은 비에 젖은 외투를 벗어 걸고 의자에 앉더니 곧바로 신문을 펼쳐들었다.

"저기가 하얏트 호텔이오" 유스투스가 말했다.

"할 말이 없는 모양이네요" 나는 불손하게 대답했다.

유스투스는 그런 내게 매력적인 웃음을 안겨주었다.

"알고 있겠지만 난 거기에 머물고 있소"

"잘 알고 있어요" 나는 빵을 입에 문 채 소리쳤다. 다리가 흔들렸다. 비에 젖은 기차 몇 대가 그늘진 동굴 같은 퀼른 역에 쪼그려 앉아 있었다. 증기를 뿜어내는 기차도 더러 있었다.

"경치를 즐기고 싶소?"

"비 오는 성당 경관 말인가요? 아니면 다른 어떤?"

유스투스가 웃었다. 유스투스는 자주 아주 유쾌하게 웃었다.

"조깅할 시간은 될 것 같은데. 당신이 원한다면 말이오" 유스투스가 내 귀에 대고 큰 소리로 말했다.

"좋아요" 나는 기차 소리가 너무 시끄러워서 외치듯 말했다. "전 에르니와 베르트에게 항상 말하지요. 우리는 건강한 다리를 가져서 언제나 뛸 수 있다구요"

그래서 우리는 뛰었다.

그의 품안이 너무 덥다고 느낀 지도 벌써 오래됐다. 우산 하나로 두 사람이 버티기에는 빗방울이 너무 거셌다. 십이월로 접어들어 차갑긴 하지만 신선한 공기, 비, 치즈빵, 빗방울의 정취, 그리고 무엇보다도 이 세상 어느 누구에게도 구속되지 않는 자유를 난 즐기고 있었다.

강변 공원의 철봉대는 유스투스가 매달리기에 너무 젖어 있었다.

유감스러운 일이었다. 그의 섹시한 배꼽을 본다면 난 또 온몸의 피가 뜨겁게 달아오를 텐데.

동물원 가교까지 산책하는 동안 다리가 뻣뻣해졌다. 비를 피해 다리 밑에서 빵조각을 씹고 있던 건축 노동자들 몇 명이 우리 쪽을 향해 휘파람을 불었다.

유스투스는 아주 낮은 소리로 자기 삶과 일상에 대해서 이야기했다.

그는 초등학교 때 이미 아버지 같은 농부는 결코 되지 않겠다고 결심하면서 명성을 얻을 수 있는 직업을 원했단다. 그는 자기 핏속에 끓어오르는 예술에 대한 열정을 감지했으며 그 판단은 옳았다. 그것은 '그 어떤 격동의 도가니' 같은 것이었다. 그래서 그는 인스부르크에 있는 학교의 연극영화과에 입학해서 공부하는 동안 브리센에 있는 극장의 무대에 섰다. 그는 유럽의 유명한 도시들을 돌아다니면서 햄릿이 되었다가 파우스트가 되기도 하면서 성격이 다른 여러 남자 역할을 두루 다 소화해냈다.

"그런데 어쩌다 이런 시시한 텔레비전 드라마에 출연하게 되셨어요?" 나는 그의 말을 끊고 질문했다.

"책임져야 할 내 새끼들 때문에." 그는 단호한 어조로 대답했다.

"이해할 수 없군요."

"들어봐요. 지금도 세계 여러 나라에서 내게 출연교섭을 해오고 있소." 유스투스는 말뿐 아니라 제스처로 나를 일깨워주려고 노력했다. 그리고는 그가 알고 있는 세계 곳곳의 극장장과 감독들의 이름을 나열하기 시작했다. 그 사람 말대로 재능과 예술가적인 외모로 그는 세계적인 명성을 얻을 수도 있었을 것이다. 그랬다면 그 가엾은 크리스티네는 애인을 잃었을 테지만!

그는 가뭄에 콩 나듯이 명절에만 남티롤 지방에 들렀을 것이고, 경멸에 찬 금전을 내놓는 일말고는 호텔 발전에 기여할 아무런 역할도 못했을 것이다. 그쯤이면 아마도 그들 부부관계도 이미 깨졌을 것이고 주변에서 보아온 것으로 미루어 세계적으로 유명한 배우들은 명성에 맞게 점차 세련되어가지만 그 배우자들은 여전히 촌티를 벗지 못하기 때문에 대부분 헤어졌다. 시기적으로 좀 빠르거나 늦거나 할 뿐 거의 다. 그런데? 이 사람이 그런 경우에 처했다면 어땠을까? 그라면 이미 세상에 태어난 아이들 엄마와 또 다른 여성에게서 태어날 아이를 양쪽 저울에 올려놓고 비교하면서 고민하다가, 책임지기 쉬운 것을 취하지 않을까? 아니다. 그는 자기 아이들을 저울에 올려놓고 비교하는 일 따윈 하지 않을 것이다.

그는 배우로서 탄탄대로를 걷고 있었다. 그런데 왜 그런 사람이 초라하기 이를 데 없는 프랑크푸르트의 프로덕션에 자기의 이름을 올려놓았을까? 그 프로덕션은 알 만한 사람들은 다 아는 곳이다. 자칭 연예인이라고 떠드는 모든 떠돌이들, 실업자들은 그 프로덕션에 지원할 수 있다. 그것으로 유스투스는 대배우로서의 절조를 포기한 것이다. 프랑크푸르트에서는 간단한 테스트를 거친 뒤 (당연한 일이지만) 비어 있던 <우리들의 작은 병원> 원장 역할을 그에게 곧바로 맡겼을 것이다.

"내 능력이 다 발휘되진 않았소" 유스투스는 만족스럽게 웃었다.

어려. 적어도 나보다 아직 어린 거야. 이 남자는 왜 이렇게 끊임없이 자기자랑을 늘어놓는 걸까?

물론 난 트랙터를 운전하고, 돼지를 도살하고, 닭 모가지를 비트는 그런 잡다한 기술이 그에게 부족하다고는 생각하지 않는다. "오우, 예! 나는 닭 모가지를 아주 잘 비틀어요" 그리고 하녀들을 건초더미에 눕히고 속된 표현으로 재미보곤 했겠지. 그런데 이 도시에서는 아주 섹시한 저음으로 여자를 홀리고 있는 거야. 나도 유스투스를 처음 보았을 때, 그의 웃음이 아주 각별하다고 생각했으니까! 그것은 세상 모든 일을 온몸으로 겪은 사람이 웃을 수 있는 웃음이었으니까. 사랑과 겸손이 바탕에 깔려 있기 때문에 자연과 잘 어울리는 보통 사람들의 특성과 소박성이 그의 피에도 흐르니까. 남티롤에 있을 때 그는 소박함과 겸손함으로 그곳 사람들과 금방 친해졌을 것이다. 그때의 그는 더 이상 세계 무대에서 열연하는 유명배우로서 유스투스 마리아 스트라이트아커가 아니라 다정다감한 이웃 아저씨였다. 파란색 작업복에 고무 장화를 신은 모습으로 외양간에서 나오고, 온몸에 거름 냄새를 풍기며 하모니카를 불고, 낮은 목소리로 노래를 부른다. 그의 노래 솜씨는 파사이어탈에서 최고로 꼽혀서 사람들이 그를 더욱 더 좋아하고 존경하게 된다! 그가 부르는 요들을 듣고 눈물을 흘리지 않는 사람이 없다!

그에게는 사람을 감동시키는 재주가 있다! 그것이 그의 인격이었다!

그는 잔디도 아주 잘 깎는데, 잔디를 깎을 때 넓은 잔디밭 네 귀퉁이에 맥주병을 하나씩 세워놓고, 귀퉁이에 도달할 때마다 세워진 맥주를 한 모금씩 마신다. 스스로 만족해서 껄껄 웃으면서.

그는 그런 사람이었을 것이다!

돌아오는 길에 우리는 작고 예쁜 성을 지나게 되었다.

"차 들겠소?"

그럼요, 유스투스 전 당신이 원하는 일이면 뭐든지 따를 준비가 되어 있어요.

더군다나 함께 차를 마시는 일이라니요. 정말 즐거운 일이지요.

카페는 한적했다. 종업원은 일이 끝나기만을 기다리는 무료한 표정이었다.

"홍차 두 잔 부탁합니다."

"레몬을 띄울까요?"
"전 우유를 타 마시겠어요."
"나도 우유를 타주세요."

자리가 편안하다. 꼿꼿한 자세로 긴 시간 걷고 난 다음이어서 포근한 소파에 앉으니 아늑했다. 라인 강이 눈앞에 흐르고 뜨거운 홍차에 설탕을 집어넣고 찻숟가락으로 저었다. 이런 사소한 일이 나를 잠시 행복하게 했다.

유스투스 스트라이트아커의 볼이 붉게 물들었다. 그는 큰 꽃무늬 손수건에 코를 푼 다음 내 손을 잡았다.

"당신과 함께 산책을 하면 나는 황홀해져. 당신은 정말 멋진 여성이오!"

후아, 생각해봐야겠어. 도대체 이 사람이 그 사실을 어디서 알아냈는지! 나는 말한 기억이 없는데⋯⋯. 그와는 이제 겨우 두 시간 동안 이야기를 나누었을 뿐, 그것도 그동안에 나는 점점 교만해져가고 있는데!

나는 쥐새끼처럼 경거망동하지 않고 얌전히 앉아 있었다. 아마도 그의 아내 크리스티네도 나와 비슷할 거라는 생각이 들었다. 로레의 말을 빌리자면, 얌전히 앉아서 남의 얘기를 들어줄 수 있는 사람은 아주 훌륭한 재능을 지닌 사람이라고 했다. 하지만 흔히들 그런 여성을 색깔 없는 작은 꽃에 비유한다. 발기한 수탉이 엉덩이를 문지르는 담에 의지해서 피어난 보잘것없는 꽃.

무슨 얘기든 들어줄 수 있는 사람, 아무 조건 없이 들어주는 사람, 이 시대에 아직도 그런 사람이 있을까?

"안녕, 에벌린. 내 우편물 있어요?"
"예. 여기, 다 정리해놓았어요."
"고마워요. 그런데 나한테 무슨 할 말 있어요?"
"여기 앉아보세요. 잠깐이면 되요."
에벌린이 조그만 보조의자를 벽 쪽으로 내놓았다. 에벌린이 누구를 붙들고 수다떨 때 사용하는 의자 같았다.

"무슨 일예요? 뭐 잘못된 일이라도 있어요?"

"뭐, 그냥, 당신 친구 유스투스 스트라이트아커에 관해서 할 얘기가 있어서요."

"어떻게 그 사람이 내 남자친구일 거라고 생각하게 된 거죠?"

"어머, 그 교만한 수캐가 당신을 따라다닌다는 소문은 벌써 이 스튜디오 안에 쫙 퍼졌어요." 에벌린은 항상 단도직입적으로 말하길 좋아했다.

"기분이 별로 좋진 않군요. 하지만 상관없어요." 나는 말했다.

"그 사람이 당신을 찍었다면서요, 소문엔?"

그렇단 말이지. 나는 긴장을 풀고 벽에 기대었다.

에벌린이 질투하는 걸까? 그런 대로 호흡이 잘 맞아온 우리 드라마 식구들 사이에 이런 일이 생기는구나. 우리들의 작은 이 병원에. 그래, 하긴 우린 모두 평범한 사람들이니까.

에벌린이 선팅된 유리창에 대고 담배연기를 내뿜자 유리창에 곧바로 희뿌연 김이 서렸다.

"그 사람 저질예요."

나는 웃었다.

"에벌린! 그런데 왜 내가 당신한테 그런 말을 들어야 하죠? 혹시 당신, 그 사람한테 관심 있어요? 그런 거예요? 그렇다면 그 사람 당신이 가져요."

"어쩌면 그럴 수도 있어요." 에벌린이 폭발할 듯한 눈빛으로 나를 뚫어져라 쳐다보면서 진지하게 말했다. "그 사람 어젯밤, 우리 집에 있었어요. 나와 함께 밤을 지내려고 했죠."

나는 말꼬랑지 머리를 한 울리케처럼 웃었다. 그 순간, 내 마음 속에 그녀에 대한 질투심이 일었다.

눈먼 닭이 모이를 찾아다니는 격이야. 아마도 그는 고향이 그리웠나 봐. 그래서 잠시 혼란스러웠겠지. 딱한 양반.

"좋은 밤이 되었겠네요 그래서 그날 밤 역사가 어떻게 잘 이뤄

졌어요?" 나는 입맛이 썼다.

"그 사람은 내게도 정착할 수 없는 사람예요. 역마살이 끼였거든요. 아니, 아녜요. 내가 당신한테 하려는 말은 이런 게 아녜요."

"그래요?" 나는 더 다정스럽게 웃었다.

"나는 당신도 그를 무척 좋아하고 있다고 생각해요."

"그래서요?"

"샬로테! 그 사람을 경계해야 해요."

"친절하시군요, 에벌린. 그런데 왜죠?"

나는 책상 위에 있는 내 물건들을 집어들고 돌아섰다.

"그 사람이 당신 얘기를 했어요."

나는 걸음을 멈췄다.

"그랬어요?" 나는 신경질적으로 방금 전에 앉았던 보조의자에 다시 주저앉았다.

"어서 말해봐요. 빨리 분장실에 가봐야 해요."

"내 허벅지를 어루만지면서 그 사람이 말했어요. '샬로테는 말이야, 당신한테만 얘기하는 거지만 아주 밥맛 없는 여자야! 얼굴은 좀 반반하게 생겼지만 몸매가 아주 형편없거든. 그런데도 프로덕션에서 곧바로 드라마에 출연시켰다니! 실력이 있어서가 아니라 든든한 백그라운드가 있었을 거야. 그녀 뒤에 분명 누군가가 있어!'"

나를 밀어주는 사람이 있다구! 내 후원자가! 어디서 그걸 알아냈지! 도대체 누가 그런 정보를 흘린 거야!

나는 마른침을 삼켰다.

빌어먹을, 에벌린. 무슨 이유로 지금 내게 그런 얘기를 털어놓는 거야! 도대체 왜!

"그래서요?" 나는 물었다. 에벌린은 담뱃재를 화분 받침대에 털었다. 나는 고통을 내색하지 않으려고 무던히 노력했다.

"'그 여자는 좋은 배우감이 못 돼.'"

"그 사람이 그렇게 얘기했단 말이죠?"

“그래요. 미안하지만 그렇게 말했어요.”

“하지만 난 연극영화과를 아주 우수한 성적으로 졸업했어요! 그걸 증명해 보일 수도 있어요.”

후원자라니! 가당치도 않아! 망할 놈 같으니!

“그 사람은 뽐내고 싶은 거예요. 그 사람을 잊으세요. 그런 사람에겐 그렇게 해야 해요.” 에벌린이 말했다.

“당신 그 사람에게 관심이 있나 보죠? 둘 사이에 있었던 일들을 모두 털어놓아서 하는 말예요.” 나는 조심스럽게 물었다.

“나도 위험에 처했어요. 그래요. 난 그 사람과 우리 집에서 관계를 맺으려고 했어요. 그 사람도 뉴스가 끝난 다음에 그러려고 했었구요. 와인 한 병을 다 비우고 난 다음 그 사람이 나를 건드리기 시작했어요. 그리고 솔직히 말해서 난 반항하지 않았어요. 그런데 그는 당신 얘기를 하고 싶어했어요.”

“에벌린, 그 사람 결혼한 사람예요!”

“그래서요? 우린 대부분 결혼한 사람들 아닌가요? 지금 그건 논쟁거리가 되지 않아요. 내가 혐오스러웠던 점은 그 사람이 당신에 대해서 말할 때의 태도였어요. 어제 들었던 얘기 해줘요?” 에벌린이 비아냥거렸다.

“아뇨.” 나는 에벌린 담뱃갑에서 힘겹게 담배 한 개비를 뽑아들었다.

“당신은 귀여운 인형 같은 계집애래요.”

“그만!” 짓밟혀서 반 동강이 난 지렁이가 필사적으로 땅바닥을 기는 것처럼, 나는 벽에 기대어 꿈틀거렸다.

유스투스, 오, 유스투스, 당신 나한테 무슨 짓을 한 거예요!

그런데 내 몸 안에서 알 수 없는 에너지가 용솟음쳤다.

‘지렁이는 나중에 연기와 불을 뿜는 용이 된대요.’ 에르니가 내게 희망을 주었다.

기다리거라, 아가야. 내가 쓰러지는 꼴을 네겐 결코 보여주지 않을 거야.

배우로서의 나의 재능이 지금부터 발휘될 거야.

"볼품없고 배우로서의 끼도 부족하고 또 끼를 발휘시킬 만한 재능도 제로고. 어쩌다 좋은 역할을 맡았을 뿐이라고 감독 눈에 잘 들어서 그나마 여의사 아니타 바흐 역을 하게 된 거랬어요. 그래도 칠 년 동안 그 역할을 쭉 해왔기 때문에 요즘은 나아진 편이래요."

"그 촌뜨기가 그런 모욕적인 말을…… 촌뜨기 따위가……."

"하지만 앞으로 당신은 더 이상 예뻐 보일 수 없다고 했어요. 앞으로 오 년 후면 눈가에 주름이 자글자글하고 엉덩이는 축 처져서 남자들은 더 이상 당신을 보려고 하지 않을 거라구요. 그렇게 되면 드라마의 시청률도 떨어져서, 조만간에 당신은 드라마에서 도중 하차하게 될 거랍니다. 하지만 자기는 당신과 달리 매력적이라서 원장 의사가 일흔 살이 될 때까지 드라마에 출연할 거라구요. 자기 연기를 따를 사람은 아무도 없다고 했어요."

"정말 그 사람이 그렇게 말했어요?" 나는 웃을 기운도 없어서 주저앉았다.

"그랬어요. 그는 직업상 십여 년 전부터 그런 경험을 많이 했대요. 그 사람은 젊은 여자 다루는 법을 잘 알고 있다고 했어요."

"왜? 도대체 왜? 그 사람이 그런 얘기를 당신한테 했죠?"

"저 잘난 멋에 사는 사람이니까요. 사실 그는 보기 드문 배우거든요. 구스타프 그린커른과 위르겐 쿠르츠에 약간 못 미치는 수준이죠. 일일연속극에는 아까운 인물이죠. 정말 아깝죠." 에벌린이 차분히 말했다.

그녀는 담배꽁초를 재떨이에 짓뭉갰다. 나는 비참하게 뭉개진 담배꽁초를 보면서 한 남자를 꼭 그렇게 만들어주리라 결심했다. 그것은 또 남티롤 지방에 버려진 유스투스 마리아 스트라이트아커의 반 동강 난 지렁이였다. 빨간 매니큐어가 칠해진 그녀 엄지손톱이 담배꽁초 위에서 무자비한 마찰음을 냈다.

"그 사람은 단지 내 환심을 사려고 그런 말을 한 거예요. 새앙

쥐 같은 비서인 내게 자기 인상을 깊이 심어놓기 위해서 남의 험담을 늘어놓을 만큼 그 사람은 어리석어요. 난 그 사람에게 절교를 선언했어요. 난 벌써 다른 배우와 사귀어서 잘 지내고 있어요. 모든 남자배우들이 거쳐가는 거예요. 내게 그런 건 화젯거리도 못 되죠. 신사는 즐길 줄도 알지만 또 침묵할 줄도 알거든요. 이런 얘기는 해도 될지 모르지만, 내게 와서 당신을 비방하는 사람이라면, 다음엔 당신에게 가서 내 험담을 늘어놓을 사람이라고 생각했어요. 그런 사람이라면 고맙지만 사양하기로 했지요. 그래서 그 사람을 내쫓은 거예요.”

모든 게 온전치 않아. 자기 표현대로 요 쪼끄만 새앙쥐 같은 비서 따위가 그랬군, 그랬어. 그녀에게 한수 배워야겠군.

나는 의자에서 힘겹게 몸을 일으켰다.

“에벌린, 얘기해줘서 고마워요.”

“난 솔직한 걸 좋아하거든요. 난 그 멍청한 양반한테서 당신을 보호하고 싶기도 했고요. 당신에 대해서 잘 알기 때문에. 당신은 너무 쉽게 감동하는 타입이거든요. 남쪽지방 특유의 억양과 깊이 있는 웃음에 당신은 푹 빠졌을 거예요.” 에벌린이 말했다.

“남쪽 억양은 정말 다르죠.” 나는 조심스럽게 반론했다.

“내가 무슨 뜻으로 말했는지 알 거예요. 당신이 정말 그럴싸한 남자를 침실로 끌어들이려 했다면 난 당신에게 그 사람을 기꺼이 내줬을 거예요. 집에 있을 때의 당신 모습이라니……. 하긴 나와는 하등 상관없는 일이죠. 난 어떤 남자도 당신에게 내줄 수 있어요. 하지만 그 사람은 안돼요. 어떤 경우든 절대 안돼요. 당신이 그 사람에 대해서 제대로 알고 있지 못한 한은.”

“경우가 바르군요. 난 지금 이 순간의 당신을 결코 잊지 않을 거예요.” 나는 말했다.

나는 턱이 덜덜 떨렸다. 나는 피우던 담배를 에벌린 꽁초 옆에 대고 힘껏 눌러 비볐다. 불기운이 채 가시지 않은 벌레 같은 담배꽁초에 불타는 복수심을 다스려가며 소리가 날 때까지 난 담배꽁초를 비벼댔다. 재떨이에서 심한 마찰음이 났다.

유스투스, 반드시 빚을 갚아주겠어. 맹세코

"여기, 우편물 잊지 마세요!" 에벌린이 등에 대고 소리쳤다.

"당신을 유혹하고 싶어하는 사람들은 많아요. 자동차 정비공, 정육점 점원, 운전사들, 군인들…… 모두가 가슴 깊이 당신을 사모하고 있다고요. 당신이 오케이만 하면 그들은 당장에라도 당신과 결혼하겠다고 달려들 거예요. 하지만 어느 누구도 당신을 보고 인형 같은 계집애라고 하지는 않을 거예요."

나는 몸을 돌려 우편물을 받아들었다. 그리고 에벌린을 쳐다보며 미소지었다.

"샬로테?"

"음?"

"그 사람 끝내버리세요!"

"나를 믿는 모양이죠?" 나는 비틀린 미소를 지었다.

"나는 재능 없는 인형 같은 계집애에 불과할 뿐." 우편물을 챙겨들고 지친 발을 겨우 내딛으며 나는 중얼거렸다.

"난 널 좋아했었지."

분장실에서 그를 다시 만났다. 메이크업 아티스트들이 그에게 안경을 씌우고 헤어스타일에 변화를 주고 있었다.

앞머리를 내리니까 훨씬 지적으로 보였다. 빌어먹을, 정말 멋져 보였다! 중후하고 남자답고 흙 냄새 물씬 풍길 만큼 구수하고 구수한 맛 나는 시거 선전에 적격일 텐데. 카우보이가 올가미를 빙빙 돌리며 석양을 향해 말을 타고 달려간다. 잠시 후에 카우보이는 모닥불 앞에 앉아 콩요리 통조림을 따고 구멍 난 낡은 가죽 부츠를 벗어서 줄에 건다. 그는 내내 입에 시거를 물고 있다. 아니면 수프 선전에도 어울릴 것 같다. 힘차게 물줄기를 쏟아내는 폭포 앞에 낚시꾼 한 사람이 서 있다. 갑자기 낚싯대가 움직인다. 낚시꾼이 낚싯줄을 감는다. 그는 상체를 뒤로 젖히면서 온 힘을 다해 낚싯대를 잡아당긴다. 고기가 팔딱거리며 물 밖으로 튀어오른다. 잡힌 물고기가 어망 속에서 퍼덕인다. 화면이 겹치면서 어망에서 퍼덕이던 물고기가 즉석 수프로 바뀌어 어망 속에서 퍼덕인다.

마리아 스트라이트아커에게 딱 어울릴 것이다.

그래, 당신은 그런 정도는 할 수 있겠지. 애송이 같으니라구! 당신에겐 그런 것들이 필요하겠지.

당신은 나란 존재를 곧 알게 될 거야. 재능 없는 인형 같은 계집애의 반격이 이제부터 시작될 테니까.

베티나가 나를 기다리고 있었다.

"지난번처럼 해드려요?"

"그래요."

우리 둘 다 미소지었다. 그녀가 내 콧등에 콤팩트를 두드리는 동안 나는 입을 꼭 다물었다.

"어때요? 오늘 녹화가 기대되시죠?"

그녀는 분명히 스트라이트아커를 염두에 두고 하는 말이었다. 어쩌면 인형 같은 계집애의 스토리는 이미 시작되었는지도 모른다.

"난 일을 즐겨요. 칠 년 전부터 집에서 주말을 보내면서도 언제나 월요일 아침을 학수고대하며 살았어요" 나는 이 사이로 말을 흘려보냈다.

나는 까무잡잡하고 남성적인 매력이 넘치는 사내, 유스투스 스트라이트아커를 찾았다. 유감스럽게 그와 나 사이에 크납자크 출신의 뚱뚱한 로레가 앉아 있었다. 그녀가 맡은 수간호사 엘스베트는 거의 매회 출연한다. 그녀 말마따나 대체되지 않고 우스꽝스러운 일이지만.

베티나는 단정한 여의사의 상징인 리본을 닥터 아니타 바흐의 머리에 꽂아주었다. 여의사들은 정숙한 말꼬랑지 머리를 해야 하기 때문이다. 환자들 앞에서 자신의 아름다운 머리를 그대로 드러낼 수 없다. 그녀가 새로 온 원장 의사와 첫대면을 할 때도 마찬가지이다. 전통이니까.

뚱뚱한 로레는 머리를 핀으로 틀어올렸다.

"대본을 벌써 다 읽었나 보지?" 그녀는 크납자크 지방 사투리와 억양으로 내게 물었다. 그녀의 목소리에 부러움 같은 것이 배어 있었다.

편집부 소속의 뚱뚱하고 인상이 좋아 보이는 엘마는 모든 사건을 항상 현실화시켰다. 원장 의사 유피가 죽고 난 후에 그런 면이 더욱 두드러졌다.

"아뇨. 그런데 당신은요?"

"아직 시간 많잖아!"

로레는 미용사 입에 물려 있던 실핀을 엄지와 검지손가락으로 건네받았다.

"당신은 원장 의사 선생과 사랑에 빠지게 된다던데! 그러니까 사람들한테 더 좋은 아이디어가 없는가 봐!" 로레가 내게 설명했다.

"좋은데요." 나는 말했다. 말꼬랑지 머리를 한 실습간호사 울리케가 귀엽게 웃는다.

"그게 그렇지 않지. 당시— 인 언젠가 불행해질 때가 올 거야."

그때 갑자기 묘안이 떠올랐다.

과거 에른스트베르트에게 일어났던 일이.

그거였다.

난 어떻게 실행에 옮겨야 할지 고심했다.

드디어 좋은 아이디어가 떠올랐다.

나는 거울에 비친 유스투스 마리아 스트라이트아커를 주목했다.

"로레." 나는 아주 다정한 목소리로 말했다. "원장 의사가 수간호사 엘스베트와 사랑에 빠지길 원하세요?"

"그게 무슨 소리야! 망측하게!" 로레가 난색을 표했다. 그녀는 얼굴이 새빨개지면서 루즈 자국으로 얼룩진 커피잔을 들어 다 식어빠진 커피를 재빠르게 들이켰다.

"그러니까! 그런 건 우리 젊은 사람들에게 넘겨줘요. 그렇지 않아요? 나이가 들면 젊은 사람들에게 베풀 줄도 알아야 한다구요!" 나는 말했다.

인형같이 예쁜 계집애가 원숙한 원장 의사를 홀리려고 눈을 깜박여가면서 기회를 노렸다. 드디어 그가 미끼에 걸려들고 있었다. 그는 거울에 김이 서릴 만큼 낮고 음흉하게 웃었다.

좋았어, 친구. 파리채 한 방에 파리 두 마리를 잡다니. 그야말로 일석이조군. 당신 둘은 내게 동시에 걸려든 거야.

"꽃다운 청춘이 언제라도 이어질 거라 생각하나본데……. 아마도 이 시절은 다시는 안 올 거야. 이번 가을이면 당시— 인도 서른넷이 된다던데. 나도 다 알고 있어!" 로레가 비꼬았다.

"여인들 원숙미가 최고일 때죠. 인간은 누구나 자기 처지를 잘 파악해요. 엉덩이가 처지고 주름이 늘어갈 나이죠. 안 그래요? 원장 선생님?" 나는 로레의 말을 되받아쳤다.

"저도 원숙한 여인에게 더 많은 매력을 느껴요. 원숙한 여인들은 알프스 산골짜기의 나무에 매달려 있는 늦가을의 과일과 같습니다. 방랑자들은 그 과일을 따서 맛있는 부분은 먹고 나머진 아무 데나 썩을 만한 곳에 던져버립니다. 그리고 방랑자들은 앞을 향해 가면서 또 다른 과일나무를 찾지요. 인생에서의 가을도 귀한 수확깁니다."

"이것 보세요. 그거 어디서 표절한 거 아녜요!" 피아가 로레 레셜리히 머리에 핀을 꽂으며 투덜거렸다.

"햄릿!" 나는 경박하게 말했다. "아니면 마리아 스튜어트? 그도 아니면 그 남자?"

"조심해. 이 매력 없는 여자 같으니라구!" 로레가 날카롭게 힐난했다.

"애들처럼 늘 그렇게 다투세요!" 베티나가 말했다. "스트라이트아커 씨가 우리를 어떻게 생각하겠어요!"

"오, 아녜요. 아주 즐겁습니다." 유스투스 스트라이트아커가 울리는 목소리로 말했다. "여성들이 저를 두고 언쟁하시면 전 아주 즐겁습니다." 그의 웃음소리는 낮지만 입에 물린 실핀이 떨릴 정도로 쩌렁쩌렁 울렸다. 베티나가 그에게 눈을 흘겼다.

나는 거울에 비친 유스투스 스트라이트아커를 바라보았다.

이 좁은 공간에 있는 사람들 중 지금 즐기고 있는 게 누구야? 당신? 나? 당신은 남자들만 즐길 권리가 있다고 생각하나?

인형 같은 계집애들도 즐길 권리가 있는 거야!

그의 덤불처럼 수북한 눈썹과 검푸른 머리카락은 윤기가 흘렀다. 눈빛이 사악하게 빛났다.

귀족적이고 개성이 강하고 모범적인 동료가 지금 대본에 푹 빠져들었다.

그래, 이 사내야. 나는 결심했어. 과거 에른스트베르트에게 먹혔던 방법을 당신에게 시도해봐야겠다고. 그때는 정말 우연히 일어난 일이었어.

제2의 관계를 위한 시도가 곧 성공할 거야.

'에른스트베르트는 여기에 없어.' 사탄이 내 귀에 대고 속삭였다. 집에 있더라도 그는 아마 컴퓨터 앞에 앉아 있거나 화장실에 앉아서 시사잡지를 읽고 있을 거야. 그것도 아니라면 침대에 누워서 잠이나 자겠지.

난 항상 심심해! 어울려 놀 사람이 없어!

내게 드라마 일이 없었다면, 나는 퉁퉁하게 살찐 한 마리의 벌레가 되었을 것이고, 그 벌레는 큰 꽃무늬 옷을 입고 아이들이 노는 놀이터 근처 벤치에 앉아서 가끔씩 아이들이 노는 모습을 살피면서 뜨개질하고, 달달한 초콜릿을 먹으면서 연속극을 볼 저녁시간을 기다려가며 살 것이다.

내 몸 한구석에서 뭔가 꿈틀거리며 고개를 쳐들고 일어나려 했다. 오, 아냐, 그건 남성들한테나 일어날 일이지. 샬로테, 넌 아냐!

옛날 수법이 지금도 먹힐까?

안 먹힐 이유가 없지. 그땐 실수로도 성공했잖아?

지금은 마음 다잡고 목표물을 겨냥하고 있는데!

그러니까 난 지금 정신을 집중시켜야 해.

흠, 느낌이 그렇게 나쁘지 않아.

이제 남들이 눈치채지 못할 만큼 아주 자연스럽게 물건을 떨어 뜨리는 거야.

과거 에른스트베르트의 황금빛 만년필처럼.

그런데 거울을 통해서도 가능할까?

도끼로 내 발등 찍는 격이 되면 안돼! 내가 그 사람에게 반해선 안돼! 안되지, 안돼. 나 자신을 절제해야 해. 냉철하게 판단해야 해. 나는 눈에 띄지 않게 로레의 실핀 하나를 집어들어 손에 쥐고 빙 빙 돌렸다. 그러면서 나는 끊임없이 거울 속으로 동료들을 주시했 다.

그는 대본에 열중하느라 고개를 숙이고 있었다. 덥수룩한 눈썹 아래 갈색 두 눈은 대본 줄을 따라 내려갔다. 그는 아마도 녹화하 러 갈 때까지 대본을 외울 생각인 것 같았다. 분장실에서 내내. 하 지만 곧, 곧 고개를 쳐들 것이다. 그는 내가 자기를 주시하고 있다 는 것을 눈치챘을 것이다. 분명히. 그럼에도 그 허영심 많은 수탉 은 끝까지 즐기려 할 것이다. 하지만 나는 안다. 확인하는 차원에 서 그가 곧 고개를 들어 나를 바라보리라는 것을.

나는 너무 긴장해서 가슴이 터질 것 같았다.

거울을 통해서 마력을 시도해본 적이 없었기 때문에 무척 긴장 되었다.

하지만 반드시 성공시켜야 한다.

지금, 지금 막 그가 고개를 들고 나를 쳐다보았다.

나는 눈을 똑바로 뜨고 그를 쳐다보았다.

간단해, 샬로테. 좀더 겸손하게, 평소처럼 똑바로 바라보면서 살 짝 추파를 던지는 거야. 게임은 끝난 거나 마찬가지니까 눈을 밑 으로 내리깔지 마.

나는 아주 천천히 손가락을 폈다.

나는 노골적이고 선동적으로 머리핀을 바닥에 떨어뜨렸다.

실핀 하나를.

손으로 만지작거리던 실핀 하나가 바닥에 떨어졌다. 분장실에서 늘 일어나는 일이었다. 아주 자연스러운 일.

그래, 잘난 유스투스야. 내 눈을 바라봐! 그 눈 속에서 뭔가를 보게 될 테니!

"엄마, 이리 빨리 와보세요!"

"무슨 일이니, 베르트?"

나는 방해받고 싶지 않아서 방금 전에 대본을 들고 서재로 자리를 옮겼다.

"전 닥터 아니타 바흐예요." 나는 낮은 소리로 중얼중얼 대사를 외었다. "당신을 만난 기억이 없군요!"

아니타가 내일 원장 의사와 처음으로 주고받게 될 대사였다.

드디어.

내일 첫 대화를 한다. 그런 다음 두 사람은 앞으로 늘 함께 있게 될 것이다. 몇 년을 두고.

그에게도 그 일이 일어났다!

첫대면은 정말 중요하다. "첫장면을 아주 잘해내서 충분한 효과를 거둬야 해!" 감독이 말했다. 감독이 그런 지시를 내린 건 좀체 드문 일이었다. 나는 배우지 인형 같은 계집애가 아니다. 내일 난 성숙한 연기자로서 나의 모든 것을 보여줄 것이다.

나는 내일 일을 준비하기 위해서 아이들을 텔레비전 앞에 앉혔다. 남편과는 며칠 전부터 거의 말을 않고 지냈다. 남편은 옛날 동독지방 땅에 투기한 사람들에게 들볶이고 있었다.

나는 유스투스와의 첫장면에 들볶이고 있었고

나는 내일 녹화할 413회분의 드라마 대본을 마스터해야만 했다.

"엄마!"

"그래, 곧 가마."

"저 뚱뚱한 멧돼지를 보세요! 싸움꾼 같아 보이죠!"

"멋지구나." 나는 건성으로 대꾸했다. "전 닥터 아니타 바흐예요 이 병원에 벌써 오래 전부터 근무해왔습니다만, 당신을 여기에서 만난 기억이 없군요!"

"엄마! 제발 그만 하세요! 빨리 여기로 오시라니까요!"

나는 대본을 들고 텔레비전 앞으로 갔다. 두 장난꾸러기 에르니와 베르트가 쪼르르 내 무릎 위에 올라앉았다.

"전 닥터 아니타 바흐예요" 나는 말했다. "전 이 병원에서 벌써 오래 전부터 근무해왔습니다만."

"엄마, 그 징그러운 책 좀 제발 내려놓으세요!"

나는 징그러운 책을 내려놓았다. "하지만 당신을 여기에서 만난 기억이 없군요!"

"어─ 엄─ 마─ 아!"

"어머, 저 뚱뚱한 멧돼지 좀 봐." 나는 말했다. 관심 있는 척하기 위해서였다. 나는 당신을 여기에서 만난 기억이 없군요 전 한 번도 이 병원에서 당신을 본 적이 없어요 여기에서 오랫동안 근무해왔음에도 불구하고…….

텔레비전 수상기에서는 수컷 멧돼지 두 마리가 격렬하게 싸우고 있었다. 멧돼지 두 마리는 상대방을 이기려고 혼신을 다해 서로 버티고 있느라 털이 부숭부숭한 살찐 뒷다리는 점점 진창 속으로 빠져들었다. 나는 그렇게 살찐 돼지를 한번도 본 적이 없네요 이 병원에서 오랫동안 근무해왔음에도 불구하고

"엄마! 잘 보세요!"

"저것 봐라, 꼭 너희들 같구나." 나는 아이들에게 말했다.

"아냐, 엄마. 우리는 암컷 멧돼지 때문에 싸우지 않아. 기사가 되기 위해서만 싸우지." 에르니가 말했다.

"우린 아직 교미기가 아닌 걸요" 베르트가 거들었다.

"다행이구나." 나는 말했다. "그렇지 않다니 말이야."

저는 닥터 아니타 바흐예요 전 이 병원에서 교미기에 있는 사

람을 본 적이 없네요. 여기에서 오랫동안 근무했음에도 불구하고

우리는 텔레비전에 빠져들었다. 나는 평소 자연생태계에 관한 프로그램을 아이들끼리 보는 것보다는 엄마가 같이 보는 것이 훨씬 더 교육적이라고 생각했다. 아하, 그리고 나는 닥터 아니타 바흐이고 오래 전 인형 같은 계집애일 때부터 여기에서 일해왔어요 시간제 근무이긴 했지만.

앞니를 드러낸 멧돼지 두 마리가 상대방을 서로 들이받았다. 얼마 후에 좀더 통통한 멧돼지가 상대방을 물리치는 데 성공했다. 패배자는 몸을 제대로 가누지 못했다. 비틀거리면서 제방 풀을 짓이기다가 발을 헛디뎌 조그만 물웅덩이에 빠졌다.

저는 닥터 아니타 바흐예요

멧돼지를 관찰하던 동물학자가 멧돼지들에 대해서 설명했다. "싸움에 패한 수컷 멧돼지는 물을 끼고 도망칠 것입니다. 그래야만 흔적을 남기지 않을 수 있죠"

다음 화면은 필름을 많이 잘라내고 편집한 듯 방금 전에 보았던 내용과 약간 다른 상황이 전개되고 있었다. 승리한 살찐 수컷 멧돼지가 아주 태연하고 여유롭게 암컷 멧돼지 사이를 누비며 자신이 꿈꾸어왔던 파트너를 찾고 있었다.

나는 곁눈질로 아이들을 살폈다.

"재는 지금 뭐하는 거예요?" 베르트가 물었다.

"그거 하는 거야." 에르니가 말했다.

"아, 그렇구나!" 베르트가 말했다.

당신을 본 기억이 없군요 전 여기에서 오래 전부터 근무해왔는데요 전 닥터 아니타 바흐예요

승리감에 도취한 수컷 멧돼지가 빠르게 뛰어가는 모습이 화면에 크게 잡혔다.

"저 돼지가 이겼어." 베르트가 사려깊게 말했다.

"그래, 세상일이란 게 다 그런 거야" 나는 아이들에게 설명했다.

"인간 세계나 돼지들 세계나 꿀벌들 세계나…… 어디나 사는

이치는 같아……."

"엄마, 조용히 좀 해요." 베르트가 말했다. "잔소리 그만 하구요."

암컷 멧돼지가 약간 몸을 구부린 치욕적인 자세로 나뭇잎 더미로 기어들었다. 잠시 후 암컷 멧돼지는 어디론가 가버렸다. 그런데 거기에는 세로줄 무늬의 조그만 새끼 돼지 여섯 마리가 남겨져 있었다.

"암컷 멧돼지가 새끼를 낳았습니다." 해설자가 감정을 배제한 목소리로 전달했다. "새끼들은 일 파운드도 안 나갈 것 같습니다."

"저거 쥐새끼들이에요?" 베르트가 놀랍다는 듯 물었다.

"아니, 저건 멧돼지 새끼들이야." 나는 완전히 화면에 푹 빠진 채 설명했다.

눈도 뜨지 못한 새끼 돼지들이 비틀거리며 일어서서 어미 젖꼭지를 입으로 더듬더듬 찾아 날쌔게 붙잡더니 정신없이 빨아댔다.

"세상에 태어나자마자 새끼 돼지들은 신선한 젖을 찾아 소풍을 갑니다." 해설자가 유감스런 어조로 설명했다.

거친 어미 멧돼지가 기분이 언짢은 듯 숲을 가로질러 빠르게 달려갔다. 그 뒤를 세로줄 무늬의 새끼들이 질서 없이 뒤죽박죽 따라갔다. 이 기회로 나는 멧돼지에 대해서 아주 많은 것을 알게 되었다. 지금 이 순간부터 나는 결코 독단적이고 이기적으로 내 길만을 고집하지 않으리라! 멧돼지들은 주변환경에 전혀 신경을 쓰지 않았다. 그 점은 우리 인간들과 꼭 같았다.

"멧돼지들은 진흙탕에도 아주 기꺼이 빠져들어가지요." 해설자가 설명했다. 우리들은 살찐 멧돼지가 자기 자신과 자식들의 먹이를 어떻게 조달하는지를 관찰하고 있다. 이제 새끼 돼지들은 더 이상 위태롭게 걷지 않았다.

어미 돼지가 볼썽사납게 걸어오는 동안, 새끼 돼지들이 어미 돼지 주둥이 가까이 다가섰다. 그러자 어미 돼지가 새끼 돼지들을 거칠게 내던졌다.

"그래, 나도 너희들을 저렇게 다뤄야겠는걸." 나는 에르니와 베르트에게 말했다. 나는 닥터 아니타 바흐입니다.

"그렇담 엄마는 더 이상 내 친구가 아냐!" 에르니가 말했다.

"새끼 돼지들은 금방 자랍니다." 해설자가 끼어들었다. "농부님들은 조심하셔야 합니다. 주의하지 않으면 아마 돼지들이 파종한 경작지를 모두 망칠 것입니다."

겁없는 멧돼지떼가 옥수수밭에서 광란하는 모습, 귀리와 보리밭에 기식하면서 이삭들을 꺾어버리는 모습이 화면에 비쳤다. 그들은 아주 즐겁다는 듯 짭짭 소리까지 내면서 먹고 있다.

"잘 봐. 너희들이 맥도널드에서 음식 먹을 땐 쟤네들이랑 똑같으니까." 나는 말했다.

에르니는 팔꿈치로 내 정강이를 꾹 찍어누르며 말했다. "엄마, 조용히 좀 해. 엄마 때문에 하나도 안 들리잖아!"

내는 닥터 아니타 바흡니더. 내는 여기에서 쭉 일해왔지만도 당신을 예서 한분도 못봤심더.

"멧돼지들은 이 세상에 존재하는 먹거리는 뭐든지 닥치는 대로 먹어치울 것 같습니다." 해설자가 말했다. "멧돼지들은 지금 맛있는 감자들을 파먹고 있습니다. 배가 부르면 다른 곳으로 이동할 것입니다. 이렇게 초토화시켜놓고 떠나는 겁니다."

"에르니, 베르트와 꼭 같구면." 나는 놀라워하면서 중얼거린다.

"엄마, 제발 조용히!" 베르트가 화난 소리로 말했다. "안 그럴 거면 엄만 엄마 방으로 가세요!"

나는 침을 꿀꺽 삼켰다. 나는 그런 이유로 해서 내 방으로 쫓겨가고 싶지는 않았다.

지는 닥터 아니타 바흐라는 사람인디유. 야들이 지 새끼들이쥬. 지는 여기서 오랫동안 일해왔지만 선상님을 한번도 본 기억이 없네유.

그 멧돼지들이 인근의 들로 몰려갔다. 모든 것들을 짓밟아 뭉개서, 그들이 지나가고 난 자리엔 으깨어지고 반쯤 먹다 버린 감자들이 여기저기 널려 있었다.

카메라는 방향을 바꾸어 먼 곳의 경치를 보여주었다.

동물협회 회장은 격조 높은 의자에 눈을 꼭 감고 앉아 있다가 텔레비전 스위치를 꺼버리겠지. 그러면 뚱- 소리를 내며 텔레비전이 꺼질 거야.

거친 우리 집 수토끼 두 마리 중에서 한 마리가 완전히 녹초가 되어 주저앉았다.

에르니와 베르트는 깊은 감명을 받은 표정이다.

젊은 수컷 멧돼지 중에서 가장 포악한 놈이 다른 돼지들을 죽이고 있다. 나는 이미 오래 전부터 리모컨을 손에 들고 망설이고 있다. 너무 잔인한 장면이 나오면 재빨리 채널을 돌리려고. 하지만, 다른 생각도 있어서 고민하고 있다. 약육강식의 동물세계는 너무도 생생해서 경악할 정도지만 현실이니까 아이들에게 보여주는 것이 낫지 않을까? 나는 아이들에게 어린이 방송만 보도록 허락했다. 교육적인 차원에서.

살아 있는 멧돼지들이 놀라서 도망쳤다.

"딱한 멧돼지 한 마리가 드디어 죽게 생겼습니다." 해설자가 말했다. "멧돼지들은 개별성이 없습니다. 그리고 천적 또한 없어서 사냥꾼들이 조정해야 합니다. 진짜 미식가들은 멧돼지 고기를 좋아할 겁니다."

아이들은 텔레비전 화면에 완전히 빠져 있다.

"엄마, 쟤는 죽은 거예요?"

"그래." 나는 말했다. "하지만 그건 멧돼지일 뿐이야."

난 뭔가 모를 슬픔에 가슴이 답답해졌다. 나는 아이들에게 동물세계에서 일어나고 있는 치열한 생존경쟁을 어떻게 설명해줘야 할까 곰곰이 생각해보았다.

"땅은 멧돼지들로 뜨거워질 것입니다."

우리는 거기에서 통기듯 도망치고 있는 멧돼지 가족들을 관찰하고 있다.

사냥개들이 멧돼지 시체를 먹으려고 날카롭게 짖으며 달려들었다. 사냥꾼들은 개들 뒤를 천천히 따라오고 있다. 만족스런 표정으로.

"저 개들이 지금 그걸 먹고 있는 거예요?" 베르트가 혐오스러워하면서 물었다.

"그런가 봐. 엄마도 좀 섬뜩하다."

에르니는 웃으며 말했다. "그런데 말이야, 다른 사람들이 땡잡았겠다!"

"이 나쁜 녀석." 베르트는 주먹을 불끈 쥐고 일어서면서 말했다. "너, 나는 너 같은 애랑은 다신 상대하지 않겠어."

"이젠 나가 놀아라." 나는 말했다. "나는 닥터 아니타 바흐예요 전 여기에서 오래 전부터 근무해왔어요. 일곱시에 저녁 먹을 거다."

나는 대본을 들고 서재로 돌아왔다.

우리들의 작은 병원

"지금부터는 조용히 해주세요!"

기획자가 방에 서거나 자리에 앉아서 수다를 떨고 있는 사람들을 내몰았다. 뚱뚱보 로레는 수다를 멈추고 나이든 환자의 베개를 잘 만져주었다. 그 환자는 로레가 방금 전까지 가능한 한 무시하려 했던 단역배우였다. 로레는 단역배우들과 결코 단 한마디도 말을 섞지 않았다. 그녀는 무명의 단역배우들과 교제하고 싶어하지 않았다. 그녀는 그녀와 동급의 배우들이나 아니면 좀더 차원 높은 사람들과만 교제를 했다. 어쨌든 그녀와 사귀려면 최소한 그녀 정도의 수준은 되어야 했다. 나는 흰 가운에 청진기를 목에 걸고 그 딱한 단역배우 앞쪽에 기대섰다. 내게 맥박이 느껴질 정도로 그녀는 지금 몹시 흥분해 있었다. 일당 백 마르크*를 벌려고 그녀는 오전 내내 환자가 되어서 침대에 누워 있어야 했다.

어떤 텔레비전 프로그램을 오백만 인구가 시청한다는 건 비중 있는 프로그램이란 걸 뜻하는데, <우리들의 작은 병원> 시청자도 그렇게 많았다. 최근 시청률 조사에 따르면 시청자들 중에 팔십 퍼센트는 예순다섯 살이 넘은 노인들이었다. 중요한 것은 <우리들의 작은 병원>에 시간을 할애하는 사람은 노인들이라는 사실이다. 나는 일선에서 퇴직한 노인들이 손수 짠 쿠션을 깔고 앉아서 얼마나 많은 담배를 피워대고 또 얼마나 많은 동정의 눈물을 비만한 애완견 핀셔 위에 뿌렸을까를 생각해보았다. 삼십대 주부들은 다림질을 하거나 혹은 세탁한 양말의 짝을 맞추면서 <우리들의 작은 병원>을 볼 것이다. 그녀들은 쉼없이 돌아가는 그녀들의 아이큐를 잠시 쉬게 하면서 우리 드라마에 살짝 빠져들었다가 드라마가 끝나면 아이큐를 다시 작동시켜 활동하기 시작할 것이다. 드라마를 볼 때와는 다른 모습으로. 나는 <우리들의 작은 병원>을 집에서 한번도 본 적이 없었다. 이유는 밝은 대낮에 난 절대로 바보상자 앞에 앉아 있지 않기 때문이다. 신선한 바깥공기가 좋아서 낮시간에는 주로 밖에서 지낸다. 그렇게 낮시간을 밖에서 지내면 몸에서 필요로 하는 신선한 산소가 내 몸 안에 충분히 축적되기 때문이다.

우리는 지금 구스타프 그라소 감독을 기다리고 있다. 그는 벌써 여러 날 동안 우리 앞에 나타나지 않았다. 예전에는 좀체 없었던 일이다. 항상 안테나를 높이 세우고 사는 로레나 그 주변의 사람들에게 얻어들은 바에 따르면 그 사람은 캠핑 카에서 생활한다고 했다. 아내와 사별한 후부터 그의 인생은 급속도로 내리막길로 치달았다. 그는 이십이 년이라는 세월을 방송에 투자했다. 미국에서 시작한 첫방송이 대성공이었다. <우리들의 작은 병원>은 미국 여성들을 많이 울렸다. 그녀들은 음식을 만들면서 다림질을 하면

* 한국 화폐로 오만 원 정도

서 드라마를 보다가 짬짬이 감동했다. 우리나라에서는 케이블 방송이 생긴 후부터 주부들의 눈물을 짜냈다. 구스타프 그라소는 그의 첫작품을 재탕해서 한 번 더 우려냈다. 지금 그는 늙고 쇠잔하고 주름살투성이에 늘 기분이 언짢고 불만스런 모습이었다. 여러 번 우려낸 티백처럼!

하지만 나는 사람들과는 아주 다른 시각에서 그를 바라보았다.

나는 구스타프 그라소가 좋았다. 칠 년 세월 동안 그와 함께 일해왔지만 난 그와 한번도 사적인 대화를 나눈 적이 없었다. 그는 "흘러넘쳐"라는 말을 많이 했다. 그는 어디서든 자기자신이 끼는 게 가장 '흘러넘치는' 것으로 생각하는 것 같았다. 그는 항상 말이 없었다. 어쩌면 그는 일부러 벙어리처럼 구는지도 모른다. 그러다가 어느 순간 조용히 사라졌다. 소문에 의하면 그는 상습적인 도박꾼인데 일단 그 기질이 발동하면 성인 오락실이나 카지노에서 몇 날 며칠이고 밤을 새워가면서 도박을 한다고 했다. 돈을 다 날릴 때까지. 처음엔 집과 농장을 날리고, 그 다음엔 지니고 있던 재산을 도박판에서 잃었단다. 도박꾼이거나 어찌거나 우리는 구스타프 그라소가 필요했다. 그 사람 없이 우리는 아무것도 할 수 없으니까.

나는 그 사람의 나이를 육십대 중후반쯤으로 추측한다. 그의 상징은 바스켄 모자*다. 사람들은 이마에 흉터가 있어서 모자를 쓰고 다니는 거라고들 수군거렸다. 카지노에서 싸움질을 하다가 생긴 흉터랬다. 그가 돈을 다 잃어서 더 이상 지불할 수 없었기 때문에 시비가 붙은 싸움이랬다. 그의 역사에 대해서는 로레가 아주 잘 알고 있었다.

구스타프 그라소는 자기 자신에 대해서 얘기한 적이 한번도 없었다. 흘러넘치는 일. 다른 사람들에 관해서도 역시 마찬가지였다.

* 바스카야 만 주변에 사는 바스크인들이 쓰던 두건으로 평평하고 챙 없는 털 모자.

그가 어디에서 왔고 또 어디로 갈 것인지에 대해서는 아무도 모른다. 로레를 제외하고는. 공인되지 않은 사실이지만 부인 생전에 그는 부인과 함께 크납자크에 있는 그녀의 집을 방문한 적이 있었단다. 그녀는 그 공인되지 않은 옛날 일에 대해서 지금도 자랑했다. 나는 로레와는 꼭 필요한 말만 하면서 지내고 있다. 그리고 내겐 구스타프 그라소에 대해서 왈가왈부 이야기할 만한 일말의 역사도 없었다.

구스타프 그라소는 지금까지 어떤 자리에서든 감정을 드러낸 적이 없었다. 그저 컨디션이 늘 좋아 보이지 않을 뿐이었다. 그는 여자를 후리거나 여자 뒤꽁무니나 따라다니는 사람이 아니었다. 그는 누구에게든 "부인"이라든가 "오늘 날씨가 무척 좋군요" 하는 정도의 가벼운 인사조차 건넨 적이 없었다. 로마 교황이 찾아와도 그는 교황 손에 입을 맞추려 하지 않을 것이다. 분명히 그는 교황에게도 다른 사람들 대하듯 무뚝뚝하게 굴 것이다. 모든 것이 '흘러넘치는' 일이요 우리들 역시 이곳에 즐기러 온 게 아니니까.

한마디로 말해 나는 그를 천재라고 생각한다. 녹화할 때 그는 같은 장면을 두 번 세 번 반복시키지 않았다. 내 판단에도 <우리들의 작은 병원>은 저질의 삼류 드라마다. 연기자들 수준이 저질이어서 연기도 엉망이고 대사도 저질이다. 주인공인 나도 인형 같은 계집애에 불과하니까. 모든 게 모방된, 그나마도 꾸며진 이야기일 뿐이다. 그것에 대해서는 누구보다도 구스타프 그라소가 잘 알고 있었다. 그는 단지 그의 생업이 필요했을 뿐, 자아실현까지 생각할 여유는 없었다. 그 또한 흘러넘치는 일이니까.

다행스럽게 그가 일하는 방식이 아주 독특해서 나는 오후 세시면 집으로 돌아가 아이들을 돌볼 수 있었다. 그 이유로 해서 난 그를 더 좋아했다. 그가 수년 동안 같이 일해온 나란 존재를 전혀 몰라본대도 상관없었다.

닥터 아니타 바흐야 물론 알겠지만 샬로테 페퍼가 누군지는 모를 것이다. 전혀.

그것도 흘러넘치는 일이니까.

"되게 긴장되네요." 침대에 누워 있는 환자가 쉰 소리로 말했다.

"이제 곧 녹화를 시작하겠습니다!"

"곧 텔레비전 카메라에 익숙해질 거예요." 내가 중얼거렸다.

"가소로워서." 로레가 말했다.

"거기, 조용히 하세요!" 프로덕션 사장이 짜증내며 소리쳤다.

나는 단역 여배우에게 고개를 끄덕이며 미소지었다. 팽팽한 긴장감. 이 짧은 순간에 대해서 글을 쓴다면 책 한 권 분량은 족히 될 것이다.

우리는 조용히 일어서서 구스타프 감독을 기다리고 있었다.

유스투스 스트라이트아커도 세트 뒤에서 첫장면을 기다리고 있었다. 나도 무척 긴장되었다. 녹화가 시작되면, 그는 남성적인 매력을 물씬 풍기며 나를 향해 뚜벅뚜벅 걸어올 것이다. 목 뒤로 넘긴 검은 머리카락과 흰 가운을 펄럭이며 바람을 몰고 오던 그가 내 앞에 걸음을 멈추고.

"한 가지 물어봐도 되겠습니까, 간호사? 이름이 뭡니까?"

간호사! 대본에 '간호사'라고 씌어 있겠지! 하하하, 굉장히 익살스런 대사다. 그는 나를 간호사로 여기는 것이다! 나는 닥터 아니타 바흔데!

오, 그 남자와 얼굴을 마주할 순간이 기다려지는군!

됐나? 성공했을까? 거울을 통해서도?!

최근 들어 내가 그만큼 심혈을 기울여본 일이 없었는데!

나는 녹화에 들어가기 전에 다시 한번 대본을 쭉 훑어보았다.

"전 닥터 아니타 바흐예요. 오래 전부터 이 병원에서 근무해왔습니다만!"

나를 간호사로 취급하면 난 그에게 닥터 아니타 바흐라는 이름표가 붙어 있는 캐비닛을 보여줘야 할 거야. 살짝 입을 쪼개고 웃는 뚱뚱보 로레나 울리케는 간호사지만, 난 아니야! 우세스러워서!

나는 다분히 독선적이고 쌀쌀맞은 닥터 아니타 바흐로 그에게 대답해야 할 것이다. "저도 당신을 이 병원에서 한번도 뵌 적이 없는 것 같군요!"

암컷 멧돼지가 수컷 멧돼지를 겁줘서 달아나게 만드는 거야!

그러면 유스투스 스트라이트아커는 나를 유심히 관찰하면서 말할 것이다.

"저는 이곳에 새로 온 원장 의사, 닥터 프랑크 본하이머입니다."

이 드라마에서 의사는 자신을 칭할 때 항상 닥터라는 명칭을 쓴다. 시청자들에게 인텔리로 각인시키려는 의도에서.

그리고 침대에 누워 있던 환자는 한편 좋아하고 다른 한편 놀라워하면서 침대에서 반쯤 몸을 일으켜야 한다. 그녀는 이름 없이 출연하는 단역배우였다. 경우에 따라서 특별한 명칭이 주어지기도 하지만 단역배우들은 노동자 고용법에 따라 고용된 사람들이 아니었다. 그녀는 대사 없이 침대에 누워 있어야 할 단역배우였다.

나는 새 원장 의사를 자세히 살펴보면서 볼을 붉게 물들여 부끄러운 표시를 해야 할 것이다.

"잘된 일이군요."라고 대꾸해야 할 것이다.

그런 다음에 우리는 서로 손을 잡고 흔들 것이고 그와 동시에 서로의 눈을 깊이 응시해야 할 것이다. 손수 짠 쿠션에 앉아서 텔레비전을 보고 있는 오백만 시청자들은 금방 알아차릴 것이다. 둘은 곧 서로 사랑에 빠지게 된다고.

"어떤 진단이 나왔습니까?" 유스투스 마리아 스트라이트아커가 비스듬히 누워 있는 환자를 가리키며 내게 물을 것이다. 로레는 환자 머리맡에 서서 계속 베개를 털 것이다. 그 장면에는 대사가 한마디도 없기 때문에. 유감스럽게도 하필이면 유스투스 마리아 스트라이트아커의 마음에 들어보려고 노력하는 판에. 우스꽝스러운 일이다.

"당뇨병입니다, 원장 선생님!" 나는 총명함과 교양을 갖춰야 한다. 이게 오늘 내가 할 녹화내용 전부이다. 단지 이것을 위해 우리는 오전 내내 연습했다.

"훌륭하군요, 선생님." 그 교수 의사는 동료 의사에게 칭찬을 덧붙일 것이고, 닥터 아니타 바흐는 환희로운 눈빛 연기를 한다. 그렇게 분위기를 녹여야만 오백만 시청자들은 <우리들의 작은 병원> 다음회에 흥미를 느낄 것이다. 아주 훌륭한 외모에 인텔리인 두 사람이 서로 사랑하는 관계로 발전될 것인가를 기대하면서. '간호사? 나는 이미 알고 있었어. 텔레비전 잡지에서는 그 둘이 처음 만나면서부터 사랑에 빠진다고 했어. 나는 이미 그걸 느꼈다고 봐.'

오, 정말 <우리들의 작은 병원>은 훌륭해! 한마디로 굿이야.

구스타프 그라소가 눈을 내리깔고 비틀비틀 걸어들어왔다.

"안녕들 하십니까?" 그는 낮은 소리로 인사하면서 그가 들고 있던, 가장자리가 너덜너덜해진 드라마 대본을 구석에 던졌다. "첫 장면, 413회부— 운, 리허설."

구스타프 그라소는 개개인에게 인사하는 법 없이 전체를 대상으로 '주말 잘들 보내요'라든가 '크리스마스가 가깝군요' 정도지 '오늘 유난히 아름다워 보이십니다'라고 하거나 아니면 그 비슷한 수작을 부려본 적이 한번도 없었다. 그는 그런 허튼 수작을 좋아하지 않았으며, 그런 게 다 시간낭비, 흘러넘치는 일이라고 생각하는 듯했다.

그리고 새로 온 동료들과 첫대면 인사를 한다거나 생일축하 아니면 우리들의 드라마 20주년 기념행사, 이러한 것들은 다 그의 뜻에 거역하는 행위이다. 흘러넘치는 일. 지나침.

"저는 여기에 새로 온 사람입니다." 유스투스 스트라이트아커가 세트 뒤에서 나오면서 구스타프 그라소에게 손을 내밀었다. 분명히 그는 구스타프 그라소에 대해서 전혀 모르는 것 같았다. 그의 성향에 대해서 조금이라도 알았다면 결코 그런 행동을 하지 않았을 것이다. 누구든 그에게 쉽게 다가가서 손을 내밀지 못했다. 개인적인 일로 그를 상대하기는 어려웠다. 그에게 그러한 일들은 흘러넘치는 일이요 시간낭비였으니까!

구스타프 그라소가 고의적으로 그를 무시했다.

"내가 대사를 주지." 구스타프 그라소가 쳐다보지도 않고 말했다.

"실례되는 질문입니다만 당신은 누구시죠?"

"실례되는 질문입니다만 당신은 누구시죠?" 스트라이트아커가 두 옥타브 낮은 소리로 따라했다. 나는 침대에 누운 여자 환자를 조심성 없이 꽉 잡았다. 무대 위에 올려진 소품처럼?

수컷 멧돼지들은 아픔을 느끼지 못하는가 보았다. 야생동물들의 난폭함. 그들은 서로서로 싸울 뿐이다.

구스타프 그라소가 고개를 들고 바라보았다. "시작해. 아니타 바흐! 무슨 일이지?"

"오, 제 개인적인 일입니다." 나는 빠르게 대답했다. 심장이 쿵쿵 뛴다.

실팬가 아니면 성공인가?!

"여기에서 개인적인 일이란 없지. 우리는 지금 일하는 거야. 끝내고 집으로 돌아가. 가능한 한 빨리. 실례되는 질문입니다만 당신은 누구시죠?" 구스타프 그라소가 나를 꾸짖었다.

"저는 아니타 바흡니다." 나는 얼굴이 빨개져서 빠르게 지껄였다. "저도 여기서 당신을 뵌 적이 있었는지 모르겠습니다."

구스타프 그라소가 고개를 내둘렀다.

"주부들을 쉽게 만드는 작품으로서의 매력은 이런 데 있는 거야. 그리고 당신은 닥터라구. 자기를 과시하지 않으면 안돼. 다시 해 봐. 실례되는 질문입니다만 당신은 누구시죠?"

"실례되는 질문입니다만 당신은 누구시죠?" 스트라이트아커가 울리는 소리로 말했다.

"그래 이제야 같이 일할 수 있겠군!" 구스타프 그라소가 고개도 들지 않고 말했다.

"전 닥터 아니타 바흐예요." 나는 교만하게 대답했다. "전 여기에서 오래 전부터 일해왔습니다만, 당신을 만난 기억이 없군요!"

그때 갑자기 침대에 누워 있던 환자가 몸을 일으켜 세우며 말했다. "그으— 래요." 그녀는 내 옆으로 뛰어내렸다. "저도 저 사람을 본 적이 없어요."

"당신 차례가 아니라니까!" 로레가 거드름을 떨며 쏘아붙였다. 우스꽝스러워!

"아, 그렇군요. 죄송합니다." 여자 환자는 작은 소리로 중얼거리면서 침대에 다시 누웠다. 로레가 머리를 흔들더니 눈을 흘겼다.

단역배우들이라니, 프로답지 못해. 모두 쫓아내야 해.

유스투스 스트라이트아커는 남성다운 걸음걸이로 내 쪽으로 다가오더니 내 눈을 깊이 들여다보았다. 순간 그의 검은 눈동자가 빛났다. 그의 더부룩한 눈썹은 평소보다 사악했다. 스튜디오 조명 아래에 선 그는 무척 섬뜩해 보였다. 그의 눈빛에는 확실히 나를 당혹케 하는 그 무엇이 있었다.

성공했을까? 아니면 실패인가?

그 수컷 멧돼지는 암컷 멧돼지를 교란시키려고 노력했다.

"저는 새로 온 원장입니다. 교수이자 의사인 프랑크 본하이머라고 합니다."

"반갑습니다." 나는 말했다. 나는 얼굴이 붉어졌다.

나를 왜 뚫어지게 쳐다보지?

나는 무대 위에 놓인 소품이 아냐! 마력이 통했나!?

구스타프 그라소, 도와주세요!

난 손이 떨렸다. 나는 재빨리 이마에 맺힌 땀을 가운 소매로 닦아냈다.

"연기가 지나쳐, 닥터 바흐." 구스타프 그라소가 말했다.

"어떤 진단이 나왔습니까?" 유스투스 스트라이트아커가 얼굴을 내게 들이대며 물었다. 그의 목소리는 검푸른 빛깔의 융단 같았다. 그에게서 폭포와 알프스 산 계곡물, 그리고 비가 갠 후의 신선한 초원 냄새가 풍겼다. 나는 성공을 확신했다. 아니면 순전히 위압적인 행동? 이 돼지 같은 사내가 나를 암컷 멧돼지로 만들었어!

"다―아…… 당니…… 오……."

"컷!"

구스타프 그라소는 놀랍게 빠른 동작으로 의자에서 뛰어내려 내 옆으로 왔다.

"그렇게 떨 필요 없어! 당신은 수줍은 소녀가 아냐! 전문의란 말야! 지금 저런 기생 오라비에게 잘 보이고 싶은 거야?" 그는 고개를 들이대고 뜻밖에 나를 빤히 쳐다보았다. "전 여기에서 이미 오래 전부터 일해왔습니다만, 이거나 아니면 제 기억으로는 당신을 이곳에서 못 뵌 것 같습니다만, 이 환자는 당뇨병입니다, 선생님."

구스타프 그라소가 신발을 질질 끌며 다시 의자에 올라앉았다. "지금부터는 정신차리고 해! 당신은 이팔청춘 소녀가 아니라구!"

세트 안 여기저기서 수군거렸다. 구스타프 그라소가 지금까지 이런 식으로 얘기한 적이 없었다.

"조용히들 하세요!" 프로덕션 사장이 소리쳤다. 스크립터들과 분장사들 그리고 스탭들이 소리 죽여 속삭이다 어두운 구석으로 숨어들었다.

이번 녹화를 보려고 모두들 모였다. 모두가. 새로 온 배우가 그만큼 인기가 있었다. 새로 온 배우와 구스타프 그라소는 장송곡을 부를 때보다 더 긴장한 것 같았다.

"곧 녹화에 들어갑니다." 구스타프 그라소가 말했다. "이렇게 유치한 장면을 의도적으로 지연시키는 건 낭비야! 우린 계획을 변경해야 해!"

유스투스 스트라이트아커는 끈적끈적한 눈으로 나를 계속 바라보다가 제자리로 돌아갔다. 그 검은 눈동자가 내게 어떤 메시지를 전하려 했던 건 아닐까? 내가 알아주기를 바라면서? 수컷 멧돼지가 암컷 멧돼지를 유혹하는 거야.

불쾌한 일이야. 내가 그를 유혹하려 했던 거지, 그가 나를 유혹하길 바란 건 아냐!

혹시 거울을 통한 마법이 성공하지 않았다면?

혹시 도끼로 내 발등 찍은 격이 아닐까?!

혹시 그가 아니고 내가 마술에 걸렸다면?

한번 더 시도해봐, 샬로테. 사탄이 내게 속삭였다.

두 번 하면 더 확실해.

베티나가 이마에 맺힌 땀방울을 분첩으로 가볍게 쳐주었다. 누군가 내 가운을 만져주었다.

침대에 누워 있는 환자에게 여기에 끼어들지 말라고 경고했다. 그녀는 여기서 단지 놀라는 표정연기만 하면 될 뿐, 더 이상은 아니다. 무명의 단역배우에게 프로덕션 사장이 일렀다. 프로덕션 사장은 말끝마다 항상 '여기'라는 말을 끼워넣는 버릇이 있었다. 그 말이 적당한 자리든 어떻든.

이미 여러 해 전부터 '여기'였다. 그건 구스타프 그라소가 쓰고 다니는 바스켄 모자처럼 그 사람의 상징이 되었다. 우리는 그것들을 웃음거리로 삼던 것도 이미 오래 전에 그만두었다.

"그럴 줄 알았다니까." 로레가 감정을 실어서 말했다. "아무튼 우스꽝스러운 일이야. 단역배우들은 여기서 몽땅 몰아내야 해. 옛날, 우리가 단역배우 노릇을 해먹으며 살 때는 말이지, 서로 항시 양보하면서 살았어. 꼭 해야 할 말이 있어도 말을 아껴가면서 살았다니까."

"조명!"

"예!"

"음향!"

"예!"

"카메라!"

"준비됐습니다!"

"스탠바이." 구스타프 그라소가 흥미 없다는 투로 말하면서 의자에 바로 앉았다. 바스켄 모자를 쓰고 어둠 속에 쪼그려 앉아서 다소 불쾌한 것처럼 '스탠바이' 하고 말할 때와 같은 익숙함이 깃들인 시선을 그가 내게 보냈다.

174

"<우리들의 작은 병원> 413회, 열한번째 장면 중 처음!" 그가 고개를 들기도 전에 촬영판을 든 젊은이가 소리친 다음 급히 사라졌다.

친절한 촬영기사 클라우스 오버베크가 눈을 감았다가 카메라 렌즈를 들여다보았다. 빨간 불이 켜졌다.

나는 잔뜩 위축된 단역배우 쪽으로 몸을 돌렸다. 그녀의 맥박이 느껴졌다. 그녀는 나에게 축 늘어진 손을 내주었는데 그 밖에 더 이상 자신을 드러내지 않을 것처럼 보였다.

유스투스 스트라이트아커는 정확한 걸음으로 나에게 다가섰다.

오, 하느님. 내 가슴이 쿵쿵 뛴다. 내가 내 발등에 도끼질을 한 것인가! 나는 여기에서 사랑에 빠졌다. 사랑에 미친 호랑나비처럼. 그가 아니고 내가.

여긴 지랄 같은 곳이야.

"실례되는 질문입니다만 당신은 누구시죠?"

나는 당황했다. 나는 그를 처음 만난 사람처럼 유심히 관찰했다. 그러는 동안 전신이 나른해졌다.

"전 닥터 아니타 바흡니다." 나는 말하면서 기댈 곳을 찾았다.

'그래서? 이 인형 같은 계집애야! 기다려, 엉덩이가 처지고 눈가에 잔주름이 자글자글해지면 인기가 떨어질 테니까. 파사이어 계곡의 잘 익은 과일이 나무에서 떨어지는 것처럼. 지나는 길에 난 너를 따서 사과를 베어먹듯 한입 베어먹고 풀밭에 집어던질 거야!' 그는 그렇게 말하고 싶었을 것이다.

"전 여기서 이미 오래 전부터 일해왔어요! 그런데 당신을 본 기억은 없군요" 나는 약간 쉰 목소리로 말했다.

그를 잡았을까? 확실히 잡았을까? 아니면 실패?

"나는 새로 온 원장 의사 본하이머……."

"컷. 조명 꺼."

조명이 꺼졌다. 나는 진땀이 흘렀다. 자업자득이야. 근본적으로 그 사람에게서 손을 떼야 해. 재미도 없고 돈 생기는 일도 아니고 잘못하면 한 대 얻어맞을 일이지.

구스타프 그라소가 의자에서 일어나 우리 쪽으로 걸어왔다. "소리를 그렇게 깔라고 누가 그랬나?"

다행이야. 내가 아니었어. 내 연기도 별로였지만 유스투스 스트라이트아커 연기가 훨씬 못했어!

여자 환자가 잡힌 손을 빼고 긴장을 풀기 위해 다시 침대에 누웠다. 로레도 베개를 손질하던 동작을 멈췄다.

"일부러 목소리를 낮춘 게 아닙니다." 유스투스 스트라이트아커가 우렁우렁 울리는 소리로 말했다. 그것은 마치 교미기에 접어든 사슴이 엄마에게 내지르는 소리 같았다.

"저음이었어요." 침대에 누워 있는 여자 환자가 말했다. "이반 레브로프처럼."

에벌린과 베티나가 세트 뒤에서 짓궂게 웃었다.

"여기 조용히 좀 하세요." 프로덕션 사장이 말했다.

"그리고 당신, 닥터 아니타 바흐, 그렇게 처신하지 말고 자존심을 지켜. 기생 오라비 같은 과장 의사가 그저 당신한테 말을 거는 것뿐이야."

"원장 의사." 그 단역배우가 정정했다.

"전 기생 오라비가 아닙니다." 단단히 싸울 태세로 유스투스가 말했다.

"그래요. 기생 오라비처럼 보이진 않아요." 누군가 소리쳤다.

"그야, 뭐 보기 나름이지."

"넘치고 있어." 구스타프 그라소가 신경질적으로 말했다. "스탠바이!" 그는 더 이상 누구와도 유스투스 스트라이트아커나 로레, 아니면 단역 여배우와도 대화를 하고 싶어하지 않았다. 그는 다시 자기 자리로 돌아섰다. 유스투스 스트라이트아커는 구석자리로 돌아갔다.

수컷 멧돼지들은 자기 구역을 분비물로 표시해놓았어. 암컷 멧돼지들은 당황해서 방향을 잃었고 나는 다시 그 환자에게로 갔고, 다시 그녀의 가는 손목을 잡았다. 그녀의 맥박이 느껴졌다. 그녀 맥박은 차츰 안정되어 규칙적으로 뛰었다. 적어도 나보다는 훨씬 규칙적이었다.

로레는 베개를 들어 난폭하게 털었다. 이곳에서 로레가 할 일이었다.

유스투스 스트라이트아커는 곧은 걸음으로 병원 복도를 걸었다.

"실례되는 질문입니다만 당신은 누구시죠?" 그가 거칠게 말했다. 목소리가 전보다 훨씬 저음이라는 인상을 받았다. 그리고 다른 때보다 소리가 커서 마이크 대를 잡고 있던 사람이 깜짝 놀라서 마이크 대를 위로 올렸다.

"전 닥터 아니타 바흐예요!" 나는 날카롭게 소리쳤다. "전 여기에서 벌써 여러 해 동안을 근무해왔어요. 밤낮 없이! 그런데 제 기억엔 당신을 만났던 적이 없었던 것 같네요!" 당신, 당신, 당신 남티롤 지방의 숫소를 여기에서!

나는 구스타프 그라소가 만족해서 고개를 끄덕이는 것을 곁눈질로 확인했다. 여자 환자는 침대에 다시 누웠다. 아주 놀란 기색이다. 로레는 화가 나서 손으로 베개를 탁탁 쳤다.

"전 새로 온 원장 의사입니다." 유스투스 스트라이트아커는 눈을 내리깔고 교만한 걸음걸이로 천천히 내 앞으로 다가서면서 낮지만 기분 나쁜 투로 말했다. "닥터 프랑크 본하이머입니다."

그래서? 나는 사랑스럽게 대답해야겠지. 아니면 한방 먹여? 당신은 여기서 우스꽝스러운 떠버리일 뿐이야. 나는 벌써 여러 해 전부터 여기에서 일했지. 당신은 신참내기니까 내게 깍듯이 예의를 차려야 하는 거야.

언제나 존경 받길 원하는 원장 의사가 아니야.

구스타프 그라소는 내 연기 전반에 대해서 흡족해했다. 오늘 내 컨디션은 최상이었다.

유스투스 스트라이트아커와 나는 힘있게 악수를 했다. 그래서 나는 여자 환자의 손을 잠시 침대 위에 내려놓아야만 했다. 그녀는 침대 위에 팔을 축 늘어뜨리는 대신 각본에 없는 독창적인 연기로 머리를 긁었다. 사실 단역배우의 팔 연기까지 대본에 씌어 있지는 않았다.

"반갑습니다." 나는 차갑게 말했다. 유스투스 스트라이트아커의 눈빛이 빛났다. 상대방에 대한 존경심이나 예우 같은 건 찾아볼 수 없는 눈빛이었다.

우리는 서로를 응시했다.

바로 지금이야, 샬로테. 아주 좋은 기회야.

두 번 하면 더 확실한 거잖아. 한번 더 시도해봐. 억누르지 말고.

유스투스 스트라이트아커는 스치는 시선으로 여자 환자를 흘깃 바라보았다. "이 환자는 어떤 진단을 받았습니까?"

그는 가장 낮은 베이스 톤으로 말했다. 삐걱대는 마룻바닥 소리가 연상되었다.

나는 청진기를 만지작거리고 있었다. 그러다 청진기가 손가락에 엉켜들어 급기야는 바닥에 떨어졌다.

그랬다. 그건 얼마든지 일어날 수 있는 일이었다.

사탄은 흡족해서 내 손등을 쓸어주었다.

그가 허리 굽혀 청진기를 주워올렸다. 그의 얼굴이 내 얼굴과 맞닥뜨렸다. 우리는 서로를 응시했다.

"당뇨병입니다, 교수님!" 나는 조롱조로 부언했다.

"훌륭하군요, 선생님." 유스투스 스트라이트아커가 더듬거리며 말했다. 그때 그는 최면에 걸린 토끼처럼 내 눈을 쳐다보았다.

효과를 거둔 것이었다. 나는 확신할 수 있었다. 나는 그를 내 마음대로 조종할 수 있게 되었다. 지금 이 순간부터. 그는 이제부터 내 소유였다.

그는 인형 같은 계집애의 덫에 걸려들었다.

나는 그에게 짓궂지만 달콤한 웃음을 던졌다. 실습간호사 울리케처럼 애정 있고 따뜻한 웃음을. 하지만 방향은 전혀 달랐다. "컷,

수고들 했소.” 구스타프 그라소가 담배를 피워물며 말했다. 조명이 꺼졌다.

“청진기 떨어뜨리는 연기, 아주 훌륭했소 가끔씩 당신은 기발한 아이디어를 제공하는군.” 구스타프 그라소가 내게 말했다.

“정말입니까?” 나는 무척 기뻤다.

구스타프 그라소가 너덜너덜한 대본을 주워모았다.

“즐거운 하루 보내고 내일 열시, 436회. 또 봅시다.”

구스타프 그라소가 비틀거리며 나가버렸다.

“여기, 이 세트, 청소 좀 해주세요” 기획자가 소리쳤다.

“내일분 무대설치는 여기다 합시다!”

에벌린, 베티나 그리고 피아는 담배를 피우기 위해서 옆문으로 빠져나갔다.

유스투스 스트라이트아커는 자기 목을 감싸쥐었다.

“항상 그렇소?”

“누구요? 프로덕션 사장의 ‘여기’ 말이세요?”

“아니, 그 사람 말고!” 유스투스 스트라이트아커가 당황스러워하며 말했다.

“아, 구스타프 그라소 감독님 말이군요? 그래요! 그분은 항상 그러세요. 하지만 당신도 곧 익숙해질 거예요 굉장한 분이세요” 나는 상냥하게 말했다.

“당신, 그 사람을 좋아하는 것 같소, 그 늙은이를.” 유스투스 스트라이트아커는 불만스러워하며 말했다.

나는 그 사람 옆모습을 바라보았다. 성공이다, 성공. 드디어 성공했다. 마녀가 승리감에 도취해서 불꽃 주위를 마구 뛰어다녔다.

유스투스 스트라이트아커, 당신은 내 덫에 걸려든 게야!

드디어 때가 왔어. ‘인형 같은 계집애의 복수. 하나부터 오백구십까지.’ 앞으로 시간은 충분해.

“지금 뭘 할 거요?” 내 앞을 가로막으며, 유스투스 스트라이트아커가 물었다. “앞으로 두 시간 여유가 있는데!”

인형 같은 계집애의 복수, 그 첫번째.

"전 아이들 때문에 집에 가봐야 해요." 나는 달콤한 목소리로 대답했다. 그리고 오리지널 울리케의 웃음을 웃어주었다. 기껍고 따스한 미소를. 방향은 전혀 달랐지만.

"무슨 일? 지금은 일하는 시간이잖소. 앞으로 두 시간은 방송 스케줄이 잡혀 있을 텐데? 평소처럼 뭘하이머 다리까지 조깅하고 돌아올 수 있는 시간이오."

"저도 정말 그러고 싶어요. 하지만 전 아이들을 소홀히 할 수 없군요." 나는 밝게 웃으며 말했다.

유스투스 스트라이트아커는 말없이 멈춰섰다.

"우선 우리는 잡지를 보고 연습해보다가 부활절 토끼 둥우리를 만들어야 해요. 그런 다음에 하키를 배우러 가야 하죠. 그리고 마지막으로 슈미츠 니텐빌름 선생님이 특별히 지도하는 수영 코스에 참석해야 해요. 그래서 죄송하게 됐네요." 나는 강조하며 말했다.

"빌어먹을." 유스투스 스트라이트아커가 짜증냈다. "시간이 꽉 짜여 있군."

"당연하죠. 당신은 여섯 아이들의 아빠시니까 이러한 일에 대해서는 너무나 잘 아실 거예요." 나는 대답했다.

"여섯 녀석들 수영은 다 내가 가르쳤소. 쌍둥이 녀석들은 세 살 때 웅덩이에 뛰어들었지! 흠! 그냥 뛰어들었소! 아무것도 할 수 없으면서. 그러더니 두 녀석 모두 내게 기어올랐어! 하키는 애들이 걷기 시작할 때부터 시켰소! 그것도 내가 가르쳤지! 나는 부활절 토끼 둥우리를 만들 줄 알아. 그거 난 아주 잘해."

"그놈의 잘난 척. 정말 불쾌하다니까." 분장실에서 화장을 지우고 나오면서 로레가 말했다.

"당신 같은 사람과 함께 지내게 된 걸 우리는 영광으로 알아야겠네요. 우리가 당신에게 배울 게 많겠어요. 안 그래요? 여러분?" 나는 기분 좋게 말했다.

피아와 에벌린은 신경질적인 눈초리로 내 말을 비꽜다.

180

"당신 오늘 날 위해 시간을 내줄 순 없소?" 유스투스 스트라이
트아커가 물었다.

"단 일 초도 안돼요."

쉰 목소리로 크게 웃으며 사탄은 자기 아지트로 사라졌다.

모노드라마 구상

"수영할 때는 입을 꼭 다물어야지! 에르니! 잔소리는 그만 하고,
물 속으로 들어가! 네 형은 얼마나 잘하나 봐. 벌써 코스를 따라가
잖아. 물고기는 잔소리하지 않아. 에이구!"

슈미츠 니텐빌름 선생님은 어깨까지 닿는 물 속에 서 있다. 그
는 컨디션이 좋지 않은 물개처럼 보였다.

검은 머리는 관자놀이에 쫙 달라붙었고, 저래서 어떻게 우리 쌍
둥이를 구별해낼 수 있을까 의심스러울 정도로 무테 안경에 습기
가 꽉 서려 있었다.

기분이 한풀 꺾여서 나는 수영장 벽에 걸린 축축한 옷걸이에 아
이들의 수박색 가운을 걸었다. 교육적인 차원에서 아이들이 수영
강습을 받는 동안 어머니들이 수영장에 들어오지 못하게 되어 있
었다. 그런데 남편이 캠코더를 주면서 조용히 의자에 앉아서, 슈미
츠 니텐빌름 선생님이 아이들을 물개로 만드는 과정을 촬영해오라
고 했다. 그가 아이들 일에 관심을 보였다는 것 하나로도 난 몹시
놀랐다. 어쨌든 슈미츠 니텐빌름 선생님이 아이들을 다루는 기술
은 보통이 아니었다! 에르니는 물 속에서 허우적대면서 요란하게
물거품을 토해냈다. 베르트는 이런 수영강습보다는 다른 일에 더
관심이 있는 것처럼 별다른 흥미를 보이지 않았다.

"아이들은 팔이 튼튼해야 합니다." 슈미츠 니텐빌름 선생님이
말했다. "제가 이런 물 속에서 말씀드리자면…… 에르니…… 너,
수영을 해야지! 잠수는 안된다!"

이 역사적인 광경을 에르니의 손자를 위해 잘 기록해서 보관해두고 싶었다. 서둘러서 캠코더를 켰다. 하지만 렌즈에 습기가 껴서 천진하게 물에 빠지는 아이들 모습을 비디오에 담을 수 없었다. 풀이 죽어 한결 차분해진 나는 조용히 발을 물에 담그고 첨벙거리면서 그 모습을 지켜보았다.

나는 또 '흘러넘치고' 있었다.

이런 시간들을 잘 이용한다면 뭔가 의미 있는 일을 시작할 수도 있을 텐데!

쓰레기를 갖다 버리고, 먹을거리를 사느라 허둥대며 온 슈퍼마켓을 샅샅이 뒤지고 다니고, 두 바구니나 되는 세탁물을 빨아서 줄에 널고, 침대 커버를 바꿀 수도 있는데! 내 영혼이 완전히 메말라가는 것이야 그렇다 치더라도! 매일 아침 쉬는 시간에 동료들과 수다 떨 수도 있고 요즘에는 유스투스 스트라이트아커와 라인 강변을 따라 조깅도 하잖아. 하지만 오후시간은! 엉덩이가 버텨낼 때까지 퍽 퍼져 앉아서 육체와 정신을 함께 묶어버리고 있잖아!

매일, 매시간을! 분명 헛된 시간들이야!

에르니나 베르트 모두 오래 전부터 똥꼬나 코나 눈물을 닦아줄 필요가 없어졌다. 씻는 것은 모두 스스로 알아서 할 나이가 되었다.

아이들은 단지 운전기사로서 나를 필요로 했다. 아마 열두 살까지는 그렇게 세월을 보내야 할 것이다.

하지만 그런 일은 내 삶에 아무런 의미가 없다!

나는 초록색 가운을 여며 가슴에 꼭 끌어안으며 생각했다. 아이들을 기다리는 많은 시간들, 멍청하게 앉아서 흘려버리는 이 시간들을 의미 있게 보내기 위해서 뭘 할 수 있을까?

택시 기사들은 손님을 기다리는 동안 뭘 할까?

뜨개질. 어떤 택시 기사들은 뜨개질을 한단다. 시간이 날 때마다. 그건 창조적이고, 긴장을 풀어주는 지혜로운 일이다. 한 올 한 올 짜나가다보면 언젠가는 예쁜 옷 하나가 탄생할 것이다. 양쪽 가슴에 토끼 귀 무늬를 넣어서 예쁘게 짠 니트를 진열장에 멋지게 장식해놓으면 오가는 사람들이 다 쳐다볼 것이다.

<우리들의 작은 병원> 팀 중에 매우 호감이 가는 여자동료가 있다. 꼭 성우처럼 목소리가 고왔는데 그녀는 화가 나면 특이하게 뜨개질을 했다. 그녀는 코바늘 뜨기와 대바늘 뜨기 모두에 능숙했다. 그녀가 뜨개질을 시작하면 며칠 지나지 않아 깜찍한 옷 하나가 완성되었다. 아마 그녀에 대해 전에 잠깐 언급했을 것이다. 이름은 그레텔 주프 그녀는 원장 의사의 비서 역을 맡고 있다. 처음에는 유프 퇸게스의 비서로 등장했다. 역할이 점점 더 줄어들 때는 씩씩한 두 다리로 생을 지탱하며 활동의욕이 왕성한 그녀가 몹시 애석해 보였다. 하지만 지금은 닥터 본하이머의 비서 역을 맡고 있다.

그녀는 비록 통통하고 작았지만 폭발적인 에너지를 소유하고 있었다. 그녀는 깜찍한 풀오버와 가디건 세트를 만들어내는 일에도 남다른 열정을 보였다. 녹화 도중 짬이 나면 그녀는 자기가 정기 구독하는 잡지를 어김없이 차례차례 동료들에게 돌렸다. 무슨 견본을 돌리는 것처럼. 그 잡지들에는 코바늘 뜨기나 대바늘 뜨기 같은 손뜨개질 말고도 소품 만드는 법에 대한 설명서도 들어 있었다. 진주빛 광택이 나는 샤워 커튼과 알코올 중독 주부에게 적격일 것 같은 포도주 코르크 마개를 이용한 욕조발판 사진이 실려 있고, 화장실 변기에 묻은 오물을 감추는 데는 흑장미색 변기가 최고라고 소개했다.

지극히 여성적인 취향을 지닌 사람들에게 그 책은 좋은 아이디어를 제공해줄 것 같았다.

그래 좋아. 그것도 또 하나의 가능성이라 할 수 있겠지. 물론 난 솜씨도 인내심도 부족하고 또 독창성을 발휘해서 예쁜 옷을 짜내는 일에 별 취미도 없지만.

나는 어려서부터 아주 작은 것 하나라도 직접 짜서 완성해본 것이 없었고, 오리털을 모아서 화장실 변기 깔개를 만들어보려고 여러 번 시도했지만 번번이 실패했다.

난 창의력에다 상상력까지 결여되었다!

난 플라스틱 의자에 퍼질러앉아서 제목이 떠오르기를 애써 기다리고 있다. 지금까지의 내 삶을 표현해줄 적당한 제목이 떠오르기를 기다리며 시간을 허비하고 있다.

유스투스 스트라이트아커가 떠올랐다.

처진 엉덩이와 주름살.

오늘은 풋내기 계집이었다가 내일은 바람에 떨어지는 늦가을의 과일 신세.

그 말을 그대로 감수해야만 하는 걸까?

그는 대 스타인데 난 왜 이리 보잘것없을까?

난 꼿꼿하게 일어나 성공해 보일 거야, 유스투스 스트라이트아커. 난 당신을 오른쪽으로 추월해서 앞지르고 말 거야.

당신이 할 수 없는 그 무엇으로.

난 여성 문제를 다룬 모노드라마를 하나 쓸 계획이야.

그리고 내가 연기하는 거야. 모든 것을 숨김없이 있는 그대로 자연스럽게 보여줄 거야.

훌륭한 작품이 될 것임이 틀림없어. 나 당신에게 맹세하지.

불 같은 여성의 불꽃 같은 대사들.

세상 남자들에 대한 내 대답이야.

독단, 무관심, 남을 배려할 줄 모르는 사고, 허풍, 나태, 자기 중심적인 남성들 사고에 대한…….

장편의 역사가 될 거야.

그리고 내가 재능 있는 배우라는 걸 입증해 보일 거야. 그 어딘가에서. 어디가 될지는 나도 모르지만.

하지만 유스투스 스트라이트아커, 당신은 곧 듣게 될 거야.

공개된 무대에서.

난 당신에게 맹세해.

당신과 에른스트베르트, 하네스와 사라져버린 나의 아버지, 아

빠가 다른 내 쌍둥이들과 그리고 내가 만났거나 만나본 적이 없는
여성들의 남자들, 또 내 삶을 이렇게 멋지게 만든 여성들.

그대들 없이 내가 무엇을 할 수 있을까?

난 항상 권태로울 뿐이었어!

내 언어가 공개적인 활동을 시작하는 거야.

나는 맹세할 수 있다. 그러한 남성들과 사는 여성들은 아주 많
고, 여성들은 각자 그런 남자를 알고 있는 여성을 알고 있다는 것
을.

나는 명상에 잠겨 앉아 있다가 갑자기 흥분해서 숨을 몰아쉬었
다. 너무 자극적인 생각이다! 글을 쓴다는 것은 자기를 해석해내는
능력이 요구되는 작업이다. 다행히 그 일은 내게 꼭 맞았다.

용감하고 순결한 닥터 아니타 바흐가 아니라 실제로는 인형 같
은 계집애일 뿐인 난 다양한 남자들과 경쟁하며 사는 한 여성이다.
물론. 그 누구한테도 굴복한 적은 없었다.

"자 한번 해봐, 베르트! 숨을 깊이 들이마시고 물 속으로 들어가
내 다리 사이를 빠져나가봐! 자, 빨리! 잘하면 젤리를 주마!"

베르트는 숨을 깊이 들이마시고, 살균 처리된 더러운 물 속에서
수달처럼 수영을 했다.

"수영하는 법은 배웠습니다!" 슈미츠 니텐빌름 선생님이 나에게
소리쳤다. "이제 아이들은 얼마나 멀리까지 수영할 수 있는지 알
고 싶어할 겁니다!"

"굉장해요." 나는 감격해서 말했다.

베르트가 물 밖으로 다시 나왔다. 입 속의 물을 토해내면서 주
위를 살폈다.

"어떠니?" 슈미츠 니텐빌름 선생님이 아이에게 소리쳤다. "자랑
스럽지?"

"예." 베르트는 헐떡거리면서도 기뻐했다. "이젠 젤리를 먹을
수 있어요?"

"그럼. 동생이 나오면 그때 같이 주마."

에르니는 의기양양하게 물을 튀겨가며 수영했다.

"자기 스스로를 대단하게 생각하는 사람들에게는," 슈미츠 니텐빌름 선생님이 소리쳤다. "보다 더 큰 걸 보여줘야만 합니다."

선생님 말씀은 옳지만 그게 그렇게 간단한 일일까? 그렇게 단순할까!

샬로테, 넌 왜 그렇게 못하지?

왜 쉽게 써내려가지 못하는 거야?

내가 축축한 이 의자에 다시 앉게 될 때나 테니스장의 바에 서 있을 때, 또는 하키장 주변을 서성이거나 음악학원 대기실에 앉아 있을 때를 위해 필히 한 장씩 뜯어내는 노트를 가지고 다녀야겠어.

그러면서 뜨개질하듯 드라마를 한 올 한 올 짜나가는 거야.

그러면 완성된 작품 하나를 얻게 되겠지.

내 손수 짜서 만든 작품.

그리고 후손을 위해 난 그걸 보관해둘 거야.

며칠 후 우린 병원에서 아이가 실종되는 내용의 드라마를 녹화했다. 드디어 <우리들의 작은 병원>도 진정한 목소리를 내게 되었다!

각본은 아주 주도면밀해야 한다.

임신을 가장한 여자가 신생아실에서 아이를 훔친다. 내용만 보아도 정교한 수사 드라마 같다.

뱃속에 태아 대신 방석을 넣고 있다는 사실을 의사와 조산원들이 끝까지 모른다면 누구나 이해할 수 없을 것이다. 그래서 그 부인은 다른 병원에서 아이를 낳고 우리 병원에서 아이를 훔친다.

어쨌든 <우리들의 작은 병원>에 출연한 그녀는 그녀와 그녀의 운명을 미끼로 시청자들의 관심을 끌어내야 한다.

극작가는 총명하고 주도면밀했다!

가짜 임산부가 아니라 그녀의 남편이 원인을 알 수 없는 병으로 <우리들의 작은 병원>에 입원해서 환자 행세를 한다. 비행기 조종사인 그는 진단 내리기 어려운 병으로 <우리들의 작은 병원> 침대에 환자로 누워 있다! 그리고 배에 방석을 넣어 임산부 행세를 하는 그의 아내가 병문안을 온다!

마티아스 크라우제는 도도하고 냉소적인 사람이다. 물론 실제 조종사가 아니라 역할이 그럴 뿐이다. 프랑크푸르트에 있는 초라한 프로덕션에 소속된 배우다. 프랑크 본하이머도 그 프로덕션을 통해서 우리 병원에 왔다.

그의 부인 마리온 크라우제 역을 맡은 여배우는 낡은 드라마 세트에 아주 신선한 바람을 몰고 왔다. 그들은 이번주 내내 우리와 녹화하게 될 것이다.

나는 이미 분장실에서 그녀를 잠깐 보았다. 그녀는 밝고 예쁘고 자연스러웠으며 그레테가 늘 말하던 고(故) 다이애나 비 머리모양을 하고 있었다. 우리는 짤막한 인사를 나눈 후 서로 미소지었다. 로레가 또다시 찻잔에 연보랏빛 립스틱을 묻혀가면서 남의 험담을 늘어놓기 시작하는 바람에 마리온 크라우제와 나는 조용히 자리에 앉아서 대본에 열중했다.

지금 우리들은 모두 제 위치에서 각자 맡은 역할에 열중하고 있었다.

마티아스 크라우제는 침대에서 고통으로 몸부림쳤다. 며칠 전까지 담석 환자가 누워 있던 213호 병실이다. 로레는 환자 머리맡에서 베개를 빼내어 집어들고 확확 털며 흔들고, 나는 마티아스 크라우제 씨의 손을 잡고 침대 옆에 기대어 서 있고, 유스투스 스트라이트아커는 마티아스 크라우제의 병이 너무 모호해서 아무런 진단도 못 내리고 환자 다리 쪽에 서서 혼자 골똘히 생각에 잠겨 있다.

밖에는 임산부로 가장한 부인이 큐 사인이 떨어지기를 기다리고 있다. 물론 병원 관계자들은 그녀가 가슴 밑에 방석을 숨기고 있다는 사실을 눈치채지 못했다! 물론 소파에 편안히 앉아 있는 오백만 시청자들도 모르고 있다가 477회 연속극이 진행되는 동안 알게 될 것이다.

우리는 지금 구스타프 그라소를 기다리고 있다.

나는 유스투스 스트라이트아커를 곁눈질로 잠시 살펴보았다. 그가 오래 전부터 시선을 내게 집중하고 있음을 확인한 다음 나는 얼른 눈길을 돌렸다. 내 마력이 성공을 거두었다. '아멘'이라고 외치고 싶을 만큼이나 확실했다.

구스타프 그라소가 무대 세트 사이로 나타났다. 그는 너덜너덜하게 헤진 대본을 구석에 집어던지면서 말했다.

"안녕들 하슈. 477회."

우리는 장면을 연습했다.

"크라우제 씨, 도대체 무슨 일이십니까?" 우렁우렁 울리는 베이스 톤으로 잘생긴 의사 선생님이 물었다.

"저도 잘 모르겠어요." 마티아스 크라우제가 침대에 누워서 더듬거리며 대답했다. "진땀이 나고 악몽을 꾸고 가위눌리고 현기증이 납니다. 처음에 전 이런 증상을 인정하고 싶지 않았습니다. 그런데 하바나 근처에서 비행에 실패했을 때, 회사에서 제게 건강진단을 요청했습니다."

"좋아요. 그래서 이렇게 오셨군요, 크라우제 씨." 여의사 아니타 바흐는 부드러운 음성으로 그의 팔을 살짝 만져주며 말했다. "우리가 당신 병의 원인을 얼마나 빨리 찾아내는가 당신은 곧 보시게 될 거예요. 그러면 당신은 다시 쿠바로 비행할 수 있으실 거구요."

그건 그의 아내 마리온 크라우제를 위한 대사였다.

밝고 씩씩하게 병실로 들어서는 그녀는 만삭의 몸이긴 해도 아주 건강해 보였다.

"안녕, 자기야." 그녀가 큰 소리로 말했다. "좀 어때?"

"당신이 아다시피, 아주 나쁘지." 마티아스 크라우제 씨는 괴로워하며 대답했다.

"당신은 금방 나으실 거예요." 실습간호사 울리케가 아는 척을 한다. 그녀는 옆 환자의 소변기를 비우고 오는 길이었다. "우리 병원에서 출산하실 거예요?” 그녀가 생긋 웃었다.

“아뇨.” 마리온 크라우제가 뽐내며 말했다. “대학병원에서 낳을 거예요. 제 사촌이 대학병원에서 산부인과 의사로 일하거든요!”

모두들 웃었다. 사촌이 대학병원에서 산부인과 의사로 일하고 있다니, 얼마나 잘된 일이야!

“선생님, 남편을 고통스럽게 하는 병의 원인을 찾아내실 수 있으신 거죠?” 마리온 크라우제가 눈을 크게 뜨고 원장 의사에게 물었다. “제가 아이를 낳을 때, 이이가 꼭 제 곁을 지켜줘야 하거든요!”

마티아스 크라우제는 상처 입은 곤충처럼 몸을 뒤틀었다.

닥터 아니타 바흐가 의문스러운 눈길로 원장 의사 프랑크 본하이머를 쳐다보았다.

모든 이의 눈길이 당신을 향하고 있군요, 교수님!

“내가 볼 때 당신도 다를 게 하나 없네요.” 수간호사 엘스베트가 말했다. “남정네들이라니! 자기들 몸은 조금만 불편해도 참지 못하고 난리친다니까! 신김치국이나 끓여 먹이면 기운이 좀 빠질까.”

역시 대본에 없는 내용이다. 로레 레셜리히가 무슨 말인가 하고 싶어서 대본과 상관없이 한 말이었다.

닥터 프랑크 본하이머 교수는 병상일지를 계속 쳐다보고 있다.

“심인성 같은데.” 그는 울리는 목소리로 중얼거렸다.

의사 선생님, 그렇게 당장 단정짓지 마세요. 나 아니타 바흐 의사도 그렇게 생각하긴 하지만. 그리고 오백만 시청자들도 첫눈에 금방 알아차렸을 거야! 수간호사 엘스베트도! 심리적인…… 하지만 좀더 두고 보자고.

원장 의사가 환자 쪽으로 몸을 돌렸다.

“크라우제 씨, 우리 남자 대 남자로 얘기해봅시다. 당신은 아이에 대한 책임감에서 벗어나고 싶으신 거죠?”

“넘치고 있어!” 구스타프 그라소가 자기 자리에서 소리쳤다.

"아뇨 이 아이는 우리에게 처음입니다. 그래서 전 몹시 기대하고 있죠. 흥분도 되구요." 마리온 크라우제가 중간에서 수습해보려고 노력했다. 그녀는 아주 건강한 혈색이다. 붉게 물든 볼은 깨물어주고 싶을 만큼 귀여웠다. 그녀는 전혀 임산부나 아픈 사람처럼 보이지 않았다. 단지 그의 남편, 비행기 조종사만이 침대에 누워서 일주일 전부터 심한 빈혈로 고생하는 사람처럼 인상쓰고 있었다.

"그렇담 우리 환자를 쉬게 도와줍시다." 원장 의사가 침착한 어조로 말했다. "부인께서는 남편과 차분하게 말씀을 나눠보세요."

"그래야 되겠어." 로레 레셜리히가 베개를 들어올렸다.

나는 크라우제 씨의 손을 내려놓고 문까지 걸어갔다. 여성 입장에서 마리온 크라우제에게 격려하는 눈인사를 하고 돌아섰다. 유스투스 스트라이트아커가 문을 열고 우리를 기다렸다. 여의사 아니타 바흐가 걸어나갔고, 로레 레셜리히와 울리케가 침대 시트를 들고 뒤따라 나왔다. 이것이 오늘 우리에게 할당된 녹화내용이었다.

평소 같으면 우리는 곧바로 식당으로 사라졌을 것이다. 특히 로레는 초에 절인 쇠고기와 크림이 듬뿍 얹어진 케익을 먹기 위해서라도 식당에 갔을 것이다. 그리고 그레텔 주프도 이 시간을 이용해서 주부 대상의 월간지를 보면서, 목욕탕 샤워실에 칠 커튼과 식탁보와 어울릴 커피잔 세팅을 연구했을 것이다. 하지만 실습간호사 울리케만 흡연실로 슬며시 사라졌을 뿐, 아무도 자리에서 움직이지 않았다. 우리가 자리를 뜨지 못하는 것은 당연했다. 아무도 그 다음에 이어질 장면들을 놓치고 싶지 않았기 때문이다.

우리들은 소리내지 않으려고 조심하면서 하는 일 없이 세트에 남아서 빈둥거렸다.

"당신은 며칠 후에 우리가 아이를 갖게 된다는 사실을 받아들이고 익숙해지도록 노력해야 해!" 마리온 크라우제가 격분해서 자기 남편에게 소리쳤다. 그녀는 연기를 정말 잘했다.

나는 그들의 연기를 좀더 잘 관찰하려고 몸을 앞으로 숙였다.

마티아스 크라우제가 침대에서 뛰어내리더니 자기 부인에게 달려들었다. 그리고 팔을 쳐들어…… 그녀의 배에 일격을 가했다.

"당신이 어떻게 아이를 낳는단 말야!" 그가 부르짖었다. 그 순간 우리는 그녀의 배에 쿠션이 들어 있다는 것을 모두 알아차렸다.

아주 평범한 쿠션이었다.

그레텔 주프 것 중에 하나. 오백만 시청자들의 소파에 놓인 것과 같은 평범한 쿠션.

숨막히는 긴장감.

숨소리조차 들리지 않는 고요.

나는 유스투스 스트라이트아커의 숨결로 그가 내 옆 가까이에 서 있다는 것을 알았다.

실내가 그만큼 어두웠다.

그가 내 손을 톡톡 건드렸다.

"손을 서로 맞잡았다고, 당신은 그걸로 아이를 얻을 수 있을 거라고 생각하는 거야!" 마리온 크라우제가 소리를 질렀다. "당신이 아이를 낳을 수 없다면, 난 다른 곳에서 아이를 데려올 거예요! 난 아주 정상적인 여자이고 모든 게 다 정상예요! 난 아이를 가질 권리가 있어요! 내 말 똑똑히 들어요! 그건 내 권리라구요!"

"나도 전에는 몰랐소." 마티아스 크라우제가 말했다. "랄프를 알고 나서야 난 그걸 알았어."

"랄프, 랄프, 그놈의 랄프! 나는 그 랄프가 싫어요!" 마리온 크라우제가 흥분해서 소리쳤다. "그 남자도 애는 낳을 수 없잖아요. 당신 두 사람, 시도해보지 않았나요? 하지만 나는 당신들과 달라요. 난 아이를 갖게 될 거예요. 늦어도 일주일 후면 난 아이를 갖게 된다구요. 맹세할 수 있어요! 그런데! 설마 내 계획을 방해하려는 건 아니겠죠! 그 계획은 우리 둘이 함께, 공동으로 짜낸 거예요!"

빌어먹을. 그녀는 연기파군. 진짜 배우야. 인형 같은 계집애가 아니야. 나는 조심스럽게 유스투스 스트라이트아커를 살펴보았다.

하지만 그녀가 사교계의 비평에도 당당히 맞설 용기가 있을까?

"저 여배우를 어떻게 생각하세요?" 나는 작은 소리로 속삭였다.

"틀림없이 연습을 많이 했을 거요" 유스투스 스트라이트아커가 불만스러워하며 말했다. "아마도 구스타프 그라소가 오늘도 하루 종일 그녀를 연습시키려들걸. 그 사이에 우린 산책할 수 있을 거야."

"고맙소 바로 녹화합시다." 구스타프 그라소가 말했다.

"푸!" 로레 레셜리히가 말했다. "우리가 몽땅 단역배우 노릇을 해먹고 살 때, 우리들도 저렇게 연기를 했었어!"

구스타프 그라소는 맥없이 손뼉을 쳤다.

"좀더 가까이 다가서서. 우린 놀러 온 게 아니니까!"

"조깅하지 않겠소?"

"아뇨 오늘은 안되겠어요" 인형 같은 계집애의 복수, 두번째.

나는 마리온 크라우제 역할을 하는 여배우와 사귀고 싶었다. 좀체 그런 적이 없었는데 감정을 추스르지 못할 정도였다. 그녀는 다른 단역배우들과는 다르게 상큼한 인상을 주었다.

"그렇담 할 수 없지." 유스투스 스트라이트아커가 기분이 언짢아서 말했다. "나도 부활절 토끼 둥우리를 만들어야만 하오 마누라랑 아이들이 부활절 토끼 둥우리를 빨리 보내라고 독촉해서." 유스투스 스트라이트아커는 낮은 소리로 풍성하게 웃었다.

"그럼 토끼 둥우리나 만드세요"

유스투스 스트라이트아커가 가정에 그렇게 충실하다니 잘된 일이군. 여섯 아이들과 호텔을 경영하는 마누라가 부활절 토끼 둥우리를 고대하고 있다잖아.

그리고 또 무슨 얘기를 했더라? "난 부활절 토끼 둥우리를 아주 잘 만드오"

그래, 그러니까 당신은 그거나 열심히 만드시라구.

밤에 하얏트 호텔 침대 모서리에 쪼그려 앉아서 여성잡지에 고개를 처박고 일곱 개의 토끼 둥우리를 만드는 유스투스 스트라이트아커의 모습이 눈에 선했다. 분명 쉬는 시간에 그레텔 주프와 함께 앉아서 만들 것이다.

나는 진심으로 유스투스 스트라이트아커를 그레텔 주프에게 허락했다. 거꾸로도 마찬가지이고.

마리온 크라우제는 분장실에서 화장을 지우고 나왔다.

뱃속에 넣었던 방석을 뺀 그녀의 몸매는 아주 늘씬했다.

"안녕하세요. 우리 같이 커피 한잔 할래요?"

"좋지요. 그런데 진짜 이름이 뭐예요?"

"화니 라도예요. 당신은 샬로테 페퍼죠? 당신 얘기 많이 들었어요." 화니가 웃었다.

"정말예요? 무슨 얘기였는데요?!"

"쌍둥이가 있고 또 칠 년 전부터 <우리들의 작은 병원> 팀에 소속되어 있었구요! 당신 삶은 드라마에서의 역할과는 완전히 딴판이라구요."

"듣기 좋은 소리네요." 나는 반가웠다.

우리는 즐겁게 병원을 가로질러 걸어갔다.

유스투스 스트라이트아커가 건물 바깥벽에 기대어 서 있었다. 그는 뭔가 중요한 서류들을 정리하고 있는 것처럼 보였다. 지금 당장 담벼락에 서서라도 꼭 처리해야만 할 중요한 일 같았다. 그것도 출구 옆 담벼락에. 나는 고개를 까딱하는 것으로 인사했다. "안녕. 잠시 후에 뵙죠!"

유스투스 스트라이트아커는 대답하지 않았다. 그는 불만스럽게 서류들을 슬슬 넘겼다.

"어디로 가죠?" 화니가 물었다.

"린데로 가는 건 어때요? 차를 마시면서 관광객들도 바라볼 수 있거든요. 방해받지 않고 수다 떨 수도 있구요."

우리는 린데 방향으로 발걸음을 돌렸다.

"저분도 같이 가는 거예요?" 화니가 곤혹스러운 듯 둘러보았다.

"아뇨. 그 사람은 꼭 해야 할 일이 있대요. 가족들에게 보낼 부활절 선물을 만들어야 한다나 봐요. 아내와 여섯 아이들이 각자의 부활절 토끼 둥우리를 만들어 보내달란대요."

화니는 설마 하는 표정으로 나를 쳐다보았다. 나는 어설프게 미소지었다.

"정말예요. 그 사람이 그렇게 말했어요. 믿어지지 않으면 직접 물어봐요."

"아휴, 그럴 필요 뭐 있어요. 그 사람은 항상 기분 나쁘게 사람을 쳐다봐요." 화니가 말했다.

"다 속임수예요." 나는 말했다.

린데는 쾰른 대성당 바로 맞은편에 있다.

우리는 창가에 자리를 잡고 커피 두 주전자를 주문했다. 화니는 나를 보며 환하게 웃었다.

"난 카페에 앉아서 바깥 사람들 구경하는 걸 아주 좋아해요!"

평범한 단체 관광객들이 성당 광장에 모여서 성당을 배경으로 사진을 찍으려고 구도를 잡고 있었다.

"연기가 아주 훌륭해요. 긴장감 있어요. 그런데 녹화 없을 땐 어디서 지내요?" 내가 물었다.

"집에서요. 난 아이가 넷이에요." 그녀는 누구처럼 그렇게는 말하지 않았다. '난 아이를 잘 만들죠.'

"넷이라구요! 그런데 또 아이를 훔치려고요?" 나는 놀라웠다.

"그거야 각본상 그렇구요. 누가 브레첼* 드실래요?" 잔에 커피를 따르면서 화니가 말했다.

"좋죠." 내가 대답했다.

"여기 누가 브레첼 두 개만 갖다주세요."

나는 그녀가 점점 더 마음에 들었다. 마음이 아주 따스하고 명랑한 성격이면서 꾸밈이 없었다! 열정적으로 브레첼을 먹는, 깨물

* 약간 질기고 짭짤한 8자 모양의 빵.

194

어주고 싶을 정도로 귀여운 여자가 네 아이의 엄마라니!

우리는 종업원을 불러서 칼로리도 충분하면서 맛있는 누가 브레첼을 갖다달라고 주문했다.

"인생은 아주 짧아요. 매일 사소한 죄를 짓고 살죠 그렇지 않다면 속죄의 날에 속죄할 일이 없을 거예요!" 화니가 말했다.

"속죄의 날은 조만간 없어질 거예요."

"그래요. 브레첼 정도야 눈감아줄 만해요."

"중요한 것은, 나중에 난 로레 레셜리히처럼 보여서는 안된다는 거죠" 나는 말했다.

"결코 그렇게 될 리 없어요!" 화니가 말했다.

"아뇨 내가 매일 세 시간씩 빨간 모직담요를 깔아놓고 테이프를 돌려가면서 에어로빅을 하지 않고, 홍당무 주스와 야채로 내 큰 입을 채우지 않는다면, 아마 그렇게 될 거예요"

"남자들이 우리 여자들을 조금만 더 생각해준다면……." 화니가 골똘히 생각하며 말했다.

바깥에서 노란 레인코트가 언뜻 스쳐 지나가는 것 같아 난 고개를 돌렸다. 완전히 무의식적인 행동이었다.

유스투스?

정말! 그 사람이었다. 그는 부활절 선물을 사면서 무척 서두른 모양이었다. 그런데 재밌게도 내가 그를 쳐다보는 순간, 그 사람 눈과 마주쳤다. 그 사람이 꼭 나를 찾아다녔던 것처럼.

그 사람이 우리를 먼저 찾아낸 거야. 이미 전에. 그는 서둘러 선물을 샀어야만 했던 거지.

나는 느긋하게 막 사귄 친구 쪽으로 몸을 돌렸다.

"아이가 넷이라구요! 애기해봐요!"

"특별한 애깃거리는 없어요 다 내가 낳은 아이들이에요! 어디서 훔쳐온 애는 정말 없어요!" 화니가 웃었다.

"당신 연기가 환상적이었어요! 어쩌면 그렇게 모든 걸 다 해낼 수 있어요?"

“그렇게 봤어요? 전 제대로 하는 게 아무것도 없는 걸요! 하지만 당신은! 당신은 훌륭한 배우잖아요! 쌍둥이 아이들을 키우면서요!”

“나는 인형 같은 계집애에 불과해요. 얼굴이 좀 반반하고 몸매가 아름답기 때문에 그나마 닥터 아니타 바흐가 될 수 있었는데, 브레첼을 이렇게 계속 먹어대면 턱이 둘로 겹쳐질 만큼 살이 찌고 엉덩이는 처질 거예요. 시청자들은 그런 내 모습을 더 이상 보고 싶어하지 않을 거라고 누가 그러더군요.” 내가 말했다.

“누가요? 뚱뚱한 실습간호사가 그러던가요? 왜 좀 냉소적으로 웃는 사람 말예요.”

“아뇨. 유스투스 스트라이트아커가 그랬어요.” 난 으르렁거렸다.

“소리를 낮추세요. 그 사람, 옆 테이블에 앉아 있어요.”

“뭐라구요?” 나는 주위를 둘러보았다.

“신경쓰지 마요, 샬로테! 이젠 살짝 내 쪽으로 고개를 돌리고 브레첼을 드세요! 프로답게요!”

유스투스 스트라이트아커가 우리 옆 테이블에 앉아 있었어.

도대체 무슨 수작이야?

화가 치밀었다. 이 남자를 쫓아내야 하는 거 아닐까?

이봐, 당신. 도대체 무슨 수작이야? 이 카페는 내가 맡은 거야. 당신은 부활절 선물재료를 사러 간다고 했고 여긴 내가 먼저 왔어.

이 카페는 유흥업소였다. 누구나 출입할 수 있는 곳이고, 우리 옆 테이블에 앉아도 뭐라 할 수 없었다. 그런데 왜 이 카페에 들어왔을까? 도대체 어디서 그렇게 빨리 물건을 살 수 있었을까?!

나는 조심스럽게 그 사람 쪽을 쳐다보았다.

유스투스 스트라이트아커는 그가 막 사들고 온 문고판 책을 열심히 들여다보고 있었다. 책표지에 귀여운 토끼 사진이 실려 있었다. 책방 이름이 찍힌 작은 쇼핑백은 그 사람의 노란 레인코트와 함께 옆자리에 아무렇게나 뭉쳐진 채 처박혀 있었다.

“책을 읽고 있어요. 그런데 책을 거꾸로 들었어요. 우리 저 사람 방해하지 말아야겠어요” 화니가 말했다.

“그래요. 그는 거꾸로 책을 들고 독서를 아주 잘하지요! 틀림없어요! 이젠 당신에 대해서 얘기를 해봐요! 소리 좀 낮춰서요!” 나는 말했다.

화니의 목소리가 밝아지고 성량 또한 두 옥타브를 넘나들 만큼 풍부해졌다.

“전 결혼한 지 십오 년 되었어요” 화니는 환성을 올렸다.

“누구랑요?”

“남편이랑요!”

“전부 얘기해줘요”

“물론 마티아스 크라우제는 아녜요! 그 사람은 오늘 처음 만난 사람예요!”

“알아요. 그야 당연하죠. 자, 진짜 당신 남편에 대해서 얘기해줘요. 좀 작은 소리로!”

“남편은 시리아 사람예요. 상상이 되세요?”

“풋!”

“우린 캠핑 카에 쓰는 생화학용품을 생산해내는 큰 공장을 갖고 있어요”

“아! 정말 구미가 당기는데요” 나는 말했다.

구스타프 그라소라면 말하겠지. “흘러넘쳐. 모두 다 흘러넘치고 있어!”

캠핑 카에 살고 있음에도 불구하고

“남편 이름은 아키메드예요!”

“둘이 어떻게 만났는지 아직 얘기하지 않았어요. 그러니까 당신에게 ‘전 아키메드입니다’라는 말을 언제 했어요?”

“대학 다닐 때였어요! 십육 년 전이지요! 전 약학과 학생이었어요. 그래서 기초과정으로 화학 수업을 듣고 있었지요. 전 아버지 약국을 물려받아야 했거든요. 오버하우젠에 있어요. 하지만 전 오버하우젠에서 약국을 경영하는 것보단 배우가 되고 싶었어요!”

“그럼 아키메드도 당신이 오버하우젠에서 약국을 경영하는 것을 원치 않았나 봐요?”

“아버진 아키메드를 좋아하시지 않았죠. 하지만 우리는 결혼했어요. 순전히 반항심으로!” 화니가 자랑스럽게 말했다.

“아버지께서는 그저 바라보기만 하셨겠네요!” 나는 그럴 거라 추측했다.

“그후로 아버지와 이야기를 나눠본 적이 없어요!” 화니는 즐겁게 말했다. “지금도 마찬가지구요!”

“그랬군요” 나는 말했다. 캠핑 카 세제를 만드는 시리아 사람과 너무 쉽게 결혼을 해버린 예쁜 자기 딸을 생각할 때마다 화가 나고, 그 화를 꾹꾹 눌러 참으면서 조그만 도시 오버하우젠의 약국에서 여성 생리대나 종합 비타민제를 팔고 있을 까다롭고 의기소침한 약사를 난 마음속으로 그려보았다.

“아키메드는 조그만 공장 하나를 세웠어요. 처음에는 친구한테 차고를 빌려서 시작했어요. 다행히 사업이 금방 번창했지요. 그 사람보다 더 좋은 캠핑 카 세제를 만들어내는 사람이 아무도 없었거든요!”

“아하, 그랬군요.”

“그 사람은 세상에서 가장 질이 좋은 캠핑 카 세제를 생산해낼 거예요! 그 사람이 개발한 미끌미끌한 세제와 광택을 내는 크림으로 많은 돈을 벌었어요! 당신, 혹시 아키메드가 개발한 차 광택용 스프레이에 대해서 들어본 적 없어요?”

“아뇨” 나는 재빨리 대답했다. “캠핑 카를 타고 여행한 적이 없었으니까요”

“위생비누도 있어요! 위생비누는 일반 화장실에서도 쓸 수 있어요!” 화니는 흥분해서 소리쳤다. “그 세제는 냄새까지 없애주거든요. 물론 변기에 묻은 똥오줌도 흔적 없이 깨끗이 닦아주죠! 또 누렇게 변해버린 오래된 화장실 변기, 그러니까 비행기나 버스 화장실도 깨끗이 닦여요!”

"소리를 낮춰요!" 나는 불안했다.

주변 사람들을 살펴보았다.

유스투스 스트라이트아커는 불쾌한 눈초리로 책 너머 우리를 쏘아보고 있다. 책표지의 토끼가 두 귀를 늘어뜨리고 밖을 쳐다보고 있다. 토끼가 딱했다. 토끼는 처음부터 지금까지 물구나무서기를 하고 있었다.

"또 텐트에 쓰는 방습제도 있어요! 당신, 텐트에서는 자본 적 있지요? 왜 대개 텐트에서는 썩은 개미 냄새가 나잖아요? 아니면 부패한 쥐 냄새라든가." 화니가 소리쳤다.

"아뇨 한번도" 지금까지 살면서 나는 한번도 그런 경험을 한 적이 없었다.

"그 방습제는 공기를 통하게 하면서 부패를 억제해요! 또 점액질 제거제는 점액, 그러니까 미끌미끌한 것들 그리고 왜 오랫동안 물을 갈아주지 않으면 수족관에서 생기는 해초 같은 거 있죠? 오래된 캠핑 카에 주로 생기는데 그런 걸 없애주는 거예요." 화니가 큰 소리로 설명했다.

그래. 만약 캠핑 카 화장실에서 물고기가 한 달 정도 썩고 있다면, 그 캠핑 카 주인은 서둘러 화니가 말하는 세제들을 사러 가야만 할 거야. 아니면 캠핑 카 안에서는 방독면을 착용해야지 그냥은 절대 타지 못할 거야. 어쨌거나 참기 어려울 만큼 역한 생각들이야. 구스타프 그라소 같은 경우 틀림없이 아키메드의 고정고객일 거고

"그리고 화장실 변기를 소독해주는 위생 스프레이도 있어요 그 스프레이는 뿌린 다음에 바로 앉아도 될 만큼 번개처럼 빠르게 소독을 해주죠" 화니는 열광적이었다.

나는 황망히 주위를 둘러보았다. 몇몇 사람들이 불쾌한 표정으로 우리를 바라보고 있었다.

"아이들 얘기 좀 해봐요" 나는 화제를 바꾸고 싶었다.

누구처럼 수십 장의 아이들 사진을 내놓으면 보는 동안은 조용

할 수 있을 것 같았다.

"아키메드는 아이들을 원했어요 아이 만드는 일에 열중했다는 표현이 더 적절해요. 해마다 아이를 하나씩 낳고 싶어했어요 그래서 전 지금까지 배우라는 직업을 포기하고 있었죠" 화니가 대사를 외듯 말했다.

"아이들 이름이 뭐예요? 이름은 누가 지었어요? "

"글라이텍스, 푸리픽스, 임프레그난, 그리고 시멜레스예요 유감스럽게 지금 가지고 있는 사진이 없어요" 화니는 자랑스러워했다.

"아이들 이름이 뭐라구요?" 나는 브레첼을 한 조각 떼어서 입에 털어넣으며 물었다.

"이름들이 다 고대 페르시아의 명예로운 이름들예요!"

나는 오버하우젠의 약국을 떠올렸다. 그리고 그에게 문제가 생기면 문상을 가기로 결정했다.

"그래요. 아키메드는 새롭게 개발한 생화학제품에 아이들 이름을 붙였어요 일종의 애정표현이지요 하지만 유럽 사람들은 그 이름에 대해서 아무도 모를 거예요" 화니는 남편의 애정을 새삼 확인하는 듯한 투로 말했다.

"그럼요 알 수가 없죠" 딱한 이방인의 아이들. 그 아이들은 항상 지루할 거야. 아무도 그 혼혈아들과 놀아주지 않겠지. 그 아이들은 혹시 광택을 내는 크림이랄지 캠핑 카 세제나 갖고 노는 건 아닌지 몰라. 또 모르지. 그 크림을 빵에 발라먹고 변기용 세제를 마실지도 상상이 너무 지나친가?

"그리고 또요? 또 아이들은…… 아이들은 어떻게 지내요?" 내 목소리에 힘이 빠졌다.

"아키메드는 매일 몇 시간씩 아이들을 데리고 놀아요! 몇 시간씩!" 화니는 즐거워했다.

"그만해요. 더 이상 말하지 마세요! 남편은 아이들을 데리고 놀아준 적이 없어요! 결코 단 한번도!" 드디어 내 질투심이 발동하기 시작했다.

"그 사람 어떤 땐 출근도 하지 않고 하루종일 아이들과 놀아요. 그럴 때면 내가 대신 사무실에 가서 물건들을 지켜야 해요. 왜냐하면 직원들은 물건에는 전혀 신경을 쓰지 않거든요." 화니가 웃으면서 말했다.

"직원들도 있어요?"

"그럼요! 아키메드는 여덟 명의 직원을 두고 있어요! 공장이 그만큼 커졌거든요! 공장은 글로이엘에 있어요! 언제 한번 꼭 오세요! 우리 집 정말 좋아요!"

"그래요. 꼭 한번 갈게요." 나는 기진맥진해서 얼버무렸다.

"사랑스런 내 남편, 아키메드! 그 사람 지금, 부활절에 아이들에게 줄 선물을 만들고 있을 거예요. 부활절에는 항상 아이들에게 토끼 둥우리를 만들어주거든요."

"자상하군요. 남편은 토끼 둥우리를 직접 만들어본 적이 없어요. 부활절이 언제인지도 모를 거예요. 분명히!" 나는 질투심으로 목소리가 거의 잦아들었다.

유스투스 스트라이트아커가 아키메드가 생산하는 세제들을 사용하는지 안하는지는 모르지만 자기 자식들을 위해서 만들고 있는 토끼 둥우리는 보였다. 몇 개나 만들었을까?

그는 틀림없이 우리 얘기를 다 들었을 것이다. 한마디도 놓치지 않고 카페에 들어온 후로 그는 책을 한 페이지도 넘기지 않았다. 내일 아침이면 그 사람은 아키메드가 만든 세제들을 사러 갈 것이다. 그것도 억수로 많이.

"에르니와 베르트를 데리고 꼭 한번 오세요. 우리가 사는 곳은 비록 공장지대지만 땅이 아주 넓거든요! 마당도 그렇고 차고도 그렇고 우리 공장 땅은 아니지만 고속도로와 연결된 도로가 있는데 거기도 애들 놀기엔 아주 그만이에요. 우리 애들은 거기서 롤러스케이트를 타고 겨울에는 썰매를 타요! 아! 그리고 아키메드는 당신 얘기를 들으면 굉장히 좋아할 거예요. 만약 당신이 우리 집에 온다면 그 사람 무척 기뻐할 거예요." 화니가 기껍게 말했다.

"남편은 애들 친구가 우리 집에 놀러오는 것을 별로 달가워하지 않아요. 그래서 우리 집에 놀러오는 애들이 없어요!"

"에른스트베르트 씨는 익살꾼인가 봐요. 난 그렇게 상상되네요."

"우리가 방문하면 방해받는다는 생각이 들진 않으세요?"

"아뇨. 오히려 반대죠! 아키메드는 열다섯 남매예요. 형제가 열다섯이나 된다구요! 그 중 아키메드는 막내예요. 자랄 때 늘 형제들끼리 놀았기 때문에 그이는 자기보다 어린 애들과는 놀아본 적이 없대요. 부모님들께서는 혼자 노는 것도 허락하지 않았대요. 우리 애들은 조용히 앉아서 텔레비전을 본다든가 컴퓨터 게임 하는 걸 더 좋아하지요. 그런데 아빠만 오면 아이들은 양탄자 위에 굴려지고, 정원에 오두막을 짓는 아빠를 도와야 하고, 베개를 서로 집어던지고, 그렇게 완전히 지쳐 떨어질 때까지 놀아요! 전 애들이 아빠와 함께 놀고 있는 모습만 봐도 즐거워요! 글라이텍스는 지금 열두 살예요. 갠 같이 놀고 싶어하지 않아요. 그래서 아빠가 현관에 들어서는 소리를 들으면 재빨리 방으로 들어가서 문을 잠가버린답니다." 화니가 소리쳤다.

"글라이텍스는 양탄자로 감기고 싶지 않은가 보죠?" 나는 의아해서 물었다.

"그래요! 아키메드는 애를 들어올렸다가 뒤집어 던지고 두 다리 사이에 끼워서 계속 돌려대고 또 세탁기 속에 집어넣고 그래요. 아무튼 개구쟁이들보다도 훨씬 개구지게 굴거든요!"

"우리 애들은 아빠와 그런 추억이 없어요. 우리 애들은 어쩌면 아빠가 자기를 세탁기 속에 던져주기를 바랄 거예요. 하지만 남편은 그런 적이 없었지요. 한번도!" 나는 중얼거렸다.

"그렇담 우리 집으로 데리고 오세요! 가능한 한 빨리 우리 집에 오세요! 아키메드는 기다리는 걸 잘 못해요!" 화니가 환성을 지르면서 말했다.

"잠깐만. 그러니까 당신 남편 아키메드 씨는 뭐든지 다 오케이해요? 아무런 조건 없이?" 나는 물었다.

"무슨 말씀 하시는 거예요?"

"저, 그러니까, 당신 남편은 당신이 집 밖으로 나돌아다니는 것을 쉽게 허락하는 거예요? 예를 들어 아랍 여자들은 차도르*나 히잡** 같은 걸 머리에 쓰고 다녀야 하잖아요? 그런데 당신은 그냥 밖에 나다녀도 돼요?" 나는 완전히 가라앉은 목소리로 물었다.

"그럼요. 당연하죠! 무슨 생각을 하는 거예요! 그이는 내가 더 멋진 모습으로 사람들에게 다가가길 바라요. 그리고 제가 배우로서 성공하기를 원하죠! 당신 남편은 그렇지 않아요?" 화니가 웃으며 물었다.

"내 남편은 내가 뭘 하든, 어딜 가든 관심 없어요. 내가 <우리들의 작은 병원>으로 그 사람을 귀찮게 하지만 않으면 되죠. 일요일에 함께 산책하는 것조차 그 사람에게 기대할 수 없어요. 남편은 아이들을 양탄자에 만다거나 내 머리에 그런 걸 씌워주려고 시도한 적도 없었죠." 나는 내 엄지손톱을 물어뜯으며 말했다.

"그럼 정말 무료하시겠어요."

"그래요. 당신 말만 들어도……." 내가 말했다.

"아키메드는 정열적예요!" 화니가 소리쳤다.

"당신은 무료하진 않겠군요." 나는 질투를 느끼며 말했다.

나는 생각에 잠겨 반쯤 남아 있는 찻잔을 들었다.

"전 낯선 외국인 아키메드와 교제하고 싶지 않았어요. 정말 성가시게 굴었거든요. 계속 쫓아다니면서……." 여기까지 이야기를 마친 그녀는 사랑스런 미소를 띠며 잔에 남아 있는 차를 다 마셨다.

나는 조심스럽게 유스투스 스트라이트아커를 쳐다보았다. 그는

---

* 망토 정도 길이의 쓸것으로 주로 검은색이며 이란 여성들이 많이 쓴다.
** 얼굴만 내놓는 쓸 것으로 상체만 가리는 것이 특징. 입고 벗기 쉽고 아랍권 여성들이 많이 쓴다.

책을 읽고 있었다.

"그래서요?"

"난 그 사람과 결혼했지요."

"후회하지 않아요?"

"아뇨! 정반대예요! 다시 태어나도 난 그이와 결혼할 거예요! 그이는 아이들을 데리고 놀다가 밤이 되면 아이들을 침실에 뉘고 아이들이 잠들 때까지 몇 시간이고 동화책을 읽어줘요. 아이들이 잠들면 그때서야 그도 잠을 청해요. 그때까지 우리 침실은 나 혼자만을 위한 거예요!" 화니는 흥분해서 소리쳤다.

"남편이 당신을 때리거나 겁탈하거나 창고에 가두거나 하지 않아요? 당신은 자발적으로 캠핑 카 세제들을 다루는 거예요?" 나는 의심스러웠다.

"그럼요! 꼭 대답해야 한다면요!"

"네 아이들 모두 당신이 원해서 낳았나요?"

"그럼요! 아키메드는 지금도 아이를 하나 더 갖자고 그래요! 더 이상 못 기다리겠대요!"

주위 사람들이 우리 쪽을 쳐다보았다. 유스투스 스트라이트아커 역시.

"그이는 매일 밤 사랑을 나누고 싶어해요!" 화니는 즐거운 비명을 내지르듯 말했다.

남편이야말로 그래야 하는데. 그럴 리가 없지. 돈 되는 일도 아니고! 한 대 쥐어박힐 일이지!

"남편에게 겁탈 당한 적 없어요?" 나는 부르짖었다.

"아뇨! 아키메드는 세상에서 가장 정열적인 남자예요! 아랍 사람들이 침실에서 얼마나 근사한지 당신은 모를 거예요!"

여종업원이 우리에게 조용히 해달라고 당부했다.

"미안해요. 우리가 좀 흥분했어요" 나는 종업원에게 말했다.

"그러실 수도 있죠 브레첼 하나 더 드릴까요?" 종업원이 말했다.

"예. 그러세요." 나는 신음하듯 내뱉었다.

"말해봐요. 이젠 당신 차례예요. 당신 남편은 어때요?"

그래서 나는 남편과 내가 어떻게 만났는지 설명했다.

"내가 사랑한 사람은 하네스였어요. 배우였죠. 정말 멋진 남자였어요. 팔뚝 근육이 대단했죠. 하지만 그런 건 중요하지 않아요. 당신 남편만큼 정열적이진 못하겠지만…… 나는 그 사람이 대단히 정열적인 남자라고 생각했었죠." 나는 테이블 위에 손을 얹고 상념에 젖어들었다가 찻잔을 어루만졌다. "그 사람 물건은 아마 이 세상 누구 거보다도 클 거예요!"

그녀에게 들려줄 만한 게 별달리 없었기 때문에 난 아무거나 떠벌리고 싶은 심정이었다.

화니는 탄성을 올렸다. "그 사람 물건이 이 세상에서 가장 크다고요! 그렇게 큰 건 본 적 없는데요! 내 남편 물건도 한번 보셔야 되겠어요!"

"쉿! 그래서 '아마'라고 했잖아요!"

"알았어요. 그래서요?"

"우리는 여름을 같이 보냈어요. 남프랑스에서. 우리는 밤마다 풀장이나, 호텔 정원 히말라야 삼나무 아래에서, 어떤 때는 영화 세트에 숨어서 사랑을 나누었죠."

"어쩜, 세상에! 먼지 구덩이 세트에 숨어서요!" 그녀가 탄성을 지르더니 얼굴을 찡그렸다. "그런데 그 사람이 에른스트베르트 씨가 아니었다고요?"

"그래요. 하네스였어요. 이미 얘기했지만, 하네스 슈툴바인이란 배우였어요."

"정말 멋져요!"

나는 우리의 러브스토리를 좀 부풀려서 말하기로 작정했다. 난 화니와 당당히 맞서고 싶었다. 나는 좀더 은밀하게 대화를 나누기 위해서 커피잔에 닿을 만큼 가슴을 들이밀었다.

"우리 방에……." 나는 에르니처럼 말꼬리를 약간 올려가며 말했다. "낯선 러시아인이 자고 있었어요! 냄새가 지독하고 코를 골면서 자더니 잠꼬대를 하더군요! 정말로!"

"낯선 러시아 사람이! 남의 침대에서 잠을 잤다구요! 끝내주네요!" 화니는 놀라워하며 소리쳤다.

"미안합니다만, 말씀 좀 낮춰주세요" 종업원이 또다시 우리에게 주의를 주었다.

"그 러시아 사람이 에른스트베르트 씨는 아니었죠?" 브레첼을 한 입 깨물며 화니가 물었다.

"아뇨 에른스트베르트는 세무사죠"

"그럼 세무사는 러시아 사람 한참 뒤에 등장하나요?"

"아뇨 바로 다음에 나와요"

"그럼 그 세무사가 침실에 있었던 것은 아니네요"

"아뇨 세무사는 몇 주일 후에 우리 집에 찾아왔어요. 혼자 무료하게 지내고 있는데……."

"이해할 수 없어요……."

"그러니까, 그 사람은 세무 용무로 나를 찾아온 거였어요. 세금 관계에 대해서 장시간 이야기를 하고 주유 영수증같이 별로 대수롭지 않은 것들을 모아놓았는가 묻기도 하고……."

"아이, 매력 없어!" 화니는 소리쳤다. "정말 무드 없는 사람이네요!"

"……그리고 나는 그 사람의 나일론 바지를 보고 또 다림질이 필요 없는 와이셔츠와 코팅 처리된 구두를 바라보았어요……. 그리고 이미 알고 있겠지만……."

"난 아무것도 몰라요! 그 사람하고 모종의 섬싱이 있었어요?"

"아무 일도요 맹세코! 난 그저 상상만 했을 뿐이었어요. 머리 속으로만! 그 세금 얘기가 너무 따분해서 시간을 보낼 요량이었다구요!"

"그 일을 그냥 머리로 상상만 했다구요? 그런데 아이가 생겼단 말인가요?"

"거기에 또 덧붙여 뭔가를 바닥에 떨어뜨렸어요. 그게 아니었음 아마 성공하지 못했을 거예요." 나는 덧붙여 속삭였다.

"그러니까 당신은 뭔가를 바닥에 떨어뜨렸어요. 그 일을 상상하면서? 그런데 아이가 생긴 거예요, 그렇죠? 남편 아키메드에게 이 얘기를 해줘야겠어요! 그이는 내 말에 혹할 거예요! 어쩌면 오늘 저녁 당장 자기도 한번 시험해보려고 할 거예요! 연구중인 서리보호제를 몽땅 바닥에 떨어뜨리면서 그 일을 상상할 거구, 그 사이에 난 애를 갖게 되는 거예요. 그것도 쌍둥이를! 아이들 이름을 디히토란과 핀돌이라구 지어줘야겠어요!"

"제발 좀 조용히 해주세요!" 옆 테이블에 앉아 있는 할아버지가 말했다.

"여기에 당신들만 있는 게 아니잖소!"

"하나예요. 그의 아들은 하나예요."

"쌍둥이라고 알고 있는데요!"

"아빠가 다른 쌍둥이죠. 한 아이는 배우의 아들예요."

"세상에서 가장 큰 걸 가진 사나이요?"

"쉿! 화니! 내가 '아마'라고 얘기했잖아요!"

나는 유스투스 스트라이트아커를 넘겨다보았다. 부활절 토끼가 맥없이 거꾸로 매달려 있었다. 하긴 아무도 거들떠보지 않아서 토끼는 지루했을 것이다.

"그런데 그 사람하고도 사랑을 나누지 않았었어요? 정말로?"

"아뇨! 그 사람과 사랑을 나눈 건 그 다음이었어요!"

"세상에, 끝내주는데요!" 화니는 탄성을 올렸다. 그녀는 흥분해서 테이블을 내려쳤다. "아키메드에게 얘기해줘야겠어요! 그 사람은 틀림없이 약품을 몽땅 바닥에 떨어뜨린 다음 나와 사랑을 나누려고 할 거예요!"

나는 갑자기 그녀가 내 말을 진실로 받아들이고 있는지 확신할 수가 없었다. 스스로도 믿지 못하는 억지 얘기를 아이들과 잘 놀아주는 남편에게 꾸며서 이야기를 늘어놓는 것은 부당하다. 나는 어떤 희생을 치르더라도 그녀에게 내 가치를 드러내기로 마음먹었다.

"난 마력을 지니고 있어요." 나는 브레첼을 씹으며 말했다. "난 마력으로 남자들을 홀릴 수 있어요. 당신은 그럴 수 없지만!"

"난 당신이 하는 이야기는 무조건 믿어요." 화니가 내 가슴에 묻은 과자 부스러기를 냅킨으로 털어주면서 말했다. "저 사람도 당신 마법에 걸려들었군요."

유스투스 스트라이트아커가 겨우 책을 기억해낸 것 같았다. 분노에 차서 그 책을 뚫어져라 쳐다보더니 토끼를 제대로 세워주었다.

"당신한테만 알려줄게요. 저 사람도 내 마술에 걸렸어요. 허풍 떠는 게 지나쳐서 벌을 줬지요." 나는 작은 소리로 말했다.

화니가 남은 커피를 마셨다.

"남편은 당신의 열광적인 팬이 될 거예요. 그이는 천일야화 같은 걸 좋아하거든요. 그인 당신 마술에 걸려들기를 학수고대할지도 몰라요. 분명 그럴 거예요! 그이는 유희를 즐겨요! 양동이에 내동댕이쳐지면서도 그걸 생각할 사람예요."

"주인 양반, 조용히 해줄 순 없수?" 나이 지긋한 부인들이 항의했다.

"죄송합니다만, 이젠 그만 나가주셔야겠습니다." 뚱뚱한 주방장이 손가락에 묻은 딸기 크림을 앞치마에 문질러 닦으며 말했다.

"케익 주걱을 떨어뜨리지 마세요!" 화니가 감정을 억제한 소리로 크게 말했다. "그렇지 않으면 이분이 당신에게 마법을 걸 거예요, 그럼 당신은 이분과 잠자리를 같이한 것 같은 망상에 사로잡히게 되는 거예요."

"이 사람은 아녜요. 내 마법에 걸려들려고 이 자리에서 당장 넘어진대도 난 그 사람에게 마법을 걸지 않아요!" 내가 속삭였다.

"왜요? 달콤한 딸기잼이 덕지덕지 붙은 제빵사를 홀려보는 것도 재미있을 것 같은데요." 화니가 가방을 집어들며 말했다.

“마법을 걸 상대는 내가 결정해요.” 나는 화를 냈다.

화니가 은근히 놀리는 것 같아서 나는 서서히 불쾌해졌다.

“저쪽 구석에 앉아 계신 남자 분이 계산할 거예요.” 화니가 즐거운 듯 말했다.

그제야 유스투스 스트라이트아커가 우리를 처음 발견한 것처럼 고개를 쳐들었다.

“그래요. 누구를 선택하느냐는 당신이 결정할 문제예요.” 화니가 밖으로 나올 때 팔짱을 끼며 말했다. “그런데 유스투스 스트라이트아커의 경우는 제 생각에…… 자업자득이 될 것 같아요. 혹시 마력을 취소할 수는 없나요?”

“아뇨 그런데 왜 그래야 하죠? 돈 되는 일도 아닌데.” 나는 만족해서 말했다.

당신은 세상을 리모컨으로 움직이고 있어요.

그리고 당신도 리모컨으로 조종되지요.

……

어느 날엔가 당신은 죽겠죠!

과식으로 인한 죽음!

무관심으로 인한 죽음!

리모컨으로 인한 죽음!

그러면 나는 당신 묘 앞에 서게 될 거예요.

그리고 관 뚜껑을 닫아줘야 할 거예요.

왜냐하면 나는 리모컨을 사용할 줄 모르기 때문에.

남편은 부재중

"어떻게, 너는 원장 의사와 결혼하게 되는 게냐?"

그레테는 부엌에서 아이들 도시락을 준비하고 있었다.

'넌 원장 의사와 결혼하지 않아. 그따위 말은 듣고 싶지 않아. 넌 원장 의사와 결혼하지 않는다구.'

에르니와 베르트가 시리얼을 먹고 있다. 꿀로 단맛을 낸 시리얼이 우유 속에 부드럽게 퍼져 있었다. 콘플레이크 상자 사이로 자동차를 밀어대면서 국물을 후루룩 마시고 짭짭거리며 먹는 아이들 모습이 멧돼지들 같았다.

그 모습이 너무 사랑스러웠다. 복숭아빛으로 물든 아이들 볼을 깨물어주고 싶었다. 하지만 나는 지금 다이어트중이라 열두시 전엔 음식 먹는 것을 삼가고 있다. 내가 닥터 아니타 바흐에게 내린 벌이었다.

"엄마, 난 엄마가 벌써 결혼했다고 생각했는데요?" 베르트가 시리얼을 한 입 가득 문 채 물었다.

"당연히 결혼했지. 아들아, 그릇을 깨끗이 비워야지. 국물을 남기지 말고 너희들은 프롤레타……"

"……리아가 아녜요. 엄마, 그런데 왜 원장 의사하고 또 결혼해요? 그럼 세금에 유리해져요?" 베르트가 물었다.

나는 그레테와 의미심장한 눈길을 교환했다.

베르트는 에른스트베르트의 아들이었다. 분명 그의 아들이다.

"나는 엄마랑 결혼할 거야!" 에르니가 소리쳤다.

"입에 음식을 물고 얘기하는 게 아냐." 그레테가 끼어들었다.

"난 엄마를 제일 사랑해!" 에르니가 연기하듯 수저를 흔들면서 소리쳤다.

"조용히 해, 이 바보야. 너는 엄마랑 결혼할 수 없어."

"왜 못해?"

"넌 세금도 못 내니까!"

"엄마는 왜 슈미츠 니텐빌름 선생님하고 결혼 안해?" 에르니가 물었다.

"선생님은 엄마 스타일이 아냐. 너무 마르셨거든." 내가 말했다.

그레테는 못 말리는 모자지간이라는 듯 고개를 흔들었다.

"빼빼해도 난 우리 선생님이 좋은데." 에르니가 자기 생각을 분명히 말하고는 식탁보로 입을 쓱 문질러 닦았다.

나는 에르니에게 냅킨을 건네주었다.

"이걸로 닦는 게 더 좋을 거야." 나는 부드럽고 포동포동한 아이의 볼을 쓰다듬었다. 그러다가 감정을 절제하지 못하고 아이의 볼에 입술을 갖다댔다. 아이의 볼 냄새가 장미꽃 향기처럼 상큼했다.

"음, 좋아. 난 아빠보다 선생님이 더 좋아." 에르니가 말했다.

"얼씨구, 그런 얘기하면 못써." 그레테가 타일렀다.

"난 선생님보다 아빠가 백 배 더 좋아요. 아빠는 선생님보다 돈도 훨씬 많이 벌고 또 아빠는 벤츠가 있잖아요." 베르트가 빠르게 내뱉었다.

"야, 이 바보야!" 에르니가 소리지르며 일어났다. "근데 선생님은 자전거 뒤에다 우리를 태워주잖아! 하지만 아빠는 우리를 아빠 차에 태워주기밖에 안하잖아, 응?"

"에이, 넌 바보 멍청이야." 베르트가 말했다. "아빠 차가 선생님 자전거보다 훨씬 더 비싼 거야! 또 선생님 자전거는 모터도 없어서 모래밭 같은 데는 가지도 못해!"

"하지만 선생님은 우리랑 같이 연도 날리고 수영도 가르쳐주잖아! 그리고 레고도 같이 만들고! 아빠가 뭐 언제 그런 적 있나?"

"아빠는 컴퓨터 해주잖아, 선생님은 그런 거 못해!"

"아키메드 아저씨 만날 때까지 기다려! 그 아저씨가 너희들을 양탄자에 둘둘 말아줄 테니까!" 나는 비밀스럽게 말했다.

아이들이 말싸움을 멈추고 입을 벌린 채 잠시 나를 쳐다보았다.

"그리고 선생님은 양손 다 놓고 자전거를 탈 수도 있지, 또 세번째로 높은 칸에서 다이빙도 할 수 있지! 그런데 아빤 양손 놓고 자동차를 운전할 수 있어? 응? 할 수 있어?”

“그래! 아빠도 할 수 있어! 한 손으로 전화하고 다른 손으로 라디오 틀잖아!”

“선생님은 학교 담도 뛰어넘을 줄 알아!”

“아키메드 아저씨는 캠핑 카를 뛰어넘는대!”

“아빠는 감시 카메라 통과할 수 있어! 아빠는 레이더 경보기를 달았거든!”

“피ㅡ.” 에르니는 거의 울먹였다. “아빤 뭐, 언제 우리랑 놀아주기나 하나 뭐! 한번도 안 놀아주고! 난 맨날 심심하단 말야!”

“있잖니, 아키메드 아저씬 양탄자에 너희들을 둘둘 말기도 하지만 세탁기에 집어넣기도 한대!” 나는 아이들을 달래려고 노력했다.

하지만 아이들은 내 말을 듣고 있지 않았다.

“그래, 그런데 말야, 노는 건 너 혼자서도 할 수 있어. 하지만 너 돈 벌 수 있어? 돈은 아빠밖에 못 벌어.”

“엄마도 벌잖아!” 에르니가 코를 훌쩍였다. “엄마는 세계에서 유명한 배우잖아!”

“원장 의사는 절 인형 같은 계집애라고 생각한대요.” 나는 그레테한테 그 이야기를 전했다.

“비참했겠구나.” 그레테가 말했다.

“나는 엄마가 최고라고 생각해!” 에르니가 소리질렀다.

“나도 마찬가지야!” 베르트도 소리쳤다.

“상황이 반전되었구면. 드라마에서 넌 병원 원장 선생과 결혼하고 싶어하잖니! 하지만 시청자들은 좋아하지 않아. 좋게 생각하는 사람이 아무도 없을 거야.” 그레테가 말했다.

“우리 아빠가 최고야.” 베르트가 단정짓듯 말했다.

“우리 선생님이 최고야.” 에르니가 큰 소리로 말했다. “그치만 아빠보단 아주 쪼끔 더 최고야.”

“아키메드 아저씨를 만날 때까지 기다려!” 나는 식탁을 치우면서 말했다. "그 아저씨는 아이들을 양탄자에 둘둘 만대!"

"난 도저히 이해 못하겠다. 그런 차림으로 나가는 널 말이야. 머리띠라도 하고 나가!" 그레테가 말했다.

"분장실로 바로 가는데요, 뭐! 헤어아티스트들이 알아서들 해줄 거예요."

"헤어아티스트! 알아들었어! 알아서 해주겠지."

"엄마? 그런데 아이들을 양탄자로 둘둘 마는 아빠가 뭐가 좋아요? 너무 심한 거 아녜요?" 베르트가 말했다.

"너 후회하고 싶지 않으면 머리 빗고 나가!"

"파마 머리는 빗질하면 안돼요. 웨이브가 탄력을 잃어서 덤불처럼 되거든요."

"나는 양탄자에 둘둘 말려보고 싶단 말야, 이 멍청아!"

"웨이브를 원하는 모양이다만, 넌 머리결이 좋지 않아."

"모든 걸 완벽하게 갖추고 태어나는 사람은 없어요." 나는 다정하게 말했다.

"영국 다이애나 비 머리 스타일을 하면 좀더 지적으로 보일 거야. 짧은 머리여서 좀 대담해 보이긴 하지만 여성스럽거든. 긴 머리는 고풍스러워 보여도 손질하기가 어려워. 네 나이면 짧은 머리도 괜찮을 게야." 그레테가 나름의 논리를 전개했다.

"나중에요." 나는 말했다.

"심한 거 아니냐구요!" 베르트가 말했다.

그레테가 아이들 책가방에 도시락을 팍팍 쑤셔넣었다. "에르니, 베르트 아직 멀었니?"

적어도 아이들만큼은 극히 정상적으로 보였다. 규칙적으로 머리만 잘라주면 남자아이들은 빗질이 필요 없었다. 그리고 우리 아이들은 부스럼 흉터가 없었다. 우리는 프롤레타리아가 아니니까.

"출발!"

그레테와 아이들이 움직이기 시작했다. 모퉁이만 돌면 바로 학교였다.

그레테는 보통 할머니들처럼 끈 달린 천 모자를 쓰고 다녔다. 나는 평범해 보이고 싶진 않다.

"엄마, 오늘 아키메드 아저씨네 갈 거야?"

"그러자! 인디언 여성의 명예를 걸고 약속하마."

"그런데 우리도 양탄자에 둘둘 만대! 엄마, 약속하지!"

"그럼! 두루마리 화장지도 던질걸!"

"그런데 우리가 아저씨를 세탁기에 넣어도 돼?"

"당연하지!"

"그런 다음에 세탁기를 틀어도 되는 거예요?"

"글쎄. 사실 아저씨가 보통 어떻게 하셨는지 엄마는 잘 몰라."

"우리가 아저씨를 세탁기에 넣고 돌려도 된다고?"

"그건 안될 거야." 나는 유감을 표했다.

"그럴 줄 알았어요. 거기도 재미없을 것 같아요" 베르트가 실망해서 말했다.

"우리가 어렸을 적에는 두루마리 화장지를 던지거나 세탁기에 들어가서 놀지 않았어. 그래도 행복했지. 양탄자 술을 빗질하면서 작은 소리로 노래를 불렀었지." 그레테가 말했다.

"그랬어요. 쥐어박히면서요."

"엄마?"

"음?"

"엄마!"

"왜?"

내 기억으론, 오늘은 일요일인데!

나는 잠시 침묵을 지키고 있는 알람시계를 쳐다보았다. 지금 시각은 다섯시 사십오분.

"오– 안돼, 에르니! 지금은 아냐!"

"나 엄마한테 꼭 물어볼 말이 있어! 굉장히 중요한 거야!"

"뭔데?"

"엄마!" 에르니가 나를 마구 흔들었다.

"너 지금 몇 신 줄 알아?" 나는 투덜거렸다.

"곧 이십일 세기가 된대." 에르니가 말했다.

"그래. 그러니 어서 침대로 돌아가!" 나는 짜증을 부렸다.

"바지에 왜 주머니가 달렸게? 그리고 주머니에 뭐가 들었게?"

"아빠한테 물어봐." 나는 퉁명스럽게 말했다. 나는 멋진 꿈속으로 다시 돌아가고 싶었다. 원장 의사 프랑크 본하이머와 여의사 아니타 바흐가 뉘엿뉘엿 해지는 시각에, 아주 격정적이고 무절제한 사랑을 나누고 있었다. 웰데로 가는 고속도로 근처에 있는 넓은 들 한복판에서 담요를 깔아놓고 지금까지의 꿈 중에서 최고였다!

"아빠는 주무시니까 엄마가 말해줘야 돼." 에르니는 말했다.

항상 그랬다.

"그래서?"

나는 반쯤 몸을 일으키며 이불을 쳐들었다. "이리 들어와."

부드러운 몸뚱이가 이불 속으로 들어왔다. 격정적인 꿈으로 후끈 달아오른 엄마는 얼음장처럼 차가운 아들의 발로 평온치 못한 현실 세계로 돌아와야 했다. 기침을 하는 에르니를 잘 눕혀주고 다독여주는 동안 난 에르니를 더 이상 성가시게 생각하지 않았다.

"엄마, 말해줘."

"네 바지 주머니에 작은 비밀들이 가득 들어 있는데, 언젠가 그 비밀들이 깨어날 거야. 하지만 지금은 때가 안됐어. 이젠 됐니?"

"엄마는 없어?"

"없어. 너도 아다시피."

"속상해하지 마. 생일선물로 달라고 빌면 되잖아. 그럼 갖게 될 거야. 내가 엄마한테 선물할게. 난 엄마를 무지무지 사랑하니까."

난 이 조그만 몸뚱이를 전부 깨물어주고 싶은 충동을 느꼈지만 자제했다.

"엄마, 있잖아, 우리는 지금 산소 마스크를 사러가야 돼. 사월이 되면 산소 마스크가 없는 사람들은 다 죽을 거야. 그래서 미리 준비해야 돼.”

“아니야……. 그래, 네 말이 맞어. 그런데 그건 내일 사야 될 거야. 오늘은 일요일이라 가게문 다 닫았어.”

“다음주부터 사월이야?”

“아니. 그렇지 않아. 막 삼월이 시작됐거든. 아직 시간 있어.”

휴식. 아이의 갈색 머리 속에 감춰진 풍부한 상상력은 지금 열심히 돌아가고 있을 것이다.

“왜 사월이 아냐?”

“지금은 삼월이니까. 사월이 오면 나뭇가지에서 초록색 이파리들이 나와. 네 바지 주머니랑 비슷해. 때가 돼야 조그만 비밀들이 밖으로 나오니까. 오늘은 아냐. 자, 이젠 네 방으로 돌아가, 귀여운 내 새끼야. 세 시간 후에 다시 와.”

나는 비몽사몽으로 아이의 잠옷 고무줄을 잡아당기고 손을 집어넣어 포동포동한 배를 간질였다.

“잘 가, 내 새끼. 나갈 때 소리나지 않게 문 닫아줘!”

수다쟁이 아들에게 팔베개를 해주고 같이 잘 수도 있었을 것이다……. 조용히만 해줬다면! 하지만 수다쟁이 아들은 내가 옆에 있으면 상상력을 총동원해서 쫑알댔다.

“등이 간지러워. 배는 만지지 마.” 에르니가 말했다.

“좋아. 딱 오 분 동안이다. 그러면 네 방으로 가는 거야!”

“엄마?”

“왜?”

“기사…… 들?”

“그래. 기사들.”

쫑알거릴 때마다 풍기는 작고 귀여운 아이의 입 냄새가 내 얼굴을 때렸다. 나는 곧 아이에게 취해버릴 것이다.

“있잖아, 기사들은 구급차가 없어! 그래서 죽었어.”

“에구 내 새끼, 에르니 너 그거 아니? 지금 당장 네 침대로 가야 된다는 거 말야. 좀더 자야 돼. 너랑 나랑은 자기 꿈나라로 돌아가는 거야.”

“어제 우리 할머니랑 이모할머니들 집에 갔었거든. 엄마 그거 알았어?”

“아니. 엄만, 엄마가 아무것도 모른다는 건 알아.”

“나도 그건 알아. 할머니가 말해줬거든. 이모할머니들은 이모할머니라고 되어 있지 않대.”

“너한테 애기하지 않은 게 있는데, 메틸드 이모도 이모로 되어 있지 않단다.” 나는 중얼거렸다.

“그리고 레스토랑에 갔었어. 그런데 할머니가 종업원을 불러서 물고기를 주문했어! 그 물고기는 죽은 것처럼 보였어! 할머니가 ‘물고기는 지금 잠을 자고 있는 거란다’ 하고 애기했지만 나는 다 알고 있었어. 종업원들이 물고기를 기름에 튀겨서 죽인 거야!”

나는 베개에 고개를 처박고 킥킥거렸다. 이런 식의 애기는 에르니한테나 가능하다. 웃는 바람에 난 잠이 깼다.

“그래서? 그 물고기를 먹었니?”

“응. 그런데 내가 종업원에게 맛이 섬뜩할 거 같다고 말했어!”

“그래서? 종업원이 그 물고기를 다시 가져가든?”

“아니. 할머니가 그랬어. 식탁 위에 차려진 음식은 다 먹는 거라고. 그런데 그 물고기는 식탁 위에 차려진 게 아니라 죽어 나자빠져 있었던 거야! 무지하게 크고 섬뜩한 눈이었어!”

“에구, 내 새끼.” 나는 사랑스럽고 따뜻한 마음을 가진 조그만 이야기 주머니의 새끼손가락을 쪽쪽 빨았다.

“안돼, 엄마. 삼키면 안돼. 내 손가락엔 가시가 들어 있단 말야.”

“에르니, 널 좀 꺼야 되겠는데, 어떤 게 네 스위치냐? 이거니?” 나는 아이의 배꼽을 꼬집었다. “그래, 좋아. 엄마랑 협정하자. 지금부터 자는 거야. 더 이상 수다떨지 않겠다고 약속하면 여기 엄마 옆에 있어도 돼.”

“알았어.”

정말 난 에르니가 너무 사랑스러웠다. 에르니와 함께 있으면 시간이 지루하지 않았다.

한 오 분 정도 우리는 말없이 조용히 있었다. 나는 다시 잠에 빠져들고 있었다.

"엄마?"

"안돼!"

"엄마는 용감한 것과 게으른 것의 차이가 뭔지 알아?"

"그래, 너는 용감하고 엄마는 게을러."

"아냐, 엄마. 틀렸어. 어떤 사람을 추월하면 용감한 거고, 그래서 죽은 사람은 게으른 거야."

"그렇구나. 엄마랑은 상관없는 얘기야."

나는 코를 골며 자는 남편을 바라보았다. 거의 백오십 킬로그램에 육박해가고 있는 남편과 한 이불 속에 나란히 누워 있는 나는 게으른 사람이다.

"엄마, 나 심심해!"

"좀더 자. 그럼 심심하지 않을 거야! 어쩌면 신나는 꿈을 꿀지도 몰라! 자고 일어나서 엄마한테 꿈 얘기 해주기다, 알았니?"

"나 꿈꾸는 거 싫어! 놀고 싶어!"

"그럼 가서 놀아! 그런데 조용히 놀아야 해!"

"엄마, 근데 다리가 둘 다 없는 사람이 스키를 가르칠 수 있어?"

"상식적으로 안되지. 근데 너 또 무슨 생각을 하는 거야?" 나는 하품을 했다.

"다리가 하나밖에 없는 사람이 스키를 가르친대!" 에르니는 신중히 말했다.

"그럴 수 있지." 나는 시큰둥하게 대꾸했다.

"그럼, 다리가 둘 다 없는 스키 선생님도 있을 수 있잖아!" 에르니가 흥분했다.

"쉿!" 나는 이 사이로 말을 뱉었다. "아빠가 지금 주무시고 계시잖아!"

"말해봐! 그런 사람이 있어? 없어?"

"그래그래, 있다 있어! 이젠 조용히 하자."

에르니가 위로 기어올라와 고사리 손으로 내 얼굴을 만지다가 감긴 눈꺼풀을 손가락으로 치켜올리려고 했다.

"엄마, 눈떠. 정말 중요한 얘기가 있단 말야."

나는 귀찮다는 듯 쳐다보았다.

"그러니까 뭐냐면…… 엄마! 엄마 눈 좀 떠봐!…… 노예들이…… 큰 집을 짓는데, 집을 다 짓고 나면 채찍으로 맞는대!"

"요즘 세상에 그런 일은 없어." 나는 또 하품을 했다.

나는 아들을 재우기는 틀렸다 싶어서 쫑알거리는 아이를 쳐다보았다.

"에르니, 우리 공원으로 산책 가자."

"엄마는 이 세상에서 최고로 좋고 예쁜 엄마야!"

"알았어." 내 목소리는 거의 신음에 가까웠다.

젖니뿐인 아이의 축축하고 격렬한 키스 세례.

우리 둘은 조용히 목욕탕으로 들어갔다.

"이리 와. 찬물로 세수해. 야, 아들! 그것도 못하면 넌 사나이가 아니야!"

나는 아이 얼굴에 찬물을 잔뜩 끼얹었다. 달콤한 새벽잠을 무참히 박살낸 것에 대한 반격이었다.

에르니는 내 손에서 벗어나려고 꿈틀거렸다.

"엄마, 빨리 놔줘! 그럼 나 더 이상 엄마 친구 안할 거야!"

나는 아이를 더 이상 감당할 수 없었다.

우리는 옷을 챙겨 입었다.

"카우보이 바지, 엄마! 그리고 내 칼하고 총도!"

"집 밖으로 나가면 엄마는 무기를 풀어도 되지?" 나는 조심스럽게 물었다.

"알았어. 내가 엄마를 보호할게."

우리는 미끄러지듯 계단을 내려왔다. 양쪽 방에서 남편과 베르트의 고른 숨소리가 들렸다. 게으른 자들에게 축복을. 게으른 자들은 절대 남을 치는 법이 없으니까.

"엄만 어떤 신발을 신어야 하는데?" 나는 복도에서 신중하게 속삭였다.

"이거, 갈색 신발." 에르니가 말했다.

갈색 신은 굽이 높은 구두였다.

"아냐. 애네들은 더 자야 돼."

우리는 고무 장화를 신었다.

우리는 현관문을 살며시 열었다. 막 동이 트는 새벽공기는 차갑긴 했지만 맑고 신선했다. 동틀 무렵의 희미한 세상을 볼 때면 나는 항상 깊은 산속 폭포에서 삼 분 수프를 낚는 선전을 연상했다.

≪일요신문≫이 나무 담장에 꽂혀 있었다. 나는 잠시 신문을 측은히 쳐다보았다.

나중에, 신문아, 나중에 보자.

"어디로 갈까? 생각한 데 있니?"

"페나텐 공동묘지로 가, 엄마." 에르니가 잠시 생각해보더니 말했다.

그 공동묘지는 멀지 않았다. 아이들이 어렸을 때, 나는 유모차를 끌고 곧잘 그곳에 갔었다. 묘지 사이를 누비면서 고인들의 묘비를 탐구했었다.

"좋아. 엄마도 좋아하는 곳이야."

바람 부는 삼월, 이른 아침에 공동묘지에 가보는 것도 의미 있을 것 같았다.

온 동네가 아직 잠들어 있었다.

고요가 정겨웠다. 세상이 모두 우리 것이었다.

고맙다, 아들아. 나를 깨워줘서.

세상은 용감한 자들 것이지, 결코 게으른 자들 것이 될 수 없다.

"엄마, 저것 좀 봐. 저기 죽은 오이가 있어."

"정말이구나. 저 오이는 왜 저기 떨어져 있는 걸까?"

우리들은 쪼글쪼글 말라비틀어진 오이 앞에 쪼그려 앉았다. 누군가 주말시장에서 산 오이를 떨어뜨리고 간 모양이었다.

"엄마, 이 오이 얘기 해줘. 오이는 왜 죽었어?"

"아, 에르니. 엄마도 잘 모르겠어. 그런데 세상 오이는 언젠가는 모두 죽어."

"알아, 엄마. 생각해봐. 빨리! 이 오이가 왜 죽었냐고! 빨리! 지금 당장! 말 안해주면 뒤통수에 박치기를 할 거야!"

오이가 어렴풋이 야간근무 간호사 베르트힐트를 연상시켰다.

"그래. 옛날에 마음씨가 나쁜 데다 쪼글쪼글 못생기고 구두쇠인 늙은 오이가 살고 있었대. 그래서 그 오이는 가까운 친구가 없었어. 아무도 그 오이를 좋아하지 않았던 거야. 그 오이를 갖고 싶어 하는 사람도 없었고 매주 토요일이 되면 오이 주인은 그 오이를 가지고 주말시장에 가서는 이렇게 외쳤대.

'여기 좀 보세요, 여러분. 여기 늙고 시들어서 쭈글쭈글한 오이가 있습니다! 누구 맛보실 분 없어요? 반값에 드릴 테니 사가세요! 맛이 기똥차요!'

그래도 그 오이를 사가는 사람이 없었대. 딱한 오이는 점점 더 시들어서 마르고 쭈글쭈글해졌대. 오이 주름은 더욱 깊어만 갔지."

이야기에 빠져든 에르니의 눈이 반짝였다. "그래서?"

"그런데, 드디어, 어느 날 뚱뚱하고 투실투실 포동포동해서 꼭 굴러갈 것같이 생긴 아줌마가 뒤뚱거리며 주말시장에 나타난 거야. 에르니, 그 아줌마는 왜 그렇게 뚱뚱했을까?"

"왜냐하면 오이를 너무 많이 먹어서 그런 거야."

"아니, 틀렸어. 그 아줌마는 임산부였어. 그 임산부는 오이가 늙었는지 말랐는지 시들었는지 상관하지 않았대. 남산만한 배를 해가지고 정신없이 뛰어와서 장사하는 사람한테 말했대. '저거 주세요! 저거요! 빨리 주세요! 빨리 안 주면 뒤통수에 박치기를 할 거예요!'

오이 장수는 신나서 오이를 봉지에 넣어주면서 말했대. '이 오이를 가지고 가기만 한다면 내가 당신한테 선물하리다.'

그런데 그 임산부는 오이를 봉지에 넣지 말라고 부탁하더래.

'지금 당장 먹을 거예요! 이리 주세요!' 임산부가 소리쳤대.

그런데 늙어서 쪼글쪼글한 오이는 겁이 더럭 난 거야. 불안하기도 하고. 그렇게 열렬히 환영받으리라 상상도 못했던 거지. 사람들을 무서워하고 어둠에 공포를 느끼는 오이였거든. 임산부 뱃속이 얼마나 깜깜한지 오이는 이미 알고 있었던 거야!"

나는 잠시 말을 끊고 에르니를 살펴보았다. 놀라서 둥그래진 아이의 얼굴에서 기사의 용기와 대담성이 사라졌다. 호기심과 공포만 두 눈에 적나라하게 드러났다.

"그래서? 엄마! 계속, 빨리!"

"그때 두 눈을 꼭 감은 오이의 얼굴 표정은……"

"……지금 내 말을 듣고 있는 사람과 똑같았지…….”

"……그 오이를 구원해줄 누군가를 찾았지."

"……그래서 그 오이가 누굴 찾아냈…… 어?"

"……핸들카를 끌고 들어오는 에르니 할머니 그레테였지. 사랑스럽고 인자한 그레테 페퍼코른! 할머니는 친구와 함께 한쪽 구석에서 수다를 떨고 있었어. 오이는 생각했어. '나를 먹어치우기 전에 그레테의 핸들카로 뛰어내리자. ……아마 그레테는 알아차리지 못할 거야. 그리고 기회를 봐서 슬쩍 도망치는 거야……. 어쩌면 그레테에게 아이들이 있을지도 몰라. 내가 더 늙고, 쪼글쪼글해져도 나와 함께 놀아주고 나를 사랑해줄 아이들 말이야'라고."

"그래서?!" 에르니는 뒤로 넘어갈 만큼 긴장해서 내게 꼭 달라붙었다. 오이에 대한 연민이 아이의 얼굴에 역력히 드러났다.

"……그래서 오이는 뛰어내릴 준비를 했지…….”

아, 사랑스런 에르니, 네 모습을 하얀 도화지에 그릴 수만 있다면! 반쯤 벌어진 입, 놀란 눈동자, 붉게 물든 통통한 볼, 아침안개 속에 뿜어져 나오는 뽀얀 입김, 신선한 치약 냄새……

“엄마, 빨리 말해.”

“오이는 큰 원을 그리며 뛰어내렸어.” 나는 팔을 들어 원을 크게 그렸다. “그래서 할머니 모자 위에 착!” 내 팔이 에르니의 머리 위에 떨어졌다.

허허로운 웃음.

“하하하, 오이는 할머니 머리 위로 떨어진 거야!”

나는 이야기를 재밌게 꾸미기로 마음먹었다.

“그러자 할머니 친구가 말했어. ‘그레테, 내 눈엔 당신 머리 위에 오이가 올라앉은 것처럼 보이네요!’”

“헤헤헤!” 에르니가 낄낄거리고 웃으면서 흥분해서 무릎을 마구 쳤다.

“‘아, 요즘 유행하는 스타일예요. 최신 유행이죠. 모르셨어요! 유행에 민감한 여성들은 머리에 오이를 하나씩 달고 다니죠’.”

에르니는 천진난만하게 떼굴떼굴 굴렀다.

“그리고 그레테는 핸들카를 끌고 집으로 가고 있었지. 오이는 떨어지지 않으려고 그레테 모자를 죽을힘을 다해 움켜쥐었지. 그리고 생각했대. ‘멀미날 것 같아. 얼굴색도 변하고 아, 토할 것 같아’.”

에르니는 웃음을 그쳤다.

“그래서 오이가 그레테 머리에 토…… 했어?”

나는 이야기를 수습하기로 했다. 에르니는 분명 그레테한테 가서 물어볼 것이고, 나한테 들은 얘기를 죄다 풀어놓을 것이다. 그러면 그레테는 교육적이지 못한 일이라고 나를 비난할 것이다.

“아니. 오이는 할머니 머리에서 뛰어내렸어. 그냥 도로 위에! 그래도 된다고 생각하니? 음? 오른쪽 왼쪽 살펴보지 않고?”

“오이는 바보야!” 에르니는 속상해서 말했다.

“그때, 자동차가 한 대 지나가고 있었어. 오이는 곧바로 자동차 보닛 위로 뛰어올랐지. 그리고 사력을 다해 와이퍼를 붙잡았어. 그때 차 운전자가 어떻게 했을까? 음?”

“와이퍼가 돌아가게 했을 거야. 그치?” 에르니는 아이답게 아주 신중하게 대답했다.

“그래, 네 말이 맞았어. 오이는 와이퍼를 따라서 이쪽저쪽으로 몇 번 왔다갔다했어. 그러는 동안 찢어져서 초록색 즙이 흘렀지. 급기야 오이는 바닥에 떨어졌단다. 보닛 위를 쭉 미끄러져 길 위에 떨어진 거야. 그리고 여기 이렇게 있는 거지. 죽은 채.”

“오이가 불쌍해. 사는 동안 행복했던 적이 한번도 없었을 거야.” 에르니가 말했다.

“오이니까. 오이는 언제나 불행하지.”

“엄마, 오이를 페나텐 공동묘지로 데리고 가면 안될까?” 에르니가 물었다.

“그러자. 아주 좋은 생각이야.”

우리는 엄지와 검지손가락으로 죽은 오이를 집어들었다. 묘지에 묻어주기 위해서.

공동묘지는 무척 고요했다.

영혼들은 서로를 신뢰할 것이다.

나뭇잎들이 새벽바람에 흔들렸다.

우리는 마주 보고 죽 늘어서 있는 대리석 묘비 사이를 경건한 마음으로 지나갔다. 가톨릭 관계자들, 신부님들이 여기에서 영원한 안식을 찾을 것이다. 묘비 위에 죽은 이들의 얼굴이 새겨져 있었다.

“엄마, 여긴 모두 죽은 환자들이야?”

“그래. 모두 죽은 환자들이란다. 이 안에 누워서 조용히 지내고 있단다.”

동상이몽. 에르니의 머리는 정신없이 돌아가고 있었다. 그 소리가 들리는 듯했다.

“엄마, 천사는 날아다닌대. 우리도 나는 걸 배울 수 있을까? 학교에서 가르쳐줄까?”

너는 지금도 날아다니잖아. 너는 날개가 있단다. 네 상상력! 엄

마는 네가 그 상상력을 오래오래 간직하며 살 수 있도록 해줄 거
야. 맹세해.

"이리 와. 우리 이젠 오이 묻어주러 가자." 내가 제안했다.

우리는 다시 손잡고 묘지 끝으로 갔다. 거기에는 관들이 준비되
어 있었다.

"여기에서 장례식 해?"

"그래. 오늘은 아니고 오늘은 일요일이야."

"우리 저거 가져가도 돼?"

"아니. 그 관은 이미 예약된 거야. 그리고 그 관은 오이한테 너
무 커. 그렇게 생각하지 않니?"

"그럼 우리 땅을 파서 오이 묘지를 만들어."

우리 모자는 손잡고 얼마를 더 가서 죽은 오이를 묻어주었다.

사월 중순, 날씨가 기가 막히게 좋은 어느 날이었다. 삶을 잠으
로 허비하는 남편은 아직도 잔다. 물론 남편은 오늘 새벽 네시 반
까지 컴퓨터와 씨름했다. 남편은 내가 알지도 못하고 또 알고 싶
지도 않은 어떤 중요한 일을 현재 진행중이다. 남편은 가끔 새벽
두시경에 잠든 내 곁으로 파고드는 때가 있다. 자기 딴에는 그런
행동이 내게 호의를 베푸는 처사라고 생각하겠지만, 사실 새벽 두
시면 나는 이미 깊은 잠에 빠져 있을 때였다. 남편이 아무리 나를
원한다 해도 내가 잠들었을 경우엔 절대 깨우지 않기로 우리는 서
로 합의했다.

어쨌든 남편은 자고, 나는 양손에 아이 하나씩 붙잡고 공원을
걸으며 끊임없이 얘기를 나누었다. 산책할 때 이야기는 마치 자동
차의 기름과 같다. 가끔 대화가 끊기는 경우는 피곤하거나 허기가
졌거나 지쳤음을 의미했다. 말없이 걷던 아이들이 벤치를 찾아 앉
더니 택시나 구급차나 119구조대를 부르는 게 좋겠다고 말했다.
아빠를 모방한 행동이었다. 나는 지금 벽에 부딪혔는데, 벽 타기에
적당한 신발을 신고 있지 못했다. 어쨌든 아이들은 한 발짝도 못

걸을 것 같았다. 그렇지 않아도 지겨워하는 공원, 아이들은 내내 지루했을 것이고 발바닥도 무감각해졌을 것이다. 근처에 가게, 간이음식점, 택시 같은 것도 없었다. 햇볕이 너무 따갑거나 비가 올 경우에는 오히려 더 강행군을 해야 한다고 난 생각했다.

나는 보통 엄마들이 쓰는 술책들을 너무 많이 써먹어서, 헨젤과 그레텔이라든가 백조 왕자 같은 얘기를 하려면 시작하기 전에 아이들에게 물어보아야만 했다. 이야기의 전반 부분을 대충 얘기하면서 혹시 전에 했던 얘긴가를.

"참, 좀 색다른 얘기가 하나 있는데…… 그러니까 북극곰 얘기야. 아르놀트 케슬러의 형이 북극지방에 갔을 때, 이글루에서 얼음덩어리를 녹여서 수프를 끓이고 있는데 갑자기 북극곰이 그 형한테 달려들었대!"

유스투스 스트라이트아커에게서 들은 얘기에 살을 더 붙이고 멋있게 꾸며서 아이들에게 들려주기로 마음먹었다.

아르놀트가 에스오에스 무전을 치러 사방천지에 차도 인적도 없는 얼음 나라에서 맨발로 비틀거리면서 돌아다니는 동안, 수프를 끓이던 형 에크하르트에게 북극곰이 나타나 사투를 벌였으며, 나중에 아르놀트가 돌아와 형제는 있는 힘을 합해서 곰을 때려눕히고, 그 곰의 내장으로 수프를 끓여먹으면서 부드러운 곰 가죽에 몸을 녹였다는 얘기를 했다.

피로가 어느 정도 회복된 우리는 손잡고 다시 걷기 시작했다. 얼굴에 와 닿는 따스한 사월 햇살, 새들의 지저귐, 여린 연두색 이파리 옷을 입은 나무들, 물 위를 위엄 있게 떠다니는 백조, 여유를 즐기는 화려한 색상의 조각배들. 나는 대자연이 깨어 있고 아이들이 깨어 있는 지금 이 순간에도 잠을 자는 남편을 생각했다. 그는 지금 자기의 삶을 잠으로 허비하고 있다.

내가 남편을 동정하지 않은 지는 벌써 오래 되었다. 스스로 변하려고 노력하지 않는 사람이기 때문에. 남편은 산책을 '할 일 없는 인간들이나 하는 천하에 쓸데없는 짓'으로 치부했다. 남편이 단정하는 쓸데없는 짓거리는 산책 외에도 많았다. 예를 들면, <우리들의 작은 병원>을 시청하는 거라든가, 식탁 위의 빈 찻잔들을 치우는 거라든가, 화장실 휴지 막장을 쓴 다음 자기 손으로 직접 새 휴지를 갈아놓는다든가 하는 것들이었다. 그런 일들은 남편 생각에 흘러넘치는 짓거리였다.

그리고 그는 망망대해에서도 벽을 대하며 살 사람이었다. 평생. 나는 지금 벽에 부딪혔는데, 벽 타기에 적당한 신발을 신고 있지 못했다.

분명한 것은 난 코앞에 단단한 벽을 두고 살고 있다는 것이다. 정말이었다. 우리는 서로 벽에 부딪혔다.

나는 에르니와 베르트를 데리고 낡은 배를 보관하던 곳집을 개조해서 소시지, 아이스크림, 홍차 등을 팔면서 자전거나 배를 빌려주는 가게까지 가는 데 성공했다. 아르놀트 형제 얘기가 없었다면 결코 성공할 수 없었을 것이다. 나는 북극에 있는 얼음집과 북극곰 내장으로 만든 수프, 그리고 맨발인 채 곰 가죽 위에 앉아 있을 아르놀트 형제에게 마음속으로 감사했다.

우리가 비바람에 훼손된 보트 선착장 옆 벤치에 앉자마자, 비가 쏟아지기 시작했다. 우리는 낡은 함석지붕 밑으로 자리를 옮겼다. 북극곰의 부드러운 털을 상상하면서 서로 몸을 밀착시키고 비벼대면서 호수에 떠다니는 오리들을 바라보았다. 어쩌면 저 오리들은 마법에 걸린 북극곰이어서 봄비 속에서 호수 밑바닥에 떨어져 있을 봉지 수프를 찾고 있는지 모른다. 조각배를 탄 사람들이 우산을 펼쳐들었다. 그 모습이 원시 동굴 속에 들어 있는 눈사람 같았다. 무척 곱고 낭만적으로 보였다.

우린 각자 겨자를 바른 소시지를 주문하고 호수 위의 잔물결과 우산을 펴든 사람들을 바라보았다.

"그런데 왜 아빠 우리랑 같이 다니지 않는 거야? 맨날 침대에 누워서 잠만 자면서."

비를 피하기 위해서 함석지붕을 찾아든 사람들 중에 몇몇이 나를 동정적으로 바라보았다.

'딱한 여자구먼. 남편이 놀아주지 않아서 심심하겠수.'

"에르니, 베르트! 비밀 얘기가 있어, 너희들 아무한테도 얘기해선 안돼!" 나는 작은 소리로 속삭였다.

베르트의 눈빛은 그랬다. '또 무슨 엉터리 같은 얘기를 하려고 저럴까.' 그럼에도 불구하고 호기심이 발동하는 모양이었다.

아이들이 내 옆에 바싹 다가앉았다. 호기심으로 눈을 동그랗게 뜨고, 입가에 겨자를 묻혀가면서 열심히 소시지를 씹던 동작을 멈췄다.

"이 공원은 우리 거야! 아빠가 우리를 위해서 사셨거든! 호수, 보트, 백조 그리고 오리……." 나는 모반이라도 꾸미는 듯한 표정으로 속삭였다.

"전부 다? 엄마? 사람들은……?"

"쉿! 사람들이 알면 안돼! 사람들은 아니야. 이제부터 공원에 들어오려면 아빠한테 입장료를 내야 해!"

"정말?"

"그래! 아빤 지금 침대에 누워 있지만 사람들은 입장권을 사려고 침실 앞에서 정원까지 길게 줄을 서야 할걸. 하지만 쉿! 돈 안 내고 이 공원에 올 수 있는 사람은 우리들밖에 없어! 왜냐하면 이 공원은 우리 거니까!"

"말도 안돼. 공원은 원래 공공시설이야. 그래서 누구나 다 들어와도 되는 거예요. 사람들이 세금을 내기 때문에 공원 같은 게 있다고 그랬어요. 난 다 알아요!" 베르트가 항의했다.

베르트는 다시 소시지를 먹기 시작했다.

"아냐! 엄마 말이 맞아! 아빠가 우리를 위해서 공원을 산 거야!" 에르니는 자랑스럽게 말했다.

몇몇 사람들이 황당하다는 듯이 우리를 쳐다보았다.

베르트가 기분 상해서 돌아앉았다.

나는 에르니를 팔에 안고 귓속말로 속삭였다. "아빠가 밤새도록

이 공원에 나무와 꽃 그리고 작은 풀들을 심으셨고 보- 트에 색을 새로 칠하셨어. 그리고 맨 나중에 이 휴게소를 세웠지. 우리가 여기 이렇게 앉아서 비를 피하라고. 하지만…… 쉿!…… 다른 사람들이 알아선 안돼. 사람들이 알면 아빠한테서 이 공원을 빼앗으려고 할 거야! 아빠 조용한 시간이 필요해! 밤새 일을 하셔서 좀 쉬셔야 하거든.”

에르니는 볼에 흐르는 감동의 눈물을 손등으로 문질러 닦았다.

“우리, 사람들을 들어오게 하자. 오늘만. 특별히. 사람들이 집에만 있으면 너무 심심하잖아!” 에르니가 대단한 결단을 내린 듯 말했다.

“집에 있는 게 뭐가 심심해? 컴퓨터가 있는데! 이 공원에는 컴퓨터가 없어!” 베르트가 에르니의 말을 받아쳤다.

연민과 복수

따스한 오월의 밤들을 지내면서 <우리들의 작은 병원> 드라마에서 원장 의사 프랑크 본하이머와 여의사 아니타 바흐는 더 가까운 사이가 되었다.

잘 어울리는 한 쌍이었다. 유스투스 스트라이트아커와 나도 더 친해졌다. 나는 이제 더 이상 외롭지 않았다!

인형 같은 계집애의 복수, 세번째.

잘난 체하는 성향만 제외하면, 그도 따뜻하고 고운 심성을 지닌 사람이었다. 그 사람과 함께라면 나는 발에 물집이 잡힐 때까지라도 산책할 수 있을 것 같았다.

삶을 위해 난 기꺼이 그럴 수 있었다.

남편은 택시를 부르기 위해서라면 모를까 단 백 미터도 걷지 못하는 사람이었다.

벽에 부딪혔는데, 난 벽 타기에 적당한 신발을 신고 있지 못했다.

하지만 유스투스는 날씨와 관계없이 매일 노란 레인코트를 입고 다닐 정도로 산책하는 걸 좋아했다! 벽에 부딪혔는데 벽 타기에 적당한 신발을 신고 있지 못해서 벤치에 앉아 있어본 적도 없었고, 또 레스토랑 영업이 끝나기 전에 음식을 먹겠다고 서두른 적도 없었다. 그는 산책을 즐기는 만큼 몸매도 잘 단련되었다.

남편의 발걸음이 힘찰 때는 식당을 찾아갈 때뿐이다. 식당 밖에 붙은 메뉴판과 시계를 번갈아 쳐다보면서 조급해하고, 시골 식당은 정시에 문을 닫는다는 경험에 미루어 서둘러 음식을 선택했다. 한 대 쥐어박고 싶을 정도였다.

유스투스 스트라이트아커는 음식점을 찾아다닌 적이 없었다.

그는 치즈빵을 미리 사서 준비해두었고, 산책하는 도중에 그걸 나누어 먹었다. 그의 노란 레인코트 주머니 속에는 산책에 필요한 물품들이 잘 정리되어 들어 있었다. 변덕스런 날씨에 대비해서 접는 우산도 늘 준비했다.

그는 라인 강변의 초원을 걷다가도 우산을 펼쳐 들었다. 시간이 지날수록 우린 더 가까워졌다.

우리는 자질구레한 일상사들에 대해서 같이 오래 산 부부처럼 솔직하게 얘기했다. 인형 같은 계집애의 복수를 떠나서 나는 그 사람을 정말 좋아했다.

한번은 막 산책을 나서려는데, 내 신체에 이상 신호가 왔다. 나는 여성들이 매월 겪어야 하는 일을 처리해내는 데 필요한 물건을 사야만 했다.

내가 조용히 약국으로 들어가는데 유스투스 스트라이트아커가 따라 들어왔다. 그래서 세상일에 얽매이지 않는 타입의 남성은 생리대를 사는 애인의 모습까지 지켜보게 되었다. 나는 수치스러워 도망이라도 치고 싶었다. (여의사 아니타 바흐는 생리 같은 건 결코 안 하는데! 결코!) 나는 생리대를 속이 비치지 않는 봉투에 넣어주길 바라고 있는데, 유스투스는 아무렇지도 않은 듯 생리대를 받아들고 계산하더니 그것을 자기 레인코트 주머니에 집어넣으면서 익살스럽게 웃었다. 그는 약사에게도 낮은 웃음소리를 선사한 후 내 손을 잡고 문까지 나를 이끌어주었다. 그런 다음 아무 일도 없었다는 듯 다시 산책을 시작했다. 아주 간단했다.

그 순간 난 유스투스 스트라이트아커에게 감동을 받았다. 전무후무한 일이지만.

그 저녁, 카메라 앞에 선 우리들은 정말 사랑스런 커플이었다. 손수 짠 쿠션에 앉아 있는 오백만 시청자들은 텔레비전을 보며 감동했을 것이다.

목선이 깊이 파인 민소매 옷을 입어서 누런 어깨가 살짝 드러난 닥터 아니타 바흐는 창백하게 경직되어 있었다. 그녀가 뿌린 크리스천 디올의 향수 냄새가 바람결을 타고 은은히 퍼졌다. 인자하고 멋진 원장 교수는 완벽한 야회복 차림에 보호가 필요한 여성들을 힘있게 잡아주는 매너를 보였다. 단순하지만 아름다운 사분의 삼 박자 음악에 맞춰 사람들은 둥둥 떠다녔다. 유스투스 스트라이트아커는 춤을 정말 잘 췄다! 춤추는 모습이 정말 멋졌다.

남편은 춤을 춘 적이 없다. 그 첫번째 이유는 춤추기에 적당한 신발을 신고 있지 못해서이고, 두번째 이유는 벽에 부딪혔기 때문이고, 세번째 이유는 너무 허기져 있는데 식당문이 닫혔기 때문이다. 그리고 남편은 춤은 이 세상에서 가장 쓸데없는 짓거리라고 생각했다. <우리들의 작은 병원>을 시청하는 것이나 산책하는 것과 다를 바 없이 쓸데없는 짓거리였다.

하지만 유스투스! 닥터 프랑크 본하이머와 나는 다르다!

봄과 별빛 찬란한 밤과 서로를 사랑하는 두 사람들의 열기가 브라운관을 통해서도 전달될 것이다.

"춤이 정말 멋져요"

아니타 바흐라 불리는 샬로테 페퍼가 속삭였고, 본하이머 교수라 불리는 유스투스 스트라이트아커가 본래의 모습으로 대답했다.

"알고 있소 나는 춤을 출 줄 아오 나는 정말 춤을 잘 춘다오"

“당신이 못하는 일도 있어요?” 내가 언젠가 한번 사석에서 그에게 물어본 적이 있었다.

“물론, 아주 많소. 내가 할 수 없는 일은 정말 많아요.” 그가 대답했다

“겸손한 척하는군요. 사는 동안 당신이 할 수 없었던 일이 있었어요?” 내가 말했다.

유스투스 스트라이트아커는 주저했다.

“난 겸손한 사람이오. 무척 겸손하지. 나는 세상에서 가장 겸손한 배우요. 내가 겸손하지 않다면 <우리들의 작은 병원> 같은 드라마에 출연했겠소? 나처럼 재능 있는 사람이?” 유스투스가 분명하게 말했다.

“아뇨. 물론 출연하지 않았을 거예요. 크리스티네 때문에 출연한 거겠죠” 내가 속삭였다.

근본은 괜찮은 사람이야. 난 그와 키스할 수도 있고, 더 가깝게 지낼 수도 있어.

“어쨌든 나는 겸손하오. 오히려 겸손함이 지나치지.”

“노란 레인코트에 관해서라면 나도 동감해요. 당신의 그 노란색 레인코트는 정말 겸손한 인상을 주지요. 어떻게 새 레인코트 하나 사드려요?” 나는 비아냥거렸다.

“아니오. 나는 처세에 능한 사람이지만 사실 난 보이는 것에 그다지 신경을 쓰지 않소. 난 내가 어떻게 포기하며 사는지 잘 알고 있소.” 그가 단호하게 말했다.

나는 한숨을 내쉬고 더 이상 말을 하지 않았다.

세상에, 유스투스 당신은 어째서 이렇게 독단적일까? 당신 어렸을 때, 눈칫밥 얻어먹고 살았어요? 그 이유라면 나는 당신을 위해서 마음 아파할 수 있어요, 정말! 왜냐하면 난 억압받고 자란 사람들이 훨씬 더 인간적이라고 생각하니까. 난 당신을 정감 넘치고 섬세하고 솔직한 사람이라고 생각하니까. 당신은 자신이 월드스타인 양 착각하는 것 같아요. 하지만 당신은 아니에요! 영화배우로나

생활인으로나! 당신만큼 허풍떠는 사람도 없을 거예요! 단역배우들이 반나절만 당신하고 지낸다면 당신을 더 이상 존경하지 않을 거예요. 모두들 당신 뒤통수에 대고 수군거리며 비웃기나 하겠지요. 그들은 유스투스 스트라이트아커를 자화자찬의 명수라고 단정할 거예요. 허풍쟁이 유스투스 스트라이트아커라고. 당신은 정말 그럴 필요가 없어요! 당신은 정말 잘 생겼거든. 게다가 멋지고. 당신과 함께 있을 때 난 지루한 줄 몰랐어요. 그런데 당신이 잘난 척하기 시작하면서 난 하품을 하도 많이 해서 만성 구개염증을 앓을 뻔했어요. 그럴 때는 정말 당신의 노란색 레인코트에 표딱지를 붙여주고 싶어요. '나는 허풍쟁이입니다!'라고.

그런데, 당신은 왜 그러는 거예요?

당신은 왜 남에게 자신을 포장해 보이려고 애쓰지요? 당신은 다리 밑에서 주워온 자식이었어요? 아니면 당신 아버지께 인생 낙오자로 낙인찍혔어요? 혹시 열네 살 때 트랙터를 몰래 끌고 나가 똥구덩이에 빠뜨렸든가 아니면 사과나무를 들이받았었나요? 그도 아니면 양말에 담배를 숨기고 다니면서 몰래몰래 피우다 들키기라도 했었나요? 어린 시절의 말못할 비밀들이 당신을 그 지경으로 만든 건가요?

헤이! 허풍쟁이! 한마디 덧붙여보시죠!

무슨 목적이 있어 허풍떠는 게 아니라는 거.

유스투스 스트라이트아커의 자기 비판력은 약간 고장난 상태였다. 그것을 뺀 나머지는 모두가 정상이었다. 여러 면에서 그는 괜찮은 사람이었다.

난 주제를 바꿔야겠다고 생각했다.

"지난 주말에 저 혼자 모래밭 틀을 새로 만들었어요. 이케아에서 사다가 조립만 한 거였지만. 그래도 저 혼자 완성시켰어요. 거의 혼자서." 나는 자랑스럽게 말했다.

나는 유스투스가 감탄하리라 생각했다. 내가 그런 걸 만들었다는 것에! 직접 내 손으로! 머리를 써가면서!

남편은 이층에서 내려다보면서 설명만 좀 해줬다. 내가 페미니스트였다면 그 정도쯤이야 혼자서도 충분히 해치웠을 것이다. 사용설명서 내용은 평균 아이큐를 지닌 사람이면 누구나 다 이해할 수 있을 정도로 분명했다. 남편은 이층 침실 창가에 서서 사용설명서를 읽어주었을 뿐이고 조립은 내가 다 했다. 내 생애에서 가장 행복한 일요일이었다. 사용설명서와 남편 그리고 아이들과 모래밭, 그 모두가 내 마음속에 자부심을 심어주었다.

그런데? 내가 유스투스에게 말하지 말았어야 했던 걸까? 그가 마음에서 우러나는 칭찬을 해주리라 기대한 내가 잘못인가? 이런 일은 처음인데?

"나도 아이들을 위해서 모래밭을 만들었소! 사용설명서대로 조립하면 되는 반완성품이 아니라, 아름드리 나무로 만들었소! 아름드리 나무를 난 간단히 쓰러뜨렸소. 머리가 아니라 단단한 팔뚝 근육이 필수조건이오! 필요한 나무를 마련하기 위해서 난 하루종일 도끼질을 했소! 그런 다음 나무를 고르게 해서, 두 평 정도 되는 모래밭을 만들었지. 천사백 킬로그램이나 되는 모래를 경운기로 실어 날랐소. 파사이어 골짜기에 사는 친구들이 모두 몰려와서 도와주었고 우린 그때 무려 세 박스나 되는 맥주를 마셨지!"

나는 기분이 언짢아서 신침을 삼키면서, 어둠에 공포를 느끼는 베르트힐트의 표정으로 유스투스를 바라보았다.

유스투스는 말하면서도 스스로 만족스러운지 큰 소리로 웃었다. 그러자 위산이 뭉클 쏟아져나와 쓰리던 내 속을 완전히 뒤집어놓았다. 지금 이 순간부터 나는 다시는 내가 만든 이케아의 조립식 물건에 대해서 흐뭇해하지 않을 것이다. 어디나 모래밭이 똑같다면 우리 아이들은 얼마나 재미없을까! 아이들은 모래밭에 앉아서도 지루할 것이다. 나는 실패자였다. 나는 할 줄 아는 게 아무것도 없었다. 나는 그저 인형 같은 계집애일 뿐이었다.

"주말에 아이들을 데리고 화니를 방문했었어요" 나는 마음을 진정시키고 나서 말했다. 그가 내 말에 어떤 반응을 보일까 내심 기대가 되었다.

그런데 허풍쟁이 유스투스가 말이 없었다.

"그녀의 남편 아키메드는 좀 특별한 시리아 사람이었어요."

나는 옆에서 조심스럽게 유스투스를 살펴보았다.

허풍쟁이가 침묵을 지키고 있었다.

"그 사람은 오후 내내 아이들을 데리고 놀더군요. 꼭 들짐승처럼. 그것도 몇 시간씩이나! 아이들을 카펫으로 둘둘 말아 세탁기 속에 집어넣기도 하고…… 화장지를 집어던지고…… 아이들이 정말 좋아하더라고요!"

이쯤에서 유스투스가 '나도 아이들과 놀 때 화장지를 풀어헤치고 식사하다 식탁에 있는 야채와 동그랑땡을 집어던지기도 하지! 나뿐만 아니라 마누라도 아이들과 합세해서 아주 과격하게 행동해!'라고 말해야 하는데, 어찌된 일인지 그가 침묵을 지키고 있었다.

"……나와 화니는 조용히 앉아 차를 마실 수가 없었어요. 우리 애들 둘에 화니 애들 넷, 모두 여섯이 우리를 방해했어요. ……애기 좀 해봐요. 당신, 지금 내 말을 듣고 있는 거예요?"

그때였다. 유스투스 스트라이트아커가 입을 열었다. 거침없는 허풍이 시작되었다. 무자비한 폭격이었다.

"당연히. 나는 지금 열심히 당신 애기를 듣고 있소. 나만큼 남 애기를 잘 들어주는 사람을 주변에서 찾아보기 힘들 거요. 상대 애기를 경청할 줄 아는 것, 그건 곧 예술이오. 대부분의 현대인들은 남 애기를 들어줄 줄을 모르지. 하지만 나는, 나는 말이오, 상대 애기를 경청할 줄 아는 사람이오. 정말 나는 잘 들어주지. 때로 '신부가 될 걸 그랬나' 하는 생각이 들 때가 있소. 파사이어 고향 사람들이 나에게 신부가 되라고 권했었소. 사람들이 내게 자신들의 죄에 대해서 애기했었소. 내가 그만큼 상대 애기를 잘 들어주었으니까. 난 고해실에서 모든 사람들의 고해를 들어줄 수도 있소."

나는 잠시 멍했다.

허풍떨어봤자 돈도 되지 않아. 한 대 갈겨주고 싶어. 엉덩이를. 몽둥이로

"빌어먹을! 허풍 좀 그만 떨어요! 더 이상 들어줄 수가 없어요! 당신의 그 허풍에 난 질렸어요!" 나는 소리질렀다.

허풍쟁이가 놀라서 팔을 늘어뜨렸다. 거세한 수탉의 노란 레인코트가 축 처졌다.

"내가 뭘 잘못했소?"

"주의하세요, 유스투스!" 나는 그의 팔을 붙들고 말했다.

"당신, 지금 나하고 한 가지 약속을 해야겠어요. 나와 함께 있을 때는 절대 자신을 과장하지 마세요. 난 있는 그대로의 당신 모습을 좋아하니까."

나는 그가 "나는 과장하지 않았소!" 하고 변명하리라 기대했다. 하지만 유스투스는 진지한 눈빛으로 내게 말했다. "내가 과장했소? 그러고 싶지 않았는데, 미안하오"

듣기 좋은 소리였다! 아주 감동적이고 순진해 보였다! 세상에, 그에게 그런 면도 있었다. 멋진 목소리와 순수한 눈빛. 하지만 지금 그러한 것들은 아무런 역할도 못했다. 그는 자기 본연의 모습으로 돌아왔다. 그는 더 이상 듣기 좋은 목소리로 꾸미지 않았다! 웃음소리도 바뀌었다. 그는 있는 그대로의 자신을 보여주고 있었다. 거품을 뺀 그의 모습은 정말 사랑스러웠다. 빌어먹을, 나는 그를 좋아하고 있었다. 어떤 면에서 그는 장애인이기 때문에. 나는 장애인을 도울 마음의 준비를 항상 하고 있었다. 벌써 오래 전부터.

"당신은 쇠파리처럼 뽐내고 다녔어요. 아뇨. 날 내버려두세요. 당신은 절대 그럴 필요가 없어요!" 나는 으르렁거렸다.

"난…… 당신 앞에 나타나지 말아야 하는 거요?" 그가 비통해하며 말했다.

"그래야 한다면요?" 내가 말했다.

"그럼 당신 안으로 들어가게 해주오"

"그것도 말 되네요."

"염려 말아요. 당신을 화나게 한 벌은 달게 받겠소!"

"당연히 벌을 받게 될 거예요. 아뇨, 지금은 아녜요. 다음에, 이다음에."

"당신 아직 내게 화나 있소?"

"유감스럽게도 그렇지 못해요." 침통해하는 노란 레인코트 차림의 유스투스를 보면 아무도 그를 미워할 수 없을 것이다.

저렇게 아름답고 순수한 마음이 어디에 감추어져 있었을까?

"당신 화내는 모습을 오늘 처음 봤소." 유스투스가 말했다.

"이젠 좋아졌어요. 엄마들이란 사랑스런 마음으로 금방 돌아서거든요." 내가 대꾸했다.

우리는 산책을 계속했다.

그는 나를 쳐다보며 웃었다. 가식 없는 웃음이었다.

나는 웃음으로 답했다. 내가 유스투스를 계속 미워한다고 해서 돈 되는 일도 아니었다.

사랑스런 촌부, 나는 그와 화해하리라 생각했다.

길가 여기저기에 들꽃들이 피어 있었다.

우리는 들꽃을 꺾기 시작했다.

페퍼의 이중 모럴

여성 모노드라마의 골격이 완성되었다. 테니스장과 하키장, 그리고 수영장 한쪽 구석에서 서성이면서, 성악학원 대기실에 쪼그려 앉아서, 발레학원의 문 앞이나, 펜싱룸에서 난 내가 연기할 장면들을 머리 속에 그려나갔다.

'페퍼의 이중 모럴.'

내 드라마의 제목이다.

에르니에 관한 부분은 벌써 끝냈다. 나는 오늘 저녁부터 글을 쓸 것이다. 엄마가 여섯 살 난 아들에게 전하고 싶은 감사의 말들, 아이는 상상의 날개에 엄마를 태우고 구름 위에 펼쳐진 자유로운 세상을 구경시켜주었다. 아름다운 이야기.

일단 나는 만족했다.

그 다음은 남편에 대해 얘기할 것이다.

첫번째 얘기와 분위기가 완전 딴판이지만.

이중인격의 남편에 맞추어 사는 여성의 이야기. 그 남편은 아내의 영혼을 굶겼다.

"당신은 왜 나와 살지 않죠? 과거에 당신은 나와 함께 살고 싶다고 말했어요. 당신의 그 말을 난 믿었고 그래서 결혼했어요. 하지만 당신은 나와 사는 게 아니에요. 당신은 컴퓨터, 프린터, 자동응답기, 팩스, 번쩍거리는 벤츠, 리모컨들, 당신이 긴장을 풀 때 찾는 화장실 주변에 흩어져 있는 사용설명서들…… 당신은 그런 것들과 함께 살고 있어요.

당신은 나와 함께 사는 게 아니에요.

당신은 또 당신과 사는 것도 아니에요.

당신은 도대체 어떤 사람인가요? 리모컨 조종자, 사용설명서 독자, 프로그래머, 설계사, 스케줄을 빡빡하게 짜는 사람. 하지만 그게 사람 사는 건가요? 당신은 지금이 어떤 계절인지 아나요? 당신은 당신 자식들이 어떤 장난감을 가지고 노는지 알고 있어요? 당신은 자식 친구들 중에 아는 아이가 한 명이라도 있나요? 아이들과 나무에 올라가서 곤충을 잡은 적이 언제였던가요? 아직 없었지요! 아이들이 태어난 이래로 그런 일은 단 한번도 없었어요! 우리 아이들은 아빠를 알지 못해요! 아이들은 아빠가 돈을 얼마나 벌고, 또 어떤 차를 타고 다니고, 어떤 장난감을 사들고 오고, 집에 전화기가 몇 대 있는가로 아빠를 평가해요. 전화기 11대! 텔레비전 7대! 비디오 8대! 팩스 2대! 컴퓨터 5대! 레이저 프린터 2대! 최신형 인터폰! 최신식 문! 그리고 아빠는 부재중!

아이들이 놀다 집에 돌아왔을 때, 단추 하나만 누르면 열리는 최첨단 문을 당신은 만들어줄 수 있겠죠 그러면 귀족취향에 맞는 고급 의자에 앉아 있는 당신이 직접 문을 열어주지 않아도 되니까. 아이들이 들어오든 말든 상관없이 당신은 편한 의자에 그대로 앉아 있어도 되니까!

하지만 시간은! 당신은 지금까지 아이들과 함께 시간을 보낸 적이 없었어요!

당신은 아이들 곁에 앉아서도 늘 경제전문지를 읽고 있었죠?

아이들을 위해 당신을 완전히 포기한 적이 있었던가요?

당신이 부르기 전에 아이들은 당신 방에 들어가지 못해요. 그리고 당신 손으로 직접 컴퓨터에 게임 CD를 넣어주고 아이들이 게임하는 걸 지켜본 적이 있어요?

당신 단 한번이라도 아이들과 함께 연을 띄우러 나가보길 했어요, 아니면 같이 원두막을 지어보기를 했어요?

아이들이 자전거를 배울 때, 아이들 자전거를 밀어주면서 같이 뛰어보기나 했어요?

아이들과 산책해본 적 있어요? 나 없이 아이들만 데리고? 아뇨, 당신은 한번도 그런 적이 없었어요. 육 년이란 세월 동안 그런 적이 한번도 없었다고요! 그래요, 난 벽에 부딪혔는데, 벽 타기에 적당한 신발을 신고 있지 못해요!

당신이 아이들과 함께 사진을 찍었던 게 언제죠?

당신은 아이들과 함께 죽은 오이를 묻어줘봤어요? 왜요? 왜 못해봤어요?!

아이들과 나, 우리 세 사람은 한 가지 꼭 해보고 싶은 게 있어요 그건 우리끼리는 도저히 할 수가 없는 거고, 우리는 그걸 포기못하고 아직도 동경하고 있어요 뭔 줄 알아요? 그건 아빠와 함께 어울려보는 거예요! 당신은 우리들 가슴에 커다란 상처를 남겼어요 가장이 식구들에게!

아이들에게 당신의 어린 시절에 대해서 얘기해준 적 있어요?

당신이 아이들하고 있을 때, 혹시 실수로라도 그레테나 내가 당신이 불러도 들리지 않는 거리에 있었던 적은 없었어요.
당신 텔레비전을 끈 상태로 집에 있어본 적 있어요?
당신은 모든 걸 당신 마음대로 조종할 수 있는 리모컨을 갖고
있지요.
당신이 난관을 극복하기 위한 삼십 분짜리 비디오 시리즈를 볼
때면 아이들에게 게임기나 원격조종 자동차를 들려주죠. 단지 아
이들에게 방해받고 싶지 않아서.
당신은 세상을 리모컨으로 움직이고 있어요. 그리고 당신도 리
모컨으로 조종되지요.
높은 권력은 나와는 아무런 상관없는 일이죠.
권력, 그것이 당신의 삶을 지탱해줄 거예요.
그런데 당신 삶이란 도대체 어떤 거죠? 꽉찬 스케줄, 돈, 기교,
성공.
당신이 누를 수 있는 수많은 단추들.
당신은 착각하고 있어요! 인간의 삶은 훨씬 더 다채롭거든요!
당신이 자식들에게서 무엇을 빼앗았는지 아시나요?
당신이 자신에게서 무엇을 빼앗았는지 아시나요?
우리들은 작은 일에서도 기쁨을 찾아내지요! 예를 들어서 죽은
오이조차도 우리를 매혹시켜요!
당신은 비 오는 거리를 걸어본 적 있어요?
당신은 장화를 신고서 더러운 물웅덩이에서 첨벙거려본 적 있
어요? 그때 그 물에서 풍기는 악취를 맡아본 적 있어요?
아뇨 당신이 만약 빗속에 서 있게 된다면 당신은 일단 택시를
부를 거예요. 핸드폰으로. 당신은 주머니에 항상 핸드폰을 넣고 다
니잖아요.
당신 같은 남자들은 비를 맞으려고 하질 않죠.
당신 같은 남자들은 날씨까지도 마음대로 하려고 들어요.
당신 같은 남자들은 날씨에 대한 개념조차 없을 거예요.
당신 같은 남자들은 날씨 따위에 연연하지 않죠.

당신 같은 남자들은 날씨 자체를 머리 속에서 아예 지워버렸을 거예요.

하지만 비 오는 게 얼마나 아름다운데!

그리고, 당신 한 발짝이라도 걸어봤어요?

아뇨, 절대로 그런 적 없죠. 요즘 세상에 걸어다니는 사람이 누가 있다고.

당신은 걸어야 해요.

당신 자신을 걸려야 해요!

당신 인생도!

어느 날엔가 당신은 죽겠죠!

과식으로 인한 죽음!

무관심으로 인한 죽음!

리모컨으로 인한 죽음!

그러면 나는 당신 묘 앞에 서게 될 거예요.

그리고 관 뚜껑을 닫아줘야 할 거예요.

왜냐하면 나는 리모컨을 사용할 줄 모르기 때문에.

슈미츠 니텐빌름 선생님

"엄마, 이거 봐, 우리가 뭘 발견했게!"

통통한 두 팔이 급하게 책가방을 열었다. 아이가 가방을 마구 뒤지자 먹다 남긴 빵조각, 잼이 묻은 도시락들이 뒤섞였다.

"여기, 말라비틀어진 쥐새끼."

에르니는 그 '말라비틀어진 쥐새끼'의 꼬리를 잡아들고 내 코앞에 대고 흔들었다.

"엄마, 놀랐지?"

"아니! 하하하, 말라비틀어진 쥐새끼라고!" 또 다른 녀석이 옆에서 부추겼다.

나는 헛기침을 했다.

"그건 탐폰이라는 거야. 그거 어디서 난 거니?"

"숲 속, 하수구에서. 근데 탐폰이 뭐야?"

"그건 여자들에게 때로 필요한 거야. 여자들에겐 그녀들만의 특별한 날이 있거든."

"나도 나의 날이 있어!" 에르니가 자랑스럽게 말했다.

나는 꼭 유스투스가 허풍떠는 소리를 듣는 듯했다. "내게도 특별한 나의 날이 있소 그래! 나의 날을 나는 참 좋아하죠! 내가 나의 날에 집에 있으면 파사이어 골짜기에 사는 모든 사람들이 애통해할 거야!"

나는 킥킥거렸다.

"하지만 난 탐폰 같은 거 필요 없어." 에르니가 빠르게 말했다.

"여자들에게만 필요한 거야!" 나는 말했다.

"여자들은 다 특별한 날이 있겠네요! 푸―, 특별한 날이요! 엄마한테 꼭 할 말이 있어요! 난 학교에 가는 게 재미없어요!" 베르트가 투덜댔다.

나는 아이의 부드러운 머리칼을 가만히 쓰다듬었다.

"그렇게 싫어?"

"엄마, 슈미츠 니텐빌름 선생님이 전화해달래요."

아하. 그래서 베르트가 불만스러운 거였구나. 어쨌든 난 말라비틀어진 쥐새끼에 대해서 더 이상 언급해서는 안되겠어.

"학교에서 무슨 일 있었니?"

"오늘 이를 검사했어요. 그래서요."

"그렇구나. 엄마가 전화하마. 그 말라비틀어진 쥐새끼는 휴지통에 갖다 버리고, 손을 깨끗이 씻도록 해. 그리고 도시락은 식기세척기에 잘 넣고! 알았어?"

"내 생각에 그건 말라비틀어진 쥐새끼가 아니라 탐폰인데요!" 베르트가 구역질을 했다.

"에이, 베르트, 그 죽은 쥐를 버리지 마. 이따가 할머니한테 보여주게!" 에르니가 탐폰을 공중에 빙빙 돌리면서 말했다.

"할머니는 아마 죽은 쥐를 보고 싶어하시지 않을 거야." 나는 아이들에게 내 생각을 전했다.

"탐폰! 할머니는 탐폰을 보고 싶어하지 않으실 거야! 왜?! 왜냐하면 할머니도 그걸 잔뜩 갖고 있거든! 목욕탕 서랍에 있어! 천 개도 넘게!" 베르트가 소리쳤다.

"하지만 그건 포장된 거잖아! 꼬리가 없어! 이거하고 달라!"

"그럼 우리 이거 슈미츠 니텐빌름 선생님한테 보여주자. 선생님은 이런 거 없을 거야. 한번도 못 봤을걸, 그치?"

"그만해. 그건 여자들에게만 필요한 거야. 지금 당장 그만둬. 그런 장난은 별로 좋지 않아." 나는 말했다.

"더러운 죽은 쥐 따위, 여자들이나 가지라지." 에르니가 말했다.

"오늘 우리 뭐 먹을 거예요?"

"시금치요리. 할머니가 벌써 요리해놓으셨어."

"또 그거. 제대로 된 음식은 절대 못 먹을 거야! 맨날 시금치!" 베르트가 불만스러워했다.

"우린 집에서 굶어죽게 될 거야." 에르니가 말했다.

"맛있는 건 한번도 안해주고, 항상 생선 아니면 시금치야. 감옥처럼." 베르트가 말했다.

"먹기 싫으면 안 먹어도 돼." 내가 말했다.

"그럼 우리 나가서 더 놀다오자!"

"하지만 죽은 쥐를 가지고 놀면 안돼!"

"알았어요. 이건 계집애들만 쓰는 거잖아요!"

문이 닫혔다.

휴, 난 새끼들이 너무 귀여워. 특히 잠잘 때 얼마나 사랑스러운지 몰라.

"안녕하세요? 슈미츠 니텐빌름 선생님! 전 페퍼예요. 전화하라고 전하셨지요?"

"안녕하세요? 페퍼 부인. 이렇게 빨리 전화를 주셔서 감사합니다. 다름이 아니라 꼭 전해드릴 말씀이……."

"탐폰 때문이시라면, 슈미츠 니텐빌름 선생님, 제 생각에 그것은 남한테 피해를 끼치지 않을 정도의 장난이 아닌가 싶습니다만……아이들은 아직 잘 모르지 않겠어요? 세계정치에 동참하는 탐폰의 의미랄지…… 만약에 영국의 황태자비였던 다이애나를 생각하면……."

"탐폰이라뇨?"

"죽어서 말라비틀어진 쥐라는 것 말예요! 애들이 놀래켜주려고……."

"그 문제가 아닙니다. 오늘 학교에서 아이들 치아를 정기 검진했습니다. 에르니와 베르트 둘 다 치석이 있고 또 썩은 이가 하나씩 있어서 작은 구멍이 났습니다."

나는 어이가 없어서 웃었다. "젤리 때문인가 봐요. 수영을 배울 때 선생님께서 아이들에게 주셨던 그 젤리 말입니다."

슈미츠 니텐빌름이 당황해서 아무 말도 못했다.

오, 이런이런, 난 지금 실수한 거야!

"저, 슈미츠 니텐빌름 선생님, 선생님께서는 정말 훌륭한 교육자십니다. 전부터 그 말씀을 전해드리고 싶었습니다만 유감스럽게 기회를 만들지 못했어요! 선생님께서 잘 지도해주시는 덕분에 우리 아이들이 잘 크고 있어요! 우리 아이들은 아빠가 없는 거나 마찬가지라서 아빠와 같은 남성의 손길이 필요하답니다. 선생님께서 아이들에게 젤리를 줄 때와 같은, 그런 남자분의 손길이 필요해요! 그리고 아이들을 꼭 치과에 데려가겠어요!" 나는 친근하게 말했다.

"제가 치과를 추천해드려도 되겠습니까?" 슈미츠 니텐빌름 선생님께서 말했다. "제 어머니께서 다니시는 곳입니다만. 쥘츠에 있는 치과입니다."

"의사분 성함이 어떻게 되지요?"

"겔트마허 아워드입니다. 병원 전화번호를 드릴까요?"

"예. 잠시만 기다려주세요. 메모 준비를 할게요."

슈미츠 니텐빌름 선생님이 전화번호를 불러주었다.

"고맙습니다. 닥터 겔트마허. 치과 의사라는 직업과 썩 잘 어울리는 이름 같네요 선생님도 그렇게 생각하지 않으세요?"

"독특한 이름이라고 생각합니다." 슈미츠 니텐빌름이 말했다.

"죄송해요. 그런 의미로 한 말은 아니었어요" 나는 얼버무렸다.

"알았습니다. 혹시 제 이름이 뭔지 알고 계십니까?" 슈미츠 니텐빌름 선생님이 말했다.

"아뇨, 모르고 있습니다." 나는 사무적으로 말했다.

"루츠, 루츠 슈미츠 니텐빌름."

"아하!" 수화기를 통한 통성명에 나는 감탄사로 반응을 보였다.

"본래 이름은 루츠 슈미츠였어요. 그런데 엄마가 재혼하실 때, 새아버지가 저를 입양하셨지요. 그때부터 슈미츠 니텐빌름이란 성을 갖게 되었어요. 루츠 슈미츠 니텐빌름."

"슈무츠 슈니첸부름 선생님!" 너무 서두르는 바람에 내 말이 씹혔다.

어휴, 진땀나. 매사에 난 너무 서툴러. 오늘도 망쳤어. 끝장이야, 다시 한번, 바보 같으니라고!

"아이들은 이름이 어떻든 관심 없어해요" 나는 손으로 부채질을 하면서 덧붙였다. "제 말을 믿으세요! 애들에게 중요한 것은 선생님께서 아이들과 함께 연을 날리셨다는 거예요!"

"알겠습니다." 슈미츠 니텐빌름 선생님이 말했다. "그런데 사적인 질문 하나 해도 될까요?"

"그럼요! 물어보세요!"

"그러니까, 자모님께서 <우리들의 작은 병원>에서 지난 회에 새로 온 원장 의사와…… 키스를 하셨는데……."

"슈미츠 니텐빌름 선생님!" 나는 흥분해서 소리쳤다. "선생님께서도 <우리들의 작은 병원>을 보시나요?"

"그럼요" 슈미츠 니텐빌름이 말했다. "전 일일연속극 팬이에요 일일연속극이면 뭐든지 다 본답니다. <우리들의 작은 병원>은 한번도 빠뜨리지 않고 다 봤어요. 특별히 제가 자모님을 알고 있기 때문에요.”

“정말 선생님께 너무 감사해요.” 나는 진심으로 말했다.

분위기가 호전되었다. 휴우! 나는 전화기 테이블 위에 놓여 있는 전화번호부 책을 깔고 앉았다.

“제가 질문을 더 해도 될까요?”

“그럼요!” 나는 소리쳤다. “얼마든지 물어보세요! 혹시 녹화하는 것을 보고 싶으세요? 그건 아무 문제 없어요! 아니면 단역배우로 한번 출연해보시겠어요? 선생님께서는 케첩을 얼굴에 잔뜩 바르고 응급환자 역할을 하실 수 있을 거예요. 그런 역할을 할 사람들이 항상 필요하거든요. 아니면 초록색 수술복을 입고 수술실에 서서 가위나 칼들을 넘겨주는 역할을 하실 수도 있고요. 또…….”

“아뇨, 아닙니다…….”

“아니면 팬클럽에 가입하시겠어요? 팬클럽 회원께는 티셔츠도 주고, 장식 핀, 차에 붙이는 스티커, 작은 깃발, CD, 그리고 비디오 테이프도 드려요! <우리들의 작은 병원> 안내 관람도 하실 수 있어요. 매주 일요일 아침 열한시! 환자용 침대에 누워보실 수도 있어요. 이 시간엔 언제나 이용하실 수 있으실 거예요…….”

“아닙니다.” 슈미츠 니텐빌름이 내 말을 가로막았다. “그 모두가 각본대로 돌아가는 연속극이라는 것을 잘 알고 있습니다. 전 크게 영향받지 않습니다.”

“그러시군요.” 난 흥분이 좀 가라앉았다.

“좀 외람되기는 합니다만, 저는 그 원장 의사가 마음에 들지 않아요.”

“누가요?”

“프랑크 본하이머 교수라는 416회부터 출연하기 시작한 원장 의사 말입니다. 자모님께서는 그 사람을 어떻게 생각하십니까? 왜 그 사람하고 키스를 하셨습니까?”

“그 사람에게 특별한 감정은 없어요! 연속극일 뿐예요!” 나는 즐겁게 변명했다.

"베르트가 말했어요 엄마는 그 사람과 결혼할 거라고요." 슈미츠 니텐빌름 선생님이 말했다. "제발 그 사람하고 결혼하지 마세요!"

"방금 전에 선생님께서 말씀하셨잖아요 연속극에 어떤 영향을 받지 않으신다구요……."

"제 어머니도 그 사람을 별로 좋아하지 않으세요 어머니가 말씀하셨어요. 그 사람은 당신에게 상처나 줄 사람이라고요."

"어머님께서요?"

"예. 전 어머니와 함께 매일 오후 네시면 <우리들의 작은 병원>을 본답니다. 전 어머니 무릎 위에 냅킨을 깔아드리고 같이 커피를 마시면서 연속극을 봅니다. 물론 토요일 일요일은 예외예요. 주말에는 방송하지 않으니까요."

"유감스럽게도 그래요." 토요일과 일요일 오후 네시에는 무슨 일을 하며 지낼까? 이 젊은 선생의 궁핍한 생활이 온몸으로 느껴졌다.

나는 헛기침을 했다. "스티커 같은 것은 필요 없으세요?"

"고맙습니다만, 필요 없어요."

"그럼 환자용 침대에 누워보실 의향도 없으신가요?"

"아뇨"

"그럼 평일 오전 열한시에 어머니를 모시고 녹화하는 장소에 나오세요"

"아닙니다."

"그런데 우리 얘기가 어쩌다 여기까지 왔죠?"

"치과 의사요."

"아, 그래요 닥터 겔트마허."

"전화번호 적으셨죠?"

"예. 에르니와 베르트는 학교생활에 잘 적응하고 있나요?"

"아주 잘하고 있습니다." 선생님이 말했다.

선생님은 죽어 말라비틀어진 쥐새끼 탐폰에 대해서는 더 이상 언급하지 않았다.

"예. 그럼, 이만." 나는 말했다.

나는 숨을 들이마시며 수화기를 내려놓았다.

루츠 슈미츠 정말 열정적인 청년이었다. 선생님과의 전화통화로 위로가 많이 되었다. 내가 어떤 사람과 결혼하는지, 선생님은 걱정스러운 거야! 오후에 엄마와 커피를 마시면서 그런 문제들에 대해서 토론도 하고.

나는 통쾌하게 웃었다.

전화하길 잘했어. 슈미츠 니텐빌름 선생님이 그렇게 공손하지 않았으면 난 선생님에게 마법을 걸려고 했을지 몰라. 그저 장난삼아서. 선생님 삶도 너무 지루한 것 같아서. 선생님도 어울릴 사람도 없고, 삶이 너무 우중충한 것 같아. 물질적으로도 빈곤하고.

하지만 전화로는 마력이 통하지 않아.

나는 남편을 사랑하는가

"안에 누구 있어요? 어머, 여보? 왜 이렇게 어둡게 하고 있어요?"

"안녕, 샬로테! 당신, 벌써 왔어?" 거실 한구석에서 남편이 몽롱한 상태로 반기는 척했다.

"내가 묻고 싶은 말인데요?"

남편은 편한 자세로 퍼져 앉아서 텔레비전을 보다가 내가 나타나는 바람에 약간 당황하는 기색이었다. 그는 예의상 엉거주춤 일어나 면도하지 않아 꺼칠한 얼굴로 내 볼에 키스를 했다.

순간 생선 통조림 비린내가 얼굴에 확 풍겼다.

빛을 싫어하는 남편은 밝은 태양빛을 블라인드로 가리고 있었다. 오후 두시 삼십분. 대충 이 시간이면 나는 집에 돌아왔다. 하지만 남편이 그걸 어찌 알겠는가.

"낮잠을 즐기려고 집에 왔어요? 이런 일은 정말 처음이네요?"

"사무실 창문을 청소해서 일을 할 수 없었거든."

"당신은 참 딱한 사람예요. 그럼 야외로 나가서 상쾌한 바람 좀 쐬지 그랬어요! 식당 음식이 마음에 들지 않았어요?"

남편이 곱지 않은 시선으로 나를 쏘아보았다.

"당신이 자유경제 시대에 우리가 어떻게 삶을 이어나가고 있는지 알 까닭이 없지. 그리고 우리 직장엔 식당이라는 게 따로 없어. 할 일 없이 죽 모여 앉아서 커피나 마시는 당신네, 그 유치원 같은 동네와 내 일터를 비교하지 마."

"거기도 우리들 일터예요! 대단히 중요한 일을 하는 곳이죠!" 나는 남편 말을 되받아쳤다.

"그래, 그것도 일이라고 말하겠지. 어쨌든 내 일은 정신을 집중해야만 하는 일이야. 당신이 이해할 수 있겠어? 쉴 시간이 없어. 창조적이고 생산적인 일이지. 창문이 열려 있는 건물 안에서 그런 일을 한다는 건 좀 무리지."

"애들은 어디 있어요?" 나는 옷을 벗어 옷장에 걸면서 물었다.

"장모님께 다시 보냈어. 좀 조용히 있고 싶어서."

거실 탁자 위에는 빈 맥주병이 두 개, 커피잔, 아무렇게나 흩어져 있는 서류철, 낱장의 서류들, 메모지, 핸드폰, 리모컨이 뒤죽박죽 놓여 있었다. 그 혼잡함 속에서도 담배꽁초가 수북한 재떨이는 맨 윗자리를 차지하고 있었다. 머리가 움직이는 레고 인형 몇 개가 그 광경을 빠끔히 내다보고 있었다. 탁자 위에 남은 음식자국을 남편이 양말 신은 발로 쓱 문질러 닦았다.

남편이 앉아 있는 소파의 옆자리에는 음식을 먹고 난 빈 접시로 너저분했다. 빈 접시에는 먹다 남은 감자튀김이 몇 개 붙어 있고, 발라먹고 난 생선가시가 굴러다니고, 자줏빛 소스 찌꺼기가 접시에 둥그런 테두리를 만들어놓고 있었다.

조간신문과 텔레비전 프로그램이 와이셔츠를 벗은 남편 옆에 바싹 달라붙어 있었다.

정말 밥맛 떨어지는 풍경이었다.

"언제부터 집에 있었어요?"

"삼십 분 전쯤." 남편이 말했다. 삼십 분이면 남편은 집안을 충분히 이렇게 쑥대밭으로 만들어놓을 수 있었다. 내 눈길이 순간 신문지 위에 열린 채 놓여 있는 생선 통조림 깡통에 꽂혔다. 양파와 겨자, 식초로 맛을 낸 젤리 속에 든 훈제 청어였다.

텔레비전에서 방금 전에 금발머리 소녀가 냉장고를 따냈다.

"나는 그런 상황에서는 일을 할 수 없어." 남편이 변명하듯 덧붙여 말했다. 그러면서 남편은 텔레비전의 퀴즈쇼를 보고 있었다. 한마디로 딱한 사람이다.

"아이들 데리고 산책이라도 하면서 바람 좀 쐬지 그랬어요. 당신한테도 그게 좋았을 텐데."

나는 습관적으로 기름 묻은 접시와 깡통을 집어들었다.

주부들은 집안 치우기를 좋아하니까.

"잠깐, 그거 그냥 거기에 놔둬. 아직 더 먹어야 하거든!"

"예? 더 먹으려고요……?"

"어쩌면. 지금은 아니지만."

남편이 담배를 하나 빼 물었다. 담배연기가 파란 조명을 받으며 침침한 거실을 유유히 떠다녔다.

생선 냄새에 이젠 담배 냄새까지. 나는 이런 탁한 냄새들에 길들여졌다.

"밖은 지금 한낮이어서 햇빛이 아주 좋아요." 나는 다시 자리에서 일어섰다.

"이런 정말 성가시게 구는구먼. 당신 잠깐 이리 좀 와봐!" 소파에 앉은 남편은 옆자리를 툭툭 치면서 말했다. 나는 남편의 와이셔츠와 서류를 깔고 그냥 억지로 앉았다. 나는 생선 통조림 깡통을 검지손가락으로 약간 옆으로 밀쳐냈다.

"무척 건강해 뵈는군. 당신 지금도 돌아다니나?"

“조깅이죠.” 나는 말했다. “과일과 야채와 운동. 내 나이도 이젠 삼십대 중반에 접어들었어요. 그러니…….”

“그래.” 그는 하품을 했다. “덧붙이자면 나도 기운내서 일해야 할 때야. 내가 받는 스트레스와 직업상 갖게 되는 긴장…….”

텔레비전에서 환호성이 들렸다. 출연자 하나가 파트너 대신 커피메이커를 택했기 때문이다.

“흠.” 남편이 내 귓불에 코를 들이댔다. “향수 냄새가 굉장히 자극적이군. 새로 샀어?”

그것은 유스투스 스트라이트아커가 사준 향수였다. ‘Singing in the rain.’ 그것은 프레슬라 프레스 향수였다. 비 오는 날 산책하고 돌아오는 길에 성당 근처 4711 향수가게에서 산 것이었다.

“프레스 향이에요.” 좀더 고상하고 사교적인 향수를 뿌리기로 마음먹으면서 분명히 말했다.

남편 반응이 의외로 민감했다.

남편은 생선가시가 놓인 접시를 옆으로 밀치고 자줏빛 소스가 엉겨붙어 있는 접시에 피우던 담배를 눌러 껐다.

“향수 이름이 뭐든, 몸에 *끈적끈적 달라붙는 느낌을 주는 냄새* 구먼.” 그는 유쾌하게 말했다.

“담배 냄새 때문일 거예요, 난 담배 냄새밖에 안 나네요. 환기 좀 시키면 안될까요?” 내가 말했다.

“아니. 그 향수 냄새가 코를 찌르는데. 그 저급한 취향의 향수 이름이 뭐라고?”

“Singing in the rain. 프레스 향이에요.”

남편이 내 쪽으로 몸을 굽혔다. “누가 사준 거지?”

“직장동료가요. 나랑 늘 같이 산책하는 친구예요. 스케줄이 빌 때 그 친구와 다양하게 시간을 보내기도 해요. 당신한테 그 친구 얘길 한다는 걸 깜박 잊었네요.”

이쯤에서 남편은 흥분해서 당장 자리를 박차고 일어나, 탁자 위의 생선 통조림을 집어던진다거나 아니면 내게 폭언을 퍼부어야 하지 않을까? '난 당신이 다른 놈팡이랑 산책을 다니고 향수 따위나 선물받고 그런 거 용납 못해. 공적인 일로 만나서 대화 나누는 것 빼고 사적인 교제는 난 인정 못해!'라고 더 과격한 걸 상상할 경우, 남편이 총을 들고 그 사람을 당장 쏴 죽인다며 달려나가거나.

하지만 남편은 그런 유형이 아니었다. 남편은 질투를 모르는 사람이었다. 왜 그래야 하는데! 그것은 사람을 대단히 피곤하게 만드는 일이다. 그러려면 흥분도 해야 하고 소리도 질러야 하고 쓸데없는 상황을 만들어야 한다. 남편은 그런 불필요한 일을 감당하고 싶지 않을 것이다. 그는 내가 누구와 어떻게 시간을 보내든 전혀 개의치 않을 것이다. 중요한 것은 남편은 나를 자기와 결혼해서 주부로 눌러앉은 여자로, 고독을 모르고 사는 여자로, 끊임없이 조잘대는 여자로, 찡그린 얼굴을 보이지 않을 여자로, 폐경을 겪지 않을 여자로 기억하고 있다는 사실이다.

"당신, 나를 사랑하나?" 남편이 흥분된 목소리로 물었다.

"어쨌든, 그러네요." 나는 그렇게밖에 말할 수 없었고, 그건 솔직한 대답이었다.

남편은 일밖에 모르는 평일의 남자였다.

휴일이면 난 다른 곳에서 내 욕구를 충족시켜야 했다.

분명, 그 책임은 남편에게 있었다. 최소한의 질투심만이라도 있었던들. 눈곱만큼이라도

"아무에게도 방해받지 않고 이렇게 당신과 단둘이 있으니 좋군. 난 진심으로 당신을 원해. 우린 정말 둘만의 시간을 가져본 적이 거의 없었어." 남편이 말했다.

그때, 전화벨이 울렸다.

"받아봐." 남편이 말했다. "사무실에서 온 전활 거야."

나는 전화기를 집어들었다.

남편 사무실이었다.

사무실 창문 청소가 끝나서 종전대로 일을 할 수 있게 되었단

다. 그리고 샤츠 박사가 가까이 있는가 물었다.

"예." 나는 대답했다. "샤츠 박사는 지금 저와 아주 가깝게 있습니다."

비젤로다에서 온 중요한 팩스 때문이라면서 샤츠 박사와 직접 통화할 수 있는가 물었다.

샤츠 박사가 수화기를 건네받았다. 비젤로다에서 온 팩스에 샤츠 박사는 흥미를 느끼는 모양이었다. 그 대단한 샤츠 박사가 지금 똑바로 앉아 있다.

나는 벌떡 일어나서 빈 접시들을 모아서 부엌으로 가져갔다. 그런 다음 블라인드를 올리고, 창문을 활짝 열어놓고, 텔레비전 리모컨을 잡았다.

"안네마리, 커피메이커를 선택하시겠습니까? 멋진 파트너를 선택하시겠습니까?" 퀴즈 진행자가 큰 소리로 물었다. "신중하게 생각하세요! 커피메이커는 바꿀 수 있지만 멋진 파트너는 바꾸지 못합니다."

안네마리가 가리개 뒤에 서서 골똘히 생각하고 있다.

화려한 색 와이셔츠에 금색 넥타이를 매고 독특한 헤어스타일을 한 비쩍 마른 남자가 카메라를 바라보며 히죽거렸다.

제발, 안네마리, 커피메이커를 선택해요!

"멋진 파트너를 선택하겠어요." 안네마리가 말했다.

방청객이 환호성을 보냈다.

가리개가 서서히 걷혔다.

안네마리는 두 팔을 벌려 독특한 헤어스타일의 남자와 포옹했다. 기쁨의 표현인지 실망의 표현인지 화면을 통해서는 전혀 알 수 없었다.

그녀 집에 커피메이커쯤은 있을 것이다.

나는 다 갖추었어. 커피메이커와 멋진 파트너.

나는 텔레비전을 껐다. 간유리 상자 속에 있던 행운의 후보가 공기중으로 사라졌다.

텔레비전 수상기가 죽으니 그렇게 조용할 수가 없었다.

한 시간 후면 <우리들의 작은 병원>이 시작될 것이다.

그 시간에 나는 아이들과 공원에 있을 것이다. 수오리를 잡으러. 빨랫줄을 들고. 물론 잡는 시늉만 하는 것이다. 수오리들을 겁줘서 도망가게 하면서 인간의 힘을 즐겼다. 우리 애들은 요즘 그 놀이에 푹 빠졌다.

"가야겠어." 남편은 한마디 불쑥 내뱉더니, 와이셔츠를 갈아입으러 위층으로 올라갔다. "오늘 늦을지도 몰라. 기다리지 마."

"그럼요. 난 당신을 기다리지 않아요." 나는 대답했다.

나는 담요를 개고 신문을 접었다. 남자들은 자기가 보던 신문조차 제대로 접어놓을 줄 모른다. 접기도 전에 신문은 완전히 구겨졌다. 담요만 해도, 남자들이 담요를 개면 보풀이 인 수많은 잔털들이 풀어헤쳐졌다.

부동산 잡지에서 생선 비린내가 났다.

위층에서 남편이 옷장 뒤지는 소리가 들렸다. 잠시 후 화장실 물 내리는 소리가 들리고 곧이어 면도기가 붕붕거렸다.

나는 통조림 깡통과 빈 맥주병을 들고 부엌으로 갔다. 남편이 아직 리모컨이 딸린 부엌살림을 찾아내지 못했다는 건 납득하기 어렵다. 그런데 또 어떻게 보면 쉽게 수긍이 갔다. 왜냐하면 남편에게는 내가 있으니까. 나는 남편이 먼 거리에서도 조종할 수 있는 부엌데기였다. 지금까지 남편의 명랑한 마누라는 즐겁게 콧노래를 흥얼거리면서 모든 일을 해결해주었다. 가끔씩 귀엽게 앙탈 부리기도 했다. 예쁜 아랫입술을 내밀며 토라진 티를 내는 정도의 귀여운 반항. 어쨌든 부엌일은 여자들 몫이었다. 그레테 아니면 내가 할 일이었다. 우리가 생물학적으로 여자라는 종에 속하기 때문에. 결정적으로 고추를 달고 이 세상에 나오지 못해서 우리의 인격은 훼손당하고 부엌데기 노릇을 하는 것이다. 태어날 때부터. 닦고 씻고 청소하고 돌보고 보호하는 본능을 지니고 여자들은 이 땅에 태어났다.

고추를 달고 나온 자들은 절대로 우리와 다르다.

접시들을 치우고, 음식 찌꺼기를 쓰레기통에 분리해서 넣고, 그릇들을 식기세척기에 세워 넣고, 다 씻어진 그릇들을 다시 찬장에 정리해서 넣고, 옷장을 정리하고, 정리된 옷장에 옷들을 다시 집어넣고, 식탁을 차리고, 차린 음식을 다시 치우고 닦는 일들은 모두 여자들 몫이다. 그리고 단지 여자들만 할 수 있는 일이다. 남자들은 그런 일들을 쉽게 할 수 없다. 만약에 남자들이 접시를 정리한다면 접시는 산산조각날 것이다. 그 외에도 티스푼 하나가 어디에 놓여 있는지조차 모른다. 티스푼을 찾기 위해서 그들은 찬장 구석구석을 뒤져가면서 몇 시간 동안이나 법석을 떨어야 한다. 우연히 티스푼이 그들 눈에 띌 때까지. 쓰레기통을 비우는 것도 여자들의 일이다. 남자들이 쓰레기를 비운다면, 우선 쓰레기통의 손잡이가 달아날 것이다. 분명히! 그리고 쓰레기를 복도나 계단실, 아니면 꽃밭에 버릴 것이다. 그러면? 누가 그것들을 다시 치워야 하는가? 그것도 당연히 여자들의 일이다. 그러한 사태를 미연에 방지하기 위해서 여자들은 자기 스스로 쓰레기통을 비운다. 그리고 남자들은 자기네 쓰레기통이 어디에 놓여 있는지도 모른다. 실수로 이웃집 쓰레기통에 쓰레기를 비우기 일쑤다. 또 남편들이 화장지를 다 썼을 때도 결코 그들은 스스로 새 것을 찾아다 걸어놓는 경우가 없다. 화장지가 도대체 어디 있는 줄도 모르니까. 어디? 옷장에? 아니면 찬장에? 그리고 두루마리 휴지의 심을 어디에 버려야 하지? 변기에 넣나? 아니지, 아니야. 그러면 변기가 막히지. 그래서 또 그 일도 여자가 해야 한다. 그것이 오히려 일을 줄이는 것이니까. 그게 남자들의 본질일까? 수천 년간 이어져 내려온 여자들의 일이다. 재떨이를 비우고, 빈 맥주병을 한 곳에 모아두는 일들은. 남자들이 하면 어이없게도 꼭 다른 일을 하나 더 저지른다! 남자들은 아무 생각이 없으니까! 빈 맥주병을 깰지도 모른다. 그럼 식구들은 한동안 깨진 유리 조각에 발가락을 다칠 것이다. 완전히 꺼지지 않은 담배꽁초를 휴지통에 버려서 불이 날지도 모른다! 그래서 위험하고 좀 세심한 주의가 필요한 일은 여자들이 해야 한다. 여자들의 일이다. 하지만 위험하지 않고 세심한 주의가 필요치 않은 일이 어디 있을까!

나는 비디오 앞에 쪼그려 앉았다. 나와 대화가 통하는 것은 그 기계뿐이다. 기계는 내 말에 토를 달거나 거부하지 않는다. 하지만 우리 집 세 남자들은 나를 거부한다. 하지만 내 말을 순순히 따라주는 게 하나라도 있으니 얼마나 다행스러운 일인가!

오늘 우리는 430회분 드라마를 녹화했다. 화니와 훔친 아기에 대한 이야기였다. 나는 녹화에 참여해왔다. 오늘도 예외가 아니었다.

남편은 서서 와이셔츠를 바지에 집어넣은 다음 신발을 신었다. 남편에게서 고급 향수 냄새가 풍겼다.

나는 남편에게 재킷을 건네주었다.

남편은 가방에 다이어리를 쑤셔넣은 후 현관문을 열었다.

정원 담 앞에 자동차가 두 대 서 있다.

번쩍번쩍 윤나는 남편 차 위에 태양이 작열하고 있다.

구석에 세워진 내 차는 먼지를 흠뻑 뒤집어쓰고 있다.

화려함과 초라함.

"쓰레기통을 제자리에 갖다놓도록 해. 스노타이어를 바꿔 끼울 때도 됐잖아? 바퀴테는 내가 제공해주지. 정말 한눈에 비교가 되는구먼."

"그러네요." 나는 아주 순종적으로 남편의 말을 받아들였다.

"부러진 벤츠 장식물을 줄 테니 한번 설치해봐. 글로브박스에 있을 거야."

"그러죠."

"차 안 구석구석 깨끗이 청소 좀 해. 풀이며 나뭇가지들이 산더미처럼 쌓였어! 숲의 반 정도는 족히 되겠어! 난 절대 차를 그렇게 함부로 하지 않아!" 나는 의자 뒤에 떨어져 있을 과자 부스러기들을 떠올리고 고개를 끄덕였다. 그러면서 난 납득하지 못했다. 남편이 언제 내 차를 그렇게 세밀히 관찰했을까! 이해할 수 없군.

"애들이 아마 도와줄 거야! 애들이란 본래 그런 일 하는 걸 아주 좋아하지!"

"어떻게 아셨어요? 애들이 그런 일을 즐겨한다는 걸?" 나는 발끈해서 남편에게 따져묻고 싶었다. 아직 어리긴 하지만 그 아이들도 고추를 단 사내들이 아닌가! 그 못 말리는 속성을 어떻게!

"우리 집 앞에 저런 차가 세워져 있다는 게 유감이군!" 남편이 말했다. "이렇게 밝은 태양 아래!"

"그러네요. 당신 말이 맞아요. 태양은 빛나고 있어요."

"다녀올게, 샬로테. 애들한테 인사 전해줘."

"어떤 애들요?" 이건 실수야, 실수, 당신 실수한 거야……

"뭐라고? 뭐? 우리 개구쟁이들 말이야."

남편은 치약 냄새 풍기는 입으로 내게 키스했다. 내게 침을 묻혀가면서.

"사랑해요."

뺨이 매끄럽다. 남편은 무척 상쾌해 보였다.

"사랑해. 당신이 알고 있는 것처럼."

남편이 벤츠에 시동을 걸었다. 안테나가 소리 없이 높이 솟아오르고, 차 지붕이 스르르 접히고, 창문 네 개가 일제히 스르르 내려앉았다. 잡음 없이 우아하게.

"방부제가 들어 있지 않은 생선 통조림이라도 앞으로 두 번 다시 사지 마." 정원 담 너머로 남편이 소리쳤다. 남편 카스테레오에서 비발디의 선율이 흘러나왔다. 사계. 여름. "벌써 여러 번 당신에게 말했잖아. 통조림은 건강에 해로워. 게다가 파들러 회사 통조림은 절대 안돼!"

고개를 끄덕이고 눈을 깜박이고 입으로 웃고 화들러는 죽었다.

남편의 말끔한 자동차가 미끄러져 나갔다. 번쩍이는 벤츠와 내기라도 하듯 한낮의 태양이 내 눈을 부시게 했다. 남편 차는 마치 거울 같았다.

당첨이야. 땀에 젖은 남방을 입고 선 내가 남편 뒤를 바라보면서 생각했다.

남편과 벤츠 승용차.

그리고 두 아들과 좋은 직업을 가진 사람.

내가 퀴즈 프로그램에나 나오는 안네마리와 처지를 바꾸고 싶어하는 것은 돈 되는 일이 아니야.

정말 돈 되는 일이 아니야.

치과 의사 겔트마허

계단에 들어서니 치과 병원 특유의 냄새가 났다. 아주 지독했다. 냄새를 막아낼 도리가 없을 것 같았다. 그레텔 주프에게만 물어보아도 줄줄이 엮어낼 만큼 시중에는 향이 좋은 스프레이가 얼마나 다양한데…….

깔끔한 주부들은 담배 냄새가 밴 망사 커튼이나, 손님용 화장실 변기 위, 거위 요리를 하고 난 오븐 안, 오래된 양로원에 계시는 할아버지의 침대 밑, 그런 곳에 향이 좋은 스프레이를 뿌린다.

왜 사방을 흰 페인트로 떡칠한 이 치과만 예외람? 가루든 스프레이든, 자스민 향이든 바닐라 향이든, 그것도 아니면 '바보 향수'라도 뿌려야 되는 거 아닐까?

"난 이 병원 냄새가 싫어요." 베르트가 올라서려다 말고 돌아서서 말했다.

"이렇게 냄새나는 치과에는 나도 가고 싶지 않아." 에르니가 말했다.

"치과에서는 다 이런 소독 냄새가 나는 거야. 여기 겔트마허 의사 선생님은 정말 하나도 안 아프게 치료하신대. 슈미츠 니텐빌름 선생님이 그러셨단다. 최고래."

"난 애들에게나 친절한 겔트마허 의사는 싫어." 에르니가 말했다. "엄마, 내려와. 우리, 집에 가자." 볼이 부풀도록 골이 난 아이가 내 손을 잡아끌었다.

"너희들 이에 벌레가 점점 더 많아지면 이빨 구멍도 더 커져. 만약에 의사 선생님이 너희들을 치료해주시지 않으면 너희들 이빨은 아마 몽땅 빠져버릴 거야! 그러고 싶니? 난 책임 없어! 너희들 이가 다 빠져버려도! 정말 그러고 싶은 거야?"

"그럼, 매일 죽만 먹어야 되겠네요."

"정말 아프지 않게 한대. 선생님은 그냥 너희들 이빨을 검사만 할 거야. 왜 칫솔처럼 생겼는데 끝에 조그만 거울이 달려서 기역자처럼 꺾인 거 알지? 그 거울로 구멍난 이빨만 보는 거야. 치약 사면서 얻은 거울 같은 거. 왜 너희들도 그걸 가지고 재미있게 놀았잖아! 검사하고 나면 틀림없이 재밌었다고 할걸!" 나는 열심히 아이들을 설득했다.

"나는 그딴 거울 입에 넣고 싶지 않아요. 내 입이 싫대요." 베르트가 흥미 없다는 투로 말했다.

"우선 대기실에 가서 기다려야 하니까, 치아에 관한 책이 있는지 한번 찾아보자. 아마 거기엔 장난감이 많이 있을 거야. 나무 철로와 기차도 있을 거고, 레고, 자동차, 기차, 그리고 로봇도 있을 거야. 퍼즐도 있을지 모르지! 그리고 고릴라도 있을 거야!" 나는 아이들을 설득했다.

"컴퓨터 게임도 있겠네요. 그런데 배트맨 게임은 나쁘대요." 베르트가 말했다.

"배트맨처럼 나쁜 사람하고 놀면 안된다고 엄마가 말했어. 람보나 헐크도!" 에르니가 말했다.

"우리 접수부터 하자. 어쨌든 너희들은 치료를 받아야 하니까, 잘 생각해봐." 나는 아이들에게 사정했다.

에르니와 베르트는 포기한 듯 더 이상 말없이 내 뒤를 따라왔다. 접수창구에 있는 친절한 간호사가 아이들에게 젤리를 주면서 쌍둥이냐고 묻고 이 병원에 온 적이 있었나 물었다.

하긴 나도 속이 메스꺼웠다.

접수창구에 무테 안경을 쓴 여자가 서 있었다. 갈색 머리에 기름때가 덕지덕지 껴서 뭉쳐져 있는 데다가 머리숱이 적어서 머리속이 다 보였다. 치약과 양치를 대신하는 씹는 껌 포스터가 구석에 조그맣게 붙어 있는 유리 칸막이 안에서 그녀는 아주 불손한 눈길로 우리를 관찰하고 있었다.

"뭘 도와드릴까요?"

"전 페펍니다. 에르니와 베르트, 전화로 예약해놓았습니다."

"아이들이 전혀 닮지 않았네요." 그녀는 퉁명스럽게 말했다.

"이란성 쌍둥이랍니다." 나는 말했다.

"아, 그렇군요." 그녀는 대답하면서 나를 찬찬히 살펴보았다.

"당신 혹시 닥터 아니타 바흐 아니세요? 우리 시어머니께서는 매일 그 연속극을 보시죠. 어머님은 아직 그보다 더 좋은 것을 찾지 못하셨어요." 말하는 폼새가 조롱하는 투였다.

주름살투성이에 머리숱도 모자란 계집 같으니라구! 결코 친구가 될 수 없겠어. 그건 분명해. 당신은 언제나 이 자리에 지금처럼 근엄하게 서서 지내겠지. 따분하겠어. 나는 아침에 카메라 앞에서 잠깐 일하고 나면 나 하고 싶은 일을 할 수 있는데. 내 삶을 위한 일을 내 마음 가는 대로. 자유로운 시간을 나를 위해 쓰는 거야. 당신이 알면 약오르겠지만.

"나는 그런 연속극 따윈 보지 않아요." 숱이 적은 여자가 내게 유치한 웃음을 선사했다.

"당신의 지적 수준을 잘 증명해주는 말이군요." 나는 진심으로 말했다.

"흠, 오늘은 배우가 우리 치과를 찾아주셨군요."

갈색 머리 여자는 바스락거리며 예약 노트를 펼쳐보았다. 빨간 손톱이 예약손님들 이름이 적힌 종이 위를 찍 긁으며 훑어내려갔다.

"치료는 평소처럼 좀 늦어질 것 같네요." 그녀는 속사포처럼 빠르고 억양 없는 소리로 말했다. "잠시 기다려주세요."

"그럼 우리, 엄마, 다음에 다시 오는 거야? 정말 잘됐다!" 에르니가 말했다.

"얘야, 기다려야 하는 거야!" 그 갈색 머리의 여자가 쌀쌀맞게 말했다.

"여기서는 도망갈 수 없어!"

접수창구에 선 우리 뒤쪽 진찰실로 남자 손님이 들어갔다. 환자를 격려하는 닥터 겔트마허의 목소리가 들렸다. 이 병원 체계상 의사의 부인을 먼저 대해야 하는 환자들은 오히려 의사를 보면서 안심할 것 같았다.

"걱정 마세요. 기다리는 시간을 유익하게 보내면 되니까요." 나는 말했다.

코를 톡 쏘는 치과 의사의 체취가 나의 뇌하수체에 전달되어 내 이에 신호를 보내왔다. '치통.' 오른쪽 네번째 윗니. 나는 무심해지려고 애를 썼다.

착각이야. 모든 게 다 상상에서 생겨나는 거야. 내 이는 건강해! 충치는 무슨? 난 치석도 없는데! 바보 같은 생각이야. 항상 야채만 먹고 사는 내게 충치가 생겼을 리 없지.

에르니는 대기실에 앉아서 나를 째려보았다.

"엄마, 빨리, 책 읽어준다고 약속했잖아!"

나는 바닥에 아무렇게나 앉아서 나무 쌓기 놀이를 하는 아이들 속으로 들어섰다.

"안녕하세요!"

"안녕하세요!" 입으로 인사를 받아주기만 할 뿐 우리를 쳐다보며 반겨주는 사람도, 내게 사인을 해달라는 사람도 없었다. 시작이 아주 좋았다.

"다니엘, 의자에 앉아 있어!" 병원 대기실에 있는 사람은 누구나 컨디션이 좋지 못하다.

"고맙습니다. 괜찮습니다."

에르니는 나에게 그림책 하나를 들려주었다. 가족이 아침식사를 하는 그림이 그려진 『나의 이는 건강하답니다』라는 책이었다.

빨리 읽어. 네 오른쪽 네번째 윗니가 아플 틈이 없게! 기회를 주지 마!

에르니와 베르트는 내 무릎을 하나씩 차지하고 앉아서 빨리 읽으라고 졸랐다. 새끼를 앞에 거느린 기린처럼 나는 목을 길게 뺐다.

"그래. 나의 이는 건강하답니다." 나는 책제목을 읽었다.

나는 대기실 안을 빙 둘러보았다.

"나 그꺼 아러!" 옆자리에 앉아 있는 꼬맹이 다니엘이 말했다. 그 아이의 이는 엉망이었고 특히 부러진 이 세 개는 누랬다.

나는 낡아서 너덜너덜한 그림책을 한 장 넘겼다.

여덟 살 정도 된 창백한 사내아이 뤼디거가 생기 없어 보이는 아빠를 도와서 아침상을 치우고 있다. 식탁 위에는 검은 빵, 요구르트, 야채 주스가 놓여 있을 뿐 꿀이나 초콜릿과 같은 단 음식은 보이지 않았다. 라이언 킹이 그려진 콘플레이크나 카카오를 탄 우유 잔도 없었다.

어린 여동생 이레네와 젊고 활기 넘치는 엄마는 무릎 밑까지 내려오는 긴 주름치마를 입고 거울 앞에 서서 아주 즐겁게 이를 닦고 있다. 입에 치약거품을 가득 물고 있는 엄마는 외투 차림이었다.

"오늘 아빠가 우리를 데리고 치과에 가신답니다. 우선 나는 아빠가 설거지하시는 걸 도와드려야 합니다. 우리는 시간을 아껴야 하기 때문입니다. 엄마는 회사에 출근하십니다. 이레네는 벌써 이를 닦았습니다. 이 사이에 음식 찌꺼기가 남아 있지 않게 하기 위해서. 우리는 칫솔질을 항상 위에서 아래로 합니다. 음식 찌꺼기가 침하고 섞이면 이를 약하게 만들고 충치가 생깁니다." 치통을 참으며 난 소리내어 읽었다. 누런 이의 다니엘이 옆에 바싹 붙어서 날 자꾸 눌러대는 바람에 구역질이 났다.

에르니와 베르트는 내 무릎을 타고 앉아서 방정맞게 다리를 흔들어댔다. 건강한 개구쟁이들의 몸무게를 감당해내느라 내 다리는 부서질 것 같았다.

다니엘은 조심성 없이 내 무릎에 방자하게 몸을 기대고, 콧구멍을 후벼파던 더러운 집게손가락으로 우리가 읽는 그림책을 만지작거렸다.

"쟤네 엄마는 일하러 간대." 다니엘이 말했다.

"다니엘, 조용히 해!" 아이 엄마가 책장을 넘기려고 집게손가락에 침을 묻히면서 말했다. 다니엘 엄마가 읽고 있는 책표지에 왕가 출신 꼬마 재벌의 사진이 실려 있었다.

"괜찮습니다." 나는 상냥하게 말했다.

"아냐, 얘가 지금 우릴 방해하고 있잖아요!" 베르트가 말했다.

"저리 꺼져, 나쁜 자식아!" 에르니가 말했다. 에르니는 엄마의 무릎이 자기를 단단히 지켜줄 성이나 되는 것처럼 행동했다. "가. 빨리 꺼지지 않으면 뒤통수를 갈겨준다."

"이 책은 여러 사람을 위해서 갖다놓은 거야." 난 여의사 아니타 바흐로 돌아가서 상냥하게 말했다. 속으로는 다니엘의 눈길이 무척 거슬렸음에도 불구하고

나는 난폭하게 책장을 넘겼다.

그 사이에 뤼디거와 그의 창백한 아버지는 전차 안에 앉아 있다. 밝고 편하게 웃으면서 그들은 상냥한 치과 여의사를 떠올렸다. 짧은 치마를 입은 여동생 이레네는 손때 묻은 토끼인형을 무릎 위에 올려놓았다. 아이들은 차창 밖 풍경에 흥미를 느꼈다. 이레네가 강아지를 안고 걸어가는 부인을 손가락으로 가리켰고, 꼬마의 행동이 귀여워 승객들은 미소지었다.

"지금 얘네들 치과에 가는 거다." 다니엘이 말했다.

"우리들은 지금 치과에 갑니다." 나는 소리내어 읽었다.

"그치?! 내가 먼저 마랬짢아!" 다니엘이 의기양양하게 소리쳤다. "나 그 책 벌써 다 일거따!"

266

“다아- 니- 엘!” 아이 엄마가 말했다.

“입 다물어, 이 바보야.” 베르트가 씩씩거리며 말했다.

“한 번만 더 하면 쥐가 파먹은 더러운 네 대갈통을 갈겨줄 거야!” 에르니가 말했다.

“애야, 그게 대체 무슨 말이냐!” 문 쪽에 앉아 있던 할아버지가 말했다.

“머리 스타일을 말하는 거예요.” 나는 재빠르게 변명했다.

교육적인 차원에서 난 다니엘을 무시하기로 했다. 다니엘 엄마라면 우리들의 불화를 조정해줄 수 있을 텐데도 그녀는 잡지 기사에 빠져 있었다. 그 책을 아이에게 읽어줄 수는 없는 것일까? 어쨌든 다니엘 엄마는 아이에게 전혀 신경쓰지 않았다. 엄마의 의무에 소홀했다!

저러니 아이 머리에 부스럼 흉터가 생기고 이가 세 개나 부러지잖아!

그레테가 말했어! 우리는 프롤레……?

……무산계급에 속하지 않는다고!

다니엘이 자기 쥐인형을 마구 물어뜯으면서 초조하게 굴기 시작했다.

“계속, 일거요.” 아이가 나를 마구 밀면서 말했다.

샬로테, 그 아이에게 해줄 만한 게 없을까? 아니타 바흐가 속삭이면서 재촉했다. 아이를 안아서 콧물을 닦아주고, 아침상 치우는 걸 간접적으로 경험할 수 있게 책을 읽어줘. 그 아이는 감정적으로 방치되어서 어른들의 사랑과 관심이 필요해. 그래. 꿀밤도 한 대 때려주고.

그동안 다니엘 엄마는 트랙터를 타고 가던 농부가족이 실수로 세 살박이 아이를 트랙터에서 굴러떨어지게 했다는 기사에 푹 빠져서 허리까지 꼬부라졌다.

‘콜 수상은 왜 토마토 세례를 받았을까?’라고 씌어진 굵고 큰 활자체가 눈에 띄었다.

갑자기 그 기사가 궁금해졌다. 하지만 다니엘 엄마는 나와 함께 읽고 싶지 않을 것이다

나는 다니엘에게 휴지를 건네주었다. 아이는 내가 준 휴지로 얼굴을 한번 문지르더니 자기 엄마가 보는 잡지에 실린 수상 얼굴 위에 탁 내려놓았다.

"여기써!"

"다아— 니— 엘!"

"아빠는 의료보험 카드를 간호사에게 주었습니다." 나는 계속 읽었다. "전 대기실에 가 있을게요"

뤼디거는 여동생 이레네의 손때 묻은 토끼인형을 질질 끌고, 그림책들이 가지런히 꽂혀 있는 대기실로 들어갔다. 그동안 아빠는 이레네를 안은 채 간호사에게 의료보험의 피보험자에 대해서 설명했다. 코팅 처리된 의료보험 카드는 끝이 접히거나 구겨진 자국 없이 깨끗했다. 모든 사람들에게 귀감이 될 만했다!

오른쪽 네번째 윗니가 심하게 쑤시기 시작했다.

대기실 사람들의 시선은 모두 자기 무릎 위에 놓인 책에 가 있는데 나만 주위를 살피고 있었다. 치과 병원 냄새와 다니엘에게서 풍기는 사회 저층 특유의 냄새가 뒤섞여 혼탁해진 공기가 나를 더 불쾌하게 만들었다.

"나는 친구들에게 흔들리는 이를 보여주었습니다." 나는 소리내어 읽었다. "이가 얼마나 많이 흔들리는지, 한번 보세요! 내 이는 곧 피 묻은 실에 매달려 있게 되겠지요 오늘 저녁에 빠진 이를 접시에 담아서 식탁에 올려놓으면, 엄만 깜짝 놀라실 거예요!"

"여기서도 그거랑 또까치 이빨 뺀다." 다니엘이 유치하고 음흉스럽게 웃으며 말했다.

"엄마, 재 한 대 때려줬음 좋겠어요" 베르트가 말했다.

"다니엘, 너 그만 떠들어!" 다니엘 엄마가 잡지를 넘기며 말했다.

"어떤 아저씨는 뺨이 퉁퉁 부었습니다." 나는 계속 읽었다. "그

아저씨 이는 틀림없이 썩었을 겁니다. 잇몸이 곪아서 아저씨 입에서 냄새가 났습니다. 분명 아저씨는 제때에 의사를 찾아가지 않았을 겁니다. 아저씨는 입 냄새가 심하기도 했지만 몹시 아파 보였습니다."

"그건 자기 잘모시야." 다니엘이 나를 밀치더니 책장을 마구 넘겼다.

"다— 아— 니— 엘!" 다니엘 엄마는 소리쳤다. 아직은 발코니에서 떨어진 닥스 개의 슬픈 사연에 빠져들지 않은 모양이었다.

"지금 우리는 진찰실에 있습니다." 나는 기분 좋게 몸을 흔들었다. "나는 혼자 진찰대에 올라갈 수 있습니다." 그림을 보면서 난 진찰대가 꼭 미끄럼틀 같다는 생각을 했다. 진찰대가 너무 경사져서 아이들이 누우면 꼭 미끄러져 내려갈 것만 같았다.

하얀 가운을 입은 여의사가 뤼디거를 반기며 악수했다. 뤼디거는 쑥스러운 표정으로 손을 내밀었다.

창백한 아빠와 손때 묻은 토끼인형을 안은 이레네가 옆에 조용히 서 있었다.

"간호사가 앞가리개를 둘러주었습니다." 나는 소리내어 읽었다. "내 예쁜 스웨터에 피가 묻지 않게 하기 위해서였습니다. 그 스웨터는 아빠가 짜주셨습니다. 피가 묻어서 빨아도 지워지지 않으면 아빠가 얼마나 슬퍼하실까!"

"애네는 아빠가 빨래한대." 다니엘이 코를 후비면서 말했다.

"칭찬할 만한 일이지." 나는 상냥하게 대답했다. 다니엘의 옷을 빨아주는 사람은 아무도 없는 모양이었다.

"우리 집도 아빠가 빨래한다." 에르니가 갑자기 말했다.

"우리 집에는 세탁기가 세 대나 있고 건조기도 두 대나 있다! 다 리모컨으로 조종한다!"

"맞아." 베르트가 만족스럽다는 듯이 말했다. "별거 아니지 뭐. 다 컴퓨터로 움직이는 거라구. 우리 아빠는 그걸 차 안에서도 작동시킬 수 있어."

다니엘 엄마가 잠시 고개를 들고 아이들 얼굴을 쳐다보았다.

"그리고 우리 다리미는 날개 달렸다!" 에르니가 상상력을 발휘했다. "그 다리미는 옷을 데리고 옷장까지 날아간다!"

"아빠가 리모컨 단추를 누르면 옷장 문이 닫히고 한번 더 누르면 옷장이 벽 속으로 들어간다."

"즈, 증말이니?" 다니엘이 겁먹은 소리로 묻더니 쥐인형을 이빨로 물어뜯었다.

"그래." 나도 거들었다. 그 개구쟁이는 아이들 거짓말에 속아넘어갔다.

나는 책을 계속 읽었다.

"의사 선생님이 갈고리처럼 생긴 기계로, 이가 빠질 때가 되었나 살펴보시더니 확 잡아당겨서 뺐습니다. '자, 이건 가지고 가서 저녁에 어머니께 보여드리거라.'

'엄마가 깜짝 놀라실 거야.' 나는 너무 좋아서 내 이를 아빠께 보여드렸습니다. 아빠도 기뻐하셨습니다."

"애들이 이빨 빼는 걸 엄마 아빠들은 왜 좋아해요?" 베르트가 물었다.

"왜냐하면, 헌 이가 빠지면 새 이가 자라나니까." 나는 기꺼운 마음으로 설명해주었다.

"쟤네는 그렇지 않아." 베르트가 다니엘을 가리키며 말했다. 다니엘은 부끄러운지 입술을 꼭 다물고 뒷걸음질쳤다.

"이제야 조용하겠군." 에르니가 말했다.

"이젠 아빠가 진찰대에 누우셨습니다. 간호사 누나가 입 속에 남아 있는 음식 찌꺼기와 침을 닦아내도록 아빠께 물 한 컵을 드렸습니다.

간호사 누나 옆쪽 배수구 한가운데서 물이 퐁퐁 솟아올랐습니다. 아빠는 물줄기 옆에 침을 뱉었습니다. 간호사 누나가 웃었습니다.

'어떤 이가 아프신가요?' 친절한 여의사가 물었습니다.

‘차거나 뜨거운 음식을 먹을 때 이가 시립니다.’ 아빠가 웃음을 거두시고 말씀하셨습니다.

‘그러시겠어요. 아래쪽 치아에 구멍이 생겼어요.’ 여의사가 말했습니다. 간호사는 음식물 찌꺼기와 침을 빨아내기 위해서 아빠 입 속에 흡입기를 걸었습니다.

여의사는 구멍난 이를 더 갈아내고 때웠습니다. 그런 다음 치료한 이를 탐침으로 여기저기를 문질렀습니다.”

대기실에 있는 몇몇 사람들은 고통스러워 얼굴을 찡그리고 앉아 있었다. 다니엘 엄마는 교양 없이 잡지를 휙휙 넘겨가면서 끝까지 훑어보았다. 그녀는 포도주 병의 코르크 마개로 목욕탕 발판을 만드는 방법 따위에는 관심이 없는 것 같았다. 연예인들 얘기라면 모를까.

뤼디거와 이레네는 의자 앞에 나란히 설치되어 있는 기구들에 흥미를 느끼는 표정이다.

“아빠는 그동안 마취주사를 맞았습니다. 간호사 누나가 아빠 안경을 받아서 옆에 내려놓고, 아빠 이마에 흐르는 식은땀을 수건으로 닦아주었습니다.”

나는 잠시 책을 덮었다.

나의 오른쪽 네번째 윗니가 통증을 호소하고 있다.

안되겠어. 치료를 받아야지 더 이상 못 견디겠어!

“엄마, 왜 안 읽으세요?” 베르트가 물었다.

“그만.” 나는 말했다. “이젠 다른 책을 보도록 하자. 자 봐, 다니엘은 벤야민 불룸펜을 읽고 있잖아!”

“난 그거 알아.” 다니엘이 말했다. “치과 의사 벤야민이야.”

“아, 그러지 마.” 내 목소리가 갈라졌다.

대기실 문이 열리더니, 한 아저씨가 멍청한 얼굴로 옷걸이에서 자기 외투를 낚아챘다.

“먼저 갑니다.” 아저씨는 어눌한 목소리로 퇴장 신고하면서 나가버렸다.

"뒨네비어 부인 그리고 다니엘, 제1진찰실로 오세요." 의사 부인의 차가운 목소리가 방송을 통해 흘러나왔다.

다니엘 엄마는 방금 전까지 읽던 잡지를 탁자 위에 아무렇게나 집어던지더니 인사도 없이 다니엘을 데리고 대기실을 떠났다.

"잘 가." 베르트가 시원하다는 투로 말했다.

"엄마, 이제 계속 읽어줘." 에르니가 말했다. "지금 그 나쁜 녀석 갔어."

나는 남은 힘을 짜내서 아이들에게 유익한 책을 마저 읽어주려고 펼쳐들었다.

모범적인 가족은 그동안 집에 돌아가 있었다.

"아빠는 힘드시지만 즐거운 마음으로 음식을 만들고 계십니다. 이레네는 하루종일 안고 다니던 토끼의 커다란 이빨을 열심히 닦아주고 있습니다. 치약거품이 토끼의 수염을 타고 흘러내려서 식탁 의자에 고였습니다. 뤼디거는 의기양양해서 문 앞에 서서 엄마를 기다립니다. 퇴근하고 돌아오신 엄마에게 아침까지만 해도 자기 입 속에 들어 있던 피 묻은 이를 보여드리면서 칭찬을 받고 싶기 때문입니다." 나는 통증으로 목소리가 떨렸지만 계속 읽었다. "아빠는 이제 더 이상 치통으로 고생하지 않으셔도 된답니다. 하지만 아빠는 앞으로 세 시간 동안은 아무것도 드실 수 없답니다. 그런데도 아빠는 가족들을 위해서 음식을 만들고 계십니다. 홍당무 요리가 좀 딱딱할지 모르지만 귀한 비타민을 파괴시키지 않으려고 노력했다고 아빠가 강조하셨습니다. 우리 식구들의 이는 드디어 건강을 되찾았답니다! 나는 엄마에게 뺀 이를 보여드렸습니다. 엄마도 무척 기뻐하셨습니다. 오늘은 기억에 남을 만큼 아주 즐거운 날이었습니다."

나는 심호흡을 하면서 책을 덮었다.

그림책 한 권 읽어주는 데 많은 인내심을 발휘해야만 했다. 나는 탁자 위의 잡지들 중 맨 위에 있는 깔끔한 주부들을 위한 잡지를 읽고 싶었다. 그 책은 방금 전에 다니엘 엄마가 대기실을 나가

면서 넘겨준 책이었다. 평소에 그레텔 주프가 구내식당에서 보여
주던 책들 중 하나였다.

난 평소 그런 책들을 대충 훑어보기만 했는데, 지금은 누가 방
해만 하지 않는다면 연구라도 할 것 같았다.

"이제 『치과 의사 벤야민 선생님』을 읽어줄 차례예요." 베르트
가 말했다.

"페퍼 샷츠 부인, 에르니와 베르트를 데리고 제1진찰실로 들어
가세요!"

"예, 알겠어요." 나는 말했다. "빨리 들어가자!"

나는 무릎 위에 있는 개구쟁이들을 내려놓고, 냄새가 코를 찌르
는 복도를 빠른 걸음으로 지나갔다.

"빨리, 이리 와!"

그런데 아이들이 뻣대고 서서 더 이상 움직이지 않겠다고 고집
을 부렸다.

"헤이, 용사들아! 우리 차례야!"

"엄마 먼저 가! 우린 이 책 다 읽고 갈게!" 에르니가 말했다.

"베르트야!" 나는 밝고 큰 소리로 불렀다. "그럼, 우리 둘이 먼
저 시작하자!"

그때 흰 구름덩이가 내 옆을 바람처럼 휙 지나쳐 진찰실로 사라
지더니 문이 닫혔다.

"어디가 불편하십니까?" 반갑게 인사하는 의사의 목소리가 들
리는가 싶더니 문이 다시 열렸다.

"브리기테! 왜 이 방에 환자가 없는 거야!"

"예, 지금 들어가요!"

이 뿌리 속까지 책임감을 느끼면서 난 진찰실로 뛰어갔다.

엄마들은 솔선수범, 모범을 보여야 하니까!

"죄송해요. 아이들이 지금 책을 읽어서요." 나는 간호사에게 미
안하다고 말하고 진찰대 위로 기어올랐다. "벤야민 불룸펜이라는

코끼리가 치과에 온다면 매우 흥미 있겠어요!”

닥터 겔트마허가 손을 씻었다.

브리기테가 뒤따라 들어왔다.

“이러면 안됩니다! 이건 우리들 영업을 방해하는 행위입니다!”

간호보조사가 나에게 앞가리개를 건네주었다. 나는 앞가리개 한 쪽 끝을 목 깃에 쑤셔넣었다.

“주요리를 곁들인 수프와 디저트 부탁합니다.” 앞가리개가 레스토랑의 냅킨을 연상시켜서 내가 농담을 건넸다.

물론 내 농담을 받아주는 사람은 아무도 없었다.

“앞으로 두 시간은 예약환자들로 꽉찼어요. 아워드!” 브리기테가 말했다.

“성함이 에르니 씨입니까? 베르트 씨입니까?” 닥터 겔트마허가 손의 물기를 닦아내며 물었다.

“접니다. 치통이 있어서요.” 내가 대답했다.

간호보조사가 킥킥거리며 웃었다.

“애들 엄마예요. 예약환자가 아니죠.” 브리기테가 말했다.

그때서야 비로소 닥터 겔트마허가 처음으로 환자인 나를 쳐다보았다.

“그러시군요, 어디가 불편하신가요?”

“여기요.” 말하고 나는 입을 벌렸다.

이 멍청한 양반아! 그럼 어디겠어? 무릎 관절이 아파서 왔을 리가 없잖아!

브리기테가 물을 가득 채운 컵을 타구 위에 소리가 나게 내려놓았다.

“여기는 내가 맡을 테니, 나가 있어요.” 브리기테는 간호보조사에게 명령했다. “저 쌍둥이들이 위험한 장난을 하지나 않는지 잘 살펴봐요.”

아하, 나는 지금 겔트마허 부부의 손아귀에서 놀아나는 거야. 과히 기분 좋은 일은 아니야.

의사가 내 입 속 구석구석을 뒤지며 주의 깊게 살폈다. 구경과 갈고리를 들고 이를 하나하나 건드리기 시작했다. 대기실에서 아이들에게 읽어준 그림책에서 '의사가 아빠에게 했던' 그대로였다. 단지 지금은 실제 상황이며 진찰대 위에 내가 누워 있다는 것만 달랐다. 나는 방정치 못하게 팔짱을 끼었다.

내가 붉은 조명 아래 얼굴 찡그리고 진찰대에 누워 있다고 해서 이의를 제기할 사람은 없어. 게다가 내 이는 아주 건강하잖아.

"오, 이런." 닥터 겔트마허가 이를 두드리고 긁고 하더니 입을 떼었다.

'오, 이런'이라니 도대체 무슨 의미죠? 닥터 아니타 바흐는 충치도 없고 치석도 없고 카리에스도 없답니다! 그리고 잇몸 질환을 앓아본 적도 입술이 부르튼 적도 없답니다! 오백만 시청자들은 박 속같이 희고 건강한 내 치아에 대해 잘 알고 있지요! 다만 왼쪽 네번째 윗니에 문제가 좀 있을 뿐이에요!

닥터 겔트마허가 동작을 멈추고 자기 부인에게 말했다. "이 안쪽에 카리에스."

두 사람은 아주 노련한 팀이어서 쓸데없는 말을 하지 않았다.

구스타프 그라소라면 이런 분위기가 마음에 쏙 들겠어. 지나침이 없으니까……

"아, 정말 짜증나요." 브리기테가 말했다.

"이가 생명력을 잃었습니다." 닥터 겔트마허가 유감스러워했다.

"뭐안삽니다." 난 그들 대화에 도움을 주기 위해서 끼어들며 반벙어리처럼 말했다.

"이를 뽑아야 될지 모르겠습니다." 의사가 중얼거렸다.

마침내 의사가 내 입에서 거울을 빼냈다.

"일단 엑스레이를 한번 찍어봐야 될 것 같습니다."

"괜찮습니다." 나는 상냥하게 말했다.

난 다시 용기가 생겼다.

"저를 따라오세요." 브리기테가 나를 어두운 방으로 데리고 들어갔다.

나는 앞가리개를 매단 채 그녀 뒤를 따라갔다.

내 입에 공중전화 카드 같은 것을 꽂으면서 그녀가 불친절하게 물었다. "임신중이세요?"

"아뇨." 그녀가 두꺼운 철문으로 가로막아서 내 말꼬리가 끊겼다.

그녀가 나를 컴컴한 공간에 가둬버렸다.

카드가 목젖을 자극할 만큼 깊게 끼워져서 너무나 불편했다. 나는 브리기테가 입 속에 끼워진 이물질을 어서 빨리 꺼내주기만을 바랐다. 잠시 후 문이 열렸다.

"이리 따라오세요."

나는 그녀에게 카드를 되돌려주었다.

우리는 다시 제1진찰실에 들어갔다.

진찰실로 들어가면서 나는 흘깃 대기실을 살펴보았다. 만사 오케이. 에르니와 베르트가 바닥에 앉아서 여성잡지를 한 장 한 장 넘겨보고 있었다.

애들이라니. 재미없어지면 던져버리겠지.

닥터 겔트마허가 엑스레이 사진을 살펴보았다.

"여기." 그는 흉하게 변한 치근을 손가락으로 짚으며 말했다. "여기를 좀 보세요. 여기가 가장 심한 곳이에요. 분명히 보이시죠?"

"자세히 설명해주세요." 나는 관심을 드러내며 목에 두른 가리개로 아무렇게나 땀을 닦았다.

"꼭 알아두셔야 할 점은 하나가 금방 두세 개로 번져나간다는 점입니다." 닥터 겔트마허가 진실로 근심스러워하면서 말했다. "혹시 시간 있으십니까?"

"아워드!" 브리기테가 위협적으로 소리쳤다.

조용히, 좀 조용히 하시지. 당신 남편은 아주 친절하고 책임감 있는 의사라는 생각이 드는군. 나는 내 남편이 이렇게 좀 유연하고 자발적이기를 바라는데. 브리기테, 지금부터 난 당신에게 보여주겠어, 겔트마허와 내가 얼마나 매혹적인 대화를 나누는지!

"그럼요. 시간이야 얼마든지!" 나는 아주 다정스럽게 말했다. "선생님이 원하신다면 기꺼이 내드리겠어요!"

어때, 인정머리 없는 브리기테 여사, 나한테 한방 먹었지?

"우선 자리에 다시 앉아주세요." 다소 불쾌하다는 투로 의사가 말했다. 브리기테를 의식하는 것 같았다. 난 썩은 이의 뿌리에서까지 용기가 생겼다.

그림책에 나온 창백한 아빠는 나보다 겁쟁이였어.

진찰대 위에 누운 나는 정신을 집중했다. 브리기테가 의자를 조절해서 수평이 되게 했는데, 난 거꾸로 곤두박질칠까 두려웠다.

닥터 겔트마허가 여러 가지 고문도구 중에서 제일 예쁘게 생긴 천공기를 골라내었다.

"입을 크게 벌리세요. 이제부터 좀 아프실 거예요."

"괜찮아요." 나는 비둘기처럼 구구거렸다.

당연히 그 정도의 아픔쯤이야 감내해야지. 엄마가 얼마나 용감하게 치료를 받는지 에르니와 베르트에게 보여줄 수 없음이 유감이야. 난 목젖이 덜렁거릴 만큼 입을 크게 벌렸다. 나는 상황에 순응했다. 입술이 얄팍한 부인의 팔을 붙잡으려고 손을 더듬는다면 그것은 헛된 짓이었다.

이를 갈아내는 기계가 음이 가늘고 높은 소프라노 소리를 냈다.

나는 즐거운 일을 생각하기로 마음먹었다. 나의 이런 버릇은 어려운 상황을 극복하는 데 도움이 되었다. 나는 눈을 감았다.

히스테릭한 천공기가 높은 톤으로 붕붕거렸다. 그 기계는 방금 전에 비타민 C가 듬뿍 든 주스를 들이켠 모양이었다.

나는 뱃속 깊숙이 숨을 들이마셨다.

그때 아주 차가운 물이 입 안 가득 채워졌다가 천공기가 갈아낸 파편들과 함께 흡입기 속으로 빨려들어갔다.

"저, 잠깐, 가글 한번 하시지요." 나를 놓아주며 의사가 격려하듯 웃었다.

"그러지요, 선생님." 나도 미소로 웃음을 되받았다.

브리기테는 의자 옆에 서 있다가 나를 원위치로 되돌려주었다.

나는 끈적끈적한 침에 섞인 피 묻은 파편들을 배수구에 뱉어내고, 목구멍까지 꽉차게 물을 물고 가글했다.

휴우, 머리에 기름이 낀 브리기테에게 내 몸을 또 맡겨야 하다니! 정말 매력 없는 여자야.

"자, 그럼 진료를 계속하실까요……."

신경질적인 소리를 내던 천공기가 이젠 고집 센 큰오빠처럼 닥터 겔트마허의 명령에 따라 바리톤조로 윙윙거리기 시작했다.

싫어, 제발 그러지 마. 당신 코를 내 입 속에 집어넣지 마. 불쾌한 일이잖아. 아무튼 나를 위해 노력해줘서 고마워. 난 감명을 받았어. 하지만 이젠 집에 돌아가고 싶어.

"좋아요. 입을 잘 벌리시는군요." 닥터 겔트마허가 기계의 소음보다 큰 소리로 말했다.

'즐거웠던 일들을 생각해, 샬로테 페퍼!' 아니타 바흐가 속삭였다. '크리스마스 때 뭘 하고 지냈지? 그리고 부활절에도 즐거웠잖아. 참 어린 시절 산타할아버지와의 추억은 어떨까? 네가 가장 사랑하는 네 아이들을 생각해.'

'아니야!' 사탄이 소리쳤다. '증오심을 불태워! 의사와 섹스하는 걸 상상해봐! 네 이를 구멍내고 있는 기계를 빼앗아 내동댕이치고, 땀으로 뒤범벅된 의사에게 네 몸을 던져보라구. 그 관능적인 쾌락이라니! 아마도 넌 쾌락을 주체할 수 없어 의사 귀를 꽉 붙잡을 걸! 그런 걸 상상하는 동안 고장난 이는 다 치료될 거야.'

사실 상상이란 논의할 가치가 있는 유희이다. 상상의 세계를 갖는 건 건강을 지키는 것만큼 중요하고, 자기자신보다 더 사랑하는 사람 다음으로 좋은 것이다. 나는 잠시 가치 있는 상상의 세계로 빠져들었다. 입 안의 통증을 잊고서…….

다시 눈을 뜨는 순간 의사의 갈색 눈과 맞닥뜨렸다. 그가 들고

있는 천공기가 내 입 안으로 떨어져 목구멍을 파고들지나 않을까
두려울 정도로 그의 얼굴은 내 얼굴 가까이 있었다.

만약에 천공기가 내 입 안에 그대로 떨어진다면 파행적인 나의
성격 밑바닥까지 파고들어갈 수 있을 텐데. 그럼 의사도 재미있어
할 거야. 이런, 친절과 상냥함이 결여된 그 사람 마누라가 옆에서
분위기를 깨는구먼.

확실히 의사가 마누라보다 훨씬 더 젊어 보여.

난 실수로 닥터 겔트마허의 팔목을 움켜잡았다. 순간 그는 내
행동이 진료에 방해된다고 느끼는 것 같았다.

"흡입기!" 닥터 겔트마허가 소리쳤다. "브리기테!"

브리기테가 유명회사 제품 흡입기를 그의 손에 들려주었다. 아
이들에게 읽어주었던 책에 나왔던 회사였다.

치과 의사 아워드는 조심스럽고 섬세한 동작으로 내 아랫입술
에 그 기구를 걸었다. 흡입기가 제 역할을 잘해내고 있다가 갑자
기 아랫입술 밖으로 흐르는 침과 함께 빠져나와 턱을 거쳐 무릎에
떨어졌다.

이렇게 해서 불행한 인연 하나가 또 맺어졌다.

닥터 겔트마허가 천공기를 껐다. 천공기의 윙윙거리는 소리가
그쳤다.

"미안합니다." 겔트마허가 제자리를 벗어난 흡입기를 붙잡으며
말했다.

"가글해도 될까요?"

나는 입 속의 오물을 물로 헹구어냈다.

의사는 나를 바라보며 겸연쩍게 웃었다.

정말 미안해서 내게 무슨 얘긴가 하고 싶어하는 눈치였다. 적어
도 내 눈에는 그렇게 보였지만 절제할 줄 아는 교양인은 한마디도
하지 않았다.

감정을 드러내지 않겠다는 표정으로 그가 나를 바라보았다.

이봐요, 의사 나으리…… 괜찮겠어요? 자, 이제 시작하시죠 흡

입기를 다시 내 입술에 걸어요. 난 벌써 준비가 되어 있으니까.

의사 나으리?

이보세요?

아직 옆에 있는 거죠?

컨디션이 좋지 않으세요?

내가 분위기를 좀 바꿔볼까요?

그놈의 마력이 벌써 효력을 발휘하고 있는 거예요?

내가 잠시 생각에 빠져 있는데 흡입기가 무릎 위로 떨어졌어요.

그 바람에 우린 서로의 눈빛을 응시하게 되었죠.

아하, 당신은 좀 놀랐을 거예요.

그건 진심으로 내가 바라던 일이 아니었는데…….

세상은 참 부당해요.

사악한 내 상상력의 한계를 넘어선 일이야.

나는 마른침을 삼켰다.

하필이면 당나귀 귀 치과 의사 아워드람. 이 의사와 뭘 어쩌겠다고? 혹시 이 사람이 날 귀찮게 하지는 않을까?

브리기테가 흡입기를 팍팍 꽂으며 잔소리를 늘어놓았다.

"왜 그래요, 아워드? 왜 또 시간을 낭비하는 거예요? 환자들이 기다리고 있는데 일 안할 생각예요?"

겔트마허가 천공기를 옆으로 치웠다.

"자주 만나게 될 것 같습니다." 아워드가 내 팔을 잡으며 말했다. "이걸 꼭 쥐고 계세요."

그가 딱딱하고 단단한 걸 내 손에 쥐어주었다.

나는 의사의 지시대로 입술에 걸쳐진 흡입기를 붙들었다.

흡입기는 자기 실수를 인정한다는 듯 순종적으로 오물을 빨아 들였다.

이 바보 같은 흡입기야, 넌 정말 실수한 거야. 난 이 의사를 홀리고 싶지 않았단 말이야. 돈 되는 일도 아닌데.

난 속으로 투덜댔다.

모노드라마 완성

유월에 여성 모노드라마가 완성되었다.

나는 하고많은 시간들을 테니스 코트 옆에 앉아 있어야 했고, 그보다 더 많은 시간들을 하키 필드에서 지내야 했다. 발레학원에서 서성이던 시간은 또 얼마나 지루했던가!

그 모든 시간들이 이제 의미를 갖게 된 것이다.

난 드라마의 제목을 <페퍼의 이중 모럴>이라고 정했다. 이런 주제로 내 여성 드라마가 공연될 것이다. 내게 잘 어울리는 멋진 제목이었다. 나를 있는 그대로 다 보여줄 것이다. 평범하지만 재미있는. 어둠을 두려워하는 야간근무 간호사 베르트힐트와는 성격이 완전히 다른 내 이야기였다.

나는 한 글자도 빠뜨리지 않고 세밀하게 컴퓨터에 쳐넣고, 세 장씩 인쇄했다.

언제든 그 중 한 편을 읽어볼 것이다.

내 드라마를 가능한 한 빨리 공연할 작정이다. 내 이야기를 내가 연기하게 된 것이다. 닥터 아니타 바흐가 아니라, 나 샬로테 페퍼로. 머리를 리본으로 단정히 묶거나 흰 가운을 입지 않아도 된다. 머리에서 발끝까지 청결해야 한다는 강박관념에서 벗어나도 된다. 그리고 내 작품은 절대 일회용 대타 프로그램이 아니다. 나는 소극장이나 여성회관, 아니면 차원 높은 예술무대를 상상해보았다.

주제넘은 꿈일까?

난 왜 일상에서 벗어난 일을 행하는 데 좀더 과감하지 못했을까?

난 왜 내 개성을 고집하며 살지 못했을까?

나는 목이 쉬어 소리가 나지 않을 때까지 <페퍼의 이중 모럴>을 공연할 것이다. 나를 원하는 곳이면 어디든 가리지 않고 찾아가 내 이야기를 제공할 작정이었다.

그런데 어디서 공연을 하지?

　어느 화창한 늦은 봄날, 난 아이들을 데리고 캠핑 카 세제를 만드는 행복한 가정을 다시 방문했다. 그즈음 난 내가 쓴 드라마 한 부를 가방에 넣고 다녔다. 어느 순간 누군가에게 그 원고를 넘겨줄 상황이 생길지도 모른다는 생각에서.
　드넓은 대지 위에 세워진 '생화학 생산업자 닥터 라도' 간판은 먼 곳에서도 금방 눈에 띄었다. 이름 모를 들풀 사이에 핀 들꽃, 개양귀비, 민들레가 환하고 싱그러운 자태로 밝은 태양빛을 받아 반짝였다.
　"아키메드, 토끼장을 더 만들어요!" 우리가 자갈길에 들어서는데, 화니의 명랑한 목소리가 들렸다.
　차에서 내리는 나를 화니는 포옹하며 반갑게 맞아주었다. 그녀는 언제나 봄날의 풋풋함 같은 향기와 알에서 막 깨어난 병아리 같은 상큼한 이미지를 간직하고 있었다. 방금 화장을 끝낸 것처럼 늘 촉촉하고 신선했다. 한결같았다. 비결이 뭘까!
　"토끼도 키워요?"
　"예. 어제부터요! 그이가 업무여행을 다녀오면서 이렇게 뚱뚱한 녀석 둘을 데려왔지 뭐예요!"
　손을 양옆으로 쫙 펼치며 토끼의 뚱뚱함을 표현하는 그녀 모습에서 문득 유스투스가 연상되었다. 그였다면 좀더 정확하게 묘사하려고 배우 기질을 십분 발휘했을 것이고, 스스로 만족해서 낮은 웃음을 흘렸을 것이다. 그가 토끼장 안에 있다면 훨씬 더 멋져 보일 텐데!
　"아키메드가 토끼를 차에 실어왔어요? 그 베엠베(BMW) 새 차에?" 남편은 낯선 사람을 자기 차에 태우는 법이 없다. 하물며 토끼를, 그것도 두 마리씩이나 차에 태울 리 없다!
　"가만히 있었대요?"
　토끼 두 마리가 얼이 빠져서 좌석 시트에 온갖 배설물들을 쏟아내는 광경이 그려졌다. 아키메드라면 멀미를 해대는 토끼를 보며 측은해했을 거야.

"예, 그랬대요! 그이는 그 토끼들을 베이비시트에 앉히고 안전띠를 매줬대요! 애들에게 해주는 것처럼요!"

"정말 생각 잘하셨네요" 나는 아키메드의 센스에 대해서 칭찬을 했다.

에르니와 베르트가 차에서 기어나왔다. 화니는 아이들 얼굴을 비벼대며 환영했다. "안녕, 애들아! 우리 집에 온 걸 정말 환영한다! 그동안 잘들 있었니?!"

"예." 베르트는 당황해서 얼버무렸다. 평소와 다른 행동이었다.

"엄마, 나도 토끼를 갖고 싶어!" 에르니는 참을성 없이 소리쳤다.

"그럼, 이담에 너와 베르트에게 한 마리씩 주마! 우리 토끼가 나중에 예쁜 새끼들을 낳으면!" 화니가 활짝 웃으며 말했다.

화니는 재치 있고 인정 많은 여자였다.

"언제요?" 에르니는 소리쳤다. "전 오래 기다리기 싫어요!"

"이 바보야, 그만해." 베르트가 말했다.

"그런데 그 토끼들은 어땠어요?" 나는 화제를 바꿔보려고 노력했다. "토끼들이 혹시 당황하지 않았대요?"

"약간은 그랬나 봐요" 화니는 웃었다. "하지만 아주 얌전히 앉아 있더래요! 오줌이나 뭐 그런 오물들도 배설하지 않고 말예요! 그이는 동물을 아주 잘 다루거든요!"

나는 다시 유스투스를 떠올렸다.

'새끼 토끼들에게 안전띠를 매서 옮기는 거 정도는 나도 할 줄 알아요! 그럼요! 난 우리 아이들에게 했던 것처럼 토끼들에게도 안전띠를 잘 매줄 수 있죠! 나는 벌써 안전띠로 멧돼지를 묶어본 경험이 있는 걸요! 사슴도 그래 봤고! 한번은 원숭이도 묶어봤어요! 하지만 코끼리는 시도해보려다가 포기했지요! 하하하하!'

나는 유스투스에 대한 생각을 떨쳐버렸다. 화니는 그런 생각들에 시달리지 않으리라! 그녀는 그를 허풍쟁이로 낙인찍었다.

"그래서 그 다음은 어땠어요?"

"지금은 그이가 만든 토끼장에서 안정을 되찾아가고 있어요. 그이는 애들과 토끼장 앞에 나란히 앉아서 토끼들이 먹는 걸 구경하고 있어요!"

"멋있다! 저도 한번 보고 싶어요!" 베르트는 좀체 그런 일이 없는데 무척 흥분했다. 사실 난 내가 낳은 첫아이의 성격을 아직도 정확히 파악하지 못하고 있다.

아이들이 토끼장 쪽으로 뛰어갔다. 핑크빛 캠핑 카가 늦봄의 따가운 햇빛 아래 서 있었다. 어디선가 아주 유쾌한 휘파람 소리가 들려왔다. 파릇하게 자란 채소밭의 채소들과 개양귀비, 민들레, 키가 훌쩍 큰 해바라기, 이름 모를 잡초들이 우리 주위를 빙 둘러서 있었다. 대지가 산중턱에 자리잡고 있어서 고속도로를 달리는 자동차 소음이 심한데도 불구하고 나는 처음으로 편안함 같은 걸 느꼈다. 고급 가구나 훌륭한 붙박이장으로 꾸민 멋진 집에 파묻혀 지내는 사람들은 비싼 가구만큼 삶이 행복할까?

"화니." 나는 꿈꾸는 듯한 목소리로 말했다. "당신과 있으면 내 마음이 밝아져요. 태양을 옆에 끼고 있는 것처럼."

화니가 나를 안아주었다.

"나도 그래요. 당신은 닥터 아니타 바흐와는 비교도 안될 만큼 따뜻한 사람예요." 화니가 말했다.

그것은 대본에 있는 말이었다.

"저, 화니. 할 말이 있어요."

"혹시 임신했어요?" 화니는 나를 자랑스럽게 쳐다보았다.

"아뇨, 그렇지 않아요. 내가 지금 누구 아이를 갖겠어요!"

"그럼 무슨 일예요? 스트레스 받는 일 있어요? 표정이 그래요! 그 사이 누구에게 마법이라도 걸었어요?"

"그렇기도 하구요." 나는 아주 조그만 소리로 말했다. "치과 의사인데, 이번에도 실수였어요."

화니는 아주 즐거워했다.

"정말! 그런데 임신하진 않았죠?"

"아뇨 아직까지는 아니에요. 분명히."

"그렇담, 무슨 일예요?"

"나, 그 사이에 글을 좀 썼어요. 이건 우리 둘 사이 비밀이에
요"

"책을 썼다고요?"

"예." 나는 그녀가 어이없다는 듯 큰 소리로 웃음을 터뜨릴까
봐 가슴이 조마조마했다.

"굉장해요! 말해봐요! 어떤 내용이에요? 누구 얘기예요?"

"내 얘기." 나는 겸손하게 말했다. "정말 관심 있어요? 내가 주
제넘다고 생각하는 건 아니겠죠?"

"그럴 리가 있어요! 아녜요! 빨리 작품 얘기 좀 해봐요!" 그녀는
내게 팔짱을 끼고 흔들면서 즐거워했다.

"우리 산책 좀 해요" 내가 말했다.

우리는 해바라기 밭과 한가한 고속도로 진입로 주위를 산책했
다. '닥터 라도는 실내 공기를 맑게 해주고 화장실과 습한 곳에 생
기는 곰팡이와 악취를 제거해줍니다'라고 쓴 현수막이 바람에 날
렸다. 깡통 더미 사이로 간간이 실바람이 불어왔다.

"제목을 <페퍼의 이중 모럴>이라고 붙였어요" 나는 말했다.

"끝내주네요! 느낌이 아주 좋아요"

"정말요?" 나는 믿을 수 없어서 반문했다.

"예! 멋져요! 홍보도 중요해요! 착수해요!" 그녀는 말했다.

오, 하느님, 내 얘기를 진지하게 들어준 것만으로도 과분한데!
너무 감사해! "돌았어요?"라든가 "당신 또 딴 짓거리 하려고요?"
그것도 아니면 "한대 맞아야 정신차리겠군요!" 아니면 "당신이 책
을 한 권 썼다면 나는 대하소설을 썼겠네요!" 이런 말이 튀어나올
수 있었는데……

나는 고속도로 진입로 한복판에 서서 화니를 앞에 세워두고 남

편 에른스트베르트에 대해서 얘기했다. 처음에는 좀 들떴었지만
곤두선 신경들을 털어내고 나니 점차 차분해졌다. 화니를 두려워
할 필요는 없었으니까! 나는 시끄러운 자동차 소음 속에서 나중에
다시 기억해내지도 못할 정도로 이야기를 부풀려서 그녀에게 들려
주었다.

"멋져!" 그녀는 감탄했다. "그런데 그분은 보여주니까, 뭐래요?"

"누구 말예요?"

"에른스트베르트 씨!"

"내 작품 애긴 지금 당신이 처음이에요"

그녀는 웃었다. "남편도 당신 작품에 초대하세요!"

"관심 없어할 거예요"

"내가 여성 모노드라마를 공연한다면 우리 그인 친척 사십 명
쯤은 족히 몰고 나타날 거예요!"

"아직 일러요. 좀더 준비해야 해요. 애기 계속 듣고 싶어요?"

"그럼요. 누구 애기가 더 있는데요? 유스투스요?"

"당연하죠" 나는 이 사이로 말을 흘렸다.

"유감스럽게도 세상엔 유스투스 같은 남자들이 너무 많아요."
화니는 고속도로 가드레일 옆에 장대처럼 자란 억새풀 하나를 꺾
어 입에 물고 잘근잘근 씹었다. "관객들이 포복절도할 거예요"

"우선 우리 엄마, 그레테 애기를 해야 할 것 같네요"

"그래요" 화니는 가드레일을 훌쩍 뛰어넘더니 씹던 억새풀을
뱉었다. "나 지금 듣고 있어요"

'라도 박사는 집안을 말끔히 청소해줍니다. 화장실이나 캠핑 카
그리고 비행기에 쌓인 오물을 제거합니다'라는 문구가 붙어 있는
알록달록한 접착제 통 옆에 우리는 아무렇게나 앉았다. 화니와 얼
굴을 맞대고 나는 우리 모녀의 갈등에 대해서 말했다.

"착상이 참 좋아요" 남은 억새풀을 가드레일 위에 조심스럽게
얹어놓으며 화니가 말했다. "당신 생각을 솔직 담백하게 애기해봐
요. 그러면 수천의 젊은 여성들과 정신적 교감을 나눌 수 있을 거

예요. 그건 정말 틈새시장을 공략할 수 있을 것 같아요. 하지만 반드시 긍정적인 결말에 도달해야 할 거예요. 대화를 통해 어머님을 마음으로 받아들이세요. 그게 매우 중요해요."

"그렇게 하죠."

"하지만 그것으로 충분하지 않아요! 그리고 또 유의할 점은 자기 연민에 빠져서는 안된다는 거예요. 당신은 삼십대 중반이에요. 나이 서른부터는 어느 누구도 자기 잘못을 부모님께 떠넘길 수 없어요. 나도 그런 짓은 안하죠. 오버하우젠에 계신 우리 아버지를 생각해보세요! 스스로 결정을 하세요! 당신은 자유롭고 자의식 있는 한 인간예요. 이 사실 또한 당신 관객들에게 전달할 수 있어야 해요. 당신은 정신장애자가 아니니까요. 혹 자신을 드러내고 싶은 건 아니겠죠? 그런 생각이라면 그 드라마를 무대에 올리는 것보다는 가슴에 담고 있는 불만을 실컷 토로할 곳을 찾는 편이 오히려 나아요. 부모와의 갈등에서 빚어지는 절망감들을 보여주는 것으로는 따뜻한 집구석에 틀어박힌 사람들을 객석으로 끌어내지 못할 거예요. 그렇게 해서는 참패할 거예요! 명심하세요. 당신은 강한 여성으로 이 드라마에서 승자가 되는 거예요. 그리고 관객들도 스스로 승자라고 느껴야만 해요! 한마디로 말하자면 끝마무리가 훌륭해야 된다는 거예요."

"세상에, 화니! 당신 말이 맞아요" 나는 말했다.

"이젠 그 허풍쟁이 얘기를 해요. 어서요. 난 지금 신나게 웃고 싶어요! 자세히 얘기해줘요! 그 사람도 당신 드라마에 대해서 알고 있나요?" 화니가 독촉했다.

"아뇨!"

"말하지 마세요. 신문을 통해서 알게 내버려두세요."

"토끼 새끼를 난 안전띠에 잘 맬 수 있어요! 고라니도 벌써 안전띠에 매어봤지요. 그리고 아이들에게 모래밭을 만들어줄 때도 아름드리 나무를 직접 베었습니다! 내 물건은 술에 강하고 힘있습니다. 아주 질긴 놈이죠!" 나는 연극을 하듯 유스투스를 흉내내면서 큰 소리로 말했다.

고속도로변에서 우리 둘은 배꼽을 잡고 웃었다. 마음 맞는 친구와 시시덕거리는 것도 살맛나는 일이었다.

많은 운전자들이 부럽기라도 한 듯 우릴 보고 경적을 울렸다. 특히 트럭 운전자들이. 하지만 안타깝게도 그들은 속도를 줄이지 못하고 그냥 지나쳐야 했다.

갑자기 화니가 몸을 수그려 땅바닥에서 계란 하나를 집어들었다. 평범한 계란 하나를.

"또 베르타 마이어의 짓이야!" 그녀가 말했다. "그놈은 항상 이렇게 아무 곳에나 알을 빠뜨린단 말야!"

"베르타 마이어가 누군데요?"

"우리가 키우는 닭이에요. 이건 계란이거든요."

"닭도 키워요?"

"예. 남편은 아이들을 가능한 한 자연 속에서 키우려고 해요. 그이는 매일 아침 계란을 찾아오라고 아이들을 잠옷 바람으로 내보내요. 그런데 베르타 마이어는 우리 규율을 어기고 이 고속도로변에다 자주 실례를 해요. 무슨 생각으로 그러는지 알고 싶어요." 화니가 계란을 어루만졌다.

"닭들은 생각이 없어요." 나는 말했다.

"베르타 마이어는 달라요. 그놈은 우리 닭들 중에서 가장 반항적이에요." 화니가 말했다.

"그 계란 내게 줄 수 있어요?" 나는 아주 겸연쩍게 물었다.

"그럼요! 잘 챙겨놓을게요."

"베르타 마이어가 나타나면 내게 소개해줘요."

"알았어요. 그 녀석도 당신과 사귀고 싶을 거예요."

"왜요? 그 닭도 <우리들의 작은 병원>을 보나요?"

"매일 봐요." 화니가 아주 진지하게 말했다.

"그 드라마를 닭들에게 보여준단 말예요?" 나는 놀라서 물었다.
"닭장 문화에 나쁜 영향을 미친 건 아니에요? 베르타 마이어가 왜 고속도로변에다 알을 낳는지 이젠 알 것 같네요.” 나는 진지하게 덧붙였다. “그 녀석은 도움을 청하려는 걸 거예요.”

“당신 작품을 꼭 니트리히 씨한테 먼저 보이도록 하세요.” 화니가 내 말을 끊었다.

“니트리히 씨라고요? 프랑크푸르트 프로덕션의 니트리히 씨 말인가요?”

“프랑크푸르트에 가서 그 사람을 만나세요.” 화니가 말했다.

그 프로덕션 사장은 이미 언급한 바 있는 니트리히 씨였다. 프리츠 니트리히. 그는 입술에 시커먼 사마귀가 나고 체구가 작고 혐오스럽게 생긴 사람이었다.

세상에, 인상이 그렇게 고약한 사람은 생전 처음이야.

“닥터 아니타 바흐.” 여비서의 안내로 그 사람 방에 막 들어섰을 때, 그가 냉소적으로 말했다. “당신이라면 이미 알고 있지. 어디 귀여운 자식이라도 데려오셨나?”

“샬로테 페퍼.” 나는 재빨리 대답했다. “제 이름은 샬로테 페펍니다.” 그가 ‘귀여운 자식들’이라고 말했을 때, 나는 ‘못난 녀석들이죠’라고 되받아주고 싶었지만 용기가 없었다.

아이들 문제는 접어두고 겸손하고 진지하게 용건을 말하고, 질문엔 생글생글 웃는 낯으로 답해서 좋은 인상을 심어줘야 해. 애들 일로 신경전을 벌일 필요는 없어.

그는 짧은 팔을 뻗어 내 손을 꼭 움켜잡고 흔들었다. 그는 예술인들을 중개하는 사람들 특유의 특성들을 고루 갖추고 있었다. 누구든 그에게 걸려들면 송두리째 뽑힐 것 같았다.

“안녕하세요?” 나는 용감하게 인사를 건넸다. “연극공연을 하고자 합니다.”

“전 나가도 되겠습니까, 사장님?” 여비서가 문 앞에 서서 물었다.

니트리히가 손을 흔들었다. 여비서가 문 뒤로 사라졌다. 유감스럽게.

"어떤 연극인가?"

그는 여전히 내 손을 잡고 있었다. 그가 내 손을 나무토막마냥 옥죄다가 징그러운 웃음을 흘리며 급기야는 부러뜨려버리고 말 것 같았다.

"여성 모노드라마입니다" 나는 분명하게 말했다.

"누구 작품인가?" 그가 드디어 내 손을 놓았다.

"제 작품이에요."

그래, 이 비열한 자식아.

"아, 당신처럼 아름다운 의사 선생님이 글도 쓰시나……?" 그는 무대 가장자리까지 뒷걸음질해서 적당한 곳을 찾아 몸을 기댔다. 나는 그 사람의 명치를 눌러서 소화를 도와야 하는 것은 아닌가 생각했다.

"전 의사가 아닙니다." 나는 가능하면 사무적으로 말하려고 노력했다.

"사람들은 변신하길 좋아해."

그래, 이 숏팔아. 난 당신 수준을 손수 짠 쿠션을 깔고 앉아 있는 오백만 노인들과 같다고 봐.

니트리히는 태연자약했다. 입술 위에 난 사마귀만 무대조명을 받아서 반짝였다.

"어디, 이리 줘보실까." 그가 거만스럽게 숨을 뱉어냈다.

무대 끝에 걸터앉아 덜렁덜렁 다리를 흔들면서 박쥐 눈을 반짝이며 안경 너머로 나를 쳐다보았다.

그가 무대 가장자리에 걸터앉아서 내 작품을 읽는 동안, 나는 객석에 서 있었다.

나는 그가 졸다가 무대 아래로 굴러떨어지는 건 아닌가 의심스러웠다. 기다림에 지친 난 그를 쳐다보았다. 그는 걸터앉아서 시선을 고정시키고 안경테를 잘근잘근 씹고 있었다.

그는 왜 "고맙소 감명 깊었소!" 하고 말하면서 나를 비서 방으로 떠밀지 않을까?

"끝을 낸 건가?" 결국 그가 물었다.

"일단은 그래요." 내가 대답했다.

그 지적인 땅딸보가 만족스럽게 고개를 끄덕였다. 그는 안경테를 씹던 동작을 멈추고, 머리카락이 듬성듬성 난 머리를 신중하게 끄덕이면서 다소 부풀린 소리로 말하기 시작했다.

"아하, 당신도 알고 있는 것처럼, 닥터 아니타 바흐는 흥미 있는 시대현상이야. 프로가 아닌 것을 숨기지 않을 뿐 아니라 솔직한 뻔뻔스러움으로 자기 상표를 만들고자 하는, 한 아마추어 여류작가가 등장해서 즉석에서 문화적인 상황을 변화시키고 미래의 독일 문학에 대해서 절망적인 판단을 내리는 무리들을 몰아내려고 들지."

저 사람 이면으로 들어가 봐야 돼. 겉은 더 이상 망가질 게 없는 사람이야.

그는 내 마음을 꿰뚫어보기라도 한 듯 말을 끊고 억지로 잔기침을 했다.

"같이 가실까?"

"어려운 일 아니죠." 나는 말했다.

"사람들 뒤꽁무니에 복수의 여신이 따라붙었는지 많은 사람들이 갑자기 마구잡이로 글을 써댄다니까." 니트리히 씨가 거드름 떨며 설교를 늘어놓았다.

복수의 여신이라. 복수의 여신에 대해서 고등학교 때 배우지 못한 것 같은데, 어쩌면 좋았던지.

난 칠십 내지 구십밖에 안되는 형편없는 지능을 그럴싸한 옷으로 숨긴 채 친절한 관심을 보였다.

"이런 여건 속에서는 문학이라고는 생판 모르는 작자들이 글을 쓴단 말이야!" 지적 오만에서 헤어날 줄 모르는 니트리히 씨가 소리쳤다. "음악가, 배우, 정치가, 모델, 콜걸, 그리고 또…… 누드 모델까지!"

다리를 바꾸어 포개며 그는 군데군데 씹힌 안경테 너머로 거만하게 나를 쳐다보았다.

"도전 없이는 승자도 없지요" 나는 불손하게 말했다. "투자 없는 소득도 물론 없어요" 나는 누가 봐도 건방진 발언을 서슴지 않았다.

샬로테 당장 사과해.

"별볼일없는 아마추어 작가들을 위해서 독자나 연극관객들이 새롭게 나타나기라도 했다는 얘긴가? 오늘날 글쟁이가 아닌 사람들이 글을 쓰기 때문에 문맹자나 책을 안 읽는 사람들, 독서곤란증 환자들, 책이나 연극에 적대적인 컴퓨터광이나 텔레비전광들도 모두 독자층에 포함시켜야 하지 않을까 몰라? 특히 여성의 권위를 거세게 주장하는 주부이거나 주부이기를 완강히 거부하는 많은 여성들을 얄팍한 독서시장과 연극시장에 끌어내서 집구석에서 수저를 닦는 대신 수저로 이른바 문화라는 것을 퍼먹게 하겠다는 건가?"

"아마도 수저는 식기세척기 안에 꽂혀 있을 거예요" 나는 그의 말허리를 끊었다. "독서를 기피하는 주부들조차 권태로운 일상에서 벗어나기 위해 부담 없이 책을 잡게 될 거예요"

니트리히 씨는 내 말을 흘려들었다.

"작가의 권리! 작가의 권리라는 게 도대체 뭔가! 사람들은 이것을 마치 낡아빠진 양동이 다루듯 지하실 한구석에 처박아두지! 그래, 그래야만 독자와 연극관객들의 흥미를 끌 수 있는 거야." 그의 견해는 명철했다.

"그럴 수 있겠네요" 나는 고개를 끄덕였다. "제 일을 도와주시는 것으로 감히 생각해도 되는 건가요?"

나는 진지해지기 시작했다.

"퇴짜를 맞아 심한 좌절감을 맛본 비평가는 작가이자 배우인 그 여자가 전혀 재능이 없음을 증명해 보임으로써, 자신의 복수심을 잠재울 만한 정신적 보상을 전혀 얻지 못했다는 거지. 오, 노!

그렇다고 아니타 바흐가 재능 없다는 것은 아냐. 교양 없는 여인도 아니고. 그녀는 우리가 흔히 말하는 훌륭한 시민계급 출신이거든. 게다가 사회를 고루 근사하게 다루는 수사학에 탁월한 재능이 있어. 그 밖에 못된 버릇은 언어에 대한 선천적 기지와 감각을 익살스럽게 사용한다는 거지."

그리고 각선미가 뛰어나지. 이 못된 망아지야, 당신은 지금 복수의 여신을 질투하는 거야.

"전체적인 스토리 구성은 탄탄해. 하지만 아주 사소한 장면 하나도 쉽게 잘라내지 못하고 가끔 유치한 대사를 썼단 말이야."

난 '마이너스 4' 프로덕션을 생각했다.

"이따금 그녀는 예술을 특이한 환상으로 나타내기도 하지. 거의 멋진 산문이 될 뻔했다고 볼 수도 있고."

"그러니까 거의 그럴 뻔했다 그 말씀이죠." 나는 유감스럽게 말했다.

"무의미한 짓거리"라고 대꾸하며 니트리히 씨가 교활하게 무대에서 뛰어내렸다. "무의미한 짓거리야!"

그는 코에 걸린 안경을 잡아빼서 탐욕스럽게 씹기 시작했다. "이미 얘기했듯이, 대중들은 당신 작품 수준에 걸맞아!"

"<우리들의 작은 병원>은 그래요." 나는 말했다.

"<페퍼의 이중 모럴>도 그 수준이지." 그가 계속 비집고 들어왔다. "집구석에 처박혀 있는 어중간한 교양인들을 끌어내야 해. 당신이 그들을 무대 앞까지 끌어내야 해."

"어중간한 교양인뿐 아니라 그 이상의 교양인들도, 그렇죠?" 나는 기대에 부풀어서 대답했다.

"당신은 외모가 아름답고 정열적이기 때문에, 그리고 위트와 뻔뻔스러움과 섹스, 이 모두를 갖추었기 때문에, 아마도 많은 사람들이 마음에 들어할 거야." 그가 말했다.

그가 내 팔을 잡고 나를 문으로 인도했다.

이 메스꺼운 인간아 나를 놔줘. 출입구가 어딘지는 나도 안단 말이야.

"비서에게 가서 필요한 경비를 청구해요. 내 곧 연락할 테니까."

남편은 이기주의자

비가 내리는 오월의 일요일 아침.

일요일에는 최소한 아침 여덟시까지는 잠을 자기로 하자는 달콤한 내 제안을 아이들이 또 무시했다.

나는 몽롱한 상태로 계단을 내려섰다. 새벽 두시까지 촬영을 해서 오늘 새벽에야 집에 돌아왔다. 무척 낭만적인 밤이었다! 유스투스 스트라이트아커와 나는 키스를 했다! 몇 시간 동안! 카메라 앞에서! 그리고 내 꿈은 낭만적인 밤을 계속 이어주었다.

남편은 자게 내버려두었다. 언제나 그랬던 것처럼.

"엄마, 우리 오늘 뭘 할 거예요?"

"디즈니랜드. 엄마, 우리 거기 가. 우리 디즈니랜드에 가자!"

"하지만 디즈니랜드는 미국 플로리다 주에 있어!"

"근데요?"

"엄마는 우리가 가고 싶어하는 데는 안 데려다주고! 맨날 재미없는 공원하고 시시한 동물원에만 데려가고!"

"심심하게 집에서 놀아야 하구요!"

에르니는 연기하듯 양탄자 위를 구르며 으르렁거리기 시작했다. 이럴 때 이 아이는 영락없는 배우였다.

베르트는 뾰로통해서 구석에 처박혀 있다. 컴퓨터도 이젠 더 이상 그 아이를 유혹하지 못했다.

불쌍하고 딱한 내 새끼들.

나는 자식을 등한히 하는 엄마였다. 가운 차림으로 서서 아이들이 하고 싶은 게 뭔지 물어보는 것까지는 했다! 아직 결정을 내리지 못했을 뿐!

하지만 자식을 등한히 하는 아빠는!? 여전히 자고 있다! 늘 그렇듯이!

"딴 사람이 우리 엄마 아빠였음 좋겠어요." 베르트가 뾰로통해서 말했다.

"나도!" 에르니가 소리쳤다. "엄마 사진에 뽀뽀했었는데, 앞으로 다신 안할 거야!"

"엄마 사진에 뽀뽀했었니?"

"그래. 이거. 이 거지 같은 텔레비전 프로그램 말야. 이거 엄마 맞지? 이 사진에 뽀뽀했단 말이야! 베르트에게 물어봐!"

"진짜 뽀뽀했어요." 베르트가 컴퓨터 뒤쪽 구석에서 몸을 뒤틀면서 말했다.

사실이었다. 금 테두리를 두른 사진틀 속에 닥터 아니타 바흐의 옆얼굴 사진이 잡지에 조그맣게 나와 있었다. 귀한 내 새끼. 나는 아이의 부드러운 머리카락을 쓰다듬었다.

"엄마는 우리를 디즈니랜드에 데려다주지 않을 거잖아! 다시는 엄마 사진에 뽀뽀하지 않을 거야!"

"너희들 생일이 언제지?" 내가 물었다.

"팔월 삼일. 엄마도 알잖아!"

"오케이. 팔월 삼일날 우리 디즈니랜드에 가자. 브릴에도 있거든. 약속하는 거다?"

"백 년씩이나 기다려야 되는데요, 뭐." 베르트가 불만스럽게 말했다.

"아냐. 천 년이야!" 에르니가 소파에 앉아서 의심하는 투로 한마디 던졌다. "아무도 우리랑 놀아주지 않아! 아무도! 우리는 여기서 굶어죽어야 해!"

나는 적당한 시간에 니트리히 씨를 찾아가보기로 결심했다. 그런 다음 쾌활하게 손뼉을 쳤다.

"우리 오늘 아주 근사하게 보내자! 엄마한테 좋은 생각이 있어!"

눈물로 얼룩진 두 얼굴이 동시에 나를 쳐다보았다. 베르트는 컴퓨터 뒤에서 오랫동안 찾던 젤리를 발견하고는 혼자서 계속 먹고 있었다.

"우리, 오늘 수영장에 가자!"

반응 없음. 환호성을 지르지 않았고, 또 수영복을 찾으러 뛰어나가지 않았으며, 기쁨에 젖어 잠옷 바람으로 춤도 추지 않았다. 두 녀석 다. 이 아이들에게 어떻게 해주어야 하나? 내가 어렸을 적에는…… 나는 단 한번도 기쁨에 들떠서 이성을 잃어본 적도 없었고, 둘로 나누어진 방을 팔딱팔딱 뛰어다니며 좋아해본 적도 없었으며, 행복감에 젖어서 양탄자 술을 빗질하는 것을 잊어버린 적도 없었다. 내 기억으로 좋아서 탄성을 내질러본 적이 한번도 없었다.

"놀이공원 수영장으로 갈 거죠?" 베르트가 마침내 의심스럽다는 투로 물었다.

"왜 놀이공원이어야 하는데?"

디즈니랜드나 놀이공원이나 온천이나…… 우리 때는 동네 수영장에 가는 것도 대단한 행복이었다! 나는 오래 된 휘세니히 수영장이 생각났다. 이십육 년 전에 나는 수영 코치 수바서코프 씨한테 수영을 배웠다. 수영모자를 쓰고 수박색 타일을 붙여놓은 수영장을 헤집고 다니는 것만으로도 어린 나는 죽을 것처럼 행복했다. 특히 나중에 그레테가 만들어준 파란 무늬의 하얀 수영복은 참 예뻤다. 나는 지금도 그 무늬를 자세히 설명할 수 있을 만큼 뚜렷하게 기억한다.

"놀이공원 수영장에는 기다란 미끄럼틀도 있어."

"장난감 곤충들도"

"공중을 떠다니는 달팽이도"

"수중 레스토랑도" 베르트가 말했다. "그 레스토랑에서는 감자튀김하고 햄버거랑 피자 거기다가 아이스크림까지 판대요"

"물 속에서 말이니?" 나는 놀라서 물었다.

"아니, 그러니까, 엄마. 그건 이런 거예요 유리로 만들어진 레스토랑에 엄마는 수영복을 입고 앉아 있는 거예요, 예? 엄마 주위에서 사람들은 수영을 하고, 엄마는 수영하는 사람들 배하고 다리를 쳐다보면서 음식을 먹는 거예요." 평소에는 과묵한 큰아들이 스스로 감탄하며 설명했다.

"그건 창피한 일이야." 에르니가 두 눈을 반짝이면서 말했다.

아이는 실망해서 눈물을 흘렸고, 눈물 방울이 잠옷 깃으로 떨어졌다.

나는 갑자기 머리카락이 물에 떠다니고, 불어터진 티눈 반창고, 샴푸와 비누 찌꺼기, 꼬맹이들 오줌, 바닥에 떨어진 과자 부스러기가 밟히는 실내 수영장에 가고 싶은 마음이 사라졌다. 차가워진 몸을 녹이고 또 긴장을 풀면서 사람들 무리를 관찰하고 싶어서 휴식용 간이침대를 찾지만 빈 게 하나도 없으며, 지압 슬리퍼를 신은 수영장 관리인은 물에 퉁퉁 불은 발로 바삐 움직였다. 정말 수영을 하기 위해 수영장에 온 사람들이 자기목표를 달성하기 위해서는 불굴의 의지가 필요했다. 왜냐하면 일회용 파란 비닐 수영모자를 쓴 할머니들이 손자들을 고무 튜브에 태우고 수영장을 가로지르며 종횡무진 움직이기 때문이다. 그들 곁을 지나치는 순간 가끔 다리에 미지근한 물이 휘감기는 느낌을 받기도 하는데, 그때는 재수 없이 아이가 오줌을 눌 때이다. 이러한 막무가내의 장소가 난 싫었다. 누구라도 그렇겠지만.

또 군데군데 조각이 떨어져나간 축축한 스티로폼 판대기 위에는 젊은 사람이든 늙은 사람이든 긴장을 확 풀어버린 얼굴로 누워서 팔을 뻗치고 물을 저으면서 물 흐르는 대로 몸을 내맡기고, 때에 따라서는 그 스티로폼 판대기 위에서 은밀히 '물 버리는 짓' 하는 것을 목격했을 때, 밥맛이 아주 뚝 떨어졌다. 그런 환경도 싫고 오물로 가득 찬 물 속에서 수영하는 것도 이젠 싫었다. 돈 되는 일도 아니니까.

"얘들아, 그게 아니고……사실 너희들과 같이 휘세니히에 있는 실내 수영장에 가려고 했거든……."

"엄마는 우리가 하고 싶은 건 한번도 안해주면서! 맨날 엄마가 좋아하는 실내 수영장이나 가구. 씨, 거긴 미끄럼틀도 없단 말야!" 에르니가 울면서 따지기 시작했다.

"거기서는 감자튀김도 사먹을 수가 없단 말예요"

일요일 가족 나들이에 대한 논쟁, 그 첫번째 라운드가 끝났다고 판단한 나는 계란을 삶고 소시지를 꺼냈다. 소시지를 얇게 썰어서 접시에 담고 식욕을 돋우기 위해 파슬리로 장식하는데, 남편이 가운 차림으로 나타났다. 걸을 때마다 가운이 펄럭이는 바람에 부숭부숭한 배꼽 털이 드러났다. 끈으로 묶인 허리 부분에 난 잔털들은 아직 잠을 자고 있을 것이다.

남편은 갈라지고 약간 맛이 간 목소리로 무뚝뚝하게 인사했다.

"당신 벌써 일어난 거야?"

"일어났어야만 했어요." 나는 단조롭게 말했다. "아이들이 근사한 야외 수영장에 가고 싶어해요" 난 불쌍한 존재였다. 내 의견과 상관없이 아이들이 근사한 수영장에 가고 싶어하면 따라가야 했다.

"또 한 차례 법석을 떨겠구먼." 남편이 투덜거렸다. "거기선 잠을 잘 수가 없단 말야!"

"우리와 같이 시간을 보낼 생각을 다하고, 고맙네요" 나는 입가 근육을 풀면서 말했다. 그리고 깡통에 들어 있는 고급 치즈를 꺼내서 남편의 코에 갖다댔다.

"상태가 어때요?"

"흠, 냄새가 기막히군." 남편은 대답하면서 내 가운 허리끈을 풀려고 했다.

"여기선 안돼요" 나는 속삭였다. "아이들이 보잖아요"

"그럼, 엄마랑 아빠는 이층으로 올라가세요 우리는 아래층에서 카세트테이프를 틀어놓고 있을 테니까요" 베르트가 투덜거렸다. "우린 항상 카세트테이프를 틀어야만 한다니까!"

"난 다시는 엄마 사진에 뽀뽀하지 않을 거야." 에르니가 옷 앞자락에 코를 풀었다. 그리고 빨대로 카카오를 빨아댔다. "앞으로 절대, 안할 거야!”

“당신 손에 키스하겠습니다, 마돈나여.” 남편이 쉰 목소리로 말했다. 남편이 지금 최상의 컨디션이란 것을 난 뒤늦게 알아차렸다! 남편의 경박한 행동들이 그것을 증명했다.

“얘들아, 들었니?” 나는 즐겁게 소리쳤다. “아빠가 우리와 풀장에 같이 가실 건가 봐! 아빠한테 같이 가자고 조를까?”

아이들에게서는 아무런 반응이 없었다. 아이들은 아빠와 함께 어딜 간 적이 없었다. 그러니 풀장에 같이 가자는 제안에 묵묵부답일 수밖에.

“너희들 아빠한테 안 올 거지!” 남편이 엄하게 말했다. “아빤 사람들이 득시글거리는 싸구려 수영장 같은 덴 안 가. 아빠가 아는 고객이 하나 있거든.”

“난 휘세니히 실내 수영장에 갈 생각이었어요. 거기도 오늘은 사람이 거의 없을 거예요. 물도 아주 시원해서 상쾌할 거고, 타일 벽도 깨끗하고…… 그 수영장에서는 누구한테도 방해받지 않고 이천 미터를 수영할 수 있거든요! 또 수영장에서 나와서 근처 블라입트로이 호수 주변을 산책하다가 맛 좋은 커피를 사 마실 수도 있고…….” 이 정도에서 꼬리를 내리고 결정을 기다려야 한다. 예의바르고 외교적으로 타협안을 제시하는 게 전략적으로 유리하다. 현명한 주부라면 남편이 교육적이고, 건강에 도움이 되고, 식구들 모두가 좋아하는 쪽으로 흔쾌히 방향을 돌리도록 분위기를 유도할 줄 알아야 한다.

아이들은 반쯤 넋이 나간 상태였다. 거지 같은 블라입트로이 호수, 망할 놈의 휘세니히 수영장, 재미없는 일상, 다른 엄마 아빠들, 항상 허기지고, 비디오나 보고, 따분하기 짝이 없고, 비 오는 날 공원에 산책이나 가는 아이들이었으니까.

“얼마 전부터 우리가 투자한 아이펠 지방의 한 호텔에 해수탕이 있어.” 남편이 말했다.

“무슨 온천이라고요?”

기대에 가득 찬 아이들은 코를 벌름거렸다.

"해수탕. 짠 바닷물을 뜨겁게 데워놓은 곳이라고 생각하면 돼. 해수탕은 기관지와 천식, 폐, 피부병에 아주 좋지. 사우나실도 있고 바로크 양식으로 꾸민 정원과 동굴도 있어. 선탠실, 산소방, 호흡기질환자들을 위한 풀장이 따로 있어. 또 크나이프식 수욕요법을 할 수도 있지. 맨발로 차가운 돌멩이를 밟고 돌아다닐 수도 있고, 맛있는 음식들을 사 먹을 수도 있지."

"거기, 놀이기구가 많은 풀장예요?"

"시설들은 많지." 남편은 대꾸하면서, 기분 좋게 내 가운의 벌어진 틈새로 손을 비집어 넣었다. "거긴 물 속에만 들어가 있어도 기분이 좋아지는 곳이야."

"아빤 지금 거짓말하는 거야." 베르트가 에르니에게 말했다. "이제 우린 비디오나 틀어놓고 우리끼리 심심하게 있어야 할 거야."

"맨발로 찬 돌멩이 위를 걸어다니는 거, 난 그런 거 싫어. 그게 뭐가 좋다구." 에르니가 으르렁거렸다.

"난 미끄럼틀을 타고 싶지 나머지는 다 싫어요. 그게 뭐 나빠요!" 베르트는 칼슘과 비타민이 첨가된 네스퀵을 수저로 팍팍 퍼서 우유에 집어넣고 불만스럽게 휘저었다.

남편이 미끄럼틀을 탈 리가 없다는 것을 난 잘 안다. 결코 그럴 리가 없다. 에른스트베르트는 미끄럼틀을 탈 사람이 아니다.

"미끄럼이야 놀이터에 가면 얼마든지 탈 수 있는 거잖아." 남편이 말했다. "하지만 아이펠 해수탕은 특별한 물이야. 사람이 가라앉지 않을 만큼 짠물이거든! 그래서 사람들은 물 속에서 신문을 읽는단다!"

"에르니, 너한테 딱 맞는 곳이구나." 나는 아이를 격려했다. "거긴 물 속에서 만화책을 읽어도 빠지지 않는다잖아! 최소한 시험해 볼 수는 있겠는데! 그렇지?"

에르니는 골이 풀려서 코를 풀었다. 드디어! 나는 아이를 설득했다! 이젠 더 이상 울고불고 하지 않았다. 더 이상 다른 사람이 엄마 아빠였음 좋겠다는 소리를 하지 않을 것이다. 내 눈길은 황망히 끓어넘치는 계란 냄비에 가 꽂혔다. 베르타 마이어가 통탄해 마지않을 것이다. "이봐요! 우리를 꺼내주세요! 우리는 벌써 푹 삶아졌단 말예요!"

나는 내 가운 속에 들어와 있는 남편의 신체 일부를 다정하게 밀어내고, 정확한 표현으로 '떨쳐버리고', 삶은 계란에 찬물을 끼얹었다. 차갑게 식은 베르타 마이어의 계란은 단단했다! 이번 일요일은 긴장감과 즐거움이 감도는 가족 나들이가 될 것 같은 예감이었다!

"그렇다면!" 나는 소리쳤다. "지체할 필요가 없지!"

아이펠 호텔은 인공호수를 끼고 있었다. 휴일이어서 교통이 혼잡한 데다 비까지 내리는 고속도로를 두 시간 가량 달려서 호텔에 도착했다. 두 시간 동안 우리는 여러 대의 차량을 추월했다. 정복 운전사를 고용한 귀부인이 탄 고급 리무진, 건초더미를 잔뜩 실은 트랙터, 오토매틱 자동차 등. 아이펠에서는 승용차 두 대 중 한 대는 '동물을 위해서라면 난 기꺼이 브레이크를 밟는다' 아니면 '경제속도를 지키자'라는 주의로 운전하는 것 같았다.

아이들은 잠에 골아떨어졌다. 아이들이 짜증을 내면서 마지막 질문을 했던 게 삼십 분 전이었다. "얼마나 더 가야 돼?" 드디어 목적지에 도착했는데, 아이들은 자고 있다. 우리는 나무 울타리 앞에 차를 주차시켰다. 그 뒤로 펼쳐진 하늘은 축축한 구름을 머금고 있었다. 아이들이 떠드는 소리, 수영장 관리인의 호루라기 소리, 가게 앞에서 서성이는 아이들 발소리가 들리지 않았다. 정적만이 감돌 뿐.

단비가 내리는 오월에 이 환상적인 고요함이라! 담장 위에 앉아서 지칠 줄도 모르고 노래하는 지빠귀의 부리에 빗방울이 맺혀 있다가 방울져 떨어졌다.

남편이 안전띠를 풀었다.

"그럼, 이제 어떡할 거지?"

"애들이 자요." 나는 말했다.

"그럼 깨워야지. 난 나무 울타리 앞에 앉아 있으려고 쉬는 날 무려 두 시간 동안이나 빗속을 달려온 게 아냐. 당신은 내가 가족들을 위해 얼마나 많은 일을 하는지 알고 있잖아?" 남편이 말했다.

"애들아! 우리 다 왔어!" 나는 아이들에게 속삭였다.

나는 조심스럽게 자동차 뒷문을 열었다. 신선한 공기가 아이들을 깨울 수도 있을 테니까.

고개를 꺾고 자는 아이들 모습이 무척 귀여웠다. 붉게 물든 뺨은 아이다운 순수함, 행복함, 천진스러움을 물씬 풍겼다. 적어도 이 순간만큼은 아이들도 다른 사람이 엄마 아빠이기를 바라지 않으리라.

귀여운 것들이 자고 있다.

"못 깨우겠어요. 애들에게 이렇게 만족스러운 순간이 또 언제 있겠어요?" 나는 남편에게 말했다.

"그러니까, 애들을 깨워야지. 내 말대로 해." 남편이 말했다.

남편은 일어나서 차 트렁크를 열고 사우나에 필요한 물건들을 챙겼다. 돼지가죽가방에서 심한 마찰음이 났다. 가방은 더 이상 뭘 넣을 수가 없을 만큼 꽉차 있었다. 가방 위에 시사잡지와 경제 전문지를 무리하게 올려놔서 가방이 휘어 보였다. 충분히 충전된 핸드폰, 몇 배 더 두꺼워져서 뒤집힐 것처럼 비대한 다이어리, 1년 정기구독 하는 ≪새 자본투자가≫라는 잡지와 긴장을 풀어주는 팬 플루트 연주 테이프와 헤드폰이 꽂혀 있는 워크맨, 이 모든 것들을 남편은 사우나 가방에 쑤셔넣었다.

남편은 자기가 본 것과 똑같이 놀면서 즐기고 싶어했다.

"당신 먼저 들어가요. 애들이 깨면 금방 따라갈게요." 나는 맥없이 말했다.

남편이 강하게 반발했다.

"이게 당신 스타일이야. 항상 당신 마음대로지. 당신이 원하는 바라면 앞으로 일요일은 우리 가족 서로 흩어져서 지내자구! 나는 가족과 함께 지내고 싶어서 벌떡 일어났어. 그리고 당신이 꼭 수영장에 가길 원했잖아! 내가 아니라! 당신이! 난 할 일이 태산처럼 쌓였는데도 불구하고, 빗길을 두 시간이나 달려서 여기까지 왔는데, 당신은 판자대기로 만들어진 울타리 앞에 서 있고, 아이들은 그저 잠이나 자고, 나는 꼭 바보처럼 서 있어. 당신은 내가 해수탕에 몸을 담그는 걸 그렇게 좋아한다고 생각해? 나 혼자서? 이게 정말 우리 부부의 실체란 말야?"

"금방 따라갈게요." 나는 말했다. "애들은 좀더 재워요! 어제 밤 열시가 다 되어서 잠자리에 들었는데, 오늘 너무 일찍 일어났어요!"

토요일, 어제 저녁에 내가 집에 없었기 때문에, 아이들은 늦게까지 <백만 불 쇼>를 보고 잤다고 했다. 긴장해서 두 주먹을 불끈 쥐고 볼을 붉게 물들이며 아이들이 이 가족 오락 프로그램을 보는 동안, 아빠는 《독일의 가치투자》라는 잡지로 얼굴을 가리고 소파에서 자고 있었다. 아이들은 지하실에 처박아둔 스프링이 나간 매트리스를 올려다놓고, 소파 세 개와 탁자를 한 자리에 모아서 담요를 덮어씌워서 가운데를 옴폭 들어가게 만든 다음에, 그 속에 들어앉아서 꼬모를 퍼먹고 주스를 마셔대면서 텔레비전을 보았다.

결승전에 오른 세 팀의 부부들은 온통 땀에 젖은 채 가쁜 숨을 몰아쉬면서 커다란 헤드폰을 끼고 유럽의 5대 도시들을 열거했다. 그런 다음 그들은 가까운 곳에 만들어놓은 자갈 채취장에서 게임에서 선정한 자루 열두 개를 찾아서 스튜디오 안까지 끌어다가 차곡차곡 쌓은 후에, 열두 개의 자루를 타고 올라가서 목표물을 따내야 한다. 게임 후보들은 거의 졸도 지경이었다. 최종 우승팀 앞에 최신형 중형차, 하얀색 벤츠와 빨간색 베엠베가 놓여 있다. 그리고 프로그램 진행자가 자동차 키 하나를 우승한 부부에게 쥐어준다. 그 부부는 둘 중에 하나를 선택해야 한다. 승산 확률은 정확히 오십 퍼센트 잠시 망설이다 그들은 벤츠를 선택했다. "잠시 후에 다시 뵙겠습니다. 여러분 자리를 뜨지 마세요!" 진행자의 말이 끝나자마자 요란한 광고가 시작되었다. 광고가 끝나고 진행자가 후보 부부에게 번복할 수 있는 기회를 주었다. 어떤 차를 고를 것인가! 그들 부부는 처음의 선택을 중시하겠다고 말하면서 운에 맡기는 표정을 지었다. 부인은 두 손으로 얼굴을 가렸다. 잠시 후에 그릇이 깨지는 소리와 함께 'NO' 카드가 텔레비전 화면에 꽉 찼다.

에르니와 베르트는 긴장과 조바심으로 온몸에 담요를 뒤집어쓴 채 두 눈을 반짝이며 텔레비전에 빠져 있었다. 볼일도 광고하는 동안 후닥닥 해치웠다.

우리 가족은 분명 오늘 자기 일에 충실했다.

남편은 고개를 흔들면서 사우나 가방을 들고 먼저 호텔로 들어갔다.

나는 남편이 몹시 화났다는 것을 알아차렸다. 남편은 앞으로 당분간 우리와 함께 휴일을 보내려 하지 않을 것이다. 어쩌면 우리 가족에게 이런 기회가 다시는 주어지지 않을지도 모른다. 남편도 항상 따분했을 것이다.

샬로테, 넌 또 실수한 거야. 모든 수고가 다 보람 없이 되고 말았어. 넌 열두 자루를 다시 자갈 채취장에 되돌려놓을 줄도 알아야 돼.

해수탕에서 가족 모두 행복한 휴일을 보내기 위해서 그 정도의 대가는 감당해야 하는 것 아니겠어? 엄마나 아빠, 그리고 두 아이들도 나는 그 대가라는 것을 부정하면서, 용기를 내어 나 자신을 격려하려고 애썼다. 나는 레인코트를 찾아 모자까지 푹 뒤집어쓰고 주차장을 왔다갔다 서성였다. 길게 늘어서 있는 널빤지 담장 위로 비가 계속 쏟아졌다. 부리에 빗방울이 떨어지는 것에 아랑곳하지 않는 야심에 찬 지빠귀만이 할 일 없이 빗속을 서성이는 나를 위해 단조로운 노래나마 반복해서 계속 들려주었다. 나는 노란 레인코트 주머니에 손을 찔러넣고, 내 내면의 세계로 들어섰다.

샬로테, 이번에도 역시 넌 일을 망쳤어 .

넌 남편과 아이들을 만족시키질 못하는구나! 돈 되는 일은 아니지만. 모두 토라지고 불만스럽고 자존심 상해서 각자 시간을 지루하게 보내야 하잖아.

하나는 밥 먹겠다고, 또 다른 하나는 텔레비전 보겠다고, 나머지 하나는 자겠다고 한다. 가까운 곳에 디즈니랜드가 있는 것도 아니고, 놀이동산이 눈에 띄는 것도 아니고, 밖은 여전히 비가 오고, 먹을 것은 없다. 그리고 남편은 결코 자기 시간을 할애할 사람이 아니었다.

갑자기 감사할 줄 모르는 나쁜 감정이 내 가슴에 밀려들었다. 남편이 없다면 적어도 지금보다는 훨씬 덜 긴장하면서 살 수 있지 않을까라는 생각이. 나는 이렇게 사치스럽고 살풍경한 해수탕 같은 곳에 오고 싶은 마음이 추호도 없었다. 정말로. 내 솔직한 심정이다. 만약에 남편이 지금 기분 좋게 앉아서 방수 손목시계를 쳐다보며 우리를 기다리고 있다면, 고삐를 바짝 당기고 나와 아이들을 위해서 나름의 기준을 세울 테지만, 그러나 어쨌든 이런 해수탕은 아이들에게 적합하지 못했다.

아이들과 함께 비 오는 공원을 뛰어다니고, 소나무 밑을 헤집으며 애벌레를 잡는 편이 훨씬 더 나았을 걸 그랬다. 빗물이 고인 웅덩이를 철벅거리고, 아무 노래나 목청껏 부르면서 일요일을 지낼 걸 그랬다. 남편은 이런 무의미한 행동 속에서 의미를 찾아내는 걸 좋아하지 않았다. 남편은 언제나 정확한 계획을 세워야만 했다. 그러다 그 계획에 조금이라도 차질이 생기면 아주 못마땅해했다! 그와 반대로 나는 아무 데나 배회하는 것을 더 좋아한다. 그 편이 훨씬 더 재미있고 스릴 있다.

아이들을 위해서 난 기꺼이 지팡이로 축축한 나뭇잎이 쌓인 젖은 숲 속을 헤집으며 의심스런 단서를 찾아낼 수 있다. 그곳에서 술래잡기를 하고, 무서운 이야기를 해줄 수도 있다. 지빠귀는 마법에 걸린 합창단 소년이며, 나무 담장 위에서 벌을 받고 있기 때문에 지빠귀 소리가 예쁘지 못하다고 얘기해줄 수도 있다. 항상 불만에 가득 찬 사내아이가 있었는데, 그 아이는 항상 좋은 풀장에나 가려고 하고, 다른 사람이 자기 엄마 아빠였으면 좋겠다고 해서 그런 벌을 받았다고 꾸밀 수도 있다. 하지만 남편은 그런 식의 대화에 짜증낼 것이다! 남편은 문 닫기 전에 그럴싸한 레스토랑에 들어가기 위해서 서두를 것이다!

아이들과 난 배고파지면 포장마차나 간이음식점에서 겨자를 바른 소시지와 캔 음료를 사서 간단히 요기하는 걸 더 좋아한다. 그런 다음 해수탕에 온 노인들의 구 모델 승용차 뒤에서 술래잡기를 하고, "나 잡아봐라, 술래야" 하고 소리치며 잡기 장난도 한다. 해질 무렵이면 피곤하지만 아주 즐거운 마음으로 차를 타고 집으로 돌아간다.

우린 그렇게 지냈을 것이다. 남편이 없었다면.

그런데 두서없이 제멋대로 지껄이는 자식들 이야기를 제대로 들어주려는 남자가 이 지구상에 하나라도 존재할까? 에너지를 재충전하는 휴일에?

아니, 분명 없을 것이다.

아이들이 일어났다. 두시 반이었다.

음식점은 문을 닫았다. 남편은 무척 시장할 것이다.

그는 여태껏 견고한 안락의자에 꼼짝 않고 앉아서 시사잡지를 읽고 있었다. 그는 '비 오는 날 산책엔 적합하지 않은 신발입니다'라는 글씨가 새겨진 거친 멧돼지 가죽 슬리퍼를 축축한 발에 신고 있었다. 그 멧돼지는 하루종일 그를 쳐다보면서 고소해할 것이다.

나는 장화와 노란 레인코트 차림으로 멋진 산책을 했다. 나무 담장을 따라 왔다갔다하면서. 비에 흠뻑 젖었지만 기분은 좋았다. 지빠귀가 이젠 높은 음을 섭렵했다. 아이들은 잠을 푹 잤다.

그것 자체로도 우리가 여기까지 달려온 만큼의 가치는 충분했다.

우리는 진흙이 덕지덕지 묻은 발로 해수탕 입구에 들어섰다.

매표소에 흰 모자에 흰 가운을 입은 여자가 앉아서 우리를 불손하게 쭉 훑어보더니 매표소 앞에 붙어 있는 안내문을 손가락으로 가리켰다.

'먼저 신발과 모자를 벗으세요.'

'성인은 28마르크이고, 회원은 50% 할인됩니다. 아이와 개는 할인되지 않습니다.'

"얼마입니까?" 남편이 물었다.

"백십이 마르크입니다." 매표원이 말했다.

"얼마라고요?"

"백십이 마르크요."

"우린 숙박과 식사는 하지 않을 겁니다." 나는 그레테처럼 겸손하게 말했다. 돈 드는 일이 아니니까.

"온천만 이용할 겁니다. 수건도 우리가 준비했습니다." 겸손하고 자연스럽게 상대를 쳐다보면서 꼭 필요한 말만 했다.

"수영모자는 준비하셨습니까?"

"아뇨"

"우리는 잠수하지 않을 거예요!" 에르니가 항의했다. 베르트는 당황하면 늘 그랬듯이 지금 아무 말도 하지 못했다.

"그렇다면 백삼십이 마르크입니다."

"뭐라고요?"

"수영모자 빌리는 데는 오 마르크입니다." 그녀는 요철 고무판 옆에 놓아둔 작은 상자 안을 열심히 뒤적거리더니 알록달록한 개 연꽃 무늬의 고무 수영모자 네 개를 찾아냈다. 구석에 쌓여 있던 먼지와 함께 수영모자 네 개가 창구 밖으로 밀려나왔다. 그리고 뒤이어 색이 바랜 인조가죽 끈으로 묶인 사물함 열쇠 네 개가 따라 나왔다.

"백삼십이 마르크입니다."

"난 이렇게 낡은 모자 따윈 쓰고 싶지 않아요." 베르트가 말했다.

엄마도 쓰고 싶지 않아. 돈 될 일도 아니고.

"에른스트베르트, 산책하는 편이 낫겠어요." 내 목소리가 떨렸다.

"이 신발을 신고는 빗속을 걸을 수 없어." 남편이 위압적으로 대답했다. "답답하구먼! 여기까지 두 시간이나 걸렸어. 아침엔 이 해수탕에 오는 걸 다 찬성해놓고, 이제 막 들어가려는 순간에 진창 속이나 걷자고? 난 그럴 생각으로 여기까지 온 게 아냐. 그건 집에서도 할 수 있는 일이야!"

"백삼십이 마르크입니다." 매표원이 퉁명스럽게 말했다.

"난 놀이공원에 있는 수영장에 가고 싶어요!" 에르니가 발을 구르며 소리쳤다.

베르트는 초록색 튜브를 꼭 끌어안았다. "여기는 재미나게 노는 곳이 아닌가 봐. 저 거지 같은 고무 모자나 써야 하고."

"애들아! 안으로 들어가자." 나는 말했다.

남편이 계산하는 동안, 좁은 통로를 지나가기 위해서 튜브와 짐을 꼭꼭 눌러 압착시켰다.

실내에 꽉찬 축축한 수증기 때문에 숨이 콱 막혔다. 유황 냄새, 소독 냄새, 짠내가 진동했다. 닥터 라도에서 생산한 방습, 방향, 이끼 제거제 같은 냄새도 풍겼다. 그리고 해수탕을 즐기는 늙은 사람들의 잔 숨결도 느껴졌다.

희뿌연 실내 공간에 익숙해지자 동판 글씨가 보였다. '맨발로 들어가세요.'

우리는 신발을 벗어서 미리 봐둔 신발장에 넣고, 양말 신은 발로 축축한 바닥을 걸어갔다. 아이들은 튜브를 질질 끌며 따라왔다. 양말을 신고 있는 사람은 우리뿐이라는 사실에 무심하려고 애썼다.

잘 꾸며진 통로에 깔린 청록색 양탄자 위를 걸었다. 돌고래와 작살, 조개와 그물이 열두 개의 조명을 받으며 벽에 걸려 있었다. 정말 아름다웠다.

문에 '탈의실' 그리고 '주의 요망'이라는 표지판이 붙어 있었다.

"쉿!" 난 아이들에게 주의를 주고, 고개를 숙인 채 조용히 안으로 들어갔다.

탈의실 안은 경건한 정적이 감돌았다.

죽 늘어선 옷장 앞에 수영모자 하나 달랑 쓴 벌거숭이 할아버지가 수건을 깔고 앉아서 조심스럽게 발톱을 깎아서 ≪프랑크푸르트 알게마이네 차이퉁≫ 문화면 위에 세심하게 모아놓고 있었다. 할아버지는 돋보기를 손에 들고 있었다. 그는 잠시 고개를 들어 우리를 바라보더니 구미가 당기는 자기 일에 몰입했다. 가운을 입은 할머니가 탈의실에서 나왔다. 할머니의 얼굴에는 요구르트, 꿀, 오이를 갈아 만든 팩이 붙어 있었다. 할머니 머리는 허수아비 머리처럼 가닥가닥 서 있었다. 손톱이 긴 열 손가락이 방금 마사지를 받은 몸뚱이를 아주 조심스럽게 닦았다.

"안녕하세요?" 나는 정중하게 인사하면서 눈빛이 불손한 두 녀석을 낚아챘다.

오이팩 뒤로 당황스럽게 쳐다보는 할머니가 꼭 튜브 사이로 몰래 훔쳐보는 에르니와 베르트 같았다.

웬 꼬맹이들!

할머니는 여기서 꼬맹이들을 한번도 보지 못했을 것이다.

남편은 가방을 의자 위에 탁— 내려놓더니, 재킷과 셔츠를 벗었다. 배꼽 주위의 털이 부숭부숭했다. 예외 없이. 오이팩을 한 할머니가 서둘러서 탈의실로 돌아갔다.

"엄마?!"

"쉿!"

"얼굴에 왜 저런 걸 썼어?!"

"떠들지 마, 이 바보야!"

"쉿! 나중에 얘기해줄게!"

"왜 오이탈을 썼냐고!"

"예뻐지려고!"

“그 할머니 머리가 어떻게 된 거 같아!”
“쉿! 그만 하자!”
“엄마? 저 할머니 저러고 집에 가는 거야?”
“이 바보야, 그만해! 손수건을 깔고 그걸·바른 거야!”
나는 소리내지 않고 서둘러서 아이들 옷을 벗겼다. 옷을 입고
벗는 것 정도는 평상시 아이들 스스로 했지만, 낯선 환경이어서
그런지 아이들은 꼭 사지가 마비된 것처럼 행동했다.
“저 할아버지는 저기서 뭐 하는 거야?”
“발톱을 깎고 계셔!”
“왜―에?”
“에르니, 여기 네 수영팬티. 너 혼자 입어. 이제는 어린애가 아
니잖아.”
“엄마, 나 똥 마려!”
“이런, 또야?”
할아버지가 시선을 발톱에서 우리 쪽으로 돌렸다.
“왼쪽 첫번째.” 그가 말했다.
나는 할아버지에게 감사의 표시로 고개를 끄덕였다. 친절한 할
아버지였다.
양말만 빼고 모두 다 벗은 아이를 화장실에 밀어넣고 엉덩이를
들어 변기 위에 앉혔다. 앉히자마자 아이 똥꼬에서 요란한 소리가
났다. 나는 땀이 솟았다.
나는 아이 몰래 슬그머니 돌아가려고 했다.
“엄마! 같이 있어!”
“그래. 엄마 문 앞에 있어.”
“나 무서워. 오이탈을 쓴 귀신이 오면 어떡해!”
“안 와. 엄마가 지키고 있잖아. 서둘러!”
에르니는 알몸으로 변기에 앉아 있는 것 자체로 스트레스를 받
고, 게다가 서둘러야 하는 것에 부담을 느끼고 있었다. 순간 구린내
가 문 밖으로 새나왔다. 에르니는 부러울 만큼 소화기능이 좋았다.

310

“문 좀 닫으슈!” 할아버지가 소리쳤다.

“엄마, 어디 가지 마!” 에르니가 겁에 질려서 소리쳤다.

“쉿!”

나는 급하게 문을 닫았다.

“미안합니다.” 윤이 나도록 잘 닦인 돋보기를 들여다보고 있는 할아버지의 두 눈이 꼭 게슴츠레한 닭의 눈 같았다.

팬티 바람의 베르트는 그동안 풍만한 가슴에 집중적으로 선탠 로션을 바르는 뚱뚱한 오십대 여인을 뚫어지게 쳐다보고 있었다.

“헤이, 꼬마 아저씨? 뭘 그렇게 쳐다보고 있지?” 뚱뚱한 여인은 선탠로션을 바르면서 장난스럽게 물었다.

“베르트! 이리 나와!”

그래, 겸손하고 자연스럽게 똑바로 쳐다보고 있어, 아가야. 얼른 닦아줄게.

“나 지금 가고 있어.” 가운 차림에 헤드폰을 낀 남편이 소리쳤다. 오늘 아침 부엌에 들어설 때 모습 그대로였다. 다만 컨디션이 좋아 보이지 않을 뿐.

“쉿!”

오이팩을 붙인 할머니가 탈의실에서 나왔다.

“소리나는 물건은 뭐든 가지고 들어와선 안돼요 출입문에 따로 써서 붙여놓았을 텐데요!”

“똥 다 눴어!” 에르니가 화장실문 뒤에서 소리쳤다. “엄마! 밑 닦아줘!”

“문 좀 닫아요!” 발톱 깎던 할아버지가 소리쳤다.

놀이공원 수영장에 갔다면 이런 우스운 꼴을 당하지 않았을 거란 생각이 들었다. 에르니 똥꼬를 닦아준 나는 베르트에게 소변을 보고 들어가라고 강요했다.

“오줌 마렵지 않아요”

“안돼! 누고 들어가!”

“싫어요! 왜 꼭 그래야 하는데요! 그건 제가 알아서 할 거예요!”

"베르트! 넌 거의 네 시간 동안이나 차에 앉아 있었고, 아침에 반 리터나 되는 카카오를 마셨잖아! 그러니까 소변보고 들어가!"

"싫어요!"

"너 만약 탕 안에서 오줌만 쌌다간, 그랬다간……."

"허ー 참!" 수건을 깔고 앉은 할아버지가 흥분했다. "정말 들어 주기 힘든 대화로군! 과ー 하ー 구먼! 정말로!"

"어쨌든!" 나는 낮지만 화난 소리로 말했다. "너, 가서 오줌눠! 지금 당장!"

나는 몹시 화가 나서 나를 쥐어박던 그레테의 얼굴을 떠올리며 그 표정을 흉내냈다.

"엄만 왜 나 오줌누는 것도 엄마 맘대로 하려고 그래요!"

베르트는 불만스럽게 화장실로 갔다. "우ー욱, 아이고 구린내!"

"조용히! 문 닫아! 잔소리 말고! 한 대 맞는다!" 나는 뒤따라가 소리나게 문을 닫았다. "빨리 그리고 조용히 끝내. 물 내리는 거 잊으면 안돼!"

완전히 땀으로 목욕을 한 나는 구석자리로 가서 내 몸에 걸쳐져 있는 옷을 다 벗었다. 할아버지는 머리를 흔들며 다시 발톱 깎는 일에 전념했다. 가슴에 열심히 선탠로션을 바르던 여인은 자세를 바꾸어 엉덩이에 로션을 발랐다. 에르니는 여인의 행동을 거리낌 없이 바라보았다. 말 많은 아이가 어쩐지 말을 자제했다. 나는 할 수 있는 한 서둘렀다. 양말과 속옷을 넣을 수 있게 망을 달아놓은 옷걸이를 사용하지 않고 벗은 옷가지들을 아무렇게나 옷장 속에 밀어넣고 소리나게 문을 닫았다.

"허ー 참! 그렇게 쾅쾅거리지 좀 마슈! 조용히 할 수도 있잖수!"

손톱깎이를 손에 쥔 할아버지가 소리쳤다. 그동안 할아버지도 발톱 깎는 일을 끝내고, 발가락 사이에 하얀 분말을 뿌린 다음 연고를 발랐다. 그 과정을 거친 황금빛 발가락에서 좋은 냄새를 풍겼다.

헤드폰을 낀 남편은 분명 아까부터 탕 속에 들어가 빈둥거리고 있을 것이다. 나는 남편이 부러웠다.

　남편 머리 속에는 나를 돕겠다는 생각이 털끝만큼도 없을 것이다. 왜 그런 생각을 하겠는가! 어쨌든 남편은 가족을 위해서 돈을 지불했으니 나머지는 여자가 할 일이었다. 고추를 단 사내는 아이들 옷을 손수 벗기는 게 아니다. 더군다나 아이들 똥꼬를 닦아주는 일은 하는 게 아니다. 결코

　베르트가 화장실에서 돌아왔다.

　"이젠 탕 속에 들어가도 되나요?"

　할아버지가 새 검정 양말을 조심스럽고 세심하게 종아리 위로 말아올렸다. 발뒤꿈치를 정확히 맞춰 신고자 하는 뚜렷한 목적의식을 갖고 양말을 여러 차례 잡아뜯고 잡아당겼다. 끝으로 곱슬곱슬한 방사로 짜인 올이 굵고 성긴 직물 가방에서 셀로판 상자에 든 희끗희끗한 무늬의 짙은 회색 슬리퍼를 꺼내서 소리 없이 신었다. 그런 다음 잘라낸 발톱을 휴지에 조심스럽게 싸서 작은 여행용 가방에 챙겨넣었다. 그리고 가방에서 시들어서 쭈글쭈글한 사과를 꺼내서 반짝거릴 만큼 수건으로 닦은 후 한입 깨물었다.

　우리는 할아버지 동작 하나하나를 홀린 듯 쳐다보았다.

　할아버지가 신음소리를 내면서 수건에서 일어나서 (그래! 사람을 저렇게 만드는 거야! 해수탕은 건강에 아주 좋으니까!) 빈약한 다리가 만족스럽게 흔들거리며 매달려 있는 생식기와 슬리퍼를 이끌고 어설프게 발걸음을 뗐다. 그는 손에 돌돌 말린 신문과 한입 깨문 사과를 들고 있었다.

　남자들이란 자신들을 잘 파악하고 또 세상과도 잘 타협하며 산다. 말 그대로

　마지막으로 우리는 희끗희끗하고 주름진 할아버지 항문을 보고 말았다.

　'정숙! 주의 요망!' 휴게실 문에 써붙인 글씨가 눈에 띄었다. 나는 실수로라도 이 휴게실에 들어가선 안된다고 마음속으로 다짐했다.

"쉿! 이제 탕 속으로 들어가는 거다! 하지만 조용히!"

나는 아이들을 여성 전용 샤워실로 이끌었다.

"엄마, 여긴 싫어요. 남자 샤워실로 갈래요."

"들어가!" 나는 평소의 교육자세를 점차 잃어갔다.

"싫어요! 거기에는 벌거벗은 여자들이 서서 가슴에 로션을 바른단 말예요!"

"샤워해!"

"남자 샤워실에서 할 거예요!"

"맘대로 해! 물만 묻히고 나오기만 해봐라!"

"그렇게 지저분하지 않단 말예요! 칫!"

"그만 해! 잔소리 그만 해! 앞으로 오 분 후에 탕 안에서 만나는 거다!"

"웃으면서 엄마 기다릴게요. 아니다. 여기선 웃으면 안되죠!" 베르트가 골 부리며 튜브를 들고 남자 샤워실로 사라졌다. 에르니가 베르트의 뒤꽁무니를 따라갔다.

"다른 사람이 우리 엄마 아빠라면 좋겠어." 아이들이 말하는 소리가 들렸다.

나는 불쌍하고 피곤한 내 육체를 마사지용 샤워기 앞에 세웠다.

이제부터 아이들한테 안된다는 소리는 하지 마, 안된다는 소리를 하지 마, 안된다는 소리는 하지 말라고! 넌 올곧고 책임감 있고 자식들에게 즐거움을 주려고 항상 노력하는 훌륭한 엄마야. 어떤 경우든 넌 네 힘 닿는 데까지 노력하잖아.

샬로테 페퍼는 항상 최선을 다했어.

꽃무늬 고무 모자를 썼을 뿐 완전 나체인 한 여성이 내게 거만한 웃음을 건넸다.

그래, 사실이야! 당신과 난 건강한 여자들이지. 해수탕은 몸에 좋을 거야.

넓은 해수탕 안은 바위, 샘물, 덩굴식물로 꾸며져 어스름한 초록빛 자연 같았다.

314

어둠에 익숙해지기까지 시간이 좀 필요했다. 바닥에 깔린 멋진 대리석 타일이 소음을 빨아들이는 것 같았다.

하지만 가까이 들여다보니 흐린 물 위에 족히 한 다스는 될 법한 남청색 쓰레기 봉투들이 둥둥 떠다녔다. 희뿌연 수증기 속에서 개연꽃 무리가 여기저기에 떠올라왔다가 부글거리면서 다시 사라지곤 했는데, 휴식을 취할 수 있는 조용한 장소를 찾아다니는 남자들 무리 같았다.

탕 한가운데에 마시면 젊어진다는 전설의 샘이 설치되어 있었다. 샘 주변에 여러 개의 쓰레기 봉투와 개연꽃들이 모여 있었다. 거친 소리를 내면서 떨어지는 폭포수가 근육을 단련시켜주는 모양이었다. 폭포수를 거친 사람들은 그래서 상당히 젊어졌다고 생각들 할 것이다. 발톱을 깎던 할아버지도 오전에 틀림없이 그 과정을 거쳤을 것이다.

난 아이들을 찾기 위해서 소리가 왕왕 울리는 실내를 쉼없이 두리번거렸다.

여기저기에 세워진 기둥에는 그리스 로마 시대의 조각품들을 모방한 석고상들이 군림하고 있었다. 뱀을 몸에 두르고 있거나 돌고래 아니면 수달을 동반한 나체 석고상의 죽은 눈동자는 천장을 올려다보고 있었다. 그 석고상만이 유일하게 수영모자를 쓰지 않고도 확신에 찬 행동에 탐닉하고 있었다. 나머지 사람들은 음침한 탕 속을 떠다니거나 탕 가장자리에 앉아서 쉬고 있었다.

대리석 군데군데에 제명이 조각되어 있었다.

'정숙! 주의 요망!'

'욕조 가장자리에서 곧바로 물 속으로 뛰어드는 것은 금지되어 있습니다!'

'위생상 수영모자를 착용해야 합니다!'

'보건사회부의 연구에 따르면 해수탕 속에 20분 이상 들어가 있는 것은 몸에 해롭답니다!'

'해수탕 속에 너무 오래 들어가 있으면 심장마비, 천식, 피부병

을 유발시킬 수 있습니다!’

남편은 해수탕 속에 들어가지 않았다.

근사한 넝쿨나무 옆의 간이침대에 누워서 쉬고 있었다. 수영모자 위로 헤드폰을 끼고 있었다. 직장생활을 하는 남성을 위한 잡지는 그가 벗어놓은 슬리퍼 옆 바닥에서 뒹굴고 있었다. 그는 진흙탕 속에 목까지 몸을 담그고 머리에 터번을 두른 활기찬 여성의 사진이 표지에 실린 『진흙을 이용한 살빼기』란 책을 들고 있었다.

나는 쌍둥이를 찾아보았다.

우리 아이들은 아직 글을 읽을 줄 몰랐다. ‘아기’를 ‘가이’라고 쓰는 아이들이라서 어쩌면 탕 가장자리에서 물 속으로 다이빙을 하려들지도 모른다.

“잠깐 실례해도 될까요?” 목욕 가운을 위로 바짝 움켜쥐어서 황새 다리를 그대로 드러낸 할머니가 내게 말했다.

“예. 그러세요”

“난 예약을 했거든요.” 할머니는 강경했다.

나는 서둘러서 아이들을 챙겨야 했다.

“이리 와! 저기에 압축 분사기가 있어!”

“야호! 아주 재미있겠다!” 베르트가 소리쳤다.

“물 힘이 굉장하겠다!” 에르니가 소리쳤다.

“쉿! 조용히 해!” 나는 아이들에게 뛰어갔다.

아이들은 횃대에 선 황새처럼 물통 위에 올라서서 박자에 맞춰 물을 분사시켰다. 그러면서 크나이프식 수욕요법에 쓰는 소금 뿌리개를 조심성 없이 눈에 들이댔다.

“눈에 소금이 들어갔어! 난 음식이 아닌데.” 에르니가 아픔을 호소했다.

“맞잖아, 이 돼지야!” 베르트가 양쪽에 손잡이가 달린 커다란 물통 속으로 뛰어들려고 도움닫기 하는 것을 다행히 제지했다.

“쉿-, 그냥 보기만 해!” 내가 말했다.

“엄마! 동물원에서야, 그러니까, 우리는 보기만 해야 하지만, 그치만, 엄마가 우리한테 오늘은 신나는 풀장에 데려다준다고 했잖아!" 에르니가 항변했다.

"우리는 맨날 보기만 하고! 치-, 장난도 못하잖아요." 베르트가 말했다.

"딴 사람이 우리 엄마 아빠였으면 좋겠어!" 에르니가 말했다.

"나도 딴 사람이 우리 엄마 아빠였음 좋겠어!" 베르트가 말했다.

두 녀석들이 맨발로 대리석 타일 위를 탕탕 구르며 요란하게 걸어갔다. 머리에 핀 개연꽃이 시들어서 축 처진 채 줄기에 매달려 있었다. 비쩍 마른 딱하디 딱한 내 새끼들. 대접은 고사하고 뼛속까지 홀대를 받고 있는 불쌍한 것들.

샬로테, 제발 아이들에게 최선을 다해.

나는 미지근한 탕 속에 몸을 담그고 있다가 물살이 센 샤워기에 몸을 맡겼다. 어깨 위로 떨어지는 강한 물줄기가 내 색정을 자꾸만 자극했다.

아주 지랄 같은 느낌이었다. 오늘, 이 오월의 가족 나들이를 난 아마 평생토록 잊지 못할 것이다. 아이들은 다른 부모를 원하고, 남편은 벌써 잠들었다. 이 재미없고 지루한 곳에 들어오려고 백삼십이 마르크를 퍼주었다니! 밖엔 여전히 비가 내렸고, 우린 먹을 것도 없었다.

기회와 위기

"여보세요?"

"나요. 잘 들으쇼 받아 적을 준비가 됐나?"

"아뇨 잠시만요." 나는 급히 베르트가 쓰던 끝이 뭉툭해진 연필을 잡았다. 베르트는 지금 17 빼기 4를 계산하고 있다.

근데 "나요."라니, 도대체 누구지?

"예, 말씀하세요." 나는 말했다. "엄마 왜 그래요?" 연필을 빼앗긴 베르트가 나를 불만스럽게 쳐다보았다. 나는 아이에게 자애 넘치는 윙크를 보냈다. "머리 속으로 계산해봐. 17 빼기 4는? 뭐지? 그래. 그리고 거기에 10을 더해야지!"

"6월 1일, 14시 30분 쾰른 발 인터시티 513호 해미셔 메르크프리데를 타고, 함부르크 하르부르크에서 기차를 갈아탄 다음, 19시 23분에 플렌스부르크에 도착, 그곳 아틀리에 극장에서 20시에 공연, 그리고 6월 2일, 10시 13분 기차를 타고 오스나부뤽에 가서, 가능성 있는 여성이란 무대에, 거기서는 키일을 경유하는 도심연결선을 이용할 수 있는데, 매시간 46분에 있소, 그리고 6월 4일에 데트몰트서 공연이 있지, 도심연결선은 2등칸뿐이고 식당칸도 없으니까……."

"식당칸은 없어도 상관없어요. 아침 먹을 때 빵을 좀 싸두면 되니까……." 난 겨우 말했다.

"……11시 3분에 출발해서, 알텐베켄을 경유해서, 바트 헤르스펠트에 있는 노천극장에……."

"노천극장이요? 고맙지만 사양하겠어요. 여보세요? 제 생각에는, 당신은…… 저 당신은 아마도…… 17 빼기 4야! 어서 해봐!"

"……차를 세 번 갈아타야만 되겠어. 아직 더 있어. 6월 20일에는 비스바덴에, 한 시간 간격으로 있는 기센 행 버스가 당신을 방송국으로 안내할 거요. ZDF 방송국에 내가 아는 사람이 있거든. 그리고 6월 8일에는 보름스에서, 매시 정각에 마인츠에서 직통으로 가는 교통편이 있소. 보름스에서는 내 처제네 집에서 묵을 수 있을 거요. 처제가 작은 호텔을 경영하는데, 아주 조용해. 내 가능하면 시간을 내서 그곳에 가보도록 하지."

"그럴 수 있음 좋겠지만……."

"6월 12일에는 공연이 없어서 슈파이어 성당도 좀 구경할 수 있을……."

"전 슈파이어 성당 같은 것에는 관심이 없어요…… 아니! 12가 아냐. 17 빼기 4가 어떻게 12가 되니? 다시 한번 계산해봐……."

"그렇담 다른 일을 하시든지. 쇼핑을 하거나 미장원에 들르든가. 왜 여자들이 무료해지면 하는 일들 있잖소? 6월 15일에는 스케줄이 빡빡해. 오전 11시에 마구간을 개조한 칼스루에의 레미제 극장에서 공연을 하고, 저녁에는 하일브론 바르텐베르크 극장에서 공연할 예정이오"

"잠시 실례하겠습니다. 에르니, 총싸움은 이제 그만 해. 베르트, 감자 샐러드에 지우개를 쑤셔넣으면 어떻게 해, 빨리 빼! 그리고 다용도실 문을 닫든가 아니면 건조기를 끄고 와. 17 빼기 4 계산 다 한 거야? 어서 해. 엄마는 지금 엄마가 무슨 말을 하는지도 모르겠단 말이야!"

전화기에서 덜그럭거리는 소리를 없앴다. 에르니는 장난감총을 들고 화장실로 들어갔다. 베르트는 냉장고에서 요플레 하나를 꺼내들고, 다용도실 문을 쾅 닫고는 골이 잔뜩 나서 텔레비전 앞에 앉았다.

"내가 페퍼 여사하고 전화하는 거 맞소?" 공손치 못한 질문이었다. 아주 불손하고 거만한 이 목소리를 전에 어디선가 들어본 것 같았다.

"물론이에요. 알텐베켄이나 하일브론을 여행하고 싶은 생각은 추호도 없지만, 감사의 말씀은 드려야겠네요. 베르트, 산수공책을 들고 이리 와서 다시 한번 계산해봐. 17 빼기 4는?"

수화기를 막 내려놓으려는 순간, 내 머리 속에 갑자기 목소리의 주인공이 떠올랐다.

이런, 세상에! 니트리히 씨야! 그 숫팔 니트리히라구! 그 프랑크푸르트 프로덕션! 얼마 전에 내 드라마를 들고 그 작자를 찾아갔었잖아!

그때 그 사람이 뭐라고 그랬더라? 그래, 연락 주겠다고 했었지. 그런 약속을 했었어. 무슨 연락을 주겠다는 건지는 모르지만 아무튼 그 사이 그 사람과 통화한 적은 없었지. 그 연락이라는 것이 기차시간표나 도심 연결선에 대한 설명이라고 그 사람은 말하지 않았었어.

"아이는 몇?" 관심 없는 물음이 전화기에서 흘러나왔다.

"둘뿐예요." 나는 빠르게 대답했다. "베르트, 17 빼기 4는? 응!"

"13." 니트리히가 대답했다. "순회공연을 하는 동안 아이들을 어쩌실 건가?"

나는 그가 그런 것까지 신경쓴다는 것에 놀랐다.

남편은 단 한번도 그런 질문을 한 적이 없었다.

"그거야 내가 순회공연을 하기로 결정한 후의 문제 아닌가요?"

"이런, 당신은 공연할 생각이 아니셨던가? 그렇다면 사 주 전에 내게 분명히 얘기했어야지! 이미 다 주선해놓았는데!"

"공연을 다 주선하셨다고요?! 계약하신 거예요?!"

"당연히 다 계약했지. 아니면 내가 쓸데없이 싸돌아다닌 줄 아시나? 아냐. 틀렸어. 난 돈벌이 될 물건이라면 그 즉시 거래하는 사람이야. 당신이 그걸 아셨어야지, 바흐 여사."

"페퍼예요."

"뭐시라?"

"전 바흐가 아니라 페퍼예요. 17 빼기 4는?! 뭐니?!"

"13. 모두 다 계약을 한 상태니, 당신은 6월 1일부터 시작해서 사 주 동안 순회공연을 하셔야 되겠소 〈페퍼의 이중 모럴〉은 매각된 거나 다름없소."

나는 침을 삼켰다. 사 주 동안! 전국을 누빈다! 매각! ZDF 방송국! 내 아이들을 어쩔 것인가!

"저…… 제 생각인데, 얼마나…… 그러니까…… 당신 생각으로는…… 에…… 그게 얼마나 될 것…… 제 수입 말예요?!"

"오천 마르크." 니트리히가 말했다. "내 몫과 십오 퍼센트의 부가세를 빼고 남은 금액이오."

"아하." 나는 될 수 있으면 담담하게 받아들이려고 노력했다. 오천 마르크라는 게 하루 저녁 공연료인가 아니면 사 주 전체 공연료인가?

"당신 수입은 몇 퍼센트인가요?"

"십사 퍼센트 통례상 그렇소."

"당연히 십사 퍼센트…… 아니야, 십사라고 쓰지 마, 에르니. 십삼이야!"

난 대충 서둘러서 계산해보았다. 그러니까 니트리히 씨는 손가락 하나 까딱하지 않고도 하루에 칠백 마르크를 버는 것이었다. 그래서 이 혐오스런 인간이 파더본에서 하일브론까지 기차시간표를 죽 꿰고 있었던 것이었군. 하루 저녁 공연으로 오천 마르크를 번다면 해볼 만해. 생각해보고 말고 할 필요가 없어! 난 꼭 해야만 해! 절대 물러서선 안돼!

그런데 유월엔 <우리들의 작은 병원>을 촬영해야 하는데! 칠월 초에 여름휴가가 시작되는데! 유월에 나는 원장 의사 프랑크 본 하이머와 결혼할 것이다! 구스타프 그라소는 대본을 바꿀 사람이 아니다!

허풍스런 스트라이트아커를 통통한 실습간호사 울리케와 결혼시킬 수도 없는 일이다.

불가능해. 내가 빠질 수는 없을 거야.

제길, 미치겠군. 일생에 단 한번뿐인 절호의 찬스! 일생일대에 단 한번뿐인 기회! 그런데 어떡하지!

쬐끄만 자식들과 쬐끄만 병원.

그것들이 항상 나를 옭아매.

그냥 포기할 수는 없어.

<페퍼의 이중 모럴>.

하필 유월일 게 뭐람.

"그래서 지금 뭐하시나? 아직도 17 빼기 4를 계산하고 계신가 아니면 심사숙고를 하시나? 그것도 아니면 지금 감자껍질을 벗기고 계신가?!"

"전 지금 심사숙고하고 있어요. 여자들은 보통 별 생각이 없을 때 감자껍질을 벗긴답니다."

“전 지금 심사숙고하고 있어요.” 에르니가 흉내를 냈다.

계약이 다 끝난 상태라고! 만약 내가 거절하면 위약금을 물어야 되는 거 아닐까?

대체는 불가능해.

난 개성을 지닌 한 개체여서 무엇과도 바꿀 수 없었다.

아드레날린이 폭폭 솟았다.

내 새끼들 / 프로덕션 사장 / 보모 / 남편 / 감독 / 동료들, 이 사람들에게 무슨 말을 해야 할까?

17 빼기 4는!?

친애하는 니트리히 씨, 당신은 사전에 나와 상의를 했어야만 했어요. 난 유월에 원장 의사와 결혼합니다. 그뿐 아니라 난 쌍둥이 아이들이 있어요. 당신은 내가 어떤 사람이라고 생각하시는 거죠?

“17 빼기 4는 13.” 베르트가 의기양양하게 말했다.

나는 맞았다고 고개를 끄덕였다.

달리 생각하면 순회공연은 나에 대한 도발이었다. 나는 기회를 놓치고 싶지 않았다. 내겐 처음이자 마지막 기회였다!

“그럼, 어쩌겠다고?” 니트리히가 화를 냈다.

“글쎄요. 좀더 생각해봐야죠.” 내가 말했다.

“13이라고 말했잖아요!” 베르트가 화를 내며 소릴 질렀다.

“선택의 여지가 없으시지, 여사. 당신은 자신을 팔려고 내게 왔었소. 그래서 내가 당신을 샀지. 그리고 난 다시 당신을 팔아넘겼어. 하루 저녁 오천 마르크를 받는 좋은 조건으로! 당신이 유명인이기 때문에 가능했지. 잡지나 텔레비전을 당신의 전담 수비로 붙였지. 난 내가 맡은 일은 똑바로 해. 이젠 당신이 일을 똑바로 해줘야 되시겠어.”

“나도 그렇게 할 수 있어요. 어떻게 하느냐가 문제지만요.” 나는 더듬거리며 말했다.

그는 ‘할까말까’라는 문제로 더 이상 입씨름하고 싶어하지 않았다. 단지 ‘어떻게 하느냐’에 대해서 의논하고 싶어했다.

"그건 그렇고. 하일브론에 갔다가 뇌르트링엔, 뉘른베르크 그리고 오버팔츠의 바이덴까지 가야 되는데. 되시겠지?"

됐네, 이 사람아. 아직도 날 파악하지 못하셨군. 난 울음을 터뜨린다거나 호의를 구걸하지 않아.

난 얼마든지 오버팔츠의 바이덴까지 갈 수 있어.

"팩스는 있으신가?" 니트리히가 성급하게 물었다.

나는 감정을 배제하고 사무적으로 팩스 번호를 불러주었다.

이 사람아 나도 팩스 정도는 있다구. 하루 저녁에 오천 마르크씩이나 벌 사람이 팩스 하나 없을까! 당신, 도대체 날 뭘로 보는 거야?

"잘됐군. 내 비서가 여행일정과 계약서들을 보내줄 거요. 어제까지 서명받은 계약서들이지."

나는 수화기를 내려놓았다.

"이런 비열한 땅딸보 같으니." 나는 혼잣말로 중얼거렸다.

<페퍼의 이중 모럴>! 전국 순회공연! 플렌스부르크에서 오버팔츠의 바이덴까지!

난 해냈다! 모든 것을 단 한 번에 해냈다! 캠핑 카 화장실에 낀 미끌미끌한 물때와 끈적끈적한 오물 찌꺼기를 닦을 때 주부들이 하는 것처럼 나는 대걸레를 들고 춤추며 부엌을 돌아다녔다.

"비열한 땅딸보가 누구예요?" 베르트가 대충 퍼먹은 딸기맛 요플레를 쓰레기통에 집어넣으면서 물었다.

"넌 모르는 사람이야. 17 더하기 4는 얼마지?" 나는 집중하려고 애쓰면서 말했다.

"17 빼기 4예요!" 베르트가 강조했다.

<페퍼의 이중 모럴>로 전국 순회공연을 한다!

나는 해냈어!

"너 그거 버린 거니?"

"다 먹었어요. 엄마, 그 비열한 땅딸보 때문에 좋아하는 거예요?" 베르트가 말했다.

나는 쓰레기통에서 질척질척한 요플레를 꺼내 들었다.

"그래, 이 더러운 땅딸보 요플레 때문에 그런다. 요플레를 다 긁어먹도록 해, 알았어? 여기에 비타민과 칼슘이 얼마나 많이 들어 있는지 잘 봐! 광물질과 철분도 들어 있잖아!" 나는 흥분을 가라앉힐 수 없었다. 오천 마르크라!

"혼자는 못 먹겠어요. 엄마가 먹여주세요." 베르트가 말했다.

"알았습니다, 꼬마 아저씨. 이리 앉으시지요!"

나는 칼슘 덩어리를 덥석 안아서 무릎 위에 앉히고 요플레를 긁어서 입에 퍼넣었다. 젖니는 빠지고 새 이가 자라는 아이의 입 속은 공사현장처럼 보였다.

오천 마르크라! 하루 저녁 수입이! 특허를 따낸 사람도 그만큼은 못 벌 거야! 졸업장 없이는 불가능한 일이지! 유스투스 아직은 아니지만 나도 곧 전성기를 맞게 돼! 인형 같은 계집애가 당신에게 뭔가를 보여주겠어!

"17 빼기 4는 13이에요." 베르트가 요플레를 입에 가득 물고 말했다. "벌써 공책에 썼어요."

그때 현관 문고리를 비트는 소리가 들렸다. 남편이 벌써 온 건가? 그에게 당장 애기해줘야지! 남편을 보면 당장 애무할 것 같았다. 이런 느낌은 처음이었다. 하지만 유감스럽게도 장바구니를 든 그레테였다.

"다 큰애를 떠먹여주니?" 그레테는 외투를 벗어서 옷걸이에 걸고, 머리를 흔들며 우리 옆에 앉았다. "걘 다 컸다! 우린 그렇지 않았다! 넌 혼자 먹을 수 있는 나이야!"

"알고 있어요." 난 기분이 좀 상했다.

"그 비열한 땅딸보가 엄마한테 왜 전화했어요?" 베르트가 꾸밈없는 목소리로 묻더니 할머니 잔소리에 아랑곳하지 않고 입을 크게 벌렸다. 난 어미 새처럼 사랑스럽게 아이 주둥이를 채워주었다.

에구 귀여운 내 새끼, 벌레 한 마리 더 먹여줄까? 17 빼기 4는

13이야. 아들아, 엄마는 너를 정말 사랑한단다.

에르니가 화장실에서 뛰어나와 장난감총을 할머니 관자놀이에 갖다댔다.

"17 빼기 4는 뭐니?"

"스스로 하게 놔둬라." 그레테가 말했다.

"머리 가죽 내놔!"

그레테가 모자를 벗어서 에르니에게 주었다. 그레테는 보아하니 미장원에서 바로 온 것 같았다. 정말 잘 어울렸다. 지금까지의 어떤 모습보다도 멋졌다. 그레테는 사실 최근까지 집에서 직접 머리를 손질했다.

"네 애들은 수학숙제를 하면서도 총을 가지고 논다니?"

"이건 장난감총이 아니라 진짜 사냥총이다." 에르니가 말했다.

좋아, 이 영악한 꼬맹아, 저항해봐. 17 빼기 4는 13이고 엄마는 널 사랑한단다.

"아, 그래? 그런데 베르트가 말하는 사람이 누구냐?" 그레테가 말했다.

"비열한 땅딸보. 엄만 그 사람하고 전화한 다음부터 무진장 좋아해요." 베르트는 득의양양했다.

나는 남은 요플레를 긁어서 아이 입에 넣어주었다.

그레테가 키친타월을 한 장 뜯어서 석회를 뒤집어쓴 것 같은 얼굴을 닦아주었다.

"단정하게 씹는 습관을 기르지 않으면 이가 비뚤어진다." 그레테가 말했다.

그레테는 속담에서 손가락 두 개로 망아지 입을 벌리는 것처럼 아이 입을 벌려서 입 속을 살펴보았다.

"이것 좀 봐! 넌 이게 눈에 뵈지 않든? 애 지금 덧니가 나잖아. 빨리 이를 빼줘야겠다."

나는 닥터 겔트마허를 생각하며 내심 좋아했다. 닥터 겔트마허가 그 사이 여러 번 치료받은 이 상태를 점검하자는 엽서를 보냈다.

“싫어요. 그럼 피나잖아요!” 베르트가 말했다.

“너 자꾸 계집애처럼 굴거니?” 그레테가 에르니 입을 벌리면서 엄하게 말했다.

“빠리 나르으와주우우—.” 손에 머리 가죽을 든 카우보이가 씩씩거렸다.

“이런! 이 녀석도 그러네! 내가 살피지 않았으면, 두 녀석 다 덧니 날 뻔했다! 이를 교정하려면 얼마나 오랫동안 치과에 다녀야 하는지 알기나 해!”

안돼. 몇 년씩이나 닥터 겔트마허한테 가고 싶지는 않아.

원치 않는 일이야. 그는 자기 심복한테 오해받을 거야. 그는 최근 엽서에 나를 한번 만났으면 한다고 친필로 적어보냈어.

“싫어!” 에르니가 연극하는 것처럼 소리쳤다. “난 다시는 치과에 안 가! 그리고 입에 교정틀 따윈 끼고 싶지 않단 말야!”

“그럼 우린 바보 멍청이처럼 보일 거야.” 베르트가 투덜거렸다.

“말 안 듣는구나! 넌 몇 년 동안 교정틀을 끼고 다녀야 돼.” 그레테가 말했다.

난 내 치아와 소녀 시절이 생각났다. 매주 치과에 가서 교정틀을 조금씩 더 조였다. 몇 년 동안이나.

“엄마는 비열한 땅딸보랑 전화했대요” 베르트가 주제를 바꾸려고 노력했다.

베르트는 그후에도 세 번이나 더 저속한 단어를 입에 담았고, 그레테는 계속 못 들은 체했다. 가치 없는 일에 대해서 평소 그레테는 그냥 흘려버리거나 아니면 무시했다.

“누구 얘기냐?” 그레테가 엄하게 물었다.

나는 용기를 내서 말했다. “그레테, 프랑크푸르트 프로덕션의 니트리히 씨 아세요?”

그레테의 표정이 굳어졌다.

“근데?”

“프랑크푸르트에 가서 그 사람한테 무대를 섭외해달라고 부탁한 적이 있었어요.”

“언제?” 그레테가 천둥이 내리치는 것처럼 큰 소리로 물었다.

“한 사 주 전이었을 거예요. 혹시 해선 안되는 일이었나요?” 나는 어눌하게 물었다.

“그 사실에 대해서 난 왜 모르고 있었던 게냐?”

“엄마한테 허락을 받아야 했던 거예요? 지난번 화니네 집에 갔을 때, 왜 화니 남편이 아이들을 좋아해서, 아이들을 카펫에 둘둘 말아가면서 장난을 친다고 얘기했잖아요. 그 집에 아이들을 맡기고 프랑크푸르트에 갔었어요. 그런데 뭐가 잘못 되었어요?”

“그 사람 나이는 어떤데?”

“누구요? 아키메드요? 아랍 사람들 나이를 어림잡기는 힘들지만 한 사십 정도…… 아마 그쯤일 거예요.”

“프랑크푸르트 프로덕션!”

“왜…… 늙었는데…… 우리 아버지 정도쯤…….”

그레테가 벌떡 일어섰다. “그따위 소리는 듣고 싶지 않다. 넌 그 사람을 찾아가지 말았어야 했어.” 그래요, 돈 되는 일도 아니고 한 대 쥐어박힐 일이지.

그레테는 못에 걸린 외투를 낚아챈 다음 문 밖으로 뛰쳐나갔다.

나는 놀라서 아이들과 탁자에 가 앉았다. 에르니는 할머니 모자를 빙빙 돌리고 있었다.

“할머니가 화났나 봐요. 엄마가 그 비열한 땅딸보 얘기를 해서 그런 거예요.” 베르트는 만족스러워했다.

“엄마에게 뭔가 있어. 내가 모르는 그 무언가가!”

나는 혼잣말을 중얼거렸다.

“여보, 에른스트베르트? 안에 있어요?”

“그래.” 잘 알아들을 수는 없지만 불만스럽게 꿍얼대는 소리와 바스락거리는 종이 소리가 들렸다. “들어오면 안돼. 지금 일 보는 중이야.”

나는 목욕탕 문을 두드렸다. "아직 멀었어요?"

"왜? 주말 저녁인데 좀 쉬게 해주면 안되나? 집에서도 긴장을 풀 수가 없으니, 원!"

"미안해요. 상의할 일이 있어서요." 나는 작은 소리로 속삭였다.

잠시 바스락거리는 소리가 들리더니, 이어서 변기의 물 내리는 소리가 들렸다. 그러더니 문고리를 획 잡아 비트는 소리와 함께 문이 열렸다.

"들어와."

"오늘 잘 지냈어요?" 나는 남편이 긴장을 푼 장소 주변에 흩어져 있는 시사잡지 위를 건너뛰어 남편 이마에 입을 맞추었다.

"볼일 다 끝나지 않았어." 남편이 불만스럽게 말했다.

"긴장 풀어요. 여보." 나는 욕조 가장자리에 엉덩이를 붙이고 쪼그려 앉았다.

"오늘은 어땠어요?"

"긴장의 연속이었지. 비젤로다에 큰 빌딩을 세우거든. 주차장 두개 층과 백화점을 포함한 건물 다섯 동이야. 최고 인기상품인 카지노도 있어. 서두르면 정부의 승인을 받아낼 수 있을 거야." 남편이 말했다.

"당신한테 잘된 일이네요." 나는 말했다.

"헌데 무슨 일이야?" 남편이 희미하게 웃었다.

"나 근사한 제안을 받았어요." 나는 의미심장한 미소를 지어내려고 애쓰면서 말했다.

"그게 뭔데?" 남편은 억지로 만들어낸 긴장감 따위에 관심 없어했다.

"내가 쓴 여성 모노드라마로 전국 순회공연을 하게 되었어요." 나는 가능한 한 짧게 말했다.

"잘됐군." 남편이 말했다. "당신이 좋아하는 일이라니 나도 즐겁군. 그게 다야?" 벌써 그는 긴장을 푸는 일을 다시 시작하려고 했다.

“아뇨 아직.” 나는 재빨리 덧붙였다. “사 주 동안. 유월 일일부터. 매일 저녁 다른 무대에서 공연해요.”

“그랬군.” 남편은 말했다. “그건 조잡한 작은 병원과는 좀 다르겠군.” 그는 숨을 크게 들이마시면서 나가기를 바라는 눈초리로 나를 바라보았다. “할 말이 더 있어?” 결국 그가 물었다.

“매회 공연료는 오천 마르크예요.”

“그랬군.” 남편이 말했다. “돈 많이 벌겠군. 당신이 즐겁기만 하다면……”

남편은 시사잡지를 다시 고쳐 잡으며 내 도전에 응전할 자세를 취했다.

“에른스트베르트.” 나는 말했다. “아주 잠깐 당신 볼일을 미룰 수 있다면?”

“달갑진 않지만.” 남편이 말했다. “뭐가 또 남았어?”

“애들요.” 나는 잠시 생각했다. “우린 애가 둘 있잖아요 에르니와 베르트라는 이름의 애들요.”

“그래서?”

“앞서 말했던 것처럼 난 저녁에 집을 비우게 될 거예요.”

“장모님은 어디 편찮으신가?” 남편이 컴퓨터 정보란을 펼치면서 물었다. ‘PC통신에 관한 모든 것’ ‘훨씬 다양해진 윈도’ 자판 위에서 춤추는 미끈한 다리의 소녀가 치아를 드러내며 웃고 있는 사진이 책 중간에 삽입되어 있었다.

우리 부부 중에 이해의 폭이 넓은 사람은 당연히 나였다. 남편은 컴퓨터 이외에는 아무것도 이해하지 못했다. 왜 그럴까? 하지만 그건 전적으로 남편 책임이었다!

“엄마가 과민하게 반응하셨어요. 엄마는 이번 일을 도와주시지 않을 것 같아요.” 나는 걱정스럽게 말했다.

놀랍게도 남편은 모델의 미끈한 다리를 훑고 있었다.

“왜 그러시는데? 이번엔 또 무슨 일이야? 난 당신과 장모님께 날 대접해달랜 적 없었어. 지금까지 내 일로 식구들을 괴롭힌 적도 없었고” 그가 뱉어낸 낮고 긴 탄식음이 자기로 된 욕조 안에서 맴돌았다. 그는 포기한 듯 자리를 털며 일어섰다. “장모님이 뭐라셨다고?” 남편이 주변을 정리하면서 물었다.

“엄마는 내가 프랑크푸르트 프로덕션에 찾아가지 말았어야 했다고 하셨어요” 나는 말했다. “하지만 난 아주 잘해냈거든요!”

“당신, 프랑크푸르트 프로덕션에 찾아갔었어? 왜? 난 당신이 작은 병원…… 그러니까 그 병원 의사 일을 했던 걸로…….”

“난 배우로 성공하고 싶어요” 나는 목욕탕 문에 기대서서 말했다. 이번만큼은 나도 쉽게 양보하지 않을 심산이었다.

“그렇다면 작은 병원을 그만두었다는 얘기야?”

“아뇨! 절대 그렇지 않아요! 그 작은 병원 일이 난 즐거워요! 난 <우리들의 작은 병원>을 사랑해요! 내게 또 다른 기회가 찾아온 거예요!”

남편이 손을 닦으면서 거울 속에 드러난 관자놀이 주변에 난 흰 머리카락을 살폈다.

“당신 내게 탈모 증세가 있다는 거 알고 있어?” 그는 머리를 흔들어 몇 가닥의 머리카락을 털어냈다.

“에. 른. 스. 트. 베. 르. 트! 내겐 절호의 찬스예요! 내가 여성 모노드라마를 썼다니까요! 그 유명한 프로덕션에서 내 작품을 샀다고요! 전국 순회공연을 기획했고요! 매일 저녁 다른 무대에서 공연하는 거예요! 그는 벌써 ZDF와 신문에 광고했대요! 나는 당분간 집을 떠나 있어야 하는 거예요!”

“그래서? 뭐가 문젠데?” 남편은 수건을 집어들어 손을 닦았다.

“이미 얘기했듯이 우린 애가 둘이나 있잖아요” 나는 힘없이 말했다.

“그러니까!” 남편이 말했다. “왜 장모님께 묻지 않았느냐고? 화장실에 앉아 있는 날 왜 괴롭히는 거냐고? 이게 옳은 일이야?”

“난 엄마가 도와주시지 않을까봐 겁나요” 나는 거의 울먹였다. 금방이라도 눈물이 뚝뚝 떨어질 것 같았다. “느낌이 별로 좋지 않아요……."

"별달리 할 일이라도 있으시대? 그 연세에?"

"여행갈 거다." 우리가 그 문제를 거론하자, 그레테가 그랬다. 그레테는 그릇 몇 개를 찬장에 꽉꽉 집어넣었다.

"하필 지금? 엄마가 절실히 필요한 이 시점에?"

"이젠 내 차례야. 난 내 인생을 완전히 포기하고 살았어." 그레테는 찬장문을 세차게 닫더니 우리를 도전적으로 쳐다보았다. "샬로테가 태어났을 때 내 인생을 포기했고, 샬로테가 학교에 다닐 때 내 인생을 포기했고, 샬로테가 연극영화과를 졸업했을 때 내 인생을 포기했고, 샬로테가 쌍둥이를 낳았을 때 내 인생을 포기했고, 샬로테가 <우리들의 작은 병원>에서 주인공 역할을 맡았을 때 내 인생을 포기했어. 그런데 지금 네가 그게 누구냐…… 니트리히 씨와 무슨 일을 하기로 했다면, 또 누가 인생을 포기해야만 하는 게냐? 아냐, 난 아니다. 난 내 인생을 더 이상 포기하면서 살고 싶지 않다. 그러니 너희들 일에 더 이상 나를 엮어넣지 마!"

"사 주 동안만 더 포기해주십시오. 앞으로 그런 일이 없도록 하겠습니다." 남편이 제안했다.

"사 주 다음에 다시 또 사 주가 되고 그 다음에 다시 또 사 주가 된다네." 그레테가 말했다.

그레테는 행주를 개수대에 팽개쳤다.

"난 너희 부부를 잘 알아. 안돼. 이젠 정말 끝이야. 끝은 꼭 한 번 있게 마련이야. 내 딸이 그 일에 대해서 사전에 내게 꼭 얘기했어야 했던 것은 아니지만…… 그럴 필욘 없었다지만……."

"엄마…… 나도 니트리히 씨가 이렇게 빨리 일을 진행시킬 줄은 몰랐어요." 나는 억울했다.

"넌 그 사람이 일을 진행하는 걸 알았더라도 나를 믿었을 거야!"

그레테는 팔짱을 끼고 냉장고에 기대서 말했다. "난 여행을 떠

날 거다. 그것도 당장. 너희들이 물구나무서기를 한대도 난 떠난
다.”
　남편과 나는 의미심장한 눈길로 서로를 바라보았다.
　“저희가 이렇게 간청해도 안되시겠어요?” 그가 간절한 목소리
로 말했다. “장모님 딸이 나중에 장모님께 세계일주를 시켜드릴
만큼 돈을 많이 번대요!”
　나는 황망히 남편 발을 밟았다. 이 문제를 더 이상 거론해서는
안될 것 같았다.
　“누구랑 여행하시는데요? 제 말은 그러니까 우리도 아는 분인
지…… 그 여자친구…… 아니면 그 남자친구분 말예요. ……여
행계획은 다 짜셨어요?” 나는 아주 조심스럽게 물었다.
　“딸아. 그렇게 물어주니, 정말 고맙다. 네 가족만이 내 관심사가
아냐!” 그레테가 뻐기듯이 말했다.
　아냐. 석연치 않아. 하필 왜 지금 우리가 엄마의 관심 밖으로 밀
려난 거야. 그래, 일단 그 사실은 받아들여야만 해.
　“나 자신을 위해 뭔가 베풀려고 해.” 그레테가 말했다. “그래
서…….”
　돈 버는 일인데!
　희망을 예고하는 전주일까?
　내 뇌리에 어떤 예감이 스쳤다.
　엄마가 지금 누구와 교제중인가?
　어떤 남자와?
　그럴 수 있어.
　엄마는 그 사람과 함께 여행하려는 거야. 그것도 당장. 드디어
엄마가 자신을 위해서 직접 움직이시는구나.
　그렇다면 난 기껍게 받아들여야 해!
　“그분 성함이 뭐예요?” 내가 물었다.
　그레테는 손을 닦은 수건을 접었다 폈다 했다.
　수건을 만지작거리는 행동이 모든 걸 말해주었다.

"보도.." 그레테가 꾸밈없이 말했다. "닥터 보도 베를레부르크."

아하, 내 짐작이 적중했어.

"보도 베를레부르크가 누구라고요?" 남편은 엄마가 사온 텔레비전 잡지를 넘겨보면서 물었다.

"닥터라네." 그레테가 자랑스럽게 말했다.

"엄마가 아시는 분이래요" 나는 사랑스런 미소를 띠며 말했다.

"아하." 남편이 말했다. "그런데 그분과 무슨 일 있으신 거예요?"

"많죠." 엄마와 내가 동시에 대답했다.

"에른스트베르트, 샴페인 한 병만 갖다줘요" 나는 남편에게 부탁했다.

남편은 어이가 없다는 듯이 우리 둘을 번갈아 쳐다보았다.

"왜요? 장모님이 남으시기로 결정하셨어요? 이제 전 물러가도 되겠습니까? 할 일이 태산같은 저를 이해해주신다면!"

"아뇨 엄만 여행을 떠나실 거예요."

갑자기 남편이 소파에서 벌떡 일어나더니 텔레비전 잡지를 옆으로 내동댕이쳤다. "원하는 자만이 여성들을 이해하지." 남편이 신발을 질질 끌고 샴페인을 가지러 가면서 중얼거렸다.

"멋져요!" 나는 만족스럽게 말했다. "사귄 지 얼마나 됐어요?"

"좀 됐다." 그레테가 애매하게 대답했다.

"왜 말하지 않았어요?"

"너도 말하지 않았잖아. 넌 항상 일을 벌여놓고 난 다음 내게 통고하는 식이었어." 그레테가 말했다.

"죄송해요, 엄마!" 나는 감정에 복받쳐서 말했다.

"그런데 엄마, 니트리히 씨와 무슨 일 있었어요? 내가 그 사람을 찾아간 걸 못마땅해하셨잖아요?"

"예전에 그 사람을 찾아가서 널 배우로 데뷔시켜달라고 부탁한 적이 있었다. 그게 꼭 칠 년 전의 일이다. 하지만 이제 더 이상 그 사람과 관계하고 싶지 않다." 그레테가 말했다.

"이해할 수 있을 거 같아요" 나는 기분 좋게 말했다. "정말 역겨운 사람예요. 그레테, 혹시 그 사람 아랫입술에 난 사마귀 보셨어요……?" 나는 요란하게 웃었다. 드디어 그레테와 나는 남을 비방하며 낄낄거리던 과거로 돌아갔다. "그렇게 허세부리는 사람은 처음이에요! 복수의 여신이 다 뭐야! 바보 같으니라구!"

"샤알—로테!" 행주는 다시 개수대에 내팽개쳐졌다. "더 이상 듣고 싶지 않다! 알겠니!"

"아니…… 전 단지, 그러니까……." 나는 말을 삼켰다.

아쉽긴 해도 그레테 말을 그냥 받아들여야 했다.

그레테가 씁쓸한 표정으로 나를 쳐다보았다.

"그 이름을 두 번 다시 듣고 싶지 않다. 알아듣겠니?" 그레테가 말했다.

남편이 샴페인을 들고 나타났다. 나는 식기세척기 안에서 그레테 취향의 샴페인 잔 세 개를 집어들었다.

"나도 새 잔이 필요할 것 같다." 그레테가 거칠게 말했다. 행주는 다시 접혀 있었다.

우리는 잔을 부딪쳤다.

"뭘 위해서 건배하죠?" 남편이 물었다.

"생을 위해서." 내가 말했다.

"생을 위해서." 그레테가 말했다. 그레테는 웃고 있었다.

"그래요, 그래. 그런데 축배를 드는 이유가 뭔지 내게도 설명해주셔야죠." 남편이 말했다.

"사위가 앞으로 사 주 동안 아이들을 맡겠다고 해서 우린 이렇게 즐거워한다네." 그레테가 황급히 내 엄지발가락을 밟았다.

나는 그레테의 옆모습을 지켜보았다. 그레테! 난 엄마에게 그런 일이 일어나리라고 상상도 못했어요! 우리 모녀간에 제삼자가 끼어든 적은 없었어요! 그레테한테 무슨 일이 일어난 걸까?

남편이 잔을 내려놓았다.

"여성들끼리 무슨 얘기를 주고받았는지 모르겠지만, 제가 아는

것은 단지 유월에 전 비젤로다에 커다란 쇼핑타운을 짓는다는 것
뿐이죠. 주차장과 카지노도 포함해서."

우리는 서로를 쳐다보았다. 잠시 말없이. 그리고 또 말없이 샴
페인을 마셨다.

"그러면?" 남편이 텔레비전 잡지를 집어들며 짜증스럽게 말했
다. "좋은 아이디어 있어요?"

베이비시터는 꼭 여자여야 하나

"여보세요, 광고 보고 전화하는 건데요!"

목소리의 주인공은 분명 남자였다. 맑고 호감이 가는 목소리지
만 분명 남자 목소리였다.

"무슨 광고요?" 내가 말했다.

"토요일자 ≪퀼른≫ 지방지에 난 광고입니다." 목소리의 주인
공이 말했다. "아이를 돌봐줄 사람을 찾고 계시지요?"

"그렇긴 하지만 그게 다는 아녜요. 우리는 지금 일곱 살 된 쌍
둥이 에르니와 베르트를 돌보아줄 아줌마를 찾고 있어요. 유월 일
일부터 유월 삼십일까지. 우리 부부가 다 직업상 집을 떠나 있게
되서요. 음식을 포함한 모든 집안일을 할 수 있는 사람을 원해요.
광고에 그렇게 나왔을 텐데요." 나는 친절하게 말했다.

"예." 젊은 목소리의 남자가 말했다. "봤습니다. 그런 광고였습
니다. 급료를 많이 주겠다는 내용도 있었습니다."

나는 젊은 남자가 만족스럽게 웃는 소리를 들었다.

"그래요." 나는 유감스럽게 말했다. "어쨌거나, 이렇게 전화해줘
서 고마워요." 나는 수화기를 내려놓으려 했다. 무례한 풋내기가
돈 때문에 전화했다는 생각에 좀 씁쓸했다.

무정한 부모들이 이기적으로 자기 길을 갈지라도, 내 쌍둥이들
은 절대적으로 사랑받고 우대받아야 해.

광고를 내자고 제안한 사람은 남편이었다. 난 확실한 해결책을 마련해놓은 다음에 순회공연을 떠나기로 약속했다. 난 뜨개질을 하는 마음씨 좋은 할머니를 상상했다. 매일 아침 진한 코코아를 타주고, 점심에는 각종 야채를 넣어 만든 따뜻한 음식을 준비해서 허기진 배를 채워주고, 밤에는 돋보기를 쓰고 동화책을 읽어줄 할머니. 조야한 모직 타이즈에 장딴지까지 내려오는 주름치마, 치마 속에 받쳐입은 분홍색 고쟁이 차림의 할머니는 아이들이 만족할 때까지 껴안아준다. 그러면서 동시에 집안을 쓸고 닦고, 찢어진 바지를 깁고, 싱싱한 자두를 사다가 잼을 만들어 보관하고, 다락방에 흩어져 있는 잡동사니들을 치운다. 그런 할머니를 난 거부하지 못할 것이다. 우리는 광고에 그렇게 썼다. ‘일 잘하는 사람에게 최고의 대우를 해줌!’

“잠깐만요!” 젊은 남자가 전화선 저 끝에서 말했다.

“전 그 일을 하고 싶습니다.”

“나이가 몇이에요?”

“스물두 살하고도 육개월 지났습니다.”

“지금 무슨 일을 하고 있어요?”

“대학생입니다.”

“전공은 뭔가요?” 의학이나 법학 아니면 경영학, 어쨌든 대학생이면 골프를 치지 않으면 공부에 전념할 텐데?

“생활교육입니다.”

“아하!” 나는 말했다. 완전 날건달이군. 부모한테 빌붙어사는 수다쟁이. 예의를 모르는 뻔뻔한 녀석이 내 귀중한 시간을 빼앗았어. 이런 녀석은 내 집에 들여놓지 말아야 돼.

돈 되는 일도 아니잖아.

그렇담 나는 집에 있어야 하는데. 사람은 적당히 포기할 줄도 알아야 해. 한 대 쥐어박힐 말이지만.

“교육학과 가정경제학도 공부했습니다. 나중에 결혼할 생각이니까요.” 청년이 말했다.

그 말에 청년을 약간 신뢰하게 되었다.

"졸업하면 뭘 할 생각예요?"

"남성 전업주부요."

"남성들에게 아주 좋은 직업이죠." 내가 말했다.

"저도 그렇게 생각합니다. 남성 전업주부는 제가 최고로 꼽는 직업이거든요."

청년이 물고늘어지는 경향이 있었지만, 난 대화에 재미를 느끼기 시작했다.

"그러니까, 남성 전업주부가 당신이 바라는 최고의 직업이군요." 난 다소 딱딱한 어조로 말했다.

"전 예쁘고 아늑한 집과 나를 돌봐줄 사랑스럽고 강인한 여성을 원합니다. 물론 아이도 여럿 원하고요."

"경험은 있나요?" 나는 준엄하게 물었다.

"예. 동생이 셋이거든요."

"음식은 만들 줄 알아요? 인스턴트 식품을 조리하는 것 이상을 말하는 거예요."

"그럼요. 이런 일에 그건 기본이지요. 전 요리도 합니다. 식품영양 강좌를 두 학기에 걸쳐 이수하면서 학점도 받았습니다."

"그렇군요. 그것 외에 할 줄 아는 게 더 있나요?" 내가 말했다.

"뜨개질, 세탁, 다리미질, 잡초 뽑기, 침대 커버 씌우기, 원하시면 다 할 수 있습니다. 고등학교 때 기술 대신 가정과 가사를 선택해서 공부했습니다."

난 빙그레 미소지었다. 귀여운 녀석이야. 이 학생은 텔레비전 보는 것보다 전화기에 대고 수다떠는 것을 더 좋아할 거야. 자라나는 새싹을 꺾어서는 안되지.

"청소도 해요?" 난 진지하게 물었다.

"청소에 대해서도 말씀드려야겠군요." 청년이 말했다. "선택과목으로 전 청소학을 신청했습니다. 청소학 성적이 좋아서 평균성적이 에이 학점이었습니다."

"성적이 좋았네요. 들어줄 만한데요." 나는 청년을 칭찬했다.

"고등학교 삼학년 때 감자껍질을 벗기는 시험도 봤습니다." 청년이 겸연쩍어하면서 말했다. "감자 깎는 일에 재능은 없었지만 청소학에서 받은 점수 덕분에 평균학점이 좋았습니다."

나는 고개를 끄덕였다. 정말 사랑스러운 청년이야. 유감스럽지만 이제 유쾌한 말장난을 끝내야겠어. 여성들이 풍부한 감성을 지닌 남성들과 전화대화를 할 수 있는 시절이 언제나 올까?

"전 유치원에서 보모 노릇 하는 것으로 국방의 의무를 대신했고, 유아교육 석사학위도 받았습니다." 청년이 말했다.

"당신 수준이 너무 높아서 유감이군요. 우리 일은 당신한테 어울리지 않아요."

"아녜요! 제게 꼭 맞는 일예요! 댁을 방문할 기회라도 주세요!"

"지극히 평범한 일곱 살짜리 쌍둥이를 돌보겠다는 뜻인가요?"

"그럼요. 이미 말씀드렸지만 전 생활교육을 전공하고 있거든요! 언제 댁을 방문할 수 있을까요?"

"지금 당장. 시간이 된다면." 나는 즉각 대답했다.

"알겠습니다. 전 지금 학교에서 뭘 할까 망설이고 있거든요. 졸업학점을 다 이수해놓은 상태여서 특별히 하는 일 없이 따분하게 시간을 보내고 있어요." 그가 말했다.

"그래서 신문을 뒤적이다 우리 광고를 본 거군요?"

"예, 맞습니다. 전 제게 즐거움을 줄 일을 찾고 싶습니다." 그가 말했다.

"이름이 뭐예요?"

"벤야민입니다."

"불룸펜?"

"맞습니다. 곧 가겠습니다. 제가 지금 인라인스케이트를 신고 있거든요. 지금 출발하겠습니다. 주소가 어떻게 됩니까?"

나는 우리 집 주소를 불러주었다.

"잘 아는 곳입니다. 학교에서 한 십 분 정도 되는 가까운 거리네요. 반갑습니다.”

“나도 그래요.” 나는 전화를 끊고 이층 아이들 방으로 올라갔다.

“애들아! 너희들 밖에 나가 있어. 인라인스케이트를 탄 크고 뚱뚱한 코끼리가 모퉁이를 돌면 엄마를 불러. 알았지?”

벤야민은 갈색의 긴 곱슬머리였다. 바람에 헝클어진 머리, 약간 사시인 듯한 갈색 눈동자는 의욕에 차 있었다. 이미 얘기했듯이 난 약간 사시인 남성에게 한층 더 매력을 느낀다.

벤야민은 총명해 보였다. 벤야민이란 이름 중에 그 아이는 첫 세대에 속한 것 같았다. 다른 벤야민은 대부분 지금 모래놀이를 하는 어린 꼬마들일 것이다.

이 벤야민은 스물두 살하고도 육개월 된 청년이었다. 바람에 나부낀 갈색 머리, 작은 단추 모양의 금 귀고리를 한 모습이 깨물어 주고 싶을 만큼 귀여웠다.

난 첫눈에 그에게 끌렸다. 아이들도 마찬가지였다.

“벤야민, 오늘 일은 모두 만우절 장난으로 치부할게요.” 내가 말했다.

“지금은 오월이에요. 오월에는 만우절이 없어요.” 벤야민이 아이들에게 윙크했다.

“벤야민, 일주일 정도 시험적으로 일해보는 건 어떻겠어요?” 내가 제안했다.

“좋아요.” 벤야민이 말했다.

난 다리에 힘이 빠졌다. 정말 매력적인 청년이었다!

“아침 일곱시 반에 아이들을 학교에 데려다주고 돌아와서 집안 일을 하면 되요. 내가 일일이 잔소리하지 않겠어요. 오전에 난 촬영장에 가야 해요. 오후 두시 반에 점심을 같이 먹을 수 있으면 더욱 좋고요. 오후에 내 차를 써도 돼요. 아이들을 하키, 테니스, 성악, 수영, 그리고 뜨개질, 과학교실에 데려다줄 때 쓰면 될 거예요. 아이들 일정표는 탁자 위에 있어요. 그리고 아이들이 숙제하는 걸 봐주세요. 도와주진 말고 그냥 보기만 해요. 요즘은 낮시간이 길어서 아이들을 데리고 밖에 나가도 될 거예요. 여덟시에는 아이들을 재워주세요. 단 토요일은 예외예요. 아이들 거짓말에 속아넘어가지 말아요. 콜라를 못 마시게 하고, 저녁시간대에 방송되는 범죄영화도 보여주지 말아요. 그리고 학교에 장난감총을 가지고 가게 해서도 안돼요. 일주일 후에 우리 넷이 다시 모여서 계속 일을 할 건지 결정하기로 해요. 내 말에 동의하죠?”

“동의합니다.” 벤야민이 말했다.

에르니와 베르트도 열광적으로 고개를 끄덕였다.

벤야민은 인라인스케이트를 벗고 양말발로 손을 씻으러 들어갔다. 손수 짠 양말이었다. 뜨개질 과목을 선택해서 학점을 땄다면 틀림없이 A학점을 받았을 것이라고 난 속으로 생각했다.

그런 다음 벤야민은 에르니와 베르트 옆에 앉았다.

“너희들 숙제 끝낸 다음 뭐 할래?”

“아무것도요. 같이 놀 사람이 없어서 우린 맨날 심심해요.” 베르트가 말했다.

“그치만 텔레비전은 실컷 볼 수 있어요. <파워레인저> 같은 거요.” 에르니가 재빨리 덧붙였다.

“에이 그런 건 재미없어.” 벤야민이 말했다.

나는 벤야민에게 키스해주고 싶었다.

“난 무기가 있어요. 칼이랑 채찍이랑 화살이랑. 우리는 그걸로 수오리를 쏠 수도 있어요.” 에르니가 힘주어 말했다.

“그것도 재미없어.” 벤야민이 말했다.

“그럼 뭐가 재밌는데요? 일곱 살이 되야 컴퓨터를 사준다는데!” 베르트가 투덜거렸다.

“너희들 인라인스케이트 탈 줄 아니?”

“그건 정말 재미없어요.” 베르트가 말했다.

“스케이트를 타고 피라미드 옆에 있는 비밀 동굴에 가면 생각이 달라질걸?” 내가 서재로 들어설 때 벤야민이 애들에게 그런 소리를 했다.

나는 판단할 수 없었다.

할머니였다면 아이들을 데리고 밖으로 나가는 걸 허락했을까?

할머니 혼자서? 벌주는 게 아닌데? 쥐어박지도 않고?

질투

<우리들의 작은 병원> 팀은 긴 여름휴가를 앞두고 아니타 바흐와 의대 교수 본하이머의 결혼으로 분주했다.

매일 아침 열시면 나는 의무적으로 레몬빛 웨딩드레스로 갈아입고 분장실에서 장시간 메이크업을 했다.

베티나는 매일 내 머리에 화관을 씌워주고, 손톱에 분홍색 펄 매니큐어를 새로 칠해주고, 눈썹도 정리해주고, 콤팩트로 누런 어깨를 두드려주었다.

회색 턱시도에 검붉은 나비넥타이로 치장한 신랑도 긴장한 기색이 역력했다.

결혼 축하객들이 무척 많았다.

긴 여름휴가를 앞둔 화려한 촬영에 모두 모여들었다. 의사, 수간호사, 보조간호사, 여성 레지던트, 잡일꾼 그리고 관리소 직원 등.

신랑과 신부 뒷줄에는 고정출연자들이, 그 뒤에는 단역배우들이 섰다.

수간호사 로레 레셜리히는 홈쇼핑을 이용해서 산 큰 치수의 정장 차림에 영국 여왕의 꽃무늬 모자를 쓰고 가슴에 화려한 브로치를 달았다.

원장 의사의 개인 비서 그레텔 주프는 자기가 손수 짠 옷을 입었다. 구멍이 숭숭 뚫려서 통기성이 좋고 후들후들한 옷은 통통한 그녀에게 잘 어울렸다.

그녀 옆에는 까다로운 부부, 보조의사 게르노트 미스마허와 이기적인 수간호사 엘비라 메르케니히 미스마허가 서 있었다.

엘비라는 종종 사람을 긴장시키는 보기 드문 동료 중 하나였다. 그녀는 남 이야기를 병적일 만큼 조급히 옮겨야만 직성이 풀렸다. 난 되도록 경직됨 없이 그녀를 대하려고 노력했지만 번번이 실패했다. 그녀의 오장육부는 자신과 남편 게르노트, 아들 아드리안에게 쏠려 있었다. 그녀에게 안부를 묻는 것은 위험스런 행동이었다. 그녀에게 당한 경험이 있는 사람들은, 내가 알기로 일 년 내내 그녀를 피해 다니지만, 가끔 실수로 그물에 걸려든 고기처럼 그녀의 문어발식 언변에 어쩔 수 없이 빠져들 때가 있다. 그럴 경우, 그 사람은 머리 속으로 온갖 술책과 간계를 짜냈다. 용무가 급한 사람처럼 화장실에 들어가는 것을 핑계로 하여 그녀에게서 벗어났다. 그렇더라도 엘비라가 화장실까지 따라들어와 줄기차게 잔소리를 해대는 동안, 대부분은 화장실 변기에 쪼그려 앉아서 얼굴이 벌게질 만큼 화를 삭여야 했다. 그녀는 목 동맥이 툭 불거져나올 만큼 팔을 내두르며 열변을 토해내면서 화장실 문 앞에 지켜서서 그 사람이 화장실에서 나와서 이백 장이나 되는 아들 사진을 봐주거나 아니면 다른 희생양을 찾기 전에는 화장실에 숨어 있는 동료를 결코 놔주지 않았다. 나는 아침마다 구내식당에 가는데, 뻣뻣한 팔을 휘두르는 그녀를 발견하게 되면, 그녀의 사냥감이 되기 전에 서둘러 식당을 빠져나와 쓰레기통이 즐비한 <우리들의 작은 병원> 뒤뜰을 한 바퀴 산책했다.

나는 "당신 애기는 너무 따분해요" 하고 쏘아붙이고 일어나서 사라질 수 있는 용기 있는 사람이 나타나기를 학수고대했다. 하지만 그런 모험을 하려는 사람은 아무도 없었다. 그녀의 남편 게르노트 미스마허마저도 엄두를 내지 못했다. 아마도 그는 그런 성격 탓에 평생 보조의사로 살 것이다. 누구나 아는 사실이지만.

엘비라는 오늘 같은 분위기에 어울리는 작은 꽃무늬의 분홍색 정장에 파스텔색 손가방을 들었다. 어쩌면 그녀는 오늘 닥터 게르노트 미스마허와 결혼한 시절로 돌아가, 묻지도 않는 결혼 얘기를 쉬지 않고 늘어놓으며 손가방에서 몇백 장의 결혼 사진을 꺼낼지도 모른다.

미스마허 뒤쪽 대각선상에서 책임감 없는 보조간호사 아돌프가 왔다갔다 불안하게 움직이고 있었다. 그는 사람들을 즐겁게 하기 위해서 기껏 원숭이 흉내를 냈는데 아무도 재미있어하지 않았다.

그 옆에는 용감하고 봉사정신이 강한 레지던트 크리스토프 게른하버가 마취과 의사 메히트힐트 고호와 함께 서 있었다. 그는 유감스럽게도 에이즈 감염자였다. 그녀 옆에는 검은 두건을 쓴 터키 출신 간호사 메르달 질힐, 목이 짧고 왜소하며 소극적인 닥터 진 마리 바그너가 찌를 듯한 시선으로 뭔가를 쳐다보고 있었다. 그 사람은 자기 부인을 속여가면서 문제 많은 장의사를 운영하고 있다. 지나칠 정도로 철두철미하고 유머가 전혀 없는 닥터 나이드하르트 함멜도 그와 함께 서 있다. 그 사람의 아버지는 제약회사를 경영한다. 소문에 의하면, 나이드하르트는 남아메리카에서 의학박사 학위를 사왔다고 했다. 좀 의심스러운 제약회사를 경영하는 그의 부친에 의해서 그 일이 가능했다고 했다. 반대편에는 안내 데스크에서 일하는 입술이 얇고 냉소적인 피아가 말 꼬랑지 머리 실습간호사 울리케와 함께 서 있다. 이외에도 많은 사람들이 결혼식을 위해 화사하게 꾸미고 있었다.

결혼을 주관하는 관청 공무원은 엄숙했다. 정식 공무원을 출연시키는 조건으로 시청에서 예식홀 하나를 빌려주었다. 정식 공무원의 축사가 우리를 이끌 것이다.

구스타프 그라소에게는 모두가 '흘러넘치는 일'이었다.

그는 평소처럼 프란넬 셔츠와 다림질이 필요 없는 바지 그리고 어울리지 않는 운동화 차림에 바스켄 모자를 눌러쓰고 의자 위에 쪼그려 앉아 있었다.

"자, 이제 서서히 시작합시다. 여러분, 우리는 지금 즐기러 여기에 온 게 아닙니다." 그가 너덜너덜한 대본을 내동댕이치면서 중얼거렸다. "이제 시작합시다."

단역배우들이 뒤쪽으로 밀려났다. 그들도 잘해보려고 이곳에 온 것인데!

친절한 촬영기사 클라우스 오버베크가 촬영을 위해 만들어놓은 선로를 따라 빈틈없이 치장한 하객들을 찍었다. 프로덕션 사장은 실내 분위기를 가라앉히느라 애썼다.

"촬영기사가 하객들 위를 한 바퀴 돈 후에 하객들은 자리를 떠도 됩니다. 그럼 우리는 조용히 일할 수 있습니다." 구스타프 그라소가 메가폰을 잡고 말했다.

"그래야지." 로레 레셜리히가 말했다. "이런 사람들과 같이 있으면 참말이지 어수선해. 이렇게 훤한 대낮에도 뭔 일 하나를 못한다니까. 밥값들도 못하니, 원."

로레 레셜리히 당신도 마찬가지야. 웨딩드레스를 입은 난 심술궂은 생각을 하고 있었다.

당신은 아무것도 할 수 없어. 그런데 당신은 편하고 행복한가 보지? 로레 레셜리히. 당신을 한 대 쥐어박고 싶어. 하지만 돈 되는 일이 아냐.

나는 녹화를 끝내고 가능한 한 빨리 집으로 돌아가고 싶었다.

하지만 쉽지 않았다. 인형 같은 계집애의 복수는 계획했던 것보다 훨씬 더 길게 늘어졌다. 사실 우리 관계는 호전되어서 나는 유스투스와 잘 지내고 있다. 난 더 이상 유스투스를 미워하지 않았다. 즉석 수프가 어망 안에서 파닥거리기 전에 수프를 털어내려고 노력했다.

그래, 수프를 물 속으로 보내주자. 엄마는 더 이상 화내지 않을 거야. 그렇지만 그동안 당신은 인형 같은 계집애라고 했던 걸 어떻게든 취소해야 해. 어디서든 당신은 내 진면목을 알게 되었을 거야. 허풍도 집어치우고 우리 친구로 남자고 어때? 이젠 됐지? 자, 그럼 집으로 돌아가.

하지만 유스투스도 엘비라 메르케니히와 좀 비슷한 성향이 있었다. 일단 자기 그물에 걸려들면 결코 놓아주지 않았다.

유스투스는 시청 계단에 우뚝 버티고 서서 움직이지 않았다. 그는 다이어리를 한 장 한 장 꼼꼼히 넘겨보았다. 어쩜 그 지긋지긋한 다이어리를 또 들여다보고 싶을까! 유감스럽게도 나는 우리 병원만큼 시청 건물을 훤히 알지 못해서 다른 출구를 찾지 못했다. 좋든 싫든 유스투스를 지나쳐야 했다.

"안녕히 가세요, 유스투스 즐거운 하루 보내세요." 나는 밝게 웃었다.

"근무시간이 아직 두 시간 더 남은 걸로 알고 있소만?" 유스투스가 시비를 걸면서 두 팔로 우악스럽게 나를 잡아챘다.

"그건 무슨 의미죠? 남은 근무시간을 당신과 함께 보내야 할 의무라도 있단 얘긴가요?" 나는 그에게 반문했다.

"잘들 가요" 그리고 "좋은 시간 보내고." 화장을 지우고 돌아가는 길에 그레텔과 로레가 인사했다. 나도 시간을 좀 허비했는데 그녀들도 좀 늦은 편이었다.

"안녕히 가세요" 나는 그녀들 뒤에 대고 소리쳤다.

"그래, 이제 뭘 할 거요?!" 유스투스가 물었다.

"집에 할 일이 많아요" 내가 말했다.

드라마 대본을 챙기고, 여행준비를 해야 하고, 벤야민과 함께 쇼핑도 해야 하고, 엄마를 비행장까지 모셔다드려야 하고……. 하지만 나는 유스투스에게 그런 것들에 대해 말하고 싶지 않았다.

"나도 집에 가서 할 일이 많소!" 유스투스가 흥분했다. "세금 계산서들을 정리해야 되고, 여행용 면도기를 고쳐야 하고, 아내에게 선물할 옷도 사야 하고, 여섯 아이들에게 편지도 써야 하오 아이들이 성화거든."

그는 천둥처럼 큰 소리로 웃었다. 그 웃음소리가 시청 계단에 쩌렁쩌렁 울렸다.

"그런데 뭘 기다리세요! 나를 기다렸던 게 아니잖아요?"

"당신이 지금 어디로 가는지 보고 싶소" 유스투스가 말했다.

"차에요 가긴 어딜 가겠어요" 나는 말했다.

보조간호사 울리케가 동료들과 함께 계단을 내려오고 있었다. 올리케가 따뜻하고 부드럽게 살짝 웃었다.

"즐거운 시간들 보내세요!"

"고마워요! 당신도요! 내일 봐요!"

나는 차 있는 곳에 가기 위해 사뿐히 발걸음을 옮겼다.

유스투스가 내 뒤를 따라 걸었다.

"그러니까 당신은 원치 않는 거야." 유스투스가 말했다.

나는 멈춰섰다.

방금 전까지 아름답고 행복했던 신혼부부는 절망감에 빠져서 계단에 서 있었다. 그리고 바로 이 자리는 내일 우리가 턱시도에 웨딩드레스를 차려입고 꽃가루와 축하세례를 받을 장소였다. 구스타프 그라소는 "흘러넘치는군"이라고 중얼거릴 것이고, 프로덕션 사장은 "제발, 여기!"라는 말을 남발할 것이다. 신랑 신부 주변에 늘어선 육십 명 남짓한 단역배우들은 카메라와 가까운 곳에 자리 잡으려고 은근히 자리다툼을 할 것이다.

그런데 지금 나는 강가를 거닐자는 제안도, 신랑에게 순종해야 하는 새 신부로서의 어떠한 행동도 거부한 채 이 자리에 서 있다.

"그러니까 당신은 원치 않는 거야." 유스투스가 같은 말을 되풀이했다.

당신이 원치 않을 경우, 그럼 난 폭력을 행사해야 할까요?!

"'당신은 원치 않는 거야.' 그건 또 무슨 뜻예요? 오늘 일은 끝났어요. 그러니 이젠 집으로 돌아가야죠. 당신의 관대한 허락이 필요하겠지만." 나는 흥분했다.

"난 당신과 함께 있고 싶소." 유스투스가 말했다. 내 입술 근육이 어색하게 씰룩거렸다.

이건 또 뭐야? 방금 전에 집에 가서 할 일이 많다고 말해놓고선.!

"이것 보세요, 유스투스." 나는 그의 노란 레인코트 소매를 붙들고 말했다. "오늘은 안돼요. 화내지 말아요. 난 오늘 산책할 시간 없어요.”

“우린 다른 일도 순식간에 해치울 수 있소.” 유스투스가 말했다.

“뭐라고요?” 두시 반까지 엄마를 비행장까지 모셔다드리고 쇼핑도 해야 하는데.

“그가 얼마나 능란한 사람인지 당신이 안다면…….”

“누가요?”

그때 까다로운 엘비라 메르케니히와 게르노트 미스마허 부부가 시청 계단을 내려왔다.

“누가 되었든. 그 무례하고 형편없는 날건달.” 유스투스가 말했다.

유스투스는 흥분이 격해지면 가끔 말을 더듬었다. 순간 나는 여긴 내가 서 있을 자리가 아니라는 생각이 들었다.

“기막혀!” 나는 어이가 없었다.

“더 이상 참을 수 없어. 무례한 놈 같으니.” 유스투스가 말했다.

“그만하세요.” 나는 일갈했다.

게르노트와 엘비라가 드디어 우리가 서 있는 계단까지 왔다. 게르노트는 고르지 못한 이를 드러내며 자주 냉소적으로 히죽거렸는데, 지금도 그렇게 히죽거리며 조용히 우리를 지나치려 했다. 나는 게르노트의 그런 면이 좋았다. 그는 냉소적으로 히죽거리긴 해도, 상대가 난처해할 때 최소한 모르는 척하고 그냥 사라져줄 줄은 알았다.

엘비라는 그냥 가지 않았다. 누구를 만나든 그녀는 한번도 조용히 지나가는 적이 없다. 메르케니히 미스마허는 타고난 뻔뻔스러움으로 우리들 밀담에 끼여들었다.

“헌데, 무슨 얘기들 나누세요?”

“내 쪽으로 갈지 이 사람 쪽으로 갈지, 생각중이었어요. 이 사람은 동료 하나가 너무나 무례해서 더 이상 참아낼 재간이 없다는군요.” 나는 친절하게 설명했다.

엘비라는 내리깐 독수리 눈으로 우리를 쓱 훑어보았다. 게르노트는 잇몸을 다 드러내며 히죽거리던 얼굴을 돌렸다.

유스투스 스트라이트아커는 평소 하던 대로 당혹한 상황에 빠지자 주변이 쩌렁쩌렁 울리게 웃었다.

"그렇습니다!" 그는 호탕하게 말했다.

정말 웃겼다!

그 무례한 동료는 어두컴컴한 토굴 속에서 어떻게든 바깥소리를 듣지 않으려고 귀를 틀어막고 몸부림치느라 얼굴이 벌게졌을 거야.

게르노트는 혼자서 씁쓸히 미소지었다. 그의 치아 서른 개가 햇빛에 반짝였다. 게르노트는 그 무례한 동료가 누군지 이미 파악했고 유스투스의 성급한 충동까지도 훤히 알고 있는 듯했다. 그 미소로 봐서.

자세히 관찰해보진 않았지만, 그는 몇 해 전부터 부부가 즐기는 기본 레퍼토리를 자기 마누라 엘비라 메르케니히와 나누지 못하는 것 같았다.

엘비라는 낮에는 말전주하러 돌아다니느라, 밤에는 베개 베고 누워서 그레텔 주프에게서 빌린 여성잡지에 소개된 건성피부용 영양크림을 얼굴에 문질러대느라 자기 에너지를 모조리 소모해버릴 테니까.

게르노트는 분명 잠에 곯아떨어진 마누라 옆에서 채널을 바꿔가며 나이트쇼를 두루 섭렵하다가 리모컨을 던져버리고 바다표범 가죽으로 된 침대 시트 위에서 뒤척이면서 '왜 멋진 일을 하지 못하고 보조의사로 남아야만 하는지' 생각할 것이다. 그는 토크쇼나 다른 어떤 프로그램에 초대되는 일도 없고, 금지된 사랑을 하는 절망적인 존재도 못 되었다. 그는 아이헨도르프에 있는 미니 골프장이나, 그들 부부가 주말마다 찾아가는 농장 근처 골프장의 회원으로 가입하지도 않았다. 그는 무슨 일을 만들지 않았다. 그 어떤 일도 그는 영원한 보조의사로서 삶을 관망하며 살 것이다. 난 그런 그가 안타까웠다.

"그럼, 계속 생각하시지요." 엘비라가 마침내 말했다. "가요, 게르노트." 그녀는 갈색 웨이브 머리를 목 뒤로 넘기며 당당하게 걸었다.

게르노트는 냉소적으로 씩 웃었다.

우리는 그들이 회색 오펠 아스코나 쪽으로 사라지기를 기다렸다가 다시 대화하기 시작했다.

"당신이 나를 피한다는 것쯤은 나도 아오." 유스투스가 말했다.

"빌어먹을." 내가 말했다. "그래서 문제 될 게 있어요?"

"난 당신이 누구한테 추파를 던지는지 알아냈소."

"추파요?"

"본인이 잘 알겠지. 당신은 구스타프 그라소에게 추파를 던졌소."

"구스타프 그라소요?" 나는 화가 났다. "당신 미쳤어요?"

"내 직감은 아주 뛰어나." 유스투스가 또 잘난 척했다. "그리고 그 직감은 항상 적중했소."

그래, 난 그의 감각기관이 얼마나 예민한지 잠시 잊고 있었어.

"감독의 큐 사인이 떨어지기를 기다리면서 감독을 쳐다봤을 뿐이에요." 나는 버럭 화를 냈다.

"그 이상이었소. 그런 끈끈한 눈길은 내게만 예약된 거요." 유스투스가 말했다.

예약? 예약이라구?! '주인공에게 예약된 몸'이라는 표딱지를 이마에 붙이고 다녀야 한다는 겐가?

난 화가 났다. 내가 왜 언제 어떻게 감독을 쳐다본들 그게 유스투스와 무슨 상관이야! 내가 여기에 서 있는 동안 아름다운 마녀가 또 광란하기 시작했어. 뭘 보든 그건 내 마음이야!

세상에, 남이야 누굴 보든 그걸 왜 참견한담!

이봐 당신. 사랑스럽고 귀여운 동료, 유스투스 당신은 내 남편도, 내 애인도 아닌 그냥 동료일 뿐이야. 혹시 내 남편 에른스트베르트가 색을 풍기며 누군가에게 추파를 던지지 말라고 한다면, 기분 나빠도 받아들여야 하겠지! 하지만 내 남편은 결코 그럴 사람이 아냐!

그 사람은 그런 걸 상관할 사람이 아냐. 그 사람은 냉장고에 시원한 맥주가 있는지 화장실 변기가 비어 있는지 그게 중요한 사람이야.

"당신이 그렇게 추한 늙은이를 마음에 두고 있으리라곤 상상도 못했소." 유스투스가 말했다.

"능력 있는 감독이죠." 나는 항변했다.

사실 난 그 사람의 재능에 대해서 아는 바가 없었다. 구스타프 그라소말고 다른 감독을 만나본 적이 없었으니까! 유스투스라면 많은 감독들을 알고 있어서 구스타프 그라소의 재능을 비교해볼 수 있겠지만!

"그는 노름꾼에다가 인생 패배자요."

"노름꾼요?"

"그렇소. 그는 노름꾼이오. 카지노 여기저기를 전전하다 전재산을 털어먹었소. 요새는 주말마다 뮌스터아이펠에 있는 카지노에 간다더군."

"그런 걸 어디서 알았어요?"

"누구나 다 아는 사실이오."

"난 그런 거 몰라요. 알고 싶지도 않고. 헛소문예요. 카지노에는 넥타이를 매고 들어가야 한다면서요? 하지만 구스타프 그라소는 넥타이를 맨 적이 없어요. 단 한번도 그런 적이 없어요! 그게 증명해요. 그건 헛소문일 뿐예요."

나는 시청 계단을 내려왔다. 난 차를 주차금지 구역 한쪽 구석에 정확히 주차시켜놓았다. 때에 따라서 그렇게 할 수밖에 없는 경우가 있다.

유스투스가 내 뒤를 따라왔다.

"샬로테!"

"잘 가요! 내일 또 봐요!"

나는 그와 더 이상 얘기를 나누고 싶지 않았다. 오늘 오후 내가 해야 할 일이나 구스타프 그라소에 대해서도 더 이상 얘기하고 싶지 않았다. 감독과 관련된 얘기는 맞지도 않았다. 내가 감독을 사모한다는 말은 사실이었다. 항상 기분이 언짢고 불쾌한 표정의 괴짜에게 난 묘하게 끌렸다. 아마도 그가 사람들에게 잘 보이려고 애쓰지 않기 때문일지도 모른다. 그게 남들과 다른 그의 매력이었다.

나를 포함한 세상 모든 사람들과 다른.

그건 그렇다 치고, 빌어먹을. 내 밝은 회색 낡은 왜건은 어디에 있담? 분명 이 자리에 세워뒀는데! 여기 이 '음탕한 겹보'란 술집 앞에! 맥주 박스가 쌓여 있는 요상한 술집이었다. 밤에는 여행객들로 붐벼서 술집 밖 거리까지 소란한 무리가 흘러넘치지만, 이른 오후 시간에는 한 사람도 눈에 띄지 않았다. 술집들은 이제 막 문을 열고 있었다.

왜건이건 뭐건 아무것도 없었다. 바퀴자국조차 안 보였다.

나는 사방을 둘러보았다.

신호등 뒤에 서 있는 유스투스 외에 주변에 아무도 없었다.

아냐, 착각이 아닌 게 분명해.

견인해 갔나 봐. 내 페히마리를.

낭패군.

돈이 많이 들 텐데. 그리고 시간도 많이 깨지겠어!

그레테와 보도 씨를 공항까지 모셔다드리기로 약속했는데! 그 전엔 무슨 일이 있더라도 세차하고 미용실에 들러야 하는데! 운전석 뒤에 놔둔 물오리 똥도 치워야 하는데! 나는 진땀이 흘렀다.

나는 잠시 망설이다 '음탕한 겹보' 술집 안으로 들어갔다.

의자들은 뒤집힌 채로 탁자 위에 올려져 있었다. 젊은 남자 하나가 바 뒤에서 일하고 있었다.

"전화 한 통화 해도 될까요?"

젊은 남자가 말없이 바 위에 전화기를 소리나게 올려놓았다. 내

등 뒤쪽에서 슬롯머신에 동전을 집어넣는 쨍그랑 소리가 들렸다. 술집은 아무것도 분간할 수 없을 만큼 어두웠다.

"전화번호부가 필요할 것 같은데요."

"여깄습니다! 더 필요한 건 없으신가요?" 두꺼운 전화번호부가 탁자 위에 던져졌다.

"맥주 한 잔 부탁합니다. 그건 던지지 마세요." 내가 말했다.

낡고 두툼한 전화번호부를 마구 뒤졌다. '견인 서비스' 난 이런 친절한 기업의 서비스를 절대 받고 싶지 않았다.

경찰. 그들은 내 차가 어디로 끌려갔는지 분명 알 것이다.

나는 가까운 곳에 있는 경찰서를 찾았다.

내 뒤의 슬롯머신에서 다시 찌르릉 소리가 났다. 누군지 행운의 손을 지닌 모양이었다.

"맥줍니다, 사모님."

나는 홀쭉한 맥주잔을 입술에 대고 한 모금 마셨다.

"여보세요, 거기, 경찰서죠? 안녕하세요? 제 차를 견인해 가셨습니까? 페히마리 회색 찬데요."

"잠시 기다리세요. 연결해드리겠습니다."

수화기에서 잡음이 들렸다. 나는 맥주를 다 들이켰다.

"교통경찰국입니다."

"안녕하십니까? 제 차를 견인해 가셨나요?"

"오늘 저희가 견인한 차만 해도 칠십 대가 넘습니다." 경찰관이 자랑스런 목소리로 대답했다.

"제 차도 거기 있나요?" 나는 경찰관에게 내 차번호를 또박또박 불러주었다.

"예. 우리가 보관하고 있습니다." 그 경찰관의 목소리에서 생기가 느껴졌다.

"그 차는 '음탕한 겁보' 술집 앞에 세워져 있었는데요." 나는 확인하는 차원에서 그에게 설명했다.

"좀 낡고 더러운 왜건이죠?"

"예. 차 이름이 페히마리입니다." 나는 기껍게 대답했다.

"온갖 잡동사니들이 수북이 쌓인 차죠? 그리고 요구르트로 얼룩지고 낡아서 더 이상 사용할 수 없는 베이비시트도 있었죠? 차 바닥에 빈 요구르트 병들이 여기저기 굴러다니고요?"

"그리고 운전석 뒤에 물오리 똥이 있습니다. 예, 그래요! 맞아요!! 제 차가 거기에 있군요!"

"아직 스노타이어를 끼고 계시던데요?"

"그래요! 스노타이어! 그런 걸 어떻게 그렇게 쉽게 알아내셨어요?!" 나는 반가웠다.

"텔레비전 채널 '마이너스 4' 스티커도 여러 장 붙어 있던데요?"

"맞아요!" 나는 환호성을 질렀다. "제 차는 잘 있죠?"

"그 차는 보도를 삼분의 이나 차지하고 있었습니다. 보도를 삼분의 이나 차지하는 것은 행인들의 통행에 불편을 주는 행위이기 때문에 엄연한 교통법규 위반에 해당됩니다." 경찰관이 갑자기 목소리를 바꿔 준엄하게 말했다.

"죄송합니다." 나는 기어들어가는 목소리로 대답했다. "제 차를 견인해 간 것은 옳은 일이었어요 분명히 옳았어요" 분명 한 대 쥐어박힐 일이야. 나는 핸드백을 뒤져서 손수건을 찾았다.

바의 젊은 남자가 전화기 옆에 맥주 한 잔을 또 갖다놓았다.

"집에 돌아갈 일이 문제가 되겠군요" 젊은 남자가 말했다.

"그럼, 차를 찾아가십시오" 경찰관이 냉담하게 말했다. "백육십 마르크를 준비해 오세요 잘못을 반성하시는 것 같아서 통지문은 발송하지 않겠습니다."

"고맙습니다. 제 행동이 후회스러워 울고 싶을 지경입니다! 다시는 이런 실수를 하지 않도록 주의하겠어요!" 나는 진심으로 말했다.

경찰관이 불러주는 주소를 나는 축축한 맥주잔 받침에 받아 적었다.

“사건 하나가 종결됐군요. 경찰관이 통지문을 발송하지 않겠다네요.” 나는 바의 젊은 남자에게 말했다.

나는 콜택시에 전화했다.

“여기는 ‘음탕한 겁보’ 술집입니다. 술집 앞으로 택시 한 대 부탁합니다.” 나는 전화기에 대고 말했다.

나는 맥주잔 옆에 술값을 놓았다.

“다른 사람은 집에 갔나요?”

“그 남자분은 저쪽에 계십니다.”

나는 주위를 둘러보았다. 내 눈은 이제 실내의 어두움에 익숙해졌다. 슬롯머신 앞에 바스켄 모자를 쓴 땅딸막한 사람이 피곤한 듯 쪼그려 앉아 있었다.

“맥주, 고맙습니다.” 나는 잔을 들어 건배를 했다.

“낭패스럽겠군.” 구스타프 그라소의 목소리가 들렸다.

“가끔가다 난 당신이 정말 훌륭한 재능을 지니고 있다는 인상을 받거든.”

“흘러넘치죠.” 나는 아첨 섞인 목소리로 말했다. 그리고 반쯤 남은 맥주잔을 바 위에 소리나게 올려놓고 밖으로 나왔다.

신호등 뒤에 서 있는 유스투스는 나를 당장 돌로 때려죽일 것처럼 처다보고 있다. 나는 음침한 술집에서 아주 은밀히 구스타프 그라소를 만난 것이었다! 그가 그걸 확인했고!

나는 집에서 해야 할 중요한 일들이 많다고 그에게 호소했었다! 하지만 처세에 능한 유스투스와 함께 할 수 없는 일이었다. 어쨌든 유스투스는 바보가 아니었다.

난 후환이 두려웠다.

엑스터시

오월 삼십일일. 날씨가 정말 화창했다. 책에나 나올 법한 그런

354

날씨였다. 나는 에르니와 베르트가 이날 오후를 오래도록 기억할 것이라 확신한다.

아이들은 벤야민과 함께 반벌거숭이가 되어 온 정원을 뛰어다니며 상대편 다리에 묶은 젖은 수건을 표적 삼아 진흙을 마구 던졌다.

그러면서 왁자지껄한 세 사내가 정원 한구석에 있는 미니 고무 풀장을 습격해서 고무 풀이 흔들렸다. 반도 다 못 채워진 고무 풀 속의 물은 더러워져서 이미 갈색인 데다 풀줄기들 토끼풀들이 둥둥 떠다니고, 찬장에서 꺼내온 계란거품기와 찢어진 장화 한 짝도 들어 있었다.

신나는 수영장! 드디어 아이들은 그렇게 원하던 수영장을 갖게 되었다!

가는 목소리의 두 아이와 굵직한 목소리의 청년이 내지르는 환호성과 웃음소리가 내가 있는 이층 침실까지 들렸다. 나는 옷장 앞에 서서 세제 냄새가 향긋한 옷을 뺨에 비비면서 명상에 잠겼다.

이제 모든 준비가 다 되었다.

내일부터 난 순회공연을 시작할 것이다.

아이들은 벤야민이 잘 보살펴줄 것이다.

벤야민은 내가 알고 있는 보모들 중 최고였다. 에르니와 베르트는 벤야민에게 홀딱 빠졌다. 그 청년은 우리 집과 정원을 애들처럼 마구 뛰어다니고 웃고 떠들고 유치한 장난도 하며 아이들과 함께 놀았다. 훌륭한 청년이었다.

그레테는 비밀스런 애인 닥터 보도 베를레부르크와 유람선 여행을 떠났다.

남편은 이 주일 전부터 백화점, 주차장, 카지노를 건설하는 비젤로다 현장에서 지낸다. 내가 알기로 그에게 잠재되어 있는 구매욕이 그를 자극하지 않는 한 그는 자기방식에 맞게 꾸며놓은 사무실에 앉아서 한 발짝도 움직이려고 하지 않을 것이다. 하지만 그 잠재력은 지금까지 단 한번도 발휘된 적이 없었다. 그리고 분명한 사실은 남편은 햇빛이 화사한 거리에 나선 적도 없고, 계절에 대해서도 아는 바가 없을 뿐더러 그의 벤츠는 사무실 앞에 세워진 채 끌려나간 적 없고, 그는 호텔과 호텔 내 레스토랑만 왔다갔다 할 뿐 비젤로다의 관광지를 찾아다니지 않을 것이란 점이다.

나는 가끔 남편에게 연인이 생기면 그의 삶이 좀 달라지지 않을까 혼자 상상해보았다. 하지만 남편은 꿈에서조차 그런 건 생각도 못할 사람이었다. 첫째로 그런 일은 사람을 긴장시키고, 둘째로 (구스타프 그라소도 그렇게 말하겠지만) 그에게는 흘러넘치는 일이다. 남편에게는 내가 있었다. 항상 밝고 능동적인 가정주부인 내가.

하지만 난 남편이 없어도 특별히 남편의 빈자리를 느끼지 못했다. 우리 부부는 서로 애틋함이 없었다.

지금 난 새로 산 옷과 깨끗하게 손질된 여름옷들을 여행가방에 챙겨넣으며 남편과 전화로 작별인사를 나누고 있다.

"당신, 여행가방 사용설명서 읽어봤어? 거기에 특별 정보가 있을 걸! 본인 잘못으로 가방이 고장날 경우 보증기간은 이 년이야. 아주 섬세한 최첨단의 지능을 보유한 가방이지. 그 가방은 여성의 연약한 손에 맞게 특별히 만들어진 거야. 굉장히 비싸다는 걸 알아둬! 비밀함 열쇠는 가방 안에 꽂아놓도록 해. 열쇠를 잃어버리면 끝장이야, 무상 서비스를 받을 수 없거든. 열쇠 없이는 가방을 바꿀 수가 없다고, 알았어?! 영수증만 잘 보관하면, 당연히 소득공제 혜택을 받을 수 있어. 영수증을 서류철에 잘 정리해놓도록 해!"

남편은 항상 최첨단의 기능을 보유한 물건들만 구입했다. 나를 시작으로 해서!

"그럴게요. 에른스트베르트 당신에게서 귀가 닳도록 들어온 얘기잖아요. 그 서류철은 우리 사이를 가깝게 만든 매개물이었잖아요. 기억해요? 벌써 팔 년 전 일인데? 아뇨, 에른스트베르트 그래요, 당연히 그래야죠, 에른스트베르트 고마워요. 그래, 그래요, 그래. 이젠 전화 끊어요, 알았어요 나도 사랑해요 당신도 알잖아요"

여름옷들을 하나하나 살피는 동안 나는 기쁨으로 전율했다. 옷이 다 너무나 잘 맞았고 다림질 또한 완벽했다! 고등학교 삼학년 때 가사과목을 선택해서 다림질을 배우고, 군대 가는 대신 봉사활동을 하면서 자발적으로 다림질 강의를 들었다고는 했지만, 그래도 벤야민의 다림질 솜씨는 일품이었다. 이 세상의 모든 남성들이 벤야민처럼 총대를 메는 대신 다림질을 한다면! 이 세상에는 전쟁이란 존재하지 않을 텐데! 그리고 부부싸움도! 왜냐하면 남자들이 총을 쏘지 않고 다림질을 하기 때문에.

옷장에 걸려 있던 옷들을 꺼내 수북이 쌓아놓고 있는데, 현관벨이 울렸다.

"에르니? 베르트? 벤야민? 나는 지금 바쁘니까, 누가 문 좀 열어줄래!"

그런데 아이들은 여전히 진흙을 던지며 웃고 떠들고 있었다. 아무도 벨 소리를 못 들었는지, 벌거벗은 채 진흙을 덕지덕지 묻힌 아이들 중 누구도 우리 집에 들어오려고 주인 허락을 기다리는 사람이 누군지 보려고 현관으로 나서는 기색이 없었다.

그래서 안주인인 내가 하는 수 없이 아래층으로 내려갔다. 팔뚝에 걸린 각양각색의 브래지어 여섯 개가 발걸음에 맞춰 흔들렸다.

두꺼운 반투명유리 현관문에 노란 빛깔의 레인코트가 어슴푸레 비쳐졌다. 내 눈은 현관문에 비쳐진 그림자를 바라보았고, 내 뇌세포는 팔뚝에 걸린 브래지어들 중에 어떤 걸 선택할 것인가와 세계평화에 골몰했다.

나는 남은 한 팔로 현관문을 열었다.

"유스투스!"

"우, 우연히 이 근처에 왔다가……."

"날씨가 삼십도를 웃돌고 있는데 당신 차림새는 어떻게 여전하네요?"

"……나, 난 방금 전에 내 담당 세무사와 뭔가…… 사, 상의할 일이……."

“……당신이 얘기한 적은 없었지만…….”
“……생각보다 일이 너무 빨리 끝나서…….”
“들어오세요.”
“정말 고맙소. 방해가 되지 않는다면.” 만족해서 웃는 큰 웃음소리. 그는 사방을 둘러보았다.
“구스타프 그라소는 여기 없소?”
“구스타프요? 감독님이 우리 집에 왜요! 엉뚱한 소리 마세요!”
“농담이오. 하하하!”
“당신도 아다시피, 전 유머와 거리가 멀어요. 그런 농담일랑 나중에 하세요!”
왠지 난 구스타프 그라소를 입에 올리기 싫었다. 그레테가 니트리히 씨에 대한 얘기를 꺼려하는 것처럼.
나는 약간 자리를 비켜서서 유스투스를 안으로 들어오게 했다. 그의 밝은 레인코트가 우중충한 복도를 환하게 했다.
“시원한 거 한잔 드시겠어요?”
“좋죠. 고맙소.” 방금 전에 터트린 그의 웃음소리가 미처 밖으로 빠져나가지 못하고 복도를 왕왕 울렸다.
안주인은 느닷없이 찾아온 손님이 당혹스러워 일단 마음을 가다듬고 냉장고 문을 열었다. 팔에 매달린 브래지어들이 흔들렸다.
“물, 레몬수, 콜라, 맥주, 아이스 티.”
“아이스 티가 좋겠소.”
“그럼, 아이스 티요.”
안주인은 아이스 티를 들고 거실로 들어섰다. 가정부도 없고, 집안일을 돕기로 한 청년은 반벌거숭이 상태로 정원에서 뛰놀고 있어서 안주인이 직접 대접할 수밖에 없었다.
“앉으세요.”
“남편은 어디 있소?”
“출장중이에요. 벌써 이 주 됐어요.”
“이…… 주일 전부터?”

"그래요. 그런데 왜요?"

"아니오! 당신이 내게 최소한 귀띔 정도는 해줄 수도 있었다는 생각이 드는군!"

"귀띔이라니요?!"

"그러니까, 당신 남편이…… 출장을 갔다면…… 그건…… 집에도 빈방이 있다는 얘기잖소!"

아냐. 솔직하지 않아. 그게 아니고 당신은 구스타프 그라소가 지금 커튼 뒤에 숨어서 우리를 훔쳐보고 있을지도 모른다고 의심하고 있는 거야.

유스투스가 손에 들고 있던 잔을 탁자 위에 올려놓더니 다짜고짜 나를 끌어안았다.

"오, 내 사랑! 우린 지금 이 순간 무슨 짓이든 할 수 있어……."

신부는 신랑이 키스하게 내버려두는 거야. 오, 맙소사! 이 육체적인 쾌락! 오, 이런! 시골뜨기의 거칠고 빠른 공격이라니! 추잡스럽고 무례한 성욕! 눈 깜짝할 사이 나는 탁자 위에 눕혀졌다. 화승총과 검으로 무장한 장난감 기사들에게 우리는 포위되었다. 두 마리 플라스틱 말이 바닥으로 떨어졌다.

아이들은 밖에서 여전히 떠들고 있었다.

"샬로테, 당신은 끝내주는 여자야! 당신은 마녀야! 당신, 당신은…… 당신은 나를 광란의 도가니에 빠뜨려! 당신이 내 앞에서 어른거릴 때면 난 더 미쳐. 내 온몸의 피가 뜨겁게 달아오른단 말이오……."

팔에 걸린 브래지어들이 이 사람을 거칠게 만든 게 분명해. 어쩌면 아이들 장난감 기사들 때문인지도 모르지.

그가 너무 빨리 다가서는 바람에 난 어떻게 감당할 수 없었다. 난 정말 아무것도 원치 않았다. 그런데 지금 난 갑자기 그를 한번 갖고 싶어졌다. 그 마음만 간절할 뿐이었다. 그것도 어서 빨리.

그의 노란 레인코트가 거실 한쪽 구석에 아무렇게나 내팽개쳐졌다. 그 뒤를 이어 그의 등산 바지가 나가떨어졌다.

여섯 개의 브래지어가 한꺼번에 날아가고 일곱번째 브래지어도 뒤따라 날아갔다. 잠깐 동안 나는 친구 엘비라를 생각했다. 엘비라는 남 보는 앞에서 공공연히 브래지어를 벗어서 브래지어 캡을 위로 향하게 펼쳐놓는 것을 좋아했다. 하지만 그녀를 생각한 순간은 아주 짧았다. 친근한 표정의 그녀는 공중에서 분해되어 천장 밖으로 빠져나갔다.

"유스투스, 그만, 그만 해요, 밖에 애들이 있어요……."

"아이들은 노는 데 정신팔려서……." 촉촉한 입술이 퍼부어대는 격렬한 키스로 난 황홀해졌다. 그 맛이 정말 기가 막혔다. 그렇게 거칠고, 그렇게…… 남성적이고, 그렇게…… 저돌적이고, 그렇게…… 소유욕이 강한 키스! 정말, 미쳐 터져버릴 듯한 느낌이었다. 아니 너무 아쉬웠다. 그 확신에 차고 힘있는 애무가 짧아서.

짧은 시간이었지만 격렬하게 치러진 그 일은 말로 형용할 수 없을 만큼 좋았다. 우리는 둘 다 똑같이 쾌락과 미칠 듯한 황홀감으로 거의 사십 초 동안 소리를 질렀다.

"오, 맙소사! 끝내주네요" 나는 몸을 일으켰다.

"이런, 빌어먹을. 한번 더 해야겠소" 유스투스가 유리잔을 잡으려고 손을 뻗쳤다.

"나 역시 아쉬워요" 나는 그에게서 잔을 빼앗아들고 단숨에 들이켰다. 매혹적이야. "내가 당신의 알몸을 한번 더 받아들이게 된다면…… 더 이상 당신을 거부할 수 없을지도 몰라요."

자신에 찬 저음의 웃음소리.

"멋진 물건이야!" 유스투스는 스스로 만족해서 자기 아랫도리를 쳐다보았다.

"자신도 그렇게 생각해요?" 나는 요상한 형태로 기진맥진해 있는 그의 물건을 가리키며 물었다. 그러면서 나는 거칠게 일곱번째의 브래지어를 잡았다.

티셔츠를 바지 속으로 막 구겨넣는데, 미끌미끌하고 통통한 손이 바깥쪽 테라스 유리문을 뽀득뽀득 문질렀다. 흙으로 범벅이 된

코 하나가 테라스 문에 착 달라붙더니, 곧이어 그만한 높이에 또 하나의 코가 등장했다. 잠시 후 볼록한 배 두 개가 유리문에 그대로 드러나더니 작고 귀여운 두 마리의 새끼 돼지가 더러운 모습으로 전신을 드러냈다. 미세하고 축축한 모래알들이 꼭 살찐 지렁이처럼 테라스 바닥에 그려졌다.

"엄마, 문 열어!"

"우린 물이 필요해요!"

나는 문을 열었다. 유스투스는 거실 탁자 위에 반쯤 벗은 상태로 앉아 있었다.

"더러운 발로 집안에 들어오면 안돼!"

"누구야, 저 사람?"

에르니가 뺨에 묻은 진흙을 닦아내면서 코를 쳐들었다.

"유스투스 스트라이트아커 씨야, 엄마 직장동료."

"지난번 엄마랑 결혼한 사람?"

"그래, 맞았어. 그 사람이야."

어쩜, 아이들은 놀라지 않는다. 무슨 얘기를 해도

벤야민이 물이 뚝뚝 떨어지는 장화 한 짝과 빈 양동이 세 개를 들고 갑자기 나타났다. 예의상 젖은 수건으로 엉덩이만 가리고 있었다. 학교에서 계단 닦기나 뭐 그런 과목을 선택해서 그런지 그의 상체 근육은 잘 단련돼 있었다.

"들어오기 전에 발을 닦도록 해." 내가 말했다.

벤야민이 거칠게 짜인 고무 발판에 맨발바닥을 쓱쓱 문질러 닦았다. 그러다가 그의 엉덩이를 가리고 있던 젖은 수건이 미끄러져 내렸다.

"벤야민! 신발을 벗어야지!" 에르니가 즐겁게 말했다.

벤야민이 아래쪽을 쳐다보았다. 신발? 신발은 신지 않았는데!

"절까지 하다니, 고마워!" 에르니와 베르트가 숨이 넘어갈 만큼 웃어댔다.

벤야민! 속았어! 그는 아이들을 즐겁게 하는구나!

벤야민은 유스투스를 힐끗 한번 쳐다보더니 수건으로 바닥을 닦았다. 그는 상냥히 웃는 것으로 인사를 대신하더니 양동이를 들고 화장실로 들어갔다.

"왜 호스가 없든?" 나는 벤야민의 뒤에 대고 소리쳤다.

"아휴! 엄마, 정원에서 쓰는 호스 말이지!"

"차고에 있잖아요!"

벤야민이 화장실에서 나와 유스투스에게 손을 내밀었다.

"우린 서로 인사도 나누지 않았군요."

"이 분은 내 동료, 유스투스 마리아 스트라이트아커 씨고, 이 젊은이는 우리 애들을 돌보는 벤야민이에요."

"반갑습니다."

나도 그렇게 생각했다. 정말 반가운 만남이라고. 거실에서 반벌거숭이 상태로 서로 인사를 나누는 두 남자라니!

"엄마, 저 아저씨도 우리랑 같이 놀아주신대요?"

"그러실 거야." 나는 말했다.

"그럼, 대환영이지." 유스투스가 우렁우렁 울리는 큰 소리로 말했다.

"우리 남쪽지방에서는 물웅덩이에서 철벅거리면서 마구마구 뛰어놀아! 아저씨도 애들이 여섯이나 있는데 모두들 물웅덩이를 얼마나 좋아하는지 몰라. 거기엔 개구리하고 두꺼비들도 많아! 난 아이들은 물론이고 개구리 두꺼비하고도 잘 어울려 놀지! 그럼, 그럼! 나도 물웅덩이에서 잘 뛰거든!"

"멋지네요." 벤야민이 말했다.

"유스투스 아저씨가 집에 오자마자 너희들과 같이 놀고 싶다고 서둘러서 옷을 벗으시더구나. 내가 말릴 겨를도 없었단다……." 나는 말했다.

벤야민이 웃었다.

"저 아저씨가 내 장난감 기사들을 떨어뜨렸어." 에르니가 침울하게 말했다.

유스투스는 놀라서 벌떡 일어섰다. 벤야민이 작은 투창과 창을 모아서 아주 조심스럽게 탁자 위에 올려놓았다.

"우리 고장 남티롤에도 기사들이 있지! 진짜 기사 말이야! 그 기사들은 많은 백성들과 커다란 성들을 소유하고 있어! 너희들 언제 한번 꼭 우리 집에 놀러와!"

"우와! 엄마, 나 아저씨 집에 가보고 싶어!"

"거기에서는 우리 지방 음식을 먹나요? 아니면 남티롤의 음식을 먹어야 하나요!" 베르트가 물었다.

"남티롤 지방 음식을 먹지. 그런데 그 맛은 여기 음식 맛과 비슷해! 이 아저씨는 말이야 요리도 아주 잘해! 요리를 할 때는 ……."

"……이 분은 요리를 아주 잘하셔." 나는 벤야민에게 설명했다.

"아하, 그러시군요." 벤야민이 맞장구를 쳤다. 벤야민과 나는 눈으로 사인을 주고받았다.

"재미난 풀장도 있어요?"

"당연히!"

"파워레인저도요?"

"내겐 아들이 넷이나 있단다!" 유스투스의 허풍이 또다시 시작되었다.

그래, 지금 이 상황을 카드놀이에 비유하면 게임은 끝났어. 그가 승리한 거지.

"내 아들들도 기사놀이 하는 걸 아주 좋아하지! 난 항상 네 아이들 틈에 끼여서 논단다! 아주 재미있어! 그리고 난 기사놀이를 아주 잘해!"

"짐작이 가네요." 나는 사랑스럽게 말했다.

"호스를 잘 붙들고 계실 수 있으세요?" 벤야민이 물었다. "그러면 저 좀 도와주세요."

"그럼, 호스 붙들고 있는 게 뭐 어려운 일인가!"

"하지만 잠깐 동안만이야." 내가 어물어물 말했다.

"오래 붙들고 있으면 어때, 괜찮아." 그는 원래의 허풍쟁이로 되돌아가 있었다.

벤야민은 벌써 지하실로 내려갔다.

나는 브래지어들을 주워모았다.

"그럼, 여러분 모두 재미있게 지내길! 난 이층에 가서 짐을 싸야 겠어요! 난 짐을 아주 잘 싸거든." 나는 팔에 브래지어를 걸고 계단을 오르면서 만족스럽게 중얼거렸다.

원래 내 계획은 모두들 다 집으로 돌아가고 나면 저녁시간에 아이들과 조용히 이별 파티를 하려고 했다. 하지만 그런 기회가 오지 않았다. 짐 정리를 하던 침실에 막 들어서는데 전화벨이 울렸다. 난 남편이 협탁 위에 놓아둔 침실의 노예 쪽으로 갔다.

"여보세요?" 저명인사들은 전화를 받을 때, 그 말만 하면 된다. 왜냐하면 누군가가 이미 전화 받는 쪽의 소속을 밝혔을 것이기 때문이다. 만약 독일 수상에게 전화를 걸면서 "콜 씬가요?" 하고 말했다면, 이는 두고두고 야단맞을 사건이다.

"전 슈미츠 니텐빌름입니다. 페퍼 부인이시죠?"

"예. 안녕하세요? 슈미츠 니텐빌름 선생님? 이렇게 또 전화를 주셔서 반갑네요!"

"어머님께서는 안녕하신가요? 여행을 떠나신다는 소식은 들었습니다만?"

"어떻게 아셨어요?"

"인라인스케이트를 타고 아이들을 데리러 오는 청년이 얘기해 주더군요. 그분은 동생 되시나 보지요?"

"아뇨. 아이들을 돌봐주는 청년이에요."

"아! 그렇군요."

침묵.

"슈미츠 니텐빌름 선생님?" 나는 굽이 높은 팜프스를 옆으로 치우고 여행용 세면가방을 가방에 쑤셔넣었다. 그리고 바디로션을 들고 불빛에 비춰보았다. "여보세요? 지금 전화 받고 계신 거죠?" 난 헤어스프레이가 빈 것 같아서 귀에 대고 흔들어보았다.

"페퍼 부인. 여행 떠나시기 전에 잠시 찾아뵙고 싶은데요, 괜찮으시겠어요?"

"무슨 일이라도 있었나요?" 그 사이에 진료가 있었거나, 아니면 아이들이 죽은 쥐를 발견했을 수도 있고, 어쩌면 다른 어떤 중요한 일이 있었을 것이다. 나는 스프레이가 얼마나 남았는지 확인해보기 위해서 머리에 스프레이를 뿌려보았다. 여행하는 동안 충분히 쓸 만큼은 남아 있었다.

"새로 나온 수학책을 드릴까 해섭니다. 아이들 스스로 알아서 공부하게 만들어진 책입니다."

"자발적인 건 뭐든 최고죠."

"선생님과 학부모님들이 협력해서 완성한 여름방학 프로그램입니다. 지난 학기에 다뤘던 수업자료들을 한 차례 더 학습하게 됩니다. 흥미와 창의성에 역점을 두었습니다."

이런, 슈미츠 니텐빌름 선생님이 또 수고를 하셔야 되겠구먼.

나는 침실의 전신거울 앞에서 흥미와 창의성에 역점을 두고 머리에 무스를 발랐다. 무스가 천천히 머리 속으로 스며드는 과정을 지켜보았다.

"그 체계에 대해서 설명해드리고 싶은데요." 슈미츠 니텐빌름 선생님이 말했다.

여행용 치약은 굳어서 딱딱했다.

"오, 그러세요? 그럼, 말씀하세요."

치약이 변했나?

"전화로 말씀드리기는 곤란합니다. 말씀드린 것처럼, 제가 지금 댁을 방문할까 합니다. 자전거를 타고 가면 삼 분 안에 도착할 수 있을 거예요."

"자암씨 푸에 오씨믄 안되시게써요?" 나는 치약거품을 문 채 물었다. 아이쿠. 치약이 왼쪽 네번째 아랫니에 찌르듯 파고드는 느낌이었다.

"그러지요. 오늘 저녁에 전 특별한 일이 없습니다. 언제쯤 가서 뵐까요?"

"하안, 여서씨 껭에요."

난 치약을 아무 데나 뱉어버리고 싶었다. 하지만 어디에?! 벤야민을 더 이상 혹사시키고 싶지 않았다.

"알겠습니다. 그럼, 여섯시에 찾아뵙겠습니다."

"고오트 뵈읍쬬." 나는 수화기를 내려놓고 목욕탕으로 달려가서 입 속을 깨끗이 헹구어냈다. 치약은 아주 구역질나는 맛이었다. 게다가 이를 심하게 자극한 것 같았다.

곧 순회공연이 시작될 텐데! 그동안만이라도 절대 치통으로 고생하지 않게 해달라고 하느님께 빌어야지!

목욕탕에서 나와 침실로 돌아오는데 이 상태가 더 나빠졌다.

아이쿠, 아파라! 꼭 낚싯바늘로 쿡쿡 쑤셔대는 것처럼 아팠다.

그 통증이 너무 심해서 침대에 털썩 주저앉았다.

이 일을 어쩐담?

다시 일어나려고 했지만 너무나 아파서 일어설 수가 없었다. 시계를 쳐다보았다.

닥터 겔트마허가 아직 병원에 있을까? 수요일은 오후 다섯시까지 진찰을 한다고 했는데?

밖에서는 고무 풀에 물을 새로 받고 있었다. 유스투스의 낮은 웃음소리가 자지러질 듯한 아이들 환호성과 뒤섞였다. 세상에! 모두들 내 아이들을 위해서 저렇게 애쓰는구나! 남편은 제 새끼들을 위해서 사무실 의자에서 일어나 신선한 바깥세상으로 나갈 수는 없었던 것일까! 단 한번만이라도!

나는 어렵사리 창문 쪽으로 갔다.

벤야민은 정원 의자에 물을 뿌리면서 청소하고, 작은 꽃무늬가 그려진 헐렁한 티셔츠를 입은 궁정 배우는 에르니, 베르트와 함께 물웅덩이를 첨벙첨벙 뛰어다니면서 떠들었다. 정원 탁자 위에는

‘총명한 주부, 블리츠 블랑코’라고 씌어진 녹색 플라스틱 세제통이 세워져 있었다. 벤야민은 우리 집에 들어오면서 가사수업 때 사용했던 세제들을 가져왔다.

나는 전화기를 집어들었다. 어쨌든 야간당직 치과는 있을 것이란 생각에서였다.

기다리고 있었다는 듯이 자동응답기에 녹음된 닥터 겔트마허 부인의 역겨운 콧소리가 튀어나왔다. 쓸데없는 말을 들으면서 난 심호흡을 했다. 최선을 다한 그녀의 목소리가 당직병원의 전화번호를 불러주고 있었다.

이가 쿡쿡 쑤셨다. 전화기에서 삐― 소리가 나더니, 금속음이 끊겼다.

“겔트마허입니다.”

“선생님이세요? 정말, 아직 퇴근하지 않으셨나요?

“예…… 누구…… 샬로테 페퍼 씨! 정말 놀랍군요! 지금 막 당신을 생각하고 있었는데!”

“감사합니다. 저도 지금 당신을 생각하고 있었거든요”

내가 말했다.

“혹…… 무슨 일이라도……?”

“제 왼쪽 네번째 아랫니에 일이 생겼어요. 쿡쿡 쑤셔요. 치료하신 이였던가요?”

“아닙니다. 지난번 이는 치료가 잘됐었는데요?”

“방금 전에 여행용 치약을 한번 써봤거든요. 그런데 그후부터 이가 쑤시기 시작해요”

“어떤 치약이었습니까?”

나는 가방을 뒤져서 치약을 찾아냈다.

“프리픽스 곰팡이 방지제. 닥터 라도에서 생산한 곰팡이와 유충 방지제. 곰팡이와 습기로 생긴 얼룩을 없애주고 냄새도 제거합니다. 특히 캠핑 카나 화장실, 목욕탕의 공기를 정화시켜줍니다. 부작용이 있을 경우에는 의사에게 문의 바랍니다.” 나는 치약에 써놓은 문구를 상세히 읽어주었다.

"그건 치약이 아닙니다." 닥터 겔트마허가 말했다. "그 약을 어디서 구하셨습니까?"

"친구한테서요. 잘못 사용했나요? 한 보따리나 얻어다 집안 구석구석에 갖다놨는데……. 다른 사람들에게 나누어주려고 했어요."

"그건 입에 넣어서는 안되는 약이에요. 그게 치아의 에나멜질을 파괴한 것 같군요. 그래서 통증을 느끼시는 게 분명합니다."

"그런데 문제는, 제가 내일 아침 일찍 여행을 떠나야 한다는 거예요. 어떤 치약이 좋은가요?"

"센소 딘트 약국에서만 판매하는 치약입니다."

"유연합성제가 첨가된 건가요?"

"아뇨 그런 쓸데없는 것은 들어 있지 않습니다. 그 치약은 거품도 냄새도 맛도 없습니다."

"그렇군요. 전 몰랐어요." 나는 힘없이 말했다.

"그 치약은 강한 타르 맛입니다. 그 치약에 연마공구 성분이 첨가되었거든요."

"그래요? 재밌네요."

"이의 불소 성분에 도움이 되거든요. 지금 당신의 경우라면 금방 효과가 나타날 겁니다."

"설명 고마워요. 내일 아침에 사서 바로 사용해보도록 하겠어요." 나는 전화를 끊으려고 했다.

"칫솔에 따라서도 차이가 납니다. 어떤 칫솔을 쓰고 계시나요?"

"초록색요."

"솔이 억센가요?"

"모르겠는데요."

"혹시 닥터 페스트라는 분 아십니까?"

"텔레비전 광고에 나와서 칫솔로 토마토 닦는 남자분 말씀하시는 거예요?"

　"예. 그 사람입니다."

　"매력 없던데요." 나는 말했다. 교활한 눈빛을 한 평범한 노인네가 한 손에는 칫솔을, 다른 한 손에는 빨간 토마토를 들고 나와서 칫솔로 잘 익은 토마토를 문지른다. 칫솔은 탄력 있게 움직이고 토마토에는 칫솔 자국이 없다. 나는 그 사람을 볼 때마다 먹던 과자가 목에 걸린 것 같은 느낌을 받았다.

　"그 광고를 주시하실 필욘 없습니다. 수준 이하지요."

　"그렇군요."

　"전동칫솔을 사용하는 것이 최상이지요. 전동칫솔은 질이 아주 좋거든요."

　"그렇군요." 나는 빠르게 대답했다.

　난 남편이 아니다. 원격조정이 가능한 전동칫솔이 아침 일곱시에 꼬리를 흔들면서 깨운다. 남편이 멜로디로 예약을 해놓았기 때문이다. 나는 남편이 없는 지금 그것을 중지시켰다.

　"전동칫솔은 특히 민감한 치아를 위해 제작되었습니다. 일 분에 사천이백 회나 회전합니다." 치과 의사 겔트마허가 말했다.

　"굉장하네요." 나는 말했다. 남편이라면 그러한 사실에 열광할 것이다. 관심분야가 비슷한 두 남자가 서로 모르는 사이라는 게 유감스러웠다.

　전날 치과에서 보았던 책이 머리 속에 떠올랐다. 책 속의 주인공은 전동칫솔처럼 아주 지능적이고 정확하게 칫솔질을 했다.

　"아픈 이에 아주 적합할 겁니다." 닥터 겔트마허가 자기의 생각을 전했다.

　"그럼 내일 아침에 사야겠네요. 기차역 내 슈퍼마켓에 틀림없이 있을 거예요."

　"백 퍼센트 거기엔 없습니다. 그런 물건은 전문상가에서만 구입할 수 있습니다." 겔트마허가 말했다.

　"그렇담 내일 오후에 플랜스부르크에 도착해서 알아봐야겠군요. 카우프할레나 바우마르크트에는 있을 거예요."

"여행용 전동칫솔도 있어요. 충전용 배터리가 있어서 여행할 때 사용하기 편하게 만들어졌어요. 주의할 사항은 양치하실 때 칫솔은 물에 조금만 적셔야 한다는 점입니다. 어떤 칫솔이든 간에 그렇게 하셔야 합니다." 치과 의사가 자상하게 일러주었다.

"칫솔을 물에 흠뻑 적셔서 사용해왔는데 방법을 바꿔야겠군요." 나는 곧바로 응수했다.

"칫솔질 원칙은 같습니다. 치아의 겉과 안을 닦은 다음에 음식을 씹는 바닥면을 닦아냅니다."

"예. 그렇게 할게요."

이런 제길, 끝없이 사설을 늘어놓는구먼.

"칫솔질을 할 때 누르거나 문지르지 마세요." 닥터 겔트마허가 말했다.

"그러죠." 나는 말했다.

책 속의 주인공은 칫솔을 아주 규칙적으로 움직였다.

"사용한 칫솔은 반드시 깨끗이 씻어야 합니다. 흐르는 미지근한 물로 대략 육십 초 동안 씻으셔야 합니다."

"잘 알겠습니다. 칫솔을 사용한 다음에 흐르는 물에 씻어 놓지요. 대단히, 대단히 감사합니다. 그럼…… 부인께도 안부 전해주시고 주말 즐겁게 보내세요……."

"플랜스부르크에 가신다구요?"

"예. 순회공연을 떠납니다."

"내일요?"

"예, 아침 일찍."

"지금 곧 갖다드릴 수 있는데요."

"뭘 말인가요?"

"전동칫솔요."

"아뇨. 정말 그러실 필요 없는데요……."

"사용설명서가 어디에 있을 텐데……."

겔트마허가 서랍 뒤지는 소리가 들렸다.

　이런, 이런. 정말 내가 원하는 일이 아니었다. 건실한 남편은 브리기테가 있는 집으로 돌아가야만 했다. 그런 데다 난 손님이 꽉 찼다. 나는 시간을 확인했다. 벌써 다섯시 반! 지금쯤 슈미츠 니텐빌름 선생님은 지하실 계단에 앉아서 바짓가랑이의 쬠쇠 고리를 매만지고 있을 것이다. 내게 다른 인상을 심어주기 위해서.

　"칫솔을 벽에 붙일 때 필요한 부품과 배터리가 있는데……." 쥐어짜는 소리로 닥터 겔트마허가 말했다. 그는 아마도 빡빡한 서랍을 애써 여는 모양이었다.

　"아, 여기에 다 있군요. 찾았어요!" 의사의 밝은 목소리가 전화기를 타고 흘렀다. "소중한 환자들을 위해서라면 전 진료시간 외에도 일을 합니다. 일요일이나 휴일에도 마찬가지죠."

　"제 생각에 그건 최상의 서비스 같군요……." 남편은 집에 새로운 물건의 사용설명서가 생겨서 좋아할 것이다.

　"댁을 방문해도 될까요? 어차피 그 방향으로 가거든요." 치과의사가 기대에 차서 물었다.

　"잠시 후라면 될 것 같은데요. 여섯시 반경은 어떠세요?"

　여섯시 삼십분, 그때쯤이면 슈미츠 니텐빌름 선생님의 창의적이고 흥미 있는 학습계획에 대한 설명도 끝날 거고, 희망사항이지만 유스투스 스트라이트아커도 돌아갈 것이다. 그리고 난 아마도 모든 준비를 끝내고 최고급 여행가방의 지퍼를 닫을 것이다. 물론 가방의 지퍼를 고장내지 않고 또 열쇠로 잠글 것이다.

　"여섯시 삼십분, 좋습니다. 혹시 댁에 떫은 백포도주가 있으십니까?" 겔트마허가 물었다.

　"벤야민?" 나는 창문 밖으로 소리를 질렀다. "우리 집에 떫은 백포도주 있어?"

　벤야민이 정원 의자를 닦다 말고 손을 닦았다.

　"확인해볼게요. 우리에게 필요한 게 몇 병인데요?"

　우리라…… 그렇군.

　"서너 병이면 될 거야. 차게 해줘. 남자분들이 더 오실 거야."

"어떤 분들인데요?"

"애들 선생님과 치과 의사 선생님. 다 훌륭하신 분들이야."

"우리 그릴파티를 하면 어떨까?" 유스투스가 말했다. 그는 여전히 고무 풀 안에 서서 비치볼을 불고 있었다.

그릴 판에 얹어진 고기처럼 모래밭에 앉아서 지칠 줄 모르고 성을 쌓던 아이들은 그릴파티란 말에 귀가 솔깃해 나를 올려다보았다.

"우와— 아, 엄마! 우리 그릴파티 해! 우리 그릴파티 한 지 오— 오래 됐잖아……."

난 아이들 제안이 그리 나쁘지 않다고 생각했다.

곧 밤이 될 것이다. 해가 저무는 시간이 길어서 밝고 또 따스할 것이다. 그리고 늦게 보름달이 떠오를 것이다.

"하지만 집에 아무것도 없어서……."

"그렇다면 우리가 필요한 물품을 조달하겠습니다." 유스투스가 고무 풀에서 튀어나오며 말했다. 갑자기 내팽개쳐진 비치볼이 갈색이 된 더러운 물 위에 둥둥 떠다녔다.

"이 근처 가까운 곳에 괜찮은 고깃집 있습니까? 우리 고향에서는…… 직접 도살해서 파는 고깃집이 있는데……. 난 도살도 잘해요! 닭도 잘 잡고" 유스투스가 정원이 울리도록 웃었다.

모래로 뒤범벅이 된 아이들은 경이로운 듯 그를 바라보았다.

벤야민은 눈을 돌렸다.

"예, 여기에도 있어요. 두 블록 정도만 가면 되요. 서두르면 문 닫기 전에 도착할 수 있을 거예요"

유스투스는 몸을 닦고 옷을 입고 순식간에 정육점에 갈 준비를 마쳤다. 그는 민첩한 행동가였다. 그것이 그의 장점이다.

벤야민이 지하실에서 포도주 다섯 병을 꺼내서 냉동칸에 집어넣었다.

"그릴기는 차고에 있어요" 나는 말했다. "나머지 그릴 용품들도 다 있을 거예요"

"아저씬 벌써 고기 사러 나가셨어요?"

"그래. 벌써 출발하셨어."

"샐러드를 만들 재료들도 사와야 하는데. 토마토와 피망, 그리고 오이나 고추도 필요해요. 마늘도 필요하고요. 차스키*를 만들어야 하는데."

"그런 것도 만들 줄 알아?"

"그럼요. 전 차스키를 아주 잘 만들어요! 그리스 음식을 세번째 외국음식으로 선택했어요."

정말 아름다운 밤이었다.

여덟시경에 모든 게 끝났다. 고기는 아주 맛있게 구워졌고 냄새도 끝내줬다. 고기와 양념 냄새가 우리 집 담을 넘어서 막 깎아낸 향긋한 풀 냄새 그리고 초여름의 미풍과 섞였다.

유스투스 마리아 스트라이트아커가 드라이기를 들고 그릴기 옆에 서서 소시지에 월드스타의 숨을 불어넣었다. 벤야민은 꽃, 냅킨, 오색 테이프로 식탁을 세련되게 장식했고, 그 위에 정갈하고 먹음직스런 음식을 차려냈다. 맛 좋은 차스키를 천연 바가지에 담아서 직접 서빙했다.

"나도 그거 잘 만들어요!" 유스투스의 허풍이 또 시작되었지만 아이들까지 그걸 파악한 후로 그 밝은 웃음은 빛을 잃었다.

닥터 겔트마허는 차가운 첫번째 백포도주를 따서, 한 모금 정도 유리잔에 따라들고 부드러운 저녁노을을 바라보며 명상에 잠겼다. 석양이 잔 속 포도주에 파고들어 환상적인 색깔을 만들어냈다.

닥터 겔트마허는 한 모금의 술을 치과 의사답게 깨끗하게 양치한 입 속에 소리나게 훌짝 털어넣고 입 안에서 한 바퀴 돌리면서 눈동자도 같이 굴렸다. 그는 틀림없이 입 안에 든 술을 뱉어낼 만한 적당한 그릇을 찾다가 발견하지 못해서 어쩔 수 없이 삼켰을 것

* 각종 야채, 올리브, 후추, 우유를 섞어 맛을 내는 그리스식 샐러드

이다.

두 번 세 번 입맛을 쩝쩝 다시더니 그는 아주 만족해서 말했다.

"술맛이 기가 막히군요."

"우리 고향 남티롤에도 좋은 술이 있어요." 유스투스는 기회를 놓치지 않고 또 자랑을 늘어놓으며 큰 소리로 웃었다.

그러더니 그는 포도주를 우리들 잔에 모두 따라주었다.

슈미츠 니텐빌름 선생님은 맥주병을 손에 들고 의자에 쪼그려 앉아서 우리들 모습을 지켜보았다. 그는 앞에 나서는 걸 좋아하지 않는 모양이었다. 난 맥주병을 든 그의 길고 가냘픈 손가락들이 마음에 들었다. 그 손가락들은 가끔씩 그의 입에 맥주를 부어주었다.

자기 삶을 아이들을 위해 다 써버려서 비쩍 마르고 수척한 청년은 육체와 영혼이 일치하는 교사였다. 그는 창의성과 흥미를 유발시키는 교재를 보여주고 설명을 덧붙인 다음에 즐거운 마음으로 조용히 우리들과 동석했다. 그는 감사한 마음과 오늘 저녁시간에 대한 불안한 기대감으로 맥주병을 꼭 쥐고 있었다. 그는 갈색 코듀로이 바지에 똑딱단추가 달린 장미색 셔츠 차림이었다.

장미색 셔츠는 틀림없이 그의 어머니가 아들을 위해 골랐을 것이다. 번화한 쇼핑몰에서. 그가 신은 갈색 단화는 끝이 둥글게 처리된 것이다.

나는 지금 거실 창문 아래쪽에 있는 아늑한 나무 의자에 앉아 있다. 오른쪽에는 에르니가, 왼쪽에는 베르트가 앉아서 다리를 흔들면서 겨자 바른 소시지를 주린 입에 마구 쑤셔넣고 있다.

유스투스가 고기를 구웠다. 고기는 알맞게 구워졌다. 겉은 기름이 자글자글 타면서 노릇노릇하게 구워졌고 속은 부드럽고 붉었다.

"흠, 정말 환상적인 맛이야!"

유스투스는 낮은 소리로 껄껄 웃었다. "그럼요, 난 고기를 잘 구워요! 샬로테, 당신 생각은 어떻소! 여름이면 남티롤 호텔 테라스에서 우린 그릴파티를 했답니다! 때론 마흔 명이 넘는 손님들을 위해 고기를 구웠지요! 그래서 고기 굽는 비법을 터득해야 했습니다!”

“저분은 못하시는 게 없어요.” 벤야민이 슈미츠 니텐빌름 선생님에게 말했다.

“그렇군요.” 슈미츠 니텐빌름이 말하면서 당황한 듯 맥주병을 꼭 쥐었다.

유스투스가 웃었다. “다는 아니에요.” 그가 겸손하게 말했다. 우리는 모두 웃었다. 아하, 유스투스 스트라이트아커는 정말 아무하고나 잘 어울렸다!

긴장이 풀린 느긋한 분위기였다.

벤야민이 샐러드 그릇을 돌렸다.

차스키는 아주 신선하고 감칠맛이 났다.

“이 차스키 맛이 아주 절묘해요.” 나는 찬사를 늘어놓으며 양념 묻은 피망을 파삭 씹었다.

“전 차스키를 아주 잘 만들죠.” 벤야민이 어떤 사람 흉내를 내면서 내게 눈을 찡긋했다.

나는 벤야민을 쳐다보았다.

유머 감각이 있는 청년이었다. 내가 접시를 건네자 벤야민이 바가지에서 차스키를 퍼 담았다.

“올리브도 넣어드려요?”

“그래.” 나는 벤야민에게서 눈길을 떼지 않고 말했다.

난 그때 비로소 행실이 바른 이 청년에게 마음이 끌리는 걸 알았다. 벤야민은 젊고 매력적이고 집안일에 능동적이고 자발적이고 즐겁게 일하고 사고가 풍부한 데다 유머 감각도 있었다. 아무도 믿지 않겠지만 난 흠잡을 데 없는 청년의 몸매가 아니라 그가 일하는 모습을 오후 내내 침실 창가에 서서 즐거이 바라본 적도 있었다.

벤야민이 바가지에서 올리브를 찾아냈다.

“검정과 초록, 둘 중 어떤 올리브를 원하세요?”

“둘 다 하나씩.” 나는 말했다. 나는 벤야민의 눈을 계속 응시하고 있었다. 벤자민은 아직 수줍은 청년이었다.

상황이 상황이라 내 눈길을 피하겠지. 하지만 난 눈을 똑바로 쳐다보는 것을 더 좋아한단다. 그러니 날 똑바로 쳐다보렴. 두려울지라도 나는 이 집의 안주인이고 게다가 네 엄마뻘 되는 사람이잖아.

벤야민이 검은 올리브 하나, 초록 올리브 하나를 건져냈다.

벤야민은 눈을 내리깔지 않았다.

샤-알-로-오-테! 안돼, 그 청년을 그렇게 뚫어져라 쳐다보지 마. 네게 돈 되는 일도 아니잖아. 벤야민은 아직 어려.

검은 올리브가 내 접시 위에 툭 떨어졌다.

아주 좋아, 샬로테, 제발 그러지 마.

"초록 올리브 하나 더." 나는 만족하지 않고 말했다.

벤야민이 다른 올리브를 낚았다.

제발, 샬로테, 이 아이를 슬프게 만들지 마! 혼란한 상황은 제발 이제 그만! 경험 많고 원숙한 네가 끝내!

올리브가 나무 주걱에 놓여 있다. 조그맣고 동그란 죄 없는 초록빛 올리브가. 그리고 맛 또한 기가 막힌.

자, 이젠 내 접시로 옮겨야지, 젊은이.

"초록 올리브야?" 내가 물었다.

"예, 초록 올리브예요." 벤야민이 당황했다. 벤야민이 바로 초록이라는 생각이 들었다.

정말이지 난 그 순간 그 아이에게서 내 눈길을 거두고 싶었다.

정말이지 난 그 순간 내 못된 행위에 종말을 고하려고 했다. 그럴 작정임을 나는 알고 있었다.

나는 나무 주걱을 건네받기 위해 벤야민의 팔목을 붙들었다.

벤야민이 놀라서 몸을 움츠렸다.

그 바람에 올리브가 주걱 위에서 이리저리 뒹굴다가 드디어는 균형을 잃고 아래로 떨어졌다.

"어이쿠!" 벤야민이 당황했다.

"어머나!" 나도 당황했다. 차고 매끄럽고 축축한 올리브가 내 발등에 떨어졌다. 막 매니큐어를 바른 고상한 여인의 네번째와 다섯번째 발가락 사이에서 올리브가 멈추었다.

그때 유스투스가 불쑥 나타나서 (올리브를 찾아내는 일을 나는 잘해요) 그 올리브를 집어들더니 입에 쏙 집어넣었다.

"흠! 맛 좋군." 그가 말했다.

벤야민이 나를 바라보았다.

나는 벤야민의 눈길을 그대로 받아들였다.

"미안하구나." 나는 작은 소리로 말했다.

"제 실수였어요" 벤야민이 말했다.

"아냐. 내 탓이야." 내가 말했다.

"내 고향 남티롤 올리브도 정말 맛있답니다." 유스투스가 말했다.

"흥미롭군요" 슈미츠 니텐빌름이 자리에 앉은 채 말했다.

"맨날 저 아저씨는 자랑만 해요 '있다'라는 말밖엔 못하나 봐요!" 베르트가 말했다.

"남티롤 사람이니까 그렇지, 이 바보야!" 에르니가 말했다.

"올리브는 치아에는 별로 좋지 않아요. 설태를 끼게 하고 충치를 유발시킬 확률을 높게 만들죠" 겔트마허가 치과 의사로서 한마디 보탰다. 달빛이 드리워진 잔을 들어 포도주를 한 모금 쭉 들이켜는 그의 행동에 사람들 시선이 집중되었다. 나는 포도주가 그 사람의 치아를 상하게 하지 않기만을 간절히 바랐다. 그는 어쩌면 입 안에 남아 있는 알코올 찌꺼기를 깨끗이 제거하기 위해서 집에 돌아간 다음 전동칫솔을 육만 오천 번 돌려야 할지도 모른다.

"슈미츠 니텐빌름 선생님, 올리브 더 드릴까요?" 나는 친근하게 물었다.

"전 됐습니다. 고맙습니다."

슈미츠 니텐빌름 씨는 음식에 전혀 손을 대지 않았다. 그는 맥주병을 든 채 구석자리에 앉아만 있을 뿐이었다.

"슈미츠 니텐빌름 선생님, 식사가 끝나면 우리랑 같이 차고 지붕에 올라간다고 약속해주세요!"

에르니와 베르트는 배가 부른 모양이었다.

"글쎄…… 그게…… 흠……." 슈미츠 니텐빌름 선생님이 어색하게 웃었다.

"배수구에 뭐가 들어 있는지 선생님께서 꼭 보셔야 하거든요"

"지렁이, 거미, 아니면 박쥐 그런 것들이겠지, 뭐. 그게 뭐 대수니?" 윤기가 자르르 흐르는 검정 올리브를 입에 넣고 음미하면서 내가 말했다.

"아냐, 엄마! 얼마나 재미있는데!"

"엄마! 차고 지붕에 올라가게 허락해주세요!"

"우리 고향 남티롤에도 박쥐가 살아요 아주 오래된 성당에 사는 박쥐들은 천장에 거꾸로 매달려 있지요" 유스투스가 낮은 소리로 웃었다.

"헤헤헤! 박쥐가 성냥에 거꾸로 매달려 산대!" 에르니가 배꼽을 움켜쥐고 웃었다. 미처 목구멍으로 넘어가지 못한 소시지가 에르니 입 밖으로 활개치며 튀어나왔다.

"성냥이 아니라 성당이야, 이 바보야! 성ㅡ당!"

"성당이 뭔데?"

"성당은 오래된 가톨릭 교회 건물을 말한단다. 나중에 우리 집에 오면 볼 수 있을 거야. 우리 동네에 정말 멋진 성당이 하나 있거든. 그리고 근처 작은 도시에도 하나 있고 그 성당의 제단은 황금으로 되어 있지. 그 황금 제단은 귀한 골동품이야."

"엄마, 배수구에 들어 있는 걸 한번 보고 싶어!" 에르니는 황금으로 된 제단 따위에는 관심이 없었다.

"엄마, 사다리 꺼내와도 되지?"

"그래, 좋아. 슈미츠 니텐빌름 선생님이 허락만 하신다면……."

아이들은 말이 끝나기가 무섭게 자리를 박차고 일어나 사다리를 꺼내왔다. 한바탕 법석을 떨면서 벤야민, 에르니 그리고 베르트는 차고 지붕 위에 올라갔다. 슈미츠 니텐빌름 선생님은 사다리를 붙잡고 서서 아이들이 올라가는 걸 도와주었다. 그런 다음 곧 뒤따라 올라갔다.

유스투스도 순식간에 그들을 따라 올라갔다.

"전 사다리를 아주 잘 탑니다. 우리 고향 남티롤에서도 사다리를 자주 타지요. 어릴 적에 전 친구 아르놀트 케슬러와 매일 사다리 타기를 했어요……."

"그 사람 절름발이죠?" 베르트가 물었다.

그는 벌써 별이 초롱초롱 빛나는 밤하늘로 사라졌다.

닥터 겔트마허가 포도주를 입에 털어넣었다.

"정말 호감 가지 않는 친구네요. 허풍이 너무 지나쳐요." 그는 언짢아하며 말했다.

그가 내 잔에 포도주를 따라주었다.

"자신은 그렇게 생각하지 않아요." 나는 명상에 잠긴 시선으로 잔을 바라봤다.

"저 친구는 당신 관심을 끌고 싶은가 보군요. 그렇죠?"

"자기에 대한 나의 반감을 진작에 알아차렸어야 했는데……." 나는 깊은 생각에 잠긴 목소리로 말했다. "알프스 산에 비유해서 그는 자기가 멋진 산봉우리쯤 된다고 착각하고 있어요."

나는 킥킥 웃었다.

"엄마! 의사 선생님! 여기 끝내줘요!"

"그래? 별나라도 보이니?"

"응! 배수구에 카드도 들어 있어!"

"여기 제비 둥지도 있어요." 지붕 뒤쪽에서 유스투스의 굵은 목소리가 들렸다. "우리 고향에도 제비 둥지는 많아요." 유스투스가 쾌활하게 웃었다.

"우리도 알아요." 베르트가 말했다.

"엄마! 우리가 찾던 원반 여기에 있어!" 에르니가 소리쳤다.

"그리고 털 빠진 셔틀콕도! 이거 봐!"

썩은 셔틀콕이 그릴 판 위 소시지 옆에 떨어졌다. 셔틀콕은 빠지직거리는 소리와 함께 불꽃을 일으키며 타버렸다.

"조심해! 던지지 마!"

"여기에 초록색 축구공도 있어요! 왜 우리가 오랫동안 찾았던 거 있잖아요!"

"야아! 내 수영날개! 이게 어떻게 여기까지 올라왔지!"

아이들이 차고 지붕에 올라가서 물건을 내던질 만큼 성장했다는 사실이 놀라웠다. 아이들이 자꾸자꾸 테라스 위로 물건을 집어던졌다. 밀가루 체, 아이들에게 두번째로 사 신겼던 유명 제화의 고무 장화.

"엄마! 이리 올라와! 경치가 끝내줘!" 에르니는 더러운 물웅덩이를 철벅거리며 왔다갔다했다.

벤야민이 민첩하게 지붕에서 뛰어내리더니 삽을 찾으러 갔다.

"배수구가 막혔어요. 물이 고여 있는 게 놀랄 일도 아니네요"

"훌륭한 청년을 구하셨군요 제 병원도 저만큼 사려 깊은 간호사를 원하는데, 병원 지붕 위에 올라가려는 간호사는 한 사람도 없을 거예요 어느 누구도 스스로 일을 찾아 하는 사람은 저 청년뿐일 거예요. 우리 병원 간호사들은 일을 시작하기도 전에 커피 마시며 잡담들 해요. 그리고 네 시간이 지나면 점심시간이고 너무 편하죠" 겔트마허가 벤야민을 칭찬했다.

그는 와인잔에 언짢은 기분을 감췄다.

"그렇다면." 나는 의기양양해서 말했다. "당신도 남자 간호사를 찾아보세요 현대사회는 탁월한 교육을 받은 남자 간호사들도 많아요! 여러 가지 음식 중에서 소화해내기 쉽고 균형 잡힌 음식을 섭취하려는 인간의 욕망과 다를 바 없죠 물론 주머니 사정에 따라서 다를 수 있지만요! 그것 말고도 저 청년은 청소도 아주 깨끗이 하고, 쇼핑도 알뜰하게 하고 아이들도 잘 돌본답니다. 혹시 저 청년의 근육 보셨어요? 전 제 발견에 대해 매일 자축하며 지내고 있어요" 나는 뽐내며 포도주를 한 모금 마셨다. "이런 유리잔은 또 얼마나 잘 닦는지! 우리나라 최고의 손이에요! 내 귀한 도자기 그릇들을 식기세척기에 넣고 돌리는 일도 없고, 도자기 파편들을 화장실 변기에 집어넣는 짓 따윈 안하죠! 그 아이는 절대 그런 짓 안해요!” 나는 벤야민을 자랑했다.

“엄마! 엄마도 꼭 올라와야 돼!”

“우리도 올라갈까요?” 나는 치과 의사에게 물었다. “어떻게, 생각 있으세요?”

닥터 겔트마허도 올라가보고 싶어하는 눈치였다. 그것도 안달 날만큼.

우리 둘은 차고 지붕 위까지 기어올라갔다. 그가 내 발목을 잡아줄 때 나는 도움을 받는다기보다 오히려 방해받는 느낌이었다.

“여기 참 좋군요.” 내가 말했다.

“공기 맛이 샴페인 같아요!” 의사가 말했다.

우리는 고공에서 흔히 사람들이 느끼는 몽롱함을 잠시동안 즐겼다. 수평선보다 최소한 칠 미터 이상 높으니까! 이웃집의 정원과 차고 입구가 다 보였다!

“우리 고향, 남티롤은 바위 위에만 올라서도 공기 맛이 꼭 샴페인 같죠!” 유스투스가 말했다. “밤이면 아르놀트 케슬러라는 친구와 그곳에서 기타 치며 노래부르면…….” 뒷말은 사람들 외침 속에 묻혀버렸다.

“베르트, 우리 ‘잡기놀이’ 하자! 와, 엄마를 잡자!” 에르니가 소리치자, 베르트는 벌써 내 다리를 붙잡고 열심히 끌어당기면서 나를 열려 있는 침실 창문 안으로 밀어넣으려고 했다.

“아냐! 안돼! 애들아, 나를 놔줘! 간지럽단 말이야!”

물론 벤야민도 아이들과 합세했고, 닥터 겔트마허가 나를 붙잡는다고 느끼는 순간, 내 몸은 이미 침대 옆 파란 카펫 위에 있었다. 다니엘라 팔레티의 소설과 미용 티슈가 있는 공간에. (부부 침실에 있는 미용 티슈의 용도는 뭘까?) 마늘 냄새를 풍기는 해적들과 기사들이 큰 소리를 내지르면서 내게 달려들어 내 베개와 남편의 베개로 내 머리를 짓눌렀다.

나는 재미있었지만 숨쉬기가 무척 어려웠다. 그런 와중에도 나는 내일 아침 일곱시 십오분에 타야 할 기차를 생각하고, 또 우리가 지금 자기 베개로 무슨 장난을 하는지 알게 되면 남편의 심정이 어떨까 생각해보았다.

해적들은 나를 목욕탕으로 끌고 갔다. 나는 깔깔대느라고 서 있을 수도 없었다. 나를 변기 위에 앉히고 수건으로 둘둘 감았다. 누가 상상할 수 있으리! 아이들은 아키메드에게서 배운 것을 복습하는 중이었다.

유스투스가 샤워 꼭지를 틀었고, 벤야민이 유스투스 손에 들린 샤워기를 우격다짐으로 빼앗았다. 그 과정에서 목욕탕은 물바다가 되었다. 목욕탕이 물바다가 되었든 어쨌든 그것은 벤야민의 일거리지, 이제 나와는 상관없었다. 닥터 겔트마허가 짓궂은 웃음을 흘리면서 목욕탕 불을 꺼버렸다. 에르니와 베르트가 겁내며 자기 방으로 도망가더니, 베개와 방석, 담요를 목욕탕 문 앞에 쌓아놓아서, 나는 기어서 목욕탕을 나와야 했다.

침실로 들어간 나는 바리케이드를 쳐서 방어태세를 갖추고 류마티즘 환자를 위해서 만들어진 남편의 특수 베개를 들고 있다가 첫번째 침입자에게 던졌다.

첫 침입자는 슈미츠 니텐빌름 선생님이었다. 베개는 선생님 콧등에 걸쳐진 안경에 정확히 맞았고, 난 너무 재미있어서 낄낄거리며 옷장 뒤로 도망쳤다.

그동안 아이들은 남편 서재에 있는 커다란 소파를 복도로 끌고 나와서 소파 등받이 위로 재빨리 올라섰다. 목욕탕 앞이 젖어서 뛰어넘겠다는 속셈이었다.

"오우, 그래!" 유스투스가 소리쳤다. "징검다리를 뛰어넘는 데는 내가 선수급이죠!"

이제 우리들은 모두 이층 복도로 나와 나란히 서 있었다. 슈미츠 니텐빌름 선생님은 안경을 닦았다. 나는 남편의 낡은 소파 위에서 축축한 변기 커버 위로 뛰어내렸다. 에르니는 내게 화장지를 던지고, 베르트는 변기 닦는 솔로 나를 마구 때렸다. 우리들은 웃고 떠들고 비명을 내지르고, 한마디로 난장판이었다.

"우리, 노래 불러요" 슈미츠 니텐빌름 선생님이 갑자기 소리쳤다. "제가 기타를 가져왔거든요"

"예? 지금 갖고 계세요?"

"아뇨 자전거에 있어요 금방 가져올게요"

"그래요! 우리 노래 불러요! 어떤 노래 부를까요?"

우리들은 다시 침실 창문을 통해서 차고 지붕 위로 올라갔다.

"나도 기타 칠 줄 알아요. 아주 잘 치죠" 유스투스의 자랑이 또 시작됐다.

나는 그의 입에서 그런 말들이 튀어나올 걸 예상하고 있었다.

"우리 고향, 남티롤에서는 손님들을 즐겁게 하기 위해서 난롯가에 모여 앉아서……."

"기타 가져왔어요!" 슈미츠 니텐빌름 선생님이 큰 소리로 말했다. 조심스럽게 그는 사다리를 딛고 올라오고 있었다.

"뽀뽀뽀! 뽀뽀뽀!" 내 아들들이 열광적으로 소리쳤다.

"저, 왜 그런 노래 있죠 ……<달맞이>라는 노래 말예요" 닥터 겔트마허가 제안했다. 그는 포도주잔을 든 상태로 창문을 빠져나오려 했기 때문에 자기 몸의 균형을 잡는 데 신경을 썼다.

창문 난간에 세워진 술병은 그런 난리법석 속에서도 떨어지지 않고 자리를 지키고 있었다.

치과 의사가 술병을 안전하게 잘 세워놓았던 것이다. 네 시간 전에 그 사람은 단지 내게 전동칫솔을 갖다주러 우리 집에 왔던 사람이다. 아직도 집에 돌아오지 않는 남편을 그의 아내 브리기테는 어떻게 생각할까!

"달아, 너는 조용히 물러가거라." 유스투스가 노래제목을 외쳤다.

"별들아 빛나거라." 의사가 준엄하게 말했다.

"<예스터데이>. 모두 다 <예스터데이>는 아시죠!" 벤야민이 단단한 근육질의 팔을 들어 보이며 말했다.

"쓸데없는 소리. 우리들에게 어제란 존재하지 않아." 포도주로 약간 취기가 오른 의사가 항의조로 말했다. 끊이지 않는 마누라 바가지로 그가 스트레스를 받고 있다는 것을 모두 다 눈치챘다.

"그럼, <사월의 노래>를 해요. 누가 먼저 부르겠어요?" 분위기를 조정하기 위해서 내가 나섰다. "누가 먼저 부르겠어요?"

슈미츠 니텐빌름 선생님이 배수구 위에 서서 목청을 가다듬었다. "목련꽃 그늘 아래서 베르테르의 편질 읽노라, 구름꽃 피는 언덕에서 피리를 부노라, 아ー 아ー 멀리 떠나와 이름 없는 항구에서 배를 타노라, 돌아온 사월은 생명의 등불을 밝혀준다, 빛나는 꿈의 계절아 눈물 없는 무지개 계절아." 잘 아는 노래여서 우리들은 모두 따라 불렀다. 유스투스는 베이스로 각 소절의 끝을 반복하면서 화음을 맞추려고 노력했다.

닥터 겔트마허는 노래에 소질이 없었다. 그는 틀림없이 학창시절에 음악 선생님들 사이에 음악성 없는 학생으로 은밀히 낙인찍혔을 것이다. 이 세상 모든 인간이 선천적으로 음악에 대한 재능을 부여받고 태어났음에도 불구하고 선천적인 음치란 없다. 모든 인간은 노래를 잘 부를 수 있다. 불쌍하게도 겔트마허는 그가 선택한 직업으로 인해서 그 재능을 잃은 것이다. 그 사람이 다루는 기계의 소음 때문에 선천적으로 타고난 음악적 소질이 무뎌졌다가 점차 퇴조하면서 급기야는 아예 선천적으로 못하는 것처럼 된 것이다. 그리고 빼놓을 수 없는 중요한 또 다른 이유 하나는 그가 아내 브리기테에게 애정이 없다는 것이라고 할까……

나는 용기를 얻기 위해서 닥터 겔트마허가 들고 있는 잔을 빼앗아서 남은 술을 다 마셨다. 이 밤이 좀더 길었으면!

오늘 이 밤이 꼭 내 집, 내 가족이라는 굴레에서 내게 남겨진 마지막 시간처럼 느껴졌다. 이런 자리에 남편이 없는 게 정말 유감이었다. 이 세상 그 무엇을 위해서라도 그는 결코 차고 지붕 위에 올라갈 리가 없을 것임에도 불구하고 지금 우리와 같이 있다 하더라도 그는 캠코더를 들고 이층 침실 창문에 기대 있는 게 고작일 것이다. 제일 높이 올라간 것이. 지금까지 통틀어서.

아무도 <예스터데이>라는 노래를 부르려 하지 않자, 벤야민은 몸을 가볍게 날려 테라스로 뛰어내리더니, 차고 안으로 들어가서 낡은 썰매를 들고 나왔다. 썰매를 든 팔뚝 근육이 대단했다. 우리는 열광적으로 받아든 썰매 위에 올라앉아서 정겹게 서로 몸을 밀착시켰다.

"목련꽃 그늘 아래서 베르테르의 편질 읽노라."

벤야민은 썰매를 하나 더, 다음에 두 개의 촛불과 마시던 포도주 병을 들고 왔다. 벤야민이 너무나 사랑스러웠다.

그 사이에 우리는 신나는 노래를 불렀다.

"다같이 폴카, 폴카, 폴카 춤을 추어요."

차고 지붕 위에서 정체란 더 이상 없었다.

유스투스는 자리를 박차고 일어나 플라멩고를 추자며 나를 잡아끌었다. 안주인은 직장동료와 열광적으로 춤을 추었다. 닥터 겔트마허는 포도주잔을 썰매 위에 내려놓더니 열렬히 박수를 쳐주었다. 유스투스는 오스트리아 지방의 민속춤을 추면서 내 팔에 자기 팔을 걸고 껑충껑충 뛰며 시계바늘 방향으로 돌았다. 벤야민은 썰매 위에 올라서서 "오, 예!"를 연발했다. 슈미츠 니텐빌름 선생님은 배수구에 서서 열정적으로 기타를 쳤다. 아이들은 지칠 줄 모르고 이쪽저쪽 썰매 위를 뛰어다녔다. 썰매 위에 있는 술잔 속의 포도주도 출렁거렸다.

우리들은 슈미츠 니텐빌름 선생님의 레퍼토리에 따라서 노래를 불렀다.

아이들이 내게 엉겨붙기 시작했다. 아이들은 피곤했을 것이다. 벤야민이 다시 지붕 위로 뛰어올라왔다. 이번 열번째에는 아이들이 덮을 담요를 들고 왔다.

닥터 겔트마허의 강압에 못 이겨 우리는 <달맞이>를 불렀다.

유스투스는 낮은 음을, 슈미츠 니텐빌름 선생님은 높은 음을 맡았다. 나는 닥터 겔트마허보다 더 큰 소리로 노래를 불러보려고 노력했지만 음이 아주 뒤죽박죽인 엉터리 노래를 큰 소리로 너무 신나게 부르는 바람에 쉽지 않았다. 배수구에 살고 있는 박쥐들도 그 순간만큼은 탈출하고 싶었을 것이다.

병을 앓고 있는 이웃 사람도 마찬가지였을 것이고.

<예스터데이>도 불렀다. 내 어깨에 기댄 아이들 무게가 점점 더 무거워진다 싶더니 급기야 아이들은 잠에 곯아떨어졌다. 아이들도 몰려드는 졸음을 더 이상 견디지 못했을 것이다. 벤야민이 아이들 등 쪽에 쿠션을 대주었다. 아이들의 머리가 하나씩 차례로 내 양어깨를 차지했다. 귀여운 것들, 내 귀한 새끼들이 잠들었다. 이제 아이들은 다른 사람이 자기 부모가 되기를 원치 않을 것이다. 나는 오늘 아이들이 원하던 것을 제공한 셈이다.

나는 거의 움직일 수 없었다.

"당신은 대단한 걸 소유하셨어요. 내겐 자식이 허락되지 않았죠." 닥터 겔트마허가 자기 잔을 내게 돌리며 말했다. 나는 겔트마허에게 받은 잔을 단숨에 들이켰다.

"난 자식들이 많아요" 유스투스가 말했다.

노력, 노력, 끝없는 노력. 노력하지 않으면 대가도 없는 법. 하지만 어쩌면 얇은 입술의 브리기테가 원치 않은 것인지 모른다.

그릴 판에서 지글지글 타는 소리가 났다.

"정말 유쾌한 시간을 보냈습니다. 꼭 학창시절 수학여행 온 기분입니다." 슈미츠 니텐빌름 선생님이 말했다.

이 한마디가 슈미츠 니텐빌름 선생님이 여성에게 할 수 있는 최대의 찬사라는 것을 나는 알고 있었기 때문에 아주 기분이 좋았다.

포도주도 다 마셨고 달도 옆집 지붕 너머로 달아나버렸고 촛불마저도 바람에 흔들렸다. 나는 순회공연 스케줄과 페퍼의 이중 모럴에 대해서 설명했다. 거듭거듭 마신 술이 나를 취하게도, 기분을 좋게도 만들어서 출생이 복잡한 쌍둥이 아들 중 한 녀석의 애비

되는 하네스에 대해서도 얘기했고, 그가 나를 버리고 도망친 얘기
도 했다. 썰매 위에 앉아 있는 남자들은 내 말에 신선한 충격을 받
은 듯했다.

"사랑에 있어서 당신은 백지상태가 아니군요" 닥터 겔트마허가
말했다.

"사실이 아닐 거예요" 유스투스가 낮게 웃으며 말했다.

슈미츠 니텐빌름 선생님은 그저 관심 있게 지켜볼 뿐이었다.

닥터 겔트마허는 진료하면서 겪은 재미있는 경험담과 욕지기날
만큼 구취가 심한 반갑지 않은 손님에 대해서 얘기했다. 그 말에
유스투스도 자기 고향에 사는 구취가 심한 이웃에 대해서 설명했
다. 그러던 중에 갑자기 슈미츠 니텐빌름이 기타를 케이스에 집어
넣더니, 김이 다 빠져나간 미지근한 맥주를 마저 들이켰다.

우리는 서로 힘을 모아서 아이들을 아이들 방에 데려다 뉘었다.
침실 창문을 지날 때 아이들이 깰까봐 최대한 주의를 하며 균형을
잡았다. 세 남자는 차고 지붕 위를 정리하고 내려와서 테라스와
정원을 치웠다. 유스투스는 좀 전까지 자그마한 풀장이던 고무 튜
브를 노련한 솜씨로 밟아서 납작하게 만들었다. 시커먼 구정물이
만들어낸 수많은 잔거품들이 잔디를 덮쳤다. 유스투스는 고무 튜
브 안에 남아 있는 찌꺼기들을 하수구에 쏟아버리고 담장에 그것
을 걸쳐놓았다. 벤야민은 그릇들을 닦고 이미 차갑게 식어버린 소
시지와 타버린 셔틀콕을 치웠다. 닥터 겔트마허는 지붕 위에 있던
썰매를 차고 안에 갖다두고 배수구 안에 쑤셔박힌 쓰레기들을 꺼
내서 쓰레기통에 버리고 접시에 남아 있는 음식물을 매립용 쓰레
기통에 버렸다. 남자들 각자가 알아서 아주 깨끗이 치우고 있었다.
상대방을 생각해서 그런 일에 익숙한 사람들처럼 아주 세밀한 부
분까지 신경을 쓰면서 일하는 모습이 보기 좋았다. 난 모두들 이
밤을 끝까지 아름답게 지키고 싶어한다는 걸 알았다. 세 명의 남
자는 하나같이 나와 단둘이 이 밤을 지내려고 했다. 그렇더라도
모두가 가정에 충실한 가장들임을 오늘밤 내게 다 증명해 보였다.

나는 정말 만족스러웠다. 그 사이에 나는 세 남자를 내 마력으로 휘어잡았다. 슈미츠 니텐빌름 선생님만 빼고. 그는 저쪽 귀퉁이에 떨어져 앉아서 우리를 지켜보기만 했다. 나 또한 슈미츠 니텐빌름 선생님에게는 마력을 행사하고 싶지 않았다. 돈 되는 일도 아닌데.

단단히 벼르서 마력을 발휘한 첫 상대는 유스투스였다. 인형 같은 계집애가 복수하기 위해서 짜놓은 시나리오였다. 처음에는 머리핀을 이용해서 뒤에서 쐈는데, 좀더 확실히 하기 위해서 청진기를 한 번 더 사용했다. 다음에는 불행하게도 닥터 겔트마허와 그런 일이 발생했다. 순전히 흡입기 때문이었다. 나의 실수였다. 그것으로 인해 그 사람은 아주 짧은 순간에 내 생활에 끼어들었다. 오늘밤에는 벤야민을 유혹했다. 올리브를 미끼로. 다분히 의도적이었다. 한 대 쥐어박힐 일이지만. 나는 오늘밤 남은 시간에 이어질 프로그램에 흥미를 느꼈다.

정말 훌륭해. 남자들이 구석구석 완벽하게 정리했어. 내가 잔소리를 할 필요도 없이 자기들 스스로 알아서. 모든 흔적들이 사라졌어. 남편이 이 자리에 없다는 게 유감이야. 남편이 이 자리에 있었다면 분명 자극을 받았을 텐데.

아직 남편에게 때가 오지 않은 거야. 아직까지는.

지금 이 순간, 그 시기가 얼마나 빨리 올지는 나도 잘 모르겠어.

나는 아이들에게 조용히 다가가 통통하고 따스한 볼에 내 볼을 갖다댔다. 고르고 만족스러운 숨소리. 숨을 내쉴 때 풍기는 세상 어느 것하고도 바꿀 수 없는 천진한 아이들 입 냄새를 나는 얼른 들이켰다. 귀여운 천사들! 술 냄새, 담배 냄새, 마늘 냄새도 없고, 그 앙증스런 입술을 통해서 추잡한 얘기들이 단 한번도 튀어나온 적이 없었다. 어쩌다 "넌 바보 멍청이야"라고 욕을 하기도 하지만 그것은 아이들이 할 줄 아는 가장 나쁜 말이었다.

"잘 자거라, 귀여운 내 새끼들! 엄만 너희들을 사랑해." 나는 아이들 귀에 대고 속삭였다.

"우리도요" 베르트가 꿈에 젖은 소리로 속삭이며 부드럽고 통통한 두 팔로 내 목을 감았다. 난 정말 아이의 팔을 떼어놓고 싶지 않았다. 어떤 일이 있어도 절대로. 이렇게 부드럽고 예쁜 팔을 가진 내 새끼들을 데리고 공연여행을 할 수만 있다면! 내 목을 감고 있는 두 팔만이라도! 죽은 여우의 가죽을 목에 두르고 다니는 여자보다 훨씬 나을 텐데.

"엄마 아빠가 다른 사람이었음 좋겠니?" 나는 기대에 가득 차서 물었다.

"아뇨. 엄마가 좋아요. 엄마가 내 엄만걸."

베르트가 열일곱, 열여덟의 난폭하고 반항적인 사춘기 청소년이 되었을 때, 얼굴 여기저기에 여드름이 불뚝불뚝 솟고, 면도하지 않아서 거칠거칠 수염난 얼굴을 내 얼굴에 비벼대면서, "엄마, 전 엄마를 사랑해요"라고 속삭여줄까? 털이 부숭부숭한 멧돼지 다리 같은 팔로 내 목을 끌어안아줄까?

"잘 자거라, 예쁜 내 새끼야. 엄마 금방 돌아올게."

나는 소리나지 않게 살금살금 방을 빠져나왔다.

복도에서 나는 벤야민과 마주쳤다.

벤야민은 목욕탕을 청소하고 나오는 길이었다.

"손님들은?"

"갔어요." 그가 심술궂게 히죽거렸다.

"다? 그렇게 빨리?"

"그럼요. 파티가 끝났다고 말했더니 다들 서둘러 가셨어요."

벤야민이 손을 비비며 물기를 닦았다. "그럼, 안녕히 주무세요!"

"오늘 정말 잘했어." 나는 그 아이의 팔뚝을 유심히 살폈다. 그 팔뚝에는 털이 부숭부숭하지 않았다. 돼지털이 자랐던 흔적조차 없었다.

정말 멋진 청년이야.

"제 수습기간이 어땠습니까?" 벤야민이 대걸레를 한쪽 벽 구석에 세워놓으며 물었다. 벤야민의 사시눈은 기막히게 섹시했다. 난또 그 순간 하네스를 생각했다.

하네스 슈툴바인.
"이젠 합격한 겁니까?"
"그래, 거의." 내가 대답했다.

언젠가 난 오염되었긴 하지만

기분 좋을 만큼 따뜻한 물 속에서 다시 불쑥 떠오르겠지?

그때가 되면 난 그 물에서 떠나야 하는 것일까?

늘 반복되는 일상 속으로 다시 돌아가야 하는 것일까?

지금 이곳에서 일어나고 있는 일들은 한낱 꿈에 불과한 것일까?

이것이 뒤늦게 찾아온 나의 반항과 모험에서 비롯된 것이라면,

여길 빠져나가는 것도 내 손에 달린 것은 아닐까?

백 투 더 퓨처.

하지만 어떻게?

첫 공연

초여름임에도 불구하고 플랜스부르크의 날씨는 무척 쌀쌀했다. 하루종일 비가 내리고 먹을 것도 없었다. 함께 어울려 놀아주는 사람이 없어서 너무나 쓸쓸하고 지루했다. 아름답던 어제 밤과는 비교할 수도 없었다. 오늘이 공연 첫날임에도 불구하고 난 너무 피곤해서 죽을 지경이었다. 그렇게 무거운 몸을 이끌고 시내로 들어갔다. 나를 돌봐줄 다른 부모를 찾고 싶었다. 내게 익숙한 생활 공간과 아이들이 너무 그리웠다. 벤야민이 있는 내 집, 그 공간이 뼈에 사무치도록 그리웠다. 아! 벤야민! 어제는 삼십 년 이상 사는 동안 한번도 맛보지 못한 일들을 체험한 시간들이었다. 지붕 위에 썰매를 올려놓고 앉아서 놀고, 조그만 고무 풀에 장화를 신고 들어가기도 하고, 서산으로 기우는 햇살 속의 모래밭과 정원 풍경, 온몸이 흙투성이가 되어 웃고 떠드는 벌거벗은 아이들 모습, 온 집안 구석구석을 돌아다니던 사랑스러운 사람들.

그 모두가 너무 그리웠다!

행복했던 시간들이 한순간에 지나가버렸다.

난 너무나 외롭고 고독해!

샬로테, 어쨌거나 순회공연은 시작되었는데, 지루하기 짝이 없고 저질스런 네 드라마를 보러 올 사람들이 있을까? 도대체 누가 올까! 이 지방 사람들은 좀 달라 보이지 않니? 자, 주변을 한번 돌아봐. 우산을 받쳐들고 거리를 활보하는 사람들을! 그 사람들은 자기 일 말고는 아무 관심이 없다는 표정들이잖아. 우산 위로 떨어지는 빗방울 소리만 들릴 뿐이야. 넌 지금 자신을 속이고 있는 거야. 네 여성 모노드라마의 포스터를 눈여겨보는 사람은 아무도 없어. 이 지방에선 아무도 포스터 속의 네가 그렇게 예쁘게 웃고 있는데도.

내가 이 자리에서 쓰러져 죽는다 해도 나를 일으켜 세워줄 사람은 아무도 없었다. 모두들 자기 목적지를 향해 계속 걸어갈 것이다. 고무 장화를 신어서 뻣뻣한 다리로 어색하고 부자연스럽게 걷던 사람들이 길바닥에 쓰러져 있는 나를 펄쩍 뛰어넘어갈 것이다. 감정의 변화 없이 뻣뻣한 다리를 쭉 뻗어서 그냥 펄쩍 뛰어넘는 것이다. 개중에는 이렇게 말하는 사람도 있을 것이다.

"이것 보세요. 여기 누가 누워 있는데 이것 좀 치워요. 다른 사람이 걸려 넘어지겠어요."

난 마른침을 삼켰다.

아이들과 함께 걸어가는 엄마들 모습이 많이 눈에 띄었다. 오색찬란한 장화에 원색 레인코트를 입은 아이들과 아주 커다란 우산을 받쳐든 엄마들 모습이 한결같았다.

아이들은 흙탕물이 고여 있는 곳이면 빠뜨리지 않고 철벅이며 지나갔다. 길가에 세워진 장난감 동물들을 발견하면 그 위에 올라타고 앉아 엉덩이를 들썩이며 굴러댔다. 튼튼한 스프링이 있어서 아이가 구르는 대로 동물들이 흔들렸다. 양손 가득 쇼핑 보따리를 든 엄마들은 아이들에게 잔소리를 늘어놓았다. 엄마들 잔소리에 짜증이 섞였든 어쨌든 그들에게서 삶의 즐거움과 기쁨이 느껴졌다. 적어도 고독한 내겐 그렇게 느껴졌다. 그들은 지금 각자 자기 보금자리로 돌아가는 길이었으니까! 삶에 필요한 물건들을 사들고, 따스하고 안락한 집을 찾아가는 중이었으니까. 내 마음속에 안락한 집안 풍경이 그려졌다. 가스레인지 위에 올려놓은 주전자 물이 보글보글 끓고, 엄마는 찻잔에 뜨거운 물을 붓는다. 찻잔, 네모진 갈색 각설탕, 갓 구워낸 노란 계란과자가 식탁에 차려지고 털이 복슬복슬한 실내화를 신은 발이 식탁 아래 옹기종기 모여 있다. 잠시 후 엄마는 아이들에게 책을 읽어주고, 여섯시에 아이들은 만화영화를 본다. 그동안 엄마는 허기진 가족들을 위해 맛있는 저녁을 준비한다. 즐겁게 저녁식사를 하고 식구들은 잠자리에 든다, 각자의 침대에서. 그리고 사랑도 나눈다. 다음날 아침에도 역시 비가 내리고, 그들은 고무 장화를 신고, 노란 레인코트를 입고 전날처럼 다시 시내로 나간다. 시내에서 엄마는 먹을 것들을 사고 아이들은 장난감 동물들을 탄다.

그런데 난? 피곤에 절고 혼란스럽고 외로운 난 편히 쉴 숙소를 아직 찾지 못했다. 아니 정확히 말해서 난 숙소를 찾지 않았다. 돈을 그렇게 낭비하고 싶지 않았기 때문이다. 밤 열한시 십오분 기차를 타고 집으로 돌아가면 되는 일인데! 기차는 나를 인적이 드물고 외로운 북쪽지방에서 따뜻한 고향으로 데려다줄 것이다! 내일 아침 열시 정각이면 나는 <우리들의 작은 병원>에서 막 결혼한 행복한 새내기 의사 부인이 된다. 깨물어주고 싶을 만큼 귀여운 여인으로 보이려면 난 잠을 충분히 자서 원기를 회복해야 한다.

니트리히 씨는 그런 내 스케줄에 대해서 아는 바가 없었다.

그는 다만 내가 열시에 쾰른에 도착할 수 있도록 기차시간표와 기차표를 조달해줄 뿐이다. 그 사람이 내게 괜찮은 농가 호텔을 소개했었다. 그 지방의 아침식사도 제공해주는 곳이었다.

하지만 난 자존심 때문에 내가 받는 스트레스에 대해서 말하지 않았다. 어쩌면 내 사정에 대해서 말한다 해도 그의 대답은 뻔할 것이다. "그래서? 이봐요, 여사. 그건 어디까지나 당신 문제요. 당신이 내 마음에 쏙 드는 물건을 조달했기 때문에 난 당신을 샀을 뿐이오. 당신이 언제 어디서 어떻게 지내든 그건 내가 알 바 아니지. 나와는 하등 상관없는 일이란 말이오. 내가 중요하게 생각하는 것은 당신을 위해서 돈을 주고 빌린 무대에 당신이 매일 저녁 서주는 것이오. 당신은 그 무대에 서서 사람들을 감동시키기만 하면 되는 거요."

하긴 텔레비전 연속극에 같이 출연하는 동료들도 나의 공연에 대해서 아는 바가 없다. 내 모노드라마에 대해서 얘기해줄 만한 동료가 누가 있을까? 내 특별한 친구 엘비라? 아니다. 그녀는 남 애기를 들어주는 것보다는 자기 애기를 늘어놓는 것을 더 좋아한다. 그럼 항상 냉소적인 보조의사 닥터 게르노트 미스마허? 아니면 실습간호사 울리케? 그도 아니면 로레 레셜리히나 그레텔 주프? 아니다. 그 누구도 아니다. 내 드라마에 대해서 얘기해줄 만한 사람은 아무도 없었다. <우리들의 작은 병원> 팀에는 내 드라마에 대해서 관심을 보일 사람이 단 한 사람도 없었다. 그 누구도

나는 항구를 따라 걸었다. 앞에 높은 둔덕이 나타났다. 난 그 둔덕을 타기에 적당한 신발을 신고 있지 않았다.

검붉은 색깔의 배 한 척이 정박해 있었다. 에르니와 베르트를 데리고 왔더라면 몹시 좋아했을 텐데!

"엄마, 저걸 보세요! 피라미드처럼 생긴 배예요! 진짜 바다에 떠다니는 배라구요!" 아이들은 흥분해서 떠들었을 것이다.

그 옆에 '생선음식 전문점'이 있었다. 음식점 문에는 '슐레스비히 홀스타인 지방은 생활필수품 파업을 하는 관계로 금일 영업을 하지 않습니다'라고 씌어진 조그만 메모지가 붙어 있었다.

아하, 생활필수품 파업이라. 이곳 북부지방은 별 짓거리들을 다 한다는 생각이 들었다. 내가 사는 곳에서는 지금까지 한번도 이런 일이 없었다. 손 씻고 앉아서 기도나 하고 먹으면 되는데. 여기선 한 대 쥐어박힐 얘긴가!

나는 항구를 따라 계속 걸었다. 여기 북부지방의 공기는 신선했다. 맞은편에서 달려오던 차들이 내 다리에 물을 튀기고 지나갔다. 커다란 아프리카 황새가 날개를 접고 걷는 것처럼 나는 용감하게 계속 걸었다. 앞으로 다섯 시간 후면 나의 첫무대가 열릴 것이다! 2장으로 사람들을 많이 꾀어낼 수 있어야 하는데!

더도 말고 덜도 말고 지금 내가 산책하기에 적당한 장화만이라도 신고 있다면 얼마나 좋을까! 난 발목까지 끈으로 묶는 검정색 구두를 신고 있다. 오늘 저녁 무대 위에서 신을 신발이었다.

난 북미 인디언들의 가죽옷 모양에 아주 과감한 꽃무늬가 그려진 몸에 꼭 달라붙는 옷을 입고 있다. 이 옷을 입고 <우리들의 작은 병원>에 갈 때면 포동포동한 실습간호사 울리케가 항상 웃었다. 물론 그녀를 제외한 다른 사람들은 내가 어떤 옷을 입고 다니든 관심이 없었다. 돈 되는 일이 아니었으니까.

자기자신에게 변화를 좀 주기 위해서 사람들은 가끔 생각이나

차림을 단순하게 할 필요가 있다. 그런데 지금 샬로테 페퍼는 짐 때문에 차림이 단순할 수 없어서 산뜻한 변화는커녕 무척 게을렀다. 짐을 어딘가에 보관했어야 했다. 나는 두 손을 얇은 실크 블레이저 코트 주머니 속에 찔러넣고 계속 걸었다.

잠시라도 걸음을 멈추면 곧 추위가 엄습했다. 매니큐어가 칠해진 손톱 밑은 이미 오래 전부터 완전히 파랗게 얼어 있었다. 난 따끈한 물이 넘쳐흐르는 목욕탕과 사우나탕에 들어가 몸을 녹이고 싶었다. 하지만 주위에 사람이 없어서 목욕탕이 어디에 있는지 물어볼 수도 없었다. 지금 난 손수건 한 장 몸에 지니고 있지 못했다. 내겐 아무것도 준비된 것이 없었다. 난 진짜 프로답지 못했다.

항구 주변에 빼곡이 들어서게 마련인 허름한 선술집도 모두 '슐레스비히 홀스타인 지방은 생활필수품 파업을 하는 관계로 금일 영업을 하지 않습니다'라고 씌어진 쪽지가 문에 붙어 있었다.

"사랑하는 내 새끼들, 에르니, 베르트야." 따뜻한 불빛이 새어나오는 타워가 있는 멋진 그림엽서에 나는 마음속으로 글을 쓰기 시작했다.

'여기는 하루종일 비가 내리는구나. 그런데 오늘 여기에선 비린내 나는 생선마저 먹을 수 없단다. 가게가 다 문을 닫았어. 난 지금 쓸쓸하고 지루하단다. 아무도 나와 어울려 놀아주지 않거든. 나도 다른 사람이 우리 엄마 아빠였으면 좋겠어. 너희들을 사랑하는 엄마가.'

뱃속에서 꼬르륵 소리가 났다. 벌써 오후 늦은 시각이었다. 이제 서서히 뭔가를 먹으러 가야 했다. 선원들이 바에 죽 늘어서서 흥겹게 떠들어대는 싸구려 술집에라도 들어가야 할 것 같았다. 하지만 거기에도 '슐레스비히 홀스타인 지방은 생활필수품 파업을 하는 관계로 금일 영업을 하지 않습니다'라는 친절한 안내장이 붙어 있으면 어쩌지?

---

* 조미료를 넣어서 따뜻하게 만든 붉은 포도주.

　　뜨거운 글뤼바인*을 한 모금 마시고 싶었다. 술에 흠뻑 취한 남자들이 부르는 노랫소리를 듣고 싶었다. 추위로 얼어버린 내 손을 라디에이터 위에 올려놓고 녹일 수만 있다면 얼마나 좋을까! 소금물에 삶은 감자조각과 죽어서 시선이 한곳에 고정된 채 파슬리 사이에 올려진 커다란 청어를 먹고 싶었다. 그 시선이 꼭 나를 바라보는 것 같아서 평소에는 잘 먹지 못했지만 오늘은 누런 비늘 복장을 아가미 위로 벗겨내서 나의 굶주린 입을 청어로 가득 채우고 싶었다. 가시와 죽어서 멍한 눈동자 그리고 노릇노릇하게 구워진 꼬리지느러미만 빼고, 접시 위에 떨어져 흩어진 살점 한점 남기지 않고 몽땅 다 먹어치울 거야. 접시 가장자리를 예쁘게 장식한 오렌지 조각과 딸기 조각도 다 집어먹고 후식으로 과일즙과 바닐라 소스를 넣은 커피 오트밀을, 그것도 제일 큰 접시로 주문해서 거기에 생크림과 덩어리 설탕을 듬뿍 넣어서 먹어야지.

　　그래, 그 정도로 끝내자. 나도 여잔데 과식해서 뚱뚱해지면 어쩌지? 어떤 경우라도 그 이상은 삼가야 되는 거야.

　　이곳 항구에는 음식을 파는 식당이 한 군데도 없었다.

　　환장할 노릇이었다. 나는 시내 중심가로 발길을 돌렸다. 내 발은 이미 발목까지 다 젖었고 '나는 그녀가 원하는 게 뭔지 다 안다' 미장원에서 아주 가벼운 웨이브를 넣어서 손질한 머리도 이젠 더 이상 어떻게 해볼 도리가 없을 만큼 엉망이 되어버렸다. 미장원에서 손질한 머리 같지 않았다. 플랜스부르크에 도착하자마자 난 곧바로 역내 미장원으로 가서 머리를 손질했다! 밤시간 내내 기차를 탔기 때문에 그건 당연한 결정이었다.

　　그레테는 내내 내 어깨에 타고 앉아서 끊임없이 나를 짓눌러대고 있었다.

　　"샬로테 로테야, 항상 네 뒤를 조심해야 한다. 정숙한 여자가 되려면 항상 네 자신을 가꾸려고 노력해야 하는 거야." 그레테가 귀에 대고 소곤거렸다.

　　아, 정말 김이 팍팍 새는 날이다!

빗방울들이 젖은 머리칼 속으로 계속 스며들었다. 이 지방의 무뚝뚝한 미용사가 만들어준 멋진 웨이브는 완전히 망가져서 꼭 썰어서 초에 절인 양배추처럼 되어버렸다.

초에 폭 절인 양배추! 그러니까 연상되는 음식 한 가지가 있었다. 초절임 양배추를 곁들인 감자구이! 먼저 소시지와 베이컨을 함께 넣어 약간만 볶는다. 그리고 프라이팬에 기름을 두르고 감자를 약간 튀기듯 볶은 다음에 미리 준비한 소시지와 베이컨을 넣고 함께 볶는다. 먹기에 적당할 만큼 볶아지면 두꺼운 접시에 담아서 식지 않도록 뜨끈한 보온대 위에 올려놓고 그 옆에 초에 절인 양배추를 소복하게 담는다! 아, 먹고 싶다! 그 음식을 내게 갖다줄 사람이 없을까! 그 맛난 것을 지금 먹을 수만 있다면!

시내에서도 생활필수품 파업을 한다면 이 지방에 온 타지방 사람들은 단식투쟁으로 그 대가를 치러야 한다.

시내에 있는 어떤 레스토랑도 영업을 하지 않았다!

"그렇다면 어시장에 가보자." 나는 스스로 격려하고 위로했다.

포장마차 같은 곳이라도 있을 거야. 아니면 헐한 음식점이라도 있을 거라구! 그런 싸구려 음식점에서 정신 못 차리고 허겁지겁 음식을 먹는다면 아이들이 힐끗힐끗 쳐다보면서 놀려댈지도 몰라. 하지만 그게 무슨 상관이람.

그런 음식점들도 모두 문이 굳게 닫혀 있었다. '슐레스비히 홀스타인 지방은 생활필수품 파업을 하는 관계로 금일 영업을 하지 않습니다' 때문에. 이 북부지방 사람들은 모두 제정신이 아니었다.

훌륭한 조언은 그만한 가치가 있나니!

이중인격의 여자가 비에 젖은 채 추위에 떨며 주린 배를 움켜쥐고 있다. 빈 위에 위산이 고여서 속이 메슥거렸다. 만약 먹을 것을 아무것도 찾아내지 못한다면 나는 오늘밤 공연을 못할 것 같았다. 그러면 나는 무대 위로 올라가 대화파업을 선언하면서 말없이 계속 비를 뿌릴 것이다. 두 시간 동안 내내. 난 활활 타오르는 불처럼 뜨거운 목소리로 "돈 되는 일이 아냐!" 단지 그 한마디 일갈하는 것이다. 그러면 이 지방 사람들은 자기들이 타지방 사람들에게 어떤 잘못을 했는지 분명히 알게 될 것이다.

다 자신들이 지은 죄값이야.

하지만 공연은 아직 세 시간이나 남았다. 그때까지 나는 굶는 수밖에 별 뾰족한 대책이 없었다.

난 항상 굶주렸어. 나와 놀아주는 사람도 없었지. 그래서 난 항상 따분하고 쓸쓸하게 세월을 보냈어. 나 역시 다른 사람이 내 부모였음 좋겠어.

나는 다시 기차역으로 갔다. 기차역 내에 있는 레스토랑에서 어쩌면 따뜻한 프리카델리*를 팔지도 모른다는 생각이 들었다. 기차역은 북부지방 출신이 아닌 타지방 사람들이 왕래하는 곳이니까. 일반적이고 정상적인 타지방 사람들. 그 사람들은 북부지방 사람들과는 다르다. 그 사람들에게 뜨끈한 쇠고기 수프 아니면 고기가 질긴 늙은 닭을 푹 삶아서 고아낸 국물에 각종 야채를 넣어서 만든 수프를 제공할지 모른다. 그것도 아니면 즉석 수프라도 좋았다!

나는 고향을 잃은 사람처럼 의자에 주저앉아서 벽 쪽에 세워진 원목 책꽂이에서 다 낡은 잡지를 하나 집어들었다. 잡지를 펼치자 노릇노릇 구워진 빵과 물이 담긴 컵 사진이 한쪽 페이지를 가득 채우고 있었다.

이 순간 이후 난 절대로 다시는 순회공연 같은 것은 하지 않을 것이다.

난 절대로, 다시는, 이 고장에 오지 않을 것이다.

난 절대로, 다시는, 굶주리지 않을 것이다.

난 절대로, 다시는, <우리들의 작은 병원>을 떠나지 않을 것이다.

내 집 방바닥에 배 깔고 누워서 뒹구는 건 정말 아름다운 일이다. 그 상태에서 약속하고, 약속장소로 직행할 수 있다는 것은 아

* 독일식 비프스테이크

름다운 일이다. 그런 조건에서라면 무슨 일이든 해낼 수 있다. 화낼 일도 없다.

오늘 <우리들의 작은 병원> 드라마는 '인도 여행'이라는 제목으로 나갈 것이다. 구내식당 의자에 팍 퍼질러앉아 아름다운 인도 산맥의 사진을 그 커다란 가슴으로 짓뭉개고 있을 로레 레셜리히, 뜨개질 도안이 실린 여성잡지를 펼쳐놓고 연구하고 있을 그레텔 주프, 아드리안의 새로운 사진을 들여다보고 있을 메르케니히 미스마허의 모습이 떠올랐다. 마음속에 그려지는 이런 익숙한 상황들을 나도 이젠 껴안으면서 사랑할 수 있을 것 같았다. 지금까지 피하고 싶었던 모든 것들까지도

아, 따끈한 프리카델리를 역에 가면 먹을 수 있겠지!

하지만 난 오늘 운이 아주 나빴다.

기차역 레스토랑은 '슐레스비히 홀스타인 지방은 생활필수품 파업을 하는 관계로 금일 영업을 하지 않습니다' 때문에 문이 닫혀 있었다. 노릇노릇 구워진 고기 조각들도 보이지 않았다.

남편이라면 이쯤에서 인내심에 한계를 느낄 것이다.

남편은 당장 철도청 책임자와의 면담을 신청할 것이고, 책임자를 만나면 온갖 협박을 해댈 것이다. 자기한테 구운 고기를 갖다 바치든지, 직접 물고기를 잡아다 요리를 해오든지 하라고 윽박지를 것이다. 하지만 나는, 내 경우에는 그런 일에는 전혀 힘을 못썼다. 오늘과 같은 일이 생겼을 경우에 나는 우선 누구에게 먼저 책임을 물어야 하는지도 모른다. 이미 얘기했던 것처럼, 지금까지 난 항상 세상에 순종하며 살아가게끔 교육을 받아왔고 또 그렇게 길들여졌다.

나는 기차역 광장 한가운데에 세워져 있는 매점에 가보기로 했다. 어떤 도시든 기차역 광장에 있는 매점 주변에는 술주정뱅이들이 진치고 있기 마련이다. 나는 과자라도 사서 주린 배를 채워보고자 했다. 이 매점 주위 역시 궁기가 뚝뚝 흐르는 놈팡이들이 몇몇 서 있었다. 그들의 빨갛게 언 손에는 싸구려 캔맥주가 들려 있

었다. 그들은 아주 가끔 느린 동작으로 맥주를 마셨다. 얼굴도 빨갛게 얼어 있었다.

"이보 아아까씨 나랑 얘기좀 하자구꾸!"

"머찐 스따낑을 신으셔꾸마. 근데 저저게찌?, 안그으래?"

"나한테 동전 좀 빌러주지 안케써? 종게 종거잔아!"

나는 그 사람들의 말을 무시했다. 이 지구상에 여성만을 위한 광장을 만들어야 해! 나는 몸을 굽혀 매점 창구에 얼굴을 갖다댔다.

매점 안에는 난로가 타고 있었다. 여점원은 희미한 불빛 속에서 소설을 읽고 있었다. 지금 맥주 캔을 손에 쥐고 내 엉덩이를 훔쳐보는 술주정뱅이들의 눈초리가 온몸으로 느껴졌다.

"먹을 걸 좀 사고 싶은데, 뭐가 있어요?" 나는 여점원에게 물었다. 그녀는 마지못해 읽던 소설을 옆으로 내려놓았다.

"아무것도 없어요. 우리는 음식 종류는 팔지 못해요 '생활필수품 파업' 중이거든요." 매점의 여자가 말했다.

"소시지 하나만이라도 안될까요!" 나는 거의 구걸하다시피 했다. "한 개만요! 아니면 돼지고기 튀김이라도 좋아요!"

"안돼요!" 여점원이 단호하게 말했다. "식품 종류는 아무것도 팔 수가 없어요!"

"그렇담 좋아요" 나는 말했다. "과자 한 봉지 주세요 저 큰 봉지 걸로"

"팔 수 없어요" 여자가 말했다.

"선반에 있잖아요! 저기 저 선반 위에! 당신이 손을 뻗쳐서 잡기만 하면 되는데 왜 안된다는 거죠! 여기 돈 있어요!"

"이 돈, 받을 수 없습니다." 여자가 말했다. "과자도 식품이어서 팔 수가 없습니다."

"젤리는요?"

"안됩니다." 그녀는 말하고 다시 읽던 책을 집어들었다.

"땅신은 음뇨쑤를 사믄 되잖쑤. 담배나. 오느른 아므것도 머글

꺼는 모싸.”

“좋아요. 초콜릿 두 개 주세요. 내 아이들에게 줄 선물이에요.”

하하하, 속임수야, 정말 유치해! 그녀가 돌아서면 그 즉시로 초콜릿 두 개를 한꺼번에 까서 한 입에 다 넣어야지.

“당신이 선물을 하든 어쩌든 초콜릿을 판매할 수는 없습니다.” 그녀는 내게 경고했다. “이젠 돌아가시지요.”

그녀는 책을 잡고 곧바로 책 속에 빠져들었다.

“다들 미쳤군. 융통성이라곤 하나도 없는 인간들 같으니라구!” 나는 주린 배를 움켜잡고 다시 걸었다.

아틀리에 극장은 쥐죽은듯 고요하고 을씨년스러웠다. 손님들 외투를 보관하고 관리하는 여자가 나를 안으로 들여보냈다.

나는 그녀에게 내가 누군지 설명해야 했다. 처음에 그녀는 내 말을 믿으려 하지 않았다. 물론 포스터의 사진은 잘 먹어서 윤기 흐르는 얼굴에 화사한 미소와, 웨이브를 약간 넣어 손질한 귀족적인 헤어스타일의 프리마돈나였으니까. 난 그녀에게 하루종일 아무 것도 먹지 못하고 이 황폐한 도시를 헤매고 다니느라 온몸이 다 젖었다고 설명했다. 그런 변명을 늘어놓으면서 난 하마터면 울음을 터뜨릴 뻔했다.

이야기를 듣고 그녀는 내게 친절히 차를 권했다. 나는 그녀에게 설탕 그릇을 받아들자마자 뚜껑을 열고 각설탕을 한 주먹 쥐어 입 안에 털어넣었다.

“차는 얼마든지 있어요. 많이 드세요. 차밖에 별달리 드릴 만한 게 없네요.” 그녀가 말했다.

“됐어요. 저도 그 사정은 잘 알아요.” 나는 말했다.

“오늘 표는 모두 매진되었어요.” 매표원이 말했다. “이거 좀 보세요. 모두 예약되었어요. 레스토랑이 모두 문을 닫았거든요!”

그녀는 반쪽을 뜯어낸 표 다발을 흔들어 보였다.

“좋네요.” 나는 별 감동 없이 메마른 목소리로 대답했다. 운명은 나를 아주 혹독히 다뤘다. 그 운명이라는 것이 내 옆에서 라디에이터 위에 다리를 쭉 뻗어 포개고 앉아 신나는 음악에 박자를 맞춰 발목을 까딱거리고 있었다.

"화장을 좀 고치시겠어요?" 나를 도와줄 만반의 준비를 하고 있다는 듯이 그녀가 물었다.

"그래야죠. 비에 흠뻑 젖었거든요." 나는 말했다.

그녀에게 정통한 교육을 받은 전문직업인 태가 났다. 그녀가 나를 분장실에 데려다주었다. 말이 분장실이지 벽 쪽에 붙어 있는 꾀죄죄한 간이용 침대 하나, 옷을 걸어놓을 못 두 개, 비상시를 위한 화장실 환기등, 거기에 관리인을 위한 창구 딸린 문 하나가 전부였다. 화장대 거울도 금이 가 있었다. 나는 등받이가 없는 의자에 털썩 주저앉았다.

"멋져, 샬로테!" 나는 소금에 푹 전 썰어놓은 양배추 머리에 화장이 번져 엉망인 거울 속의 내게 말했다. "정말 아름답구나. 넌 인기 있고 총명한 여자야. 넌 위트와 박력, 여성적인 나긋나긋함을 고루 갖춘데다가 섹시하기까지 하잖아. 니트리히 씨는 여자들이 뭘 원하는지를 알아. 사람들이 널 좋아하게 될 거야. 남자, 여자, 어른, 애 할것없이 모든 관객들이 다. 아마 강아지들까지 널 좋아할 거야."

나는 젖은 구두를 벗어서 고여 있는 물을 쏟아냈다.

"네게 고난이 닥치더라도 남에게 기댈 생각 말고 항상 너 자신에게 의존해야만 해." 나는 거울 속의 나에게 속삭였다. "그럼, 그건 당연한 거야. 그래서 넌 다 성공했잖아! 치과 의사도, 학교 선생님도, 세무사도, 평범한 청년도, 모두 네 각본대로 움직이잖아!"

누가 보고 있기나 한 것처럼 나는 다소 선정적인 손동작으로 구두를 집어던졌다. 그러자 구두가 요란한 소리를 내며 마룻바닥에 떨어졌다.

"무슨 일이세요?" 매표원이 들어왔다.

"아뇨. 아무 일도 없어요." 나는 말했다. "연습 중이에요."

"방해해서 미안해요." 그녀는 쾅 소리가 나도록 문을 닫고 돌아갔다.

나는 시계를 보면서 남은 시간을 확인했다. 첫무대가 열리기까지는 아직 한 시간 삼십 분이 남았다. 나는 화장대에 머리를 기댔다. 앞으로 닥칠 사 주 동안의 순회공연에 대해서는 더 이상 생각하고 싶지 않았다.

돈 되는 일도 아니니까.

준비된 성공

어떻게 공연을 끝냈는지 전혀 기억이 없다. 그저 희미한 느낌만 남았을 뿐. 한 가지 더 기억해낸다면 공간이 너무 어둡고 꽉찼다는 느낌 정도랄까. 아, 또 실내가 너무 더웠다. 게다가 무지막지하게 쏘아대는 조명 때문에 나는 눈이 너무 부셔서 관객들을 볼 수 없었다. 하지만 조명이 밝아서 관객들을 못 봤다 한들 공연하는 것과 무슨 상관이 있겠는가? 나 개인과도 상관없는 일이었다.

삼백 명이 넘는 관객들이 모였다는 것을 나는 느낌으로, 소리로, 냄새로 분명히 알 수 있었다.

공연하는 동안 관객들은 박수도 쳐주고 적당한 대목에서는 웃어주기도 했지만 빈속에 차를 여러 잔 한꺼번에 마셔댄 나는 몸상태가 좋지 못했다. 옷이 흠씬 젖을 정도로 땀이 비 오듯 쏟아지는데 난 계속 한기를 느꼈다.

나는 두려울 게 없었다. 무대 위에 서 있는 동안에도 난 밤 열한시 십오분 발 쾰른 행 기차와 내일 아침 아홉시면 사랑하는 도시 쾰른에 도착한다는 것만 내내 생각했다. 축축하게 젖은 옷을 입은 채 쾰른 성당 앞 광장을 거닐면서 탑 위에 떠 있는 태양에게 안부를 묻는 내 모습과 그런 나를 둘러싸고 있는 사소한 것들을 하나도 빠뜨리지 않고 꼼꼼히 마음속으로 그려보았다. 그리고 <우리들의 작은 병원>의 구내식당에 서 있는 내 모습도 상상했다. 막 구워진 크루아상과 맛난 치즈빵. 아주 커다란 컵에 커피를 가득 채워 들고 난 메르케니히 미스마허 부인 옆에 앉을 것이다. 그리고 기꺼운 마음으로 아드리안의 사진들을 보여달라고 말할 것이다. 지금까지 한번도 그렇게 대해본 적이 없는 다정한 마음으로 메르케니히 미스마허 부인에게 말을 건넬 것이다.

난 지금 이 순간에도 밤 열한시 십오분 기차를 생각하고 있다. 따뜻하고 쾌적한 기차객실과 식당칸을. 설마 북부지방 사람들 때문에 식당칸이……? 하지만 그럴 리는 없을 것이다. 어서 빨리 집으로 돌아가고 싶었다. 어둠이 더욱더 집을 그립게 만들었다.

어쩌면 먹을 것 가득 싣고 기차 안을 돌아다니는 철도청 직원을 만날지도 몰라. 나는 그 사람을 기다리고 있다가 소시지를 몽땅 사서 굶주린 입에 채워넣고 캔맥주 두 개를 따서 연거푸 마셔야지. 그리고 힘껏 기지개를 켜서 사지를 쭉쭉 늘인 다음 등받이에 기대고 잠을 잘 거야. 자고 자고 또 자고.

내 가슴속에서 활활 타오르는 불길을 입으로 쏟아내는 동안에도 머리 속에는 내내 그 생각뿐이었다.

그런 생각을 하는 동안에 나의 드라마는 끝났고, 먼지가 가득한 막이 내려졌다.

나는 시계를 쳐다봤다.

열시가 조금 지난 시각.

아직 한 시간이나 남았다.

막이 다시 오르고 나는 피곤한 몸을 한번 더 숙여 인사를 했다.

그래그래, 사람들아, 정말 좋았을 거야. 이젠 집으로 돌아들 가라구. 아마 당신들 냉장고에는 요거트가 준비되어 있겠지. 아니면 맥주라도 당신들은 그것들을 상하지 않게 잘 보관해두어야 될 거야.

사람들이 박수를 쳤다.

나는 극장장에게서 건네받을 오천 마르크를 생각하며 회심의 미소를 지었다.

그러다 돈을 주고도 먹을 것을 사지 못했던 것에 생각이 미치자 가슴속에 묻어두었던 화가 다시 치밀어올랐다.

막이 다시 내려졌다.

그럼, 이 정도면 충분해. 이젠 집에 돌아갈 일만 남았어. 그레테는 이럴 때 무슨 말을 할까?

끝이 났으면 끝난 거야. 이젠 끝이라구.

막이 다시 올려졌다.

나는 끝없이 이어지는 박수 소리에 환희를 느꼈다.

끝없는 박수갈채. 사실 난 객석에 앉아서 좀처럼 자리를 뜨려고 하지 않는 북부지방 사람들이 좀 부러웠다. 그들의 배부름이.

홀 안의 조명이 켜졌다.

나는 관객들에게 웃음을 선사했다.

"여러분의 사랑에 감사 드립니다."

나는 정말 기뻤다. 진정으로.

북부지방 사람들은 정말 끝내주는 사람들이야.

난 기꺼이 당신들을 다시 방문할 생각이에요. 꼭 다시 올게요.

주로 젊은 주부들이 큰 소리로 환호했고 그 부인들을 따라온 남성들 몇몇도 같이 호응해주었다. 어떤 남성들은 어쩔 수 없이 따라왔다는 인상을 풍겼다. 하지만 그럭저럭 괜찮았다. 관객들도 이젠 내 드라마를 조용히 음미해보아야 할 시간이었다.

나는 감사의 표시로 사람들에게 웃음을 선사했다.

내가 지금 얼마나 허기진 상탠지 관객들이 알아준다면 얼마나 좋을까!

난 커튼콜을 받아들일 수 없어요. 나는 지금 몹시 피곤하답니다.

난 객석 하나하나 꼼꼼히 살펴보았다. 홀 안의 조명이 하나 둘 더 켜지고 관람객들도 돌아가려고 문 쪽으로 돌아섰다.

그래, 벌써 그랬어야 했어. 이제야 비로소 사람들이 움직이기 시작하는군. 연극은 이미 끝났다구요. 나는 쾰른 행 야간열차를 타야 해요. 내일 저녁엔 또 오스나부뤽에 가야 한답니다.

내게 더 많은 것을 요구하는 것은 지나친 거예요, 여러분.
즐거움은 더 이상 없어요.
나는 마지막으로 인사를 했다.
짐을 찾아들고 곧바로 사라지기 위해서 내게 제공된 지저분한 공간으로 돌아가려고 막 무대를 돌아서서 나오려는 순간, 내 눈이 사람들이 몰려 있는 객석에서 뭔가를 찾아냈다.
순간 나는 너무 놀라서 멈칫했다.
움직이는 무리 속에 섞여 있는 사람.
맨 끝줄에 있는 사람.
그 사람은 자리에서 미처 몸을 다 일으키지도 못한 상태였다.
아냐. 이건 내가 잠시 환각을 일으킨 거야. 피곤한 몸으로 관객들에게 미소를 짓고 있다보니 잠시 정신이 혼란해진 거야. 사람들아, 이젠 집으로 돌아가. 이 엄마는 지금 편두통이 시작됐어.
나는 맨 뒤쪽 벽을 응시했다.
저기 저 사람, 흥미 없다는 듯이 연극 카탈로그를 뒤적이는 사람. 연극 카탈로그를 함부로 다뤄서 너덜너덜하게 만든 사람. 그 상태로 보아서 연극을 하는 동안에도 내내 그것을 접었다 폈다 말았다 풀었다 했을 사람.
그 사람은 낯선 북부지방 사람이 아니었다.
생선 등뼈 무늬의 초록색 재킷을 입고 있었다. 내게 아주 익숙한 모습이었다. 아주 흥미 없다는 듯이 관심도 없다는 듯이 쪼그려 앉아 있었지만 졸지는 않았을, 한없이 가깝고 친근한 사람. 그 사람이 지금 여기에 와 있었다!
그 사람 모습을 발견한 순간 내 눈에서 눈물이 주루룩 흘러내릴 만큼 그는 내게 그렇게 친근감을 주는 사람이었다. 그 사람이 바스켄 모자를 쓰고 있지만 않았던들…….
난 젖은 발 그대로 무대에서 뛰어내려 그 사람에게 뛰어갔다.
그는 조금도 놀라는 기색 없이 잠시 그런 나의 모습을 바라보았다. 나는 그 사람이 앉아 있는 의자 옆에 무릎을 굽히고 쪼그려 앉았다.

"감독님!" 나는 목멘 소리로 말했다. 나는 목이 아리고 눈물이 계속 흘러내렸다.

훌쩍여서는 안되는데…….

"여기에 어쩐 일이세요?"

"어머, 이게 뭐예요? 레ー에ー버부어스트*잖아요! 이런 것도 준비하셨어요! 제게 주려고 사신 거예요? 감독님은요? 감독님도 드셨어요?"

나는 구스타프에게서 빵을 빼앗아들고 탐욕스럽게 포장지를 벗겼다. 버터빵은 영양만점이었다. 럼주를 탄 따뜻한 차가 든 보온병은 최소한 제2차세계대전이 일어나기 전에 만들어졌음직했다. 난 그 구닥다리 보온병을 받아서 다시는 뇌주지 않을 것처럼 가슴에 꼭 끌어안았다.

내가 바라던 모든 것들이 다 갖춰졌다. 나는 굶주린 입에 그것들을 허겁지겁 채워넣었다.

난 내가 태평양 한가운데에서 오랫동안 떠다닌 조난자 같다고 생각했다.

"그건 대충 만들어진 훈제 소시지요. 농가에서 만든 걸 그냥 사왔거든. 어떻소, 그런 맛을 좋아하오?"

"원래는 좋아하지 않아요. 절 위해 이렇게 기름진 소시지를 준비하셨다니 솔직히 평소 같으면 난 감독님을 내몰았을 거예요. 하지만 오늘은……." 나는 신이 나서 말했다.

"난 육십 평생 그걸 먹고 살았소." 구스타프가 말했다.

"지금 뭐 하시는 거예요? 제 발은 왜요?"

"당신 발도 의식을 되찾아야 될 것 같소."

그가 내 신발과 스타킹을 벗겨서 의자 밑에 밀어놓았다. 난 구

---

* 간으로 만든 소시지.

스타프의 낡아서 털털거리는 캠핑 카에 쪼그려 앉아서 온통 보푸라기투성이인 싸구려 담요로 몸을 감쌌다.

구스타프가 담요로 싼 내 발을 들어서 자기 무릎 위에 올려놓고 마사지하기 시작했다. 마치 오랫동안 그런 일을 해왔던 것처럼 아주 자연스럽게. 조금도 지나침이 없었다!

손으로 엉뚱한 부위를 건드리지도 않았다.

그것은 애무를 하는 행동이 아니었다!

과묵하고 기분이 언짢은 것처럼 항상 얼굴을 찌푸리고 다니던 괴팍한 늙은이가 어둠 속에서 불쑥 나타나서는 자기의 간절한 마음을 전달하려는 행동 같다고나 할까. 굳이 말로 표현하자면 바로 그런 것이었다. 단지 그뿐이었다. 그게 다였다.

"여기엔 무슨 일로 오신 거예요?" 나는 같은 질문을 되풀이했다. "빨리 말씀해보세요!"

"코믹한 여성 모노드라마를 보러 왔소. 상냥한 여성의 상냥한 일곱 마디 말을 듣기 위해서랄까? 뭐 그런."

"못된 망아지 같아요! 좀 못됐다 싶긴 하지만 그래도 당신은 친절한 분이세요! 그래서 오신 거로군요? 쾰른에서 여기까지?"

"그렇지. 그런데 왜 싫소?"

"어떻게 아셨어요……?"

"……여기서 바람피우세요?"

"……."

"저기…… 전 내일 아침 열시에 녹화가 있어요."

"나도 그렇소. 그래서? 뭐가 문제요?"

그리고 그는 너저분한 살림이 든 캠핑 카 뒤쪽으로 나를 안내했다. 지금 난 양볼이 미어터질 만큼 음식을 입 안 가득 밀어넣고 오물거리면서 느긋하게 앉아 있다. 그는 다시 내 발을 마사지했다. 발도 이젠 온기를 되찾았고 나는 보호받고 있다는 생각으로 너무 행복했다. 그 행복감은 말로 다 표현할 수 없을 정도였다.

휴대용 가스레인지 위에 걸린 오래된 벽시계에서 똑딱거리는 소리가 무척 평온하게 느껴졌다. 열한시가 좀 지나 있었다.

"열한시 십오분 기차를 타야 하는데!" 나는 벌떡 일어섰다.

"그냥 누워 있어요. 내가 집에 데려다주겠소."

"집까지요?"

"내 생각에 당신은 축축하게 젖은 것들에서 벗어나고 싶어하는 것 같은데……."

나는 구스타프를 응시했다.

"언제부터 남들 걱정을 하셨는데요? 예? 언제부터?!"

구스타프가 내 엄지발가락을 세게 주물렀다.

"오늘은 이 이상 별다른 일이 없어 보이는군."

"아야! 아파요!"

"당연히 아파야지."

구스타프가 일어섰다. 그 바람에 내 다리가 갑자기 바닥으로 툭 떨어졌다.

"그렇담, 출발합시다."

보온병과 담요를 든 나는 그의 뒤를 따라 기어서 운전석 옆자리에 앉았다.

나는 버터빵 조각을 파삭파삭 소리를 내며 씹었다.

모든 일이 다 영원히 풀리지 않을 수수께끼 같았다.

특히 구스타프는 말이 없는 사람이었다. 적어도 난 오랫동안 그렇게 알고 지내왔다.

낯선 손님들에게 지나치게 친절한 도시가 깊은 잠에 빠져 있다. 오늘 난 허기진 배를 움켜쥐고 비 오는 이 도시의 거리를 배회해야만 했다. 지금은 젖은 옷도 다 말라서 아주 뽀송뽀송하고 배도 불렀다. 어둠에 싸인 기차역은 활기라곤 전혀 찾아볼 수 없었다. 그곳에서 나는 최후의 수단으로 아이들에게 선물할 것이라고 거짓말까지 하면서 초콜릿 하나를 팔라고 구걸하다시피 했었다. 그때 내 뒤에 서 있던 놈팡이들은 어쩌면 지금 이 시각까지도 역 주변을 배회하고 있을 것이다. 구멍난 옷을 걸치고 싸구려 캔맥주를 손에 들고 그들은 내일도 여전히 역 휴게실 근처에서 어슬렁거리겠지!

구스타프는 고속도로 진입로를 쉽게 찾아들었다. 그의 방향감각은 뛰어났다. 캠핑 카의 적당한 흔들림이 기분을 좋게 했다. 낡은 모터가 붕붕거리면서 낡은 차를 어렵게 이끌었다.

나를 보호해줄 다정한 사람이 옆에 앉아 있다는 생각에 난 긴장이 풀리면서 피로가 한꺼번에 쏟아져 달콤한 잠에 거의 빠져들고 있었다.

"뒤에 가서 눕지 그러오?"

"싫어요. 감독님 옆에 앉아 있을 거예요."

"발은 따뜻해졌소?" 구스타프가 다정하게 웃었다.

"하잇, 어르신! 이젠 발이 따뜻해요. 그뿐 아니라 마음도 따뜻하고 배도 부르고 생각도 맑아졌어요. 아멘."

나는 그의 옆모습을 훔쳐봤다. 그는 여전히 웃고 있었다.

지금까지 좀처럼 보지 못하던 모습이었다.

이 사람의 지금 저 모습을 그림으로 담을 수 있으면 좋으련만!

럼주를 탄 차를 마셔서 그런지 손톱 끝까지 피가 요동쳤다. 지금 당장 그를 갖고 싶다는 욕구가 강하게 치솟았다. 무뚝뚝한 망아지 같은 남자, 구스타프를! 이런 욕구는 사실 지금 이 순간이 처음이 아니었다. 오래 전부터 난 그를 내 안 깊은 곳까지 받아들이고 싶었다.

"감독님?"

"흠?" 구스타프가 깜박이를 켜고 방향을 바꾸었다.

우리는 드디어 고속도로로 들어섰다. 우리는 오른쪽 차선을 계속 유지하면서 달렸다. 벌이 붕붕거리는 것처럼 차를 붕붕거리면서.

와이퍼가 슬픈 곡조로 노래했다. 항상 똑같은 음으로 고독한 트럭 운전자의 노래.

나는 곧 잠에 빠져들 것 같았다.

“얘기해주세요. 왜 오신 거죠? 그리고 오늘 이 도시에서 제가 공연한다는 걸 어떻게 아셨어요?”

“니트리히한테서 들었소.” 구스타프가 말했다.

“니트리히 씨라구요?”

“그가 내게 ‘그 꼬마를 한번 눈여겨봐’라고 말했소”

“그러니까 ‘꼬마를 잘 보기’ 위해서 오셨군요?” 나는 차 시트에 기댔던 몸을 곧추세우고 자세를 똑바로 했다. “단순히, 그 이유였던 거로군요”

“그 전에 그가 내게 원고를 보냈었소 <페퍼의 이중 모럴>.”

“그걸 읽었어요?”

난 다시 자세를 고쳐 똑바로 앉았다. 구스타프가 내 작품을 읽었단 말이지! 늙고 무뚝뚝한 구스타프가! 칠 년 동안 내게 눈길 한번 주지 않던 사람이!

“그랬소. 왜 싫소?”

“물론이죠! 그건 내 작품인데 상상조차 하기 싫군요! 그 파렴치한 니트리히 씨가 아주 낯선 사람들에게 허락도 없이 내 원고를 넘겨주다니……..”

“왜? 원고에 무슨 비밀이라도 써 있나? 아니면 공개해서는 안될 무슨 이유라도 있는 거요?”

“그런 건 아니지만, 그건 어디까지나 내 사생활이에요 ……그 어떤…….”

나는 정말 당황했다.

“못된 할망구 같으니라구.” 구스타프가 말했다. 뼈가 있는 말투였다. “그걸로 전국 순회공연을 계획한 사람이 어떻게 사생활 운운하는 거요. 당신 말은 어폐가 있군. 당신이 출연하는 드라마를 감독하는 내가 당신 작품에 대해서 흥미를 가진 게 잘못이오?”

구스타프는 백미러를 보면서 트럭을 추월했다.

나는 자리에 앉아서 그를 살펴보았다.

와이퍼가 피곤하고 아프다고 소리치고 있었다.

"그 말 한번 매혹적으로 들리는군요" 나는 불만스럽게 말했다. "내가 전국을 돌아다니면서 떠들어대고 있다는 얘기, 아주 매혹적이에요" 나는 다시 보푸라기가 인 담요 속으로 기어들었다. 너무 부끄러워서 담요가 내 머리칼 하나라도 보이지 않게 꼭 싸매주길 바랐다.

"그랬나? 그런데 당신 생각은 그렇지 않은가?" 구스타프의 눈길에는 사랑이 담겨 있었지만 미소에는 악의가 드러났다.

"맞아요" 나는 작은 소리로 말했다.

구스타프의 판단은 항상 정확했고 언제나 옳은 말만 했다. 설사 귀에 거슬릴지라도 그의 말은 옳았다.

난 이미 그의 그런 성향에 대해서 잘 알고 있었다.

사람들은 모두 다 자기 주제를 모르고 행동을 한다.

우리 여행은 더 이상 즐겁지 않았다.

그는 직업상 여기까지 오게 된 거야. 그런 것도 파악하지 못하고 넌 멍청한 할망구처럼 굴었던 거고 진작 눈치챘어야 하는 건데.

넌 감독이 너를 좋아하는 줄 알았지?

그 사람은 네 주변에서 어슬렁거리는 보통 남자들과는 다르잖아, 그는 그런 류의 사람이 아니야.

난 이 사람에게 마력을 행사하지 않았지. 실수든 고의든 이 사람 앞에서 아무것도 떨어뜨린 적이 없었어. 빌어먹을. 난 앞으로 다시는 그런 일을 하지 않을 거야. 순수한 거북이 같은 사람에게 거북이 둥지 안에서 이런 실수를 하다니!

설혹 내가 실수를 저질렀어도 이 사람에겐 어떤 변화도 일어나지 않을 것이다. 난 확신할 수 있다. 그런 사소한 일로 이 사람의 변화를 기대하는 것은 지나친 거니까.

"왜 하필 플랜스부르크였죠?" 나는 따지듯이 물었다. "여기는 너무 먼 지방이잖아요? 다음주엔 가까운 곳에서 공연하는데 왜 여기까지 오셨어요?"

"내가 여기까지 온 첫번째 이유는 플랜스부르크 공연이 첫공연이기 때문이오. 치명적인 실수들을 확인해서 그 실수들을 앞으로 반복하지 않게 고쳐줄 수 있다고 생각했소."

아하, 치명적인 실수라고!

"나는 오늘 최선을 다할 수 없었어요. 다리는 꽁꽁 얼어붙었고 위는 텅 비었고 분장도 전혀 못했어요. 게다가 너무나 외롭고 고독했어요. 또 아주 피곤한 상태였구요……." 나는 나를 변호했다.

"수다스런 할망구 같으니!" 구스타프가 말했다.

"그러면, 두번째 이유는 뭐죠?" 나는 전혀 감정을 섞지 않고 물었다.

"당신을 끊임없이 감시하는 사람이 오늘은 당신을 따라붙지 않는다는 것을 확인했기 때문이오."

"누구를 두고 하는 말이죠?" 나는 과민하게 반응했다.

"오늘 공연은 전혀 훌륭하지 못했소." 구스타프가 말했다.

"그 정도로 나빴나요?" 나는 구스타프의 품에 안기고 싶었다.

그가 그토록 대하기 어려운 사람이 아니었다면 그 사람에게 내가 먼저 다가갔을 수도 있었는데…….

"당신은 오늘 연기보다 훨씬 더 잘할 수 있는 사람이오." 구스타프가 엄하게 말했다.

"제 연기가 과장됐었나요?" 나는 조그만 소리로 말했다.

지금 그는 내 연극에 대해서 말하는 것일까, 아니면 내 삶에 대해서 말하는 것일까? 아마 둘 다일 가능성도? 신이여, 전 이 사람을 정말 좋아합니다. 아주 잠깐 동안이라도 이 사람에게 안길 수만 있다면 얼마나 좋을까!

하지만 난 감히 그럴 용기가 없었다.

"전부 다는 아니오. 많은 부분이 그렇다는 것이지."

구스타프가 와이퍼를 껐다.

이슬비가 내리고 있었다. 그는 잠시 눈을 감고 있다가 다시 눈을 떠 희뿌연 밖을 내다보았다.

“감독님을 위해서 제가 할 수 있는 일이 뭐가 있죠?” 나는 급작스럽게 물었다. 먹을 것이라든가 아니면 마실 것을 준다든가 하는 의미로. 어쩌면 운전을 교대할 수도 있고.

“난 당신이 유스투스 스트라이트아커와 잠깐만이라도 떨어져서 지냈으면 좋겠소” 구스타프가 말했다. “그게 나를 위해 당신이 할 수 있는 일이오.”

와이퍼가 다시 움직이기 시작했다. 와이퍼는 지칠 줄 모르고 똑같은 동작을 반복했다.

쓱― 싹 쓱― 싹. 나는 늘 창을 닦아요. 늘 비가 오거든요. 가지고 있는 것이라고는 언제나 비린내 나는 생선뿐, 아무도 나를 상대해주지 않아요. 휘발유 역시 없어요. 난 늘 외롭고 지루해요. 난 내 파트너가 다른 유리창이었으면 좋겠어요.

“잠깐만요” 나는 말했다. “유스투스에게 무슨 유감 있으세요?”

“있지.” 구스타프가 말했다. “대단히 많소.”

쓱― 싹, 쓱― 싹.

역겨워. 그게 무슨 상관이람! 우린 그저 친구관계고, 그는 그 잘난 <우리들의 작은 병원>에서 내가 대화를 나누는 유일한 사람인데다가 그 사람은 내게 완전히 반해 있는데! 그는 나를 사랑한단 말예요! 그 사람은 침실에서도 끝내주죠! 난 그런 게 필요한 나이라구요. 내 남편? 그 사람은 절대 용서가 안될 만큼 내 영혼을 굶기는 사람이에요. 나도 피와 살로 만들어진 평범한 인간, 보통 여자란 말예요!

그러나 침묵은 금이다.

“버터빵 좀 드실래요?” 내가 물었다.

“……”

“아니면 차라도 드시겠어요?”

“……”

“제가 운전을 좀 할까요?”

“운전석 오른쪽 글로브박스에 담배가 있소” 구스타프가 말했

416

다. "담배를 찾아서 불 좀 붙여주구려."

그렇지 않아도 제대로 정리되지 않아서 뒤죽박죽인 글로브박스를 헤집었더니, 박스 속에서 서너 개의 빈 담뱃갑, 회색과 초록색 줄무늬의 평범한 넥타이(카지노에 가려고 준비한 건가?), 둘둘 말린 501회분 <우리들의 작은 병원> 대본이 한꺼번에 쏟아져 나왔다. 그리고 그 틈바구니에서 아주 많이 읽어서 너덜너덜해진 <페퍼의 이중 모럴> 원고가 보였다. 나는 뭔가를 더 찾아내려는 것처럼 몸을 숙였다.

내 원고는 온통 메모로 꽉차 있었다. 볼펜으로 선을 긋고 주석을 달고 무슨 말인가를 빼곡이 적은 메모장이 책 페이지 이곳저곳에 클립으로 꽂혀 있었다.

'이 부분은 효과를 낼 수 없음.'

'난잡해! 왜일까?'

'파경'

'결론에 핵심을 둬야 한다구!'

'샬로테! 당신을 이해할 수 없어!'

이런 구절들이 대충 눈에 띄었다.

그는 페이지마다 메모를 해놓았다. 수없이 많은 말들을.

거의 모든 줄에.

나는 갑자기 얼굴이 확 달아올랐다.

"감독님……." 나는 말했다.

"담배를 찾았소?"

"예? 담배요? 참, 담배를 달랬죠?"

나는 담뱃갑을 찾아서 담배 한 개비를 뽑았다.

이 담배를 어떻게 전해준다?

나는 내 손가락에 담배를 끼웠다.

이 사람은 내 원고를 다 읽었던 거야. 그냥 단순히 읽어보는 것으로 끝낸 게 아니었어. 그는 한 발짝 더 들어서서 나를 생각했어. 내 마음속을 꿰뚫어본 거야. 이 세상 그 누구도 내게 그만한 관심을 보인 사람이 없었어. 남편도 관심이 없었고, 유스투스도 관심이 없었고, 벤야민도 관심이 없었고, 닥터 겔트마허도 관심이 없었고, 슈미츠 니텐빌름 선생님도 관심이 없었고, 그레테도 관심이 없었고, 아이들도 관심이 없었고, 메르케니히 미스마허도 관심이 없었고, 게르노트 미스마허도 관심이 없었고, 그레텔 주프도 관심이 없었어. 어느 누구도

이 세상에서 단 한 사람, 구스타프만 내게 관심을 보인 거야. '아니타 바흐'가 아니라 '샬로테'에게 그만이 관심을 보인 거야.

그가 아주 구닥다리 라이터를 켜서 내 코밑에 불꽃을 갖다댔다.

나는 말라서 부스러기가 뚝뚝 떨어지는 담배를 물고 훅— 한 모금 깊이 빨아들였다.

오, 이런이런, 어쩜 이렇게 독할까!

난 기침이 터져나왔다. 그런데도 담배에 불은 붙었다.

"아직 담배를 피울 수 없을 거요." 구스타프가 말하면서 내 입에 물려 있는 담배를 뽑아갔다.

"루즈가 묻었을 거예요." 나는 중얼거렸다.

무슨 말인가를 하기 위해서였다. 지나침, 이것도 지나친 것이라는 생각이 들었다. 우리는 또 서로에게 불편함을 느꼈다. 침묵은 금이라니까.

"아니, 소시지가 묻었군." 구스타프가 말했다.

나는 킥킥거리며 웃었다.

그리고 다시 침묵.

처음으로 우리는 하고 싶은 말들을 했다.

그러다 난 슬며시 잠이 들었다.

나는 꿈에서 긴 빨랫줄을 잡고 있는 유스투스를 보았다. 그는 애들 같은 노란 레인코트를 입고 캠핑 카 뒤쪽에서 뛰어나왔다. 에르니와 베르트가 뒤쪽 의자에 앉아서 다른 한쪽 끝을 붙잡고 있었다. 아이들은 아주 즐거워하고 있었다.

"난 빨랫줄을 아주 잘 잡을 수 있어요!" 유스투스가 자랑했다.

아이들이 빨랫줄을 올가미처럼 만들어서 마구마구 돌렸다. 그러면서 소리쳤다. "우린 엄마를 금방 잡을 수 있어요!" 구스타프가 내 옆에 앉아서 담배 피우듯 소시지를 빨고 있었고 와이퍼는 불쾌한 소리를 내며 불만스럽게 똑같은 동작을 반복했다.

내가 잠에서 깨었을 때, 막 동이 트고 있었다.

달은 아주 가는 은빛 낫처럼 동물원 다리 위에 걸려 있었다. 그토록 그리던 쾰른 대성당이 드디어 내 눈에 들어왔다.

"말해봐요. 구스타프가 당신을 만나러 데트몰트까지 갔었소?"

"누가요? 당신, 지금 제정신이에요?"

"구스타프요" 유스투스는 나와 걸음을 맞추며 결혼식 제단까지 걸었다. 오늘 우리는 각계각층의 명사들이 다 모인 교회에서 결혼식을 올렸다. <우리들의 작은 병원> 스탭들도 모두 축하하는 분위기였다. 진짜 목사님이 주례를 섰다.

"도대체 무슨 말예요?" 면사포를 뒤집어쓴 나는 작은 소리로 속삭였다.

길게 늘어진 면사포가 우리들 뒤에서 펄럭였다.

"게르노트가 데트몰트에서 당신이 구스타프와 함께 있는 것을 보았다던데. 그 사람의 캠핑 카 안에 당신이 함께 있었다고 했소"

게르노트는 집을 떠나 데트몰트에 살고 있는 아들을 정기적으로 방문했다. 그래서 그곳에서 우리를 보았다고 한 모양이었다. 자기가 본 것을 확인해보지도 않고 곧바로 유스투스에게 얘기하다니. 게르노트다운 행동이었다.

"빌어먹을! 게르노트 눈에 소금이나 뿌려버릴까보다!"

나는 구스타프와 데트몰트에서 함께 있지 않았다. 그리고 설혹 함께 있었다 해도 내가 유스투스에게 얘기할 필요는 없는 것이었다. 돈 되는 일도 아닌데.

게르노트 미스마허, 쓸데없는 소리 좀 작작해, 이 멍청한 인간아.

우리는 더 이상 말하지 않았다.

목까지 치밀어오른 노여움 때문에 목걸이 메달이 내 가슴 위에서 오르락내리락 했다.

신경쓰지 마, 샬로테. 오늘 넌 사람들의 시선을 한 몸에 받는 신부야!

바닥보다 한 단 높은 곳에 올라선 용감한 신부는 앉아 있는 축하객들 한 사람 한 사람을 적의에 찬 시선으로 찬찬히 둘러보았다.

친절한 촬영기사, 클라우스 오버베크는 곤혹해하는 내 기색을 눈치챘을 것이다.

하지만 "컷, 그만, 다시, 신부가 숨을 너무 헐떡거려!" 하고 소리치는 사람은 아무도 없었다.

우리는 동작을 멈추지 않고 발을 맞춰가며 신랑 신부 행진을 했다. 신부인 나는 웃음을 억지로 짜냈다.

어쨌든 지금 난 닥터 아니타 바흐였고, 프랑크 본하이머 의사를 사랑하는 신부였다. 나는 몸바쳐 지아비를 섬겨야 하는 신부였고, 지금 목사 앞에 서서 그것을 맹세해야 했다. 구스타프 그라소가 바스켄 모자를 눌러쓰고 우리 뒤쪽에 있는 의자에 쪼그려 앉아서 그 광경을 지켜보고 있었다.

구스타프

지금까지 난 네 번 공연했는데, 그때마다 그는 늘 객석에 앉아 있었고 공연 후 남은 시간들도 함께하면서 나를 지켜주었다. 하지만 우리는 오늘 아침 데트몰트에서가 아니라 부르크루이넨에서 막 돌아오는 길이었다. 그 사이 구스타프, 캠핑 카, 나, 이렇게 셋은 호흡이 잘 맞는 한 팀이 되었다.

내 드라마는 점차 더 나아졌다.

그가 내게 꼭 필요한 조언들을 해주었기 때문이었다!

내 작품은 이제야 비로소 완성된 듯했고 관객들도 그렇게 받아들이는 것 같았다.

관객들은 한참 동안이나 일어서서 박수를 쳤다. 어떤 수녀원에서는 버스까지 대절해서 수녀님들이 단체로 관람할 수 있도록 편의를 제공해주었다. 수녀님들은 공연하는 동안 웃다가 눈물을 흘리기도 하면서 호응해주었고, 공연 후에는 내게 손을 펼쳐 키스를 보냈다.

브라보, 엄마!

브라보, 수녀님들!

각 신문마다 내 연극에 대한 기사가 연일 게재되었다. 지방 텔레비전 방송에도 난 두 번이나 출연했다. 여기저기서 인터뷰 요청이 쇄도했다. 여의사 아니타 바흐가 아니라 샬로테 페퍼를 인터뷰하려는 것이었다. 그것이 내게 가장 중요한 의미를 지녔다.

구스타프는 카메라 기사 옆자리에 전과 똑같은 자세로 앉아 있었다. 하지만 "모든 게 다 흘러넘쳐"라고 중얼거리는 대신 아무 말 없이 바라보기만 했다. 녹화가 끝나면 그는 나를 감싸안고 캠핑 카로 데려갈 것이다. 난 첫순간에 우리 둘이 하나가 될 것 같은 예감이 들었다. 그 느낌은 받아들여야만 할 숙명 같았고, 난 그걸 당연하게 생각했다. 서로의 삶을 간섭하지 않고, 서로의 생활습관을 뜯어고치라고 요구하지도 않으면서, 우리는 작은 도시들을 여행했다. 여행하는 동안 서로를 위하는 마음은 점차 넓어지고 그럴수록 우린 서로에게 깊이 속해갔다. 그와 함께라면 나는 모든 위험에서 보호받을 수 있을 것 같은 느낌이었다. 난 그에게 감사와 감탄을, 그는 나로 인해 생기를 되찾았다. 지금껏 난 그가 그렇게 호쾌하게 웃는 모습을 한번도 본 적이 없었다. 그가 그렇게 많은 얘기를 하는 것을 본 적이 없었다. 그의 주변을 둘러싸고 나돌던 나쁜 소문들은 전혀 근거가 없는 것들이었다. 하나도 맞는 게 없었다. 그는 내가 지금까지 알고 있던 그가 아니었다. 그러한 그의 참모습을 아는 사람은 나 하나뿐이었다.

나는 지저분한 거실에서 장시간 뒹굴면서 행복을 만끽했다.

차를 타고 달리는 동안 우리는 많은 대화를 나누었다. 나는 남편에 대해서 얘기했다. 그리고 엄마, 그레테에 대해서도 이 세상에 구스타프만큼 상대방 애기를 잘 들어주는 사람은 아마 없을 것이다. 그리고 나 역시 그의 애기를 들어주었다.

그리고 가끔 대화가 끊기는 시간에는 구스타프가 테이프를 틀었다. 그는 이브 몽탕을 아주 좋아했다. 한여름 밤에 차를 몰고 집으로 돌아가면서 우리는 이브 몽탕의 노래를 들었다.

나는 규칙적으로 아이들과 함께 아침을 먹었다. 공연일정을 짤 때만 하더라도 아이들과 함께 아침식사를 할 수 있으리라고는 상상도 못했다. 아이들은 밤새 엄마가 집에 없어도 상관하지 않았다. 아이들은 부족한 게 없었다. 항상 엄마가 곁에 있고 비린내 나는 생선 대신에 달콤한 초콜릿이 있었으니까. 아이들은 더 이상 친구들을 부러워하지 않았다. 그리고 비도 내리지 않았다.

나는 이 세상 전부를 다 포용할 수 있을 것 같았다.

나는 오늘 처음으로 구스타프를 집에 데리고 갔다. 미리 계획했던 게 아니라 어쩌다 그렇게 되었다. 우리는 정원에서 아침식사를 했다. 노란 차양 아래로 아침햇살이 번지고, 방금 전에 물을 뿌린 정원에는 신선한 물방울들이 맺혀 있었다. 벤야민이 커피와 카카오, 갓 구워낸 빵과 초코크림 그리고 반숙된 계란을 준비했다. 식사를 끝낸 구스타프가 담배를 물고 남편이 즐겨 앉는 의자에 앉아서 우리 가족의 삶을 바라보았다. 벤야민은 인라인스케이트를 타고 아이들을 학교에 데려다주었다. 구스타프는 조간신문을 읽었다. 나는 샤워 후 옷을 갈아입고 팬들이 보내온 편지를 읽었다. 내가 팩스를 확인하는 동안 구스타프가 신문에 실린 내 연극평을 큰 소리로 읽어주었다. 구스타프는 아주 만족스러워했다. 하지만 그뿐, 더 이상 언급하지 않았다.

"내가 한 평가가 딱 들어맞았어. 이건 다 뒷북치는 소리야."

신문에 난 평가는 대체적으로 긍정적이었다.

'여성 모노드라마는 억지로 눈물을 짜내는 최루 드라마에서 한 단계 뛰어넘은 작품입니다.'

'페퍼 부인은 여의사 아니타 바흐보다 훨씬 더 재능이 있습니다.'

'불 같은 대사를 전달하는 불 같은 여성은 배우로서의 자질을 증명했습니다. 많은 수녀님들은 그녀의 연극을 보기 위해서 버스를 대절했고, 오래된 도시 부르크루이넨에서는 수백 명을 울리고 웃겼습니다. 그리고 나이 많은 부부들도 연극을 구경했습니다. 맨 앞자리에는……(아래쪽에 사진제공).'

나는 모든 기사를 오려서 스크랩북에 정리했다. 관객들이 매일 편지를 보내왔다.

이런 일들을 나 혼자 힘으로 해내고 있다는 것을 생각하면 난 정말 가슴이 벅차도록 행복했다. 그러나 솔직히 말하면 이 성공은 나 혼자 이루어낸 게 아니었다.

나는 나의 성공에 전부는 아닐지라도, 어떤 부분에 있어서 구스타프 그라소가 지대한 영향을 미쳤다는 것을 분명히 알고 있다. 그의 조언이 없었다면 난 틀림없이 자만했을 것이다. 아니면 인기에 편승했을지 모른다. 그는 내가 허튼 짓을 못하게 다스려주었다. 어쩌면 그는 하느님이 내게 보내주신 귀한 사람인지도 모른다.

오늘 아침에도 우리는 함께 녹화현장으로 갔다. 난 그게 숨겨야만 될 특별한 일이 아니라고 생각했다. 이런 생활이 언제까지라도 변함 없이 지속될 것처럼 생각했다. 우린 거리낌없이 차를 주차장 앞쪽에 세웠다. 숨길 일이 아닌데 그렇게 못할 이유가 없었다.

"난 주말에 구스타프와 통화하려고 수도 없이 전화했었소. 그런데 그는 집에 없더군." 유스투스가 비아냥거렸다.

"그래서요!" 나는 쌀쌀하게 되받아 속삭였다. "감독은 왜 주말에 집에 꼭 붙어 있어야 하는 거죠! 왜죠?"

'그래서, 이 멍청한 사람아, 우리는 냄새 풍기는 짓거리를 한 적 없어. 정말 불쾌해. 당신은 질이 나쁜 사립탐정 노릇이라도 하겠다는 거야, 뭐야? 당신의 그 질투가 우리의 우정을 금가게 만들었어. 나는 당신이 평범한 사람인 것에 오히려 감사해. 품위 있으려면 당신은 좀더 노력해야 할 거야.' 나는 그렇게 말해주고 싶었다.

"왜 전화를 했죠? 더 이상 그런 짓 마세요!" 나는 낮은 소리로 비난했다.

"물어볼 게 좀 있었소. 오늘 녹화가 언제 끝나는지 그걸 알고 싶었소."

"네시죠. '작은 병원' 야외녹화는 언제나 그 시간에 끝나잖아요! 그런데 왜요?"

"난 오늘 당신이 공연하는 도시에 함께 가고 싶소. 나와 함께 갑시다. 난 당신 연극을 한번 보고 싶소. 내가 당신에게 조언 정도는 할 수 있지 않겠소…… 배우로서는 선배니까…… 그리고 당신보다 경험도 많고……." 그는 저음으로 웃으며 말을 끝맺었다.

그게 전부였군요. 하지만 필요 없어요. 제가 사양하겠어요. 친절이 지나치시군요.

"아니타 바흐. 당신은 프랑크 본하이머를 남편으로 맞아, 기쁠 때나 슬플 때나 죽음이 둘을 갈라놓을 때까지 서로 아끼고 존경하며 사랑하겠는가?" 목사님이 물었다.

아뇨, 절대 그럴 마음이 없어요. 그리고 그건 불가능한 일이에요. 벌써 이 자리에서 드러났잖아요.

"예!" 나는 감정이 담뿍 담긴 소리로 크게 대답했다.

목사님은 무척 기뻐했다. 수줍은 신부가 이렇게 크고 또렷하게 대답하는 소리를 목사님은 거의 들어본 적이 없었을 것이다. 게다가 나는 배우로서의 자질을 충분히 발휘해서 감정을 분명하게 표출했다.

"프랑크 본하이머. 당신은 아니타 바흐를 아내로 맞아, 기쁠 때나 슬플 때나 죽음이 둘을 갈라놓을 때까지 서로 아끼고 존경하며 사랑하겠는가?"

"예!" 유스투스는 우렁우렁 울리는 목소리로 크게 대답했다. "기꺼이요."

저음으로 웃으면서 말을 끝맺어야 당신다운데 웃음을 흘리지 않다니, 우스운 일이군. 평소처럼 웃었다면 교회 홀이 넓어서 효과 만점이었을 텐데. 그리고 왜 그 말은 하지 않았을까?

"결혼 같은 거 전 아주 잘할 수 있어요" 하는.

목사님은 신랑이 아주 마음에 드는지 흡족한 표정으로 바라보았다. 카메라가 결혼 축하객들 머리 위에서 움직이고 있었다. 우리를 바라보는 수습간호사 울리케는 예쁘게 미소짓고, 닥터 미스마허 부부 중 아내는 언짢게 웃고, 남편은 이를 살짝 드러내며 냉소적으로 웃었다. 그레텔 주프는 언제나처럼 점잖고 신중하고 '나는 대타가 아니라 주역배우다'라는 몸가짐으로 결혼식을 지켜보고 있었다.

그 뒤에는 야간근무 간호사 베르트힐트가 단정한 모습으로 서 있었다. 그리고 마취과 의사, 터키 출신 동료의사, 레지던트 과정에 있는 크리스토프, 로레 레셜리히……. <우리들의 작은 병원>에 출연하는 모든 사람들이 우리들의 결혼식을 지켜보고 있었다.

우리는 마주 서서 반지를 교환했다. 오르간 연주가 교회 전체에 울려퍼졌다. 카메라가 신랑 신부를 크게 클로즈업했다. 우리는 사랑스럽게 서로를 바라보며 미소지었다. 더 이상 눈에 힘을 주거나 입가 근육을 씰룩거리지 않았다. 우리는 그런 것쯤은 쉽게 극복할 수 있는 전문 배우였다.

그래, 샬로테. 넌 아무 생각 말고 아름다운 시선으로 똑바로 앞을 바라보기만 하면 되는 거야.

하지만 나는 카메라가 미치지 않는 한쪽 구석 어딘가에서 너덜너덜한 대본을 들고 쪼그려 앉아 있을 구스타프를 생각했다. 구스타프와 나는 녹화가 끝나는 대로 비스바덴을 향해서 출발할 것이다.

삶은 정말 아름다운 것이야! 말 많은 그녀들이 그걸 안다면 아마도 더더욱 언짢은 미소를 짓겠지!

소프라노 가수가 축가를 불렀다. 노래를 듣는 동안 나는 해수탕으로 가족 나들이를 갔을 때, 담장 위에 앉아서 지저귀던 지빠귀를 생각했다. 부리에 맺혀 있던 빗방울까지도

한 가지 분명해진 사실은 내가 허풍쟁이에게 이젠 더 이상 관심

이 없다는 것이다. 돈 되는 일도 아니니까. 나는 구스타프와 단둘이서 캠핑 카를 타고 돌아다니면서 전국 각지의 극장 무대에 서고 싶은 마음뿐이었다.

고난은 이제부터 시작이야.

그래, 샬로테. 과거의 너는 흐릿한 잿빛으로 변해서 네 마음 한 구석에 처박혀 있어. 드디어 너는 네 삶의 새로운 방향을 찾아냈고, 벌써 그 방향으로 가고 있는 거야. 군더더기가 많은 세 마디의 대사를 연기해내기 위해서 매일 <우리들의 작은 병원>에 올 필요도 없고, 머리에 스프레이를 뒤집어쓸 일도 없으며, 구내식당에 앉아서 억지로 사진을 봐줄 필요도 없을 거야. 그것들은 다 쓸데없이 흘러넘치는 일들이지. 넌 드디어 해냈어! 네 삶은 팽팽해졌어! 더 이상 무료하게 지내지 않아도 돼. 구질구질한 날들이 다 지나가버렸어. 더 이상 생선 비린내를 감내하지 않아도 되고, 다른 부모를 원하지도 원할 필요도 없을 거야! 히야호! 삼십대 중반이라는 나이에!

모든 사람들이 이런 나를 부러워하겠지!

그런데 나는 삶에 끌려가는 걸까?

아냐, 난 삶을 끌어갈 거야!

그래, 이젠 아무도 내게 꿀밤을 먹일 수 없겠지. 아멘.

우리는 교회에서 나왔다. <우리들의 작은 병원>의 모든 출연진과 제작진들도 더러는 유쾌하게 더러는 불쾌하게 우리 뒤를 따랐다. 마치 그들은 면사포를 쓴 아름다운 신부의 머리 속에서 신성하지 못한 생각들이 행패를 부리고 있다는 것을 감지하고 있는 듯했다.

인형 같은 계집애의 복수.

"흠, 카메라 앞에서의 우리 역할은 끝났군." 유스투스는 카메라가 다른 사람들에게로 옮겨가자 기뻐하면서 말했다. "그러면 곧 출발할 수 있겠군! 그 무례한 놈은 더 이상 딴 생각을 못할 거야!"

오, 이런, 이런 비열한 같으니! 유스투스는 나쁜 인간이야! 무슨 남자가 이럴까!

나직하면서 명랑한 그의 웃음소리가 교회 계단에서 요동을 쳤다.

"오늘은 안돼요" 나는 상냥하게 말했다. 결혼예복을 갖춰 입은 비열한에게. "우연히도 오늘은 다른 사람과 차를 같이 타고 갈 기회가 생겼어요. 다음에 기회가 있을 거예요!"

히히히. 인형 같은 계집애가 승리를 만끽하면서 마녀가 피워놓은 불꽃 주위를 춤추면서 돌았다.

이보시오, 궁정배우 나리. 부디 나쁘게 여기지 말아주오 이 기회에 당신도 뭔가를 배울 수 있는 것 아니겠소?

'나는 뭔가를 배우는 것에 능숙하지.'

잠시 후에 우리가 캠핑 카를 타고 비스바덴으로 출발하려고 할 때, 노란 레인코트 차림의 유스투스가 신호등 뒤에 서 있었다.

'나는 특별히 남몰래 사람들을 잘 감시해.'

"저 작자, 얼마나 성가신지 내 신경을 건드린단 말야!" 구스타프가 기분 나쁘다는 투로 말했다. "말도 못할 정도야."

"그럼 말하지 말고 그냥 계세요" 나는 대답했다. 나는 캠핑 카 글로브박스에서 담배를 꺼내 불을 붙여 그에게 건네주었다.

우리는 여섯시가 다 되어서 비스바덴에 도착했다. 오늘은 극장 휴게실에서 공연할 것이다. 공연시각은 아홉시였다.

아직은 시간 여유가 있었다.

주최자 레라인 씨는 매력적인 남성이었다. 그는 내가 도착하기도 전에 '불평 많은 곰' 호텔에 꽃과 초콜릿 그리고 호의적인 메모를 남겨놓았다. 메모지에는 내 작품과 텔레비전 인터뷰를 통해서 알게 된 내 늘씬한 허리가 허락만 한다면 공연하기 전에 레라인 씨 부부와 같이 식사하길 바란다는 내용이 적혀 있었다.

애들아, 이건 정말 매혹적인 유혹 아니겠니!

"호색한이군요" 나는 침대 위에 앉아 있는 구스타프에게 말했다. "내 허리살을 한 점 잘라내야 되겠어요 개미허리라니 참. 그 사람은 자신의 약점을 극복하기 위해 끊임없이 노력하는 삼십대 중반의 여성들에 대해서 잘 파악하고 있는 것 같네요 그러니까 갱년기에 접어들기 바로 전 나이의 여성들에 대해서 말예요."

"수다스런 할망구 같으니!" 구스타프가 말했다. "당신과 갱년기라……. 도대체 어디가 당신의 취약점인데?"

"싫어요. 말 안해요. 비교하려고 그러시죠?"

"아니, 오래 전부터 그런 신경은 껐소"

"그러니까, 당신은 나와 그런 얘기를 나눌 수 없다는 얘기군요?"

"난 말하기 싫다는 거요." 구스타프는 불평 많은 곰 침대의 모서리에 걸터앉아 초콜릿 봉지를 뜯었다.

"먹겠소?"

"아뇨 그건 살찌게 해요"

"수다스런 할망구." 구스타프는 큼직한 곰 초콜릿을 한입에 쏙 집어넣고 씹는 것에 몰두했다. 소년 시절 그의 모습은 어떠했을까? 문득 오래 돼서 구깃구깃한 그의 어린 시절 흑백사진이 보고 싶었고, 그 사진을 보면서 이것저것 묻고도 싶어졌다.

'이분이 당신 어머니세요? 이 사람은 전쟁 직후의 당신이죠? 어디서 살았어요? 그리고 누구를 사랑한 적 있었어요, 나말고?

나는 그를 보듬어안고 머리카락을 쓸어주고 싶었지만 차마 그럴 용기가 없었다. 감히 그러기에는 그는 내게 너무 소중하고 의미 있는 사람이었다.

"같이 갈래요? 그 매력적인(?) 극장장을 보러 말예요 당신도 많은 것을 배울 수 있을 거예요!" 나는 말했다.

"아니오 어쩌면 게르노트 미스마허가 우리를 또 어딘가에서 엿보고 있다가 당신의 유스투스에게 고자질할지도 모르잖소"

"나는 사실 비스바덴에 게르노트의 아들이 있다고 생각하진 않아요" 나는 즐겁게 말했다.

“그 작자 아들은 온 천지에 다 있소” 구스타프가 볼멘 소리를 했다. “내가 그 작자를 어떻게 평가하고 있는지 알고 있소?”

구스타프는 언제 어디서나 항상 주관이 뚜렷했다. 그의 그런 면을 이젠 잘 알고 있다. 그에게 논의라는 건 아무 쓸모가 없었다.

“그러니까 당신은 호텔에 머물러 있겠다는 얘기죠? 저녁 내내 말이죠”

“공연은 보러 갈 거요 아홉시 정각이 되면. 맨 뒷줄에 있는 좌석 하나 부탁하겠소”

“그렇게 할게요”

“그 사이에 내가 잠시 이 침대에 시험삼아 누워 있겠다고 한다면 어떻게, 반대할 거요? 캠핑 카를 아직 정리하지 못해서 그런데.”

그건 맞는 말이었다. 그동안 나는 차 안에 많은 물건들을 갖다 놓았다. 햇볕에 바짝 말린 여유분의 속옷과 두툼한 양말, 갈아신을 신발, 화장품 세트, 보온병, 사과 파이와 버터 쿠키, 전통 있는 제과점에서 만든 팍팍한 비스킷, 간단한 의료용품, 담요 등. 다시는 굶주리지 않겠다는 단단한 각오 때문에 비스킷도 커다란 용기에 든 걸로 사다가 쌓아두었다.

그렇게 많은 물건들 사이에서 구스타프가 어떻게 누워 있을 수 있겠는가!

“아, 아녜요 사랑스러운 구스타프! 저 때문에 당신은 벌써 닷새째 밤을 새워가면서 전국을 돌아다녔잖아요! 당연히 피곤하실 거예요! 아무 걱정 말고 푹 주무시도록 하세요! 당신이 깊은 잠에 빠져들면 공연에 오지 않아도 돼요 당신 없이 오늘은 저 혼자 해낼 수 있을 것 같아요 당신이 있는 것처럼 생각하고 공연할 거예요 맹세해요”

“그래도 나는 갈 거요” 구스타프가 말했다. “그러니까 당신은 이 구석에서 나 혼자 즐기고 있으라는 말이오?”

불평 많은 곰이 소매 없는 옷을 입어서 다 드러난 우악스러운 팔을 들어 호텔 마스코트인 털 곰이 수놓아진 베개를 내리쳤다.

그런 행동이 어렴풋이 로레 레셜리히를 기억하게 만들었다.
그녀는 자주 베개를 처박곤 했었다.
"좀 잘 눕도록 해요" 나는 말했다. "잘 자요 공연 끝나고 봐
요"
매력적인 극장장 레라인 씨는 아래쪽 홀에서 큰 우산을 무릎 앞
에 세워놓고 소파에 앉아서 벌써부터 기다리고 있었다. 나를 보더
니 벌떡 일어나서 재킷 단추를 잠갔다.
그런 게 보통 남자들의 행동방식일 거라고 생각했다. 내가 손을
내밀자 그는 당장 내 손에 키스 세례를 퍼부었다. 그깟 키스를 위
해 그렇게까지 몸을 깊숙이 수그릴 필요는 없었는데 그는 그런 수
고를 아끼지 않았다.
"페퍼 부인! 텔레비전 화면으로 보는 것보다 정말 훨씬 더 미인
이시군요!"
하, 귀엽군, 그만, 그만 해. 그렇지 않으면 귀를 깨물어주겠어.
사랑스런 돼지 같으니.
구스타프와 긴 시간을 같이 지내는 사람이면 누구든지 마치 한
겨울에 생쥐가 빵조각을 찾는 것처럼 간헐적으로 그의 찬사를 구
하려고 노력할 것이다. 그런데 또 만일 구스타프가 내게 "부인, 매
혹적이시군요" 하고 말했다면 난 무척 어색했을 것이고, 십중팔구
는 실망했을 것이다.
레라인 씨는 구스타프와 사는 방식이 다른 사람이었다. 정중한
몸가짐은 이 사람에게 절대적으로 예약된 사항이었다.
레라인 씨는 우산을 펴들고 내가 팔짱을 낄 수 있도록 팔을 내
밀었다. 나에 대한 배려였다.
"이 호텔을 쉽게 찾으셨습니까?"
아니오 지도책을 무릎 위에 올려놓고 하나하나 짚어가면서 찾
았지만 근처에서 헤매야 했어요 매력적인 남성아.
나는 전형적인 사교계 여성답게 말했다. "물론이죠, 고맙습니
다."

레라인 씨의 키가 나보다 머리 두 개 포개놓은 만큼 작아서 그와 보조를 맞추기가 어려웠다. 그는 우산을 최대한 높이 들어올렸다. 그럼에도 나는 우산 끝에 눈을 찔리지 않게 조심하면서 자연스럽고 다소곳하게 걸었다.

"여행은 즐거우셨습니까?" 레라인 씨가 정중하게 물었다.

"아주 유쾌했습니다." 나는 환한 웃음으로 답했다.

당신은 내가 다 낡아서 덜커덩거리는 캠핑 카를 타고 오면서 맨발에 담요를 덮어쓰고 쪼그리고 앉아서 땅콩 군것질을 했다고 한대도 관심이 없겠지. 우리가 슈베르트의 <겨울나그네>를 들으며 여행했다 해도 관심 없어 할 거야.

아주 낡고 지저분한 카세트테이프 슈베르트의 <겨울나그네>는 옛날옛적에 연주된 곡을 역시 옛날옛적에 복사한 것이었다.

우리 인간들은 이 세상에 나그네처럼 들어섰다가 나그네처럼 다시 떠나가는 것이다.

와이퍼는 여전히 단조로운 음조로 쓱싹거리며 유리창을 비벼대고 있었다.

구스타프는 낡아빠진 캠핑 카에 희귀한 것들을 정리도 하지 않은 채 가지고 다녔다. 베이스에는 헤르만 티슈바인 피쉬마울, 그리고 피아노 연주는 프리데고트 니더부루호부덴하우젠. 전문가들에게나 어울리는 진기한 것들이었다.

차를 타고 가는 동안 내내 우리는 한마디 말도 하지 않았다.

그 사람은 왜 말이 없었을까?

어색한 상황이 싫어서 말을 늘어놓는다는 건 쓸데없는 일이었다. 헤르만과 프리데고트가 우리가 필요로 하는 모든 것들을 대신 얘기해주었다.

그런데 레라인 씨는 나의 초라한 여행과는 대조적인 일을 구상해놓고 있었다.

"당신을 프랑스 요리 전문 레스토랑으로 납치해도 될까요?! 레스토랑에 아홉시까지 자리를 예약해놓았습니다. 물론 당신의 동의가 전제되어야 하지만요. 거기에서 훌륭한 음식을 드실 수 있을 거예요. 또 맛이 기가 막히게 좋은 포도주가 있답니다.”

“맛이 기가 막힌 포도주라면 사양할 수 없지요.” 나는 명랑하게 말했다. “날씨가 어쩜 이럴까요! (언제나 비가 오고, 먹을 것이라고는 비린내 나는 생선뿐이고, 어울려 놀아주는 사람이 없어서 난 늘 따분했는데!) 또 누가 더 오시지요?”

“제 처와 저 그리고 우리 극장에 소속된 제작진들과 몇몇 카메라맨들이 동석할 거예요. 당신께 방해가 되지 않는다면요. 그리고 또 ≪슈피겔≫ 잡지사에서 세 사람이 더 오기로 되어 있어요! 니트리히 씨가 다 계획한 거예요. 그리고 나중에 저희 집을 방문해 주신다면 영광이겠습니다! 공연 마치시면 호텔로 바로 돌아가실 거죠?”

“물론입니다.” 나는 말했다. “모든 게 아주 좋군요. 곰이 곰베개를 베고 누워 있으려면 아마 무척 심심할 거예요.”

“예? 무슨 말씀이세요?”

“초콜릿을 말하는 거예요. 커다란 곰모양 초콜릿이요.”

샤—알로테! 저의를 깐 말장난은 삼가해!

“표는 벌써 일주일 전부터 매진되었어요! 우리는 다음 회분의 입장권 오백 장도 다 팔 수 있을 거예요!”

나는 걸음을 멈춰섰다. 나와 보조를 맞추기 위해서 레라인 씨가 몇 걸음 뛰어와야 했다. 그가 금방 결혼을 한 아니타 바흐의 잘 손질된 머리 위로 우산을 펼쳤다. 우산 위의 빗방울들이 나의 갈색 눈동자로 튀어들었다.

“괜찮으세요?”

“아까 전에 ≪슈피겔≫이라고 말씀하셨어요?”

“예. ≪슈피겔≫요.”

“≪슈피겔≫이라뇨? 여기에 그런 카페가 있나요?”

“아뇨. ≪슈피겔≫이요! 주간지 ≪슈피겔≫ 말예요! 당신도 잘 아실 텐데요! 매주 월요일에 나오잖아요!”

"카메라맨이라면 그럼, ZDF 방송국에서 나온 사람들인가요?" 나는 다소 교만하게 슬쩍 물었다.

"예, 그래요. 여기 비스바덴 방송국과 말이 있었던 것으로 알고 있는데요, 아닌가요?"

"맞아요. 분명히 그랬어요. 그들이 자청했지요" 나는 서둘러 대답했다.

ZDF라. 그리고 ≪슈피겔≫. 당연히 나를 취재하기 위해서 온 거야! 니트리히 씨가 말했었지!

나는 그의 말을 진심으로 받아들이지 않았어. 니트리히 씨의 외모로 볼 때, 그가 그런 말을 했다손 치더라도 믿을 사람은 아무도 없을 거야. 그런데 그가 정말 ≪슈피겔≫ 기자들을 내게 보낸 거야. ZDF 사람들도 '마이너스 4' 프로덕션에서 그런 것이 아니라 그 사람 혼자서.

그 말을 듣는 순간 난 당장 호텔로 달려가서 구스타프를 흔들어 깨우고 싶었다.

이봐요! 눈 좀 떠봐요! 대형 사건예요! 앞에 장애물이 나타났는데, 난 지금 구두를 신고 있단 말예요! 나는 당신이 준비한 보온병과 소시지를 곁들인 빵이 필요해요. 난 당신의 그 따뜻함과 친근함 그리고 무엇보다 당신의 여유가 필요하단 말예요! 내 손 좀 잡아주세요! ZDF에서 나왔대요! 그리고 ≪슈피겔≫에서도요! 구스타프 아저씨 난 어찌할 바를 모르겠어요!

지금 구스타프는 깊은 잠에 빠졌을 거야. 그는 벌써 일주일 동안이나 거의 잠을 자지 못했잖아. 넌 그의 달콤한 잠을 방해해서는 안돼. 샬로테, 네 일은 네 스스로 알아서 해결해야 하는 거야.

레라인 씨가 옆에서 부지런히 걷고 있었다. 어느새 우리는 약속 장소에 도달했다.

레라인 씨가 내가 들어갈 수 있도록 정중한 자세로 문을 열고 서서 기다렸다.

연미복 차림의 웨이터가 내가 옷 벗는 걸 도와주었다. 그는 내 여름 재킷을 받아서 우아한 유리 옷장에 단정히 걸었다. 그가 그런 일 이외에 내 손에 키스하기를 원했어도 난 그 순간만큼은 알아차릴 수 없었을 것이다.

"식욕을 돋우기 위해 먼저 한잔 하시겠습니까? 부인?"

"예, 좋아요."

방송국에서 나온 카메라맨들은 이미 모든 준비를 갖춰놓고 있었다. 레라인 부인과 극장 운영진들은 앉아서 즐겁게 담소하고 있었다. 그들은 기대에 찬 시선으로 나를 맞았다.

"페퍼 부인. 여긴 제 처되는 사람이고, 이 분들은 우리 극장을 위해 일하시는 분들입니다."

"예, 그러세요. 만나서 반갑습니다." 나는 진땀이 흘렀다.

"레스토랑에 들어서는 당신 모습을 촬영해도 되겠습니까?" 카메라맨 한 사람이 내게 물었다.

"그러세요." 나는 말했다. 나는 웨이터에게 잔을 되돌려주었고, 웨이터는 내게 다시 재킷을 건네주었다. 나와 레라인 씨는 레스토랑을 나와 빗속에 다시 서 있어야 했다.

이런, 내 앞에 장애물이 나타났는데, 난 지금 구두를 신고 있군. 장화를 미처 준비하지 못한 거야.

"준비되셨어요?" 레라인 씨가 물었다.

"그럼요." 짧았지만 열의 있게 대답했다.

오, 구스타프 이렇게 중요한 순간에 당신은 왜 호텔에 있는 거죠? 당신이 여기 이 레스토랑 어딘가에 있다면, 최소한 "흘러넘치는 짓거리들을 하는군"이라는 말이라도 했을 텐데요

레라인 부인이 손가락 두 개로 창문을 두드렸다. 그 신호를 보고 레라인 씨가 우산을 들고 창가로 달려갔다. 그 바람에 나는 비를 맞고 서 있어야만 했다. 난 이가 딱딱 부딪칠 정도로 추웠다.

"우리 들어갈까요?" 레라인 씨가 말했다.

"그러죠." 나는 흡족한 미소를 띠며 말했다.

웨이터가 뛰어나와 내 옷을 받아들고 우아한 유리옷장에 걸었

다. 내 바바리는 이런 불필요한 과정을 거치는 동안 완전히 젖어
버렸다. 웨이터에게서 잔을 받아드는 순간 카메라 플래시가 터져
서 난 눈을 잠시 깜박여야 했다. 카메라 플래시의 밝은 빛 때문에
앞이 보이지 않아서였다. 나는 테이블 쪽으로 발걸음을 옮겼다.
　"제 처와 저를 도와주는 제작진들입니다." 레라인 씨가 말했다.
　"반갑습니다. 만나뵙게 되어 영광입니다, 정말로" 나는 정중하
게 말했다.
　"초대에 응해주셔서 저희들도 너무 기쁩답니다, 페퍼 부인." 레
라인 부인이 반갑게 맞으며 말했다. 그녀는 내 손을 잡고 오랫동
안 흔들었다.
　"저도 정말 굉장히 기쁩답니다." 나는 사교적으로 말했다.
　레라인 부인과 나는 자리에 앉았다. 그녀는 여전히 내 손을 잡
고 있었다.
　"뭐 드시겠어요?"
　"아무거나요" 나는 좀 당황했다.
　"스톱, 잠깐, 멈추세요. 그렇게 하면 안돼요!" 조명 뒤에 서 있
던 가죽 점퍼를 입은 카메라맨이 앞으로 나서며 말했다. "어떤 음
식을 원하는지 다시 말씀해주세요."
　웨이터가 식단표를 내 코앞에 바짝 디밀었다. 손으로 직접 정성
스럽게 쓴 식단표에는 음식이름이 가격 없이 불어로 적혀 있었다.
　"위에서 두번째 걸로 하겠습니다." 내가 말했다.
　"잠깐, 스톱, 지금 녹화중입니다!"
　"그래요, 다시 할까요? 예? 지금 바로 시작해도 되는 거죠? 위에
서 두번째 걸로 주세요!"
　"스톱, 그만! 페퍼 부인, 식단표를 보셔야지요!"
　나는 프랑스어에 능통하지 못해서 프랑스 요리 이름을 자연스
럽게 구사하기 위해서는 절대적인 시간이 필요했다. 프랑스어를
판독하기 위한 시간이.
　"폼 데 판 부탁해요" 나는 카메라에 대고 자연스럽게 말하며

웨이터에게 식단표를 돌려주었다.

"부인, 마실 것으론 뭘 준비할까요?"

"아주 달콤한 포도주로 부탁합니다." 나는 정중하게 말했다.

웨이터가 헛기침을 했다.

아주 달콤한 포도주라.

"여기 오는 동안 제가 페퍼 부인에게 '취즈 알프레도' 포도주의 맛이 기가 막히다고 자랑했습니다. 페퍼 부인, 당신께 약간 떫은맛이 나는 포도주를 권해도 되겠습니까?" 레라인 씨가 분위기를 수습하기 위해 말했다.

나는 치과 의사 겔트마허 박사님을 잠시 생각했다. 그는 우리 집 차고 지붕에 앉아서 약간 떫은맛이 나는 포도주를 마시더니 나중에 팬지꽃에 대고 토악질을 했다.

"좋아요." 나는 말했다.

레라인 씨는 카메라를 향해서 아주 유창한 불어로 몇 가지 프랑스 요리이름을 대더니 식단표를 덮었다.

떫은맛 포도주가 날라져오고, 카메라맨은 내 입술 가까이 카메라를 들이댔다. 나는 빵 부스러기가 뺨에 묻어 있지 않기를, 입술 연지가 이빨에 번져 있지 않기를, 그리고 또 혹시나 포도주 방울이 코끝에 맺혀 있지 않기를 간절히 바랐다.

애들아, 난 이후로 이 레스토랑에서 일어난 일에 대해서는 조금도 언급하고 싶지 않단다.

설혹 내가 얘기하려 해도 <우리들의 작은 병원> 팀들은 전혀 알고 싶어하지 않을 게 분명해. 유감스러운 일이지만. 분명 내 얘기가 메르케니히 미스마허가 하는 말보다 더 흥미진진할 수 있을 텐데 말이야. 하긴 나도 내 말을 들어달라고 동료들의 소맷자락을 붙잡고 화장실까지 따라 들어갈 기분은 나지 않을 거야. 이제 다른 동료들도 나와 같은 경험을 하게 되겠지. 어쩌면 떼거지로 몰려다니면서 자청해서 이런 일을 찾아다닐지도 몰라. 돈 때문에!

어쨌든 샬로테, 넌 <우리들의 작은 병원>에서는 입도 뻥끗 하지 마.

겸손하면서도 당당하게, 주눅들지 말고 평상시처럼 행동하면 돼. 그래, 그렇게 똑바로 잘 꾸며봐.

우리들은 불룩하고 커다란 잔으로 약간 시고 떫은맛을 내는 값비싼 포도주를 마셨다. 커다란 공처럼 생긴 은 재질의 보온 뚜껑으로 덮인 요리는 네 명의 웨이터들에 의해 한꺼번에 날라져오고 또 네 명의 웨이터에 의해 동시에 뚜껑이 열렸다. 커다란 접시 위에 아주 적은 양의 음식이 담겨 있었지만 냄새만큼은 끝내줬다. 카메라맨은 쉬지 않고 계속 촬영을 하고 나는 제작진들과 수다를 떨었다. 사실 난 음식을 보는 순간 구스타프가 내게 주었던 간 소시지와 빵을 생각했다. 나는 고급스런 냅킨으로 입가를 살짝 가볍게 닦으면서 사람들을 바라보며 웃었다. 속으로는 입 속에서 생선 가시나 비늘을 빼내야 하는 사태가 일어나지 않기를 간절히 바라면서.

유감스럽게도 시간이 갈수록 나는 점점 더 취했다.

나는 저녁에 있을 공연이 걱정되어서 물을 주문했다.

점잔 빼는 웨이터가 자극 없는 물을 가져왔는데 그 물도 프랑스산이었다. 이상하게 그 물에서 해수탕에 갔을 때 할머니가 발가락에 바르던 매니큐어 냄새가 났다. 난 물을 포도주 잔에 부어서 알코올 농도를 희석시켰다. 그런 노력에도 불구하고 취기를 어쩌지 못했다.

샬로테, 그런 짓을 해서는 안되는 거야. 이 세상 누구도 그렇게 하지 않아.

그때 갑자기 레라인 씨가 큰 소리로 말해서 테이블에 앉아 있던 우리들은 모두 깜짝 놀랐다.

"페퍼 부인이 싸구려 포도주에 값비싼 물을 섞으셨습니다!" 나를 아끼는 마음으로 던진 농담이었겠지만 좌중의 사람들이 다 웃었다.

그래, 나는 그저 천한 계급 출신의 계집아이에 불과한 거야. 꿀밤 한 대 갈겨줬으면 좋겠어.

내가 부끄러워하는 만큼 레라인 씨란 존재는 더 빛이 났다. ≪슈피겔≫ 잡지사의 안경 낀 여기자가 내게 인터뷰를 내일로 미루는 것이 어떻겠느냐고 제안했다. 내가 그 정도로 취해서 그랬을 테지만 사실 이런 장소에서 그녀가 원하는 것을 방해받지 않고 취재하기란 좀처럼 쉽지 않았을 것이다. 나는 그녀의 제안을 긍정적으로 받아들였다.

"내일 아침에 다시 만나요. 그게 더 분위기가 좋을 것 같아요." 나는 레라인 씨의 팔에 매달려서 음식점을 나오면서도 그녀에게 고개를 끄덕여 인사하는 것을 잊지 않았다. 나름대로의 호의를 보이기 위해서. 레라인 부인이 계산을 했고, ZDF에서 나온 사람들은 술 취한 배우가 공연하는 것을 녹화하러 가기 위해서 카메라를 정리했다.

모든 것이 만족스러웠다.

나를 위해서 모두들 수고를 아끼지 않았다!

장밋빛을 띠고 빗속에 서 있는 세상은 부드러운 눈길로 우리들을 빠끔히 내다보고 있었다.

난 오늘 저녁시간을 학수고대하고 있었다!

일단은 공연 때문이고, 또 다른 이유는 공연 후에 구스타프와 함께 지낼 행복한 시간들 때문이었다. 아까 잠시 어떤 상큼한 향기가 코끝에 와 닿았는데 그 향기를 맡는 순간 난 구스타프를 생각했다. 무슨 향기인지 콕 집어 말할 순 없지만 색깔에 비유하자면 장밋빛깔처럼 상큼한 느낌을 주는 향기였다. 다 말라빠진 빵조각과 보온병, 보푸라기가 일어난 담요 그리고 오래 전에 복사한 카세트테이프, 그런 것들도 나를 기쁘게 했다. 그를 만나면 나는 연극표가 완전히 매진되었다는 소식을 전할 것이다. 그러면 그는 이렇게 얘기할 것이다.

'이제 시작이야!'

분장실에는 이미 가운과 꽃다발이 준비되어 있었다!

초콜릿, 축하 카드 그리고 커다랗게 생긴 누런 곰을 레라인 씨가 보내왔다. 북부 도시에서의 첫 공연과 비교되었다. 그곳은 마치 감옥 같았다. 게다가 구질구질 비가 내렸고 나를 알아주는 사람이 하나도 없어서 쓸쓸히 지내야 했으며, 비린내 나는 생선조차도 먹을 수 없었다. 그때 나는 다른 사람이 내 부모였으면 얼마나 좋을까라는 생각까지 했었다!

너무나 감격스러워서 난 눈물이 나올 것만 같았다.

순회공연도 해볼 만해! 정말 좋아!

잠자기 싫어했던 동화 속의 꼬마 헤벨만은 계속 소리쳤다. 달 할아버지 빛을 주세요! 제게 빛을 비춰주세요! 그때마다 착한 달 할아버지는 헤벨만에게 밝은 빛을 주었다.

극장 객석은 마지막 자리까지 다 팔렸다. 분장실 창문을 통해서 출입구로 밀려드는 관객들을 볼 수 있었다. 나는 팔짱을 낀 채 관객들을 살펴보았다.

내가 혹시 사람들을 두 배, 세 배로 불려서 보는 것은 아닐까? 아니면 진짜 이렇게 많이 모여든 것일까? 저 사람들이 모두 나를 보러 온 것일까?

니트리히 씨 판단이 옳았다. 현시대는 인간의 정신과 영혼을 충족시켜주지 못하기 때문에 시장원칙에 따라 그 공백을 겨냥하면 내 작품과 공연은 성공한다고 했었다. 나는 그 공백을 정확히 꿰뚫었던 것이다. 하지만 난 그런 시장원리에 대해서 아는 바가 없었다! 나는 나를 위해서 그냥 썼을 뿐이었다! 운 좋게 우연히 맞아떨어진 것이다.

구스타프가 내 작품에 품위를 더해주었다.

구스타프 빨리 오세요, 아저씨. 당신 없이 전 시작할 수 없어요

그를 찾아보기 위해서 나는 자꾸 창문 쪽으로 다가섰다. 바스켄 모자를 쓴 그 사람, 혹시 모퉁이를 돌아서 벌써 극장 안으로 사라진 것은 아닐까?

하지만 그는 없었다.

레라인 씨가 땀을 흘릴 정도로 분주히 분장실에 드나들었다. 준비상태를 점검하기 위해서였다. 이 극장 내에서는 편지로는 소통할 수 없는 모양이었다.

이 고귀한 마님은 준비가 다 되었습니다.

나는 무대로 나가서 공연을 시작했다.

연기하는 게 너무 재미있어서 난 정말 미칠 것 같았다.

굳이 이유를 들자면 포도주를 적당히 희석해준 훌륭한 프랑스 물 덕분이랄 수 있고, 또 어둠 속 한구석에 사랑하는 구스타프가 앉아 있을 거라는 확신 때문일 수도 있었다. 또 어쩌면 카메라맨들을 의식했기 때문일 수도 있었다. 그들은 <어제와 오늘 그리고 내일의 매거진>이라는 ZDF 방송국 프로그램에 내 공연실황을 내보내기 위해서 지금 무대 주변에서 종횡무진하고 있었다.

방송을 통해서라면 사백 명이 아니라 사십만 명이 될 수도 있고, 아니 수백만 명이 될 수도 있는 사람들에게 나의 뜨거운 말들을 전할 수 있겠지? <우리들의 작은 병원>에서의 여의사 아니타 바흐의 말이 아닌 내 말을?

하지만 방송효과에 대해서 난 아는 바가 없다.

내가 아는 건 단지 내가 지금 무척 행복하다는 것뿐.

무대 위에서 조명을 받는 동안 내 영혼과 육체가 하나가 되었고 나는 혼신을 다해 연기했다. 그런데 그걸 관객들은 알까?

난 연기하면서 가슴속에 쌓였던 앙금들을 모두 토해냈다. 그랬더니 가슴속이 후련해지고 더할 나위 없이 행복해졌다.

곰 호텔은 침묵을 지키며 어두운 곳에 서 있었다.

프리마돈나는 취기가 아직 완전히 가시지 않아서 레라인 씨의 부축을 받으면서도 좀 비틀거렸다.

"고맙습니다. 이젠 저 혼자 가겠습니다."

그런데 빌어먹을 열쇠가 구멍을 제대로 찾지 못하고 참나무로 된 호텔 현관문을 긁어대는 바람에 문에서 듣기 싫은 소리가 났다.

결국 레라인 씨가 뚜벅뚜벅 걸어와서 도와주었다.

"어두운 곳이라 열쇠를 꽂아넣기가 힘드실 거예요! 혼자 가실 수 있으시겠어요?"

그럼, 이 사람아. 난 술이 다 깼어. 다는 아니더라도 거의.

"고맙습니이다. 걱정하지 마쉐요!"

"묵고 계신 방이 몇 호실인지는 아세요?"

"열쉐에 있을 꺼예요"

레라인 씨가 라이터를 켜서 방 번호를 확인시켜주었다. "십삼. 십삼호실입니다. 기억하실 수 있으시겠죠?"

"말씀하쉰대로." 나는 말했다. "안녕히가쉐요작지만구엽구멋쥔샤나이, 극쟝지배인님." 나는 몸을 숙여 인사를 하고 그의 뾰족한 입술에 아주 기껍게 뽀뽀해주었다. 그의 입에서 풍기는 포도주 향이 편안한 느낌을 주었다.

'제발하느님열쇠를떨어뜨리지않도록도와주세요.' 나는 마음속으로 기도했다. 열쇠를 떨어뜨리게 되면 과거처럼 난 본의 아니게 그 사람과 마법 장난을 하게 될지도 모르고, 그렇게 되면 또 한 남자가 불행을 겪게 될 것이다. 나는 열쇠를 주먹에 꼭 쥐고 가슴에 댔다. 열쇠를 떨어뜨리지 않기 위해서.

이렇게 다잡지 않으면 이 엄마는 또 나쁜 일을 저지를지 몰라.

다행히 아무 일도 일어나지 않았다.

레라인 씨는 오늘 저녁 공연이 정말 훌륭했다고 거듭 말했다. 그는 내일 아침에 내게 전화를 해서 내 안부를 물을 것이다. 그때 난 그 사람의 부인과 극장 운영진에게 안부를 전해줄 것을 부탁할 것이고, 그러면 그는 내 부탁을 아주 순종적으로 이행한다는 의미에서 사람들에게 안부를 전해줄 것이다.

매력적인 남자.

나는 호텔 복도를 더듬으며 비상등을 찾다가 엘리베이터 앞에 도착했다. 단추만한 작은 불빛을 눌렀더니 문이 활짝 열리면서 나를 빛의 세상으로 인도했다.

나는 엘리베이터 안에서 한쪽 벽에 붙어 있는 거울을 들여다보았다.

프리마돈나께서 오늘 저녁에는 좀 흐트러지셨군요. 밍밍한 물을 좀 과하게 마셨나 보죠? 그런데 팔은 왜 그렇게 드러내셨나? 끝까지 구스타프는 나타나지 않았을 텐데?

"오늘 공연은 완벽했어. 난 오늘 최선을 다했다구. 아주 격렬했어." 나는 나 자신에게 말했다. "구스타프는 군중과 카메라를 싫어해. 그래서 조용히 사라진 걸 거야. 어쩌면 지금쯤 캠핑 카에서 코를 골고 있을 거야."

나는 눅눅하고 곰팡내 나는 복도를 따라 걸었다. 십삼호실을 겨우 찾아서 문 앞에 서서 열쇠를 꺼내들고 구멍에 끼워넣느라 애썼다. 문이 찍 긁히며 좋지 않은 소리를 냈다. 인내심 있게 거듭 시도하다가 열쇠를 구멍에 찔러넣었다. 드디어, 드디어 올바른 구멍을 찾아냈다. 나는 해냈다!

'열쇠구멍에 열쇠를 꽂아넣는 거 난 아주 잘 할 수 있어요!'

방에서 따뜻한 사람 냄새가 났다.

구스타프?

나는 귀를 기울였다.

그래. 이불 밑의 산이 구스타프야. 아, 난 지금 너무 황홀해. 이 사람 꼭 곰이 겨울잠을 자는 것처럼 자고 있네.

나는 침대 모서리에 앉아서 이불을 덮어쓰고 편안하게 코를 골고 있는 산더미를 들여다보았다.

헤이, 구스타프, 지금 뭐 하고 있어요! 일어나요! 프리마돈나가 지금 최상의 컨디션이란 말예요! 아직 지치지도 않았구요! 모든 사람들이 박수를 치면서 제 연기를 칭찬했어요! 그뿐인 줄 아세요? 그 사람들은 이 프리마돈나의 손에 키스를 하려고 했어요. 전 지금 파티를 열고 싶단 말예요!

구스타프는 기다리고 있었다는 듯이 슬머시 일어나서 프리마돈나에게 안부를 묻고, 미니바에서 샴페인을 날라오고, 베개 밑에 미

리 숨겨두었던 빨간 장미꽃 두 송이를 꺼내주면서 내 개미허리에
대한 원색적인 찬사를 늘어놓지 않았다. 아무런 준비 없이 그는
그저 코를 골며 자고 있을 뿐이었다. 그도 무산계급 출신이었으니
까.

　나는 그대로 침대 모서리에 엉덩이를 들이밀고 앉아서 이런 상
황에서 내가 어떻게 행동해야 하는지 곰곰이 따져보았다.

　정숙한 여자라면 자는 남자 바지 주머니를 뒤져서라도 자동차
키를 찾아내서 당장 이 방을 떠나 주차장 차 속에서 남은 밤을 지
낼 것이다.

　하지만 내가 정숙한 여자였던가?

　난 결코 그렇지 못해! 내 역사는 소설만큼이나 화려하니까!

　나는 예쁘긴 하지만 굽이 너무 높아서 불편하기 짝이 없는 구두
를 벗어버리고 재빨리 목욕탕으로 들어갔다. 목욕을 마친 나는 아
무 거리낌없이 조금도 주저하지 않고 구스타프가 누워 있는 이불
속으로 파고들었다. 그 침대는 어쨌든 내 것이었고, 그가 내 행동
이 좀 지나치다고 나무란다 해도 그건 내일 아침이나 되어야 가능
한 일이었다.

　그는 내게 아주 따사롭고 부드러운 보호막 같은 존재였다. 나는
그 사람의 규칙적인 숨소리를 듣기 위해서 귀를 기울였다. 그는
분명 살아 숨쉬는 구스타프였다. 그가 비록 잠에 곯아떨어져 있긴
하지만 그와 살을 맞댈 수 있다는 것만으로도 난 만족스러웠다.

　당연한 일이지만 난 잠이 오지 않았다.

　머리 속에 별별 생각들이 다 떠올랐다.

　성공적인 공연, 끊임없는 박수갈채, 꽃다발들, 가운, 레라인 씨
부부. 레라인 씨 부인은 레라인 씨보다도 훨씬 더 매력적이었다!
카메라팀, 안경 낀 《슈피겔》 여기자. 밍밍한 물을 갖다준 점잔
빼는 웨이터. 비, 캠핑 카, 와이퍼. 겨울나그네.

　유스투스 스트라이트아커와의 극중 결혼.

　아이들과 함께 한 아침식사.

그리고 남편이 생각났다.

내가 비스바덴에서 낯선 남자와 지내는 동안 남편은 비젤로다의 공사현장에 있었다.

이제 난 어느 방향으로 삶을 이끌어야 하나?

나는 내 생활을 들여다보았다.

샬로테 페퍼에게 주어진 여러 가지 역할들.

이쪽엔 <우리들의 작은 병원>, 저쪽엔 <페퍼의 이중 모럴>. 또 다른 쪽에서는 '쌍둥이 엄마'. 그리고 권태로운 일상이 싫어서 유혹한 남자들의 '파트너'.

지금까지 내가 몇 남자를 유혹했더라?

샬로테, 네가 진짜 원하는 게 뭐냐?

넌 네 삶의 본질에 대해서 차분히 한번 생각해봐야 해! 넌 너무 지나쳤어. 넌 네 주제를 좀 파악했어야 해!

나는 구스타프의 팔을 베고 누워서 생각했다.

앞으로 어떻게 전개될까?

언젠가는 파멸하게 될 거야.

나는 공평한 게 좋아. 꿀밤 한 대 얻어맞는 한이 있더라도 온 천지에 내 파편들을 남기게 될 거야.

모든 파편들이 사방으로 흩어졌어.

누구도 붙박이장처럼 제자리를 지키지 않았어.

누구도 나처럼 살고 싶지 않을 거야.

예전에는 천편일률적이긴 했었지만 모든 게 올곧았는데.

사람들은 제각각 자기 역할에 충실했었어!

그런데 지금은?

우리들의 공간에 나도 없고 남편도 없고 그레테도 없어. 우리는 모두 다른 방향으로 가고 있는 거야. 우리는 여전히 뭔가를 추구하면서 살아가긴 해. 그런데 그게 뭘까?!

언젠가 난 오염되었긴 하지만 기분 좋을 만큼 따뜻한 물 속에서 다시 불쑥 떠오르겠지? 그때가 되면 난 그 물에서 떠나야 하는 것일까? 늘 반복되는 일상 속으로 다시 돌아가야 하는 것일까?

지금 이곳에서 일어나고 있는 일들은 한낱 꿈에 불과한 것일까? 이것이 뒤늦게 찾아온 나의 반항과 모험에서 비롯된 것이라면, 여길 빠져나가는 것도 내 손에 달린 것은 아닐까?

백 투 더 퓨처.

하지만 어떻게?

찬물로 샤워를 하면 좀 이성적으로 될 거야. 이젠 그 위험한 장난은 그만둬야 해.

하지만 오늘은 아니고 어쩌면 내일쯤이나. 내일도 날이니까.

찬물로 샤워를 하고 나면 분명히 쓸데없는 생각들을 다 잊게 될 거야. 아직 시간 여유는 있으니까. 몇 주? 몇 개월? 이번 여름까지? 가을이나 겨울? 그래, 그때라도 늦지는 않을 거야.

구스타프가 몸을 뒤척였다. 그 바람에 그의 팔이 내 머리 위로 떨어졌다.

나는 그의 팔을 들어서 조심스럽게 옆으로 내려놓았다.

나는 발을 쭉 뻗고 반듯이 누웠지만 오래도록 잠을 이루지 못하고 있었다.

잠을 빼앗는 나쁜 마녀가 삼지창으로 내 눈이 감기는 것을 방해했다. 마녀의 웃음소리도 들렸다. 마녀는 어쩌면 울리케처럼 예쁘게 웃고 있는지 모른다. 아니다. 엘비라 메르케니히처럼 비웃고 있을지 모른다! 그리고 지금은 그레테처럼 엄한 얼굴을 했다. 게르노트 미스마허처럼 냉소적으로 웃다가 마침내는 유스투스 스트라이트아커처럼 낮게 웃었다.

"나 좀 자게 내버려둬, 이 마녀야. 제발!" 나는 소리쳤다.

"하늘나라에 가도 넌 지루할 거야. 거기에도 너를 아는 사람이 아무도 없거든." 마녀가 말했다.

"당신 말이 맞아. 마력으로 사람을 골탕먹이는 사람은 지옥에나 떨어질 거야." 나는 중얼거렸다.

한 시간 정도 지나니까 아침을 알리려고 새가 호텔 창문가로 날

아와 지저귀기 시작했다.

"이 빌어먹을 까치 같으니. 주둥이 닥쳐!" 나는 화가 나서 중얼거렸다.

"막 잠들려고 했단 말야!"

구스타프가 침대에서 일어났다.

내가 지금 꿈을 꾸고 있는 걸까?

그가 지금 나를 끌어안으려는 걸까?

왜 눈이 안 떠지지?

나는 그가 나를 안아주길 바랐다.

하지만 그는 나의 바람을 저버렸다.

다음날 아침에는 취기가 완전히 가셨다. 아마도 매니큐어 냄새가 나던 미지근한 물 덕분인 것 같았다. 나는 하루 사이에 파삭 늙어버린 것 같았다. 기운 없고 망가진 것 같고 축 늘어지는 느낌이었다. 눈을 뜨자마자 구스타프가 누워 있던 자리가 빈 것을 확인한 난 깊은 나락으로 떨어지는 기분이었다. 프리마돈나는 편두통을 앓고 있다.

아침식사를 마쳤을 때, 나는 그가 최소한 메모라도 남겨놓았을 거라 생각했다. 내가 까치에게 욕을 퍼부을 때만 해도 난 아주 매력적으로 보였을 텐데.

그는 평범한 사람들의 행동방식을 따르지 않는 사람이었다. 레라인 씨라면 절대 그렇게 행동하지 않았을 것이다. 그 사람이라면 벌써 깨끗이 씻고 면도까지 하고 나서 아침식사를 하기 위해서 식당에 자리를 잡고 앉았을 것이다. 그리고 따뜻한 반숙 계란을 나에게 권하고 빵에 버터와 잼을 발라서 준비해놓고 내 커피에 우유를 타야 하는지 물었을 것이다.

내 마력에 걸려든 남자들이라면 모두 다 그렇게 했을 것이다. 하지만 구스타프는 예외였다. 오직 구스타프 그 남자만은.

당연히 구스타프는 식당에 나타나지 않았다. 그는 그냥 가버린 것이었다. 나는 빛바랜 커튼을 바라보았다. 그 사람의 낡고 지저분한 캠핑 카는 소란스런 와이퍼와 함께 사라져버린 것이다.

오늘은 토요일이어서 <우리들의 작은 병원> 녹화가 없는 날이었다. 우리는 주말 내내 시간을 같이 보낼 수 있었다. 구스타프와 나, 우리 둘만의 시간을 보낼 수 있었다.

나는 사과와 키위로 대충 아침을 때웠다. 삶의 즐거움이 사라졌다. 구스타프는 아주 일찍 떠나버려서 그를 따라갈 수도 없을 것이다. 나는 호텔 내에 있는 수영장에 가서 수영이나 해야겠다고 생각했다.

수영이 경직된 삭신을 풀어줄 테니까.

불만을 해소시키고 나 자신에게 벌주려고 좀 무리해서 수영장을 두 바퀴 막 돌았을 때 수영장 관리인이 전화기를 들고 왔다. 그가 걸어오는 동안 고무 슬리퍼가 물 고인 바닥을 때리며 요란스럽게 철벅거렸다.

"페퍼 부인?"

"예?"

"전홥니다."

구스타프구나. 드디어 온 거야. 잠에서 깨서 지금까지 두 시간 반 동안 난 얼마나 쓸쓸했는데.

무슨 말을 할까? 그래 그렇게 말해야지. 프리마돈나는 기분이 언짢다고 그 이유는 첫째 어제 저녁 공연하는데 모습을 나타내지 않아서이고, 둘째 내가 호텔에 돌아왔을 때 잠들어 있어서라고

"이리 주세요" 나는 물 속에서 나와서 젖은 손으로 전화기를 잡고 한쪽 볼에 전화기를 댔다. "여보세요"

"페퍼 부인?"

아냐. 구스타프가 아니라 웬 여잔데?

"어제 우리 오늘 아침 열한시에 만나기로 약속했었죠? 전 에켄휠더예요"

나는 숨을 몰아쉬었다. 에켄휠더가 누구지? 난 그런 사람 정말

모르는데.

"≪슈피겔≫ 기잔데요. 어제 저녁 일, 기억 안 나세요?"

"어렴풋하지만 그런 것 같네요."

"지금 뭐 하세요? 전 지금 호텔 라운지에 있어요."

가뜩이나 좋지 못했던 내 컨디션은 완전 최악의 상태가 되었다.

"에켄휄더 부인, 전 여기 수영장에 있어요. 당신도 오셔서 수영이나 하시죠. 수영하면서 인터뷰하는 것도 멋질 것 같네요." 내가 말했다.

에켄휄더는 유감스럽게 수영복을 가져오지 못했다고 했다.

나는 수영장 관리인에게 수영복쯤은 대여받을 수도 있다고 조언했다. 전화를 끊고 난 물 속으로 뛰어들었다. 세속적인 ≪슈피겔≫과의 인터뷰로 인해서 그동안 쌓인 긴장을 푸는 일에 방해받고 싶지 않았다.

사람들이 보든 말든 계속 수영을 해야겠다고 혼자 생각했다. 잠시 후에 그녀가 나타났다. 그녀의 출현은 그 잘난 원숭이 같은 나의 커리어를 증명해주는 것이었다. 만약에 내가 여의사 아니타 바흐로 여전히 남아 있었다면 인터뷰하겠다고 이런 혼탁한 물 속까지 나를 찾아오지는 않았을 것이다. 돈 되는 일도 아닌데.

나는 한시도 구스타프에 대한 생각을 떨쳐버리지 못하면서 물에 몸을 맡겼다. ≪슈피겔≫의 여기자도 물 속으로 들어섰다. 그녀는 핀을 사용해서 머리를 틀어올리고 안경도 핀으로 단단히 고정시키고 있었다. 임시로 손본 머리를 보호하려고 그녀는 파란 비닐을 쓰고 있었다. 그녀에겐 고역스러운 일이었을 것이다.

나는 잠시도 쉬지 않고 수영했기 때문에 그녀와 수다떨 수가 없었다. 나는 지금 몇 바퀴째를 돌고 있으며, 앞으로 몇 바퀴를 더 돌아야 내 계획에 도달할 수 있는지만을 생각했다.

그 사이에 에켄휄더 부인은 잠시 쉴 수 없는지 큰 소리로 물었다. 그녀는 벌써 카프치노 커피 두 잔을 수영장 관리인에게 주문해 놓고 있었다.

하지만 나는 속도를 늦추지 않았다.

시간이 흐를수록 화가 더욱 치밀어올랐다.

구스타프는 왜 연락이 없는 거야? 그래, 일단 아침식사를 해야 할 테니까, 정육점에 가서 소시지를 사고, 그것을 들고 캠핑 카에 올라가서 먹어치운 다음에 담배 한 대 피우고, 그러고 나서도 어쩌면 그는 집 주위를 한 바퀴 돌면서 캠핑 카 상태를 점검하겠지. 하지만 그 다음엔? 그런 다음에는 내 앞에 나타나야 되는 거 아냐!

아니면 또 그놈의 망할 카지노에 앉아서 시간을 보내고 있는 것일까?

그건 안되는데? 안되고 말고! 엄마가 안된다고 말했는데!

나는 굳게 닫혀 있는 문을 뚫어지게 바라보았다.

그는 슬리퍼를 신은 모습으로 꼭 나타날 거야. 그래서 물개처럼 근사하게 수영하는 나를 보고 수영장 안이 진동할 만큼 큰 소리로 말할 거야. '당신 수영하는 모습에 난 반했어!'라고

도대체 그 버릇 없는 프롤레타리아는 어디에 숨어 있는 걸까!

여자 집에서 밤을 지샜으면서 다음날 아침에 온다간다 말 한마디 없이 훌쩍 떠나버리는 사람이 어디 있담! 신세졌으면 감사의 말 한마디는 하고 떠나야 하는 것 아닐까! 도대체 예의라고는 없는 사람 같으니라구!

당장 레라인 씨를 보더라도 일반적인 남자라면 절대 그렇게 행동하지 않았을 것이다. 피치 못할 사정이 있어서 급히 떠나더라도 간단한 메모 정도는 남기는 것이 올바른 행동이라고 생각할 것이다.

고귀한 사모님이 까치에게 소리칠 때까지는 아주 매혹적이었는데, 지금은 수영장에서 물 속이나 뒤지고 있었다. 아주 선정적인 몸짓으로

에켄휄더는 누굴 기다리는 게 어려운지 차분하지 못했다.

함부르크로 출발하는 비행기가 여섯시에 있다고 했던가?

나는 수영장 밖으로 나왔다.

휴우, 방금 전에 육백 미터를 수영했다. 나는 어제 너무나 많은 물을 마셨기 때문에 아직도 속이 거북하고 메스꺼워서 카프치노 커피를 마실 수 없을 것 같았다.

돈 되는 일도 아닌데.

에켄휄더는 자기 자리에 쪼그리고 앉아서 농도 짙은 커피 액체를 홀짝거리며 마셨다. 그녀는 수건을 깔고 그 위에 녹음기와 필기 도구를 준비해놓고 있었다. 그녀의 손톱에 반짝이가 들어간 분홍색 매니큐어가 칠해져 있었다.

그 손톱을 보면서 난 지난번에 우리 가족이 함께 갔었던 해수탕을 생각했다. 그 할머니도 발톱에 매니큐어를 열심히 칠하고 있었다. 생각이 거기까지 미치자 난 갑자기 기분이 더 나빠졌다.

난 그녀에게 혹시 사우나를 할 생각이 없느냐고 기습적으로 물었다.

"안될 이유가 뭐 있겠어요?"

그 여기자는 프로였다. 오랜 동안의 다양한 경험을 통해서 그 방면에 나름대로 노하우를 갖고 있는 프로 그녀는 나와 인터뷰를 하기 위해서 형식에 얽매이지 않고 스스로 이렇게 먼 거리까지 온 사람이었다.

내가 완전 알몸에 표정만은 여전히 뾰로통한 채로 호텔 이름이 새겨진 수건을 깔고 막 사우나 의자에 앉았을 때, 그 여기자가 들어왔다. 그녀는 머리에 파란 비닐 봉지를 뒤집어쓰고 안경을 쓰고 대여한 수영복과 필기도구를 넣은 바구니를 들고 들어섰다. 게다가 그녀는 전혀 섹시하지 않은 속옷을 입고 있었다. 내가 보기에 그 속옷을 벗는 편이 훨씬 더 나을 것 같았다.

우리 위쪽에 앉은 대머리에 완전 나체인 남자가 당황하면서 우리 쪽을 쳐다보았다.

여기자는 의자에 수건을 깔고 엉덩이를 붙이고 앉자마자 녹음기를 챙겨서 바로 옆에 세워놓았다.

"페퍼 부인." 여기자가 얼굴을 들었다. "당신은 지금 스타로 떠오르셨습니다. 물론 그동안 출연해왔던 마이너스 4 프로덕션의 드라마가 어떤 역할을 했겠습니다만, 당신은 그 수준에서 큰 도약을 하셨습니다! 괄목상대라고 표현해도 될 정도예요! 어떻게 그 도약이 가능하셨습니까?"

"감독님 덕분예요." 나는 말했다.

그러면서 나는 바깥세계를 차단시키고 있는 나무문을 무심코 바라보았다.

구스타프! 제발 들어와요! 여기 나처럼 이렇게 앉아서 땀 좀 내시라구요! 반항하면 한 대 쥐어박을 거예요!

우리를 넘겨다보고 있는 대머리 아저씨의 얼굴엔 온통 땀이 송글송글 맺혀 있었다. 코끝에 맺힌 땀방울은 계속 밀려드는 땀으로 길게 늘어져 있었다. 내 발 밑도 벌써 땀으로 축축해졌다.

"감독님이라면? <우리들의 작은 병원> 감독님을 말씀하시는 건가요?"

"아, 아녜요. 그 부분은 지워주세요." 나는 정정했다.

"지금 당신 책은 하드커버로 장정되어 서점에 나와 있습니다. 순수문예 출판사지요?" 그녀가 녹음기 쪽으로 얼굴을 돌리고 말했다. 녹음기는 자기 의지와는 상관없이 뜨거운 실내에서 열을 내고 있었다. '이 정도의 더위로는 내게 땀을 내게 하지 못합니다. 나는 지금 아주 따분하답니다.'

"책으로 출판되었다구요? 순수문예 출판사에서요? 언제요?"

"모르셨나요?"

"예!" 그래, 니트리히 씨가 일을 추진하는 전형적인 방법이야. 그는 아무런 거리낌없이 일을 저지르는 거야. 작가인 나와는 한마디 상의도 없이.

"자전적인 소설이지요?" 그녀는 뭔가를 밝혀내려는 것처럼 김이 뿌옇게 서린 안경 너머로 나를 바라보았다. 그녀는 더 이상 마이크를 잡고 있을 수 없다고 판단했는지 마이크를 의자 위에 내려놓았다. 그녀는 사우나실의 창백하고 침침한 불빛에 의존해서 뭔가를 열심히 쓰고 있었다.

그녀 얼굴에서 수없이 떨어지는 땀방울로 햇볕에 방치된 치즈 조각처럼 올록볼록해진 메모 노트와 땀에 전 볼펜은 이런 낯선 환경에서는 더 이상 주인의 명령에 따를 수 없다고 버티고 있었다. 여기자는 뒤집어쓰고 있는 비닐 모자 덕분에 쉼없이 땀을 흘렸다.

나는 그런 그녀의 모습이 재미있어 유심히 쳐다보았다. 분명히 그녀는 이전에 사우나실에 출입한 적이 없었을 것이다. 그렇지 않다면 이렇게 안경에 비닐까지 뒤집어쓰고 메모 노트와 볼펜을 쥐고 사우나실로 따라 들어오는 무모한 행동은 하지 않았을 것이다.

"자전적이라구요? 왜 그렇게 생각하시죠?" 나는 능청스럽게 되물었다.

"그러니까, 그게." 그녀는 가볍게 잔기침을 했고, 그때마다 그녀의 목에 매달린 목걸이가 흔들렸다. "그것은 정말 모두 체험한⋯⋯ 일상사에 대해서⋯⋯ 그런데 당신 삶에 에른스트베르트라는 사람이 실제로 존재하나요?"

"내 삶에서 그 사람의 흔적은 찾아볼 수 없지요." 나는 친절하게 말했다.

"하지만 당신은 결혼하셨어요, 그렇죠?" 그녀가 내 쪽으로 다가왔다. 그녀의 표정에 기대와 관심이 그대로 드러났다.

위쪽 의자에서 소리가 났다. 땀을 빼고 있는 사우나 친구가 우리에게 흥미를 느끼는지 우리를 관찰하려고 몸을 움직이는 바람에 소리를 낸 것이었다.

"그럼요, 당신은요? 아직 결혼 전이세요? 우리 세대엔 결혼이 필수였는데." 나는 말했다.

"전 이혼했어요." 여기자의 브래지어 속에 고인 땀이 겉으로도 표시가 났다.

그녀를 바라보는 나는 진정으로 그녀에게 연민을 느꼈다. 그녀는 틀림없이 속옷을 벗어버리고 싶을 것이다. 그 거추장스런 속옷은 정말 그녀에게 방해만 될 뿐 전혀 도움을 주지 못했으니까. 그리고 브래지어에서 아까부터 냄새가 나기 시작했다.

여기자는 의자에서 사뿐히 일어서더니 조용히 사라졌다.

"문을 꼭 닫아주세요!" 사우나 친구가 그녀 등뒤에 대고 소리쳤다. 그녀가 문을 활짝 열어놓고 갔기 때문이었다.

"이런 곳이 처음이어서 그래요. 사우나를 별로 즐겨하지 않는 친구거든요." 나는 그녀를 위해서 변명했다.

"벌써 눈치챘어요. 그런데 당신들은 여기서 대체 뭘 하는 거요?" 온몸이 완전히 땀으로 젖은 아저씨가 물었다.

"인터뷰요." 나는 즉각적으로 대답했다.

그의 몸에서 뽑아낼 땀은 더 이상 없을 것 같았다. 그가 세워둔 모래시계의 위칸은 아까부터 비어 있었다. 하지만 그는 엉덩이 맨살이 깔고 앉아 있는 수건에 늘어붙어서 굳을 때까지 그 자리에 그대로 앉아 있을 것 같았다.

잠시 후 여기자가 다시 돌아왔다. 이번에는 완전히 옷을 벗은 상태였다. 하지만 비닐 모자는 여전히 쓰고 있었고 메모 노트도 손에 들려 있었다. 그녀는 안경을 벗어서 옆자리에 조심스럽게 내려놓았다. 그런 다음에 집게손가락으로 녹음기의 스위치를 눌렀다. 나는 그녀가 녹음기에 찬물을 끼얹지 않기를 바랐다. 녹음기는 분명 찬물을 좋아하지 않을 것이다.

"문 좀 닫아주세요!" 사우나 친구가 참지 못하고 소리쳤다.

"예! 알겠어요!" 여기자가 불만스럽게 문 쪽으로 다가가서 문을 닫았다. 그녀는 수건 위에 앉아서 우리 일을 다시 시작했다.

"부부간의 자유란 뭘 의미한다고 생각하세요?"

"여러 가지죠." 나는 친근하게 대답하면서 만족스럽게 웃었다.

사우나 친구가 몸을 움직였는지 바닥에서 삐거덕 소리가 났다.

"쌍둥이 아이들을 정말 낳았어요?"

사우나 친구는 거의 앞으로 고꾸라질 지경이었다.

수건 위에 맨엉덩이를 대고 앉아 있는 여자가 올록볼록한 메모 노트에 새로운 뉴스거리를 열심히 적으려 했다. 이번에도 구운 소시지만큼이나 뜨거워진 볼펜이 주인의 명령을 거역하고 있었다.

"입김을 불어넣어보세요." 나는 울리케의 미소를 흉내내며 말했다. 하지만 마음에서 우러난 미소였다.

"저도 그렇게 하려고 했어요." 여기자가 감정 없이 말했다.

나는 그녀에게 괜찮은가 물었다.

"예, 예." 그녀는 말했다. "모든 게 다 최상예요"

"당신이 카메라를 들고 들어오지 않은 게 정말 다행예요" 나는 그녀를 격려했다. "그리고 플래시도 마찬가지고요"

사우나 친구가 헛기침을 했다.

"사진은 어제 다른 동료가 찍었어요" 그녀는 남은 힘을 다해서 속삭였다.

"그러니까 부부간의 자유." 그녀는 전혀 감정을 섞지 않은 목소리로 이야기의 실마리를 풀었다. "당신은 그러니까 부부간에도 서로 자유를 보장해야 한다는 의견에 찬성하시는군요"

"그럼요" 나는 말했다. "당신은 아닌가요?"

"당신 남편은 그것에 대해 어떻게 생각할까요?"

"나도 그게 궁금해요. 지금 당신이 그렇게 말씀하시니까 저도 그 점이 궁금해지네요. ……내가 어딘가에서 그 사람을 다시 만나게 된다면, 그 점에 관해서 꼭 한번 물어봐야겠어요" 나는 대답했다.

사우나 친구가 의자에서 일어나 사우나실 밖으로 나가더니 어깨로 문을 밀쳐서 닫았다.

여기자는 이 밀폐된 공간에서 벗어난 그 사람에게로 시선을 던졌다.

사우나실 밖 샤워기에서 물 쏟아지는 소리가 들렸다.

나는 긴장을 풀고 모래시계를 다시 돌려놓았다.

그 점에 대해서 남편은 어떻게 생각할까?

나도 그 점이 몹시 궁금했다.

보름스의 공연은 엉망이었다.

나는 극장 안을 구석구석 뒤지면서 구스타프를 찾았다.

그렇게 쉽게 나를 떠날 수는 없는데! 나란 존재를 그렇게 쉽게 저버릴 수 있는 것일까! 한마디 말도 없이! 그건 멋이 아니야! 언제나 구스타프는 그런 식이었어! 사실 난 지금까지 그의 그런 면에 매력을 느꼈지. 상식 밖으로 행동하는 그는 보통 사람들과 달랐어. 어떻게 튈지 모를 사람이야. 예측할 수 없는 사람.

그런데 하필 그 공연에 니트리히 씨가 나타났다. 그는 내 공연이 맘에 들지 않았을 것이다.

예의바르게도 그는 공연이 시작되기 전에 분장실까지 나를 찾아왔다. 그를 보는 순간, 그 사람에게는 미안한 일이지만, 그의 윗입술에 난 사마귀만 내 눈에 들어왔다. 그는 내 손을 잡으면서 거만스럽게 말했다. 그가 성공을 예견했던 사람이나 책은 백 퍼센트 성공을 거두었다고, 자기는 어떤 스타일이 유행할지도 예견할 수 있다고, 그리고 이번에 벌어들인 수입으로 아내와 함께 카나리아에 가서 멋진 휴가를 즐길 거라고 말을 마친 그는 화장대 위에 책을 한 권 꺼내놓았다.

『페퍼의 이중 모럴』. 책제목이었다. '불 같은 여인의 뜨거운 일곱 마디 대사. 순수문예 출판사, 프랑크푸르트'

"정말 제 책을 출판하셨군요. 왜 책 출판문제에 대해서 나와 상의 한마디 없으셨죠?"

"작은 놀라움은 사업에 활기를 주는 법이오." 니트리히 씨가 음흉하게 웃었다. 그의 사마귀가 더 역겹게 보였다. "당신은 나를 만난 것에 감사해야 할 거요. 당신은 출세했어요. 당신도 원한다면 이젠 카리브해로 여행을 떠날 수 있을 거요. 나 역시 마찬가지고 어때요, 그렇지 않소?"

나는 그 사람에게만은 어떤 감사의 표현도 절제했다. 평소 느끼던 고마움까지도 아예 가슴 밑바닥으로 밀어넣어버렸다.

니트리히 씨는 다시 한 번 내 손을 꼭 쥐며 말했다. 나의 어머니에게 안부를 전해달라고. 그리고 어머니의 파트너 (누구였더라?) 그라소 노인에게도 안부를 전해달라고. 나는 침을 삼켰다. 어떻게 이런 인사까지 할 수 있는 걸까? 니트리히 씨는 그레테에 대해서 어디까지 알고 있는 걸까? 그리고 그가 얘기하는 사람은 누굴까?

그런 다음에 니트리히 씨는 거드름을 떨며 객석에 앉았다. 나는 공연에 몰두하려고 노력했지만 헛수고여서 공연은 엉망이었다.

개자식 같으니, 여기까지 오다니. 항상 공격적이야! 한 방 갈길 수만 있다면!

공연이 끝난 후 그의 모습은 보이지 않았다. 나는 파티에도 흥미를 잃었다. 낯선 사람들을 만나는 것도, 사교적인 언어를 쓰는 것도, 항상 웃는 낯을 보이는 일도 싫증났다.

나는 택시를 타고 기차역까지 갔다. 지금 시간의 기차는 텅 비어서 집에 도착할 때까지 차분히 있을 수 있을 것이다.

일약 베스트셀러 작가가 된 비밀에 싸인 여인은 한적한 야간열차에 조용히 앉아 초점 없는 눈으로 차창 밖 풍경을 바라볼 것이다.

구스타프? 지금 어디에 있어요? 왜 아무 말도 없이 내 삶에서 빠져나가려고 하죠? 내가 무슨 잘못이라도? 내가 당신을 사랑하는 것이 부담스러웠나요? 내가 당신에겐 마냥 걸치적거리기만 한 존재인가요?

난 당신이 내 삶의 공간에 나타나지 않길 바랐어요.

당신은 내가 마력으로 장난치고 싶지 않은 유일한 사람이었어요.

그리고 그렇게 하지 않았어요, 맹세코.

그런데 당신은 뭐예요?

당신은 나를 갖고 놀았어요. 당신은 나의 영혼을 상대로 장난하신 거예요.

그리고 말없이 홀연히 떠나버렸어요. 한마디 말도 없이. 부당한 일이죠. 당신은 늙은 홀아비고 불평 많은 곰예요. 그래요. 당신은 카지노에나 가서 지내세요. 그 낡아빠진 캠핑 카를 끌고 어디든 가버리세요. 그렇지만 제발 당신을 그리워하는 내 마음을 뒤흔들지는 마세요.

어디에 가든 당신은 아실 거예요.

난 당신이 너무나 그리워 눈물 흘리지만, 당신이 그걸 부담스러워한다는 걸 알았어요. 눈물 흘리는 게 주제넘은 짓이란 걸 코를 풀면서 깨달았어요. 이젠 절대 울지 않을 거예요. 남자 하나 때문에 눈물짓는 일은 앞으로 없을 거예요. 돈 되는 일도 아니니까.

월요일 아침 열시가 되기도 전에 나는 <우리들의 작은 병원>에 도착했다. 무릎이 후들후들 떨렸다.

그는 내가 자기에게 눈길을 줄 거라고 착각하지 말아야 한다. 난 추호도 그럴 마음이 없으니까.

엘비라 메르케니히 미스마허는 젊은 단역배우들에게 둘러싸여서 식당에 앉아 있었다. 뻣뻣한 손을 마구 휘저으면서 커다란 입으로 이백 장이나 되는 아드리안의 사진에 대해서 과장된 설명을 늘어놓고 있었다. 나는 그녀처럼 사람들에게 내 얘기를 늘어놓고 싶은 마음이 추호도 없었다. 월요일 아침이 아니더라도.

나는 곧바로 분장실로 갔다.

"모두들 안녕하세요?"

"뭔 일로 왔는지 모르겠구만, 참말로?" 로레 레셜리히가 방금 전에 키스를 퍼부은 커피잔을 내려놓았다.

"왜요? 제가 여기에 왜 왔겠어요? 전 여기에서 칠 년 전부터 일해왔는데. 그런데 저도 당신을 여기서 본 적이 없었던 것 같아요! 전 여의사 아니타 바흔데요!"

"당신은 오늘 휴가야, 휴가!"

"예?"

나는 그레텔 주프의 눈썹을 정리하고 있는 베티나를 쳐다보았다. 그녀가 무슨 말인가를 해주리라 기대했다. 베티나는 새로 바뀐

일정표를 벽에서 떼어다가 내게 보여주었다.

"이번 주 당신은 휴가예요 즐거운 시간 보내세요"

"누가 그랬어요?"

"누가 되었든." 로레 레셜리히가 비웃었다. "우리 팀 남정네들과 감독 있잖아? 그렇게 할 때야 다 그 나름대로 뭔가 이유가 있지 않겠어?"

나는 침을 삼켰다. 나는 외투를 집어들고 문 쪽으로 걸어나왔다. "이런 특혜가 날 살리는군요! 안녕! 모두들 즐거운 시간 되시길 바라요!"

아무도 내게 다정하게 굴지 않았다. 아무도 나를 원하고 있지 않는다는 것을 난 감각적으로 즉각 알아차렸다.

모두들 적의를 품고 나의 뒷모습을 쫓으면서 침묵하고 있었다. 나는 정신없이 계단을 뛰어내려갔다.

우연히 마주치는 여자 단역배우들조차 내게 눈길 한번 건네지 않았다. 당연히, 그녀들은 엘비라 메르케니히에게 사전에 주워들은 말들이 있었을 테니까. 아무도 내 이름을 불러주지 않았다.

그럼에도 불구하고 나는 그 냉기가 전혀 느껴지지 않았다.

왜 이런 일이 생겼을까?

게르노트 미스마허가 구스타프와 함께 있는 나를 또 본 것일까? 그래서 사람들에게 입 빠르게 소문을 낸 것일까?

녹화현장을 보여주기 위해서 방문객에게 할애된 유리 부스 뒤로 얼핏 노란 레인코트를 입은 사람이 서 있는 것이 보였다. 유스투스가 여름휴가 변경에 대한 공고를 유심히 들여다보고 있었다. 내가 도착하자, 그는 등을 돌렸다.

이럴 수가, 내 짐작이 맞았어. 분명히 그런 모양이야. 난 동료들에게 신용을 잃었어.

나는 곧장 여자 화장실로 들어갔다. 갑자기 스케줄에 펑크가 나는 바람에 오전시간을 주체할 수가 없었다.

뭐 하면서 시간을 보내지? 집으로 다시 돌아갈까? 아이들은 벌써 학교에 갔고, 벤야민은 자기 일을 방해받고 싶어하지 않을 거야.

나는 지금 시간이 너무 많아서 문제였다. 칼스루에로 가는 기차는 오후 두시가 지나서 있다. 하긴 그보다 더 빠른 시간에 기차를 탈 수도 있다. 하지만 그럴 경우 난 폐지처럼 칼스루에에서 떠돌아 다녀야 한다. 그리고 계속 <우리들의 작은 병원>을 생각하게 될 것이다. 오해는 빨리 풀어야 한다. 그것이 가장 좋은 방법이다.

여자 화장실의 세면대 앞에 여의사 메히트힐트 고흐가 서 있었다. 그녀는 다음번에 마취과 의사로 출연할 예정이었다. 그녀는 친절했다. 그리고 무슨 일이든 그릇되게 처리하지 않았다. 그녀는 열린 사람이었고 진지하고 순수한 사람이었다. 항상 그런 자세를 유지했다. 그녀를 이런 곳에서 만나게 되다니 정말 다행한 일이었다. 그녀는 뭔가를 잃어버린 것 같았다.

"안녕하세요?" 나는 표정은 어색했지만 기꺼운 마음으로 그녀에게 말을 걸었다. "오늘에야 이번 주가 내 휴가인 걸 알았어요!"

"그래요?" 메히트힐트 고흐가 말했다. "좋은 일이네요." 그녀는 지갑을 뒤적거리면서 뭔가를 찾는 일에 몰두하고 있었다.

"메히트힐트! 뭐 잃어버렸어요? 그 물건이 뭔지 내가 알면 안될까요?"

"아뇨 내가 뭘 잃어버렸어야 하나요?"

메히트힐트는 핸드백에서 빗을 꺼내들고 아무렇게나 머리를 빗었다.

아무 일도 아니야. 샬로테. 너는 지금 괜한 짓을 하고 있는 거야. 어떤 사람이 필요 없으면 잠시 휴가를 주어 쉬게 하는 건 주변에서 흔히 일어나는 일이잖아. 기껍게 받아들여! 메히트힐트 고흐도 그런 일을 함께 나눌 동료 중 한 사람이었어.

"내가 당신에게 순회공연에 대해서 얘기한 적 있어요?"

"아뇨"

얇은 입술? 냉랭함? 모욕? 메히트힐트 고흐는 격렬히 빗질했다.

그녀에게 내 순회공연에 대해서 자연스럽게 얘기해줬어야 했어! 그녀가 내 일에 대해서 어떻게 알겠어! 그러니까 시작해. 메히트힐트는 질투가 많지 않고 시각도 온전하잖아. 대체적으로 괜찮은 여자야.

"오늘 저녁에는 칼스루에에서 공연을 하고, 내일은 하일브론서 공연을 해요. 내 드라마는 아주 좋은 평을 받고 있어요! 비스바덴 공연을 ZDF에서 녹화했어요. ≪슈피겔≫에서도 인터뷰를 했구요!"

"훌륭하시네요." 메히트힐트 고흐가 말했다.

"정말 좋아요. 매일 새벽에 집에 오는 게 좀 문제지요." 나는 계속 지껄였다. "잠이 부족해서 좀 힘들어요. 날마다 기차를 타는 건 정말 스트레스를 주지요! 하지만 아이들과 아침식사를 하는 것이 즐겁긴 해요!"

"훌륭한 어머니시군요! 당신과 비교하니 전 부끄럽네요. 부러워해야겠어요." 메히트힐트 고흐가 말했다.

메히트힐트 고흐는 아이가 없었다. 그녀는 아이를 원하지 않았다. 일과 엄마 노릇을 병행하는 삶을 그녀는 용납하지 못했다.

"뭐라고 했어요?"

메히트힐트 고흐는 몸을 돌리지 않았다. 그녀는 꼿꼿한 자세로 서서 거울 속의 자신을 바라보면서 갈색 눈 주위에 난 눈썹을 뽑고 있었다.

"전용 비행기가 필요하겠네요." 그녀가 결론짓듯 말했다. 그녀는 자신의 화장품 케이스를 정리해서 핸드백에 집어넣고 흘낏 나를 쳐다보더니 화장실 문을 열었다.

"당신은 전용비행기를 타고 다녀도 될 만큼 돈을 벌었잖아요." 메히트힐트 고흐가 말했다.

그녀가 빠져나간 문으로 찬바람이 들어와 내 얼굴에 부딪혔다.

로비로 다시 나왔을 때, 유리 부스 뒤에 있던 유스투스 스트라이트아커도 사라지고 없었다.

나는 눈을 내리깔고 기차역으로 갔다.

내가 무슨 잘못이라도 저지른 것일까? 하지만 잘못한 게 도대체 뭐지?

내가 매표소 앞에 서 있는 동안, 분명히 노란 레인코트를 입은 사람이 기둥 뒤로 숨는 것을 보았다.

나는 일부러 그쪽을 쳐다보지 않았다.

하지만 너무나 섬뜩하고 불안했다.

칼스루에 공연도 성황리에 끝났다. 관객들은 몇 분 동안이나 의자에서 일어나 박수를 쳤다. 작은 병원의 동료들은 아무도 없었다. 여기에 모인 사람들은 모두 지능지수가 보통 이상인 사람들이니까.

나는 곰팡내 나는 삼층 방에서 밤을 지내기로 했다. 그 층에 있는 사람들은 늘골 무늬의 메리야스를 입은 집주인이 침대 위에 앉아서 담배를 입에 문 채 끊임없이 음란 비디오를 보며 자위행위를 하는 것을 볼 수 있을 것이다.

난 한 차례 펑펑 울었다. 그런 다음엔 시간이 또 따분해졌다. 나는 유스투스 스트라이트아커와 메히트힐트 고흐의 행동에 대해서 곰곰이 생각해보았다. 어느 한순간도 빼놓지 않고 분장실에서 느낀 동료들의 냉랭함, 그리고 그 표정들, 흔적 없이 사라진 구스타프, 오랫동안 동고동락하며 지내던 동료들, 어떤 사건에 얽혀서 신뢰와 확신을 서로 주고받은 적은 없었지만 그래도 칠 년이라는 세월 동안 서로 의지하며 살아온 사람들이었는데 어째서 이렇게 갑자기 냉랭해질 수 있을까!

생각해보니 아주 사소한 사건 하나가 있었다. 우리들 중 어느 누구와도 가깝게 지내지 않던 나이 많은 편집장 한 분이 정년퇴임을 하게 되었다. 우리는 로비에서 조촐한 파티를 열었고, 긴장을 푼 느슨한 마음으로 모두 포도주 잔을 들고 편집장의 퇴임사를 경청했다.

그런데 그때 갑자기 뒤쪽 누군가가 나를 아주 난폭하게 밀치면

서 앞으로 나오려고 했다. 다름아닌 뚱뚱한 실습간호사 울리케였
다.

그 바람에 손에 든 포도주가 찰랑이며 잔 밖으로 쏟아져 옷을
적셨다.

"포도주로 얼룩진 지저분한 옷을 입고 있으면 뭇 사람들의 시
선을 받을 수 있겠네요."

그 말에 실습간호사 울리케가 비틀린 미소를 지었다.

적어도 난 그녀에게 그 정도의 농담은 통할 줄 알았다. 그래서
난 뒤쪽을 바라보며 얼굴을 약간 찡그려 보였다. 상대방이 불쾌하
지 않을 정도로. 그녀는 내 가슴 정도 닿을 만큼 키가 작고 나보다
두 배 정도 뚱뚱했다. 그래서 그녀는 앞으로 나오려고 했을 것이
다.

하지만 그녀는 내 농담에 기분이 상했던 것 같다.

"당신이라면 아주 짧은 시간 안에 고급 옷을 사입을 수 있을 거
예요. 당신은 돈이 많을 테니까!"

웃으며 말했지만 그녀 말엔 뼈가 있었다. 나는 아무런 대꾸를
못했다. 어이가 없었다. 물론 나는 옷을 사 입을 수 있다. 한 벌이
든 두 벌이든, 아니면 다섯 벌이든. 하지만 내가 왜 이 시점에서
뚱뚱한 동료와 그런 문제로 입씨름을 해야 하는지 도무지 이해할
수 없었다. 난 그녀의 저의가 뭐였든, 그녀가 주제넘다고 생각했
다. 나는 그런 수준에 맞춰 언쟁하고 싶지 않았다. 그것을 제외하
고라도 그녀의 말총머리 헤어스타일에는 지금 입고 있는 장딴지까
지 내려오는 부드러운 옷감의 헐렁한 옷보다는 지난번의 꽃무늬
옷이 훨씬 더 우아해 보일 것 같았다. 그 꽃무늬 옷도 재고를 처분
하기 위해서 파격적인 가격으로 판매대 위에 옷을 쌓아놓고 파는
곳에서 골라서 사입었음직했다! 사람들은 울리케가 그렇게 유치하
게 행동하리라고는 상상도 못했을 것이다!

물론 나는 그때 일을 잊고 지냈다. 바보같이 화를 냈던 일도 불
쾌했고 해서. 하지만 지저분한 호텔 주인을 보자 다시 그 광경이

떠올랐다. 나는 벽 쪽으로 몸을 돌리고 더러운 벽지에 그려진 수많은 꽃무늬들을 하나, 둘 세기 시작했다.

뇌르트링엔에서 난 생각하지 못했던 반가운 일을 체험했다.
호텔 주차장에 베르크하이머 지방 번호판을 달고 있는 은색의 베엠베가 한 대 세워져 있었다.
어머! 이렇게 반가울 수가!
난 그동안 슬픔에 젖어 있었어! 충분한 슬픔의 시간이었지!
저건 분명 나의 가치를 인정해주고 존중해주는 닥터 겔트마허의 자동차야!
난 희망에 가득 차서 호텔 로비 쪽으로 달려갔다.
거기에 그가 커다란 꽃다발을 들고 앉아서 나를 기다리고 있었다. 내가 그 사람을 마력으로 휘어잡았기 때문에 빚어진 당연한 귀결이었다!
우리 둘 모두의 인생은 짧다.
그런데 나는 왜 그토록 애를 써가며 남자들을 유혹하려 했을까? 하지만 내가 그런 노력을 하지 않았다면 이 프리마돈나를 만나기 위해 여기까지 따라올 사람이 있었을까? 지금 이 순간부터 내 인생을 마음껏 즐기는 거야!
"아워드! 당신이 오셨군요." 나는 큰 소리로 그를 불렀다. 나는 그를 사랑하는 마음과 나 자신을 동정하는 기분으로 그의 품에 안겼다. 너무 반가워서 거의 울 뻔했다. 닥터 겔트마허도 자기의 출현이 내게 기쁨을 주었다는 것을 알아챘다.
"샬로테! 정말 기뻐하는 거요!"
"그럼요!" 나는 감정을 순수하게 드러내면서 격렬히 소리쳤다.
"그런데 어떻게! 어떻게 여기에 오셨어요? 내가 여기에 있는 걸 어떻게 아셨어요?"
"여긴 내 고향이오. 신문에 난 당신 기사를 우리 어머니께서 읽으셨소. 그래서 내가 이렇게 부리나케 달려온 거요. 그리고 당신

치통이 어떤가 궁금하기도 하고 말이오" 닥터 겔트마허가 말했다.

치통은 말끔히 가셨다. 단지 영혼이 고통스러울 뿐이지. 하지만 지금은 그 고통도 사라졌다.

그의 여행가방에는 병원기구들이 잘 정돈되어 들어 있었다. 그는 내가 아직도 치통에 시달리고 있을까봐서 준비했다고 했다.

"그동안 치통을 전혀 못 느꼈어요" 나는 서둘러 말했다. 그 순간 나는 그 버릇 없는 무산계급 출신의 아이와 그 아이의 엄마가 떠올랐고, 그 모자를 생각하는 것만으로도 넌더리가 났다.

"병원은 어떡하고 오셨어요? 오늘은 목요일이잖아요!" 나는 불쾌한 모자에 대한 생각을 떨치기 위해서 주제를 바꿨다.

"오늘은 문을 닫았죠. 위급한 환자가 있을 때 브리기테가 연락하기로 했소" 닥터 겔트마허가 즐겁게 말했다.

나는 묻고 싶은 것들이 많았지만 가능한 한 참았다.

'자기 남편이 지금 어디에 있는지 브리기테도 아는 걸까? 물론 이 고장 출신이어서 나를 찾아왔다지만 어떻게 내가 슬픔에 잠겨 있는 순간에 나타나서 도시를 구경시켜준다는 것일까? 날 위로해 주기 위해서인가? 단순한 우연인가?

어쨌든 당신 덕분에 도시를 구경할 수 있게 되었군요! 그런데 어쩌나, 난 지금 당장 축배를 들고 싶은데! 야호! 아름다웠던 초여름 날을 위해서!

우리는 팔짱을 끼고 중세기 때 지어진 산성을 걸었다. 따스한 햇볕이 우리를 행복하게 해주었다. 닥터 겔트마허는 지난번처럼 가죽 점퍼 차림이었다. 그가 움직일 때마다 죽은 돼지가죽 냄새가 풍겼다. 하지만 그 냄새가 싫지는 않았다. 그는 이 도시가 겪어온 세월에 대해서 얘기해주었다. 우리가 탑 위에 올라갔을 때, 탑을 지키는 야경꾼이 매시간마다 "이 장난꾸러기 녀석아!"라고 외친다고 명랑하게 말했다. 아직도 탑을 지키는 야경꾼이 있다는 게 신기했다.

그는 야경꾼이 탑 위에 올라서서 어떻게 소리치는지 시범을 보였다. 얼마나 악을 쓰던지 그 목소리를 영원히 잊지 못할 것 같았다. 엉터리였지만 리듬에 화음까지 넣는 성의를 보였다. 아이펠에 갔을 때, 담장 위에서 노래 부르던 지빠귀도 그 소리를 당해낼 수 없을 것 같았다.

"왜 야경꾼이 '이 장난꾸러기 녀석아!'라고 외치죠? 왜 그 사람은 그러니까, '여덟시입니다. 화장실에 가서 손 씻고 볼일 보고 잠자리에 드십시오!'라고 얘기하지 않아요? 저라면 그렇게 외치겠어요."

그때 나는 언뜻 우리 앞을 스치고 지나가는 캠핑 카에 눈을 돌렸다. 네덜란드 번호판을 단 차였지만 그 차가 모퉁이를 돌아서 보이지 않을 때까지 지켜보았다.

닥터 겔트마허는 생기발랄한 소년처럼 얘기하면서 용감하게 내 팔을 움켜잡았다. 그가 움직이자 또 가죽 냄새가 났다.

옛날 중세기 어느 시절에 돼지 한 마리가 마을을 벗어나서 어두움 속으로 도망을 쳤더란다. 이미 죽어서 한줌 흙이 되었을 시청 직원인 그 당시의 야경꾼은 취중에 도망가는 돼지를 장난꾸러기 사내아이로 믿어버리고, 딴에는 자신의 세심한 주의력에 대단히 흡족해하면서 넋이 빠져서 여기저기에 부딪히고 비척거리며 도망치는 돼지 뒤에 대고 "이 장난꾸러기 녀석아!"라고 소리쳤단다.

"못 잡았어요?"

"예. 당연히 못 잡았죠. 그가 탑 아래로 내려가는 동안 그 돼지는 이미 줄행랑을 쳤을 거예요."

"안타깝네요." 나는 아쉽다는 듯이 말했다.

돼지를 못 잡았으니 어쩌면 그는 다음날 사람들에게 탄핵을 받았을 것이고, 야비한 증인들은 그를 앞에 세워놓고 모두 고함을 내지르며 비난하고 아예 그를 '딱한 돼지'라고 불렀을 것이다.

"그게 다예요?"

"예." 닥터 겔트마허가 활기차게 말했다. "그게 전부예요! 아주 작은 일들이 우리를 감격시키죠!"

"그래서 거의 천년 전부터 지금까지 매시간 정각이 되면 '이 장난꾸러기 녀석아!'라고 야경꾼이 탑 위에서 소리친다는 거예요?"

"예. 좋은 풍습이 아닌가요?!"

뇌르트링엔 사람들이 꾸며낸 말이라는 생각이 들었다. 하지만 중요한 것은, 그들은 슐레스비히 홀스타인 지방 사람들 식으로 문제를 해결하지 않는다는 점이었다. 벌로 그 이후 천년 동안 모든 음식점들은 문을 닫게 한달지 하는.

그런 다음에 우리는 식사하러 갔다. 닥터 겔트마허와 나 단둘이. 슈바벤 지방의 만두요리에 노릇노릇하게 구운 베이컨과 감자 샐러드, 그리고 녹황색 채소를 식초와 기름으로 버무린 샐러드도 곁들여졌다. 식사 후에 그 의사선생은 치실을 들고 이 사이에 낀 찌꺼기를 없애러 슬쩍 화장실로 사라졌고, 그동안에 나는 한적하게 앉아서 가운데가 불룩하게 튀어나온 레스토랑의 유리창 밖을 응시하면서 우리 인간들이 지닌 관습이라는 것의 가치에 대해서 생각해 보았다. 모든 인간은 성장과정에서 한두 번쯤 대열에서 탈락되는 쓰라린 경험을 하게 된다. 그리고 인간의 결함은 크건 작건 간에 긴 인간역사에서 각자 나름대로의 의미를 지닌다. 어떤 의미로든.

"자, 이제 갑시다." 닥터 겔트마허가 소지품을 챙겨들며 말했다. "시시하긴 하지만 당신에게 보여줄 깜짝쇼를 준비했어요."

그러더니 그가 내 팔을 잡아끌었다. 그에게서 풍기는 가죽 냄새와 가죽이 부대끼는 소리가 내게 편한 느낌을 주었다. 울퉁불퉁하고 좁은 통로를 지나서 완전히 다 헐어버린 어떤 집에 도착했다. 그는 그 집 앞에 의기양양해서 섰다. 그 대들보에는 1641년이라는 연도와 '겔트마허'라는 글씨가 옛날 글씨체로 씌어 있었다.

오 주여, 제발 그가 나를 자기 어머니에게 소개시키는 실수를 범하지 않도록 해주세요. 그 사람 어머니는 어쩌면 슈바벤 사투리가 심하고 가는귀까지 먹어서, 내게 과자를 좀 먹겠느냐고 묻든가 아니면 당신이 직접 짜서 만든 주스를 마셔보겠느냐고 물었을 때, 난 소리 질러 대답해야 할지도 모른다.

하지만 닥터 겔트마허는 나를 자기 어머니가 아닌 형에게 소개
했다.

전통 인쇄업을 고수하는 그의 형은 어쩌면 컴퓨터에 의해 지배
당하고 있는 이 세상에서 유일하게 살아 있는 역사적인 인쇄업자
일 거라고 했다.

나는 지어진 지 삼백 년이 넘은 작은 집을 경계하는 눈으로 살
피면서 삐거덕거리는 마룻바닥을 치과 의사와 함께 조심스럽게 걸
었다. 위층에 올라갔을 때 빛바랜 사진 한 장이 눈에 띄었는데 그
사진 속에서 내 주치의는 섬뜩해 보이는 고문기구 옆에서 검푸른
손가락으로 장난치고 있었다.

동생이 치과 의사인데도 불구하고 형의 이는 부러진 데다 누랬
다. 형이 동생을 껴안았다. 그 소리라니! 형도 가죽옷을 입고 있었
다. 하지만 형 가죽옷에서는 술과 담배 그리고 감옥이나 반지하
삼류 술집의 퀴퀴한 곰팡내가 배서 냄새가 지독했다.

나는 아주 마음이 편하고 머리도 가벼웠다. 더 이상 고독하지
않았다. 그가 무슨 말을 하든 상관없었다. 그는 아주 친절했고 결
례되는 행동은 하지 않았다.

그가 자기 직업에 관해 설명하는 동안, 나는 "어머, 정말 재미있
군요"라든가 아니면 "아뇨 진짜 같아요"라는 말로 맞장구를 쳐주
었다. 그러면서 나는 남편이라면 이러한 케케묵은 인쇄방식에 대
해서 뭐라고 얘기할까 생각해보았다. 레이저 프린터도 윈도를 이
용한 인쇄방식도 원격조종기도 없었다. 과거 중세시대의 인쇄는
모두 외워서 쓰는 것이었다. 다른 인쇄술을 시험해보는 데 끈기가
없었다. 어디에서나 그렇긴 하지만. 그들은 내게 떫은맛이 나는 차
가운 갈색 화주를 권했다. 그러다가 그들은 어느덧 딸꾹질을 해댔
고 슈바벤 사투리를 이해하지 못하는 예쁘고 순진한 여자 때문에
떼굴떼굴 구르며 웃었다.

겔트마허 형제가 무척 매력적으로 느껴졌다.

나중에 두 사람 가운데 치과 의사 한 사람만 공연을 보러 왔다.

　　인쇄업을 하는 형은 우리들에게 부러진 이를 드러내고 히죽히 죽 웃으며, 연극이 끝나는 열한시쯤에 극장 입구에서 우리를 기다리겠다고 약속했다. 그 사이 즐겁게 지내라는 인사도 빼놓지 않았다. 나는 탑 위에서 "이 장난꾸러기 녀석아!"라는 단 한마디 대사를 외치고 끝나는 연극을 놓치고 싶지 않았다.
　　나는 불꽃놀이 축제를 기다리는 어린아이처럼 가슴 설레며 그 시간을 학수고대했다.
　　진짜 멋진 두 남자가 나를 기다리는 거야! 그 사람들이 고향을 구경시켜주는 동안에 난 얼마나 편했는지 몰라! 악의 없는 사람들. 날 불쾌하게 만드는 어떤 행동도 하지 않았어! 그들 덕분에 오늘 하루 일과가 순조로웠어!
　　드디어 기다리던 순간이 다가왔다. 나는 가죽옷을 입은 기사들을 양쪽 팔에 하나씩 꿰차고 있었다. 좌청룡 우백호라! 한쪽 팔에는 술 냄새 풍기는 기사를, 다른 쪽 팔에는 치약 냄새 풍기는 기사를! 머리를 밑으로 해서 세워놓는 치약처럼 서서 뿌연 밤하늘에 떠 있는 달을 올려다보았다.
　　드디어 열한시가 되었다.
　　드디어! 저기에! 아주 분명했다! 탑 위에서 어떤 사람이 아래쪽을 향해서 소리를 질렀다.
　　"이 장난꾸러기 녀석아!" 그리고는 창의 덧문을 획 당겨서 다시 닫아버렸다. 아마도 야경꾼은 알람시계를 열두시에 맞춰놓고 잠자리에 들었을 것이다.
　　"자, 어때요?" 겔트마허 형제가 내게 의기양양하게 물었다. 오른쪽과 왼쪽에서 가죽옷이 부딪히는 소리가 들렸다. 냄새와 함께.
　　"굉장해요." 나는 넋이 빠져서 더듬더듬 중얼거렸다.
　　그들은 나를 호텔까지 바래다주었다.
　　한 사람은 오른쪽에, 또 다른 사람은 왼쪽에 서서.
　　나는 혼자 들어가기 싫었다.
　　그런데 그들은 호텔 출입문 앞에서 작별인사를 했다.

형제는 내 오른쪽과 왼쪽 볼에 뽀뽀를 했다.

한쪽 볼은 치약.

또 한쪽 볼은 화주.

내가 그걸 어떻게 얻었는데……

다음날 아침, 내 컨디션은 최상이었다.

나는 가방을 들고 느릿느릿 기차역 쪽으로 걸었다.

이 날을 축하하기 위해서 나는 턱없이 비싼 가슴 라인이 깊이 파인 새빨간 초미니 원피스를 로얄 부티크에서 사 입었다. 최고급 브랜드의 옷값이 아무리 비싸도 그 정도쯤이야 충분히 커버할 수 있는 재정적인 능력을 난 갖추고 있었다. 나는 다음 공연을 무척 기대하고 있다. 난 오늘 저녁 여섯시에 저명인사 자격으로 텔레비전 토크쇼에 초청되었다. 복종적인 딸 아니타 바흐가 아니라 파워 우먼 샬로테가 저명인사로 토크쇼에 참여하게 된 것이다. 나는 다시 자존심을 회복했다.

기차가 뉘른베르크에 도착했을 때 난 잘못을 회개하고 자비를 구하는 구스타프의 모습을 고대하면서 플랫폼을 바라보았다. 간 소시지와 빵 그리고 보온병을 들고 손을 휘저으며 마구마구 신호를 보내고, 자기가 말없이 내 곁을 떠날 수밖에 없었던 피치 못할 이유에 대해서 구구절절 변명을 쏟아내는 그의 모습을 상상하기도 했었다. 게다가 오늘은 금요일 오후니까 주말까지 그는 일이 없었다. 나는 분명히 확인하기 위해서 짧은 시간 동안이었지만 차창 밖 사람들을 세밀하게 관찰했다. 서 있는 사람, 뛰어가는 사람, 그들 속에서 적어도 두 번 정도 구스타프의 모습을 본 것 같은 착각도 했다. 착각이 아니라고 스스로 확신했다.

그래, 어디 한번 기다려보자. 내가 기차에서 내릴 때 그가 나를 알아볼 거야. 그러면 나는 그를 무시해야지. 그게 벌이야. 자비가 어디 있어? 나는 그를 전혀 몰라보는 척할 거야. 그러면 그는 내게 간 소시지와 빵을 던지겠지. 그래도 난 뒤돌아보지 않을 거야. 결코 어떤 일이 있어도 나는 여행용 가죽가방을 개처럼 끌면서 걸어가는 거야. 당신은 내 발걸음과 가방을 겸손하게, 하지만 똑바로 바라봐야만 해. 늘 그래왔던 것처럼! 그러면 나는 고개를 꼿꼿이 치켜들고 하이힐을 똑딱거리면서 출구 쪽으로 걸어가는 거야. 몸에 꼭 끼는 육감적인 초미니 원피스에 고급 재킷을 걸치고

뉘른베르크! 나의 사랑 뉘른베르크!

연극공연이 있기 전, 저녁 여섯시에 '나는 전부를 원한다 − 자기 가치를 발견해서 성공으로 이끌면서도 자녀들을 훌륭히 키우는 삼십대 중반의 여성'이라는 주제로 진행되는 토크쇼에 출연하는 것말고 특별히 할 일이 없어서 난 도시를 구경하기로 했다. 딱딱한 브레첼을 하나 사서 먹어가면서 천천히 성 주변을 돌아다니며 햇볕이 따뜻한 날씨를 맘껏 즐길 것이다. 나 혼자여서 거리낄 것도 문제될 것도 없었다. 나는 혼자 지내는 걸 즐길 줄도 안다. 내가 인원이 적은 무리에 끼어 있을 때, 그들이 동행자처럼 느껴져서 나는 결코 쓸쓸하지 않았다. 얼마든지 혼자 즐기면서 만족할 수 있었다.

구스타프와 함께 있으면 한순간도 지루하지 않은데, 나를 이렇게 방치하다니. 이젠 다른 사람 도움 따윈 필요 없어.

내 자존심은 다시 회복되었으니까.

그때 나는 내 뒤를 따라오는 발자국 소리를 들었다.

급한 발걸음이었다.

잠시 후 누가 내 이름을 불렀다. 남자 목소리였다.

"샬로테 씨!"

구스타프? 그래, 그렇다면 이제야 내 생각을 실행에 옮길 수 있겠군. 내가 누구야? 난 보디가드가 필요한 사람이야. 남들은 안 믿겠지만 말이지. 꿀밤이나 한 대 맞을 일이야. 돈 되는 일도 아니고

그런데 머리 속 생각과는 달리 나는 깜짝 놀라서 몸을 돌렸다.

구스타프? 내 사랑, 사랑스럽고 연륜 있고 신뢰감을 주는 구스타프인가?

하지만 샬로테 씨라니?

구스타프가 아니었다.

구스타프는 도대체 어디에 있는 거야?

날 부른 사람은 슈미츠 니텐빌름 선생님이었다.

그의 출현은 내게 더 이상 놀라운 일이 아니었다.

그저께는 니트리히 씨가, 어제는 닥터 겔트마허가, 오늘은 슈미츠 니텐빌름 선생님이.

난 연이은 남성들의 출현을 당연한 것으로 받아들이고 있었다.

그런데 왜 난 그걸 당연한 것으로 받아들이는 걸까?

남자들은 프리마돈나를 보겠다고 장거리 여행도 마다하지 않는데, 프리마돈나는 즐거워하기는커녕 오직 한 사람만을 생각하며 골머리를 앓고 있다.

어쨌거나 제발 한 사람씩만 나타났으면.

"안녕하세요? 슈미츠 니텐빌름 선생님. 날씨가 정말 좋지요?" 나는 반갑게 인사를 했다.

"전 뉘른베르크를 관광하러 왔습니다." 입고 있는 코듀로이 재킷이 슈미츠 니텐빌름 선생님에게 썩 잘 어울렸다.

"정말 우연이네요." 얼떨결에 그 말이 내 입에서 튀어나왔다. "기차여행 하세요?"

"아침에 도착했습니다. 사십구 마르크 티켓에 대해서 혹시 알고 계세요? 전지역은 아니지만 독일의 반은 여행할 수 있는 특별할인 티켓이지요. 이등 칸을 타고 주로 밤을 이용해서 여행합니다. 전 그 티켓으로 여행하고 있어요" 슈미츠 니텐빌름 선생님이 약간 당황하면서 설명했다.

이등 칸을 이용한 밤 기차여행이라. 우연이 아니라 분명 나와 관계가 있겠어. 어쨌든 말을 듣고 보니 감동적이군. 잠깐! 그런데 내가 이 사람을 언제 유혹했었지? 어디서? 이 사람 앞에서 아무것도 떨어뜨린 적이 없었는데! 전화상으로는 마력이 통하지 않는 게 분명한데! 시선이 언제 잘못 엉켰었나? 그래서 그런가?

“오늘 출근하시지 않았어요? 에르니와 베르트는요?” 나는 놀라
서 물었다.

“오늘은 공휴일예요” 슈미츠 니텐빌름 선생님이 말했다. “어제
가 성체 축제일이었거든요.”

아하, 그래 맞아. 그래서 어제 닥터 겔트마허가 왔던 거구나.

나는 기분 좋게 히죽 웃었다.

“그랬군요? 저와 시간을 같이 보낼 생각이시죠? 그렇담 우리 뭐
하며 지낼까요?”

말하는 동안 슈미츠 니텐빌름 선생님은 밝은 브라운색 코듀로
이 가방을 보관함에 집어넣고 그 보관함에 내 짐을 집어넣고 있었
다. 그런 그의 모습에서 남성적인 매력이 물씬 풍겼다.

그는 환경을 생각하는 사람들이 주로 이용하는 가게에서 산 제
삼세계에서 만들어진 헝겊가방을 최첨단의 지능을 보유한 내 가방
과 나란히 세워놓고, 동전을 보관함 투입구에 집어넣은 후 문을
잠갔다. 거추장스런 짐들을 처리한 우리는 가볍게 발길을 돌렸다.

슈미츠 니텐빌름 선생님은 뉘른베르크 역에서 뇌르트링엔을 거
쳐오는 기차를 아침 일찍부터 내내 기다렸을 거란 느낌이 들었다.

“뇌르트링엔에도 가보셨어요?” 구도심 쪽으로 나란히 걸어가면
서 나는 다소 들뜬 기분으로 물었다.

“예. <페퍼의 이중 모럴>을 관람했어요. 공연이 끝난 뒤 동행
이 있는 것 같아서 방해하지 않았습니다.”

“뇌르트링엔에도 오셨어요?” 순간 나는 걸음을 멈췄다.

“예.” 슈미츠 니텐빌름 선생님이 말했다. “어제도 휴일이었거든
요. 당신 연극은 정말 감명 깊었습니다.”

슈미츠 니텐빌름 선생님은 하고 싶은 말이 무척 많은 눈치였다.
나는 그가 내 공연에 대해서 무슨 말이든 더 해주기를 바랐다. 하
지만 그는 다시 사십구 마르크짜리 티켓에 대해서 얘기하기 시작
했다. 그의 삶에는 내 드라마보다 더 근본적인 뭔가가 있었다. 싸
구려 티켓이 그 예였다. 그는 뉘른베르크에 오기 위해서 수요일

밤에 출발했던 것이다. 거금 사십구 마르크를 들여서! 티끌 모아 태산이니까! 또 연극을 보기 위해서 그는 칠 마르크짜리 입석표를 구했을 것이다. 그의 학생증은 이미 만료가 되어서 할인혜택을 받지 못했을 테니까.

"그런데 공연이 끝난 다음에 왜 나한테 찾아오지 않았어요?"

"동행하는 사람들이 당신을 희롱할 것처럼 보이지 않았거든요. 특히 한 사람은 좀 험악해 보여서 여차하면 제가 몽둥이로 후려치게 되지나 않을까 겁도 났구요. 그래서 가지 않았어요. 그런데다가 유스호스텔 문 닫을 시간이 가까웠구요"

아, 그래, 맞아. 슈미츠 니텐빌름 선생님이라면 유스호스텔에 묵는 것을 더 좋아할 거야. 좋아하는 정도가 아니라 어쩌면 열광할지도 모르지.

"그 사람들은 닥터 겔트마허와 그의 형이었어요! 닥터 겔트마허를 선생님도 아시잖아요! 지난번 우리가 차고 지붕에서 놀았던 때를 기억하시죠! 그 사람이 특별히 한 일은 없었지만 말예요!" 나는 기뻐서 소리쳤다.

"제 이름을 불러주실 수는 없나요? 그냥 루츠라고요." 슈미츠 니텐빌름 선생님이 갑작스럽게 물었다.

"이름을 부를 수는 있지만…… 하지만 아이들 앞에서는 그렇게 할 수 없어요." 나는 말했다.

"아뇨 오늘 하루만 그렇게 불러주세요."

"그래요 루츠 문제될 게 없지요." 나는 말했다.

우리는 따뜻한 날씨에 아름답고 화려한 구도심을 천천히 걸었다. 여기저기 많은 사람들이 여름날의 저녁시간을 즐기려고 카페 밖의 탁자에 앉아서 맥주를 마시며 담소하고 있었다. 딱딱한 브레첼을 안주삼아 먹어가면서. 주말 장터에는 많은 사람들로 붐볐고 슈파겔과 싱싱한 딸기, 알록달록한 과일들이 보는 이들의 눈을 풍성하게 했다. 바구니에 든 빨간 과일을 고르면서 한입 깨물었을 때 입 안을 촉촉하게 적셔줄 단물을 상상했다. 좁고 복잡한 골목

길을 걸으며 과일을 먹고 못 먹는 부분은 길거리에 아무렇게나 뱉어버렸다. 슈미츠 니텐빌름 선생님과 나, 우리 둘 모두.

"여섯시에는 토크쇼에 출연해야 해요. 하지만 그 전에는 시간이 있어요. 어디에 머무신다고 했죠?"

"유스호스텔요. 성 근처에 있어요." 슈미츠 니텐빌름 선생님, 루츠가 말했다.

"참, 그랬었지요." 나는 빠르게 말했다.

그런 바보 같은 질문을 하다니. 거기 아니면 어디겠어?

"전 유스호스텔 이용권이 있어요. 그룹을 통솔하는 자격증도 있고요. 알고 계시겠지만요." 루츠가 변명했다.

"그리고 이등 칸을 이용할 수 있는 사십구 마르크짜리 기차표도 있고요. 그렇죠?" 나는 그의 말을 거들었다.

"맞았어요." 열정적으로 맞장구를 치면서 미소짓는 그가 무척 영리해 보였다.

"전 아직 학생증을 가지고 있어요." 그는 목에 걸고 있던 천 지갑을 잠시 뒤적이더니 구깃구깃한 교육대학 학생증 하나를 꺼내서 내게 내밀었다. 오래된 사진이어서 쫑긋 세워진 두 귀와 헐렁한 셔츠 칼라 위로 목젖이 툭 튀어나온 젊은이가 누렇게 보였다.

"세상에! 당신은 이 세상에서 가장 멋진 남성예요!" (하하하!) 나는 그를 인정했고 칭찬도 해주었다.

로렌츠 교회와 세발두스 교회를 구경하는 동안 루츠는 여행 안내책에서 읽은 재미난 이야기를 해주었다. 이야기를 듣는 동안에도 나는 내내 생각했다. 혹시 내가 그에게 마력을 행사할 기회가 있었는가를. 하지만 결론은 내가 의도하지 않았고, 우연히 그런 일이 일어날 상황도 없었다는 것이었다.

그렇다면 그는 분명 본인이 원해서 나를 찾아온 것이었다.

우리는 성까지 천천히 걸어올라갔다. 한낮의 태양은 뜨거웠다. 유스호스텔 앞 잔디밭에 삼삼오오 짝지어 앉은 젊은이들이 맥주를 마시면서 기타 반주에 맞춰 노래를 불렀다. 난 젊은이들과 어울려 노래를 부르는 하네스와 나를 그 무리 속에서 발견했다.

옛날 그 아름답던 프랑스 남부지방. 그 시절 난 이름 없는 단역 배우였지만 세상이 즐거웠다. 하지만 난 사랑하는 신에게 그 아름다운 날들을 다 빼앗겨버렸다.

루츠가 스웨터를 벗었다. 손수 짠 옷이겠지만 그의 성적 매력을 반감시키는 옷이었다. 스웨터 안에 받쳐입은 장밋빛 셔츠 때문에 그의 안색은 창백해 보였다. 물에 퉁퉁 불어터진 소시지 같았다.

슈미츠 니텐빌름 선생님은 항상 손수 짠 니트에 핑크 아니면 장밋빛 셔츠를 받쳐입고서 맨 위의 단추를 풀고 셔츠 칼라를 밖으로 느슨하게 빼냈다. 밀크 캬라멜 색깔의 코듀로이 바지, 회색과 갈색 무늬의 양말, 갈색 반부츠를 신었다.

그는 감상적이고 겸손하고 정직하고 순수하고 단정한 남자였다.

남의 호감이나 사려고 허풍이나 떨며 잘난 체하는 유스투스와는 전혀 다른 사람이었다.

놀랍게도 자기가 최고라고 자랑을 늘어놓는 사람보다 그가 훨씬 더 사람들을 즐겁게 했다.

아이들도 선생님을 좋아했다. 그게 그 사람 최고의 장점이었다. 헐렁한 셔츠를 입고 머리에 무스를 떡칠하고 다니는 보통 젊은이였지만 그에게서 어떤 연대감 같은 게 느껴져서 나도 그가 좋았다.

그는 스웨터를 회색과 연두색 무늬의 헝겊가방에 구겨넣었다. 제삼세계에서 만든 오 마르크짜리 가방에.

나는 내 실크 재킷의 가격에 대해서 말하지 않기로 했다. 나는 몸에 착 달라붙는 미니 원피스를 입고 루츠 옆에서 하이힐을 똑딱거리면서 걸었다. 아마도 사람들 눈에는 우리가 엄마와 아들로 보일 것이다. 모자지간이라!

아들아, 항상 청결하고 면도도 말끔히 하고 좀더 친절하게 굴거라. 이렇게 화창한 날에는 사람들에게 더 친절해야 한단다.

우리는 자리를 좀 널찍하게 차지하고 앉았다. 특히 나는 다리를 쭉 펴고 앉아서 멀리 내려다보이는 뉘른베르크의 경치와 지금까지의 내 삶을 음미했다.

　나는 되도록 돌이 깔린 아래쪽 주차장에 눈길을 주지 않으려고 노력했다. 그라소의 캠핑 카가 없다는 것을 눈으로 직접 확인하고 싶지 않아서였다.

　"애플라인이라는 사람의 역사에 대해서 알고 계세요?" 선생님이 쾌활하게 물었다.

　"아뇨, 몰라요. 그 사람이 누구예요?" 나는 말했다.

　루츠는 애플라인에 얽힌 사건에 대해서 얘기했다.

　"아하! 그 사람이 그렇게 소리쳤군요." 내가 즉각적으로 대답했더니 루츠가 좋아했다.

　"예. 그랬어요."

　"어떻게 알았어요?"

　"여행안내책자에 있었어요. 기차를 타고 오는 동안 읽은 거예요."

　그래. 슈미츠 니텐빌름 선생님은 플라스틱 기차의자에 앉은 채 밤새워 여행했던 거야. 그는 식당칸에서 어슬렁거리거나 샴페인을 병째 들고 홀짝홀짝 마셔가며 옆자리 여자들과 시시덕거릴 사람이 아니지.

　"그래서요? 요즈음도 탑 위에서 매시간마다 그렇게 외치고 있나요? 아니면 천년 동안 레스토랑 문을 닫는데요?"

　"뭐라고 그러셨어요? 누가 그랬다고요?"

　"아녜요. 됐어요." 나는 말했다.

　날씨가 너무 더워서 피가 머리로 다 치솟았는지, 아니면 애플라인 사건을 얘기하다 흥분했는지 루츠가 갑자기 내 오른쪽 종지뼈를 만졌다. 전혀 예상치 못했던 대담한 행동이었다.

　"다리가 정말 멋져요!" 그가 말했다.

　헤이! 이봐, 루츠! 그러면 안돼!

　그래, 아주 좋아. 드디어 또 한 남자가 바로 이 자리에서 지금 그걸 알아차렸군. 아주 만족스러워.

“당신도 그래.” 나는 그 말밖에는 달리 할 말이 없었다.

우리 둘은 멋진 다리가 이끄는 대로 천천히 성에서 내려왔다. 성 아래쪽에 섰던 주말 장터는 파장 분위기였다. 과일장수가 달콤한 포도를 파격적으로 반 가격에 팔겠다고 소리쳤다.

“맥주 한잔 정도 마실 시간은 될 것 같은데, 어때요? 아니면 제삼세계에서 수입한 달콤한 포도를 살까요?”

“맥주 한잔 하는 게 좋겠어요.” 루츠가 선택했다. 그는 가슴에 매단 천지갑에서 돈을 꺼냈다.

아가야, 맥주는 내가 사는 거야. 이 엄마가 먼저 제안했잖니?

그런데 나는 그 말을 꺼내지 못했다. 루츠는 그걸 받아들이려 하지 않을 것 같았다. 그게 이 젊은이의 성품이었다.

사방으로 가지를 뻗은 푸른 소나무 위에서 새들이 지저귀고 있다. 우리는 소나무 아래쪽 탁자에 자리를 잡았다.

관광객들이 오지 않는 음식점이란 걸 루츠는 알고 있었다. 지방 토박이들만이 단골로 드나드는 곳으로 여행안내책자에 소개되었을 것이다. 나는 루츠가 너무 사랑스러웠다. 아주 기분이 좋아진 나는 배가 불룩 튀어나온 웨이터에게 눈인사까지 하며 천 시시 맥주 두 잔을 주문했다. 배불뚝이 웨이터는 안쪽에 대고 소리쳤다. “천 둘!” 웨이터, 맥주를 마시는 손님들, 내가 아는 사람들이 모두 다 사랑스러웠다.

맥주를 기다리는 동안 내 상상은 점점 더 외설스럽고 야해졌다. 섹스에 골몰한 나머지 나는 뜨거운 버터를 끼얹은 슈파겔*을 주문했다.

루츠는 예상했던 대로 맥주 이외에 다른 음식을 주문하지 않았다. 그는 아마도 기차역에서 파는 조각 피자와 스파게티로 허기를 달랬을 것이다. 그 피자는 재고여서 반값으로 사먹었다고 자랑하고 싶었을지도 모른다. 루츠는 아주 검소했으니까.

* 남자 성기처럼 생긴 야채.

그래. 인간은 본래 자기에게 주어진 삶을 겸허하게 받아들이며 사는 거야. 루츠, 난 당신의 검소함을 인정해.

나는 슈파겔을 뜨거운 버터에 찍어서 입 속에 밀어넣고 망가뜨리면서, 머리 속으로 내가 혹시 실수로 루츠를 유혹하지는 않았는지 곰곰이 따져보았다.

언제, 어디서?

하지만 아무리 머리를 싸매고 생각해보아도 떠오르지 않았다. 그를 대할 때 나는 항상 행동을 분명히 했다. 차고 지붕 위에서 그와 마주 앉았었긴 하지만 거리가 있었고, 기타를 치며 노래할 때 역시 그럴 만한 기회가 없었다. 그날은 단지 벤야민에게만 사고를 쳤을 뿐이었다. 그런 일이 일어날 상황은 없었고, 슈미츠 니텐빌름 선생님과 그래서도 안됐다.

나는 루츠를 좋아한다. 하긴 난 성기를 지닌 남성이라면 모두 다 좋아하는지 모른다. 나는 슈파겔을 하나 더 집어서 씩씩하게 입으로 가져갔다. 맥주를 마시면 마실수록 루츠가 더 매력적으로 보였다. 아주 남성적이고 섹시했다.

급기야 나는 뉘른베르크에서 가장 매력적인 남자와 아름드리 소나무 아래에 앉아 있는 것으로 착각하기에까지 이르렀다. 나는 행복에 젖어 몽롱해진 눈으로 그를 바라보았다. 몸 속에 들어간 알코올이 나를 점점 더 취하게 만들었다.

안돼, 샬로테! 그냥 음미만 해야 되는 거야!

다른 사람들은 지금쯤 구내식당에 앉아서 지루한 시간을 보내고 있겠지. 누군가는 "가소로워서"를 연발하고, 또 누구는 아들 사진이나 들여다보면서. 그리고 나를 도마에 올려놓고 난도질을 하고 있을 거야.

그런데 난 지금 어떻지? 나는 아주 행복한 시간을 보내고 있어! 소나무 아래에 앉아서 슈파겔을 입에 넣어 녹여가면서 아주 시원한 프랑켄 맥주를 마시고 값비싼 옷으로 치장하고 매력적인 청년과 앉아 있지. 대학을 졸업한 평범한 남자와. 그 남자도 나처럼 즐기고 있는 거야. 그는 대담하게도 내 다리를 만지면서 멋지다는 칭찬까지 했어.

시간이 정지될 것 같았다. 새들이 우리 머리 위의 나뭇가지에서 바스락거렸다.

나무 위에는 까마귀나 종달새 아니면 지빠귀 둥지가 있을 것이고, 그 둥지 안에는 갓 태어난 새끼들이 지저귀고 있을 것이다. 어쩌면 어미새가 새끼들에게 먹이를 나눠주고 있을지 모른다. 그런 일들이 지금 나무 위에서 벌어지고 있을지 모른다.

애들아, 오늘은 정말 아름다운 하루구나.

루츠는 책에서 읽었던 재미있는 얘기들을 들려주었다. 나는 마지막 한 개 남은 슈파겔을 버터에 찍었다. 그때 갑자기 새똥이 접시 위로 떨어졌다.

나는 루츠를 쳐다보았다.

루츠도 나를 쳐다보았다.

그래서 마녀의 역사가 또 한 편 이루어졌다.

새똥 때문에.

우리는 서로를 응시했다.

둘 다 말없이.

섹스하고 싶은 마음을 자극하는 것말고는 아무것도 없었다.

접시 위에 떨어진 새똥이 햇빛을 받아서 반짝였다.

나는 나무 위를 쳐다보았다. 새가 소나무 가지에 앉아서 바스락거렸다.

기다려, 이 지빠귀야. 나는 너를 잡아서 목을 확 비틀어버릴 거야. 그리고 박제로 만들어서 벽에 걸어두겠어. 그것도 화장실 벽에.

나는 접시를 옆으로 밀어놓았다.

"배가 부르네요" 나는 감정을 섞지 않은 목소리로 말했다.

루츠는 아무 말 없이 탁자 위를 훑어보고 있다.

"지금 몇 시예요?" 나는 어색한 침묵 분위기를 깨기 위해서 말했다.

"여섯시가 다 되어가요." 루츠가 작은 소리로 대답했다.

나는 벌떡 일어났다. 그 바람에 내가 앉았던 나무 의자가 자갈 밭으로 넘어졌다.

"왜 그러세요?"

"지금 내가 어떻게 보여요? 하느님, 맙소사. 내가 지금 어떻게 보이죠!"

틀림없이 내 얼굴과 목덜미 그리고 다리까지 붉은 반점이 생겼을 텐데!

"좀 창백해 보이세요." 루츠가 말했다.

"여섯시에 토크쇼에 출연하기로 했어요. 삼십대 중반의 여성들의 삶에 대해서요! 아이들도 키우고 섹시하고 자기 가치를 발견해내고 또 그 가치를 성공으로 이끄는 여인의 삶에 대해서요! 루츠, 당신이 계산해요!" 나는 황망히 소리쳤다.

나는 값비싼 가죽가방에서 지갑을 꺼내서 맥주잔 받침 옆에 소리가 나도록 내려놨다. 그리고 급하게 화장실로 뛰어갔다.

거울 속의 내 얼굴은 창백하고 멍청해 보였으며 붉은 반점까지 드문드문 돋아나서 완전히 망가진 상태였다.

샬로테 로테, 네 뒤통수를 보여주는 게 더 낫겠어!

나는 희미한 화장실 거울 속의 나를 노려보았다.

너는 그 아이에게도 마법을 걸었어. 나는 나를 아주 심하게 책망했다.

샬로테 로테, 원래대로 돌려놔야 해. 넌 단 한번도 네 감정을 자제할 수 없었니?

그 사람은 또 어떤 대가를 치를까?

나는 조용히 내 가슴에 쐐기를 박았다.

내 잘못이 아니라 지빠귀란 놈 때문이었어. 종달새도 아니고 꾀꼬리도 아니고 까치도 아니었지. 다른 사람들도 다 마찬가지였어. 다 내 탓만은 아니야. 언제나 상황이 그렇게 만든 거란 말이야!

나는 가죽가방에서 화장품 케이스를 꺼내서 숱이 많은 브러시로 창백한 얼굴에 생긴 반점 위를 문질렀다.

나는 술 취한 허수아비 같았다.

볼연지가 필요해! 볼연지가 어디에 있더라······.

나는 화장품 케이스도 들고 있지 못할 정도로 손이 떨렸다.

그때 내 뒤쪽으로 화장실 문이 열렸다.

그래, 여성들이여, 어서 들어오시오 혹시 볼연지라도 갖고 계신지······. 나를 좀 도와줄 수 있으시겠죠?

루츠가 내 지갑을 들고 들어왔다.

여자 화장실인데. 사랑스런 사람!

"괜찮으세요?" 그가 걱정스럽게 물었다.

"십 분 안에 촬영장에 도착해야 해요" 나는 더듬거렸다. "택시 좀 불러줄래요?"

"택시는 문 앞에 대기하고 있어요" 루츠가 말했다.

활기찬 젊은이야. 이런 상황에서 정말 중요한 일이 무엇인가를 미리 판단하고 준비해놨어. 사고방식이 실용적이야.

남자들 중에 그런 일들을 스스로 알아서 처리할 수 있는 사람이 과연 몇이나 될까? 모든 남자들이 그쯤은 다 할 수 있는 일이라고 장담할 수 있을까?

루츠가 옆에 서서 화장하는 내 모습을 유심히 살펴보고 있다. 근심스런 표정이다.

"제가 좀 도와드려도 될까요?"

브러시를 건네받은 그는 광대뼈 주위를 슬슬 문지르면서 다른 손으로 내 턱을 조심스럽게 받쳐주었다.

그의 눈빛은 순수했다.

"그걸 제게 주세요"

나는 그에게 볼연지 케이스를 건네주었다.

나는 눈을 감았고 그는 내 얼굴에 볼연지를 칠해주었다. 그의 손가락에 혼이 깃들인 것 같았다. 어머니에게 그런 일들을 배우진 않았을 것이다.

젊은이, 이젠 가서 손을 씻고 나를 내보내줘. 네 꼴이 대체 그게 뭐니?

신이시여, 그가 나를 감동시키나이다!

"됐어요." 그가 만족해서 말했다. "이젠 사람들 앞에 나서도 되겠어요."

내가 급히 화장실로 뛰어들어가서 허겁지겁 일을 보고 부스럭거리며 휴지를 뜯어내는 동안, 그는 침착하게 내 지갑과 화장품 케이스를 가방에 넣어주었다.

이 초 후에 우리는 어깨를 나란히 하고 택시 안에 앉았다. 최첨단 지능의 가방과 그를 섹시해 보이게 하는 배낭이 보관함에 나란히 놓여 있는 것처럼. 칠 분 후에 나는 점잖게 다리를 포개고 스튜디오에 앉아서 카메라를 의식하며 살짝 웃었다. 삼십대 중반에 들어선 여섯 여성들 사이에 끼어서.

내 눈에는 거기에 모인 초대 손님들 중에 나만큼 섹시하고 자기 가치를 찾아내고 삶을 성공으로 이끈 여성은 없는 것 같았다.

루츠는 싸구려 헝겊가방과 값비싼 가죽가방을 양쪽 어깨에 메고, 오른손에는 내 실크 재킷을 왼손에는 자기 스웨터를 들고 있었다. 루츠 등뒤로 '녹화중'이라는 팻말이 붙어 있었다. 촬영팀은 그에게 자리를 배당해주었다. 방송사 소속의 보조요원이 그에게 가방을 내려놓으라고 부탁했다. 루츠는 나에게 싱그런 웃음을 선사하면서 손가락을 들어서 오케이라는 신호를 보냈다.

그 순간 나는 내 아이들, 에르니와 베르트도 나중에 멋진 남성이 될 거라 확신했다.

나는 전부를 원한다

그것은 프란츠 드로슬러의 토크쇼였다. 그는 '마이너스 4'와 경쟁이 치열한 '플러스 4'의 평범한 이야기꾼이었다. 나는 그때까지 프란츠 드로슬러를 한번도 본 적이 없었다. 그는 언제나 정확히 오후 네시가 되면 <우리들의 작은 병원>을 비난하는 대화를 시작했었다. 그 남자의 도발은 비할 데가 없었다. 그가 특정한 한 가지 주제를 위해 항상 대여섯 사람을 초대손님으로 청한다는 사실을 난 이미 알고 있었다. 그의 친구인 요헨 뮈케처럼 토론할 주제가 항상 억지로 만들어진 것이지만, 이해할 만했다. 매일 있는 토크쇼에서 어떻게 항상 새로운 얘기를 할 수 있겠는가?

오늘의 주제는 '중년의 여성'이란다.

안경 낀 반백의 중년 신사 드로슬러 씨는 오늘 벌써 그럭저럭 세번째 방송을 끝냈다. 그렇지만 그다지 신나 보이지도 않았다.

사십 안팎으로 뵈는 일곱 명의 엄마들이 상기된 표정으로 그의 앞에 반원을 그리고 앉아서 걱정스러운 얼굴로 그의 건방진 질문을 기다리고 있었다. 방청객 중에는 그 아름다운 프랑켄 전역에서 버스에 실려온 백여 명의 연금생활자들이 섞여 있었다. 나의 호감 어린 시선은 기대에 가득 차 다리를 약간 벌린 채 맨 앞줄에 앉아 있는 커다란 꽃무늬 옷을 입은 뚱뚱한 여인들에게 머물러 있었다. 그 밖에 한 학급 전체 학생들과 볼링클럽의 회원들, 아차상 수상자 그리고 중년의 삶을 즐겁고 유익하게 지내기 위한 모임의 회원들이 자리를 같이했다.

나는 마지막 줄에 웅크려앉아 있는 슈미츠 니텐빌름 선생님에게 눈에 띄지 않게 윙크를 보냈다.

그는 필경 나보다 훨씬 더 흥분했을 것이다. 난생 처음 텔레비전 녹화현장을 보는 것일 테니까!

드로슬러 씨는 마흔두 살이라는 프랑켄 지방의 주부에게 첫마디를 던졌다. 그는 그녀가 세 명의 사내아이를 길러낸 중년 여성으로 지금은 무엇을 하고 싶어하는지, 준비된 메모를 보고 읽었다. 코팅 처리된 안경알을 통해 보이는 그의 눈빛은 무관심 그 자체였다. 프랑켄 지방에서 온 주부는 그녀가 어떻게 세 명의 사내아이를 길러냈는지 그리고 아이들과 함께 교양강좌를 하러 다니던 일과 이웃의 다른 엄마들과의 활발한 교제 등에 대해 이야기하기 시작했다. 공개홀에 있는 모든 연금생활자들은 그것을 매우 흥미롭게 생각했다. 나도 그랬다. 나는 흥분한 나머지 고개를 길게 뺐다. 루츠도 마찬가지였다.

얼마나 흥분할 만한 일인가 말이다!

그 프랑켄 지방에서 온 주부는 과거지사를 세세히 털어놓았다. 얘기인즉 그녀는 예전 고용주에게 다시 일할 것을 희망했으나 고용주는 그녀를 원치 않았다는 것이다. 그후 그녀는 조금 전 언급했던 바로 그 교양강좌에서 강연하는 일을 시작했다. 거기에서 그녀는 다음과 같은 주제로 강좌를 이끌었다. '나는 중년에 또 한번 새로이 시작한다.'

"아하." 드로슬러 씨가 짤막하게 말했다. "그 다음에 새 출발을 하셨다는 얘기군요?"

정말 평범하지 않은 운명이야!

"예. 잠깐만요. 얘기를 좀더 해야겠어요" 프랑켄 지방에서 온 주부가 말하고는 그녀가 얻지 못했던 일자리를 언급했다. 그녀는 그후 사회교육원에서 또 한 강좌를 맡게 되었다는 얘긴데, 그 주제는 '자식들의 출가와 엄마의 새 출발!'이었다.

모든 이가 박수갈채를 보냈다. 실천력이 왕성한 여인네야!

드로슬러 씨는 중년에 새 출발을 했다는 다음 초대손님에게로 갔다. 그녀는 서른여덟 살의 나이에 사무보조업으로 경제적 자립을 일궈냈다! 그 나이에! 이 때문에 드로슬러 씨는 다시 거만한 질문 몇 가지를 던졌다.

"파겐되르퍼 골트로케 부인! 당신도 중년에 또다시 전혀 다른 분야에서 새 출발을 하셨군요! 당신은 쉽게 얘기를 했어요, '난, 사무보조업을 창업하는 거야.' 그게 다였어요! 이것저것 따질 것 없이! 그건 무모한 행동이 아니었나요?"

내 옆자리의 파겐되르퍼 골트로케 부인은 무엇보다 그녀가 아직도 매우 젊게 느끼며 매일 에어로빅과 다이어트로 몸매를 관리한다고 밝혔다. 우리는 인정한다는 의미로 고개를 끄덕였다.

공공연하게 인정하는 대중의 대담함이라니! 파겐되르퍼 골트로케 부인은 각고의 노력으로 몸매를 가꾸었던 거야! 매일 악착같고 끈질기게! 지금 텔레비전 앞에 꼼짝하지 않고 앉아 있을 말꼬랑지 머리에 뚱뚱한 울리케가 이 여인을 모범으로 삼았으면 좋겠어. 동료들을 피하지 말고.

메르케니히 미스마허도 틀림없이 크바트라트 이헨도르프의 집에서 텔레비전 앞에 쪼그려 앉아 있을 것이다. 그녀는 아침 아홉시부터 시작되는 프로그램을 두루 다 보고 나서는 크납자크에 있는 로레 레셜리히와 그레텔 주프와 메히트힐트 고흐에게 황급히 전화를 할 것이다. 그들 모두에게 공통된 화제꺼리를 찾기 위해서. 공통된 화제가 있으면 <우리들의 작은 병원>의 구내식당에 앉아 있더라도 아드리안 사진을 보면서 더 이상 따분하게 시간을 떼울 필요가 없을 것이다.

당신들 모두 잘 들여다봐. 뭔가 배울 게 있을 거야.

중년의 여성. 우린 모두 비슷한 또래잖아. 나이가 좀더 많거나 적거나 할 뿐.

그런데? 우린 즐겁게 살고 있는 걸까?

"당신 남편은 어떻게 생각합니까?" 드로슬러 씨는 사무보조업을 하는 여인에게 강한 어조로 따져 물었다.

"난 남편만 바라보고 사는 여자가 아녜요. 난 나예요. 난 내가 옳다고 생각하면 독립적으로 행동합니다." 파겐되르퍼 골트로케 부인은 대차게 발언했다. 그녀는 용기가 있었다! 모든 여자가 그러길 원한다면 어떨까! 자립! 그 나이에 자립이라! 얼마나 어려움이 많았을까! 꿀밤 맞을 일이지!

나는 파겐되르퍼 골트로케 부인에게 고개를 끄덕여 용기를 주었다. 파이팅! 한 방 먹여요! 그의 얼굴에 대고 적나라하게 말해요! 당신은 용기가 있잖아요.

세번째 초대손님도 대단한 이야기를 준비하고 있었다. 그녀는 서른아홉이라는 나이에 아이를 하나 더 낳았다! 학교 선생이었음에도 불구하고! 하지만 그 정도로 그녀를 이 자리에 초대하지는 않았으리라! 그 젖먹이 아이는 그녀의 발치에서 평화롭게 잠을 즐기고 있었다. 짐짓 거만한 미소를 띠며 방청석에 앉아 있는 그녀의 남편도 카메라에 잡혔다. 그 여인은 남편의 인내심에 놀랐으며, 산모재활운동에 참가해서 같은 처지의 사람들을 만날 수 있도록 남편이 가끔씩 아이를 봐주기도 한다고 얼굴이 벌게질 정도로 목청 높여 남편 자랑을 늘어놓았다. 오히려 듣는 우리가 난처해서 고개를 들지 못할 정도였다. 이게 사랑이요 부부간의 끈끈한 연대감이라는 것이었다. 그것은 누구나 추구하는 값진 결혼산물이었다.

나는 드로슬러 씨가 같은 주제로 남성들을 초대하면 어떤 상황이 벌어질까 상상해보았다! 기가 막힌 아이디어 아닐까! 삼십대 후반에 자립하는 데 성공한 아빠들이라! 그리고 급부상한 중년의 출세가를 명사로 초대하는 것이다. 그 나이에 나름대로 의미를 찾기 위해 새 삶을 시작하는 용기라니! 삼십대 후반에 어두컴컴한 침실에 누워지내는 기죽은 남성 중에 시간을 따분해하지 않을 남성은 아마 몇 안될 것이다. 드로슬러 씨는 그 몇 안되는 희귀한 남성 극락조를 찾아내서 자기 쇼에 초대하는 것이다! 평등! 우리는 여성들에게만 특별대우를 하려 해서는 안된다.

"피셔린 씨! 나이 서른아홉에 아빠가 된 것에 대해 당신 아내는 뭐라고 합니까?"

"아내는 힘닿는 데까지 나를 도와줍니다. 이해심이 아주 많은 여자죠. 저녁에 귀가하면 아이를 안아주기도 하죠. 그러면 난 산모재활운동에 갈 수 있지요. 전 거기에서 같은 처지의 사람들과 만나서 내 문제에 관해 토의할 수 있답니다." 피셔린 씨는 목에 두른 스카프가 떨릴 정도로 용기 있게 말을 내뱉을 것이다.

"예. 그것 때문에 당신은 유치원 교사라는 다소 안정된 직업을 포기했습니까?!"

"예. 전 내 인생에서 적어도 한 번 더 남들과는 달리 무엇을 이루어냈다는 느낌을 갖고 싶었습니다. 비록 유치원 교사 자리를 다시는 얻지 못한다 하더라도 그것은 그럴 만한 가치가 있다고 생각합니다. 전 지금 아주 특별한 것을 얻었잖아요?" 사십대에 새로운 삶을 찾는 용기라니!

그런 다음 드로슬러 씨는 다음 초대손님을 소개할 것이다.

"허버트 해밤매 씨, 당신이 나이 서른여덟에 마음을 다부지게 먹고 사냥면허증을 딴 일에 대해 부인께서 뭐라던가요?! 정말 위험 천만한 시도가 아닌가요?

그렇게 해서 홀로 숲 속을 돌아다닌다고요? 당신은 이제 아주 훌륭하게 갈 길을 찾긴 했지만 팔팔한 나이는 지났어요. 그리고 사냥감을 찾기 위해 나무 위에 오르기도 해야 할 텐데, 그 나이에 가능하겠습니까?'

"나무 위에 오르고 안 오르고는 제가 결정합니다."

그 초대손님은 믿기 어려울 정도로 적극적이며 반항적인 말을 내뱉을 것이다.

"난 한 여자의 남편이 아니라 난 나일 뿐입니다. 지칠 줄 모르는 내 삶의 의지가 내게 속삭이는 듯했습니다. 허버트, 넌 남편으로서의 삶을 잘 살아냈어! 이제 마침내 네 내면의 목소리에 귀를 기울이고 네 존재의 의미를 찾아나설 때가 온 거야! 그리고 나서 놀랄 만큼 힘찬 내 내면의 목소리가 내게 소리쳤죠 '허버트, 넌 어렸을 적부터 사냥면허증을 따고 싶어했잖아!'라고요. 부모님은 물론 항상 반대하셨어요. 부모님은 제가 결혼해서 애 낳고 오순도순 살길 원하셨어요. 그렇지만 이젠 자식들은 커서 다 제 갈 길을 찾아갔고, 아내는 자기 비서와 눈이 맞아 재혼했습니다. 그가 나보다 젊고 귀여웠기 때문이었죠. 그래서 난 사냥면허증을 딴 겁니다. 이제 나만의 것을 갖게 된 겁니다!"

"하지만 어려움이 굉장히 많았겠습니다. 그렇죠, 해밤매 씨? 제 얘긴 그러니까, 사냥면허증 같은 것은 어느 정도의 학습능력과 깨어있는 지력을 요구하지 않습니까? 그리고 경쟁자들은 한결같이 훨씬 젊었을 테니까요."

해밤매 씨는 마지못해 사회자의 말을 인정할 것이다.

"그야 그렇죠. 함께 코스를 밟고 있는 여자들은 물론 하나같이 훨씬 젊었습니다. 하지만 내가 최선을 다하는 모습을 보고 나서는 놀랄 만한 이해심을 보이더군요. 전 물론 시험에 세 번이나 낙방했습니다. 그렇지만 선생님이 칭찬해주시더군요, '해밤매 씨, 당신은 꼭 해내실 겁니다. 우린 당신 용기에 감탄하고 있습니다. 어떤 남자가 당신 나이에 집에서 뛰쳐나올 생각을 하겠습니까? 라고요"

끝으로 드로슬러 씨는 막 마흔셋이 된 최고령의 초대손님에게 말을 걸 것이다.

"외치 씨, 당신은 오늘 초대된 손님들 중에서 나이가 가장 많은 분입니다. 당신은 믿기 어려울 정도의 강한 삶의 의지로 사람들을 놀라게 하고 있습니다. 자식들이 제 갈 길을 찾아 집을 떠난 후에 성인을 위한 교양강좌를 들으며 삶의 어려움을 지혜롭게 헤쳐나가는 법을 배웠습니다. 그뿐 아니라 마흔셋에 모델 코스까지 이수하셨습니다. 친애하는 시청자 여러분 그리고 방청객 여러분, 이 얼마나 놀랄 일입니까? 믿기 어려운 일입니다. 어떻게 그렇게 남다른 생각을 하게 되셨습니까?"

그 초대손님은 우아하게 대답할 것이다.

"언젠가 성년모임에서 유행에 관심이 있는 삼십대 이상의 남성을 위한 연구소에 관해서 들은 적이 있었습니다. 그래서 직접 찾아가 봤더니, 제게 워킹을 시켜보고 얼굴 사진을 찍더군요. 제가 얼마나 난처했는지 아무도 상상 못할 겁니다. 하지만 알텐트라버 씨가 그러더군요. '당신은 재능과 품위를 겸비했어요. 몸놀림이 유연하고 카리스마가 있습니다. 삼십대 이상의 소비자들이 원하는 건 바로 그겁니다. 표현하는 데 자신감이 넘치고, 남 앞에 나서는 용기가 있어요'라고. 그분 말이 맞았습니다. 그렇게 해서 제 자의식이란 게 다시 살아났죠. 이제 전 매일 거울을 들여다보기까지 한답니다!”

“예, 상상이 갑니다. 당신은 정말 매혹적으로 보이십니다. 그런데 당신 부인의 반응은 어떻습니까?”

“집사람의 이해심은 놀라울 정도죠! 자식들이 집을 떠나 흩어지자 견딜 수 없는 우울함이 나를 덮쳤습니다. 어느 날 아침, 청소를 하다 거울을 들여다보았을 때 눈가의 주름을 발견했지요! 그리고 내 목도 조금씩 늘어지기 시작했답니다! 끔찍했습니다! 서른번째 생일날, 난 잠에서 깨어났지만 침대에 그대로 누운 채 침통하게 울었습니다.”

“외치 씨, 그만하면 됐습니다.”

“그러니까 전 매일 저녁 텔레비전 앞에서 뜨개질을 하며 아내가 퇴근할 때까지 초콜릿을 먹어댔습니다. 심지어 직장동료인 롤란트를 혹사시키기도 했죠. 그가 젊고 날씬해서 여자 상사들에게 나보다 더 사랑받는다는 이유로. 또 그런 말을 하기도 했어요 ‘이젠 점잖게 양복을 입어야 하지 않겠어?’라고 쭉 뻗은 다리를 드러내고 짧은 바지를 입을 수 있는 그에게 질투심을 느꼈기 때문이었죠!”

“예, 외치 씨 삼천포로 빠지지 마시고 주제에 맞는 말씀을 해주세요!”

“그러죠. 어느 날 저녁, 전 정성껏 저녁상을 차려놓고 집사람을 기다리고 있었어요. 그런데 아내가 별 반응을 보이지 않더군요. 전 머리에 물을 들이고 몸 전체를 면도했어요. 그리고 비싼 속옷도 샀어요. 그런데 아내가 그걸 몰라주더라고요. 그 순간 전 생각하고 또 생각했습니다. ‘게하르트, 네가 지금 당장 새로운 삶을 시작하지 않는다면 그 책임은 전적으로 네게 있는 거야!’”

“아, 그래서 당신은 인생의 중반에 전혀 새로운 삶을 다시 시작하셨군요?!”

“그렇습니다. 그뿐만이 아니죠! 난 내 외모에 자신감을 갖게 되었어요. 요즘 난 내게 터무니없이 큰 치수의 옷을 입고 남들 앞에 모습을 드러내기도 하지요. 물론 주로 전통의상이지만요. 그리고 정원용 가구와 청소기 광고사진을 찍기 위해 포즈를 잡기도 한답니다. 지금의 내 자의식은 내 육중한 다리만큼이나 강하지요. 제 아이들은 늘 말합니다. '아빠, 이젠 저희들 빨래 더 이상 안하셔도 돼요. 집에 올 때마다 빨래를 꼭 해주려고 하실 필요 없어요. 우린 아빠가 감탄스러워요. 그리고 우리는 모두 아빠가 자신의 삶을 찾았다고 생각해요.'"

삼십대 막바지의 엄마들 일곱 명이 나름대로 놀랄 만한 삶의 의지를 증명해 보이고 있는 동안, 난 이 모든 것을 상상하면서 혼자 키득거렸다.

마침내 내 차례가 되었는데도, 난 웃음을 참지 못했다.

"드로슬러 씨, 나이가 어떻게 되시나요?" 내가 사회자에게 질문했다.

"마흔여덟입니다." 드로슬러 씨가 자랑스럽게 대답했다.

"남자한테는 적지 않은 나이군요. 그 나이에 아직 토크쇼를 진행하고 있는 것에 대해 부인은 뭐라고 합니까?"

오늘은 정말 근사한 날이었다. 일단 난 낮에 루츠를 본의 아니게 사로잡았고 토크쇼에 참석해서 열띤 토론을 벌였다. 여덟시 공연은 이미 매진이 되었다. ≪스타일≫ ≪사람들≫ ≪상류사회≫ 라는 잡지는 나에 대한 특집 기사를 내보냈다. 기사 제목 또한 '오늘날의 여성상' '힘있는 여성의 한마디' 그리고 '아니타 바흐, 여성운동가로 변신'처럼 강한 용어를 사용했다.

그리고 라디오 방송국에서는 내 공연을 처음부터 끝까지 녹음해서 '뜨거운 목소리'라는 제목으로 내일 아침 열시에서 열두시 사이에 뉴스와 함께 방송에 내보내기로 했다.

나의 행운은 완벽한 것이었다. 아니 거의 완벽에 가까웠다. 나는 구스타프가 내 곁에 없다는 생각을 떨쳐버리려 노력했다.

나의 마지막 공연은 오버팔츠의 바이덴에서 있었다. 루츠 슈미츠 니텐빌름은 다음 여행지로 떠났다.

나는 가방을 메고 오늘밤 묵을 숙소 '탑 호텔'을 찾았다.

낯선 곳에서의 마지막 밤. 나 혼자 지내게 될 마지막 밤.

여성 모노드라마 공연은 이제 단 한 번 더 남았을 뿐이고, 공연장을 가득 메운 군중들을 대하는 것도 오늘로 끝이 될 것이다. 공연 전에는 <오버팔츠의 목소리>라는 라디오 프로그램에서, 공연 후에는 <세계 속의 바이에른 지방 여성>이라는 프로그램에서 인터뷰를 할 예정이다.

내일이면 나는 평상시의 나로 돌아가 다시 반복된 일상을 시작하게 될 것이다. 에르니와 베르트, 벤야민과 남편, 그리고 그레테. 그들은 예전과 다름없을 것이다. 특히 나는 <우리들의 작은 병원>의 친구들을 어서 빨리 만나보고 싶었다. 특별히 실습간호사 울리케를 친절하고 다정하게 대하기로 마음먹었다. 그녀의 심술궂은 발언들은 결국 자기를 도와달라는 신호였고, 사람들의 시선을 자기에게 집중시켜보려는 투쟁이었고, 나약하고 어려운 자기 상황을 진정시켜보려는 노력이었고, 자신의 부족함을 극복해보려는 시도였다는 것을 나는 이제야 비로소 이해했고 분명히 알게 되었다.

그라소 감독을 다시 만나고 <우리들의 작은 병원> 일도 내일부터 다시 시작하게 될 것이다.

나는 앞으로 전개될 모든 상황들을 여유 있게 받아들이고 웃으면서 견뎌낼 수 있을 것 같았다.

나는 다시 아니타 바흐로 돌아가야지. 더 이상 샬로테 페퍼를 고집해서는 안된다. 우리들이 오랜 세월을 함께 지내는 동안 유지해왔던 거리감은 또다시 형성될 것이고 가슴속에 묻어둔 사적인 얘기들이 입 밖으로 새어나오지 못하도록 단속해야 한다. 우리는 또다시 어리석은 대화를 주고받으며 시간을 보낼 것이고, 산장이나 아니면 그 비슷한 곳에 가서 신혼여행에 대한 드라마의 나머지 부분을 녹화하고 다음에 잠시 휴가를 즐기고 다시 세트로 돌아갈 것이다. <우리들의 작은 병원> 식구들은 구내식당에 앉아서 아드리안의 사진을 봐주고, 로레 레셜리히는 "가소로워서"를 연발하고, 그레텔 주프는 정기구독 잡지에 소개된 손뜨개질을 할 것이다. 유스투스는 여전히 유치한 노란 레인코트를 입고 신호등 뒤에 숨어서 내 동정을 살피고, 게르노트 미스마허는 치아를 다 드러내고 냉소적인 미소를 띠며 가끔씩 직업경제에 대해서 열변을 토할 것이다. 울리케는 나에 대한 적대감을 접고 나와 다시 대화를 트고, 나는 녹화 중에 다리를 포개고 앉지 않도록 주의해야 할 것이다. 그러니까 우리 팀은 이전의 수준으로 다시 돌아가는 것이다.

일주일 후면 어쨌든 여름휴가가 시작될 것이다. 휴가 기간 동안 많은 것들이 잊혀질 것이다.

집에서도 마찬가지로 식구들 각자 자기 생활을 할 것이다. 남편은 화장실에 앉아서 지침서들을 읽고 나는 아이들을 데리고 공원을 뛰어다니고, 아이들을 하키장, 수중발레, 공작실로 데려다주고 데려오고 그러다가 며칠 동안 휴가를 떠날 것이다. 어쩌면.

나는 집이 너무 그리웠다.

낯선 곳에서의 마지막 밤!

내가 호텔로 들어섰을 때, 쾰른 번호판을 단 캠핑 카가 한 대 서 있었다.

"빌어먹을." 나는 아드레날린이 분비되는 것을 억제하면서 투덜거렸다.

넌 그 차 쪽으로 가면 안돼. 차창에 가슴을 짓눌러가면서 차 안에 구스타프가 있는지 없는지 확인해보고 싶지? 그래도 넌 그 차를 무시하고 호텔로 들어서는 거야. 품위 있게 행동하는 거야. 그래 그땐 자세가 중요하지. 돈 되는 일은 아니지만.

카운터는 어두컴컴했다. 나는 딸랑이를 흔들어 사람을 불러내야 했다. 내실 쪽에서 화장실 변기 물을 내리는 소리가 나더니, 잠시 후에 할아버지 한 분이 카운터로 나와 내 가슴 쪽으로 숙박부를 내밀었다.

나는 떨리는 손가락으로 펜을 잡고 구겨진 종이 위에 내 이름을 서둘러 적었다. 그러면서도 내 어깨 위에 그의 손이 얹어지기를, 그의 목소리가 내 귓가를 스치기를, 내 가슴에 그의 영상을 담을 수 있기를 기대했다.

'샬로테!'

'구스타프!'

'나는 어쩔 수 없이……'

'이제 그만…… 아무 말 마세요……'

'나는 당신에게 해명을 해야 할 것 같소……'

'아뇨! 당신이 여기 이렇게 계시니 됐어요!'

'그건…… 내가 그랬던 건…… 당신을 너무 사랑해서……'

'알고 있어요. 나도 당신을 사랑해요……'

"뭐 더 필요하세요?" 내가 카운터 위에 놓인 방 열쇠를 집어들었을 때, 할아버지가 목쉰 소리로 물었다.

"제게 온 편지나 뭐…… 그런 거 없나요?" 나는 약간 톤을 높여 말했다.

"뭐라구요?" 할아버지가 물었다.

"아녜요" 나는 어두운 계단 위를 조용히 걸어올라갔다.

방문에 아무런 메모도 붙어 있지 않았다.

구스타프는 물론 꽃다발 하나도 없었다.

이곳도 보통 수준의 평범한 호텔 방이었다. 잠긴 창문에 청록색 블라인드가 내려져 있고, 한쪽 벽에 작은 침대 하나, 다른 쪽 벽에 책상 하나, 협탁 위에 성경책, 침대 발치에 소형 텔레비전이 놓여 있다. 화장실에는 종이로 싼 일회용 비누와 컵이, 라디에이터 위에는 두루마리 화장지 새 것이 하나 놓여 있다.

나는 내 가방을 구석에 세워놓았다.

"그래, 넌 거기 있어. 난 주변을 돌면서 정세를 살펴보고 올게."

나의 화려한 외출이 막을 내리게 될, 오늘 이 마지막 밤이 너무 지루할 것 같아서 난 헛웃음이 나오려 했다.

시내 광장은 알록달록 화려했다. 내 드라마의 포스터가 여기저기에 붙어 있었다.

'샬로테 페퍼의 <페퍼의 이중 모럴> ― 금일 공연!' 그리고 그 위에 빨간 스티커가 비스듬히 덧붙어 있었다. '매진'

구스타프, 당신도 보셨겠죠? 내 공연은 이미 완전히 매진되었어요. 당신이 내 공연에 들어오고 싶어도 들어올 수 없다구요. 당신은 공연장 앞에서 돌아서야 할 거예요.

니트리히 씨가 뉘른베르크에 있는 내 숙소로 팩스를 보내왔다.

자기는 내 여성 모노드라마의 후속작을 기대하고 있으며 그 기대가 헛되지 않을 거라고 믿는다고, 그리고 나의 기지와 총명함은 그린 카나리아에 있는 퇴비더미에서도 아주 좋은 아이디어를 끄집어낼 수 있을 거라고. 그는 가을에 <페퍼의 이중 모럴> 순회공연을 또 한 차례 할 계획인데, 이번에는 오스트리아와 스위스까지 포함시켰다고 했다.

브라질에 있는 독일 문화원과 미국에 있는 그와 비슷한 기관에서 내 드라마에 관심을 보였다고 했다. 이유는 아마도 세계 곳곳에 독일 사람들이 살고 있기 때문일 것이다. 그는 이미 세계 도처에 촉수를 뻗치고 있었다. 그는 여름휴가 전에 나를 꼭 한번 만나야 된다면서 순회공연의 좋은 성과를 기대한다고 했다.

니트리히 씨가 나를 대하는 태도도 바뀌었다.

누가 강요한 것이 아니라 그 사람 스스로 태도를 바꾼 것이다.

내가 구두를 집어던져서 거꾸로 세워진 치약을 맞혔다면 아마 아무도 믿지 않겠지. 게다가 당신을 잊어보려고 그런 짓을 했다면 더더욱 믿지 않을 거야. 조만간 나는 할리우드로 진출할 거야. 믿거나 말거나지만.

나는 디린들 진열장 앞을 어슬렁거리면서 민속의상을 구경했다.

나는 진열장에 진열된 옷을 천천히 하나하나 꼼꼼히 살펴보면서 유리 진열장에 비친 구스타프의 모습을 발견할 수 있기를 내심 바랐다.

494

그 사람 지금 막 모퉁이를 돌아서 내 곁으로 올 거야. 나는 그의 육체를 감지할 수 있어! 그는 내 뒤를 바싹 따라붙을 거야! 그런데 그 호텔에서 보았던 캠핑 카가 혹시 구스타프의 것이 아니었을까? 맞아? 아니면 누구겠어! 어디, 가만!

좋아, 좋다구. 구스타프 당신은 자신도 못 믿지. 오히려 그게 나을지 몰라. 프리마돈나는 지금 상태가 너무 나빠. 만약에 당신이 간 소시지를 바른 빵을 내게 던진다 해도 난 전혀 동요하지 않을 거야. 아무 말도 하지 않을 거야. 결코 한마디도 하지 않을 거야. 돈 되는 일도 아닌데.

나는 시내 광장 쪽으로 발길을 돌리고 깃발로 장식한 시청 앞 카페로 가서 빈자리를 찾아 앉았다.

사람들은 모두 축제옷을 입고 앉아서 아이스크림을 먹고 맥주를 마시면서 웃고 떠들었다. 내 공연은 아마도 이 도시가 주최하는 '여성문화 주간'의 마지막을 장식하기 위해서 오늘로 계획된 것 같았다. 주최측의 배려가 깔려 있는 듯했다. 요즘 여성과 문화를 주제로 한 각종 행사가 우후죽순처럼 생겨나고 있으니까. 시장은 은 단추가 달린 전통 재킷을 입고 있었고, 여성의 인격을 존중해주기 위해 모인 남성들 역시 은 단추를 단 민속옷을 입고 있었다. 걸을 수 있는 명사들은 모두 이 자리에 모인 것 같았다. 아이들을 위해서 회전목마와 간이휴게실을 세워놓았다. 풍선 터트리기, 빈 통조림통 맞혀 떨어뜨리기, 자루경기,* 계란 던지기 게임도 준비되었다.

나는 에르니와 베르트가 그립고 보고 싶었다.

내일. 오늘밤만 지내면 돼. 딱 하루 남았어. 앞으로 다시는 아이들을 떼어놓지 않을 거야. 나도 착실한 엄마니까.

"뭘 드시겠습니까?"

"카페라테 큰 잔으로 하나와 직접 짠 주스 한잔 부탁합니다."

---

* 두 발을 자루에 넣고 뛰는 경기.

“오늘은 주스를 짜지 못합니다.”
“그럼 그냥 눌러주세요.”
“무슨 뜻입니까?”
“됐어요. 건강에 좋고 알코올 성분이 없는 것으로 갖다주세요. 아셨어요?”
“알겠습니다, 사모님.”

나는 모자에 깃털 하나를 세워 꼽고 액세서리 우산이 꽂힌 아이스크림을 떠먹으며 끊임없이 수다떠는 할아버지를 유심히 쳐다보았다. 그는 큰 소리로 떠들면서 간간이 재채기를 했다. 에— 취! 에— 취! 두어 차례 재채기를 쏟아낸 다음 아이스크림을 한 숟가락 떠먹었다.

나는 선글라스를 꺼내 썼다. 할아버지가 그림자처럼 어둡게 보였다. 시각적인 효과는 금방 나타났지만 유감스럽게도 청각엔 별 도움이 되지 못했다.

낮은 소리로 무슨 노랜가 계속 웅얼거렸지만 그를 눈여겨보는 사람은 아무도 없었다.

빌어먹을, 커피가 목구멍에 걸려서 넘어가지 않게 생겼어!

주변에서 그 할아버지에게 관심을 보이는 사람은 아무도 없었다. 목하 축제중인 바이에른 지방에서는 목을 트기 위해서 컹컹 기침을 해대고 코를 팽팽 풀어도 결례가 되지 않는 모양이었다. 오히려 그런 행동이 자연스러워 보였다.

웨이터가 칙칙한 색깔의 커피 한 잔과 초록색 주스 한 잔을 내 코앞에 들이밀었다. 웨이터는 날아다니는 것 같았다.

나는 진심으로 감사했다.

그럼, 공연이 시작되기 전까지는 아직 네 시간이 남았는데. 이제 무얼 하며 지낸다?

헤라샤 아샤 하샤! 옆쪽에서 노래를 부르기 시작하자 할아버지도 따라 불렀다. 호코로코코— 로코스! 사방천지 드넓은 초원에 아름다운 팬지꽃이 알록달록하게 피어 있었다!

그리고 나비 한 마리가 날아다녔다! 저기에! 나비는 꽃밭에서 여기저기 날아다니며 쳐다보는 사람들을 현혹시켰다.

저 나비를 잡았으면 좋겠어. 비닐 봉지 하나 들고 살금살금 다가가 확 덮치면 될 텐데.

로덴* 외투를 걸친 사람이 잠시 쉬면서 노란 소스가 얹어진 노란 색 아이스크림을 수저로 퍼먹고 있었다. 노란 소스 위에 뿌려놓은 초콜릿 조각이 녹아서 갈색 방울로 맺혀 있다.

샬로테, 남들 아이스크림 먹는 것만 쳐다보지 말고 주위를 한번 빙 둘러봐! 밝은 옷을 입고 즐거워하는 바이에른 사람들을! 가장자리에 술로 무늬를 넣은 머플러! 처진 가슴 사이에 난 깊은 골! 그들의 노랫소리도 들어봐…… 홀랄라라! 바이에른 사람들! 그들에게 말을 걸어봐!

여기는 내가 있을 자리가 못 되는 곳이군. 내용이 없는 자리야. 돈 될 일도 없고 계산하고 일어서야겠어!

나는 지갑을 움켜쥐었다. 잠시 즐겼으니 대가는 치르고 일어서야 되겠지. 십 마르크. 그 정도면 충분해.

나는 돈이 날아가지 않게 찻잔 밑에 끼워놓았다. 웨이터는 다른 쪽에서 날아다니고 있었다. 내가 막 일어서는 순간, 분명하진 않지만 누군가 내 쪽으로 다가오고 있다는 느낌이 들었다. 뚜렷한 용무가 있어서 나를 찾는 사람이라는 직감이 등으로 느껴졌다.

뒤돌아보지 말고 그대로 있어. 넌 누굴 기다리고 있었던 게 아니니까. 혹시 구스타프가 왔을 거라 기대하는 것은 아니겠지?

그렇다면 더욱 더 의연하게 행동해야지.

옆에 있는 할아버지가 기침을 하기 시작했다.

나는 빨리 이 자리를 뜨기로 결정했다.

그 느낌은 나의 착각이었던 거야.

어디, 한번 모험삼아 뒤돌아볼까?

* 방한·방수용으로 두껍게 짠 천.

아냐. 이런 때일수록 태도를 분명히 해야 해.

하지만 난 내 의지와는 상관없이 다시 의자에 주저앉았다.

그때 누군가 내 어깨에 손을 얹었다.

단단한 팔뚝 근육을 느끼게 하는 힘있는 손이었다. 나는 위를 올려다보았다. 햇살에 눈이 부셔 사람 얼굴이 검게 보였다.

그런데 저 귀고리는?!

"벤야민?!"

우리 아이들을 돌보는 청년인데! 우리 집 가정부!

"애들은?!"

"최고의 보호자와 함께 있어요" 벤야민이 옆자리에 앉으면서 말했다.

내 눈은 다시 사물을 정상적으로 파악할 수 있게 되었다. 벤야민은 정말 멋져 보였다. 젊고 탱탱하고, 햇볕에 약간 그을린 갈색 피부, 화사한 웃음, 적극적이고 활력이 넘치고 단단한 팔뚝 근육에 섹시한 사시 눈.

그 아이를 볼 때마다 하네스가 가슴에 사무치도록 그리웠다.

"하로샤 후샤 후샤" 내 오른쪽에 앉아 있는 할아버지가 노래를 불렀다.

"최고의 보호자라구?! 아이들이 어디에 있는데?! 벤야민, 아이들 곁을 떠나도 된다고 누가 허락했……."

"아저씨가요."

"누구?"

"그러니까, 사모님 남편요. 사모님과 결혼한 아저씨 말예요!" 벤야민은 주변에서 부르는 노랫소리 때문에 거의 악을 썼다. "점잖은 신사분이세요! 전 그분을 아주 존경해요"

"에른스트베르트?" 나는 의아스러웠다. 할아버지는 더 이상 노래하지 않았다. 나는 목청을 가다듬었다.

"어쨌든 반가워, 잘 있었어?"

벤야민은 내 손을 잡으며 만난 기쁨을 표현했다.

"이런 데서 벤야민을 만나리라고는 상상도 못했네."

정말 그래, 벤야민. 내가 여기에 있는 걸 어떻게 알았을까?

"그러셨을 거예요" 벤야민은 청바지 차림의 긴 다리를 탁자 아래로 길게 내뻗었다. 갈증이 나는지 주스를 내 허락도 받지 않고 단숨에 들이켰다.

"일단 행하고 생각은 다음에! 전 다음 주까지 일하기로 되어 있어요."

"이해할 수 없군. 누가 벤야민을 해방시켜주었을까?!"

호로로 호로로 로츠! 할아버지가 소리치기 시작했다.

"아저씨가요. 말씀드렸잖아요"

"그래? 너 뭐 잘못한 거라도 있니? 게으름피웠어? 아저씨한테 대들기라도 했어? 아니면 청소를 하지 않았던 거야? 말해봐! 어서!"

"아녜요. 다 최상이었어요. 걱정하지 마세요" 벤야민이 말했다. 벤야민은 주스 한 잔으로는 갈증이 해소되지 않는지 커피 남은 것마저 털어넣었다.

배가 고픈가?

"뭐 좀 먹을래?!"

"아이구, 이렇게 황송할 수가. 뭐가 있는데요?"

헤레샤 베샤 베쉬! 알호샤!

"뭐든지 주문해. 그리고 집에 무슨 일이 있었는지 얘기해봐!"

나는 웨이터를 불러서 식단표와 물을 주문했다.

하아라라아아흐!

"두 주 전에 아저씨가 오셨어요……."

"뭐라구?! 두 주 전에?!"

"……아저씨가 아이들을 돌보고 싶다고 말씀하셨어요."

"그럴 리가 없어."

"그러셨어요. 제가 말씀드린 대로예요"

"남편은 출장중이야. 구 동독지역에서 부동산 일을 하고 있지. 커다란 쇼핑타운을 건설한다고 했거든. 슈퍼마켓이랑 카지노도 만든댔지 아마."

"아뇨 거기에 계시지 않아요. 아저씨는 집에 돌아오셔서 한바탕 청소를 하시고, 제게 요리를 어떻게 하는지 피자를 어떻게 굽는지 가르쳐달라고 하셨고, 또 계단 청소를 할 때는 어떤 걸레를 쓰는지, 색깔 있는 옷을 세탁하는 세제는 어떤 건지 일일이 물어보셨어요"

"날 놀리지 마!" 나는 흥분해서 소리쳤다.

이런이런, 벤야민! 유치한 장난은 삼가는 게 좋겠어.

하하하라샤 하라스 헤라쿨레스!

벤야민이 내게 다정히 말했다.

"사실예요. 꾸며낸 말이 아녜요. 정말이라구요"

"그만 해. 사람을 혼동한 거야. 네가 말하는 내 남편이라는 사람이 혹시 남티롤 액센트로 말하는 내 동료 아냐?"

"아녜요 그 허풍쟁이 배우 본하이머 씨가 아녜요 몇 번 전화는 했지만 그 사람은 아녜요! 사모님 남편이라구요 아저씨 말예요! 제가 말씀드렸잖아요!"

"뚱뚱한 사람? 안경을 쓰고 양복을 입은 사람?!"

"이젠 뚱뚱하지 않아요 양복을 입지도 않구요 티셔츠와 청바지 차림에 운동화를 신고 다니세요 그 모습이 얼마나 멋진데요"

"그렇다면 진짜 내 남편이 아니군." 나는 목소리가 잠겼다.

"벤야민! 도대체 누굴 우리 집에 들인 거야? 누가 우리 애들을 데리고 있는 거지?"

"아빠요! 쭉 말씀드렸잖아요!"

"하네스? 혹시 약간 사시 눈에 곱슬머리를 하고 있지 않았어?"

"하네스가 누구예요? 에른스트베르트 씨가 사모님 남편이 아니세요? 말씀해보세요 사모님은 누구랑 결혼하셨어요?"

"에른스트베르트 최근에는 거의 만나지도 못했지만." 나는 덧붙였다.

할아버지가 자리에서 일어섰다. 흥에 겨워 더 이상 앉아 있지 못하겠다는 표정이었다. 눈빛만 봐도 알 수 있었다.

"에른스트베르트 샷츠 씨는." 벤야민이 말했다. "멋지고 근사한 분이시죠. 아이들에게는 다정한 아빠시고 또 재밌는 분이세요. 정말 유머가 풍부하세요. 그런 남성을 남편으로 맞은 사모님께 축하드리고 싶을 정도예요."

나는 할아버지를 바라보았다. 뭔가 잘못된 모양이었다. 이렇게 조용하다니!

웨이터가 우리 곁으로 날아왔다. 벤야민은 포크 커틀릿과 야채 샐러드 그리고 맥주 한 잔을 주문했다. 웨이터는 앞치마에 음식을 부딪치며 쏜살같이 나타났다.

"맛있게 먹겠습니다."

벤야민은 맥주잔을 입으로 가져갔다. 팔뚝 근육이 그의 동작에 따라 단아하게 움직였다. 갈증난 낙타가 물을 마시는 것처럼 그는 벌컥벌컥 맥주를 들이켜더니 반 잔 정도 남은 맥주를 내려놓았다.

나는 벤야민의 행동을 주시했다.

"왜 그러시는데요? 제 코에 거품이 묻었나요?" 벤야민이 물었다.

"아니. 그러니까 네 말은 에른스트베르트 아저씨가 아이들을 돌보고 있다는 거야. 그렇지? 낌새가 좋지 않아. 온몸으로 느껴져."

"자요, 이 맥주 한 모금 마셔보세요." 벤야민이 말했다. 나는 맥주잔을 들어서 남은 맥주를 단숨에 비웠다.

우리는 잠시 산책을 했다. 학교, 스포츠 센터, 폐지 수거 컨테이너, 롤러스케이트장을 지나서 작은 시냇물이 있는 곳까지 걸었다.

나는 벤야민의 말을 하나도 믿을 수 없었다.

남편이 집에 돌아왔다는 것, 아이들을 돌보고 있다는 것, 집안일에 손을 댔다는 것, 게다가 살을 빼고 청바지를 입었다는 것 모두.

"그런데 왜! 왜 그런 일들이……."

"그거야, 저도 잘 모르겠어요. 아저씨와 밤새도록 얘기한 날도 있었어요.” 벤야민이 좁은 바지 주머니에 손을 찔러넣으며 말했다.

“혹시 네가 어떻게 된 거 아냐?” 나는 벤야민에게 소리쳤다. “절대 그럴 사람이 아니야. 신사는 즐기기는 하지만 침묵하는 법이거든! 그런 면에서 아직 넌 좀더 배워야 해.”

애들, 아이들, 내 새끼들. 나는 머리를 흔들었다.

샬로테 네가 참아. 네 앞에 있는 아이는 이제 막 스물이 된 아이잖아.

“우리 한번 처음부터 되짚어보자.” 나는 벤야민을 다잡고 말했다.

“처음 문 앞에 와서 뭐라든……?”

“‘안녕?’이라구요. 그리고 ‘난 에른스트베르트라네. 자넨 벤야민이지? 내 아내 샬로테가 자네 얘기를 여러 번 했었다네. 자네를 알게 돼서 반갑네.’”

“그래서 그를 그냥 들여보낸 거야? 강도가 위장했을 수도 있는데…….”

“제가 신분증이라도 보여달래야 했나요? 아이들이 아빠를 알아보았어요.”

“아하 그래? 애들 반응은 어땠는데?”

“별로 특별한 것은 없었어요. 일단은 그랬어요. 아이들은 ‘안녕, 아빠?’ 간단하게 인사하고는 자기들 방으로 들어가서 카세트테이프를 틀었어요.”

“그렇다면 애들 아빠가 맞군. 그래서? 그리고 어땠는데? 빨리 말해봐! 자세히 얘기해줘. 그동안 그 사람의 일거수 일투족을 난 다 알아야겠어!”

“아저씨는 들어오셨고 전 아저씨께 커피를 대접했어요. 제가 구운 과자와 함께요. 그랬더니 아저씨가 고맙다고 그러셨어요. 그리고 말하셨죠 ‘난 지금 다이어트 중이야. 하지만 커피 한 잔 정도는 마실 수 있지. 자네 아이들과 게임을 하던 중인가?’”

“아이들과 게임을 하던 중이냐고 물었다구? 그가 그렇게 물었단 말이지?” 나는 그가 정말 그렇게 행동했는지 확신할 수가 없었다. 단순하게 믿어넘길 수가 없었다.

“계속해! 뜸들이지 말고!”

뒤쪽에서 스피츠가 캥캥 기침을 하더니 짖어대기 시작했다.

손은 뒀다 뭐하나, 기침할 때는 손으로 입을 막아야지. 꿀밤 맞을 짓만 하고 있어.

“제가 모빌을 가져와 아저씨와 둘이 플레이 모빌을 쌓았어요. 아저씨는 바닥에 앉아서 제가 플레이 모빌을 만드는 걸 열심히 도와주셨어요.”

“아냐.”

“맞아요.”

“그동안 아이들은 카세트테이프나 들었겠지.”

“아저씨는 아주 잘 쌓으셨어요. 같이 쌓는 저도 정말 즐거웠어요. 제가 보기에 아저씨는 손재주가 있으시더라구…….”

“……그으래?”

“……성을 다 쌓을 때까지 그 조그만 모빌들을 계속 만지작거리셨어요.”

“아하.” 나는 비웃었다.

“성을 다 쌓은 다음에 아저씨와 저는 기사들을 손에 들고 성을 공격하는 놀이를 했어요. 너무 재밌어서 시간가는 줄도 몰랐어요. 조금 지나니까 아이들이 나오더라구요. 그래서 넷이 함께 놀았어요. 끝내주게 재밌었어요. 아저씨는 정말 멋진 분이세요.”

“그 말은 벌써 여러 번 했어.”

“놀이가 끝나고 아저씨는 아이들을 재우러 방으로 들어가시고 전 청소를 했어요…….”

“아이들을 재운다고 아이들을 데리고 직접 방으로 들어갔다고?”

“예. 책도 읽어주셨어요.”

옆에서 개가 기침을 심하게 해댔다. 나는 개를 쳐다보았다.

“아이들이 잠든 후 아저씨는 저와 테라스에 앉아서 맥주를 마셨어요 아저씨가 제 일에 대해 물으셔서 전 집안일을 거드는 남자 가정부라고 말씀드렸어요. 아저씨가 제 일이 재밌겠다고 말씀하시더군요. 그리고 아저씨가 제 일을 도와도 되겠느냐고 물으시길래 당연히 된다고 했죠. 그러곤 어떤 일을 하시고 싶으신가 물었어요.”

“그랬더니? 무슨 일을 하고 싶다든?”

“삶을 다시 시작하고 싶다고 하셨어요.”

“그랬어? 그랬다구? 그런데 왜?”

“아저씨 말씀이, 어디선가 사모님을 봤다고 하셨어요…….”

“어떻게? 어디서 봤다는 거지!”

“어디선가 사모님 연극을 관람하셨던 것 같아요. 바트 헤르트펠트라든가 뭐라든가 아무튼 사모님이 무대에서 아저씨에 대해서 말하는 것을 들으셨던 것 같아요. 아니면 그 비슷한 대사라도”

“그 비슷한 대사라…….” 나는 감정을 배제한 소리로 되뇌어보았다.

“나이 마흔다섯에 인생을 다른 방향에서 새롭게 시작해봐겠다고 말씀하셨어요. 가치 없다고 생각했던 일들을 해보신댔어요.”

“그렇게 말했을 리가 없어.”

“정말예요. 그렇게 말씀하셨어요. 아저씨 앞에서는 늘 소극적이던 사모님이 무슨 일인가를 꾸며내셨다면서요? 그 유치한 여성 모노드라마가 아저씨를 일깨워줬다고 말씀하셨지요. 사업에만 매달려 살았는데 인생이 너무 빨리 지나가버렸다구요. 지금까지의 인생을 정리하고 다시 시작해보겠다고 하셨어요.”

“그래. 그렇게 하겠다고? 문서들을 서류철에 정리해놓고 지침서들을 다 치워버리겠다고?”

“아이들과 함께 시작하신대요. 중고 캠핑 카를 사셨어요. 아이들데리고 차손질도 하셨어요…….”

“그래? 캠핑 카라…….” 나는 낮은 소리로 중얼거렸다.

그럼 호텔 주차장에서 본 쾰른 번호판을 단 캠핑 카가 혹시 남편 거……? 난 구스타프만 생각했었는데.

난 꿈을 꾸고 있어. 곧 꿈에서 깨어나겠지. 아침에 일어나면 꿈 속 일들을 잊게 되겠지. 내가 선 곳이 어딘지 문이 오른쪽에 있는지 왼쪽에 있는지조차 구분 못할지도 몰라. 어쩌면 찬물을 한번 뒤집어써야 제정신이 돌아올지도 모르고, 나를 원위치 원상태로 돌리기 위해서는 그 과정이 꼭 필요해.

스피츠가 주둥이를 땅바닥에 붙이고 우리 쪽으로 살금살금 다가와서 내 장딴지 앞에 쪼그려 앉아 내가 시선 주기를 기다렸다.

에— 취! 에취!

"아저씨는 종종 좀 특별한 사람과 통화했어요. 사모님이 어디에 있는지 확인하는 것 같았어요. 사모님과 여정을 같이 하는 분 같던데요. 그리고 공연운영이라든가 뭐 그런 것들에 대해서도 얘기하는 것 같았구요……." 벤야민이 말했다.

"니트리히 씨야. 그 사람 입술에 커다란 사마귀가 붙어 있지 않든?" 나는 지나가는 말로 물었다.

"좀 나이가 든 사람 같았어요. 하지만 그 사람이 어떻게 생겼는지는 본 적이 없어서 모르겠어요. 아저씨는 사람을 몇 번 만났나 봐요. 사모님 책을 받아다 읽으셨어요. 그 사람이 아저씨께 무슨 말인가 전하는 것 같았어요. 아저씨는 사모님의 성공을 인정하시는 것 같았어요. 영향받으신 것도 같았구요. 참, 어떤 쇼에 출연하신 적 있으시죠? 왜 나이든 사람과 함께 출연한 쇼였는데……."

"나이든 사람이라니 누구?"

"정확히는 모르겠어요. 어쨌든 그 사람과 사모님 미래에 대해서 말했어요. 아저씨는 사모님 성공에 누를 끼쳐서는 안된다고 말씀하시면서, 사모님 재능을 인정하지 않았던 건 아저씨 잘못이라고 했어요. 그래서 지금부터라도 집안일로부터 사모님을 자유롭게 해 줘야겠다고 하셨어요. 사실 그때까지만 해도 사모님을 <우리들의 작은 병원> 같은 저질 드라마에 출연하는 저급 배우라고 생각했기 때문에 사모님의 직업을 정당하게 인정하지 않으셨다더군요."

“그랬었어.”

재채기, 코 훌쩍거림. 스피츠가 내 발목에 축축한 코를 들이대고 킁킁 냄새를 맡았다.

저리 꺼져, 이 더러운 것아, 불결하단 말야!

“그런데, 어떻게 여길 왔지? 아저씨가 아니라 네가?”

“아저씨는 사모님도 감정을 정리할 시간이 필요하다고 생각하신 댔어요. 아저씨뿐만이 아니라요. 그게 올바른 거랬어요.”

“그 훌륭한 결단이 얼마나 갈지 누가 알겠어. 마음이 바뀌는 순간 자기 일터로 다시 직행할걸!” 나는 회의적으로 결론지었다.

개가 길가에 풀줄기를 토해냈다.

“아저씨가 그러셨어요. 지금은 어서 빨리 사모님과 새 인생을 설계하고 싶은 마음뿐이라고요.”

“눈물날 만큼 고맙군.” 내가 말했다.

개가 끼룩거리며 무언가를 힘들게 삼켰다.

“하지만 다른 한편으로는 사모님께 시간을 좀 주고 싶다고 하셨어요. 아저씬 참 근사하고 멋진 분이세요.”

“우리 부부의 밤 얘기도 들었니? 그래도 그렇게 생각하니?”

“대충은요. 아저씨가 사모님을 생각하는 마음은…… 그러니까 애정이 넘쳐나고…… 아저씨는 사모님을 숭배하고 있어요.”

“나를 숭배한다고? 그렇게 표현해줘서 고맙구나.” 나는 외설스럽게 입을 비죽이며 웃었다.

스피츠가 비바람에 심하게 상한 벤치 밑에 오줌 몇 방울을 떨어뜨리더니 흙을 파서 덮었다. 오줌 몇 방울을 감추기 위한 행동으로 보기에는 좀 과장된 몸짓이었다.

떠버리, 허풍쟁이, 수준 낮은 바이에른 사람 같군.

개가 심술궂게 캉캉 짖더니 또다시 내 장딴지에 코를 대고 킁킁거리며 냄새를 맡았다.

벤야민이 일어섰다.

“정원에서 그릴파티를 하던 날, 샐러드 덜다 뭔가를 떨어뜨렸어요. 포크든가 뭐……."

"……올리브였어." 나는 개를 쫓으며 말했다.

"예. 그거 때문에 사모님과 눈이 마주치는 순간 전 열정에 사로잡혔어요. 그 순간을 정확히 기억해요."

"그래. 그랬을 거야."

저 개가 내 눈을 들여다보게 된다면 저 개도 나를 사모하게 될 거야.

"짧은 순간에 일어난 일이었어요. 사실 전 그때부터 사모님을 사랑했어요. 사모님은 원치 않으셨겠지만요."

"이런, 벤야민. 난 네 엄마뻘 되는 사람이야."

"그래서요. 사랑에 나이가 무슨 상관예요!"

"그런 말 말아라. 그런 얘기 누구한테도 하지 마."

"전 아저씨께 그 얘기를 했어요. 포크를 떨어뜨린 후 갖게 된 제 감정에 대해서 솔직하게 말씀드렸어요."

"올리브였어."

스피츠가 하품을 했다. 스피츠 눈 주위가 눈물로 축축하게 젖었다. 나는 위쪽으로 한 바퀴 정도 말린 개 혀와 날카로운 이빨, 그리고 검푸른 잇몸을 보았다.

"아저씨도 비슷한 경험을 했대요. 거실에서 서류를 정리할 때였다던데, 기억하세요?"

"그래."

"아저씨도 그때 뭔가를 떨어뜨렸다고 하셨어요. 볼펜이었다든가 뭐……."

"황금색 만년필이었어."

"……아저씨도 그 순간 갑자기 사랑에 빠지셨대요. 맹목적인 사랑의 감정. 다시는 돌이킬 수 없으셨대요."

개가 사람들을 피해 달아나고 있었다. 잠시 후 먼 곳에서 개 짖는 소리가 들렸다.

"아저씨는 사모님을 향한 맹목적인 사랑과 사모님을 구속하려는 자기자신과 끊임없이 싸우셔야 했대요.”

“그랬구나.” 나는 마음 한구석에서 뭉게뭉게 피어오르는 환희의
감정을 느꼈다.

스피츠가 우리 뒤에서 앙칼지게 짖으며 펄쩍펄쩍 뛰었다.

“치과 의사 선생님, 사모님은 그 사람에게도 그러셨죠? 그 사람
한테는 뭘 떨어뜨리셨어요?”

“흡입기!”

“흡입기라구요! 정말 그랬군요. 지나치세요. 그래서 그 사람은
어땠어요?” 벤야민이 흥분했다.

“뇌르트링엔에 왔었어. 그래서 그 사람과 야경꾼을 구경하러 갔
었지. 그게 다야.”

“야경꾼 보러 거기까지 갔었다구요?” 벤야민이 머리를 흔들었
다.

에— 취! 스피츠가 재채기를 했다.

“선생님은요? 선생님은 그날 썰매 위에 앉아 계셨는데 아무 일
없었어요?” 벤야민의 두뇌는 그 쪽으로 활발히 움직였다.

“그래. 그때는 그랬는데, 나중에 새똥이 문제였어. 어제 그 사람
도 내게 왔었다.”

“새똥이요? 사모님은 그걸로 책을 쓰셔도 되겠어요.” 벤야민은
그 생각에 골몰해서 소리가 높아졌다.

“사람들이 다 사모님 주변에 모여드는군요.”

“다는 아니야.” 나는 낮은 소리로 말했다.

난 구스타프가 필요한데 그는 내게 오지 않아.

난 그에게 마법을 걸지 않았어. 이 스피츠가 혹시 구스타프 아
닐까? 그래서 스피츠가 내 무릎에 얼굴을 비벼대는 것 아닐까? 뭔
가 문제가 생겨서, 내 마법이 혼돈을 일으켜서 그 사람을 스피츠
로 둔갑시킨 것 아닐까?

“당신 맞지?”

“끄으응.” 스피츠가 끙얼거렸다. 그러더니 돌아서서 가버렸다.

아, 구스타프 그러지 마. 당신이라면 그 모습으로라도 그냥 내 곁에 남아줘.

벤야민이 호쾌하게 웃었다.

"이젠 다 알았어요. 사모님과 함께 이런 시간 보내게 돼서 정말 기뻐요."

"나도 그래, 이리 와."

난 벤야민을 끌어안았다.

"우리 친구처럼 가깝게 지내도 될까요?"

"그럼, 내가 바라던 바야!"

"아세요? 사모님은 정말 현명하세요. 저도 사모님 나이쯤 되면 지혜롭게 처신할 수 있을 거예요. 그렇게 되길 바라구요."

"고마워, 그렇게 봐줘서……." 나는 벤야민에게 감사했다.

우리는 서로 뜨겁게 포옹했다.

"전 사모님을 이해할 수 있을 것 같아요!"

나는 내 발 밑을 살펴보았다.

"스피츠가 어디로 갔지?"

"스피츠라니요?"

"개 말이야. 여기에 계속 있었는데."

"전 못 봤는데요."

"못 봤어? 그럼 내가 꿈을 꿨나?"

"사모님은 아름다운 환상세계에 살고 계세요." 벤야민이 말했다.

저녁시간이 되어서 나는 호텔로 돌아왔다. 그 사이에 쾰른 번호판을 단 캠핑 카는 사라지고 없었다.

"얘들아! 어디에 있니? 엄마가 왔단다!?"

"엄마가 너희들 선물을 사갖고 이렇게 왔단다!'

나는 하얀 손을 창문에 갖다댔다. 그런데 아무도 달려나오지 않았다. 나는 열쇠를 구멍에 꽂아 넣고 돌렸다. 경보기가 켜져 있었다. 나는 방마다 돌아다니면서 아이들을 찾았다. 집안은 말끔히 치워져 번쩍번쩍 윤이 났다. 깜박거리는 시계도 없었다.

곰 젤리로 가장자리를 예쁘게 장식하고 새알 초콜릿으로 커다란 하트 모양을 가운데 만들어넣은 초코 케익이 식탁에 놓여 있었다.

'사랑하는 엄마! 집에 돌아오신 걸 환영합니다!' 남편 글씨였다. 남편이 손으로 직접 케익 위에 글씨를 쓰다니!

컴퓨터로 글씨를 뽑아낸 게 아니었다!

손으로 직접 글씨를 쓴 것이다! 자기 손으로!

나는 떨리는 손가락으로 카드를 뽑아들었다.

놀라웠다.

남편이 나를 위해서 이렇게 직접 글씨를 썼구나!

사용설명서도 없을 텐데!

인사말도 있었다. 사랑이 담긴 인사말이었다. 빨간 색연필로

아이들도 몇 자 적어놓았다. 아이들은 서툰 솜씨로 그림도 그려넣었다.

자세히 들여다보았더라면 그 캠핑 카 안에 있을 남편과 아이들을 발견했을 것을! 아쉬웠다.

그들은 여행을 떠난 것이다!

휴가여행을 즐기고 있었던 것이다!

남편과 쌍둥이만! 나를 빼놓고!

나는 집안 전체를 돌아다녔다.

집안 구석구석 나무랄 데 없이 깨끗하게 치워져 있었다. 목욕탕은 번쩍번쩍 윤이 났다. 화장실 거울에 쓰지 않는 립스틱으로 하트 모양을 크게 그려놓았다.

남편의 서재는 말끔히 정리되어 있었다. 지금까지 살아오는 동안 오늘처럼 정리된 방을 본 적이 없었다. 남편의 서재 바닥은 늘 이런저런 서류들로 가득 차서 빈 틈이 없었는데, 오늘은 바닥 전체가 훤했다.

컴퓨터는 덮개로 덮여 있었다! 프린터, 팩스, 열다섯 개나 되는 이런저런 전자제품들도 다 덮개로 덮어놓았다. 모든 것들이 잠들어 있었다. 이제 그런 것들이 우리 가족의 삶에 더 이상 끼어들거나 방해하지 않게 되었다.

아이들 방도 풀기가 빳빳이 살아 있는 깨끗한 침대 커버로 정리되어 있었다.

내 침대 역시 그렇고.

나는 침대 커버를 들췄다. 꽃무늬가 수놓아진 하얀 베개 위에 하트버찌가 몇 개 놓여 있었다.

편지도 있었다.

남편의 편지였다.

'사랑하는 당신에게' 겉봉에 그렇게 씌어 있었다.

'집에 돌아온 걸 환영해! 우리는 블라우에로 여행을 떠나. 순회공연 하느라 쌓인 피로를 풀게 하기 위해서. 편안하게 쉬면서 지내도록 해. 빨리 회복되었음 좋겠어.

이번 주 월요일에 장모님께서 돌아오셨어. 장모님도 한번 찾아가 뵙구려! 새로운 소식을 많이 듣게 될 거야.

베티나가 전화했었어. 작은 병원 팀이 모두 야외촬영하러 떠난다고 하더군. 당신 신혼여행에 모두 따라가기로 한 것 같았어.

그리고 우리 문제도 좀 생각해봤어?!'

그리고 그는 그 밑에 교각 위를 지나가는 캠핑 카를 그림으로 그려놓았다.

'당신을 사랑하는 에른스트베르트와 에르니, 베르트가.'

이름은 각자 써넣었다.

나는 눈물이 펑펑 쏟아져서 침대 시트로 눈물을 훔쳐내야 했다.

남편이 노력하고 있음이 역력했다.

나는 편지를 들고 한동안 멍하니 앉아 있었다.

눈물로 글자들이 흐릿하게 보일 때까지.

그레테는 아주 좋아 보였다! 햇볕에 적당히 그을은 갈색 피부가 그레테를 아주 젊어 보이게 했다. 표정이 밝아진 데다 스포츠웨어를 입어서 더더욱 활기차 보였다. 언제 할머니 모자를 쓰고 무릎 아래까지 내려오는 치렁치렁한 치마를 입고 다녔던 사람인가 싶게 딴 사람이 되어 있었다. 스포티한 옷차림에 운동화를 신은 모습이 내게는 너무 낯설게 느껴졌다. 머리에 두른 파란색 수건이 즐겁다는 듯 상쾌한 바람에 가볍게 흔들렸다. 헤어스타일도 바뀌었고 게다가 염색까지 했다. 그레테는 다이애나 황태자비의 스타일로 머리를 짧게 잘랐다. 그레테는 내게 다이애나 황태자비의 헤어스타일이 잘 어울릴 것 같다고 여러 번 말했는데 결국 당신이 먼저 시도한 셈이었다.

"들어오거라, 샬로테!" 그레테가 말했다.

폴로 티셔츠를 입은 보도가 테라스에 앉아서 냉커피를 마시고 있었다.

그는 순수하고 세련되어 보였다. 머리가 하얗게 센 것으로 보아 나이가 육십 중반은 훨씬 넘어선 것 같았다.

그는 꼭 텔레비전 광고에 나오는 할아버지 같은 인상이었다.

할아버지와 손자가 함께 보트를 타고 간다. 할아버지가 아주 만족스럽게 웃으며 손자에게 말한다. "애야, 이 할애비가 노를 저으마. 이 할애비 이래봬도 심장이 튼튼해서 힘차게 노를 저을 수 있단다."

그가 의자에서 일어나서 우아한 몸짓으로 내 손에 키스했다.

"이 분은 베를레부르크 박사님이시다. 두 사람 초면일 거야." 그레테가 자랑스럽게 말했다.

"물론이에요." 내가 말했다. 하지만 나는 이 사람에 대해서 잘 알고 있었다. 이 사람은 부엉이 약국 건너편 건물에서 비뇨기과 병원을 운영하다 이젠 일선에서 물러난 비뇨기과 전문의였다.

엄마, 그레테가 이제 이 할아버지에게 정착하려는 것일까!

"당신에 대해서 많은 얘기를 들었습니다." 비뇨기과 전문의가 근사한 목소리로 말했다.

"예?"

"예! ≪슈피겔≫지와 ≪슈테른≫지를 비롯해서 여러 잡지에 난 당신 기사를 읽었지요. 어머니는 늘 당신 얘기를 하셨어요! 그래서 오래 전부터 알고 지낸 것처럼 친근하게 느껴지는군요! 혹시 내가 냉커피 한잔 대접해도 되겠습니까?"

나는 할리우드식 그네 의자에 앉았다.

아이들이 있었다면 지금 이 자리가 무척 소란스러울 텐데!

그런데 왜 엄마 집에 온 손님이 오히려 엄마 딸인 내게 냉커피를 권하는 거지?

"무슨 일이에요? 난 전혀 예상 못했어요!" 나는 흐르는 눈물을 주체할 수 없었다.

"많은 일이 있었단다." 그레테가 커피잔을 내려놓으며 말했다.

"샬로테, 아가! 울지 마! 우린 항상 네 곁에 있을 거야!"

나는 흐느끼기 시작했다. 보도가 내게 티슈를 건네주었다.

그레테가 발을 포개고 앉았다. 무릎 위의 발에 신겨진 하얀 운동화 끈이 나풀거렸다. 그레테가 햇볕에 그을린 갈색 왼팔을 보도의 오른팔 위에 올려놓았다. 그레테 손가락에는 예쁜 루비 반지가 끼워져 있었다.

"그동안 유람선을 타고 여행했단다."

"카리브해에 있는 섬이었지." 보도가 말했다.

"보도 씨는 선상 의사였단다." 그레테가 말했다.

"그랬군요" 대꾸하면서도 나는 입에 든 냉커피를 뱉어버리고 싶은 충동을 느꼈다. 선상 의사 닥터 보도 베를레부르크라! 소설가 다니엘라 팔레티 씨! 나 좀 도와주세요!

"두 분 그 사이 결혼하셨어요?" 나는 걱정이 되어서 조심스럽게 물었다.

두 사람이 동시에 나를 쳐다보고 또 동시에 웃음을 터트렸다.

"애, 샬로테! 요즘 누가 결혼 같은 걸 한다니!"

"두 분 꼭 결혼한 사람들처럼 보여요." 나는 시비조로 말했다.

"그렇게 보인다면." 그러더니 비뇨기과 전문의가 갑자기 의자에서 일어나면서 말했다. "난 보도라는 사람입니다."

"저는 샬로테 페퍼입니다." 나는 냉정을 잃고 어물어물 말했다.

나도 엉거주춤 일어섰다. 우리는 서로 포옹하고 어깨를 토닥이고 양 볼에 키스를 했다. 내가 아니라 보도 씨가 내 볼에 키스했다. 비뇨기과라는 단어에서 연상되는 오줌 냄새, 그 지린내 대신 그에게서 향수 냄새가 풍겼다. 레몬과 페퍼 향 냄새가.

우리는 다시 의자에 앉았다.

늙은 닥터 본하이머 교수와 그레테. <우리들의 작은 병원> 드라마 6910회. 그래, <우리들의 작은 병원>이 6910회에 돌입하게 되면 프랑크 본하이머 의사도 저 정도의 나이로 분장해야 되겠지. 지금 나이든 프랑크 본하이머 의사가 그레테와 함께 있는 거라고 생각하자. 폴로 티셔츠의 단추를 한두 개 풀어서 회색 가슴털을 내보이는 멋진 할아버지가 아니타 바흐의 생활 속에 불쑥 나타나서는 꼭 아버지처럼 친근하게 티슈까지 건네주면서 눈물을 닦으라고 말한다. 아버지의 정을 모르고 자란 아니타 바흐에게 미덕을 베푸는 것이다.

이 정도면 괜찮은 각본 아닐까?

구스타프 감독은 여전히 의자에 쪼그려 앉아서 가끔 의미 없는 박수를 쳐주다가 "모든 게 다 흘러넘쳐"라고 혼잣말로 중얼거리면서 휑하니 밖으로 나가버리겠지. 모르긴 몰라도 분명 그렇게 행동할 거야.

저질의 배우들, 저질의 대화! 수준 이하의 저질스런 것들 뿐이야, 여긴!

그레테가 불만스런 눈초리로 나를 쳐다보았다.

"괜찮니, 샬로테?"

아뇨, 괜찮을 리 있겠어요? 여기는 제대로 된 게 하나도 없어요. 우리 집 남자 가정부도 사라져버리고 아이들 역시 집에 없다.

내가 귀중히 여기고 사랑하는 모든 것들이 사라져버렸다. 미니 고무 풀과 그 풀 안에서 둥둥 떠다니던 낡은 장화짝도 다 치워져서 내가 그리워하던 일상의 모습들이 자취를 감추었다. 화장실 변기에 앉아서 지침서들을 읽는 남편도 없고, 아주 볼품 없는 쇼핑카트를 끌고 시장을 돌아다니는 그레테의 모습도 더 이상 볼 수 없게 되었다. 그레테는 이제 우리 가족을 위해 약국에 가서 종합 비타민제를 사들이지 않을 것이다. 아이들이 호감을 갖도록 포장된 그 종합비타민제는 텔레비전에서 선전하는 유명한 것이었다. 끊임없이 잔소리를 늘어놓으면서 날 깨우쳐주려는 사람도 이젠 내 곁에 없다. 그리고 "제발 미장원에 가서 머리손질 좀 해라." 성화를 부릴 사람도 없었다. 내가 무슨 자료가 필요하다고 하면 "자 여기 봐. 여기 이 컴퓨터에 다 있어. 찾아내고 싶은 게 있으면 이 마우스만 한번 클릭하면 돼!"라고 짜증 섞인 설명을 해줄 사람도 없었다. 내 무릎 위에 앉아서 허벅지를 짓뭉갤 아이들도 없고, 이런 생활이 연장된다면 난 틀림없이 삶에 회의와 권태를 느낄 것이다. 그럴 경우 난 또 다른 부모를 원할 것이다.

　내 주변의 모든 것들이 다 지리멸렬해졌다. 하나같이 모두 다.

　순회공연도 끝났고, 나를 만나겠다고 현관문을 두드리는 사람도 없었고, 내가 정말 매혹적이라고 사탕발림 해주는 사람도 없었다. 내게 도시를 구경시켜주고 야경꾼을 보러 가자고 제안하는 사람도, 내 연극을 보겠다고 줄을 서서 기다리는 사람들도, 박수갈채를 보내는 사람들도, 열렬한 구애의 편지를 보내는 팬들도 없었다. 내 연극 대사 하나하나가 자신을 되돌아보게 만들었다고 격려해주는 사람들도 없었다. 벌거벗은 몸으로 사우나실에 앉아서 "당신이 생각하는 부부간의 자유라는 게 도대체 뭐냐?"고 묻는 여기자도 더 이상 존재하지 않았다. 울리케조차 공공연한 장소에서는 다리를 포개지 말고 단정한 자세로 앉아야 된다고 조언하지 않았다. 내 다리에 코를 들이대고 콧물을 묻히던 스피츠도 이젠 더 이상 존재하지 않았다. 모든 게 덧없게만 느껴졌다. 공허한 마음을 추스르기가 너무 힘들었다.

난 지금 낯선 사람들과 마주하고 있을 뿐이었다. 간편하고 경쾌한 스포츠웨어 차림에 손을 꼭 잡고 있는 다정한 노년의 두 사람이 꼭 나와 아무 상관없는 사람들처럼 느껴졌다.

비가 오는 구질구질한 날씨에 먹을 것이라고는 비린내 나는 생선 뿐.

난 너무 따분해서 내가 생각하는 이상형의 부모를 그려보았다.

"사위는 그동안 집에 있었단다." 그레테가 덧붙여 설명했다.

"왜 진작 얘기해주지 않으셨어요?" 나는 반항하듯 거의 울부짖으며 따져 물었다.

내가 지금 얼마나 에르니와 베르트를 그리워하는데! 남편도 마찬가지고! 나는 청바지 입은 남편 모습을 빨리 보고 싶은데!

"사위는 아주 보기가 좋아. 늘씬해졌지. 그렇죠, 보도?" 그레테가 커피잔 옆에 손수건을 내려놓으며 말했다.

보도가 고개를 끄덕였다.

"난 그 사람의 뚱뚱한 모습에 대해서는 아는 게 없소. 우리 병원에 온 적이 없었으니까."

"언제 사진을 보여드릴게요. 사윈 정말 뚱뚱했어요." 그레테가 말했다.

"알았소. 우리가 텔레비전에서 샬로테를 봤단 얘기나 해주구려." 보도가 말했다.

"그래, 우린 텔레비전에서 널 봤단다! 그것도 배 안에서였어! 텔레비전 방송에서 네 공연을 중계했단다."

"아주 감명 깊었습니다. 대사도 훌륭했고 열정적이었어요." 보도가 말했다.

"넌 이 엄마를 미화시켰더구나. 역설 같았다." 그레테가 말했다.

"아니오 훌륭했어요! 정말 적절했어요." 보도는 그레테의 손을 사랑스럽게 어루만지고 그레테는 보도의 볼을 살짝 꼬집었다.

"샬로테에게 책을 보여주구려." 보도가 말했다.

그레테가 자리에서 일어났다. 잠시 후 그레테는 책을 들고 다시 모습을 나타냈다.

순수문예 출판사. 137페이지짜리 장정본. 28마르크.

"여기 있다. 앞장에 근사하게 사인해줘."

"나중에요. 지금은 아무것도 하고 싶지 않아요." 나는 힘없이 말했다.

"보도가 내게 선물했어. 프랑크푸르트 공항에서 샀단다. 비행기에서 내리자마자 산 거야."

"프랑크푸르트 공항 내 서점에서였지." 보도가 말했다.

"그러셨군요." 내가 말했다.

"≪슈피겔≫지에서 네 책을 베스트셀러로 소개했더구나. 보도! ≪슈피겔≫지를 보여줘요! 당신이 가져다주시겠어요?" 그레테가 말했다.

"그러죠" 보도가 ≪슈피겔≫지를 찾으러 집안으로 들어갔다.

그레테는 얼굴에 자랑스런 미소를 띠며 나를 바라보았다.

"얘, 저 사람 어떠니?!"

"좋아요" 나는 작은 소리로 말했다.

컷! 그만! 오늘은 그만! 내일 아침 열시에 다시 하지! 좋은 하루 되길! 스튜디오를 어서 치워주시오!

"사위도 너를 아주 자랑스럽게 생각하고 있어. 우리도 그렇고 그렇지 않아요, 보도?" 그레테가 말했다.

"그럼." 그가 ≪슈피겔≫지를 내게 건네주면서 말했다.

나는 분위기를 수습하려고 ≪슈피겔≫지를 펼쳤다. <페퍼의 이중 모럴> 샬로테 집중해서 봐. 넌 드디어 네 몫을 해냈어!

"우리 가족에게 그동안 변화가 많았구나." 그레테가 자랑스럽게 말했다.

"저 때문만은 아니죠" 나는 무뚝뚝하게 대답했다.

"당연히 너 때문만은 아니다! 누구 때문은 아니지!"

"난 지난번에 네 작품을 다 읽었단다. 니트리히 씨가 내게 네 작품을 보냈더구나.” 그레테가 말했다.

“니트리히 씨가요? 입술에 검은 사마귀가 난 그 파렴치한이 말인가요?”

보도가 웃었다. “그 사람 인상은 그리 좋은 편이 못 되지.”

“그래요” 그레테도 따라 웃었다.

그 두 사람은 서로를 응시하면서 웃었다.

“엄마, 잠시 저와 둘이 얘기 나눌 수 있어요?” 나는 남은 힘을 쥐어짜서 겨우 말했다.

“보도 씨와 난 서로 비밀이 없는 사이야.” 그레테가 말하면서 따스한 미소를 지었다.

보도는 서둘러 자리를 떴다.

그래, 가버려. 아예 다신 나타나지 말라구. 이 비뇨기과 의사야. 하하하.

그가 집안으로 들어갔다. 그레테가 자리에서 일어났다. 나도 따라 일어섰다.

“엄마, 니트리히 씨가 내 아버지예요?” 내가 물었다.

그레테가 포도 덩굴을 올린 정자에 피어 있는 장미꽃 몇 송이를 꺾었다.

꼭 해야 할 일을 하고 있다는 것처럼 행동했다.

그러다가 갑자기 몸을 홱 돌렸다.

“가끔 난 나 자신도 두려울 때가 있다.” 그레테는 장미 줄기에서 가시를 툭 따서 손바닥 위에 올려놓고 만지작거리면서 말했다.

“넌 날 닮지 않았어.”

“뭐가요?”

“뭐가 되었든.”

“그 뭐라는 게 도대체 뭘 의미하는 거예요?”

보도가 화장실에서 볼일을 끝내고 돌아왔다.

빨리도 일을 끝냈군.

“성격.”

그레테는 가시 돋친 장미 송이를 내 손에 쥐어주었다.

"옛다. 이 꽃을 네게 주마. 꽃병에 꽂아놓으면 활짝 필 거야."

"그렇담 전 지금 일어나겠어요." 난 망설이면서 말했다.

"그래라." 그레테는 무거운 짐을 벗어버린 것처럼 편안해 보였다.

"이 ≪슈피겔≫지를 가져가도 될까요?"

"그럼요." 보도가 잡지를 내게 건네주었다.

나는 엄마와 포옹하고 나중에 보도와 포옹했다. 그에게서 향수 냄새가 풍겼다. 난 그 사람의 모든 것을 다 알아버린 것 같았다. 그도 보통 사람이란 것을.

집 쪽으로 걸어오다 문득 뒤를 돌아보았다.

그레테와 보도가 문 앞에 그대로 서 있었다.

팔짱을 끼고서. 두 사람은 사십 년을 함께 살아온 부부 같았다. 두 사람은 활짝 웃고 있었다.

다음날 아침 차를 주차시키기 위해서 백미러를 보는 순간, 노란 레인코트 차림의 남자가 신호등 뒤에 서 있는 걸 발견했다.

그래, 어쩌자고.

드디어 일상생활에 난 다시 발을 들여놓은 거야.

유스투스는 낡아빠진 왜건형 차를 주차시키는 것을 지켜보고 있었다. 나는 차에서 내려 차 문을 닫았다.

"안녕하세요!" 나는 밝게 말했다.

유스투스는 증오에 찬 눈초리로 나를 바라보았다.

"뭐라구?!"

"뭐라구라니요! 무슨 일 있어요?"

"유쾌하게 지낸 모양이오?"

"그게 무슨 의미죠? ……유쾌하게 지냈다라는 게! 난 순회공연을 하러 다녔어요! 알고 있는 것처럼."

유스투스가 갑자기 서둘러서 건물로 들어갔다. 그는 더 이상 나와 대화하고 싶지 않은 모양이었다.

나는 그 뒤를 따라 뛰어갔다.

"이봐요, 유스투스! 무슨 일예요! 절 기다리고 있었다면, 내가 당신 앞에 이렇게 서 있을 때 애기를 해야 할 것 아녜요! 내게 뭔가 할 애기가 있었던 것 아닌가요?"

유스투스가 돌아서서 내 쪽으로 다가왔다. 화가 난 얼굴이 하얗게 질려 있었다.

"아니었소!" 그가 갑자기 내뱉은 말이었다. "당신은 나와 함께 할 수 없었소."

그는 말을 더듬고 있었다. 묘한 사투리에 억양도 묘했다?!

"내가 뭘 당신과 함께 할 수 없었던 거죠? 유스투스?!"

"내가 뭘 말하려는지 당신은 분명히 알고 있소."

나는 정말 집히는 게 없었다. 그가 몹시 화가 난 것 같은데 그런데 왜? 저 사람이 왜 저렇게 화가 났을까?

사 주 내내 우린 서로 만난 적도 없는데.

사 주 전 저녁에 우리 집에서 아주 근사한 그릴파티를 하고 아이들과 함께 차고 지붕 위에서 신나게 놀았던 기억밖에 없는데.

그리고 교회에서 결혼식을 했었고. 극중에서지만.

어쨌든 우리는 사담을 나눌 시간이 없었는데. 전혀.

마음속에 걸리는 게 있다면 결혼하던 날 내가 구스타프와 정신없이 내뺐다는 것하고 그걸 유스투스가 목격했다는 것이다.

그건 자기 잘못이지. 누가 신호등 뒤에서 우리를 감시하랬나? 처세를 잘하는 사람이라면 그런 짓은 하지 않았을 거야.

"나는 그렇게 막돼먹은 사람이 아니오!" 유스투스가 갑자기 덤비듯 애기했다. 그의 눈은 증오로 번뜩였다.

"누가 그렇대요?" 나는 황당하다는 듯이 되물었다.

당신은 막돼먹은 사람이 아니고 나는 인형 같은 계집애가 아니죠. 우리는 서로 상대방을 잘 파악했어야만 했군요.

"당신은 당신이 원하는 사람과 얼마든지 교제할 수 있소. 하지만 나와는 그럴 수 없소”

“무슨 뜻이죠?! 내가 누구와 교제를 했다는 거예요?” 나는 흥분해서 대들었다.

난 당신에게 변명 따윈 하지 않아.

“누굴 두고 하는 얘긴지는 당신이 더 잘 알 거요”

유스투스는 그것에 대해서 더 이상 거론하고 싶어하지 않았다. 그렇다면 그는 주차장에서 무엇을 기다리고 있었던 것일까? 내게 이런 얘기를 하려고? 세상일에 처세를 잘하는 남자는 이렇게 행동하는 걸까?

그는 출입문을 밀고 안으로 들어갔다. 하지만 전과 같이 내가 들어오기를 기다려주지 않았다.

그래. 날 위해서는 어떤 일도 하지 않겠다는 심사로군. 계집아이의 복수도 이젠 진부한 테마가 되어버렸어. 완전히 벗어던진 거야. 내가 이 사람에게 좀더 다정하게 굴었어야 했나? 어쨌든 이 사람의 행동은 내 기대와 상당히 어긋나. 하지만 예상치 못한 행동을 관찰하는 재미도 쏠쏠하겠는걸. 유스투스 아직 멀었어.

나는 이층 탈의실로 올라갔다. 베티나가 비로드 천으로 만들어진 나비 리본과 잘 손질된 의사 가운을 준비해놓고 나를 기다리고 있었다.

“안녕?” 나는 기분 좋게 인사했다.

이 자리에 이렇게 다시 돌아오게 되다니 얼마나 다행스런 일이야! 내가 이 작은 병원을 얼마나 사랑하는데! 그리고 또 이 분위기를 얼마나 그리워했는데!

나는 기꺼운 마음으로 가운을 입었다. 이제 드디어 난 내 일상으로 돌아와 내 일을 즐기게 되었다.

“안녕하세요?” 베티나가 다정하게 인사했다. “당신은 정말 성공하셨어요?! 많은 사람들이 당신 작품을 읽었답니다!”

“그래! 내 작품을 사 읽었다니, 정말 고마워요!” 나는 놀라웠다. 엘비라 메르케니히와 로레 레셜리히는 나를 의식하지 않았다.

그들은 자기 화장대에 앉아서 대본을 읽고 있었다. 로레의 잔에는 보라색 립스틱이 묻어 있고, 잔 옆에 한 입 떼어먹은 토마토와 치즈를 얹은 빵조각이 놓여 있었다.

그레텔 주프와 울리케는 패션 잡지에 빠져 있었다.

올해 잡지가 선정한 근사한 여름 해변, 여름 야채 두 가지, 냉채, 그리고 멋진 수영복을 선보였다. 그리고 특별히 세로줄 무늬 옷을 어떻게 입어야 늘씬해 보이는지 소개했다. 모든 기사들이 유혹적이었다.

"무슨 일 있어요?" 나는 당황해서 물었다.

포동포동한 울리케가 말로 표현할 수 없을 만큼 따뜻한 미소로 친근하게 내게 다가섰기 때문이었다.

"아녜요. ……무슨 일이 있어야 하나요?"

이런 세상에. 그렇다면 그 웃음은 뭘 의미하는 거야? 내게 그 웃음은 너무 낯설어. 당신은 전과 달라. 분명 변했어.

로레 레셜리히처럼 예전과 똑같이 입술에 연보라색 립스틱을 엷게 덧칠하고 대본을 뚫어지게 쳐다보는 거라든가 그레텔처럼 머리를 쥐어뜯고 잡아당기는 모습이 여기 이 분장실에서는 자연스러운 건데. 그들은 달라진 게 없는데 당신은 좀 예외군.

엘비라 메르케니히가 핸드백에서 사진을 꺼내서 울리케에게 보여주었다.

"이 사진 봤어? 아드리안이 폴로 경기*를 하는 거야."

"그래요. 멋지군요." 울리케가 웃으며 상냥하게 말했다.

"뭐 새로운 소식 없어요?" 나는 베티나에게 물었다.

"특별한 것은 없어요. 수요일부터 야외촬영을 나가요."

"신혼여행 간다더마." 로레 레셜리히가 빵을 한 입 베어물면서 말했다. "당신과 유스투스가 신혼여행인가 뭔가를 떠난다 하더만!"

"불쌍한 유스투스!" 엘비라가 브래지어를 치켜올리면서 말을 뱉

* 넷씩 편을 짜서 말을 타고 긴 채로 공을 치는 경기.

어냈다.

"프랑스로 떠날 거예요." 베티나가 말했다.

"프랑스의 르와르 성으로 간다는 것 같아요. 구스타프는 벌써 떠났어요."

그렇구나. 구스타프는 벌써 떠나고 없구나.

그리고 난 유스투스와 신혼여행을 떠난단 말이지.

"샬로테, 지금부터 눈여겨보세요. 누구든 자기가 저지른 죄로 단벌을 받게 되어 있어요." 울리케가 진심에서 우러난 미소를 던지며 내게 솔직히 말했다.

그녀의 정신적인 고뇌를 생각해, 샬로테. 넌 다시 아니타 바흐로 살짝 헹구어진 모습으로 보여야 해. 그녀도 단점은 있어. 그 단점에 대해서 본인 스스로도 잘 알고 있고 그녀도 곧 갱년기가 오겠지. 넌 그녀가 갱년기가 될 때까지 기다리기만 하면 되는 거야.

"그렇다면 다른 사람들은 그동안 쉴 수 있겠네요!" 나는 무슨 말이든지 해서 화제를 바꿔야 했다. "아니면 따로 녹화를 하나요?"

"아뇨." 울리케가 따뜻하고 다정하게 말했다. "우리들은 당신들만 즐겁게 지내도록 내버려두지 않기로 했어요. 우리들도 모두 따라간답니다. 당신이 유스투스와 신혼여행을 즐기는 곳으로 말예요."

"그래요?"

"대본이 그렇다드만. 우리도 몽땅 거기로 따라갈 거라든데." 로레 레셜리히가 커피잔을 내려놓으면서 거들었다. "굉장해. 여름휴가를 일주일 남겨놓고 프랑스로 떠난다니. 이보다 더 좋을 수는 없을 거다."

"그런데 왜 두 사람이 신혼여행을 가는데 우리 모두 따라가야만 하죠?"

신혼여행을 녹화하는 데 일주일도 필요 없는데, 게다가 다른 사람들도 모두 프랑스로 가다니…… 이해가 잘 안되는데? 그래도 프랑스로 간다니 좋네. 거기에서 새벽 다섯시에 멋진 남자가 기차역에서 나를 기다리고 있었어. 막 구운 크루아상을 들고 지금도 그 때 일이 눈에 선해.

"우린 신혼부부를 놀래켜주려고 버스를 타고 먼저 출발하는 거예요." 그레텔 주프가 말했다. "대본에 그렇게 되어 있지?!" 그녀는 뜨개질 도안을 옆으로 내려놓았다.

"바보 같은 짓이야. 결혼식이 끝나면 신부와 신랑은 바로 여행을 떠나고, 작은 병원 출연진 전원은 버스를 타고 그들을 앞서가는 거야. 신랑 신부가 탄 차에 오색 테이프를 던지고 우리는 돌아서서 곧바로 소풍을 떠날 준비를 해. 배드민턴도 챙겨들고! 작은 병원 팀 전원이 엠티를 떠나는 거지! 그건 재미있는 일이 아니라 꼭 코미디 같애!"

"정말 멋진 개그네요." 내가 긍정적으로 말했다.

"극작가는 전혀 생각지도 않은 일이었다잖아." 로레가 불만스럽게 말했다. "데트레프도 여행을 갔는데 말이야. 짐을 또 꾸려야 되겠어."

그래그래, 이 불쌍한 사람아. 당신은 항상 베개나 털면서 지루한 생활을 해야 하는 건데. 돈을 벌기 위해서라면 할 수 없이 감당해야 하는 거 아니겠어. 그런데 이번에는 르와르로 떠나야 되겠군. 불쌍한 사람 같으니! 그건 일상생활에 익숙한 당신에게는 분명 무리한 요구일 거야!

"틀림없이 샬로테가 편집부의 엘마와 함께 묵계로 결정한 거야." 울리케가 비틀린 미소를 지었다. "그녀를 위해서 대본을 바꾼 거야." 그녀는 갑자기 웃음을 거두었다. 애써 꾸미고 있던 미소 띤 얼굴이 일순간 망가져버렸다.

그녀는 아드리안의 사진들을 모아서 그 위에 입술을 대고 힘껏 눌렀다. 그리고 물방울 무늬 수영복을 입은 포동포동한 모델을 기분 나쁘다는 듯이 쳐다보았다. 잡지 카탈로그에 있는 포동포동한 모델들은 뚱뚱한 울리케와는 다르게 자연스럽고 건강해 보였다.

정말 불행한 일이야. 그녀의 불편한 심기와 지루한 일상이 그녀의 누런 피부에 적나라하게 드러나거든.

울리케, 당신도 인생 중반에 접어든 사람이야. 이제 당신도 자신에게 투자를 좀 해야 되겠어! 지금 몸무게에서 삼십 킬로그램만 줄여봐. 그리고 나처럼 쌍둥이를 낳을 수는 없겠지만 여성 모노드라마를 써서, 그 작품으로 순회공연을 하고 금상첨화로 그 작품이 베스트셀러가 된다면 당신은 최고의 애인을 구할 수 있을 거야. 마음을 정갈히 하고 당신 뜻을 갈고 닦아서 한껏 펼쳐보라구. 자, 지금부터 기분을 한 단계 한껏 올려봐! 혼자 춤을 춰보든지. 하긴 갑자기 그러려면 약간 혼돈스럽긴 할 거야!

그렇게 된다면 당신도 다음에 올 행운에 대해서 그렇게 씁쓸히 대처하지 않아도 될 텐데. 다음번 행운에 대해서 미리 겁내는 것도 오버액션이야! 당신은 다른 사람들의 앞가림을 해줄 필요도 없고 오물을 뒤집어쓸 필요도 없지. 돈 되는 일도 아니잖아! 잡지에 소개된 수영복도 그때쯤이면 당신 몸에 더 이상 어울리지 않을 거야. 왜? 당신은 이미 날씬해졌을 테니까. 잡지 모델은 아주 뚱뚱하거든.

하지만 사실 우리 동료들은 당신의 변신을 원치 않아.

우리는 특급기차 이체를 타고 앞서 말한 신혼여행을 떠났다. 쾰른 발 파리 행 기차로 르와르 성을 향해 출발했다.

나는 엘비라, 로레, 베티나 그리고 그레텔 주프와 같은 칸에 앉았다.

그녀들은 작은 병의 샴페인을 마시고 안주로 땅콩을 까먹으면서 여성지들에 난 기사에 대해서 얘기를 나누었다.

짧은 시간에 체중을 줄이는 법, 피자와 파스타만으로 다이어트하는 법, 여름휴가를 앞두고 비키니를 입을 수 있는 몸매로 관리하는 법, 국수와 크림빵으로 포만감을 느끼게 하는 식이요법. 잡지 표지의 소녀 모델은 활짝 웃고 있었다. 헐렁한 바지를 입은 소녀는 바지가 클 정도로 살이 빠진 것이 스스로도 믿어지지 않는다는 듯 미치도록 좋아하며 웃고 있었다.

옆 칸에서 유스투스의 낮은 웃음소리가 들렸다.

그는 여행하는 동안 내내 웃고 있었다. 쾰른에서 크납자크까지 오는 동안 내내. 그렇게 즐거울까! 한번은 소변을 보러 가면서 유스투스가 타고 있는 옆 칸을 슬쩍 훔쳐보았다. 그 쾌활한 웃음소리가 끊이지 않는 이유를 좀 알고 싶었다. 과자를 뜯어놓고 서로 나눠먹는 화기애애한 분위기를 상상했다.

그런데 그리 특별한 게 없었다. 분위기 자체가 별로 즐거워 보이지 않았다.

머리를 예쁘게 땋은 소품담당 피아는 창가에 쪼그려 앉아 창 밖을 바라보고 있었고, 그 옆에 앉은 야간근무 간호사 베르트힐트는 말총머리를 바람에 휘날리며 얇은 책을 의자걸이에 올려놓고 팔꿈치를 괴고 있었다. 어둠에 공포를 느끼는 그녀는 십육 년 전에 이혼하고 쭉 혼자 살고 있으며, 사연은 모르지만 이혼이 명쾌하게 해결되지 않은 상태라서 자기 소유의 재산이 아무것도 없었다.

맞은편에는 옥외촬영 세트를 담당하는 뚱뚱한 파울귄터가 졸린 표정으로 예의에 벗어난 편한 자세를 취하고 있었다. 그 옆에는 완전 대머리 조명담당 에버하르트가 사투리를 섞어가면서 농담을 하고 있었다.

우연인지 유스투스가 나를 보자 갑자기 떠들어대기 시작했다.

우리들과는 별로 친하지 않은 초라하고 창백한 알코올 중독자 페터 스트루프는 커튼 옆에 조용히 앉아서 정원 가꾸기를 취미로 삼는 사람들을 위한 잡지에 빠져 있다.

어찌되었든 이 칸에 있는 사람들은 쾌활하고 신나게 떠들고 있었다!

애들아, 여기도 내가 즐길 만한 곳은 아닌 것 같구나!

이 엄마는 또 너희들과 떨어져 여행을 하게 되었어!

이 사람들 개그를 다음 기회에 얻어듣는 게 나을 것 같아! 너희들도 벌써 알아챘니?

내가 머리를 딴 피아와 베르트힐트를 쳐다보자, 그녀들은 곧바로 시선을 창 밖으로 돌렸다. 거침없이 웃고 떠드는 이 사람들과 함께 여행을 즐기고 싶었지만 내가 그들의 분위기를 방해하는 것 같아서 서둘러 내 자리로 돌아왔다.

나와 같은 칸에 앉은 여성들은 여전히 여성지에 빠져 있고, 엘비라 메르케니히는 아드리안의 최근 사진들을 펼쳐 보이고 있었다.

우리는 저녁 늦은 시간에 목적지에 도착했다.

나는 여행가방을 끌고 호텔 로비로 들어섰다. 여행할 때마다 늘 가지고 다니는 돼지가죽 가방이었다. 호텔 로비는 짐을 꾸려넣은 가방과 겉옷을 든 사람들로 아수라장이었다. 그 혼잡함 속으로 나도 발을 들여놓은 것이다.

느리긴 했지만 사람들이 차례대로 열쇠를 받아들고 자기 방으로 떠나가서 줄은 어느 사이 성깃해졌다. 그래도 내 차례는 아직도 멀었다.

유스투스 역시 차례를 기다리고 서 있었다.

그는 웃지 않았다. 보기 드문 일이었다. 오는 동안 너무 웃어서 힘이 다 빠진 모양이었다. 차례를 기다리면서 그는 프랑스 신문을 열중해서 읽고 있었다. 신문에 난 작은 광고까지 샅샅이 뒤지는 듯했다.

신문에서 기상천외한 사건을 찾아낸다 하더라도 기찻간에서만큼 그렇게 흥미를 느끼지는 못할 것이다.

엘리베이터는 의연한 동작으로 계속 움직였다.

들어오고 나가는 사람들, 짐을 끌고 총총걸음으로 사라져가는 사람들, "이 호텔 레스토랑은 언제까지 영업합니까?"라든가 "바에 가서 한잔, 어때요?" 또는 "공중전화가 어디에 있지요?" "좀더 조용한 방은 없나요?"라고 묻는 소리도 간간이 들렸다.

드디어 내 차례가 되었다. 피로에 지친 호텔 접수인이 고개를 들고 나를 쳐다보았다.

"페펍니다."

그가 명단을 들여다보며 내 이름을 찾기 시작했다. 그 사람 고개 너머로 명단을 훑어내려가던 난 그 사람보다 먼저 내 이름을 찾아냈다.

잠시 후에 그가 고개를 들고 웃었다.

"페퍼 씨는 벌써 와 계십니다."

"누가요? 누가 와 있다고요?"

난감해서 난 고개를 돌려 유스투스를 살폈다.

그는 방금 전에 받아든 금속 열쇠고리를 들여다보고 있었다.

"예. 페퍼 씨는 26호실에 벌써 와 계십니다."

짐을 들고 계단을 딛고 올라서는데 나는 다리가 후들거렸다.

페퍼 씨라니? 누구지?

남편인가? 아이들을 데리고? 여기까지? 남편은 분명 내게 생각할 시간을 준다고 했는데!

나는 비틀거리면서 어두운 복도를 걸었다.

가방은 내게 끌리기 싫다는 듯이 심한 마찰음을 냈다.

20호, 21호, 22호…… 여기군. 26호실.

조심스럽게 손잡이를 돌리는데 내 쪽으로 걸어오는 발자국 소리가 아주 가까이서 들렸다. 나는 소리내지 않고 손잡이를 살짝 꺾으면서, 소리나는 쪽으로 몸을 돌렸다.

노란 레인코트가 모퉁이를 돌며 바람처럼 내게로 날아왔다.

"몇 호실이오?"

"이 방이에요." 나는 말했다.

"괜찮소?"

"그럼요. 그런데 왜 물으시죠?"

"문제가 있는 것 같아서."

"아뇨. 아무 문제 없는데요." 나는 정확하게 다시 말했다. "내 숙소에는 아무 이상 없어요! 만사 오케이인데요."

“내려가서 맥주 한잔 하겠소?”

“한번 생각해보죠” 나는 곧바로 한마디 더 덧붙였다. “어쩌면.”

그러나 유스투스는 자리를 뜰 마음이 없어 보였다. “어쩌면이란 도대체 뭘 의미하는 거요! 예스요, 노요!”

“몇 호실이세요?” 얘기를 돌려야 할 것 같아서 난 쓸데없는 질문을 했다.

“33호실이오. 아주 조용한 방이오. 내 가치는 외부에서도 다들 인정하니까. 내게 아무 방이나 줄 수는 없을 거요. 난 월드스타니까 말이오.”

“33호실이면 한 층 더 올라가셔야겠군요. 여긴 이층이거든요.” 내가 말했다.

“그렇소?” 유스투스는 자기 방 키를 한참동안 물끄러미 들여다보았다.

“그렇군. 어떻소? 아래로 내려오겠소?”

“그러죠. 피곤하지 않으면 내려갈게요.” 나는 대답했다.

혹시 누가 내 방에 먼저 들어와 음식을 먹고 있다거나, 화장실에 앉아 있다거나, 세면대를 사용하고 있다거나 하지 않다면 생각해보기로 하지. 그런데 난 정말 누군가 내 방에 들어와 있기를 바라고 있는 건 아닐까? 그렇다면 누굴 기대하는 걸까? 난, 내 마음은 아이들이기를 간절히 바라고 있어.

유스투스가 화를 내듯 휙 몸을 돌려 돌아갔다.

나는 그 자리에 꼼짝 않고 서서 그가 내 시야에서 완전히 사라질 때까지 기다렸다. 그는 가끔 나를 긴장하게 만들었다.

문이 슬며시 열렸다.

방안에는 아무도 없었다.

하지만 누군가 들어왔던 흔적이 역력했다. 침대 위의 이불과 베개가 흐트러져 있었다.

나는 화장실로 눈길을 돌렸다. 화장실 변기는 단정치 못하게 입을 크게 벌리고 하품을 하고 있었다. 손으로 가리지 않고 큰 입을 방만하게 벌리고 있었다.

누가 변기를 저렇게 위로 들어올려 놓았을까?

이런이런, 페퍼 부인은 서서 소변을 보는가 보이.

남편은 그렇게 볼일을 보지 않는다.

남편은 그 시간도 아까워서 앉아서 소변을 보면서 지침서를 읽
곤 한다.

나는 짐을 푼 다음, 화장실에 들어가 변기를 내려놓고 손을 닦
았다. 나는 아래층에 내려가 동료를 만나기로 마음먹었다. 여기서
혼자 청승 떨고 있을 필요는 없으니까. 나도 이미 인생의 반을 산
사람이다.

아래층 레스토랑은 시끌벅적했다. 초라한 알코올 중독자 페터
스트루프의 생일 파티가 막 시작되었다!

샴페인이 마구마구 터지고 모인 사람들이 생일축하 노래를 불
렀다. 친하지는 않아도 그는 어쨌든 우리들이 사랑하는 동료였다.
두꺼운 안경을 쓴 페터는 눈을 깜박거리면서 술 대신 물로 축배를
들었다.

그는 나를 보더니 빈 의자 하나를 자기 옆쪽에 끌어다놓고 손으
로 의자를 쳤다.

나는 다가가서 그의 볼에 가볍게 입을 맞췄다.

"페터! 오늘이 몇 번째 맞는 생신이세요?!" 그러면서 나는 곁눈
질로 주변을 살피면서 구스타프를 찾았다. 구스타프가 혹시 여기
어딘가에 있지 않을까?

"쉰번째요. 한잔 들겠소?" 페터가 물었다.

"그럼요." 나는 기껍게 샴페인을 받아들고 잔을 높이 치켜들어
다정한 동료에게 멋진 밤이 될 것을 기원해주었다.

나를 대접해주는 사람은 아무도 없었다. 더 기분 나쁜 것은 내
게 목례도 없이 그냥 지나쳐 페터를 축하해주는 사람들의 행동이
었다. 사람들은 긴장을 풀고 마냥 흥겨워했다.

그 중 유스투스가 가장 즐거워 보였다. 내가 페터 옆에 앉는 것을 확인한 그는 미용을 담당하는 이본네 옆에 자리를 잡고 앉았다. 혼자 샴페인 한 병을 다 마신 이본네는 거나하게 취한 상태였다. 그는 그녀의 머리에 코를 처박다시피 하면서 감탄조의 외마디 소리를 해댔다. "아하!" "오우, 예!" "세상에 그럴 수가!" 그러다가 가끔 실내가 쩌렁쩌렁 울리도록 큰 소리로 웃고 잔을 들고 "가우데아무스 이기투어"*라고 말했다. 그 사람도 대학생활을 했으니까. 이본네는 분명 대학을 다니지 않았겠지만 여성의 매력에 대해서는 연구를 많이 했을 것이다.

난감해. 난 지금 페터를 제외하고 달리 대화를 나눌 상대가 없잖아. 유스투스는 나와 더 이상 교제하고 싶지 않은 모양이야. 여기서 그는 내게 치근덕거리는 놈팡이가 아니라 세계적으로 유명한 배우인 거야.

나는 페터와 알코올 중독에 관한 얘기를 나누었다. 술과 담쌓고 지낸 지가 벌써 이십 년이나 된다고 그는 자랑스럽게 말했다. 30회 생일에 술을 끊는다고 선언했는데 오늘이 50회 생일이니까 꼭 이십 년 된 셈이었다. 그래서 오늘이 그에게는 더 의미 있는 날이었다. 그는 정말 대단했다. 그와 이렇게 터놓고 얘기하기는 처음이었다. 난 생일보다도 그의 강인한 의지에 더 축하를 보내고 싶었다. 난 그에게 프란츠 드로슬러 씨를 찾아가보라고 권하기까지 했다. 그 사람은 인생 중반에 새로운 인생을 시작하는 멋진 사람들을 찾고 있었으니까. 페터는 기껍게 세번째 샴페인을 따라주면서 말했다. 잡지에 난 내 기사를 오려서 스크랩북을 따로 만들어둘 만큼 내 열성 팬이며 개인적으로 날 아주 멋진 여성으로 생각하니 내 남편 역시 나의 독창성을 아주 자랑스러워할 것이며, 오래 전부터 별거생활을 하는 자기 마누라 기젤라 역시도 그렇게 생각할 것이라고 강조했다. 유스투스는 우리가 말하는 동안에도 계속 큰

* 오래 전부터 전해 내려오는 권주가로 주로 대학사회에서 애창되는 곡.

소리로 웃고 떠들었다. 나나 페터가 끼어들지 못할 정도로 발랄한 분위기였다. 기타가 없는 게 유감이었다. 기타가 있었다면 그는 기타를 퉁기면서 노래 서너 곡쯤은 메들리로 엮어냈을 텐데!

드디어 난 구스타프를 찾아냈다. 결국 그가 나타났다.

그를 발견한 순간 순식간에 머리끝에서 발끝까지 소름이 돋았다.

늙고, 만성적인 불쾌감에 시달리고, 독선적이고, 지혜롭고, 과묵하고, 적대적이고, 만사가 흘러넘친다는 사람, 구스타프 내가 그를 얼마나 그리워했던가?

그가 문 앞에 서 있었다. 그는 몇 시간이고 그 자리에 그대로 서 있을 것처럼 보였다.

못된 사람.

그동안 어디에 숨어 있었을까?

내가 무슨 생각을 했었는지 당신은 아세요? 난 당신과 다시는 상종하지 않겠다고 결심했어요. 난 당신에게 결코 한마디 말도 건네지 않을 작정이에요. 단 한마디도.

그가 나를 바라보았다.

나도 그를 바라보았다.

잠시 세상이 멈춰버린 느낌이었다. 웃고 떠들고 농담을 주고받으며 술을 마셔대는 많은 사람들 틈바구니에서 나 혼자만 정지된 느낌이었다.

당신에게 한마디 말은 꼭 해야 해.

한마디는.

그 이상 지껄인다면 흘러넘치는 행동이지.

맞은편에 앉은 펑크 머리 미용사가 날카로운 목소리로 떠들면서 유스투스의 어깨에 머리를 기대자 유스투스는 기다렸다는 듯이 그녀의 허리를 껴안으면서 의미심장한 시선으로 나를 쳐다보았다. 그러면서 잔을 칠십 센티미터쯤 높이 들어올려 샴페인을 따르면서 큰 소리로 떠들었다. 샴페인잔에 거품이 일고 가스가 보글보글 올라왔다. 이본네는 쉿소리를 내지르고, 페터는 취미로 가꾸는 정원에 자기가 얼마나 애정을 쏟는지 그리고 아내 기젤라가 오래 전에 집을 떠났다는 얘기까지 했다. 구스타프가 나와 눈이 마주치자 왼손을 들어올렸다. 순간 그 손 안에 든 작은 물건이 반짝였다.

금빛 타원형의 작은 물건이었다.

그를 자연스러운 시선으로 쳐다보려고 난 무척 애썼다.

그래, 아주 자연스럽게 바라보는 거야. 평상시와 같다는 것을 똑바로 주지시켜야 해.

구스타프가 손을 다시 바지 주머니에 쑤셔넣더니 레스토랑에서 사라졌다.

"구스타프! 잠깐만요! 지금 파티중이에요!" 엘비라가 아드리안의 사진을 가방 속에 집어넣으며 소리쳤다.

그러나 그 말이 채 끝나기도 전에 구스타프는 이미 사라지고 없었다.

"이봐요, 구스타프!" 누군가가 또 그를 불렀다. 그러자 또 다른 누군가가 말했다.

"아마 그 사람 지금 카지노로 갔을 거야. 그게 그 사람의 최후 보루니까."

나는 사람 좋은 페터 쪽으로 몸을 돌렸다.

페터의 정원, 그래, 그것에 대해서 말했었어. 그리고 집 떠난 기젤라에 대해서 얘기했었지. 그런데 기젤라는 지금 어디 숨어 있담? 그는 어렵게 난초를 수집한다고 들었는데, 난초는 산중턱에서 자란다지 아마.

구스타프를 보는 순간, 난 꼭 집어 말할 수 없는 기쁨으로 가슴이 터질 것 같았다.

구스타프가 여기에 있었어!

나를 기다리고 있었던 거야!

지금 당장이라도 그를 만날 수 있는 거야. 지금 그를 따라가면 아무한테도 방해받지 않고 우리 둘만의 시간을 지낼 수 있을 거야.

그의 손에서 반짝이던 타원형 금속, 그건 분명 내 방 열쇠야.
26호실 열쇠.
페퍼 씨란 그를 두고 한 말이었어.

나는 대충 삼십 분 정도 페터와 잡담을 나누면서 샴페인도 두
잔 더 마시고 유스투스와 이본네가 노는 모습을 바라보면서 즐기
다가 평소 때처럼 아주 자연스럽게 자리에서 일어났다.
"잠시만요. 금방 돌아올게요."
통례적인 사교술. 펑크 머리의 처녀. 샴페인. 세상일을 다 이해
한다는 표정.
나는 층계를 오르면서 수시로 주위를 살폈다.
움직이는 물체는 아무것도 없었다. 뒤따라오는 사람은 물론이
고 노란색 레인코트도 보이지 않았다. 그럼, 내가 얼마나 조심했
는데?
구스타프! 내가 얼마나 당신을 그리워했는지 아세요!
당신이 없으면 난 미쳐버릴 것 같아요!
쇳덩이처럼 단단하고 곰처럼 미련한 사람 같으니라구!
그 많은 캠핑 카를 뒤져보았지만 당신은 없었어요!
그런데 지금 캠핑 카 없이 내 앞에 이렇게 나타나셨군요!
구스타프를 향한 갈망을 잠시도 억제하기 힘들었지만 샴페인을
마구 마신 난 몸상태가 어떤지 걱정이 되어서 먼저 몸상태를 점검
해야 했다. 피할 수 없는 절차였다. 룸으로 들어가기 전에 복도 화
장실에서 대충이나마 수습해보는 게 나을 것 같았다.
잠시 거울을 들여다보았다. 여지없이 돋아난 얼굴과 목 주위의
붉은 반점이 평소의 내 모습과 달라 보였다. 다소 신경질적이고
들떠 보이는 거울 속의 여인은 내가 아닌 것 같았다.
구스타프가 지금 방에서 나를 기다리고 있는데!
화장실에서 나온 나는 꿀을 찾아 날아가는 호랑나비처럼 26호
실을 향해서 조야한 양탄자 위를 경망스럽게 뛰었다.

저기야! 그런데 저 노란색, 환하게 빛나는 저 노란빛은 뭐지? 안돼! 제발 그러지 마! 지금은 안된단 말이야!

저기 내 방 문 앞에 노란 레인코트를 입은 사람이 하나 서 있잖아! 게다가 문까지 두드리고 있어! 내 방 문을! 세 번은 길게, 세 번은 짧게!

나는 문고리를 주시했다. 문고리가 천천히 움직이고 있었다. 누군가 안쪽에서 문고리를 소리나지 않게 아래로 꺾고 있는 것이 분명했다. 난 그저 죽고만 싶었다.

"유스투스!" 나는 모두들 잠든 한밤중 고요한 호텔 복도에서 큰 소리로 떠들었다. "유스투스! 내 방 문을 왜 두드리죠! 이러면 안된다고 얘기했던 걸로 기억하는데요!"

유스투스가 몸을 돌렸다.

문고리가 소리 없이 천천히 다시 올라갔다.

다른 방 문이 열리더니 그레텔 주프가 잠옷 바람으로 나타났다. 그녀의 머리 스타일은 평소답지 않고 다소 낯설었다. 24호실.

"이 사람들아, 이렇게 떠들면 안되지! 지금 밤 한시야!"

"미안해요, 그레텔 주프!" 나는 에르니와 베르트가 내게 사정할 때의 말투와 제스처를 해보였다.

"유스투스가 절 화나게 해요. 항상! 지금도 내 방 문을 두드리고 있잖아요!"

늙은 암캐 같으니라고!

"별일도 아니구먼." 그레텔 주프가 방으로 들어가면서 말했다. "유스투스가 당신 꽁무니를 쫓아다닌다는 건 세상 사람들이 다 아는 사실인데 새삼스럽게 뭘 그래! 뭔가 새로운 일이나 생각들 해."

"유스투스는 나를 쫓아온 게 아녜요! 방을 잘못 찾은 거지! 틀림없어요!" 나는 소리쳤다.

이번에는 27호실 문이 열렸다. 이번에는 얼굴에 콜드 크림을 잔뜩 바른 로레 레셜리히였다. 연보라색 입술연지는 지워져 있었다.

"파렴치하게스리! 도야지도 잠을 못 잘 거야, 틀림없이!"

유스투스는 이러지도 저러지도 못하고 자리에 그대로 서 있었다.

손에는 삼페인 한 병이 들려 있었다. 레스토랑에서 내 대타 삼아 데리고 놀던 미용사는 어떻게 떼어버렸을까?

그는 어깨를 한번 으쓱했다.

"꼭 그렇게 소리쳐야 했소?"

"너무 놀라서요." 나는 신경질적으로 대꾸했다. "난 베르트힐트처럼 어두우면 공포심을 느껴요. 더군다나 이런 낯선 곳에서 내 문 앞에 시커먼 그림자가 어른거리니까 소리지를 수밖에 없었어요. 보통 여자들이 그런 것처럼……."

"할망구 같으니라고" 구스타프의 목소리가 안에서 들렸다.

"어떻소? 우리 한잔 더 하는 게?" 유스투스가 불쾌한 말투로 물었다.

"유스투스! 지금 이본네가 당신을 기다리고 있지 않나요? 그녀에게 뭐라고 변명하고 온 거죠?"

"빌어먹을!"

"난 지금 당신과 술을 마실 수 없어요! 벌써 새벽 한시 반이라구요! 그런데다가 내일 아침 우린 녹화를 해야 하구요!"

"꼭 그렇게 큰 소리로 말해야 되는 거요, 빌어먹을!"

"그럼 이만, 안녕히 주무세요, 유스투스! 당신 방은 한 층 더 위라는 사실을 잊지 마세요! 아주 조용한 방이라면서요!"

유스투스는 상처받았는지 느리게 발걸음을 옮겼다.

"나를 치한 취급하다니! 이본네는 내게 아주 열렬했는데. 내가 왜 당신에게 집착하는지 그 이유를 나도 잘 모르겠소" 그는 복도가 쿵쿵 울릴 만큼 걸어서 위층으로 올라갔다.

"당신의 무례한 행동이 그녀에게 매력적으로 보였는가 보죠!" 나는 그의 등뒤에 대고 소리쳤다. "이본네는 당신 같은 사람을 한 번도 만나본 적이 없을 거예요!"

그가 사라진 다음 나는 재빨리 방으로 들어가 힘없이 침대에 몸을 던졌다.

유감스럽게도 우리의 재회는 내 각본대로 이루어지지 않았다.

우린 서로 말없이 목을 끌어안고 포옹하지 못했다.

사랑하는 사람들의 재회란 서로 말없이 포옹하는 것으로 시작되는 것인데…….

난 구스타프를 만나면 말없이 그의 품에 안기리라 다짐했고, 수천 번이나 그 장면을 상상했었다.

둘 다 아무 말 없이 목을 끌어안고 포옹하는 재회를.

사랑하는 사람들은 서로 바라보고 느낄 뿐, 말이 필요 없다.

그 이상은 흘러넘치는 행위였다. 침묵은 금이니까.

게다가 난 붉은 반점까지 돋아나서 어수선했다. 노력은 했지만 짧은 시간 안에 그 생리현상을 처리할 수 없었다.

"유스투스가 문 앞에 서서 어떻게 했는지 보셨어요?" 나는 흥분해서 이불을 물어뜯었다.

"아니, 볼 수 없었지. 난 방안에 있었으니까." 구스타프가 말했다.

"문을 어떻게 두드렸는지 아세요?" 나는 수다를 떨었다. "세 번은 길게 세 번은 짧게." 나는 복권에 당첨된 돼지 새끼처럼 꿀꿀거렸다.

"수다스런 할망구 같으니." 구스타프가 말했다. "그래서 당신이 이겼소?"

"이본네를 끌어안고 애무하던 꼴이라니!" 나는 씩씩거리다가 한숨을 내쉬었다. "손에 술잔을 들고 그녀를 휘감은 채 서로 뒤엉켜서…… 나무에서 떨어질 걸 생각 못하는 원숭이 같더니만……." 나는 끝없이 주절댔다. 혼자 주절대다 울다 웃다 난 내 감정을 추스르지 못했다.

샬로테는 지금 초긴장 상태인데 당신은 아무렇지도 않은 모양이군요.

구스타프가 자리에서 일어나 목욕탕으로 들어가더니 잠시 후에 수건에 물을 적셔서 들고 나왔다.

"자, 이게 좀 진정시켜줄 거요."

나는 젖은 수건으로 대충 닦고 침대 커버를 움켜쥐고 미친 듯이 웃다가 또 눈물을 흘렸다. 그것도 모자라서 나중에는 침대 위에서 데굴데굴 구르기까지 했다.

"유스투스는 이본네가 펑크 머리에 뿌린 스프레이를 실컷 들이마셨을 거야! 그런데 그 펑크 머리 미용사는 어디다 떼놓았을까! 유스투스의 무례한 행동에 열광하는 사람도 있다니, 참! 그런 여자에게서 풀려나오기는 쉽지 않았을 텐데! 유스투스는 참으로 딱한 사람이야!"

나는 혼자 주절대다가 울다 웃다 치를 떨다, 온갖 주접은 다 떨었다. 지금까지 살면서 한번도 그런 실수를 한 적이 없었다. 처음이었다.

구스타프는 젖은 수건을 들고 옆에 앉아서 내가 진정되기를 기다렸다. 내 신발과 스웨터도 벗겨주었다.

나는 아주 둔하고 느린 동작으로 보풀이 인 담요를 자꾸 끌어당기면서 몸을 감싸고 또 감쌌다.

불안한 밤이었다.

그는 거의 이십 분 간격으로 내 방 문을 사정없이 두드렸다. .

그리고 문 밑으로 쪽지편지를 밀어넣었다. 처음엔 잘 몰랐다. 마취된 사람처럼 깊은 잠에 빠져 있었기 때문에. 쪽지가 서로 밀리면서 문 밑에 쌓였다.

새벽 세시부터는 이십 분 간격으로 전화벨이 울렸다. 물론 유스투스였다.

나는 그때마다 수화기를 들었다 내려놨다.

그러다 문득 고개를 들고 구스타프를 찾아보았다.

구스타프는 이미 사라지고 없었다. 또다시 사라져버린 것이다.

나는 너무 지쳐서 구스타프의 부재에 대해서 더 이상 생각할 수 없었다.

전화벨 소리가 너무 성가셔서 나는 전화기를 서랍 속에 집어넣었다. 전화기 역시 벨소리에 방해받지 않고 내 옆에서 잠들게 하고 싶었다.

하지만 모든 의욕이 사라졌다. 구스타프도 없는데 무슨 의미가 있겠는가!

그와 얘기할 기회를 이제 겨우 잡았는데!

그에게 묻고 싶은 말들이 너무나 많은데!

모르긴 해도 내 방에 들어오기가 쉽지 않았을 것이다.

갑자기 유스투스에게 분노가 치밀었다.

그는 자신을 어떻게 평가할까?

내가 자기와 만나고 싶어하지 않는다는 것을 알면서도 그렇게 행동하는 것일까!

동료들도 그를 비웃겠지! 나는 이불을 뒤집어쓰고 몸을 뒤척였다.

귀엽게 웃는 울리케의 얼굴이 떠올랐다. 기찻간에서 그녀가 내게 흥미 있는 사실 하나를 전해주었다. 내가 순회공연을 하는 동안 유스투스가 울리케를 따라다니며 구애했단다. 정말 그는 여성 편력자였다. 어떤 여성이든 끊임없이 쫓아다녀야 직성이 풀리는 사람이었다. 그런데 하필이면 왜 그 뚱뚱한 울리케였을까!

그는 이 여자 저 여자의 문 밑으로 쪽지편지를 밀어넣느라고 좌골신경통에 걸렸을지 모른다!

정확히 십 분마다 전화를 해대고! 뭘 하는지 혹시 잠이 든 건 아닌지 확인하기 위해서! 아주 조용한 방을 차지하고 앉아서! 그러면서 정작 본인은 어떤 여성에게도 간섭받고 싶어하지 않는다! 귀한 포도주를 가방에 항상 준비해둔다!

다혈질에 바람둥이 촌뜨기가 우리 고장까지 흘러들어 오다니!

게다가 하필 <우리들의 작은 병원> 드라마 식구들과 함께 지내게 되다니!

과거의 원장 의사 유프 튄게스는 절대 그렇게 행동하지 않았다.

그는 동료 누구를 찾아간 적도 없었고, 문 밑으로 쪽지편지를 밀어넣은 적도 없었다. 그는 몸을 숙여본 적도 없었다. 그러니 당연히 좌골신경통을 앓지도 않았을 것이다. 그리고 또 한 가지, 그는 주로 혼자 포도주를 마셨다.

유프 튄게스는 산책한 적이 없었다. 단 한 번도

나와는 더군다나.

하지만 유스투스는 젊고 힘있고 농담도 잘하고 활동적이었다!

가끔 나를 힘들게 했지만!

우리들 일터가 내겐 고향이었지만 그에게는 타지였다!

그래서 그는 일방적으로 우리들을 쫓아다녔을 것이다.

그도 언젠가 고향으로 돌아가 아내와 자식들을 만나고, 트랙터를 몰고 들에 나가게 될 것이다.

나는 갑자기 울리케에게 미안한 생각이 들었다. 그녀 말이 사실이라면.

그러다 나는 설핏 잠이 들었다.

다음날 아침 여섯시 반에 누군가 내 방문을 두드렸다. 나는 억지로 일어나서 흐트러진 머리 그대로 몸에 이불을 두르고 문 앞으로 갔다.

"누구세요?"

구스타픈가? 그렇다면 반가운 일이지!

"나요!" (이런, 유스투스잖아!)

"어젯밤 내내 통화중이던데! 당신에게 무슨 일이 생겼을까 걱정돼서 확인차 이렇게 왔소!"

발 밑에서 종이가 바스락거렸다. 난 맨발로 수북이 쌓인 쪽지편지 위에 서 있었던 것이다. 밤새도록 들락거리며 그가 문 밑으로 밀어넣은 쪽지였다. 오늘밤 그는 폭폭한 자기 심정을 털어놓으려 할 것이다.

"수화기를 내려놨어요!" 나는 화를 냈다.

"당신과 꼭 할 얘기가 있소!"

"뭐죠!"

"난 지금 산책 좀 할까 하는데! 햇살이 너무도 좋소! 우리 같이 산책하지 않겠소? 한 바퀴 둘러보고 옵시다!"

평소 같으면 난 유스투스를 따라나섰을 것이다. 상큼한 아침햇살이 좋아서. 어쩌면 비가 오더라도 산책을 나갔을지 모른다. 그와 산책하는 게 즐거웠으니까. 숙취에는 신선한 공기를 마실 수 있는 산책이 최고였다. 기분이 몹시 나쁘거나 화가 나거나 근심거리가 있을 때 걷고 나면 좀 풀렸다. 유스투스는 내 수다를 잘 들어주었다. 그 역시도 수다를 떨면서 함께 즐거움을 나눌 줄 알았다. 서로 조언도 해주고 그가 허풍만 떨지 않으면 그 사람 옆에 있는 게 무척 편했다. 하지만 지금 이 상황에서 함께 산책하자는 것은 무리한 요구였다.

나나 그 사람이나 결코 그럴 처지가 못 되었다.

"유스투스, 제발 나를 내버려두세요!" 나는 문에 대고 소리쳤다. "당신은 어제 밤새도록 나를 괴롭혔어요. 그래서 난 지금 너무 피곤해요!"

"내가 누구요! 난 꼭 당신과 산책하고 싶소!" 유스투스가 너무나 불쾌해서 못 참겠다는 듯이 발을 동동 굴렀다.

나는 헝클어진 침대 속으로 다시 기어들었다.

서랍 속에 있는 전화기가 소리치고 있었다. "나를 꺼내줘요! 난 어두운 건 질색예요! 왜 맨날 이렇게 지루하게 살아야 하죠? 다른 사람이 우리 부모였으면 좋겠어요!"

나는 서랍에서 전화기를 꺼내서 제자리에 올려놓았다.

이젠 좀 조용히 있거라, 이 악마야!

너도 이젠 잠을 자야 하지 않겠니? 엄마도 잘 거야. 알겠니?

그럴게요, 전화기가 순순히 대답했다.

전화기 역시 답답한 서랍 속에 있느라 기진맥진해 있었다.

시계를 쳐다보았다. 여섯시 사십분.

"빌어먹을." 나는 화가 나서 혼자 중얼거렸다. "애들 어렸을 때 이후로 이런 밤은 처음이야. 이십 분 간격으로 사람을 괴롭히다니! 열한시에 야외촬영이 있는데! 숙면을 취해야 했는데! 그래야 화면에 잘 받는데!"

"샬로테, 수저로 국을 떠먹을 때처럼 조심하세요." 친근한 웃음을 흘리며 울리케의 환영이 나타나 내 귀에 대고 소곤거렸다.

이런, 제발 당신도 사라져. 당신 지금 질투하고 있지?

월드스타 유스투스는 당신을 거들떠보지 않아. 당신에게 편지 한 장 쓴 적 없을걸? 문 밑으로 밀어넣은 쪽지편지를 당신 받아본 적 있어? 아마 단 한 장도 없을걸?

나는 화가 나서 벽 쪽으로 돌아누웠다.

그때 전화벨이 울렸다.

아, 나는 정말 밖에 나가고 싶지 않아.

그런데 어쩌면 구스타프인지도 몰라. 그 사람일 수도 있어.

나는 수화기를 들었다. 가슴이 콩콩 뛰었다.

"나 지금 밖으로 나간다고 전하려고 전화했소."

그래, 나가! 나가란 말야!

나는 수화기를 내팽개치듯 내려놨다. 너무 힘을 줘서 전화기에서 부서지는 소리가 났다.

엄마는 지금 자고 싶단 말야!

한 시간 동안만 자게 해준다면 그 대가로 얼마든 지불할 용의가 있었다!

또다시 울리케의 환영이 나타났다. 그녀는 돼지 새끼처럼 입을 삐죽이 내밀고 말했다. 스스로 자초한 일이면서 뭘 그래······.

나는 베개를 마구 내리쳤다. 허풍쟁이! 나도 알아! 내 실수였어! 앞으로 절대 다시는 그런 실수를 되풀이하지 않을 거야!

분노의 눈물이 이불 위로 떨어졌다.

나는 청승맞게 울면서 잠을 청했다.

막 잠이 들려는 순간, 아주 밝게 웃는 울리케의 얼굴이 내 얼굴 위로 확 달려들었다. 깜짝 놀라서 눈을 뜨는데 문 두드리는 소리가 들렸다.

시계를 쳐다보았다. 정확히 여덟시 삼십분이었다.

청소부인가? 프랑스 호텔은 이 시간에 청소를 하나? 그건 예술가들을 방해하는 행원데! 오늘은 고된 작업을 해야 하는 날인데! 그런데 어쩌면 구스타프가 왔을지 몰라…….

“예?” 나는 아직 날갯짓이 서툰 새끼 까마귀처럼 탁한 소리를 냈다. “누구세요?” 나는 눈물을 훔친 축축한 손으로 입을 닦았다.

이런, 맛이 좀 찝찔하군. 꿈자리도 뒤숭숭하고. 울리케가 눈앞에 어른거렸어.

“나요!” 유스투스의 목소리가 낭랑하게 울렸다. “산책하고 돌아왔다고 전하려고 왔소!”

싫다, 싫어!

검은 까마귀는 살기등등한 식인조로 변해서 베개 위에 앉아 있었다.

이 미터는 됨직한 커다란 날개를 펼치고 날카로운 부리로 상대방의 급소를 찌르기 위해서 서서히 활공할 준비를 했다.

“당신 미쳤어요!” 식인조가 날카롭게 소리치면서 위협적인 날갯짓으로 노란 레인코트에게 덤벼들었다.

“내게 뭘 원하는 거죠! 말해보세요! 나랑 결혼하길 원해요? 그래서 이렇게 문을 두드리는 건가요! 당신 가족을 버리고 중년에 새 삶을 시작하려구요? 대답해보세요! 어서요! 내가 이 방에서 나가면 당신은 나를 데리고 외딴 섬으로 떠날 생각인가요? 그런 거예요? 그거냐구요?! 아니면 우리 둘이 동반자살이라도 하자는 거예요?”

쾌활한 농부의 모습이 어두운 복도에 환히 떠오르고, 빛을 발산하는 노란 레인코트에 맺힌 아침 이슬방울이 반짝였다.

“밖은 정말 아름답소. 공기도 상쾌하고 아름다운 새소리도 들을 수 있소.” 유스투스가 자연에 취한 목소리로 말했다.

"그래서요? 이런 식으로 행동하면 당신은 얼마나 더 살 수 있을 것 같아요?" 나는 몹시 화냈다.

그러면서 난 그를 죽여 없애려면 어떤 무기를 써야 할까 생각했다. 욕정에 얽힌 살인. 여건만 허락된다면 난 그를 지금 죽여버리고 싶었다.

"화를 내는 당신 모습이 너무 사랑스럽소" 유스투스가 방안으로 들어섰다.

지금의 내 모습이 사랑스러워 보일 리 없다는 것을 나는 너무도 잘 알고 있었다.

무릎 밑까지 흘러내린 스타킹, 헝클어진 머리, 단정치 못한 옷매무새.

"그래요. 이렇게 내 방까지 들어왔으니, 이제 어쩔 작정이죠?" 내가 물었다.

"내 편지들 읽어봤소?" 유스투스가 방안 구석을 살피면서 물었다. 편지들은 방바닥에 그대로 널려 있었다. 그 사람도 자기가 밀어 넣은 편지들을 밟고 서 있었다.

스타킹 발과 운동화 발이 편지들을 짓뭉개고 있었다.

"아뇨, 당신이 십 분마다 전화를 해대는 통에 편지를 읽어볼 시간이 없었어요. 무슨 내용인데요?"

유스투스가 침대에 털썩 주저앉았다. 윗입술에 땀방울이 송글송글 맺혀 있었고 안색도 창백했다. 그의 말과는 달리 이른 아침의 산책이 그에게 좋은 컨디션을 제공해주지 못한 모양이었다.

계집아이의 복수 최종회야. 이 정도면 충분해. 이젠 그 짓거리하기도 지겨워. 잠시 중단하고 쉴 수 있었는데!

"나를 더 이상 비참하게 만들지 마오" 그가 쥐어짜는 소리로 말했다. 이미 내 마음을 알아차린 것 같았다.

"그러죠! 당신도 협조를 좀 해주세요!" 나는 위협적으로 말했다.

옆방에서 투덜거리는 소리와 함께 벽을 두드렸다.

"나를 치한으로 만들지 마시오!" 유스투스가 악에 받친 소리를 했다.

"편지에 그렇게 썼어요? 그 말을 하기 위해서 지난밤 내내 전화를 했던 건가요?"

"조용!" 옆방에서 소리쳤다.

"내게 원하는 게 뭐죠? 뭐예요?! 미친개처럼 그렇게 병적으로 아니 광적으로 내게 달려드는 이유가 대체 뭐예요? 입에 거품까지 물면서! 어디 얘기해봐요!"

"나는 당신을 원하오 당신도 잘 알고 있잖소" 유스투스가 억양 없이 단조롭게 말했다.

"나를 원한다는 게, 그러니까 나와 결혼하자는 건가요? 난 이미 결혼했어요! 당신도 마찬가지구요!"

"결혼을 원하는 게 아니오 난 내 아내와 헤어질 수 없소 난 단지 당신이 필요할 뿐이오"

그래, 당신 아내도 당신이 필요해. 당신 아내도 당신 같은 남자 얻기 힘들 거야.

"그렇다면 뭐죠? 단지 나를 소유하고 싶은 거예요!? 지금 이 자리에서 당장 얘기해봐요! 여긴 외간남자와는 눈도 마주치면 안된다는 법규가 없는 자유로운 나라니까! 그래요? 그런 거예요?!"

"당신은 나를 치한으로 만들었어."

"당신이 어떤 사람인가 하는 게 중요한가요?"

"어쨌든 당신이 나를 치한으로 만들었단 말이오!"

"난 사람들의 그 우스꽝스런 소문 따윈 상관하지 않아요 어처구니없는 사람을 당신이 감싸안든 어쩌든 그건 내가 상관할 바도 아니구요"

"어처구니없는 사람이 누구죠?!"

묻는 그 사람의 태도가 너무 불손해서 난 전화기를 내리쳤다.

"오, 누구든 내 능력을 감히 넘보진 못해."

"누굴 염두에 두고 하는 얘기죠? 내 남편인가요? 에른스트베르트? 그 사람이 당신보다 못하다고 생각하나요? 그래요? 그렇게 생각하고 있어요?”

“오, 에른스트베르트는 아니오 그는 아주 멋진 남자요.”

“오우, 내 남편을 그렇게 높게 평가해주시다니 대단히 감사하군요 그렇다면 누구를 두고 하는 말예요?”

“그 방 좀 조용히 해! 제발, 잠 좀 자자!”

입 다물어, 이놈의 벽아! 귀기울이고 듣기나 해! 업무여행은 누구에게나 지루한 일인데 흥미진진하잖아. 당신과 놀아줄 사람도 없는 이 외지에서 말야.

“그래, 그 유치한 선생님, 이름이 뭐였더라. 그렇지 슈미츠 니텐빌름 선생님. 그 사람은 아직 남자로 볼 수 없어. 별 볼일 없는 사람이지.”

아하, 근본원인은 그것이었어.

“그럼, 또 누가 있어요?”

“청년, 벤야민. 난 그 아이를 나와 동일선상에 놓고 싶은 생각은 추호도 없소”

“당연해요 그 아이를 당신과 동급으로 취급하지 말아요 그 아이는 이제 겨우 스무 살이에요 당신은 그 아이의 아빠뻘 되는 사람이구요”

“인생 실패자가 한 사람 있지.”

“누굴 말하는 거예요?”

구스타프란 이름을 입에 올리기만 하면 당신은 그 즉시 유언장을 써야 될 거야.

“당신은 괴팍하고 과격한 사람을 좋아하는 것 같소”

“그래요 난 과격한 사람을 좋아해요 사람을 지루하게 만드는 보통 남자들은 온 천지에 널려 있어요”

유스투스도 내 말에 동조하는 것 같았다. 그러면서도 과감히 내게 돌진해왔다.

“늙고 추한 남자를 당신이 왜 좋아하는지 난 정말 모르겠소”

당신 같은 사람이야 모르겠지만 난 늙고 추한 남자들의 영혼이 얼마나 아름다운지 잘 알고 있거든.

하지만 당신과 그런 얘기를 하고 싶진 않아. 이 교만한 공작아.

당신 영혼은 이미 자만심에 생매장되었어.

"늙고 추한 남자……?" 난 전화기를 더듬었다.

이름만 말했단 봐라. 이걸로 한 방 갈겨줄 테니.

"어떻게든 자신을 드러내 보이고 싶어하는 치과 의사."

"자신을 드러내 보인다? 표현 한번 그럴듯하군요."

"당신을 쫓아다니는 사람이 누군지 내가 어떻게 알겠소 게다가 난 사람들이 당신을 존경한다는 것에 반대하거나 방해하고 싶은 생각은 추호도 없소 그건 당신의 당당한 권리니까."

"고맙군요. 그렇게 관대하시다니. 우린 친인척 관계도 아니고 결혼한 사이도 아녜요 사실이 그래요 팔 년 남짓 함께 살아온 남편도 아니죠 당신은 내 생애에 어떤 남자로도 끼여들지 못했어요 영리한 사람으로든 파렴치한 사람으로든 늙고 추한 놈팡이로든 애송이로든 어쨌거나 당신은 내 삶에 아무런 역할도 못했어요 너무나 명석해서 나와 어울리지 못했죠 그런데 이제 와서 당신은 내 동료라는 명목으로 이렇게 마구잡이로 권리를 행사하려 드는군요 정말 관대한 동료구나 싶어서 친밀감을 팍팍 느껴요 이렇게 이른 아침시간에 이게 무슨 횡재래요!?"

"나를 어리석은 풋내기로 취급하지 말아달라는 것이오 그게 전부요 나를 그, 그…… 어리석은 사람들과 동급으로 취급하는 것만은 정말 못 참겠소 나는 아주 정상적인 남자란 말이오"

그래그래, 당신다워. 그것 때문이었군.

"그래요, 알겠어요! 그리고 또 뭐가 문제죠?!"

"그 이상 아무 문제 없소 됐소"

유스투스가 일어섰다.

나는 안도의 한숨을 내쉬었다. 드디어.

"끝으로 딱 한 가지만 부탁하겠소" 유스투스가 문 앞에 서서 말했다.

"뭐죠?"

앞으로 한두 시간 잠을 자게만 해준다면 뭐든지 다 들어줄 용의가 있지.

"더 이상 나를 따라다니지 말아주오."

"뭐라구요?"

"내 말이 무슨 뜻인지 당신은 잘 알 거요." 유스투스가 찌르는 듯이 말했다.

"아뇨, 모르겠어요! 당신 꽁무니를 따라다닌다니요? 그러니까, 당신 말은 그런 뜻인가요? 십 분 간격으로 전화질 해대지 말고, 쪽지편지를 문 밑에 밀어넣지도 말고, 당신 방문을 세 번은 길게 세 번은 짧게 노크하지도 말고, 당신이 누구하고 함께 가는지 훔쳐보기 위해서 신호등 뒤에 숨어 있지도 말라는 말인가요? 그리고 남자 화장실 앞에 서서 벽에 붙은 '이 주 청소당번'을 읽는 척 능청떨지 말라는 뜻인가요? 나 때문에, 나를 피하기 위해서 당신은 화장실에 앉아서 한 시간 반 동안이나 기다려야 하니까? 그거였어요? 그리고 스튜디오 입구에 서서 다이어리를 보는 척하면서 당신이 나오기를 기다리지도 말고, 구내식당 앞에서 식단표를 보고 또 보면서 당신을 기다리지도 말고, 출근할 때 주차시키는 것을 확인하지도 말고, 오후에 당신 집에 전화하지도 말라는 거죠? 그게 다죠? 알았어요. 이해해요. 그렇게 하도록 하지요. 지금 우리 거래하는 거죠? 그렇다면 우리 정식으로 거래하죠."

많은 말을 한꺼번에 쏟아냈더니 숨이 찼다.

언젠가는 한번 꼭 해야 할 말이었으니까.

모양을 갖출 필요는 없었던 거야.

마음가짐이 중요할 뿐이지.

"당신은 정말 못된 사람이야." 유스투스가 화를 누르며 내뱉었다. 입에서 뭉게뭉게 피어오른 작은 침방울이 급기야 하얀 거품을 만들어냈다.

나는 문을 확 열어젖혔다.

계집아이의 복수 최종회.

"나가요!"

"난 당신 마음대로 안될 거요. 난 노련한 사람이거든." 유스투스가 말했다.

그가 비틀거리며 내 영향권에서 벗어났다.

나는 흐트러진 침대에 엎어져 이불을 노려봤다.

채 삼 분이 지나기 전에 전화벨이 울렸다.

평상시와 다름없는 날씨였다.

햇빛이 쨍쨍 내리쬐고 바람 한점 없었다.

삼십도를 웃도는 뜨거운 한낮이었다.

아름다운 르와르 성은 그늘을 찾아보기 힘들었다. 시원한 물을 하늘에 닿을 만큼 쭉쭉 뿜어내는 샘은 작은 돌로 호화롭게 지어져 있었다. 물방울과 서로 경쟁이라도 하듯 꽃과 들풀도 햇빛에 반짝였다.

갓 결혼한 닥터 본하이머와 그의 아내 닥터 아니타 본하이머 바흐는 다정히 손잡고 아름다운 정원을 거닐었다. 신혼부부의 얼굴에는 사랑이 담뿍 담겨 있었다.

카메라맨들은 밤새도록 설치한 카메라 선로 위를 오가며 신혼부부의 애정행각을 찍느라 여념이 없었다.

오늘의 녹화를 위해서 우리들이 베개에 고개를 처박고 침대 위를 뒹굴면서 달콤한 잠에 빠져 있는 동안 젊은 기술자들은 열심히 일했을 것이다.

날이 이렇게 밝을 땐 조명기사들은 할 일이 없었다. 그들 일을 칠월의 뜨거운 태양이 대신해주기 때문이었다.

"날씨가 정말 좋아요, 그렇죠 다알링?" 아니타가 남편 어깨에 머리를 기대며 교태 섞인 달콤한 목소리로 물었다.

신랑이 신부의 말을 넉넉한 웃음으로 받아주었다.

"우리 여행에 딱 어울리는 날씨구려."

"우리의 미래도 이처럼 밝았으면 좋겠어요." 닥터 아니타 본하이머 바흐 여사가 들풀 가지를 뜯으며 애교 있게 말했다.

"십 년 후에도 오늘처럼 우린 사랑할 수 있을까요?"

"당연하지, 내 사랑." 잘생긴 의사는 기쁨을 감추지 못했다.

"그렇겠죠? 죽는 날까지 난 당신을 사랑할 거예요!"

당신은 나쁜 인간이야.

"내가 지금 뭘 소원했는지 아세요, 다알링?"

"아니. 모르지만 상관없소. 난 당신이 원하는 건 뭐든지 다 해줄 작정이오."

난 당신의 그런 배려 따위 원치 않아.

"난 당신의 아이를 원해요." 아니타가 속삭였다. "적어도 여섯은 낳을 생각예요." 그녀는 뭔가 골똘히 생각하다가 혼자 킥킥 웃었다.

"나도 당신의 아이를 원하오! 내 사랑! 그런데 난 당신 닮은 아이를 더 많이 낳고 싶은데!" 닥터 본하이머가 두 손으로 아내의 얼굴을 조심스럽게 감싸안으며 그녀 입술에 자기 입술을 포개고 진하게 키스했다.

더 이상 진도 나가면 안돼.

"내가 지금 뭘 원하는지 알아요?" 아니타 목소리가 교태로웠다.

아니타는 주변을 둘러보았다.

카메라맨들을 제외한 분장사들과 새로운 동료들 그리고 기술자들은 신혼부부의 애정행각 따윈 아랑곳하지 않았다.

구스타프조차도

그들은 자기들끼리 있고 싶어했다.

방해받지 않고 자기들끼리만.

"원하는 게 뭔데? 내 사랑, 말해보구려."

"전 지금 당장 당신의 아이를 만들고 싶어요, 프랑크."

이본네가 이런 나를 얼마나 증오하는지 당신은 알 거야. 나는 누구든 내 것으로 만들 수 있어. 누구든.

“여기서? 지금? 당장?”

“그래요, 다알링. 지금 당장. 여긴 우리 둘뿐이잖아요”

아니타가 남편을 풀숲으로 이끌었다.

난 슬쩍 동료들을 살펴보았다. 몇몇은 풀밭에 앉아 있고, 몇몇은 나무에 기대어 있었다. 뚱뚱한 파울과 에버하르트는 울타리에 기대고 앉아서 카드 놀이에 열중하고 있었다. 울리케는 미소를 띤 얼굴로 순모담요 위에 혼자 앉아 있었다.

자업자득이지. 벌받아 마땅해. 꿀밤이나 한 대 먹여줄까보다.

“난 당신 아이를 갖고 싶어요, 프랑크. 내가 얼마나 아이를 원하는지 당신은 알아야 한다구요”

“하지만 오늘 저녁이면 우린 아이를 만들…….” 반은 내가 잡아끌고 반은 그 사람 의지로 쓰러졌다.

“싫어요, 지금 당장. 프랑크, 키스해줘요”

해. 빨리, 지금 당장. 여기서 내게 키스를 하란 말이야!

내가 당신을 얼마나 증오하는지 남들은 모르겠지만 당신은 아마 잘 알고 있을 거야.

계집아이의 복수. 에필로그

유스투스가 키스했다.

카메라가 우리 뒤를 따랐다.

“하지만 아니타! 사람들이 올 수도 있잖아!”

“프랑크? 당신의 이런 모습…… 이해할 수 없어요! 내게…… 그만큼 냉담하다는 거예요?”

아니타가 남편 옷을 벗겼다. 그녀는 남편 가슴에 난 털을 쓰다듬다가 그 위에 뜨거운 키스를 퍼부었다. 잠시 후에 그녀의 블라우스와 브래지어가 수풀 속으로 던져지고, 두 사람의 가쁜 숨소리와 키득거리는 소리가 이어졌다.

그때 버스 한 대가 갈퀴로 대충 고른 주차장으로 들어섰다.

그들이 애정행각을 벌이는 현장 근처였다.

잠시 후에 버스 문이 열리고 병원 식구들이 뜨거운 숲으로 쏟아져 나왔다.

"아이고, 세상에. 참말로 아름답네!" 수간호사 로레 레셜리히가 오색찬란한 양산을 펼쳐들며 감탄사를 연발했다.

"여기에 따라오자고 한 당신 생각은 정말 멋졌어!" 그레텔 주프가 사과를 한 입 베어물며 카메라에 대고 말했다.

"신랑 신부는 우리가 따라온 걸 상상도 못할 거야!"

"어쩌면 이 근처에 있을지도 몰라?"

"우릴 보면 놀라서 눈이 동그래지겠죠?" 닥터 게르노트 미스마허가 즐거워했다.

"상상도 못할 거야! 누구 배드민턴 가져온 사람 없어요?"

"나요!" 엘비라 메르케니히가 소리쳤다. 그녀는 이미 배드민턴 채 두 개와 셔틀콕을 들고 있었다. 두 사람은 곧바로 배드민턴을 치기 시작했다.

유스투스가 나를 넘어뜨리고 남성적 욕구를 만끽하는 동안만이라도 셔틀콕이 우리 주변으로 떨어져서는 안되는데…….

어쨌든 이번 소풍은 오백만 노인 팬들을 즐겁게 할 것이다!

"저것 봐, 숲 속에 뭐가 있나 봐!" 에이즈 환자인 닥터 크리스토프가 잔기침을 뱉어내면서 말했다.

"저기 뭐가 움직인다!" 울리케가 소리쳤다.

사람들이 유스투스와 내가 격정적으로 뒹굴고 있는 숲 주변으로 모여들었다.

나는 구스타프가 이쯤에서 "흘러넘치고 있군"이라고 말해주기를 기대했다. 그가 나를 방치하는 바람에 난 사실 오랫동안 버둥거려야 했다.

"쉿! 여기 다친 짐승이 있나 봐!" 항상 자기 마누라를 속이고 암거래를 하는 닥터 진 마리 와그너가 작지만 힘있는 소리로 말했다.

"관리인을 불러야 되겠어요" 엘비라 메르케니히 미스마허가 숲 속에 떨어진 셔틀콕을 찾으면서 말했다.

조용히 해, 이 여자야. 지금 유스투스가 사랑 만들기를 하고 있단 말이야. 각본상 우리는 만족스럽게 일을 끝낸 거야. 솔직히 난 지루했지만.

"이제 우리 일어나요!" 나는 스트라이트아커의 등을 떠밀었다. 그런데 그가 느닷없이 나를 거칠게 끌어안으면서 면도를 하지 않아서 수염이 거칠거칠한 얼굴로 내 얼굴을 으깨어버릴 것처럼 달려들었다.

"이런!" 엘비라 메르케니히 미스마허가 소리치면서 사람들에게 손짓했다.

"신랑 신부가 여기에 있어!"

카메라가 우리 머리 위에서 움직였다.

나는 유스투스에게 바짝 달라붙어서 땀으로 축축해진 그의 겨드랑이에 머리를 기댔다.

새내기 신랑, 유스투스가 자기의 폴로 티셔츠로 나를 가려주었다. 그는 처세를 잘하는 사람이었다. 그는 이런 난처한 상황에서 어떻게 행동하는 것이 신사다운지 잘 알고 있었다.

스무 개의 눈동자가 우리가 뒹굴던 자리를 쭉 훑어보았다.

특히 뚱뚱한 울리케는 마땅찮은 눈초리였다.

이미 주사위는 던져졌어. 다 드러난 거야. 못된 망아지는 기둥에 묶어놔야 하는데. 한 대 쥐어박든지.

<우리들의 작은 병원> 499회분 녹화는 이렇게 끝났다.

"컷. 그만. 고맙소." 구스타프가 메가폰에 대고 말했다.

"수고들 했소"

구스타프는 어슬렁어슬렁 걸어서 캠핑 카로 들어가더니 등뒤로 문을 닫아버렸다. 잠시 후 캠핑 카는 떠났다.

그날 밤 나는 소리없이 문을 열고 조용히 방을 빠져나왔다. 복도는 어둡고 텅 비어 있었다. 공기는 상큼했다. 누가 휘저은 흔적이 없었다.

노란 레인코트도, 문 밑에 밀어넣은 쪽지편지도 없었다. 비수를 품은 유스투스가 숨어 있지도 않았다.

방을 나오기 전에 나는 수화기를 조심스럽게 내려놓았다.

층계가 삐걱거리지 않게 살금살금 도둑걸음을 걸었다.

이런, 샬로테! 도대체 무슨 짓을 하려는 거야!

넌 그 나이에 아직도 정신을 못 차렸구나.

캠핑 카는 바깥 주차장에 세워져 있었다.

새벽 세시 십분. 난 내가 뭘 원하는지도 사실 잘 몰랐다. 알 수 없는 힘이 나를 자꾸 구스타프 쪽으로 내몰았다. 어쨌든 한번은 그를 만나서 얘기를 해야 할 것 같았다. 묻고 싶은 게 너무 많았다.

이번 한번뿐이라고 다짐했다.

달은 성 위에 떠서 동화 같은 풍경을 엷은 금빛으로 감쌌고, 은은한 조명도 동화 같은 분위기를 만드는 데 한몫 했다.

나는 호텔 전면을 올려다보았다.

호텔 건물 전체는 어둡고 고요했다.

유스투스가 탑 위에 올라서서 뛰어내릴 준비를 하고 있지도 않았다.

숲 속에 노란 레인코트가 숨어 있지도 않았다.

캠핑 카가 달빛을 받으며 조용히 서 있었다.

나는 도둑처럼 캠핑 카로 몰래 다가갔다.

나는 꼭 몽유병자 같았다.

하지만 난 깨어 있었고, 내가 무슨 짓을 하고 있는지 잘 알고 있었다.

나는 문을 살짝 두드렸다.

아주아주 약하게.

그런데 문이 살며시 열렸다.

문은 애초부터 잠겨 있지 않았다.

구스타프는 긴 의자에 누워 있었다.

"들어와. 당신이 오길 기다리고 있었소" 잠든 줄 알았는데 그가 속삭였다.

554

그가 더듬거리는 내게 손을 내밀었다.

나는 어둠에 익숙해질 때까지 기다렸다. 캠핑 카 실내공기가 나를 편안하게 만들어주었다. 오랫동안 덮고 잔 내 이불 냄새 같은 편안함.

그가 내 손을 자기 쪽으로 잡아끌었다.

나는 그가 누웠던 의자에 엉덩이를 들이밀었다.

우린 서로 오랫동안 말을 못했다. 그저 말없이 손을 잡고 앉아 있었다.

같이 있으면서 몇 시간이고 말없이 있어도 편안한 사람은 이 세상 천지에 구스타프 한 사람뿐이었다.

물론 남편, 역시 몇 시간씩이나 아무 말 없이 같이 있기는 했다. 하지만 남편은 그때마다 뭔가를 읽고 있거나 잠을 자거나 했다. 지금의 이런 침묵과는 차원이 달랐다.

"어려웠소?" 결국 구스타프가 입을 열었다. 그건 몇 날 아니 몇 주 동안이나 말없이 지낸 사람의 목소리였다.

"뭐가요?" 내가 반문했다.

"여기 오는 게 말이오"

"예. 제 자신과 좀 싸워야 했어요 그런데 당신이 제게 올 수도 있었잖아요?"

"당신한테 가고 싶었지만 당신을 찾는 사람이 있는 것 같아서…… 당신 주변에는 늘 누군가가 맴돌고 있기 때문에." 구스타프가 말했다.

"미안해요. 하지만 저도 어쩔 수 없었어요"

샬로테, 네가 해결할 수 있었어. 잘 알면서 시침떼지 마.

"오는 동안 아무도 없었소?"

"예. 그런 것 같아요"

"누군가에게 감시를 당하고 있다는 것은 무시무시한 일이오" 구스타프가 말하면서 헛기침을 했다. "난 그런 걸 감당하지 못하오"

"길모퉁이에 서 있는 노란 레인코트를 발견할 때면 난 미쳐버릴 것 같아요." 내가 응수했다.

"그 사람이 새끼손가락을 내밀기라도 했었소?" 구스타프가 준엄한 목소리로 물었다. "그런 사람은 그렇게 못할 거요."

"그가 내게 새끼손가락을 내밀었어요. 나도 그를 받아들였구요. 그래도 결과는 똑같아요." 내가 말했다.

"그랬었군." 구스타프가 말했다.

그를 좋아했던 적은 있었어요. 하지만 그가 그렇게 허풍스런 인간인 줄 몰랐죠. 난 그 사람의 겸손한 모습이 좋았어요.

우리는 다시 침묵 속으로 빠져들었다. 서로 손을 꼭 잡은 채.

"구스타프?"

"음?"

"무슨 일 있으세요?"

구스타프는 말이 없다가 한마디 했다.

"내가 알 수만 있으면 좋겠소."

혹시 내가 구스타프에게 마법장난을 했었나? 실수로? 나도 모르게? 나를 그렇게 철저히 다잡았는데도 불구하고?

나는 구스타프에게 우연한 일을 계기로 나를 사랑하게 되었는지 물어볼 수가 없었다. 그에게 도저히 그런 질문을 할 수 없었다! 돈 되는 일도 아닌데!

"비스바덴에서 왜 그렇게 떠나셨어요?" 나는 묻고 말았다. 더 이상 가슴에 묻어둘 수 없던 질문이었다.

"난 여벌 같다고 느꼈소! 당신 주위엔 많은 사람들이 있소."

"뭐라구요? 그 이유였어요? 당신이 여벌처럼 느껴졌다구요? 당신은 제 침대에서 잠을 잔 사람예요!"

"난 안 잤소. 깨어 있었소. 당신은 까마귀에게 욕설을 퍼부었지." 구스타프가 직설적으로 말했다.

어둡긴 했지만 난 그가 웃고 있다고 생각했다. "그런데 그 새는 지빠귀였소."

“그래서요? 지빠귀든 까마귀든 까치든 그건 상관없어요 중요한 건 당신이 다음날 아침에 사라졌다는 거죠!”

“사실 난 그날 자느라고 당신 공연을 보지 못했소!” 구스타프가 말했다.

“당신은 잘 사람이 아닌데요?”

“난 밤에 잠을 자지 않소 그런데 하필 그날 저녁에 잠이 들었던 거요. 난 나 자신에게 몹시 화가 났었지.”

“전 당신에게 화나지 않았어요 그게 중요한 거죠” 난 그의 말허리를 끊었다.

“수다스런 할망구 같으니!” 구스타프가 중얼거렸다.

난 이 사람의 이런 말투가 정말 좋았다! 난 그가 내 손을 놓을까봐 걱정스러울 뿐이었다.

“당신이 까마귀를 향해 욕설을 퍼부은 뒤로 난 잠을 잘 수가 없었소”

“당신은 지빠귀였다고 그랬어요”

“지빠귀도 있었지. 그래, 그건 지빠귀였소 소리 높여 우는 새는 지빠귀거든.”

“저도 알아요. 지빠귀에 대해서 설명하실 필요 없어요. 그 소리가 얼마나 높은지 저도 안다구요 그래서요? 그 다음은 어떻게 된 거예요?”

“나는 내 캠핑 카로 갔소 면도라도 하려구. 그땐 벌써 여섯시 반이었소 면도를 끝내고 신선한 빵을 사다가 당신을 아침식사에 초대할 생각이었소”

캠핑 카에서 그와 아침을 먹을 수 있었다는 것만 생각해도 난 피가 끓었다.

“그랬어요? 그런데? 까치가 당신 자동차에 똥이라도 싸놓았던가요?” 난 화가 나서 소리쳤다.

“쉿! 큰 소리로 말하지 마! 당신 스토커가 나타나서 한 대 쥐어박으면 어쩌려고!”

나는 웃음이 나왔다. 구스타프가 저렇게 무서워하다니!

"좋아요! 당신은 면도하러 갔어요. 그리고요?"

"난 그때 노란 레인코트 스토커가 호텔 뒤로 사라지는 것을 목격했소."

"그럴 리가 없어요!"

"쉿! 당신은 사람들을 모두 깨울 작정이오?"

"그래서 어떡하셨어요?! 그래서 그 사람을 쫓아가서 한 방 먹였어요? 그 못된 인간을? 남자 대 남자로? 그리고 분명하게 말해주었나요?"

"아니. 그건 내 스타일이 아니오. 난 곧바로 차에 시동을 걸고 그 자리를 떴소."

"면도도 하지 않은 채 말이죠?"

"면도도 못했지. 그날 내내 면도를 못했소."

"그렇군요. 그게 당신 스타일이군요. 면도하지 않고 숨어버리는 게. 당신을 좋아해서 내가 무슨 짓을 하거나 말거나 그리고 내가 당신을 기다리거나 말거나 당신은 면도하지 않고 떠나버리는 게. 내가 하루 온종일 폐지처럼 도시를 헤매고 돌아다닌다 한들, 그리고 내가 면도를 못한다 한들 당신이 무슨 상관이겠어요!"

"당신도 면도를 하나?"

"그게 당신하고 무슨 상관이에요?"

"젊디젊은 유스투스가 비스바덴에 있는 당신을 만나길 원한다면 난 방해하고 싶지 않았소."

"아하, 구스타프! 당신은 어떤 상황인지 잘 알고 있잖아요. 그가 허풍을 떨지만 않으면 난 그 사람을 좋아해요."

"그 사람이 허풍떨지 않을 때도 있나?"

"가끔요."

난 우쭐해졌다. 유스투스가 겸손할 때도 있다고 주장할 사람이 누가 있을까? 사적인 자리에서 자연스럽고 겸손하고 솔직하게 애기할 사람이?

"구스타프 우리 유스투스 얘기는 그만둬요. 얘기해서 좋을 게 뭐가 있어요."

"일단 당신은 혼란스런 감정을 추스르도록 해요. 그런 다음이면 혹 나를 받아들일 여유가 생길지 모르지." 구스타프가 슬픈 목소리로 말했다.

"구스타프!" 나는 애가 타서 그를 불렀다. 그 어느 때보다도 더 난 지금 이 순간의 그를 사랑했다. 나는 그의 어망 속에 갇혀서 퍼덕이는 한 마리의 물고기였다. 또 그러고 싶을 만큼 그를 사랑했다. 어쩌면 난 나의 정신적 혼란을 추스르고 싶지 않은지 모른다. 삶이 권태로울까봐 두려워서!?

"앞으로 어떻게 될까?" 나는 대책도 없이 내뱉었다.

"나도 자나깨나 그 생각이오."

"그래서 몇 주일씩이나 잠적하셨던 거예요?"

구스타프에게 어울리는 행동이야. 그가 누군가에 대해 생각할 때면, 그는 잠적해버리는 거야. 유스투스가 누군가에 대해 생각할 때면, 그는 밤마다 그 사람의 방문을 두드리거나 쪽지편지를 문틈으로 밀어넣고 유스투스는 자기가 관심 있는 사람이 다른 누군가와 얘기만 해도 화가 나는 거야.

남자들은 참 묘해.

'여자, 난 당신을 사랑합니다'라고 명쾌하게 얘기할 수 있는 남자는 왜 하나도 없을까?

왜 남자들은 그렇게 희한한 장난을 해야만 할까? 그게 소위 말하는 남자들의 명예고 자존심이라는 걸까? 그저 겸손하고 자연스럽고 솔직하게 자신의 감정을 보여줄 수는 없는 걸까?

한 남자는 두엄더미 위에 올라선 수탉처럼 거드름 피우다가 스스로를 점점 더 우스꽝스럽게 만들었어.

꼬끼오, 난 처세에 능한 남자다.

또 한 남자는 목을 한껏 움츠려 단단한 껍질 속으로 숨어버리고 나서는 그 어떤 유혹에도 목을 내밀 생각을 하지 않지.

두 사람은 놀랍도록 힘들게 살아간다는 점에서 한치의 차이도 없어.

아니, 잠깐 에른스트베르트는 또 어떤 남자야.

하지만 그는 희한한 장난을 하지 않는 솔직한 남자였어.

그는 누가 무슨 말을 해도 모욕감을 느끼거나 상처받을 사람이 아냐. 그는 말로든 행동으로든 사람들을 자기 쪽으로 끌려고 하지 않아. 그는 나를 찾아와서 나와 사귀고 싶다고 직접 통고하고 내게 생각할 시간을 주겠노라고 말하지. 자기 생각을 이미 행동으로 옮기면서. 그는 자신을 과장하지도 않고 겸손하고 솔직한 사람이야.

그렇게 우리는 다시 시작할 수도 있었는데.

그렇지만 남편에겐 아직 때가 오지 않았어.

"당신 모노드라마는 대성공을 거두었소. 그만큼 성공한 사람도 드물지." 구스타프가 말했다.

"'성공'이란 게 도대체 뭐죠? 난 누구에게도 피해를 주고 싶지 않았어요. 난 그저 뭔가를 시도해보았을 뿐이에요! 다행히 성공을 거둔 거구요. 당신이 도와줬기 때문에. 당신 도움이 없었다면 내 드라마는 그다지 훌륭하지 못했을 거예요. 제가 당신한테 감사 표시를 했던가요?"

"뭐가 감사하단 거요?"

"당신과 함께했던 아름다운 시간들, 그리고 제게 가르침을 주신 많은 것들에 대해서요."

"당신은 재능도 있고 운도 따랐소. 당신은 장차 자기의 길을 혼자 힘으로 가게 될 거요. 이젠 더 이상 <우리들의 작은 병원>이 필요치 않을 거요. 언제가 될지 모르지만 당신은 곧 '작은 병원'에서 떠나게 될 거요."

"아뇨 구스타프 무슨 소리를 하는 거예요! 전 칠 년이 넘는 세월 동안 그 드라마와 함께했어요! 나는 내 직업을 사랑하죠! 나는

아니타 바흐 역할이 좋아요! 아니타 바흐는 곧 나예요! 난 <우리
들의 작은 병원>이 좋아요! 난 더 이상 외롭게 지내고 싶지 않단
말예요!”

“그래요. 나도 잘 알고 있소 당신처럼 <우리들의 작은 병원>
을 사랑하는 사람도 드물지. 허나, 그렇더라도 말이오” 구스타프
가 우수에 찬 목소리로 말했다.

“당신은 조만간 그만두게 될 거요. 아니타 바흐는 죽게 될 거
요”

“구스타프! 싫어요! 아니타 바흐를 죽이지 마세요! 난 이 생활이
계속 되길 원해요!”

“당신은 언젠가 떠나게 될 거요 내가 잘 알지.” 구스타프가 말
했다.

구스타프는 항상 현명했다. 이 문제로 더 이상 왈가왈부하지 않
는 편이 나을 것 같았다. 그러기엔 그와 함께 보낼 짧은 시간이 너
무도 아까웠다. 난 이것이 우리의 마지막 순간이 되리라는 것을
너무도 잘 알고 있었다.

“구스타프?” 난 걱정스럽게 물었다. 우리는 여전히 손을 잡고
있었다.

“왜?”

“당신 혹시…….”

“뭐?”

“아녜요. 아무것도”

“샬로테?”

“예?”

“내가 흥분했었소 그래서 기분이 좀 좋지 않아.”

우리의 침묵은 어둠 속으로 잦아들었다.

“우린 서로 그랬었군요” 결국 내가 먼저 말문을 열었다.

자, 이제 알겠지요 당신은 내가 마력으로 유혹하지 않은 유일
한 사람이라는 것을.

오히려 당신이 나를 휘어잡았어요.

늙고 난폭하고 무쇠 같은 당신이라는 남자가. 깊이 있고 넉넉하고 아름다운 영혼을 간직한 사람이기 때문에.

"우린 서로에게 아무런 도움이 되지 못해." 구스타프가 슬프게 말했다.

난 그의 손을 더듬었다.

"아뇨. 난 알고 있어요."

"당신은 유부녀고, 난 보잘것없는 늙은이야."

"그래요. 난 유부녀예요."

"난 당신 아버지일 수도 있소." 구스타프가 이상한 소리를 했다.

난 어색해서 어깨를 으쓱였다.

"그래요? 내 아버지라고요?" 나는 씩 웃으며 말했다. 내 심장이 심하게 두방망이질 하는데도 불구하고.

"모르지. 그걸 내가 어떻게 알겠소. 아버지란 언제나 불분명한 거야."

"그래서…… 내 어머니, 그레테에게 죄진 게 있어서 내게 그 역할을 맡겼던 건가요?"

"그레테가 누군데?"

"나쁜 사람."

대화가 끊겼다. 그가 내 손을 쓰다듬었다.

세상에, 난 이 사람 어디가 그렇게 좋았을까!

"우리가 서로 닮았다고 생각하세요?" 내가 마침내 물었다.

"아니, 전혀."

"어디 봐요. 나 역시도 그렇게 생각해요."

"당신 남편은 정말로 멋있는 남자야." 구스타프가 급작스럽게 말을 했다.

"우린 많은 얘기를 주고받았소."

"그래서요?"

"그 사람이라면 다시 한번 시도해볼 만해." 구스타프가 말했다.

“한번 해보죠.” 내가 말했다.

그 사이 달도 구름 뒤로 슬며시 모습을 감췄다.

밖은 칠흑같이 어두웠다.

우리 둘은 서로 입을 다물고 있었다. 무슨 할 말이 있을까?

우리는 어둠 속에 앉아서 서로의 손을 잡고 있었다. 모든 얘기는 끝났다.

“이제 그만 가야 될 것 같소.” 구스타프가 말했다.

캠핑 카는 침묵을 지키고 있었다.

“그래요. 갈게요.”

아무런 소리도 들리지 않았다.

새들도 지저귀지 않았다.

혹시 나만 못 듣고 있나?

“구스타프! 지금 우는 거예요?”

대답이 없었다.

나는 그의 손에서 내 손을 빼내어 그의 얼굴을 어루만졌다.

얼굴이 눈물로 젖어 있었다.

“구스타프! 사랑하는 구스타프! 울지 마세요! 나 때문에 제발 눈물 흘리지 마세요!”

나는 정신없이 구스타프의 얼굴을 닦아주었다.

“늙은이가 감상에 한번 빠지게 내버려둬.” 구스타프가 잠긴 목소리로 말했다.

나도 엉엉 소리내어 울었다.

샬로테, 이제 정신 좀 차려. 자업자득이야!

“구스타프! 제발, 제발 날 믿어요! 그 모든 건 내가 원했던 게 아니에요!”

“아냐. 난 아냐. 정말 아니라구.” 구스타프가 말했다.

달이 다시 구름 밖으로 나왔다. 그 달은 마치 이젠 돌아가라고 독촉이라도 하는 듯했다. 우리의 시간은 다 지나가버렸다.

하지만 나에게는 꼭 확인해야만 할 일이 하나 남아 있었다.

“구스타프, 전 곧 가야 해요. 하지만 당신께 한 가지만 물어봐야겠어요. 그러니까 언젠가…… 구스타프, 이건 중요한 일이에요. 내 눈을 똑바로 보세요. 내게 아주 중요한 문제란 말예요.”

“그런데?”

우리는 또다시 까치와 지빠귀의 차이를 두고 옥신각신할지도 모른다.

“언젠가, 언젠가 말예요, 잘 생각해보세요! ……그러니까 언젠가, 무엇을, 어떤 물건을 말하는 거예요. 예를 들어서 만년필이랄지 올리브, 아니면 드라마 대본, 아니면 젖은 양말이랄지, 지빠귀 똥이랄지…….”

“또 새 얘기요? 한번 붙어보겠소?”

“그만 해요, 구스타프. 우리가 서로의 눈을 쳐다봤을 때, 뭔가 떨어졌었나요?”

“우리가 서로의 눈을 쳐다본 적도 있었오? 당신 또 그 사팔뜨기 남자들에 대해서 얘기하자는 거요?”

“구스타프! 좀 진지하게! 잘 생각해보세요. 언젠가 뭔가 땅바닥에 떨어졌는지. 제발요. 아주 중요한 거예요.”

“그 성질. 당신 성격은 말야, 뉴욕 증권시장의 달러가치보다도 더 바닥에 떨어졌어.”

“구스타프! 뭔가 바닥에 떨어졌냐고요?! 잘 기억해보세요!”

“아니, 없소.” 구스타프가 잠시 생각한 후에 대답했다. “도대체 뭐가 떨어졌단 말야.”

“뭔가 땅에 떨어져서 한 남자의 눈을 들여다보게 되면 언제나 제겐 난처한 일이 벌어지거든요.”

“어떻게? 당신한테 난처한 일이라니? 믿을 수 없어.”

“아무것도 아녜요. 당신한테는 떨어진 게 아무것도 없었던 거, 확실한 거죠? 예를 들어 여행용 치약이랄지 아니면 담뱃재라든지?”

“아니. 전혀 모르겠어. 수다스런 할망구 같으니. 내가 당신을 왜 사랑하는지 아오? 뭔가가 떨어져서가 아니야. 그건 말도 안되는 소리지. 당신 말대로 나도 당신과 있으면 조금도 지루하지 않기 때문이오. 그 이유였던 거요.”

“그렇게 말해주니 고마워요.” 내가 말했다.

“이제 더 이상 불장난하지 말도록 해요. 알아듣겠소? 그건 온당치 못한 일이오. 당신은 모든 것을 다 태울 때까지 불장난을 하려 하고 있소. 자 이젠 일어나요.”

“미안해요.” 나는 작은 소리로 중얼거렸다.

“이제 드디어 가는 건가? 늙은이는 안정이 필요하다오.”

“그래요. 지금 갈 거예요. 헤어지는 마당에 부탁 한 가지 해도 되겠어요?”

“내가 뭘 하나 떨어뜨리라고?”

“아녜요. 당신은 아녜요. 다른 거예요. 우리가 헤어질 때 한 번만 와이퍼를 켜줘요. 예? 딱 한 번만!”

“또 나하고 다시 말싸움하자는 건가?”

“제발, 구스타프 이번 한 번만요. 그 슬픈 노래가 듣고 싶어서 그래요.”

구스타프가 일어나서 와이퍼를 켰다.

와이퍼가 움직였다. 쓱— 싹 쓱— 싹. 늙고 외로운 방랑자의 슬픈 노래였다. 그는 항상 고독했다. 남은 생애도 그렇게 고독하게 지낼 것이다.

“구스타프? 당신과 함께 했던 시간들에 감사해요. 매순간이 제겐 축복이었어요. 전 평생 당신을 잊지 못할 거예요.”

“수다스런 할망구 같으니.”

우리는 서로를 끌어안았다.

그리고 난 그곳을 떠났다.

남편의 변신

한낮이 되어서야 기차가 쾰른 역에 도착했다.

나는 차창을 통해 남편의 변모를 확인했다. 가슴이 콩콩 뛰었다.

남편은 정말 새롭게 다시 시작하고 싶은 걸까?

나 역시도 우리 부부의 관계가 새로워지기를 원하고 있지만 그게 그렇게 쉬운 일일까?

남편이 아이들을 데리고 플랫폼에 서 있었다. 아주 늘씬하고 스포티한 모습이었다. 평범한 스웨터에 넓은 가죽벨트를 맨 진바지 차림에 운동화를 신은 모습이 모델 같았다. 정말 내 남편, 에른스트베르트 맞나?

쌍둥이들은 그 사이에 좀 크고 말라 있었다. 머리를 짧게 깎은 아이들은 아빠와 비슷했다. 특히 베르트가.

내 남자들! 나는 서둘러 기차에서 내린 다음 짐을 벗어던졌다. 우리는 서로 목을 껴안았다.

"엄마, 엄마! 우리 아빠랑 같이 캠핑 카 타고 여행했다! 디즈니랜드에 갔었어!"

"디즈니랜드? 미국까지?" 나는 남편을 쳐다보면서 사실인가 눈으로 물었다.

"파리에 있는 디즈니랜드에 갔었어. 당신을 찾아갈까 하다가 당신에게 생각할 시간이 필요한 것 같아서 포기했어."

동료들이 우리 곁을 지나갔다.

어떤 이들은 웃으면서, 어떤 이들은 무표정하게.

게르노트 미스마허와 엘비라는 그냥 지나쳤다. 아드리안이 그녀를 마중 나왔음에도 불구하고 엘비라는 무표정했다.

야간근무 간호사 베르트힐트는 웃었다.

껑충걸음을 걷는 피아는 정겨운 웃음을 건넸다.

"좋으시겠어요. 기차역에서 가족들이 상봉하는 모습은 언제나 아름다운 한 폭의 그림 같죠." 울리케가 따뜻하게 웃으며 말했다.

유스투스가 우리 곁으로 다가왔다. 예의 주시하지 않았다면 그냥 지나칠 수도 있었을 텐데. 유스투스는 처세에 능한 사람이어서 기껍게 남편에게 악수를 청하고 아이들 머리를 쓰다듬어주기까지 했다. 아무 일도 없었던 것처럼 자연스럽게. 그는 역시 배우였다.

"헤이? 장난꾸러기들! 남티롤에 있는 우리 집엔 언제 올 거지? 우리 호텔에는 너희들이 원하는 것은 뭐든지 다 있단다! 말, 닭, 트랙터, 나무 오두막집 그리고 모래밭도 있어!"

"유스투스 아저씨가 직접 만드신 거래! 아름드리 나무를 직접 베어서 말이야!" 내가 중간에 끼어들었다.

"아줌마도 아주 좋단다." 유스투스의 웃음소리가 역 안에 쩌렁쩌렁 울렸다.

"아줌마, 형, 누나들은 너희들이 빨리 오기를 기다리고 있단다!"

"엄마! 우리 남티롤에 있는 아저씨 집에 가고 싶어!"

"가요! 우리 지금 가!"

아이들이 내 팔을 잡아끌었다.

남편이 웃었다.

"초대해주셔서 감사합니다! 한번 생각해보겠습니다!"

유스투스는 연신 큰 소리로 웃었다.

"제발 저의 초대를 받아주십시오 하지만 너무 오래 생각하지 마십시오! 방이 다 예약될지도 모릅니다!"

영락없는 배우야. 연기 하나 끝내주는군. 둘째가라면 서럽겠어.

"안녕히 가세요, 유스투스 여름 잘 지내세요 부인께 안부 전해주세요."

"예. 그러죠 잊지 마시고 저희 집에 꼭 오세요!"

나는 의혹의 눈초리로 그를 바라보았다.

그는 큰 소리로 호쾌하게 웃었다.

우리는 곧 기차역을 떴다.

동화 같은 여름이었다. 가족과 지내는 여름, 우리는 책 속에 나오는 주인공들처럼 여름을 지냈다. 처음이었다.

우리 가족은 칠 주를 함께 지냈다.

남편이 가족을 위해 자기 시간을 쪼개준 적이 한번도 없었기 때문에 그렇게 지내보긴 처음이었다.

삼 주는 집에서 지냈다.

집에서! 여행이 잦은 사람들에게 집은 정말 좋은 곳이었다. 건물이 아니라 집안에서의 삶이란 의미에서의 집이란 단어 자체도 정겨웠다.

그동안 남편은 아무것도 읽지 않았다! 여름 내내! 내 일에 대해서 비난도 하지 않았다. 쓸데없는 일을 하면서 세월을 보내는 직업이라고 천대하지도, 내 일터를 유치원에 비유하지도 않았다. 그리고 예전에 나를 부려먹던 사소한 일도 자기가 알아서 스스로 해결했고, 집기를 다루는 솜씨가 보통이 아니었다. 남편의 그런 모습을 난 감히 상상도 못했었다.

과거에 남편은 찻잔 하나도 개수대에 갖다놓은 적이 없었다. 밤에 침실로 들고 들어온 찻잔은 다음날 아침이면 으레 침대 옆에 놓여 있었다. 내가 치우지 않으면 일주일이 지나도 그 자리에 그대로 있었다. 찻잔 하나는 두 개가 되고, 두 개는 세 개가 되고 그러다 급기야 열다섯 개의 찻잔이 침대 옆에 쌓인 적도 있었다. 찻잔에 곰팡이가 필 때까지. 남편은 자기가 먹은 찻잔을 그렇게 방치했다. 나도 맘만 먹으면 남편이 마신 찻잔을 그렇게 방치할 수 있었다.

그는 자기 행동이 잘못됐다고 생각하지도 않았다.

수건을 사용하는 것도 그랬다. 남편은 자기가 사용한 수건을 바닥에 아무렇게나 집어던졌다. 자기가 집어던진 수건을 밟지 않으려고 건너다니기는 해도 그걸 세탁물 바구니에 집어넣을 생각은 아예 하지 않았다. 바닥에 떨어진 수건을 세탁물 바구니에 집어넣는 일은 당연히 여자인 내 몫이었다. 여자들에게 손이 왜 달려 있는데? 남편들이 사용하고 나서 던져놓은 수건을 집어서 세탁물 바구니에 넣으라고 있는 손이고, 그 수건을 세탁물 바구니에서 꺼내서 세탁하라는 손이고, 빨랫줄에 수건을 널라는 손이고, 마른 수건을 다시 걸으라는 손이고, 걷은 수건을 단정하게 개켜놓으라는 손이고, 단정하게 갠 수건을 서랍장에 잘 정리해놓으라는 손인데? 그런 손을 가진 여자들이 있는데 남자들이 왜? 남자들이란 여자들이 정리해놓은 서랍장에서 수건을 꺼내서 한 번 사용하고 집어던져놓으면 되는 것이다.

결혼 후 내 실체는 사라져 이 세상에 없는 존재가 되어버렸다. 난 그저 에른스트베르트의 아내일 뿐이었다. 난 칠 년이란 세월을 그렇게 살았다. 내가 아닌 나로. 평범한 아줌마들은 이 세상 어디에서나 쉽게 찾아볼 수 있을 것이다. 어쨌든 이 시대에 결혼이란 불공평한 제도였다.

남편은 일에 대한 지속적인 망상 때문에 컴퓨터나 지침서들을 끼고 음식을 먹는 일이 비일비재했다. 지침서를 읽거나 컴퓨터 작업을 하면서 도중에 틈틈이 음식을 먹었다. 어쩌면 디스켓에게 한 수저, 컴퓨터 자판에게 한 수저, 컴퓨터 본체에게 한 수저, 프린터에게 한 수저, 마지막으로 마우스에게도 한 수저 떠먹이는지도 모르겠다. '맛이 어때!' '흠, 좋아, 좋아!' 마우스는 자기에게 음식을 나누어준 남편에게 보답하기 위해서 컴퓨터 모니터를 통해 멋진 제안을 할지도 모른다.

남편과 컴퓨터는 서로 손발이 척척 잘 맞았다. 어쩌면 사랑으로 똘똘 뭉쳤을지도 모른다. 그래서 빈 접시는 컴퓨터 옆에 놓이게 된다. 하긴 남편이 지나간 자리에는 빈 접시들이 흔적으로 남아 있었다. 지하실에서는 경보기 옆에, 차고에는 리모컨 옆에, 거실에는 시디롬 옆에, 화장실에는 비데 옆에. 화장실에서 남편은 우리처럼 손으로 뒤처리를 하지 않았다. 그에게 시간이란 황금과도 같아서 그럴 시간에 지침서들을 읽으면서 비데에게 그 일을 시켰다.

남편의 작업실은 더 엉망이었다. 우리 집에서 가장 난장판이어서 빤한 구석이 없었다. 책상 위에는 온갖 잡동사니들로 꽉차 있다. 텔레비전이나 프린터, 컴퓨터, 팩스, 전화, 경보기, 복사한 서류들, 자동응답기, 책장, 선반, 그리고 빈 접시들! 발 디딜 틈이 없었다. 사용할 접시가 없어서 빈 접시들을 수거하러 그 방에 들어가면 난 고개를 위로 쭉 뽑아올려야 했다.

나는 벌써 여러 차례 그릇들을 새로 장만했다. 저녁 준비를 하려는데 플라스틱 그릇조차 구경할 수 없었다. 에르니와 베르트가 모두 모래밭으로 가져갔기 때문에.

아이들은 흙을 반죽하고 짓이겨서 뭔가를 만들어냈다. 작품을 만드는데 거품기에서 달걀받침대까지, 프라이팬에서 샴페인 잔까지, 모든 부엌살림들이 다 필요했다. 그런 식으로 모래밭으로 끌려간 부엌살림들은 모래밭에 묻힌 채 영원히 사라졌다.

나는 아이들이 독창적으로 뭘 만드는 것에 절대 반대하지 않는다. 식사하는 동안 아이들이 손가락으로 음식을 지범거리면 수저를 사용하라고 야단치기는 하는데 그런 다음에 아이들 영혼에 상처를 줄까봐 아이들에게 반드시 용서를 구했다.

벤야민이 정리해놓은 집을 남편이 잘 관리해서 온 집안이 삶은 계란의 껍질을 벗겨놓은 것처럼 말끔했다. 그레테가 입버릇처럼 말하던 최고의 상태였다.

요즈음 남편은 단정하고 다정했다. 아이들과 함께 자전거를 타고 시장에 가기도 했다.

오리가 제 새끼들을 이끌고 다니는 것처럼 아이들을 데리고 시장에!

시장에 간 우리 집 남자 셋은 싱싱한 녹황색 채소와 양배추, 버섯 그리고 양념들을 사왔다!

남편은 벤야민과 함께 그걸로 맛있는 요리를 했다.

남편이 벤야민을 도왔다.

나는 그냥 그들 옆에 서 있기만 하면 되었다. 말이 필요 없었다.

벤야민은 요리, 청소, 카펫 손질, 다림질에 능숙했고 침대 시트도 비상하게 잘 씌웠다. 그는 무슨 일이든 척척 해내는 재주 많은 청년이었다!

뭐든 최고로 해내는 장점을 지녔음에도 자신의 장점에 대해서 언급하지 않았다. 묵묵히 일을 해낼 뿐이었다.

벤야민의 일 처리 능력은 탁월했는데, 그 중 최고는 아이들 다루는 기술이었다.

"너희들끼리 들어가서 자거라."

"카세트테이프를 듣도록 해라."

"컴퓨터를 허락 없이 만져서는 안된다."

"할머니 집에 가서 놀아라."

아이들은 이제 그런 얘기를 듣지 않아도 되었다.

벤야민은 아이들과 재미있게 얘기를 주고받았다.

남자 대 남자로! 아이들에게 활과 화살을 만들어주고 종이비행기도 수백 개 접어주었다! 아이들과 똑같이 장화를 신고 아이들과 똑같이 물장난을 했다!

아이들을 데리고 몇 시간씩 산책을 했다!

아이들을 데리고 남편의 벤츠를 청소했다!

그리고 남편은 아이들을 데리고 수영장에 갔다. 가방에 지침서나 경제 매거진 같은 잡지가 한 권도 들어 있지 않았다. 우연히 화장실에 갔다가 나는 깜짝 놀랐다. 내 남편 에른스트베르트가 에르니의 똥꼬를 닦아주는 것을 보았기 때문이었다. 비데가 아니라 자기 손으로 직접. 그런 다음에 변기를 말끔히 훔쳐내더니 화장실 창문을 열어놓았다. 자발적으로! 게다가 화장실을 나오기 전에 손을 씻는 것이었다.

더욱 놀라운 변화는 남편이 수건을 쓴 다음, 본인이 직접 그 수건을 세탁물 바구니에 집어넣는 것이었다!

남편의 변화는 내 상상을 초월했다. 다음날 아침 그 세탁물 바구니는 세탁기 앞에 놓여 있었다! 그것도 빈 것으로!

우리 집안의 변화를 난 아직 받아들이지 못하고 있었다.

꿈은 아닐까! 옷장과 서랍도 마찬가지였다. 옷장 안에 걸려 있는 옷은 모두 다림질까지 된 상태로 정리되어 있었다. 찬장 안 그릇들은 그릇가게에 진열된 그릇처럼 반짝였다. 식탁 위의 꽃병에는 막 피어난 예쁜 꽃들이 풍성하게 꽂혀 있었다!

저녁에 아이들 방에서 낯선 남자 목소리가 들렸다. 익숙지 않은 소리다! 남편이 아이들에게 책을 읽어주고 있었다. 카세트테이프에서 나는 소리가 아니라, 남편의 육성이었다! 아이들은 아빠의 오른팔과 왼팔을 각각 차지하고 있었고 그 바람에 남편 팔 근육이 툭툭 불거져나왔다.

새 빗자루는 원래 잘 쓸리는 법이다.

새 서방이 훨씬 더 나은 법이고

특히 그들이 뭔가를 성취하려고 할 때는.

어쨌거나 나는 마녀장난을 당장 그만두어야만 한다.

남편이 소망을 알리는 방식은 꽃이나 반지, 초콜릿, 세계여행권을 갖다바치는 것보다 훨씬 더 독특했다.

나는 남편 방식에 감동했고 무한한 기쁨을 느꼈다.

그럼에도 불구하고 칠 년여 세월에 걸쳐 망가진 부부애가 단 삼 주 동안의 노력으로 회복되기는 어려웠다.

나는 밤마다 구스타프 꿈을 꾸었다. 매일 밤. 어쩌면 그것은 떳떳치 못한 행동일지 모른다. 하지만 누가 내가 꿈꾸는 것까지 상관할 수 있겠는가? 아무도 참견할 수 없다. 난 가슴속의 생각들을 낮시간 동안 꾹 눌러두었다가 밤에 꿈을 꾸면서 풀었다. 난 낮시간에는 구스타프를 생각하지 않으려고 애썼으며, 구스타프에 대해서는 한마디도 언급하지 않았다. 남편 역시 구스타프의 이름조차 거론하지 않았다. 흘러넘치는 일이니까.

팔월 초 아이들 생일에 열네 명의 친구를 초대했다. 아주 거창한 가든파티였다. 해적처럼 분장한 아이들의 해적싸움, 보물찾기, 소시지그릴.

아이들은 공원에 있는 해적선 모형관으로 자리를 옮겼다. 수오리 잡기 장난을 하고 빨랫줄에 가짜 머리 가죽을 걸었다.

남편과 내가 아이들 시중을 들었다.

파티가 끝난 후 청소를 하고 잠든 아이들을 안아다 방에 눕혔다.

그날 밤 남편과 나는 테라스에 앉아서 포도주를 마시며 앞으로의 계획에 대해서 얘기했다. 과거 일을 덮어두고 단지 미래에 대해서만 얘기했다.

다음날 우리 가족은 야외 수영장에 갔다. 남편은 자기가 알아서 아이들을 데리고 물 속으로 들어갔다. 나는 예전에 남편이 하던 대로 의자에 앉아서 선탠크림을 바르고 우아하게 일광욕을 즐겼다.

그러다가 풀장 근처로 자리를 옮겨서 담요를 깔고 앉아서 내 남자들을 관찰했다. 삶의 즐거움을 마음껏 발산하는 식구들은 생기 있었다. 손뼉을 치면서 '브라보'를 외쳐대는 동안 난 햇빛에 검게 그을린 내 남자들에 대한 자부심으로 가슴이 뿌듯했다. 너무 사랑스럽고 행복해서 가슴이 터져버릴 것 같았다. 물에서 나온 남편은 마른 수건으로 아이들을 닦아주었다. 그리고 빵에 버터를 발라서 아이들에게 건네주고, 아이들 머리를 말려서 손질해주고, 젖은 수영복을 꼭 짜서 수건을 깔고 그 위에 펴서 널었다.

가끔씩 말없이 나를 바라보는 남편 눈빛에 사랑이 담겨 있었다. 그 눈빛에 담긴 사랑이 내 가슴에 와 닿았다. 나 역시 말없이 미소로 대답했다.

그래, 난 당신의 메시지를 알아차렸어. 하지만 난 아직 그걸 받아들일 준비가 되어 있지 않아.

팔월에 우리는 휴가를 떠났다.

남편이 낡은 캠핑 카를 처분해버린 후의 일이었다.

어떤 이유로 그 차를 처분했는지 짐작은 가지만 별로 기분 나쁘지 않았다. 사실 난 앞으로 두 번 다시 캠핑 카를 타고 싶지 않다. 와이퍼 소리를 들을까봐 겁이 나서.

어디론가 훌쩍 떠날 수 있다는 건 누구에게나 즐거운 일이었다.

우리는 기차를 이용하기로 했다. 침대차를 타고 여행하는 게 아이들 소원이었다. 나도 가슴이 설레었다.

모든 일을 남편이 알아서 주선했기 때문에 나는 그저 느긋하게 앉아서 즐기기만 하면 되었다. 나는 기차가 남쪽을 향해 굴러간다는 것 이상은 알지 못했다.

밤 열시. 카페에 앉아서 기분 좋게 맥주 한잔을 마신 다음 우리 식구는 굴러가는 침실에 들어섰다.

"보지 마, 엄마." 내가 기차 행선지를 보려고 곁눈질하자 아이들이 말렸다.

볼자노였는지 밀라노였는지 아무튼 이탈리아 쪽이었다.

나는 아이들 장단에 맞춰주면서 깜짝 놀랄 만큼 즐거운 일을 마음속으로 기대했다. 순회공연을 마치고 집에 돌아온 후 생활에 즐거운 변화가 이어졌다! 그 변화가 반가우면서도 난 나를 궁지에 빠뜨리고 싶지 않았다. 지난 칠 년여의 세월은 지금과 너무나 달랐다.

성급하게 굴지 마, 샬로테. 그렇게 빨리 감동하면 안돼. 급할수록 차근차근. 여유 있게.

아이들은 신이 나서 비좁은 위칸 붙박이 침대로 기어올라갔다. 무척 행복해 보였다.

남편이 뒤따라 올라가 아이들 이부자리를 보살펴준 다음, 머리를 쓰다듬으면서 증기기관사 짐 크노프와 루카스 얘기를 해주었다.

나는 그동안 차창 밖으로 펼쳐진 성당 탑 뒤쪽 마지막 노을을 바라보았다.

지난 세월이여, 안녕.

뒤죽박죽이었지만 경이로웠던 사건들이여, 안녕. 난 너희들이가 버린다 해도, 그래서 영원히 돌아오지 않는다 해도 조금도 그리워하지 않을 거야.

안녕, 작은 병원, 학교, 하키, 테니스, 슈미츠 니텐빌름, 집, 정원, 차고의 지붕, 벤야민, 겔트마허 박사, 뚱뚱보 울리케, 로레 레셜리히, 그레텔 주프, 게르노트 미스마허 그리고 엘비라. 안녕, 메히트힐트 고흐. 당신 말대로 난 비행기를 대절해야겠어. 난 내가 어떤 집단에 소속되었는지 분명히 알았어. 안녕, 유스투스

당신들에게 신세진 게 너무 많아.

당신들이 없었다면 난 지루했을 거야. 당신들이 아니었으면 지난해가 어땠을까? 그저 덧없이 나이만 한 살 더 먹었을 거야. 뭐 특별한 게 있었겠어?

안녕, 행복한 그레테와 보도

두 분이 옳았어요

안녕, 구스타프 행복했던 시간들에 대해서 감사해요 당신의 깊은 영혼에 내가 의지할 수 있게 해줘서 고마워요

퀼른이 점점 멀어졌다.

저녁노을이 따사로운 땅거미에 밀려났다.

샛별들이 머리 위에서 우리를 밝혀주며 반짝였다.

반짝, 반짝, 반짝. 좋아, 만사 오케이지.

모든 일에는 때가 있는 법이야. 자연스러운 것이 최고지.

나는 다시 몸을 돌렸다.

"에른스트베르트?"

"응?"

남편은 승무원에게 붉은 포도주 한 병을 주문했다. 잔 두 개까지.

"애들 자요?"

"응."

"애들을 사랑해요?"

"물론. 난 우리 아이들을 사랑하지 않은 적 없어."

"이제야 당신이 아이들을 사랑하고 있다는 걸 보여주고 있어요."

“애들이 어렸을 땐 어떻게 해줘야 할지 몰랐거든.”

“지금은요?”

“알 것 같아.”

우리는 잔을 들었다.

“우리들을 위하여?”

“나도 그걸 원해. 정말. 우리들을 위하여.”

우리는 기차 침대 시트 위에 앉아 있었다. 피곤한 아이들은 그 물선반에서 코를 골아댔다. 그리고 우리는 붉은 포도주 병을 앞에 놓고 이미 틈이 간 부부간의 사랑을 어떻게든 추슬러보려고 무진 애를 썼다.

기차는 밤새 덜커덩거리며 달렸다.

기차 안은 집처럼 아늑하고 따뜻했다.

우주 공간을 부유하는 자그마한 캡슐 속에 들어앉아 있는 기분이었다.

“아직 기회가 있다는 뜻인가?” 남편이 내 손을 잡으며 물었다.

“모르겠어요. 난 그저 모든 게 놀라울 뿐이에요.”

남편은 말없이 앞을 바라보았다.

“내가 변했다는 걸 못 느꼈어?”

“물론 변했어요. 경탄할 만큼. 하지만 그 변화가 얼마나 유지될 것이냐가 문제겠죠?”

“영원할 거야. 내 약속할게.”

눈물이 쏟아질 것 같아. 마치 다니엘라 팔레티 소설에 나오는 톡톡 튀는 대사를 표절한 것 같군. 값싼 우유를 먹고 자란 탓에 결점투성이인 내 성격이 이따금 나를 오싹하게 만든단 말이야.

남편이 “남아일언은 중천금이야”라거나 “난 처세를 잘하는 사람이지”라는 신소리를 하지 않는 것이 그나마 다행이었다. 누구처럼.

불알을 차고 있다는 것만 믿고 호언장담할 수는 없는 일이지. 개중에는 그런 사람도 있겠지만.

576

남편은 행동으로 보여주었어. 자기도 할 수 있다는 걸 증명해 보인 거야. '거 봐! 내가 말했잖아!'라든가 '자, 어때? 빨래를 내다 너는 것쯤이야 나도 할 수 있다구!' 같은 말을 단 한번도 내뱉은 적이 없었어.

남편은 조용히 행동으로 보여주었어. 말보다 더 효과 있었지.

나 역시 남편 행동을 말없이 지켜봐주었으니, 그것으로 내 뜻을 충분히 표현한 셈이지.

우리가 함께 사는 동안 말없이 서로를 이해한 것은 이번이 처음 이었다.

하지만 얼마나 갈까?

올 여름이 지나면 어떨까?

다시 부동산 사무실에 나가고 자기 인생과 아이들 그리고 내 앞 에 셔터를 내릴 순간은 언제가 될까? 우리보다 벤츠를 더 좋아할 순간은 언제가 될까? 욕조 옆에 빈 접시를 차곡차곡 쌓아놓을 순 간은 또 언제가 될까? 바닥에 벗어놓은 양말이 뒹굴어다닐 순간은? 터질 것처럼 빡빡한 스케줄과 투기와 손익계산으로 시간을 채울 순간은 언제 올 것인가? 아이들과 가정을 돌보는 것은 여자인 나 의 몫이라고 주장할 날이 언제일까? 자기는 일요일에는 무슨 일이 있어도 오후 한시까지 자야만 하고 난 <우리들의 작은 병원>이 외에 어떤 일도 해서는 안된다고 주장할 순간들이 언제 올까?!

남편은 잔에 술을 더 따랐다.

"당신이 요즘 내 행동의 변화에 대해 낯설어한다는 것쯤 나도 알아. 그래서 그 얘기를 좀 하고 싶어."

"원하신다면." 나는 유리잔 뒤로 몸을 숨겼다. 기차 왼쪽으로 흐르는 라인 강은 검게 변했고 그 너머 포도밭도 검은 옷으로 갈 아입었다.

"그날을 난 평생 못 잊을 거야. 유월 오일."

"그래요? 유월 오일에 무슨 일이 있었는데요?"

"내가 당신이란 사람을 비로소 알게 된 날이야."

"유월 오일이라. 그날은 내가 바트 헤르스펠트에 있었는데. 세 번짼가 네번째 공연이었죠, 아마." 기억을 더듬으며 짧은 순간 구스타프를 생각했다.

"칠 년 동안 난 당신 관심사에 무관심했어."

"솔직하게 말해줘서 고맙군요. 하지만 나 역시 마찬가지였어요. 터져나갈 것처럼 빡빡한 당신 스케줄들에 대해서 나도 관심이 없었거든요." 나도 긍정적으로 받아들였다.

"그 저질스런 삼류 연속극에 대해서, 성격 파탄자들의 온갖 자질구레한 문제들이 들끓는 하찮은 놀이방 같은 환경이……."

"그 점은 언급하지 말아요." 내가 말했다.

"바트 헤르스펠트에서 당신은 내게 말하더군. 물론 내가 거기에 있다는 사실을 당신은 몰랐을 거야. 그렇지만 난 그때 내가 당신에게 속한 존재였다는 것을 처음으로 깨달았어." 남편이 말했다.

"거기엔 왜 왔죠?"

"비젤로다에서 아주 가까웠거든. 직선거리로 십오 킬로미터 정도밖에 안 떨어진 곳이야. 가로등에 당신이 하는 연극 포스터가 붙어 있더군."

"아하, 그랬었군요. 비젤로다의 가로등에도 내 연극 포스터가 붙어 있었군요……." 난 좀 의외라는 식으로 말했다.

"또 얘기해야 할 사람이 있어." 남편이 자조적으로 웃었다.

"누군지 알겠어요." 나도 같이 웃었다.

"당신은 그…… 그 아버지뻘 되는 남자친구 구스타프와 함께 있더군."

아버지뻘 되는 남자친구라…… 나는 침을 삼켰다.

"비스바덴에서도 그 남자친구 구스타프가 함께 있었고 또 유스투스라는 사람도 뒤따르고."

"뭐라구요? 그 사람을 봤어요?"

"물론. 그 사람은 나를 못 봤지만."

"그랬었군요."

“그런 다음에 당신은 ≪슈피겔≫ 기자들과 ZDF 방송국 사람들과 함께 저녁을 먹었어. 우산을 받쳐들고 당신 주위를 맴돌던 극장장도 있었고 그때 난 그런 생각을 했어. 당신은 정말 할 일이 많고 바쁜 사람이라고. 내게 아주 중요한 깨달음이었지.”

그랬구나. 유스투스가 비스바덴에 왔었구나. 구스타프 말이 맞았던 거였구나. 난 믿고 싶지 않았는데. 그래서 유스투스가 그렇게 화를 냈던 거였어.

불쌍한 에른스트베르트

“바이덴에서 난 마지막으로 시도하려고 했지. 하지만 거기에서도 역시 당신은 혼자가 아니더군.” 남편이 말했다.

“주차장에 있던 캠핑 카? 당신이 그 차에 타고 있었어요?”

“맞아. 아니면 누구겠어.”

그랬군. 구스타프가 아니었어.

나는 포도주 속으로 들어가고 싶을 만큼 부끄러웠다.

나는 잔을 내려놓고 남편을 살짝 안았다.

“벤야민이 바이덴에 왔었어요. 당신이 보냈다고 하더군요.” 난 가급적 감정을 섞지 않고 말하려고 노력했다.

“우린 바이덴까지 함께 갔었지. 가면서 난 곰곰이 생각해봤어. 나와 벤야민, 우리 둘 중에 당신이 더 반가워할 사람이 누굴까. 결론은 ‘벤야민이다’였지.”

“아뇨!”

“맞아.”

“둘이 함께 있었군요. ……아이들도 있었나요?”

“그래. 아이들에게는 당신 얘기를 하지 않았어. 아이들을 실망시키고 싶지 않았거든. 당신은 혼자가 아닐 수도 있었으니까.”

나는 침을 삼켰다.

“난 혼자였어요! 하늘을 두고 맹세해요!”

“확신할 수 없었지. 벤야민이 파발꾼 노릇을 했던 거야.”

“벤야민. 귀여운 청년이에요.”

"벤야민은 내게 현대 남성이 꼭 알아두어야 할 일들에 대해서 가르쳐주었어. 난 이제 주부들을 존경해." 남편이 자랑스럽게 말했다.

"나도 남자 전업주부를 존경해요" 나는 신음하듯 내뱉었다.

"당신과 내가 벤야민을 도와줄 수 있을 거야. 경제적으로 대신 벤야민은 우리 집안일을 도와주고 당신 생각은 어때?"

"좋은 생각이네요" 나는 아주 기쁘게 받아들였다.

승무원이 와서 도울 일이 없는가 물었다.

"아뇨 필요 없습니다. 포도주 한 병만 더 갖다주십시오"

남편은 그에게 빈 포도주 병을 들려주었다.

우리는 건배를 했다.

"당신이 구스타프를 만났더군요"

"그래. 알고 싶은 게 뭔데?"

"뭐든 다요"

"구스타프 씨가 전화했더군."

"언제요?"

"비스바덴에서 돌아온 다음날."

"그래서요?"

"구스타프 씨를 만났지."

"그 사람 면도했던가요?"

"아니. 수염이 대단하더군. 그건 왜 물어?"

"그냥요. 계속하세요!"

"특별한 건 없었고 이런저런 얘기를 했어."

"남자 대 남자로요?"

그때 승무원이 와서 포도주 병을 따야 되는가 물었다.

"그냥 주세요 우리가 딸게요"

하필 이런 때, 빨리 사라져. 지금 얼마나 중요한 얘기를 하는데 그깟 술병 따는 게 문제야. 눈치 없긴. 남자들이라니.

문이 닫혔다.

“그래서 당신들은 남자 대 남자로 얘기를 나눴겠군요.” 나는 조급해졌다.

“당신, 뭘 알고 싶은데?”

“당신들이 무슨 얘기를 했는지 그걸 알고 싶어요?!”

“축구경기에 대해서 얘기했어. 남자들이 모이면 하는 얘기들 있잖아.” 남편이 말했다.

“거짓말하지 마세요. 구스타프는 축구 따위에 관심 없는 사람이에요.”

“좋아. 알았어. 이제 사실을 말하지.”

“사실대로 말해요.”

“감자부침개 재료에 대해서 말했어. 자기한테 특별한 비법이 있다고…….”

“에.른.스.트.베.르.트!”

“그는 식용유 대신 버터를 사용한다더군. 부침개는 은근한 불로 익혀야 제 맛이 난대. 그리고 다른 그릇에 옮기지 말고 프라이팬째 들고 먹는 게 제격이고.”

“그런 얘기였다구요?”

“그래. 당신이 기대하는 게 뭔데?”

“내 얘기를 했을 거예요.” 나는 감정이 상했다.

“물론 당신 연극에 대해서 얘기할 수도 있었지. 하지만 우린 주로 캠핑 카에 대해서 얘기했어. 그분은 캠핑 카에서 생활한다던데. 알고 있었어?”

“아뇨.” 나는 반항적으로 대답했다.

“캠핑 카에 대해서 많은 정보를 얻었어. 세제라든가 방향제라든가, 뭐 그런 것들.”

“아하, 그랬어요.” 나는 짜증이 났다.

남편은 그 이상 얘기하려고 하지 않았다.

그래 뭔가가 있어. 신사는 즐기기는 하지만 침묵하는 법이거든. 두 남자들간에 뭔가 있는 게 분명했다.

“그분이 당신에게 어떤 존재인가 나도 잘 알아.” 그가 불쑥 한마디 내뱉었다.

나는 남편이 너무 고마웠다. 남편은 구스타프를 칭할 때 ‘그 사람’이라고 하지 않고 ‘그분’이라고 했다. 아니면 구스타프 씨라고 하던가.

이제야 본론으로 들어가는군. 더 이상 머리 굴릴 필요가 없겠어.

그런데 난데없이 웬 눈물이람.

빌어먹을. 하필, 이런 때 눈물이 쏟아지다니. 지금은 안돼.

나는 손으로 눈물을 찍어냈다.

그동안 남편이 포도주 병마개를 따서 잔을 채웠다. 내게 감정을 추스를 시간을 주기 위한 배려였다.

“우리를 위해서.”

나는 고개를 끄덕였다.

그때 갑자기 베르트가 코를 골았다.

우리는 서로 쳐다보면서 웃었다.

“이젠 포기했어?”

“아뇨 포기할 것도 없어요 의도했었던 일도 없으니까.” 난 얼른 포도주를 들이켰다.

“나 역시 의도하진 않았어.” 남편이 내 손에 자기 손을 포개었다.

“난 끔찍이 태만했어.”

“저도 그랬어요.”

“우리 바뀔 수 있을까?”

“그럼요 우리 둘이 동시에 원한다면요.”

“구스타프 씨에 대해서 한 가지만 얘기해주겠어?”

“그러죠 당신이 원치 않았을 뿐이에요.” 나는 단호하게 말했다.

“그분은 당신을 사랑한대.”

“그래요 날 사랑했어요.”

남편이 드디어 본론으로 들어가는구나.

"그런데? 당신도 그분을 사랑해?"

나는 어깨를 한번 출썩였다. 그리고 창 밖을 바라보았다. 라인 강이 침대에 누워서 잠을 자고 있었다. 눈을 뜬 채로.

나는 다시 남편에게 시선을 돌렸다.

"그분은 당신 연극을 매번 보셨더군. 남편인 난 그렇게 못했는데. 유월 오일 전까지는. 하지만 그 이후에는 나도 늘 당신 연극을 봤어. 알고 있었어?"

나는 말없이 고개를 끄덕였다.

그래, 이 남자야! 난 다 알고 있었어! 왜 나는 당장 당신 목을 얼싸안고 오열하면서 당신에게 맹세하지 못하는 걸까! 왜 나는 그렇게 못하는 거지! 왜 아무 말도 못하고 창 밖만 쳐다보는 거지!

"샬로테." 남편이 불렀다.

나는 그를 바라보았다.

"왜요?"

"당신 그분을 잊을 수 있겠어?"

"노력해볼게요. 하늘에 두고 맹세하죠." 난 어렵게 결론짓듯 말했다.

"그럼, 됐어." 남편의 표정이 밝아졌다. "그럼 이 자리에서 그 일을 끝낸 거야. 앞으로 더 이상 거론하지 말자고."

"더 이상 거론하지 말자구요? 이건 거래로군요. 당신, 그 약속 지킬 수 있겠어요?"

"물론. 난 벌써 기억에서 지워버렸어. 그 빌어먹을 칠 년이란 세월과 함께 묻어버리자고."

"실리적이네요. 과거의 당신도 그랬죠." 나는 그를 칭찬했다.

"이론에서나 가능할 것 같은 일이 실생활에 적용되기도 하지." 남편이 씩 웃었다.

나는 잔을 들었다.

"당신 그 사이에 많이 배웠네요."

"당신도 마찬가지야."

"그렇담, 이젠 행선지를 말해줄 수 있겠죠?"

"남티롤에 가는 거야. 왜 싫어?"

"아뇨 나도 언젠가는 남티롤에 한번 가려고 했어요"

호텔 '크리스털'은 파사이어 계곡 뒤쪽에 위치해 있었고, 한번 들어가보고 싶은 집처럼 예쁘게 꾸며져 있었다.

호텔이 그렇게 마음에 들 줄은 상상도 못했다. 사람 손으로 어쩜 그렇게 집을 예쁘게 만들 수 있을까! 인간의 두뇌로 저런 아름다움을 창조하다니! 정말 아름답고 정겹고 단아한 집이었다!

아이들은 첫날 프란즐과 프릿즐 쌍둥이 형제와 사귀더니 삼 주 묵는 동안 여섯 명의 아이들은 서로 뭉쳐 다녔다.

아이들은 정원에서 뒹굴고, 채소밭을 뛰어다니고, 거위와 닭, 돼지들을 붙잡겠다고 활개 치며 돌아다니고, 유스투스가 모는 트랙터를 타고 다니는 것에 재미를 붙였다. 저녁이 되면 우리들은 장작이 활활 타는 벽난로가 있는 식당에 모여 앉아서 포도주를 곁들인 식사를 하고, 테라스로 옮겨 앉아 후식을 먹으며 계곡의 경치를 감상했다. 그런 다음 우리는 탁구를 치러 몰려갔다. 유스투스의 탁구 실력도 수준급이었지만 내가 더 잘 쳤다. 하지만 유스투스는 그걸 알아채지 못했을 것이다. 하하하! 유스투스는 기타를 들고 와서 노래를 불렀다. 그동안 호텔 종업원들이 테이블을 치우고 새 테이블 보를 깔았다. 다음날 아침을 위해서.

우리는 아침 여덟시에 일어나서 서로 손을 잡고 눈 덮인 산봉우리를 향해서 걸었다. 테니스를 치지 않을 때만.

산책하는 동안 남편과 나는 많은 이야기를 나누었다. 함께 산 칠 년이란 세월 동안 들어보지 못했던 얘기들도 많았다.

우린 서로 상대방의 새로운 면모를 알게 되었다.

"이제 보니 당신은 여자가 아니야." 남편이 신음하듯이 말했다.

"다행이죠 여성들의 삶이란 모든 걸 포기해야 하는데. 몸서리 쳐지는 일이죠" 나 역시 신음하듯 말했다.

“당신은 내게 건초더미에 감춰진 바늘과 같은 존재야. 난 다시는 그 바늘에 찔리고 싶지 않아. 알겠어?”

“그럼요.”

“다시는! 약속할 수 있지?”

“알았어요. 약속할게요.”

산길이 너무 가팔라서 더 이상 말을 할 수 없었다. 여기에 온 이후로 같이 있으면서 침묵을 지키기는 이번이 처음이었다.

그럼에도 불구하고 거리감이 느껴지지 않았다.

마지막으로 주고받은 말이 공기 중에 길게 늘어졌다.

약속.

여행 마지막 날, 테니스를 끝내고 난 막 채소밭을 지나가고 있었다. 난 아침을 먹기 전, 남편과 아이들이 테니스 코트를 정리하는 동안 찬물로 샤워를 하고 싶었다. 바닥 쓰는 소리와 코트 접는 소리가 들렸다.

아침햇살 아래, 차려진 테라스의 아침상을 즐거이 바라보았다.

그때 버찌나무 밑에 앉아 있는 12호실 여자 손님이 눈에 띄었다. 벌써 여러 번 식당에서 마주쳤는데, 그들 부부는 그때마다 늘 반갑게 인사를 건넸다. 젊은 나이에 그녀의 머리는 벌써 반백이었고 피부마저 검었다.

“안녕하세요!” 나는 반갑게 인사했다. “오늘 날씨 참 좋지요?”

“정말, 좋네요. 이리 좀 오세요. 잠깐 제 옆에 앉았다 가세요!”

그녀가 내게 가볍게 키스했다. 그녀는 주름천으로 장식된 담요를 덮고 야전침대에 앉아 있었다. 방금 전까지 책을 읽고 있었는지 책 한 권이 옆에 놓여 있었다. 야간근무 간호사 베르트힐트가 읽는 책과 같은 종류였는데 그녀가 들고 있으니 좀 달라 보였다.

“상쾌하죠? 그런데 남편은 어디 계세요?” 나는 그녀에게 물었다.

“산책 좀 보냈어요.” 반백의 여성이 젊은 목소리로 말했다. “그 사람이 내 주변을 맴도는 것은 의미가 없어요. 남편은 나와 가급

적 떨어져 있어야 해요!"

나는 그녀를 바라보았다. 창백한 얼굴이 꼭 환자 같았다. 감기에 걸렸을지도 모를 일이었다. 나는 그녀 옆에 서 있었다.

"뭐 도와드릴 일 없나요?"

"전 늘 당신을 관찰했어요." 그녀는 다정하게 말하며 웃었다. "당신은 어느 것 하나 놓치지 않아요!"

"여긴 정말 마음에 들어요." 나는 즉각 대답했다. "휴가가 끝나 간다는 게 아쉽네요."

"당신은 좀…… 뭔가에 굶주려 있는 것 같아요."

그녀 말이 옳았다. 지혜로운 여성이었다.

"왜 그렇게 생각하시는데요?" 아침햇살이 눈부셔서 난 실눈을 뜨며 미소지었다.

"하루도 빠뜨리지 않고 테니스를 치더군요. 아침 일곱시면 전 창가에 앉아서 당신이 조깅하는 소리를 듣습니다! 테니스를 칠 때 당신은 공을 다 받아내려고 노력하죠! 당신 남편도 마찬가지구요! 두 분 정말 대단해요!"

"어머나, 설마 저희들 때문에 아침잠을 설치시는 건 아니겠죠!"

"아니, 그렇지 않아요. 전 잠을 오래 못 자요. 당신들을 즐거운 마음으로 바라보았어요. 쾌활하고 밝은 가족이에요. 잠시도 가만히 앉아 있질 못하는 것 같아요!"

당신은 에른스트베르트가 조용히 앉아서 지낸 세월에 대해서 아는 바가 없을 거예요. 남편은 자그마치 칠 년 동안 살찐 돼지처럼 살았답니다.

"그럼요. 우린 잠시도 그렇게 지내지 못해요. 우리 가족 모두." 나는 만족스럽게 대답했다.

"당신을 만나서 기뻐요. 샬로테 페퍼 씨 맞죠?" 그녀가 다정하게 말했다.

"저를 아세요?"

"당신 드라마를 자주 보았어요. 다른 프로그램에서도 봤고요.

그래서 그런지 친근하게 느껴져요. 죽기 전에 당신을 만나서 정말 기쁘답니다. 전 바바라 베커예요.”

죽기 전이라고? 무슨 뜻이지?

우리는 서로 악수했다. 그녀의 야윈 손은 무척 차가웠다.

테니스를 치는 동안 땀을 많이 흘려서 내 손은 엉망이었다.

“매일 산책을 하시고 낮에는 수영장에 가시더군요. 수영장에서 당신 가족이 물장난하는 걸 전 늘 지켜보았답니다. 저녁에는 탁구를 치고, 아이들과 함께 뛰어다니고, 테라스에 앉아서 기타반주에 맞춰 노래를 부르고…….”

“맞아요. 전 노래를 아주 잘 부르죠” 난 자랑스럽게 말했다.

그래서 원하는 게 뭐예요? 비난하는 건가요?

“저도 과거에 그랬어요. 무엇 하나 놓치지 않으려고 했지요. 인생 꽁무니만 따라다닌 거죠. 그래서 그것 말고 다른 건 모두 잃었어요.” 그녀가 말했다.

“과거라구요?”

“이 년 전까지는 그랬어요.” 그녀는 버찌나무 꼭대기를 쳐다보았다. 한껏 푸르른 여름날의 버찌나무와 짙푸른 하늘이 좋은 대조를 이루고 있었다.

“무슨 일 있으신 거예요?” 난 쓰러진 테니스 라켓을 다시 세워 놓으며 물었다.

“어디 편찮으세요?”

“암이에요.” 그녀가 대답했다. “난 암에 걸렸어요. 앞으로 몇 주밖에 살 수 없다고 의사가 그러더군요.”

“아니에요.” 나는 말했다. “앞으로 살날에 대해서 그렇게 산술적으로 말하지 마세요!”

“어쩔 수 없어요. 살 날이 분명하니까요. 우리 가족에겐 청천벽력 같은 일이었죠. 이 년 전까지 모든 게 다 순조로웠어요. 당신 나이쯤에 전 암검사를 받았어요. 더 많았을지도 모르고요. 사무실에서 집으로 가는 길목에 병원이 있었어요.”

세상에, 바바라는 나보다 최소한 십 년은 더 늙어 보여!

"다행스럽게도 아이들은 다 컸어요. 자기 일을 스스로 알아서 할 나이가 되었지요." 그녀가 말했다.

그게 뭐 그리 중요할까.

"당신 남편은요?"

그녀는 말이 없었다.

참 남편을 산책 보냈다고 했지. 남편은 혼자 씩씩하게 숲 속을 걷고 있겠지. 더 이상 함께 살 수 없는 아내를 생각하면서. 더 이상 함께 걷지 못할 아내라. 더 이상 함께 아무것도 할 수 없는 아내.

그녀 남편은 아내를 구제할 수 없어.

하지만 우리, 남편과 나는 서로 구제해줄 수 있잖아. 부부로 산 세월 동안 결코 행복하진 않았지만. 우리 관계는 벼랑 끝에 선 것처럼 위태로웠어.

그랬어. 각자의 이기심 때문에.

남편은 남편대로 살았고 난 나대로 살았어.

우리는 이제 전환점에 도달해서 다시 새롭게 시작해보자고 서로 합의했지. 그리고 언젠가는 우리가 원하는 대로 다 잘될 거야. 언제가 될지는 몰라도.

하지만 이 사람들에게는 다시 시작하는 게 허락되지 않는 거야.

방금 전까지 세상은 온통 핑크빛이었고 상쾌히 아침을 맞았는데! 그런데 난 지금 죽음을 앞둔 사람과 마주 앉아 있어! 의미심장한 일이야. 그녀는 오래 사귄 친구처럼 느껴져. 혹시 전에 어디서 만난 적이 없었나?

그녀는 내게 소리 없이 휴지 한 장을 건네주었다.

"미안해요. 당신 앞에서 눈물을 보이면 안되는데, 전 눈물이 너무 흔해서…… 참기 힘드네요!" 나는 더듬더듬 말을 이었다.

"우세요. 잘 극복해낸 것 같은데, 아닌가요? 운동에 몰입하는 걸 보고 짐작은 했어요. 당신도 당신 남편도 조용히 있을 수 없을 거예요. 그래서 쉬지 않고 계속 움직였던 거죠 제 추측이 틀리지 않았죠?"

"그래요" 난 훌쩍였다. 잠시 후 난 마음속에 묻어두었던 말을 쏟아냈다. "우린 몇 년 동안 삶을 무시했어요. 삶이 어떻게 흘러가는지 피차 관심이 없었지요. 우리가 누리고 있는 것들을 즐길 줄 몰랐던 거예요 결혼 후 지금까지 남편은 나와 같은 공간에서 같이 사는 사람일 뿐 아무것도 아니었어요!"

"잘 알고 있어요. 당신 책을 읽었거든요" 그녀가 말했다.

나는 휴지 한 장에 얼굴을 묻고 흐느껴 울었다. 그녀는 내가 진정되기를 조용히 기다렸다. 그렇게 그녀는 내 얘기를 들어줄 준비를 하고 있었다. 난 그녀에게 자기일밖에 모르던 남편 에른스트베르트에 대해서, 우리 가족의 삶에 대해서, 다각도로 시도해본 나의 탈출에 대해서, 나의 굶주린 삶과 용기에 대해서, 나의 심리보상행동에 대해서 다 쏟아냈다. 선술집에서 횡설수설 지껄이는 사람들처럼 가슴속에서 아무 거나 끄집어내서 주절거렸다. 나의 마력에 대해서도 조심스럽게 얘기했다.

"내 마력에 대해서 믿으세요?"

"예." 그녀가 웃었다. "왜 못 믿겠어요?"

"당신은요? 당신 얘기를 해주세요!" 난 그녀를 재촉했다.

"이 여름은 제게 마지막이에요. 여러 해 전부터 휴가를 지내러 이곳에 왔었어요. 이번이 마지막이 되겠지만. 이전에 전 이 정원이 이렇게 아름다운 줄 몰랐더랬어요. 조용히 지내는 시간이 이렇게 멋진 것인 줄 예전엔 미처 몰랐어요. 전 여기에 이렇게 몇 시간 동안이고 앉아서 삶을 즐겨요. 매시간 매초가 제겐 귀중해요. 매순간은 축복 받은 선물이지요"

우린 서로 끌어안고 뜨겁게 포옹했다.

갑자기 의식을 되찾기나 한 것처럼 난 심호흡을 했다.

테니스 코트에서 우리 집 남자들이 돌아오는 소리가 들렸다. 크고 굼뜨고 용기 충천한. 나는 서둘러서 눈물을 닦았다.

“고마워요. 제 얘기를 들어주셔서 감사해요” 내가 말했다.

나는 그녀의 두 손을 꼭 쥐었다.

“모든 일이 순조롭길 빌어요” 바바라 베커가 말했다. “죽는 순간까지 당신을 생각할게요. 바르게 행동하세요. 더 이상 시간을 낭비하지 마세요. 당신 남편은 정말 괜찮은 사람이에요. 제 말을 믿으세요.”

나와 아무런 이해관계가 없는데도 내게 이런 말을 해준 사람은 바바라 베커가 처음이었다.

나는 그녀의 손을 놓고 싶지 않았다.

“예. 정말 괜찮은 사람이죠. 하지만 얼마 전까지 남편은 나와 무관한 사람이었어요!”

나는 뛰어가서 우리 집 남자들을 끌어안았다. 그리고 손을 잡고 아침식사를 하러 갔다. 배가 몹시 고팠다.

오늘 날씨도 정말 좋겠어!

바바라가 먼발치에서 우리를 쳐다보았다.

우리는 밝게 웃었다.

그렇지만 내 내면 깊은 곳에 숨어 있는

내 작은 마녀가 늦여름의 개연꽃 위에 쪼그리고 앉아서

여름이 벌써 지나갔음을 인정하고 싶어하지 않았다.

그녀는 백 년 동안 잠들어 있긴 하지만

결코 죽은 것은 아닌 숲속의 공주 같았다.

그리고 또 가을

은밀한 관계

"이것 봐! 내가 그럴 줄 알았어!" 남편이 말했다. 집에 돌아오고 이틀이 지나 편지 한 통이 날아왔다.

"찰레스 코흐가 토크쇼에 당신을 초대했는데!"

찰레스 코흐가 나를 초대하다니! 그 사람은 국내에서 유일한 토크 박사였다!

수준 높고 기품 있는 그에 대한 명망은 대단했다.

"주제가 뭔데요?" 나는 남편에게 물었다. 내 우편물은 항상 남편이 먼저 뜯어보았다.

"젊어서 최선을 다한 사람만이 늙어서 후회하지 않는다!"

"초대손님은 누군데요?"

"노인 둘과 젊은 사람 둘." 남편은 편지에서 눈을 떼지 않고 얘기했다.

"노인은 요나단 퓌스터즈와 마리 루이제 크니터야. 세상에 퓌스터즈가 아직도 살아 있다니! 백세 살이래! 그런데도 텔레비전에 출연하다니! 그리고 젊은 사람으로는 미국에서 온 하네스 체어렉과 당신이야."

"하네스…… 미국에서 온 누구라구요?"

"체어렉. 우리말로 슈툴바인. 미국 배우치고는 이름이 걸찍하군. 독일인으로서는 할리우드에서 성공한 케이스지. 그는 신디 크로퍼드와 조디 포스터 그리고 샤론 스톤과 함께 영화를 찍었어. 최근에는 레오 부킹어가 이끄는 세계적으로 유명한 영화사와 계약을 맺었더군. 난 잘 모르는 사람이지만."

"누구요? 레오 부킹어요? 아주 유명한 사람인데! 세계적인 인물이에요! 정말!"

"아니, 체어렉인가 하는 배우……."

"슈툴바인." 내가 말했다. "하네스 슈툴바인이에요."

난 식탁 의자에 앉았다.

하네스. 하네스 슈툴바인.

에르니의 아버지.

아마도 세계에서 그게 가장 긴 사람.

"그 사람에 대해선 내가 잘 알죠." 엉겁결에 내 입에서 그런 말이 튀어나왔다.

그리고 가슴이 콩딱콩딱 뛰었다.

하네스! 지금 미국에 있을 사람인데! 그 유명한 엘에이에!

팔 년 동안 흔적 없이 사라졌던 사람인데! 찰레스 코호 토크쇼에 나란히 앉게 되다니! 주제가 뭐, '젊어서 최선을 다한 사람만이 늙어서 후회하지 않는다!'라구!

이 무슨 운명의 장난이람!

"안색이 너무 창백해." 남편이 말했다. "도대체 왜 그래?"

"좀 놀라서 그래요. 그 주제 흔히 놓치며 사는 문제잖아요!" 나는 맥없이 말했다.

"난 안 그래." 남편이 말했다.

유월 오일 이후로 내 내면의 삶에 대한 남편의 관심은 대단했다.

"토크쇼가 언제예요?" 나는 떨리는 손으로 우편물을 집어들면서 물었다.

"구월 구일." 남편이 말했다.

난 미치도록 흥분되었다.

하네스 슈툴바인이 느닷없이 나타나다니!

할리우드의 대스타가!

과거엔 보잘것없는 무명배우였어!

그 사람은 어떻게 변했을까!

그리고 난 어떻게 변했지?

하네스가 내 이름을 언제 들었을까?

그 남자는 아마 아메리칸 항공의 특등석에 앉아 대서양을 건너는 동안 찰레스 코호 토크쇼에 관한 자료를 따분하게 뒤적이다가 커피를 휘저으며 다 늙어빠진 과거 독일 흑백영화 시대의 두 스타와 여성 모노드라마 극작가와 무슨 얘기를 할 것인지 생각했을 것이다.

나는 후들거리는 다리를 곧추세우고 이층 침실로 올라갔다. 거울 앞에 서서 비판적인 시선으로 거울 속의 나를 찬찬히 뜯어보았다.

대체 뭘 입지?

그때 문 소리가 나서 나는 움찔 놀랐다.

"여보, 나 뭘 입죠?"

"평소대로 입어. 그렇게 징징거리지 말고 시청자가 많아봤자 오백만밖에 더 되겠어?"

"오백만 시청자가 중요한 게 아니라, 나한테 더 중요한 사람은……."

"누구? 하네스 슈툴바인? 그 사람은 아마 당신을 염두에 두고 양말 한 짝에도 신경쓰지 않을걸?"

"그래요 그래. 잘 알았어요"

"샬로테?"

"예?"

"당신 하네스 슈툴바인과 무슨 일 나기를 기대하는 거지?"

"아뇨 그럴 마음 없어요"

"당신에게 경고하는데. 샬로테……."

"알았어요 그만해둬요"

"샬로테?"

"예?"

"평범하게 입도록 해. 알았어? 제발 부탁이니까 내 바람을 들어줘, 응?"

"알았어요" 나는 모욕당한 기분으로 중얼거렸다. "입던 대로 입죠 예쁜 옷을 사입을 정도의 경제력, 나도 있어요 그러죠 묻는 것에만 대답할게요 주제넘은 소리 안하고 겸손하고 상냥하고 거기에다 아주 자연스럽게 쳐다만 보고 있을 게요 그게 당신의 진정한 바람이라고 한다면.”

그렇지만 내 내면 깊은 곳에 숨어 있는 내 작은 마녀가 늦여름의 개연꽃 위에 쪼그리고 앉아서 여름이 벌써 지나갔음을 인정하고 싶어하지 않았다. 그녀는 백 년 동안 잠들어 있긴 하지만 결코 죽은 것은 아닌 숲속의 공주 같았다.

구월 구일. 찰레스 코흐의 녹화방송은 뮌헨에서 있었다.

벤야민은 엠티를 떠났다. 그레테는 보도를 따라 갓 태어난 양을 돌보기 위해서 다른 도시로 떠났다. 그것도 칭찬할 만한 과감한 시도였다.

그래서 남편이 아이들 곁에 남았다. 별 도리 없이.

나는 내가 왜 그렇게 들떴었는지 점차 궁금해졌다.

솔직히 나 혼자 뮌헨으로 떠나는 게 가슴 벅찰 만큼 기뻤다.

‘사계’ 호텔에 묵는다는 것도

한 번 더 거기에서.

생각이 많은 마녀가 등받이 없는 긴 안락의자에 누워서 자고 있었다.

눈을 뜬 채.

나는 그 추잡스런 잡것을 때려죽이고 싶었다. 그럴 수만 있다면 한 대 더 쥐어박고 싶었다. 그런데 그 추잡스런 잡것이 금방 고상해졌다. 평소처럼 우아하고 자연스럽게 정면을 바라보았다.

하지만 다음날인 구월 구일 아침, 내 추잡스런 본성이 어떤 끔찍스런 결과를 빚어낼지 난 알지 못했다.

나는 뮌헨 행 루프트한자의 일등석에 앉아 샴페인을 연신 들이키며 즐거워했다. 그리고 옆자리에 앉은 사업가와 너스레를 떨었다. 그는 어떤 일이 있어도 그날 밤의 토크쇼를 보겠노라고, 그리고 다음날 아침이든 언제든 나를 다시 만나고 싶다고 말했다. 나는 스케줄이 너무 빡빡한 것을 안타까워하며 그에게 행운을 빌었다. 그리고 우린 뮌헨에 도착했다.

짐 찾으러 가는 동안 나는 아주 잠깐 과거에 그레테와 함께 출연했던 토크쇼를 생각했다. 모녀간의 갈등으로 인해 괴로워하는 어머니들과 같은 버스를 타고 싶지 않아서 우린 지하철로 도망가려고 했었다.

꼭 일 년 전의 일이었다. 그때 난 아니타 바흐의 자격으로 출연했었다.

하지만 지금 난 샬로테 페퍼의 자격으로, 그것도 대스타의 자격으로 초대되었다. 나 한 사람을 마중하기 위해 검은 리무진 한 대가 공항에 서 있었다.

난 하이힐을 똑딱거리며 공항 로비를 걸어나왔다. 가죽옷 차림의 방송국 관계자가 내게 꽃다발을 안겨주고 내 짐가방을 넘겨받았다.

'사계' 호텔에 도착하자, 은색 유니폼을 입은 벨보이가 리무진 차 문을 열어주었다. 벨보이가 짐을 방에 갖다났기 때문에 나는 맨손으로 또 다른 벨보이의 안내에 따라 하이힐을 똑딱거리면서 부드러운 양탄자가 깔린 호텔 로비를 가로질러 프론트까지 걸어가서 은색 만년필을 들고 우아한 모습으로 방명록에 '샬로테 페퍼'라고 쓰기만 하면 되었다. 그 밖에 내가 할 일이 없었다.

내 방은 창 밖으로 교회가 바라다 보이는 스위트룸이었다. 스위트룸의 창가에 서서도 나는 내게 찾아온 행운을 거의 실감하지 못했다. 훔쳐낸 것 같은 순간을 나는 최대한 즐기기로 작정했다. 한 번쯤 그런다고 해서 그게 뭐 그리 나쁘겠는가?

샴페인 한 병이 꽂힌 은빛 얼음통이 테이블 위에 놓여 있었다. 그 옆에는 과일을 담아놓은 접시도 있었다. 알코올이 든 초콜릿도 함께.

벌건 대낮에 술이 든 초콜릿을 먹어도 되는 걸까?

돈 되는 일도 아닌데! 밤이 되려면 아직 멀었는데!

나는 방안을 서성였다. 내 모든 감각기관과 생각은 온통 하네스에게 쏠려 있었다.

얼마나 더 기다려야 그를 만날 수 있을까?

그런데 지금 뭘 하지? 어떻게 차려입을까? 그게 가장 중요한 일이었다.

나는 하이힐을 똑딱거리면서 양탄자가 깔린 복도를 분주히 돌아다녔다. 어느 순간이든 하네스와 마주칠 가능성을 생각하면서 그를 만나면 나는 놀란 척 외마디 소리를 내지를 것이다. '당신이 여기에 어떻게?!' 배우로서 멋진 연기를 하는 것이다. 드디어 할 일을 찾아냈다. 나는 호텔 안에 있는 미용실로 방향을 돌렸다. 미용사는 내게서 샤넬 옷을 벗기고 초록색 가운을 입혀주었다.

종업원은 내 손을 물에 담그고 아주 부드러운 플라스틱통을 머리에 씌워주었다. 플라스틱통에서 뜨거운 김이 쏟아져나왔다. 손톱을 정리한 다음에는 메이크업 아티스트가 메이크업을 시작했다. 두 시간 정도 지나자 모든 과정이 끝났다. 잠시 후 난 초록색 가운을 입고 야하게 화장한 낯선 여성을 거울을 통해 볼 수 있었다.

낯설긴 했지만 난 아주 멋져 보였다.

부자연스러워 보이긴 했지만 시선만큼은 똑바르다. 예쁘게 꾸며진 주인공 같아서 어쩌면 하네스가 나를 알아보지 못할지도 몰랐다. 미스마허 부부도 나를 알아보지 못할 것이다.

하지만 위대한 예술가는 자신의 작품에 스스로 매료되는 법이다.

나는 내 샤넬 옷을 다시 찾아 입고 계산대로 갔다. 내 옆자리에 앉아 있던 여인도 막 화장을 끝낸 참이었다. 그녀는 화장하기 전과 조금도 다름없이 수수해 보였다. 어쩌면 그 여인은 눈에 띄지 않을 만큼 손질해달라고 했을지도 모른다.

나는 삼백 마르크에 달하는 돈을 지불했다. 미용사가 내 손에 키스를 했다. 그 행동도 그 가격에 포함된 것이리라.

그런 다음 난 검은 리무진을 타고 찰레스 코흐 쇼에 참석하기 위해 미용실을 떠났다.

스튜디오에 도착하자마자 나는 분장실로 안내되었다.

당신들 놀랍지? 여주인공은 벌써 완벽하게 차렸잖아? 안 그래?

분장실에 소속된 여자가 커다란 타월을 들고 나타나서는 "눈감으세요"라고 말하더니 걸쭉한 것을 내 얼굴 전체에 발랐다.

그런 다음에 애써 손질하고 온 머리를 이모저모 뜯어보더니 양철 브러시로 쉿소리가 날 만큼 박박 빗기기 시작했다.

"좀 당길 거예요." 내 머리와 씨름하면서 그녀가 말했다.

"괜찮습니다." 나는 관대하게 말했다.

드디어 나는 분장실에서 해방되었다. 방송실에 들어가는 길에 난 낯설긴 하지만 어디선가 본 듯한 여인과 만났다.

분명 오늘 이 여인을 만났던 것 같은데? 그런데 어디서 봤더라?

나는 너무나 긴장해서 서 있는 게 힘들었다. 곧 하네스를 만나게 될 거야! 하네스 슈툴바인!

나를 기억할까? 기억하지 못하면 어쩌지?

탈의실에서 나는 긴장을 풀어보려고 노력했다.

열에 들떠서 비정상적으로 반짝이는 두 눈만 제외하면 난 멋진 여성으로 보일 텐데!

화장을 했다가 지웠다가 하는 동안에도 내 샤넬 옷은 얼룩하나 생기지 않았다. 휴가 때 적당하게 탄 내 피부는 보기 좋은 갈색을 띠고 있었다. 남편 취향의 고상한 금목걸이가 내가 숨쉴 때마다 오르락내리락하면서 가슴 선 위에서 사랑스럽게 빛나고 있었다. 나는 약간 옆으로 비껴 서서 내 허리선을 관찰했다. 남티롤에서 휴가를 즐기는 동안 야채와 과일로 축적된 노폐물을 제거해서 군살 하나 없이 멋져 보였다.

하얀색 미니스커트 밑으로 보이는 두 다리는 햇볕에 잘 그을린 갈색빛을 띠고 있었다. 은색과 하얀색으로 매치된 하이힐이 갈색 피부를 잘 받쳐주었다.

나는 하이힐을 똑딱이면서 식당 쪽으로 방향을 틀었다. 시간을 낭비할 수 없었다.

방송국 안에 있을 하네스를 부지런히 찾아봐야 했다.

아까 본 여인이 커피를 따라 들고 낯선 남자가 앉아 있는 테이블 쪽으로 가서 그와 얘기를 나누었다. 방송국에서 일하는 여자가 틀림없는 듯했다. 그런데 그들이 나를 쳐다보았다. 그런들 어떠랴. 난 지금 다른 곳에 신경쓸 틈이 없었다.

나는 주위를 둘러보았다. 하네스. 하네스 슈툴바인.

곱슬머리에 약간 사시기가 있는 갈색 눈을 가진 나의 귀여운 하네스. 그런데 그는 안경을 쓰고 있었다! 안경 속에 감춰진 그의 눈은 정말 섹시했다! 내 심장의 고동소리가 어찌나 크던지 식당에 있는 사람들에게 다 들릴까봐 난 가슴을 졸였다.

하지만 나한테 신경 쓰는 사람은 아무도 없었다. 나를 바라보던 낯선 사람들조차 그들만의 대화에 빠져 있었다.

나는 다른 사람들 눈에 띄지 않게 순간순간 하네스를 주시했다. 그의 곱슬머리는 은빛이었다. 그것 외에 달라진 게 없었다. 검정색 가죽 재킷을 입고, 예전 스타일의 진 바지에 카우보이 장화를 신고 있었다. 역시 하네스다웠다. 그는 식당에 앉아서 맥주를 병째 들고 마셨다. 그는 마리 루이제 크니터와 요나단 퓌스터즈 그리고 편집부의 갈색 머리 소녀와 수다를 떨고 있었다.

이봐! 하네스! 백설공주가 나타났어! 당신은 백설공주의 미모에 반해서 말에서 뛰어내려 유리관을 들쳐내고 키스를 해줘야 하는 거 아냐?

하네스가 잠깐 스치듯이 나를 쳐다보았다.

하지만 동요하는 기색이 없었다.

나는 히스테릭하게 쿵쾅거리는 심장의 고동 소리를 멈추게 하려고 노력하면서 아주 자연스럽게 그들 곁으로 걸어갔다.

소녀가 나를 소개하려고 자리에서 일어났다.

그런데 하필 그때, 크니터 여사가 그녀를 가로막았다.

"이런, 아니타 바호시군요!" 그녀는 환호했다. "난 당신이 출연한 <우리들의 작은 병원> 연속극을 한번도 빠뜨리지 않고 다 보았답니다! 내가 정말 좋아하는 프로그램이지요! 여러분, 아니타 바흐는 정말 매혹적이지 않아요? 당신 남편은 어디에 떼어놓고 오셨어요?”

“남편요?” 나는 당황해서 잠시 하네스를 건너다보았다.

“남편은 아이들과 함께 있어요!”

“아니, 아니! 내가 말하는 남편은 멋쟁이 원장 선생님이에요!”

“그는 응급환자를 수술하고 있지요” 나는 다정하게 말했다.

나는 기분 좋게 그녀에게 손을 내밀었다. 크니터 여사는 오랫동안 내 팔을 잡고 흔들었다. 반지, 목걸이, 팔찌가 그녀가 팔을 흔들 때마다 찰랑거렸다. 그녀의 주름진 목에 걸린 목걸이가 불안스럽게 떨렸다.

퓌스터즈 씨가 일어서더니 내 손에 키스를 했다. 백세 살이란 나이가 믿어지지 않을 정도로 몸놀림이 유연했다! “닥터 바흐, 당신을 존경합니다!”

그의 하얀 머플러가 내 팔에 스쳤다. 나는 윤기 흐르는 건강한 백발을 쳐다보았다. 평상시 같으면 난 닥터가 아니고 평범한 여자 페퍼로 불리길 원한다고 말했을 텐데, 분위기에 압도되어 말을 못했다.

크니터 여사를 제외하고 모두가 일어나는 바람에 하네스 슈틀바인도 예의상 일어섰다.

그는 몸매를 다 드러낸 내 흰 샤넬 옷을 쓱 한번 훑어보면서 말했다. “체어렉입니다.”

나는 말없이 그를 쳐다보았다.

당신 지금 날 놀리는 거야? 응? 건방지게스리.

정말 나를 알아보지 못하나? 아니면 쇼하는 건가?

“닥터 바흐, 이젠 앉아요!” 크니터 여사가 소리쳤다. “그렇게 서 있으면 불안해!”

나는 파란 소파에 앉았다.

“뭘 좀 드시겠어요?” 메가폰을 든 소녀가 물었다.

퓌스터즈 씨가 대담하게 웃으며 소리쳤다. “여기 샴페인 한 병

갖다줘요! 이렇게 젊은 사람들과 언제 또 한자리에 앉을 수 있겠어요! 안 그렇소?"

그에겐 센스가 있었다! 그리고 분위기에 알맞은 농담도 할 줄 알았다!

눈에 띄지 않는 평범한 옷차림의 여인이 역시 눈에 띄지 않는 자리에 앉아서 커피를 마시며 눈에 띄지 않게 신문을 뒤적거리고 있었다. 그런데 또 다른 눈에 띄지 않는 평범한 남자가 갑자기 사라졌다.

"유스투스를 만나면 내 인사를 전해줘요." 크니터 여사가 말했다. "그는 내 제자였다우! 정말 재능 있는 젊은이였지!"

"그랬어요? 그러죠. 꼭 인사를 전해드릴게요." 나는 방심한 상태로 대답했다.

나는 흘낏 하네스를 쳐다보았다.

하네스는 퓌스터즈 씨 쪽으로 다시 몸을 돌렸다.

그들은 무성영화 시대의 할리우드에 대해서 얘기하고 있었다. 찰리 채플린에 대해서 얘기를 했다. 그는 자기와 함께 활동하던 사람들이 다 저 세상으로 사라진 다음에도 이렇게 살아남은 것에 대해서 얘기했다. 그 말에 하네스가 웃었다. 나를 염두에 두는 사람은 아무도 없었다! 하네스와 내가 서로 아는 사이라는 것을 눈치 챈 사람은 아무도 없었다. 그가 나를 알아보지 못하는 것일까!

내 아들 에르니의 아빠가 나를 몰라볼 수 있는 것일까!

겉보기에 그는 분명 나를 몰라보는 것 같았다! 그는 우리가 처음 만났을 때 머리에 기름때가 덕지덕지했던 러시아 사람을 기억하지 못하는 것일까! 우리 사이에 깊이 관계된 사람이었는데!

"일어나셔야겠어요. 스튜디오로 자리를 옮겨야 될 시간이에요." 메가폰을 든 소녀가 말했다. "곧 방송이 시작됩니다. 코흐 씨와 짧게 인사를 나누신 다음에 곧바로 크니터 여사와의 대담이 시작될 예정입니다."

"그러시지요." 퓌스터즈 씨가 의욕적으로 말하면서 지팡이에 의지하지 않고 자리에서 벌떡 일어났다.

하네스가 부축하려고 하자 거절했다.

그러자 크니터 여사가 하네스의 팔을 잡았다.

"이보게, 젊은이. 내게 자네 얘기 좀 들려주게! 이 두 양반들에 대해서는 내가 잘 알고 있지만 젊은이에 대해서 내가 아는 바가 전혀 없거든! 이름이 뭐라고 했지? 에어백?"

"체어렉." 하네스가 대답하면서 흥겹게 웃었다. "전 미국에 살고 있어요."

"그렇담 당신은 항상 패스트푸드를 먹고 살겠군, 안 그런가?" 할머니가 관심 있게 물었다. "그 나라에서는 나이프와 포크를 사용해서 식사를 하는 경우가 드물고 차를 타고 가는 도중에 갈색 쓰레기 봉투에서 음식을 꺼내서 무릎 위에 올려놓고 게걸스럽게 먹어치우지 않나?"

"맞습니다." 하네스가 친근하게 대답했다. 그가 잠시 매혹적인 시선으로 나를 쳐다보았다. 하지만 아주 짧은 순간이었다. 그러더니 크니터 여사 쪽으로 정중하게 몸을 돌렸다.

"자네는 매너가 좋구먼!"

난 그렇게 생각하지 않는데.

"전 육 년 전에 도미했습니다. <관습>이라는 드라마를 찍고 난 직후였어요." 하네스가 말했다.

"아하, 그랬었군!" 하네스의 부축을 받으면서 스튜디오로 들어가다가 크니터 여사가 갑자기 탄성을 질렀다. "그렇다면 내 자네를 알 것 같군! 그때 그 감독도 함께 갔을 거야. 이름이 뭐였더라? 어쨌든 그 감독도 그때 도미했을걸, 아마?"

"맞습니다. 저도 감독님을 따라 미국에 갔습니다." 하네스가 말했다.

"이렇게 흥분될 수가! 내가 이 년만 더 젊었어도 미국으로 갈 수 있었을 텐데 말이야!"

"오신다면 제가 기꺼이 모시겠습니다." 하네스가 말하면서 정말 매력적인 눈길로 그녀를 쳐다보았다.

그래, 당신은 모든 걸 소유할 수 있겠지. 쇼가 진행되는 동안 우리도 게임을 계속하는 거야. 당신이 정말 나를 못 알아보는 것이든(당신을 위해는 이편이 더 낫겠지만) 아니면 내 앞에서 연기를 하는 것이든 간에 결말이 나겠지. 그런 다음 오늘 저녁, 한번 따져 보자구.

나는 스튜디오로 가는 동안 퓌스터즈 씨가 흔드는 팔을 자연스럽게 바라보았다. 스튜디오는 우리 네 사람을 위한 자리가 이미 마련되어 있었다. 우리는 각자의 자리에 앉았다. 카메라가 익숙하게 우리를 잡았다. 관중들이 박수갈채를 보냈다.

"안녕하세요! 여러분!" 퓌스터즈 씨가 깨끗한 치아를 드러내면서 다정히 웃었다. 그런 다음 그는 머플러를 벗어 내려놓고 주름 하나 없이 깨끗한 바지를 살짝 잡아당겼다. 크니터 여사는 주름진 목에 걸린 목걸이와 반지를 흔들거리면서 다시금 초대손님들끼리 인사시키려 했다.

"아니타 바흐 양이 당신을 알고 있는지 모르지만 미스터……."

"체어렉, 미안합니다. 이름이 금방 입력되지 않으실 겁니다." 하네스가 말했다.

나는 한없이 부드러운 웃음을 하네스에게 선사했다.

오만방자한 놈 같으니! 못됐어! 우리 둘만 남게 될 때 어디 두고 보자구!

"이십 초 전…… 십오 초 전…… 십 초 전…… 오 초……."

"집중하세요! 방송이 시작됐습니다!"

찰레스 코흐가 자기 방에서 잔뜩 모양을 내고 뛰어나와서 박수갈채를 보내는 청중들에게 고개 숙여 인사했다. 스튜디오 안의 청중뿐 아니라 텔레비전 시청자들에게 인사한 것이었다. 그는 째진 눈으로 애교 있게 웃으면서 초대손님들에게 일일이 악수를 청했다.

"연극배우이신 크니터 부인!" 그는 프러시아 신사처럼 정중하게 인사했다. "국민 가수 퓌스터즈 씨, 그냥 자리에 앉아 계십시오!"

퓌스터즈 씨를 배려하기 위해 한 말이었다. 퓌스터즈 씨가 자리에서 일어났었더라면, 백세 살 된 노인이 얼마나 유연한지 시청자들이 볼 수 있었을 텐데!

"페퍼 부인, 같이 자리해주셔서 영광입니다. 미스터…… 체어렉, 어떻게 부르는 게 더 나을까요? 체어렉 아니면 슈툴바인? 어느 편이 더 낫습니까?"

"저는 상관없지만 전 체어렉으로 더 알려져 있습니다." 하네스가 말했다.

"그렇다면 체어렉 씨라고 부르겠습니다." 아니꼬운 듯이 사회자가 말하면서 우리들에게 정중히 자리를 권했다. 자리에 앉은 우리들은 긴장을 풀기 위해 노력했다.

그러더니 사회자는 천연덕스럽게 양말을 위로 잡아당기면서 크니터 여사와 수다를 떨었다. 허물없는 분위기 속에서 토크쇼가 이루어져야 한다고 강조하면서. 텔레비전 수상기 앞에 앉아 있는 시청자들이나 스튜디오에 앉아 있는 청중들은 그의 장딴지에 드문드문 난 회색털을 보았을 것이다. 크니터 여사가 지금까지 맡았던 역할에 대해서 상세히 설명하는 동안 그녀 귀고리와 목걸이가 찰랑거렸다. 사회자는 퓌스터즈 씨 쪽으로 정중히 몸을 돌렸다.

퓌스터즈 씨는 오늘 내내 이 순간을 고대했을 것이다. 그는 자리에서 벌떡 일어나더니 벽 한쪽에 놓인 피아노 쪽으로 씩씩하게 걸어갔다. 그 유명 피아노 앞에 음악을 아끼는 연주자가 연주할 순간을 기다리고 있었다. 백세 살 된 퓌스터즈 씨가 깨끗한 치아를 드러내면서 노래를 부르기 시작했다. 스튜디오에 있는 청중들 모두 감동한 듯했다. 내 동료 미스마허라면 아마도 베개를 끌어안고 노래에 맞춰 왈츠를 췄을지도 모를 일이었다.

퓌스터즈 씨는 찰리 채플린과 함께 일했었다는 것과 자기보다 육십 년 연하의 아내와 함께 살아가는 이야기를 했다. 젊은 아내와 함께 살아서 자기는 젊음을 유지할 수 있었고, 아울러 몸놀림도 아주 유연하다고 말했다.

하네스와 난 그 사이에 눈 한번 마주치지 않았다.

최종적으로 사회자가 내 쪽으로 화제를 돌렸다.

"페퍼 여사, 아니타 페퍼 씨." 그는 째진 눈으로 손에 든 메모지를 확인했다. 그의 그런 태도는 옛날옛적 프러시아의 고관대작처럼 품위가 있었다. "아니, 정확히 아니타 바흐 여사군요. 하하하." 그가 웃었다. 그러더니 또다시 번복했다. "제가 잘못 알았습니다! 이 분은 샬로테 페퍼 여삽니다! 분명합니다!" 살찐 볼이 지쳐서 다소 처져 보이고, 덧니가 너무 심해서 이가 빠진 것 같은 사회자의 모습은 햄스터를 연상시켰다. 인텔리한 햄스터.

사람들이 환호했다.

카메라가 내 앞에서 어른거렸다.

하네스가 처음으로 내 쪽을 바라보았다.

샬로테 페퍼라구? 어디선가 들어본 것 같은데? 그는 그런 표정이었다.

"페퍼 여사, 당신은 여성 모노드라마를 한 편 쓰셨군요. <페퍼의 이중 모럴>이었죠? 어떻게 그런 글을 쓰셨습니까?"

"앉아서 쓰는 게 최고죠." 내가 말했다.

그랬다. 난 더 이상 아무 말도 하고 싶지 않았다. 어떻게 여성 모노드라마를 쓸 수 있었느냐고 묻는 사람에게 무슨 말을 더 할까?

"예. 그런데 그 전에 다른 일에 종사하셨습니다." 그가 다시 메모지를 쳐다보았다.

그때 방송 도우미가 내게 물을 갖다주었다. 난 그때 마실 물이 필요했다.

"연속극에 출연하셨던 스타셨습니다."

하네스가 나를 좀더 자세히 보려고 몸을 약간 앞으로 숙였다.

이봐, 하네스, 조심 해! 그러다 의자에서 떨어지겠어. 그런 사태가 발생할 경우, 어쩌면 내가 마력을 행사할 수도 있다구. 그건 서

606

로에게 불행이야. 그런 일이 일어날 수도 있어. 모든 사람들이 보는 앞에서. 한 대 쥐어박힐 일이지만 말이지.

"지금도 그 연속극에 출연합니다." 나는 가능한 한 아무렇지도 않은 것처럼, 그러나 분명한 어조로 말했다.

"그 연속극 제목이 뭡니까?" 사회자가 흥미있다는 듯이 물었다.

"<우리들의 작은 병원>!" 크니터 여사가 흥겹게 받아주었다. "매일 오후에 마이너스 4 채널에서 방송됩니다! 아주 특별한 병원 드라마예요. 그건 아마도 세계에서 가장 장수한 프로그램에 속할 거예요!"

"크니터 여사께서는 그 연속극을 보고 계시는군요" 사회자가 크니터 여사 쪽을 쳐다보면서 농담을 했다. "오늘부터 저도 하루도 빠짐없이 보겠습니다." 햄스터가 웃었다.

나는 그의 말을 믿지 않는다.

"예. 당신은 지금 좀 색다른 일을 하고 계신 것으로 압니다만, 그러니까 뭐랄까…… 여성을 옹호하는 예술가랄까……." 찰레스 코흐가 의미심장한 톤으로 말을 던졌다.

"그 연속극은 내게 자유로운 시간을 주었습니다. 그 점이 내겐 특별했지요"

"예. 연속극에 출연하시면서도 자유를 누릴 시간이 되시던가요? 제가 알기로 아이가 둘 있으신데 말이지요……."

"하루는 스물네 시간으로 이루어지니까요" 나는 상냥하게 대답했다.

하네스가 나를 주시했다.

"하지만 당신은 더 많은 것을 원하셨어요. 당신이 맡았던 그 역할……." 그가 재빨리 준비한 메모지를 넘겼다. "닥터 아니타 바흐뿐 아니라 더 많은 것을요. 그러셨지요?"

"전 연기하기 위한 대사가 아니라, 단지 내 가슴속의 말을 전하고 싶었습니다. 배우란 정말 좋은 직업이고, 제게 많은 즐거움을 주었습니다. 하지만 난 아니타 바흐라는 드라마 속의 여자였을 뿐나 자신은 아니었습니다.”

“그래서 당신은 자아를 실현시키셨군요.” 찰레스 코흐가 거만하게 말했다.

하네스는 고꾸라지기 일보 직전이었다. 퓌스터즈 씨가 그의 옷소매를 잡아당겼다. 그가 너무나 몸을 앞으로 내미는 바람에 퓌스터즈 씨의 시야가 가려졌기 때문이었다.

난 얼굴이 빨갛게 달아올랐다.

이제야 겨우 날 알아보는 눈치군.

애들아, 정말 흥미진진하구나!

내 쌍둥이 자식 중에 한 녀석 애비 되는 사람이 여기 이 자리에 있습니다. 여러분, 보세요! 저 사람입니다!

코흐 씨가 내 드라마 제목을 왜 <페퍼의 이중 모럴>이라고 붙였는지 집요하게 물었다. 그리고 준비한 메모지를 쳐다보면서, <페퍼의 이중 모럴>이 전국 순회공연에서 대성공을 거두었고, 곧 텔레비전 드라마로 극화될 예정이라는 것, 그리고 내 드라마가 유명 출판사에서 책으로 출간되었다는 말도 전했다. 가격이 28마르크라는 것까지.

“오늘의 주제는 ‘젊어서 최선을 다한 사람만이 늙어서 후회하지 않는다!’입니다. 여기 모인 네 분은 모두 삶에 최선을 다하신 분들입니다. 그런데 이분들은 자신들의 삶을 후회하고 계신지 궁금합니다. 과연 후회하실까요? 제가 직접 물어보겠습니다. 먼저 페퍼 여사에게 묻겠습니다.”

나는 하네스에게 의미를 담은 눈길을 보냈다.

하네스 당신은 과거를 후회하고 있나요?

“아니오” 나는 말했다.

“체어렉 씨, 당신은 어떠십니까? 젊어서 최선을 다한 사람만이 늙어서 후회하지 않는다고 생각하십니까? 당신은 왜 우리나라를 떠나셨습니까? 그리고 왜 하필 미국으로 건너가셨습니까?” 햄스터가 물었다.

"미국 사람들은 관대하고 너그럽습니다. 성공한 사람에게 어깨를 두드리며 격려해줄 줄도 압니다. 하지만 제 기억으로 우리나라의 직장환경은 그렇지 못했습니다. 우리나라 사람들은 성공한 사람들에게 불쾌감을 드러낼 뿐입니다. 남에게 베풀지 못하는 성격이 우리나라 사람들의 문제점이라고 전 생각합니다." 하네스가 말했다.

나는 하네스를 쳐다보면서 히죽였다.

"모두가 다 그런 것은 아니지요." 나는 상냥하게 말했다.

그가 웃으면서 내 말을 받았다.

"물론, 다 그런 것은 아닙니다."

"크니터 여사님, 여사님께 후회스런 점은 없으셨나요?" 사회자가 크니터 여사 쪽으로 몸을 돌렸다. 그녀의 눈엔 눈물이 가득했다.

"제가 지난 오십 년 동안 경험한 바로 성공적인 삶을 이끈 사람은 드물었습니다. 그리고 다른 사람의 성공을 진심으로 격려해주는 사람 또한 드물었습니다. 그리고 몇 안되던 좋은 사람들도 하나 둘 세상을 떴습니다."

수십 년 동안 수백만 텔레비전 시청자들을 열광시켰던 크니터 여사의 비길 데 없이 매력적인 눈길에 대해서 많은 사람들은 기억하고 있다. 하네스와 난 당혹스럽게 서로 쳐다보았다. 코흐 씨가 공감한다는 듯 그녀의 손을 꼭 쥐었다.

"지금 같으면 달리 사시겠습까? 후에 이어질 성공을 미리 포기하고 처음부터 다시 시작할 수 있다고 가정해본다면 말입니다."

"가정은 필요 없어요." 크니터 여사가 말했다. "난 다시 태어나도 꼭 지금처럼 살 겁니다. 난 내 길을 갔던 거고, 다시 태어나도 그 길을 갈 겁니다."

"나도 마찬가지예요." 퓌스터즈 씨가 기분 좋게 말했다. "질투하는 사람은 파리똥처럼 털어버려야 해요."

"동감입니다." 하네스가 만족스러운 표정으로 말했다. "소똥처럼 내팽개쳐야지요”

“살아 있는 동료가 별로 없어요” 크니터 부인은 침울하게 반복했다. “손가락으로 셀 수 있을 정도지요”

“그 사람들은 어차피 친구가 아니었잖습니까.” 하네스가 쉽게 말을 던지더니 손바닥에 침을 뱉어서 어깨너머로 내던지는 시늉을 해 보였다.

“거기에 매우 적당한 사냥꾼의 노래가 있지요” 퓌스터즈 씨가 말했다. “제가 한번 불러봐도 될까요?”

“물론이지요” 찰레스 코흐가 반갑게 대답했다. “노래를 아는 분은 같이 부르세요”

퓌스터즈 씨는 자세를 가다듬고 심호흡을 했다. 그런 다음 카메라에 대고 답답한 목소리지만 생기 있게 노래를 불렀다. 그는 칠면조처럼 얼굴이 빨개져서 사냥꾼 노래의 첫소절을 부른 뒤 주위를 둘러보며 박수갈채를 구했다.

모두 감동해서 갈채를 보냈다. 크니터 여사의 팔찌와 목걸이가 찰랑거렸다.

하네스와 나는 서로 마주보며 웃었다.

“나도 아는 게 있어요” 크니터 부인이 감격하여 소리쳤다. “잘 부를 수 있을지 확신할 순 없지만, 돼지가 참나무에 몸을 문지른다고 해서 참나무가 뭐라고 할 순 없겠죠?”

“방송 종영을 알리는 말로 다소 어울리지는 않지만 어쨌든 …….” 찰레스 코흐가 벌떡 일어나 큰 소리로 말하면서 마치 세례 받는 아이처럼 종이쪽지에 적힌 것을 읽었다. “다음에는 ‘억만장자들’이라는 주제로 가수 토르발트 슐라거그륄러, 은행가인 비욘 뵈르젠슈바인, 정치가 닉 방에마헌, 그리고 끝으로 베스트셀러 작가 베라 슌트를 모시겠습니다. 그리고 오늘 방송은 이것으로 마치도록 하겠습니다.”

그것으로 방송은 끝났다. 우리는 비로소 마이크로부터 해방되어 몸을 일으킬 수 있었다. 사람들도 홀에서 빠져나갔다.

"아직 초저녁인데 이제 뭘 하지요?" 퓌스터즈 씨가 다소 들뜬 목소리로 물었다. "별실로 갈까요?"

"그러지요. 초저녁에 뭘 하겠어요?" 하네스는 반문하며 안경 뒤에 숨어 있던 말할 수 없이 에로틱한 시선을 내게 보냈다.

"아, 좋은 생각이 떠올랐어요." 나는 경망스럽게 말했다.

그때 점차 수가 줄어드는 방청석이 내 시야에 들어왔다.

내 주위에서 맴돌던 눈에 띄지 않는 평범한 옷차림의 여인이 자리에서 막 일어나 밖으로 나가고 있었다.

난 남편을 포기할 수 없어

그 이튿날 공항에 서 있던 남편의 모습을 난 평생 잊지 못할 것이다.

말라서 시커먼 데다가 창백하기까지 한 얼굴에 착 달라붙은 머리. 그 모습은 마치 날개가 온전하지 못해 하루종일 굶은 까마귀 같았다. 아니 작신 두들겨맞은 수코양이 같았다.

에르니, 베르트와 함께 남편은 장미 세 송이를 손에 들고 희미한 미소를 띤 채 서 있었다.

나는 좀 부끄러웠다.

샬로테, 넌 견뎌내야 해. 장미를 받아들고, 세 남자를 모두 포옹해주고, 상냥하게 인사하는 거야. 그리고 평소 때처럼 세 남자와 자연스럽게 자동차가 세워져 있는 곳으로 걸어가는 거야.

아이들은 내게 달려들면서 엊저녁 텔레비전에 나온 나를 보느라 밤늦게까지 잠을 자지 않아도 됐었노라고 재잘댔다. 그리고 흰색 머플러를 한 남자는 <세서미 스트리트>에 나오는 커미트처럼 노래하더라는 말을 했다.

난 다소 요란하긴 했어도 섹시하게 들리던데!

남편은 가타부타 말이 없었다.

남편은 트렁크를 받아들고 내 옆에서 걷기만 할 뿐 낯선 사람처럼 말이 없었다.

남편이 간밤의 일을 어떻게 알겠어, 그러니 샬로테. 겁내지 마.

남편은 그 자리에 없었어. 없었다구. 그래, 카메라 앞에선 아무 일도 없었지. 하네스와 단둘이 시간을 보낸 건 나중이었잖아. 나는 혼잣말을 했다.

물론 호텔 라운지에 방송에 참석했던 몇몇 신사는 있었지만 호텔 룸에는 정말 아무도 없었어. 자, 그러니 정신차리고 쓸데없는 생각은 떨쳐버려. 너의 그 죄책감을 아무도 모르게 살짝 삼켜버리라고. 남편은 아무것도 모르니까.

우리는 차를 타고 가을철 키르메스가 열리고 있는 그루브로 갔다. 아이들이 키르메스에 가길 원했기 때문이었다.

나는 남편 옆모습을 바라보았다.

건장한 남자가 하루도 안되는 시간 동안 어쩌면 저렇게 변할 수 있을까? 남편은 버림받은 사람 같았다! 말라서 시커먼 데다가 창백하기까지 한 얼굴, 남편의 그런 모습은 처음이었다! 마치 관 속에 든 송장 같은 모습이었다!

"당신, 괜찮아요?" 결국 나는 걱정스러워서 남편에게 물었다.

내 심장소리는 끈질기게 쿵쾅거렸고 입에선 단내까지 풍겼다.

"회사 직원문제 때문에 골치 아파. 가장 신뢰하던 비서가 나를 실망시켰어." 남편이 말했다.

나는 한숨을 돌리고 몸가짐을 편히 했다.

아, 비서 때문이었구나!

"가엾은 에른스트베르트" 나는 애정이 솟구쳐 남편의 뺨을 어루만졌다.

남편은 긴가민가할 만큼 몸을 움찔거리며 뒤로 물러났다.

혹시 나만 그렇게 느끼는 것 아닐까?

"엄마?! 그루브에는 페달 달린 보트도 있대!"

"그래, 사랑스런 내 새끼. 그것도 있단다."

“전자 보트도 있대요! 우리 하나 빌려도 돼요?”

“물론이지. 이제 아빠랑 잠깐만 얘기하게 해줄래? 쬐끔만.”

“어땠어?” 남편이 퉁명스럽게 묻더니 멀거니 앞을 바라봤다.

“좋았어요!” 나는 상큼한 진줏빛 웃음을 웃어 보였다. 우습게도 하필이면 그때 비행기 내에서 마신 커피의 씁쓸한 뒷맛이 입 안에 느껴졌다. “아주 기분이 좋았어요. 재미도 있었고요.”

“그런데? 그 사람을 다시 만났나?”

“예, 물론이죠. 텔레비전만 봐도 알 수 있는 일이었잖아요, 아니에요?”

“내 말은, 그 다음에, 방송이 끝난 뒤에 그 사람을 사적으로 다시 만났느냐는 거야.”

“사적으로 다시 만나다니, 그게 무슨 뜻이에요? 물론 우린 다른 사람들과 같이 호텔 로비에 앉아 있었지요. 음, 그리고 퓌스터즈 씨는 새벽 두시까지 즐겁게 놀았어요. 참 훌륭한 사람인 것 같아요. 그리고 크니터 부인 역시 대단히 매력적이었지요. 우리는 쉴새 없이 샴페인을 주고받으며 방송과 각자의 일에 관해 잡담을 했어요.”

“그런데? 그 사람이 하는 일은 뭔데?”

“당신도 아시잖아요. 그 사람이 미국에서 스타라는 거. 줄리아 로버츠가 다음 영화의 상대역이래요.”

“엄마? 누가 스타야?”

“에르니 씨는 모르는 사람이지요. 배우 보고 하는 소리야.”

“어제 엄마랑 같이 텔레비전에 나온 그 늙은 사람?”

“아니. 젊은 사람.”

“웃기게 얘기하던 사람?”

“그래. 미국식 말투였어. 엄마도 그렇게 생각했어.”

“엄마, 친구한테 조그만 보트를 선물 받았는데 베르트가 망가뜨렸어.” 에르니가 불쑥 말했다.

“아냐! 네가 안 줘서 그랬던 거야. 내가 빼앗다가 그냥 저절로 망가진 거구!”

“다시 만들면 돼.” 내가 말했다. “망가지기 쉬운 건 고치기도 쉽거든.”

나는 남편을 쳐다보았다. 이 상황에서 왜 끼어들지 않을까?

나는 남편 팔에 손을 얹었다.

남편이 별안간 핸들을 휙 꺾었다.

그 바람에 내 손이 남편 팔에서 떨어져 내렸다.

“쉽게 망가지는 것은 어쩌면 가치 없는 것들일 거야.” 남편이 말했다.

나는 똑바로 앞을 바라보았다.

난 문득 남편이 뭔가를 알고 있다는 확신이 들었다.

하지만 그럴 리가 없어!

분명 우린 남들 모르게 신중히 행동했다!

하네스와 나는 손을 잡은 일도 없었고, 농담을 주고받은 일도 없었으며, 서로 눈이 마주치지 않도록 조심했다!

하네스와 함께 에스컬레이터를 타고 올라갈 때 로비엔 아무도 없었다!

그리고 우리가 에스컬레이터에서 키스할 때도 아무도 없었다! 분명 아무도 없었다고 장담할 수 있다!

하네스가 나를 감싸안고 키스를 했다.

그 키스의 맛은 옛날과 같았다. 싱그런 맛, 무한한 꿈의 맛, 걱정 근심 없음의 맛이었다. 팔 년이란 세월이 가져다준 거리감이 그 순간 모두 사라졌다.

나는 감격했고 또 행복해져서 하네스를 격렬히 끌어안았다.

격렬한 포옹에 하네스 안경이 흘러내렸다.

물론 책임은 나한테 있었다. 소홀히 본 책임.

내가 왜 그랬는지 나도 알 수 없었다.

그저 딱 한번.

마지막으로 딱 한번만!

하네스였으니까!

그렇게 해야만 관계가 매듭지어질 것 같아서!

내일이면 늙고 추해질 것 같아서, 그리고 로레 레셜리히와 그레텔 주프 그리고 울리케처럼 좌절감과 권태감에 시달릴 것 같아서.

하네스가 내일이면 미국으로 날아가버릴 테니까! 줄리아 로버츠에게로. 어쨌든 두 번 다시 그를 만나지 못할 테니까!

그를 다시 한번 느껴보고 싶어서!

과거의 연인인데 한번 정도야 상관없겠지!

과거처럼 우리가 사랑할 수 있을지 확인해보고 싶었다!

불가능할 수도 있는 일이었다!

그 정도야 아주 사소한 불장난에 불과하니까 특별히 해될 것도 없겠지.

그렇지 않아, 샬로테. 네가 한 불장난으로 모든 게 타버릴 수 있는 거야. 일을 저지른 다음 넌 아마 울 거야.

아냐, 그렇지 않아! 활기를 좀 불어넣자는 게 뭐 그리 나쁘다구.

인생은 정말 권태롭잖아! 그리고 에스컬레이터에서의 일은 아무에게도 들키지 않았어!

아, 그래. 일이 제대로 이루어졌던 게야.

경험 많은 늙은 마녀들은 꾀가 많은 법이거든.

호텔 로비에는 분명 아무도 없었다.

우리를 본 사람은 아무도 없었다.

내 스위트룸은 구층에 있었다.

새벽 두시여서 팬들도 없었다. 월드스타 체어렉이라도

사방을 둘러보았지만 아무도 없었다! 몰래 카메라, 파파라치, 원격조정 마술의 눈도 없었다!

내 호텔 룸에는 하네스와 나, 단둘뿐이었다. 의심할 바 없이. 커튼이나 벽장 속, 침대 밑에 숨어 있는 사람도 없었다.

난 지금 너무 혼란스러워서 착각하고 있는 거야.

에른스트베르트는 지금 과로상태야. 잠을 설치며 밤새 컴퓨터 앞에 앉아 비서를 새로 고용해야 할지 고민하느라 잠을 설친 거야. 그리고 오늘 아침 일찍 일어나 아이들과 술래잡기를 했을지도 몰라.

이건 정말 기우야. 만사가 순조로웠어.

지금부터는 어처구니없는 실수를 하지 않도록 조심하면서 죄의식을 털어버리기만 하면 되는 거야. 남편이 손해볼 것도 없잖아. 그렇지 않아도 남편은 비서와 회사 문제로 고민스러울 텐데 말이지.

게다가 하네스는 이미 미국으로 떠나버렸는데 무슨 이유로 지난 일을 들추어낸담?

"그럼, 우리 보트 한 척 빌릴까?" 나는 아이들 기분을 북돋우며 말했다.

비가 올 것처럼 흐리고 후텁지근한 초가을 오후였다. 우리 가족은 모터보트를 탔다. 아이들은 앞쪽 어른들은 뒤쪽에. 하늘이 금세 새카맣게 변했다. 금방이라도 천둥 번개와 함께 비가 쏟아질 것 같았다.

잿빛 공기도 무겁게 내려앉았다.

나는 선글라스를 벗었다. 사물들이 흐릿하게 다가왔다. 잿빛 공기가 눈앞에서 파르르 떨며 빛을 발산했다. 나는 선글라스를 다시 썼다.

호수도 검고 불투명했다. 백조 몇 마리가 더러운 물 속을 헤집으며 우리 쪽으로 다가왔다.

에르니와 베르트는 배의 키를 서로 잡겠다고 다투고 있었다.

배는 고팠지만 식욕이 전혀 없었다. 아까부터 컨디션이 영 좋지 않았다. 다리가 덜덜 떨렸다.

하네스와 지낸 밤은 정말 짧았다.

난 잠을 이루지 못했다.

하네스는 새벽 여섯시에 떠나갔다.

비행기 시간에 맞춰야만 했으니까.

멋진 밤이었다. 정말 멋진 밤이었다. 앞으로 영원히 내게 그런 시간은 주어지지 않을 것이다. 그리고 무엇보다도 내 남편 에른스트베르트에게 조금도 상처를 주지 않았다는 게 다행한 일이었다. 남편을 전혀 다치게 하지 않았으니까.

맹세컨대 난 남편에게 그 일에 대해서 절대 말하지 않을 것이다.

죄책감에 시달려야만 한대도 그건 내가 감당해내야 할 몫이다. 나 혼자서 풀어야 한다. 어쩌면 죄책감이 평생 내 목을 조를지도 모른다.

"에른스트베르트, 무슨 일 있지요? 말해봐요!" 나는 말했다.

"당신은 약속을 어겼어." 남편이 말했다.

백조 한 마리가 우리가 탄 배 쪽으로 가까이 다가왔다. 늙고 추레한 데다가 끊임없이 꺽꺽대는 백조가 보기에 역했다.

"뭘…… 무슨 얘기…… 무슨 뜻이에요?"

"다 알고 있어." 남편이 말했다.

"당신 무슨 상상을 하는……."

"모든 게 끝났어."

가슴이 답답한 게 꼭 토할 것 같았다. 역겨운 백조가 떠다니는 더러운 호수 때문에 구역질이 났다.

나는 눈을 감았다.

빌어먹을. 세상 모든 게 다 지랄 같군. 그냥 한번 던져보는 말일 거야. 도박하는 심정으로 남편은 단지 확인하고 싶어서, 자기가 상상하고 걱정하는 일과 반대되는 얘기를 듣고 싶은 거야! 그러니, 빨리! 침묵을 지키는 건 도움이 안돼! 거짓말을 해 어서!

난 다시 눈을 떴다. 나는 웃어보려고 노력했다.

배가 자꾸 흔들렸다. 지반이 단단한 땅에 발을 딛고 싶었다!

아이들은 여전히 참새들처럼 배의 키 앞에 서서 옥신각신 다투고 있었다.

난 아이들에게로 갔다.

"좀 조용해!"

"내버려둬. 아이들하고는 상관없는 일이야!" 남편이 말했다.

"에른스트베르트!" 난 남편 팔을 꽉 잡았다. 남편이 내 손을 뿌리쳤다.

"난 분명한 걸 알고 싶을 뿐이야." 남편이 말했다. "여름 이후, 나는 당신에게 더 이상 무슨 일이 일어나지 않을 거라 믿었어. 그래서 당신 약속을 받아들였던 거야. 그런데 당신이 그 약속을 박살냈어."

"에른스트베르트! 그런데 당신은 어째서 내가 그 약속을 깼다고 생각하는 거예요…….."

"떠날 거야."

"에른스트베르트! 당신 말은 꼭 무슨 수수께끼처럼 들려요. 얘들아, 제발 배를 선착장으로 돌려! 엄만 지금 컨디션이 아주 나빠."

호수 물 속으로 뛰어들고 싶은 순간이 닥칠 것 같은 예감이 언뜻 뇌리를 스쳤다. 검고 더러운 호수 물 속으로 영원히 가라앉아야 할 것 같은 기분.

지난 휴가 때 힘겹게 산에 올라가는 동안 내내 귓가에 맴돌던 '약속'이란 말을 지금 또 듣게 되다니. 내 마음이 허해서 그런 것일 뿐이야. 그 망할 놈의 약속. 이젠 쓸모가 없어졌어.

배를 선착장에 댔다. 남편이 배에서 내리는 나를 도와주었다. 몹시 참담한 기분이었다. 다리가 후들거려 한 걸음도 내딛지 못할 것 같았다.

하늘이 우리들 머리 위에 천둥을 내리쳤다.

번개가 뒤따라 곧 번쩍일 것이다.

아이들이 오락사격장 쪽으로 뛰어갔다. 난 놀이기구를 탈 수 없을 것 같았다. 놀이기구 소리가 나를 더 힘들게 했다.

오색전구가 번쩍거리고 붕붕거리고 왕왕거리고 부르릉거리며 모터 돌아가는 소리, 확성기에서 흘러나오는 거칠고 상스런……소리들…….

"애들은 그냥 놔둬." 남편이 말했다. "애들과는 벌써 작별인사를 나눴으니까."

"작별인사라구요? 그게 무슨 소리예요? 당신 어디 가는데요?"

"난 떠나겠어." 남편이 말했다.

"저녁에 다시 올 거죠……?"

"아니. 아직 이해하지 못했군, 샬로테……."

"에른스트베르트! 그래요, 당신 말이 맞아요. 지금이 당신과 마지막 순간이라는 사실을 난 믿을 수 없어요. 당신께 맹세해요. 이젠 끝났어요. 그 사람은 이제 내게 아무런 의미가 없어요. 팔 년 전에 내가 제일 사랑…… 했었던 사람이기 때문에…… 그래서 나도 모르게 이끌려서……." 나는 말을 더듬었다.

"내가 사랑한 사람은 오직 당신 하나뿐이었어. 난 당신을 짚더미 속에 감춰진 바늘처럼 생각했어. 그러나 이젠 더 이상 그 바늘에 찔리고 싶지 않아."

"에른스트베르트!" 나는 바닥에 풀썩 주저앉았다.

나는 남편에게 손을 내밀었다. "지금 그렇게 아무렇지도 않게 떠날 수 없어요!" 난 정신을 잃을 것 같았다. 매순간 그랬다. 여기서 정신을 잃으면 사람들이 함부로 다뤄서 난 망가질 거야.

"게임은 이제 끝났어." 남편이 말했다. "이것 받아. 당신이 봐야 될 거야."

남편이 코트 주머니에서 갈색 봉투를 꺼냈다.

"거기에 다 있어. 당신이 궁금해하는 모든 게 다."

무슨 기밀문서 같았다. 내용물을 보호하기 위한 장치와 요상한 도장이 찍혀 있었다. 비밀스러워 보였다. 하지만 이 순간 그게 뭐 그리 중요할까!

"이건 당신한테 온 편지야." 남편이 말했다. 검은 테두리가 쳐진 얇고 하얀 봉투였다. 부고나 조의에 대한 감사의 편지 같은.

난 그 이상한 물건들에 더 이상 관심이 없었다.

"내 삶이 바뀌었어." 남편이 말했다. "머리끝에서 발끝까지. 내 몸도, 내 삶도 당신은 기회를 놓치지 않더군. 난 알고 싶었지. 당신에게 처음으로 찾아온 기회를 당신이 취할까 어떨까. 그걸 알아내기 위해서 난 혹독한 대가를 치렀어. 돈과…… 자존심.”

“그게 마지막이었어요. 맹세해요…….”

“나와 이미 약속하고도!” 남편이 말했다.

“지금도 약속할 수 있어요!” 나는 마지막 남은 힘을 다 짜냈다. 눈앞이 캄캄했다. 나는 남편 팔을 잡아 흔들었다. 내 쪽으로 돌아서게 하고 싶었다. 잿빛 하늘은 너무 답답했다. 공기도 떨고 있었다.

남편은 내 팔을 꼭 쥐었다가 놓더니 떠나가버렸다.

남편은 나를 떠났다.

그냥 그렇게.

야위어서 거무스름하고 창백해서 낯설어 보이던 남편 얼굴은 꼭 얼어죽은 까마귀 같았다.

나는 남편을 쫓아가고 싶었다.

하지만 두 다리가 말을 듣지 않았다.

그 자리에 내가 얼마나 앉아 있었는지 모르겠다. 아이들이 회전목마를 타려고 몇 번이나 뛰어왔다가 동전을 들고 뛰어갔다.

남편이 가버렸다. 머리 속에서 서늘한 바람 소리가 났다. 악몽을 꾸고 있는 것 같았다. 수없이 많은 사람들, 난 아무도 알아볼 수 없었다. 저 많은 사람들 틈에서 남편이(내가 신뢰할 수 있는 단 하나뿐인 진실한 내 사랑의 다정한 모습이!) 크림을 듬뿍 얹은 아이스크림을 들고 나타날 것이다. 남편은 “사월, 사월의 아이스크림!” 이라고 소리치며 웃을 것이다. 내 남자 에른스트베르트 난 남편을 잘 안다. 남편은 내가 원하면 그 자리에 있을 것이다.

지금 난 컨디션이 너무 나빠. 에른스트베르트가 필요해. 남편이 나를 자동차까지 데려다줘야 할 텐데.

남편은 오지 않았다.

정신을 가다듬고 힘내서 의미심장한 이 갈색 봉투를 뜯어봐야 하는데…… . 어쩌면 세무서나 보험회사에서 보낸 걸 거야.

달갑지 않은 사각 종이를 뚫어져라 바라보았다.

나는 그것을 조금도 이해할 수 없었다.

'9월 9일자 보고서.' 보내는 사람 이름도, 받는 사람 이름도 없이 타자기 글씨로 그렇게 적혀 있었다.

9월 9일이라면 어제였다.

'16시. 인물 A는 공항에 도착해서 짐 찾는 곳으로 가다. 기획사 소속 기사의 마중을 받고 인물 A는 리무진을 타다. 리무진은 인물 A를 태운 후 호텔로 직행하다.'

나는 간이음식점을 둘러보았다. 음식점 앞에서 서성이는 사람들이 겨자가 담긴 노란 플라스틱통을 서로 주고받으며 즐겁게 웃고 떠들었다.

'인물 B는 오전에 이미 뮌헨에 도착해 있다. 인물 B가 인물 A와 접촉하기를 원한다는 어떤 징후도 없다. 인물 B는 뮌헨 거리를 한가로이 거닐며 기념품을 사고 엽서를 쓰다.'

매점 앞으로 한 무리의 사람들이 몰려와서 감자튀김을 주문했다. 그 사람들은 캔맥주를 따 마셨다. 여자들은 반바지 차림이고 남자들은 조깅복 차림이었다. 그들은 자전거를 벽에 기대어 세워놓았다.

'17시. 인물 A는 사계 호텔에 도착해서 9층의 스위트룸에 들어갔다가 곧 다시 나가다. 감시자 A는 방문을 손보다. 여자 감시자 B는 호텔 로비에서 기다리다. 감시자 C가 인물 B를 예의 주시하고 있다. 인물 A를 만날 채비를 하고 있지 않다. 인물 B는 헬스클럽에서 머물다. 인물 B의 방은 이미 전날 예약되어 있었고, 전화통화는 한 번도 없었다.'

드디어 매점 앞에 서 있던 사람들은 감자튀김을 받아들었다. 그들은 담벼락 쪽으로 가서 감자튀김을 맛있게 먹었다.

'17시 30분. 인물 A는 호텔 내 미용실로 가다. 여자 감시자 B가

인물 A의 옆자리에 앉아 머리손질을 받고 있다. 인물 A는 곧 시작될 토크쇼에 대해서 말하다. 남편과 아이들에 대해서 허심탄회하게 이야기하고 이번 여름휴가를 유쾌하고 즐겁게 보내는 데 성공했다고 덧붙인다. 인물 B나 혹은 계획된 만남에 대해 어떤 언급도 하지 않다.'

얕은 담장 위에 앉아서 감자튀김을 먹던 사람 중 한 사람이 익살을 떨었다. 그들은 마치 전깃줄에 앉은 참새떼처럼 떠들고 있었다.

나는 더 이상 읽을 수가 없었다.

갑자기 어디선가 나타난 눈에 띄지 않는 평범한 옷차림의 낯선 여자 하나가 어제 내내 내 주변에서 얼쩡거렸었다.

내가 미용실 카운터에 서 있을 때는 내 옆에 서 있었고, 어떤 남자와 휴게실에 앉아서 커피를 마셨으며, 토크쇼 할 때는 방청석에 앉아 있었다. 그때는 그녀 혼자 앞에서 두번째 줄에 앉아 있었다.

그후 호텔 내에서 더 이상 그녀를 보지 못했다. 하지만 그 남자! 그 여자와 커피를 함께 마시던 그 남자는 우리가 호텔 로비에서 즉석 파티를 할 때 그곳에 나타났었다! 그리고 오늘 아침, 아침을 먹는 자리에도! 그는 또 다른 사람과 함께 식탁에 나란히 앉아 있었다! 내가 음식을 가지러 갔을 때도 난 그 사람과 한마디 말도 주고받은 적이 없었는데, 그가 신선한 샐러드를 담아서 내게 갖다주었다.

그래서 난 그 사람에게 다가가서 "어제 재밌었어요?"라고 물었다. 나는 그 사람이 찰레스 코흐와 한 팀이겠거니 생각했다! 그가 우리 주위를 계속 맴돌았기 때문에!

지금도 분명히 기억나는데 그는 아무 말 없이 어깨를 한번 으쓱해 보였다. 그의 표정은 그랬다. '무슨 말을 하는지 잘 모르겠는데요 사람을 잘못 보신 것 같군요'

그래서 난 더 이상 얘기하지 않았다. 그때 난 매력적인 크니터 여사와 식사중이었다.

"어제 재밌었어요?" 어깨를 한번 으쓱해 보이는 제스처. 그리고 '사람을 잘못 보신 것 같군요'라고 말하는 듯한 표정. 그런 후 그 사람은 곧바로 사라졌다. 또 다른 사람은 신문을 읽으면서 차를 한 잔 주문했다.

나와 비행기를 같이 탔던 사람인가? 그런가? 그 사람인가?

그 사람은 공항에서 화장실까지 나를 따라왔었지 아마? 그리고 내가 팬티 라이너를 사러 약국에 갔을 때도 내 옆에 서 있었을걸, 아마도?

그 사람이 혹시 내 손수건에 묻은 오물의 성분을 조사하지 않았을까?

나는 남은 힘을 쥐어짜서 나머지 보고서를 읽었다.

'아침 10시 30분. 인물 A는 여배우 K와 함께 아침식사 후 식당을 떠나다. 인물 A는 숙박비 이외의 경비를 지불하고 방을 정돈하다. 여자 감시자 B는 이미 그 전에 방과 욕실을 빈틈없이 살펴보다.'

눈앞이 캄캄했다.

내가 식당에 앉아서 크니터 여사와 이야기꽃을 피우는 동안 낯모를 여인네가 내 방에 들어가 화장실 쓰레기통을 뒤지는 광경이 머리 속에 그려졌다! 그녀가 화장실 쓰레기통에서 축축한 콘돔을 손가락으로 집어들고 증거물로서 손수건에 소중하게 싸는 광경도 떠올랐다! 왜 그 여인네는 콘돔을 자신의 보고서와 함께 보내지 않았을까? 어쩌면 남편이 콘돔을 뜯어버렸을지도 모르겠다. 아니면 서류철에 고이 보관해놓았거나. 이혼을 위한 증거물로서.

세상에, 내 컨디션은 정말 엉망이었다.

'오전 11시 15분. 인물 A는 사계 호텔을 나서서 리무진을 타고 공항으로 가다. 12시. 인물 A는 탑승수속을 마치다. 12시 30분 비행기는 쾰른을 향해 이륙하다.

보고 끝.'

인사말도 없고 서명도 없었다.

아무것도

보고 끝.

그게 전부였다.

내가 오후 한시 삼십분 쾰른에 도착했을 때, 이 보고서는 이미 남편의 손에 들려 있었을 것이다.

남편은 이 보고서를 다 읽었던 것이다.

보고서를 읽은 게 장미꽃 세 송이를 사기 전일까? 후일까?

나는 매점을 쳐다보았다.

남편이 그런 일을 했다.

남편은 그런 일까지 할 수 있었던 것이다.

나는 익명의 보고서를 구겨버렸다. 그리고 앞을 쳐다보았다. 모든 게 끝났다.

사람들은 자전거를 타고 다시 길을 떠났다. 내가 발을 딛고 있는 검은 아스팔트 바닥에 굵은 빗방울이 툭 떨어졌다.

아스팔트 냄새가 습한 기운과 함께 올라왔다.

기습적인 기상변화로 당황하는 사람들 분위기가 온몸으로 느껴졌다.

사람들이 재킷과 우산을 움켜쥐고 뛰기 시작했다.

나는 그대로 앉아 있었다.

내게 떨어지는 빗방울을 전혀 느끼지 못했다. 오직 축축한 아스팔트 냄새만 느껴질 뿐이었다. 축축한 아스팔트 어젠가 우리가 하이킹을 갔을 때도 그랬다.

난 아이들을 기다려야 한다.

아이들이 곧 뛰어올 것이다.

거의 실신상태인 나는 부고를 의미하는 테두리가 쳐진 봉투를 집어들었다.

한 여인의 죽음을 알리는 부고였다.

잘 모르는 사람이었다.

막 서른여덟 살 된 여인이었다.

얼마 전에 얻은 중병으로…….

부고를 알리는 사람은 아주 흔한 이름의 남자였다. 마이어라든가 뮐러 같은.

전혀 모르는 사람이었다. 샬로테 페퍼로 산 이후 이런 편지는 거의 받아보지 못했다. 나는 그 부고를 바지 주머니에 구겨넣었다. 그리고 그대로 움직이지 않고 앉아 있었다.

비를 고스란히 맞으며 앉아서 난 멍하니 앞만 쳐다보았다.

남편이 사람을 사서 나를 감시했다!

뚝 떨어져서 보면 멋져 보였을까? 남편은 그 즐거움을 만끽하기 위해서 대가를 톡톡히 지불했을 것이다.

흔히 알고 있는 것처럼 사람들 주위를 어줍게 빙빙 돌며 바텐더에게 느끼한 질문이나 던지는 삼류의 사립탐정들이 아니라, 남편이 고용한 인물들은 매우 은밀하고 고상했다. 최고의 첩보원. 고상한 인격을 지닌 평범한 사람들의 태도를 보였다.

그 사람들은 스물네 시간 내내 하네스와 내 주위를 서성였던 것이다.

그 사람들은 오늘도 누군가를 몰래 엿보고 있을 것이다.

그들만의 고상한 방법으로

그 방면에 그들은 정통했다! 교육을 받고 국제적인 훈련을 쌓은 사람들이었다! 풍부한 경험과 함께!

탐정 사무소를 신뢰하세요. 그런 저질스런 사람들을 믿어도 된답니다.

나중에 당신 삶이 파멸상태에 이르게 되었을 때, 기껍게 우리를 찾아오십시오

적어도 당신은 지난 십 년 동안 당신이 상대한 사람이 누군지 알게 된답니다.

비용으로는 칠천 달러와 부가가치세가 포함됩니다.

당신의 안전을 위해 과감히 투자하세요.

미행, 감시, 은밀히 엿듣기, 주의 깊은 관찰.

작업할 공간만 준비해주세요. 완벽한 정보가 포함됩니다. 보고는 한 시간 이내에 당신 손에 들어갑니다.

은밀함, 익명, 신속함.

문서업무. 위성설치. 모든 통보를 힘 하나 안 들이고 처리합니다.

좋은 밤 되십시오

그리고 사람들에게 우리를 추천해주세요

남편이 이런 사람들에게서 도움을 받았다니!

남편은 모든 일을 알고 있었던 것이다.

모든 사실을.

그러면서 남편은 장미꽃 세 송이를 들고 공항에 나타났다.

"엄마, 엄마 다 젖었어요! 아빠는 어디 계세요!?"

"떠나셨단다."

"엄마, 비 와! 집에 가고 싶어!"

"피곤해요! 배도 고프고요!"

"이런 데서 비를 맞아야 되는 거야?"

"엄마, 나 깡통 맞추기 해서 볼펜 탔다! 근데 볼펜이 안 나와!"

아이들이 또 사라졌다.

아이들 없이 난 일어설 수도 없을 것 같았다.

감각 없는 손으로 핸들을 잡고 정신없이 왔다갔다하는 와이퍼를 바라보면서 물이 넘쳐흐르는 도로 위를 달리는 동안 아이들은 뒷좌석에서 담요를 덮고 잠이 들었다. 그런데 천둥 번개가 요란하게 내리치면서 세상이 무너져버릴 것 같던 순간 내게 퍼뜩 누군가가 떠올랐다.

부고장에 씌어 있던 삼십대 후반의 여자.

나와 관계가 없을 것 같던 그 여자가 불현듯 떠올랐다.

그리고 왜 그 여자의 남편이 내게 부고장을 보냈는지도 알 것 같았다.

나는 비상등을 켜고 갓길에 차를 세운 다음 핸들 위에 엎드려 울음을 터뜨렸다.

자동차들이 우리에게 물을 뿌리며 기나긴 물길 속을 달렸다.

기억 속에 묻혀 있던 과거의 일들이 사진을 보는 것처럼 선명해졌다.

남티롤에서 지낸 햇빛 따뜻한 여름날의 추억.

테니스 코트에서 들리던 남편의 웃음소리, 아이들이 말다툼하는 소리, 소리지르면서 쾅쾅 구르는 발소리가 들리는 듯했다.

담요를 덮고 앉아 있던 여자, 내 손을 꼭 쥐고 웃으면서 날 바라보던 그녀가 눈앞에 어른거렸다. 그녀의 목소리도 들렸다. "더 이상 시간을 낭비하지 마세요. 당신 남편은 정말 괜찮은 분이에요!"

바바라 베커. 에덴의 동산에서 온 여인.

내가 핸들 위에 엎드리고 얼마나 있었는지 모르겠다. 몇 시간, 아니 몇 분? 정확히 모르겠다.

갑자기 머리 속에 한 가지 생각이 떠올랐다. 비는 이미 그쳤다.

아이들이 잠에서 덜 깬 채로 말했다.

"엄마 배고파요! 왜 우리 안 가요?"

"엄마, 저기 봐, 무지개야!"

정말, 세상에 너무 아름다웠다! 시커먼 먹구름 속에서 저렇게 크고 오색 찬란한 무지개가 피다니!

무지개가 내게 새로운 희망을 주려는 듯 하늘에서 미소짓고 있었다.

너 거기서 뭐 하니, 비가 오는데, 갓길에 차를 세워두고, 덜덜 떨면서 자기연민에 빠져 울고 있는 거니?

"더 이상 시간을 낭비하지 마세요. 당신 남편은 정말 괜찮은 분이에요!"

난 울음을 그치고 코를 풀고 아이들을 쳐다보며 웃어준 다음 윈쪽 깜박이를 켰다.

"애들아, 집으로 가자. 엄마가 맛있는 거 만들어줄게."

우리는 광활한 물 길 위를 달렸다.

하지만 물 길 밑은 바퀴를 지탱해주는 단단한 땅이 있었다.

난 비로소 내가 뭘 해야 할지 깨달았다.

다시 힘이 생겼다.

내게 힘을 준 사람은 어쩌면 바바라 베커일지 모른다.

"더 이상 시간을 낭비하지 마세요. 당신 남편은 정말 괜찮은 분이에요!"

나는 속력을 냈다.

남편은 아직 집에 있을 것이다. 꼭 있을 것이다. 남편은 나를 기다리고 있을 것이다. 남편은 나를 사랑한다. 남편은 내게 말했다. 남편에게 난 건초더미에 숨겨진 바늘과 같은 존재라고. 남편도 내게 건초더미에 숨겨진 바늘이었다.

도로가 거울처럼 빛났다. 빗물로 목욕한 것 같았다.

무지개가 빛났다.

아이들은 담요를 덮고 뒷좌석에 앉아서 장난감을 가지고 놀았다.

난 교통법규에 위반되지 않는 한도 내에서 최대한 빨리 달렸다. 남편이 집을 떠나기 전에, 남편이 짐을 싸기 전에 빨리 돌아가야 했다.

남편을 붙잡을 것이다. 온 힘을 다 바쳐서.

갑자기 남편을 잡을 수 있으리란 믿음이 생겼다. 우린 서로 사랑하니까! 우린 아직 건강하니까! 우린 서로를 공유할 수 있다!

신호등에 빨간 불이 켜졌다.

에른스트베르트 기다려요. 아직 떠나면 안돼. 나 지금 당신한테 달려가고 있어요. 당신에게 돌아가는 거예요. 제발 가지 마세요. 우리는 서로에게 속해 있는 걸요.

나는 손가락으로 핸들을 톡톡 쳤다.

빨리. 어서. 드디어 녹색 신호등이 켜졌다.

나는 핸들을 틀었다.

커브길에서 바퀴 마찰음이 들렸다.

"엄마! 왜 그렇게 빨리 달려!" 에르니가 운전석을 꽉 잡으면서 소리쳤다.

"엄만 지금 서둘러야 해!"

"왜? 공항에 가야 해? 순회공연 하러? 아님 토크쇼 하러? <우리들의 작은 병원>에 가야 되는 거야?"

"아냐, 에르니. 엄만 공항에 가지 않아. 순회공연이나 <우리들의 작은 병원>에도 가지 않고 엄만 아무 데도 가지 않을 거야. 그건 것들은 다 쓸데없는 것들이야. 하나도 쓸모 없어. 엄만 집에 가는 거야. 네 아빠한테 가는 거란다."

"왜 에르니 아빠예요 분명 내 아빤데." 베르트가 투덜거렸다.

"너희들 아빠야." 난 더 속력을 냈다. "엄마한테는 너희들 아빠가 세상에서 제일 소중해."

"그래서 백구십 킬로로 달리는 거예요? 아빨 맨날 보면서." 베르트가 물었다.

"백사십이야. 더 이상 빨리 달릴 수 없어." 내가 말했다.

강을 거슬러 올라가기도 하고 강을 따라 내려가기도 하는 잿빛과 하얀빛의 조각배들이 싫증내지 않고 꾸준히 자기 길을 가고 있었다.

인생은 앞으로 계속 이어져나가는 것이야.

시간을 허비하지 마세요. 매순간은 축복된 선물이랍니다.

남편을 그냥 가게 할 순 없다.

남편을 그냥 그렇게 보낼 수는 없다.

어쩌면 남편은 이별의 편지를 쓸 것이다.

컴퓨터의 힘을 빌리지 않고 직접 손으로 쓸 것이다.

난 남편의 그런 노력을 가치 있게 평가해왔다.

지금, 남편은 우리가 서로 무엇을 공유하며 살아왔는지 깨달았을 것이다.

공유? 우리는 앞으로도 더 많은 것을 공유할 것이다!

난 확신했다!

남편이 우리 관계를 믿지 않는다 할지라도

나는 우리 관계를 믿는다. 우리 둘의 관계를. 여기서 이렇게 끝낼 수는 없다. 이건 시작에 불과한 것이다.

지금까지 우리가 함께한 세월은 결코 헛되지 않다.

커브길로 들어섰다.

왼쪽으로 대성당이 있었다. 어두운 성 탑 두 개가 이제 막 파랗게 변한 하늘을 치받고 있었다.

난 파란 하늘을 좋은 징조로 받아들였다.

날씨가 다시 맑게 갰다.

모든 일은 순조롭게 풀릴 것이다.

대성당을 무너뜨릴 수 있는 것은 아무것도 없었다. 성 탑 두 개가 버티고 있는 한은.

대성당은 항상 그 자리에 똑같이 서 있을 것이다. 주변이 어떻게 변하든 상관없이.

"엄마, 너무 빨리 달려서 토할 것 같아요."

무지개가 좀 흐려졌다.

그래도 모습은 남아 있었다.

나는 우리가 집에 돌아갈 때까지 무지개가 떠 있기를 바랐다.

"베르트, 조금만 참거라. 오 분 후면 집에 도착할 거야. 기운내."

매순간이 축복된 선물이랍니다.

우리는 너무나 많은 세월을 허비했다.

그냥 그랬다. 모래시계 속의 모래알 같았다. 우린 우리의 시간을 좀더 알차고 값지게 만들어볼 생각을 하지 않았기 때문에 시간을 그렇게 흘려보냈다.

집 입구 골목에 들어섰다.

우리 집 뒤로 펼쳐진 하늘이 파랬다.

우리 뒤쪽으로 무지개가 희미하게나마 모습을 드러내고 있었다.

무지개는 점점 희미해져서 자세히 쳐다보아야만 보였다.

난 뒤돌아보지 않고 앞만 바라보았다.

기차여행을 하는 동안 남편과 마주 앉아서 난 말했었다. "우리 이젠 앞만 보기로 해요. 더 이상 뒤돌아보지 말아요."

"오케이." 그래서 나는 말했다. "이건 거래예요."

나는 튕기듯 차에서 뛰쳐나와서 집으로 뛰어들어갔다.

"에른스트베르트?!"

반응 없음. 정적.

"에른스트베르트! 저 왔어요! 내가 집에 왔다구요! 당신을 사랑해요. 에른스트베르트! 우리에게는 미래가 있어요! 당신께 맹세할게요! 대성당을 걸고!"

아이들이 놀라서 쿵쾅거리며 뛰어들어왔다.

"우린 앞문으로 내렸단 말예요. 엄마, 왜 문 잠금장치를 열어주지 않았어요?"

"에른스트베르트! 우리 모두 집에 왔어요!"

나는 계단 난간을 꽉 붙잡았다.

남편이 왜 안 나타나는 거지? 어디에 숨어 있지? 벌써 떠났나? 혹시 자살이라도?

아이들이 슬그머니 자기들 방으로 사라졌다.

"엄마 좀 어떻게 됐나 봐."

"차를 그렇게 빨리 몰더니, 이젠 집안을 돌아다니면서 소리지르고 있어."

"야, 저리 비켜."

"저리 비켜. 여기 이건 내 다리야."

"아냐, 내 거야. 오늘 아침에 아빠랑 같이 만들었단 말이야."

"아냐, 아빠가 나한테 만들어준 거야. 이런 다리, 넌 못 만들어."

"만들 수 있어."

"넌 못 만들어. 그치 아빠? 이렇게 멋진 다리, 쟤는 못 만들지?"

아빠? 애들이 지금 아빠랑 얘기하고 있는 건가?

남편이 지금 애들 방에 있나?

나는 서둘러 이층으로 올라갔다.

남편이 거기에 앉아 있었다. 에르니, 베르트와 함께 방바닥에 앉아 있었다. 남편은 그동안 멋진 다리를 만들어놓았다. 남편이 나를 쳐다보았다.

남편이 다리를 쌓는 동안 하늘이 회한에 젖어 비를 뿌려준 모양이었다.

"아직 있었군요." 난 눈물이 펑펑 쏟아졌다. 문 앞에 서 있던 난 다리가 후들후들 떨려서 한 발짝도 내디딜 수가 없었다.

"그래. 아직 집에 있어."

"저 역시 집에 돌아왔어요." 말하면서 난 웃어보려고 애썼지만 잘 되지 않았다. 너무나 많이 울어서 목소리까지 잠겼다. 그런데 또다시 눈물이 흘렀다.

아이들이 엄마 아빠를 번갈아 쳐다보았다.

"엄마가 강변도로에서 백구십 킬로로 달렸어요, 아빠." 베르트가 말했다.

"그리고 우리 뒤로 무지개가 떴어요."

"그랬니?" 남편이 엷게 미소지었다.

"그런데 엄만 지금도 울고 있잖아." 에르니가 말했다.

"담벼락 앞에서도 저렇게 울고, 또 편지를 읽으면서도 울었어요"

나는 털썩 주저앉아서 문기둥에 기대었다.

"바바라 베커가 죽었어요. 사랑스런 표정으로 크리스털 호텔 정원에 앉아 있던 사람이었는데."

"그래? 난 모르는 사람인데." 남편이 말했다.

"난 그 사람을 알아요. 그런데 그 사람이 내게 뭐라고 한 줄 아세요?"

"아니, 몰라. 그런데 바바라 베커가 누구지?"

■ 지은이

헤라 린트는 작가로 데뷔하기 전 가수였다. 19세 때 베를린의 한 콩쿠르에서 입상하면서 음악적 재능을 인정받았으며, 남아메리카 순회 공연을 다녀온 후부터는 본격적인 가수생활을 했다. 1982년 이후 WDR 방송국의 합창단원으로 활동하였으나 작가로 대중적 인기를 누리면서부터 가수 일을 접고 글 쓰는 일에 전념하고 있다.

글을 쓰기 시작한 이후 7편의 베스트셀러를 만들어냈다. 그의 모든 작품에는 여성의 자의식이 짙게 배어난다. 이는 피셔 출판사의 '사회 속의 여성' 시리즈에 포함되어 있다는 점에서도 짐작할 수 있는 것이지만, 그렇다고 그 자의식이 투쟁적인 것만은 아니다.

첫아이를 임신한 1987년에『별걸 다 아는 남자』로 데뷔했으며, 둘째아이 때『아내 되기는 쉬운 일』을 썼다. 세번째 소설『슈퍼우먼』은 총 판매부수 200만을 돌파하며 1년 내내 베스트셀러 1위를 지키는 기염을 토했으며, 셋째아이를 임신했을 때 쓴『헤라 린트의 마녀』는 종전 기록을 깨고 출간 2주 만에 75만 부, 한 달도 채 안 돼 100만 부 이상 팔려나가며 그녀를 자타가 공인하는 베스트셀러 작가로 발돋움하게 했다. 이 외에도『내가 아빠가 되던 날』,『여자의 보금자리』,『빌린 남자』등을 썼다.

■ 옮긴이

임미숙은 1962년 충청남도 예산에서 태어났다.
충남대학교 중문과를 졸업하고, 독일에 유학하여 보쿰 대학교에서 중국학과 교육학, 독문학을 공부했다.
현재 두 아이를 키우면서 틈틈이 번역을 하고 있다.

헤라 린트의 마녀

ⓒ 임미숙, 2003

지은이 | 헤라 린트
옮긴이 | 임미숙
펴낸이 | 김종수
펴낸곳 | 도서출판 한울

초판 1쇄 인쇄 | 2003년 1월 20일
초판 1쇄 발행 | 2003년 1월 30일

주소 | 121-801 서울시 마포구 공덕1동 105-90 서울빌딩 3층
전화 | 영업 326-0095(대표), 편집 336-6183(대표)
팩스 | 333-7543
등록 | 1980년 3월 13일, 제14-19호

Printed in Korea.
ISBN 89-460-3071-2 03850

* 책값은 겉표지에 적혀 있습니다.